Gabriele Göbel

Das Labyrinth der unerhörten Liebe

Wir werden nicht aufhören zu erkunden,
Und das Ende all unserer Erkundungen
Wird die Ankunft an der Stelle sein,
Wo wir begannen,
Und wir werden sie zum erstenmal erkennen.

T. S. Eliot

Covergestaltung: Wildes Blut, Atelier für Gestaltung Stephanie Weischer
Coverabbildung: Ausschnitt aus dem Gemälde »Die Geburt der Venus« von Sandro Botticelli, um 1485/86, Florenz, Uffizien

Printed in Germany

1. Kapitel

Im Jahr der Verschwörer

Die Toten hatten ihre Gräber verlassen, und Himmel und Erde schickten sich an, den Florentinern wieder wohlgesonnen zu sein. Zumindest sah es so aus.

Mit dem Sturm, der achtundvierzig Stunden über der Stadt getobt hatte, bevor er endlich an Kraft verlor, ließen auch die Regengüsse nach, die den Arno zur alles verschlingenden Jahrhundertflut hochpeitschten und die Getreideernte im Umland zu vernichten drohten, sie brachen einfach ab, so daß man von einem Wunder hätte sprechen müssen, wäre man um eine Erklärung verlegen gewesen. Dies aber war niemand weniger als die Hebamme Biga, die soeben, naß bis zu den Kniekehlen, das Haus der Salvestrini betrat. Biga kannte nicht nur die Geheimnisse sämtlicher Haushalte in der Pfarrei San Spirito, sondern fast ebensogut die Gerüchte in den übrigen Teilen der Stadt. Auch das dreistöckige Gebäude in der Via Maggiore, das sogar einen eigenen Brunnen besaß, zudem luftige Räume, verglaste Fenster und andere neumodische Annehmlichkeiten, war ihr von zahlreichen Hausbesuchen wohl vertraut. Heute früh nun hatte man schon beim ersten Hahnenschrei den zuverlässigsten Diener nach ihr geschickt und um besondere Eile gebeten. Dies allerdings war der Hebamme gleich übertrieben vorgekommen – an so einem Tag!

Nach gründlicher Untersuchung band sie Camilla Salvestrini dann auch lediglich einen Gürtel aus Schlangenhaut um, damit die Teufel fernzuhalten, die sich die Langatmigkeit einer Spätgebärenden zunutze machen könnten. Sodann befand sie, daß der Abstand zwischen den Wehen noch groß genug sei, alle seit Tagen im Geburtszimmer Versammelten mit den jüngsten Neuigkeiten zu erfreuen. Denn selbst ohne die Gewohnheit der Damen aus besseren Kreisen, einander schon Wochen vor der sogenannten schweren Stunde Gesellschaft zu leisten, hätte allein das steigende Hochwasser in den Straßen Camillas Freundinnen gezwungen, an ihrem Bett auszuharren und die Sorgen um das unruhige Kind in ihrem Leib und das Unwetter draußen in der Welt mit ihr zu teilen. Was sei ihnen in der Zeit nicht alles entgangen, prahlte Biga, während sie Camilla die Stirn trocknete und ihr ein Essigfläschchen vor die Nase hielt. Die Damen ließen ihre Stickrahmen, Primieraspielkarten und Musikinstrumente sinken und bestürmten Biga, nur ja alles ganz genau zu erzählen. Auch die drei Töchter der Salvestrini und ihr halbwüchsiger Vetter, den die Hebamme vergeblich mit einer Handbewegung zu verscheuchen versuchte, kamen neugierig näher. Biga ließ sich nicht lange bitten. Mit dem glücklichen Ende der diesjährigen Sintflut wollte sie beginnen. »Bei uns haben sie es gerade so gemacht wie neulich in Piacenza«, sagte sie und schwieg bedeutungsvoll.

»Und wie?« kam es nun von allen Seiten.

»Ha, als der Regen zu Piacenza nicht aufhören wollte, war's ein gottloser Wucherer, den sie wieder ausgegraben und in den Po geworfen haben!«

»Ach«, murmelte Camilla, »und das hat etwas genützt?«

»Na, und ob! Die Regenwolken wichen. Die Sonne erglänzte. Die Ernte der Bauern war gerettet. Geweihte Erde erträgt keine Verbrecher. Zu Piacenza so wenig ...«

»Dann sollten wir hier in Florenz die Pazzi ausgraben!« fiel der rothaarige Vetter Biga ungeniert ins Wort und verdarb ihr damit die Pointe.

»Madonna, die Kinder!« stöhnte Camilla. »Schickt sie auf der Stelle hinaus! Wo steckt denn Faustina?«

»Eure Kinderfrau hilft den Mägden unten, die Türschwellen wieder von den Strohwischen und Sandsäcken zu befreien«, antwortete die Hebamme und schob die Kinder samt einer jungen Katze und einer lebenden Schmuseente, die der Jüngsten gehörte, zur Tür hinaus. Der vorlaute Knabe entwand sich Bigas Händen, bockend wie ein Maulesel. »Ich komme wieder!« drohte er mehrmals hintereinander.

»Du hast wohl weniger Verstand als Krebse bei Neumond!« schalt Biga. »Das Kinderkriegen ist immer noch Weibersache!«

Den Rest ihrer Geschichte erzählte sie lieber mit gesenkter Stimme, denn einer wie dieser Rotschopf würde gewiß an der Tür lauschen.

»Bei uns haben die Bauern die Sache in die Hand genommen«, berichtete sie. »Recht so. Schließlich gießt es ohne Pause seit jener Hinrichtung vor fast drei Wochen. Noch eine weitere Woche, und es wäre gegangen wie mit den Rosen von Damaskus.«

Camilla stöhnte nur, dabei handelte es sich doch um eine beliebte Redensart, die Biga oft und gern gebrauchte, um sie nur ja im Gedächtnis zu behalten. »Sie haben die Verschwörer in der Kirche wieder ausgegraben. Vielleicht alle, vielleicht nur einen. Auf jeden Fall Jacopo de' Pazzi, den alten Mitläufer, der, wie alle Welt weiß, seine Seele dem Teufel übergab, als man ihn erdrosselte.

Sie haben ihn in einer schaurigen Prozession nackt durch die Straßen geschleift, ihn gestern in geweihter Erde verscharrt und heute wieder ausgegraben. Dann haben sie ihn«, hier legte sie wieder eine Kunstpause ein, um, das Ohr auf Camillas Kugelbauch gepreßt, fortzufahren, »mit einem Strick um den Hals in den Arno geworfen.«

Das ungeborene Kind in seinem Gefängnis machte eine jähe Bewegung, so daß Biga es überrascht vom Gewicht ihres Kopfes befreite. Nur ja jetzt nichts überstürzen! »Bei meiner Seele!« rief sie. »Da werdet Ihr einen rechten Wildfang zur Welt bringen, Donna Camilla! Einen Knaben zweifellos und mindestens zwei Wochen zu früh!«

Camilla warf sich, von einer neuen Schmerzwelle geplagt, schwer atmend zur Seite. »Der Sturm!« ächzte sie. »Die Wehen kamen mit dem Sturm!«

Die Hebamme legte ihr nasse Tücher auf die Stirn und redete ihr gut zu. »Der Sturm ist vorüber, hört Ihr's nicht? Kaum war die Leiche des Verschwörers im Arno versunken, ging dem Herrn da oben die Puste aus. Und auch mit dem Sturzregen hatte es ein Ende, und das in kürzerer Zeit, als ein Käse trocknet.«

Die Damen, die Bigas letzte Worte mit Erleichterung vernommen hatten, obwohl das ungewisse Schicksal ihrer eigenen Haushalte und Angehörigen noch Grund genug zur Sorge bot, erhoben sich nun eine nach der anderen, um der Freundin Trost zuzusprechen, während Camilla nur den einen Wunsch hatte, in Ruhe gelassen zu werden und es hinter sich zu bringen.

Auch ihren Gatten Giovanni, der gerade mit festem Schritt das Geburtszimmer betrat, weil er noch nie zu den Ehemännern gehört hatte, die sich daraus verbannen ließen, begrüßte sie mit recht verzweiflungsvollen Blicken.

»Der Gebärstuhl wird frühestens zur Vesper gebraucht«, flüsterte die Hebamme ihm zu. Worauf Giovanni sich auf die Bettkante setzte, seinem Weib die Hände hielt und ihr vom Stand der Dinge draußen im Viertel berichtete. Er kam auf direktem Weg von einem Gang zur Seidenmanufaktur in der Nähe des Frediano-Tores zurück. Camilla sah mit leichter Rührung, daß er sich nicht einmal die Zeit genommen hatte, sein schlammbespritztes Gewand zu reinigen.

»Das Gute zuerst«, sagte er, »so wie es deinem Zustand gebührt: Die Seidenmanufaktur steht noch, der große Auftrag aus Portugal, den ich ihr eingebracht habe, kann gottlob erfüllt werden. Lediglich die Rohseide aus Granada, welche die Genueser zu veredeln vergaßen und die ich heute zurückschicken wollte, hat etwas gelitten, da sie zu ebener Erde lagerte. Aber im großen und ganzen können wir höchst zufrieden sein.«

»Sonst jedoch?« erkundigte sich Camilla, im Augenblick an Geschäften weniger interessiert und weil sie von Natur aus gern schwarzsah.

Giovanni benetzte ihr die zerbissenen Lippen mit ein paar Tropfen Salbeiwein, der in einer Karaffe auf dem Nachttischchen bereitstand, und nahm selbst einen gehörigen Schluck, bevor er mit einem Seufzer fortfuhr: »Nun ja, für die Menschen, deren Häuser in Ufernähe stehen, war es wieder eine einzige Katastrophe.«

»So wie vor hundertfünfzig Jahren?« fragte Camilla, weil es ihr zwischen einem Stechen in der Brust und einem Reißen im Kreuz gerade so einfiel.

»Nicht ganz. Dreizehndreiunddreißig soll der Sturm volle sechsundneunzig Stunden getobt haben, berichtet Villani. Feuergarben jagten über den Himmel, Donner krachten, und das Hochwasser riß sämtliche Brücken weg. Diesmal sind sie nur unpassierbar. Seinerzeit krochen die Menschen um Hilfe schreiend auf Brettern von Dach zu Dach, diesmal konnten sich manche in die höhergelegenen Kirchen retten, obwohl es auch in unseren Tagen immer noch keine Vorwarnung gibt. Viele traf die Flut völlig unvorbereitet, einige wurden im Schlaf überrascht. Erst durch das Wasser selbst erfuhren die Menschen vom Wasser und befanden sich auch schon auf einer Insel, abgeschnitten von anderen Inseln. Santa Croce drüben soll besonders gelitten haben. Überhaupt, nach allem, was ich gesehen habe, machen wir uns völlig falsche Vorstellungen von der Höhe der einzelnen Stadtteile und Straßen. Diese Dinge müßten unbedingt einmal untersucht werden. Was geschah in den anderen Vierteln? Niemand weiß es.«

Camilla schloß die Augen, als er die Sturmschäden aufzählte, die geborstenen Türme und Mauern benannte und die Geschwindigkeit der im Arno treibenden Bäume zu schätzen versuchte. Sie ließ Giovanni reden, wie so oft, und verwünschte, vor Schmerzen einer Ohnmacht nahe, ihre ewige Nachgiebigkeit. Hatte sie sich nicht während jeder ihrer sieben Geburten geschworen, diesmal gleich nach dem Wochenbett Faustinas Rezept zur Empfängnisverhütung anzuwenden? Und hatte sie es sich nicht von Giovanni jedesmal wieder als »Schwarze Magie« ausreden lassen? Dabei war es so einfach. Sie hat Faustinas Worte nicht vergessen, glaubt jetzt sogar ihre Stimme zu hören: »Bilsenkraut, in Pferdemilch eingeweicht und in Hirschleder gebunden, an den Hals eines Frauenzimmers gehängt, bewirkt, daß dasselbe nicht empfängt, solange es das Kraut am Halse trägt.«

Schwarze Magie, Aberglaube ... Schade, daß ihr nicht nach Lachen zumute war. »Und wenn man nicht sähe, wie der Magnet das Eisen anzieht, so würde man es auch nicht glauben«, flüsterte sie.

Sprach sie etwa im Fieber? Giovanni warf der Hebamme besorgte Blicke zu. Biga aber nickte beruhigend, worauf er beschloß, sich für eine Weile zurückzuziehen. An der Türschwelle wandte er sich noch einmal um, warf Camilla eine Kußhand zu, die sie nicht sah. Da lag sie nun in der reichen und heiteren Dämmerung, welche die kostbaren farbigen Glasfenster, auf die sie so stolz war, ihrem Schlafgemach verlieh, lag, während die Natur draußen gänzlich aus dem Gleichgewicht geraten war, auf ihre animalischen Qualen reduziert, die nur noch sich selbst wahrnahmen.

Ein hilfloses Schulterzucken, dann schloß er die Tür. Daß er sich als Mann jedesmal so schuldig fühlte!

Giovannis Studio lag im zweiten Stockwerk über dem Eheschlafzimmer, aber auf der Rückseite des Hauses. Es hatte einen vom Gang aus heizbaren Wandkamin und einen Schreibtisch aus Walnußholz, darauf eine der ersten tragbaren Uhren des Jahrhunderts. Giovanni schätzte es in fast jeder Hinsicht, seinen Zeitgenossen um eine Nasenlänge voraus zu sein, und was die Entdeckung der Meßbarkeit von Zeit und Raum betraf, so hatte sie bereits seinen Vater fasziniert, der Werkmeister beim berühmten Brunelleschi gewesen war, dem Erfinder der Perspektive, dem Erbauer von Uhren, diesen genialen Instrumenten, durch welche der Tag in Stunden und Minuten eingeteilt wurde, statt wie bisher in Gebetszeiten und Ave-Marias unbestimmter Dauer. Allein durch das Denken, dachte Giovanni, war die Zeit meßbar geworden, Gebete aber waren der Gedanken Gegenteil und somit kindlicheren Gemütern vorbehalten. Mochten sie sich weiter nach Ave-Marias richten ... Außer der Quantität beschäftigte ihn die Qualität der Zeit. Sogar mit seinem Weib hatte er schon manches Mal darüber gesprochen. Für den sorgfältigen Umgang mit Körper und Seele – vor allem letzteres – war Camilla zwar durchaus zu haben, von der Kostbarkeit der Zeit hingegen, die man seiner Meinung nach nicht ungestraft verschwenden durfte, hatte sie sich bisher nicht überzeugen lassen. Seine Maxime, Zeit sei Geld, war ihr sogar höchst suspekt, zumal sie argwöhnte, er habe sie sich erst auf die Fahne geschrieben, als er nach der wirtschaftlichen Rezession Mitte des Jahrhunderts auch noch der Wechslergilde beigetreten war, wie übrigens viele andere Seidenhändler außer ihm. In Camillas Familie, kleinen Handwerkern und Ladenbesitzern, aber galten Bankgeschäfte immer noch als unehrenhaft, und die Gute lebte in ständiger Furcht, man könnte ihnen über Nacht das Haus mit roter Farbe anstreichen, wie es bei Häusern von erwiesenen Wucherern oder auch bei Juden gelegentlich vorkam.

Camilla und ihre Befürchtungen ... Um welche Genüsse hatte sie sich damit schon gebracht!

Kopfschüttelnd, wenn auch mit einem Lächeln, öffnete Giovanni eines der Geheimfächer in seinem Schreibtisch, um die wappengeschmückte Familienchronik herauszuholen, in die er außer den Geburts- und Sterbedaten auch regelmäßig die wichtigsten äußeren Ereignisse eintrug, die ihm Einfluß auf sein Leben zu haben schienen und Folgen für seine Nachkommen.

Wie zum Beispiel gleich auf der ersten Seite der Tod des

»pater patriae«, Cosimo de' Medici, als er und Camilla gerade sechs Wochen miteinander verheiratet waren. Niemand hatte seinerzeit eine Vorstellung davon, wer Cosimos dreißigjährige Regentschaft fortsetzen sollte. Also baten die Ratsherren kurzerhand den ältesten Sohn Piero, die Bank- und Regierungsgeschäfte seines Vaters zu übernehmen.

»Ebenso phantasielos wie fragwürdig«, lautete Giovannis Kommentar in der Familienchronik. »Haben sie in Florenz vergessen, daß es so etwas wie Volksabstimmungen und Wahlen gibt?«

Oh, diese selbstherrlichen Banditen! Genüßlich befeuchtete Giovanni seinen Zeigefinger, damit sich die Seite besser wenden ließ. Er liebte das Knistern des feinen weißen Pergamentes, das aus den Häuten totgeborener Zicklein gewonnen wurde. Es stammte aus Spanien wie seine Rohseide und berührte seine Fingerspitzen kaum weniger angenehm.

Die nächste Eintragung stammte aus dem Jahr 1465:

»Konkurs des Bankhauses Pitti. Bau ihres Palastes unterbrochen«, stand da in seiner steilen, schnörkellosen Handschrift, und etwas weiter unten: »Geburt unserer ersten Tochter Tobia.«

Im Jahr darauf hieß es: »Heute wurde uns der dreijährige Knabe Pietro Baldassare ins Haus gebracht, Sohn des anno 63 erschlagenen Schneiders Frosino Bartoli und seiner Ehefrau Gelsomina – Camillas Kusine zweiten Grades –, die soeben in Siena der Pest erlag.« Nun, der Waisenknabe blieb für immer, denn er besaß keine Verwandten außer den Salvestrini und wäre als Sohn auch durchaus willkommen gewesen, hätte sein »saturnisches Gemüt«, wie Giovanni es gern umschrieb, das Leben mit ihm nicht von Anfang an erschwert. Die Kinderfrau, die sein heftiges Temperament besonders mißbilligte, konnte ein Lied davon singen. Sie rief ihn alsbald nur noch »Tribolo«, weil, so Faustina, er nur auf der Welt sei, »andere zu plagen und zu tribulieren«.

Armer Quälgeist! Heute nannte ihn niemand mehr bei seinem Taufnamen, und dabei würde es wohl sein Lebtag bleiben. In der Chronik gab es nur noch einen weiteren Hinweis auf die Zeiten mit dem Pflegesohn. Schmunzelnd überflog Giovanni seine Zeilen zum 28. Mai 1472:

»Ein denkwürdiger Tag in der Geschichte unserer Stadt: Die unvergleichliche Kuppel des Domes erhielt elf Jahre nach ihrer Vollendung eine kupferne Kugel nebst Kreuz, welche heute unter Leitung des Bildhauers Verrocchio zum Ergötzen einer großen Volksmenge an ihren Platz gebracht wurde. Die Kugel wiegt exakt 4368 Pfund und faßt gut 500 Scheffel Korn. Den Knaben Tribolo, der mich so gern bei meinen Gängen durch die Stadt begleitet, erinnerte die Kugel, als sie endlich fest genug oben auf der Laterne saß, daß weder Wind noch Sturm sie zu Schaden zu bringen vermochte, an einen ›schwebenden Mond‹, und er beschloß auf der Stelle, Lehrjunge in Verrocchios Werkstatt zu werden.«

Also damals schon! Wie es doch von jeher das Spektakuläre war, was diesen Knaben anzog! Zumindest im Jahre 72 sollte er auf seine Kosten kommen, nur wenige Wochen später wußte die Chronik zu berichten:

»Man sah am Himmel über Florenz den angekündigten Kometen mit einem mächtigen Schweif, und es heißt, es bedeute den Tod großer Herren.«

Die Prophezeiung stammte nicht von ihm selbst, sondern von einem gewissen Stefano Infessura, Historiker und Verwalter bei den Colonna in Rom. Giovanni hatte sie aus reiner Neugier in sein Familienbuch eingetragen. Und in der Tat füllten sich im Laufe des Jahres die folgenden Zeilen mit den Sterbedaten »großer Herren«, wie vorausgesagt, unter ihnen der geniale Universalmensch L. B. Alberti, der florentinische Baumeister Michelozzo, der Naturwissenschaftler Salviani und der Humanist Bessarion.

Giovanni wußte bis heute nicht, was er davon halten sollte. Er blätterte noch einmal zurück, weil er die Geburt seiner zweiten Tochter Caterina anno 67 überschlagen hatte und zwei Jahre später den Tod Pieros de' Medici. Auch von dessen Nachfolger, seinem blutjungen Sohn Lorenzo, hatte er kein Wort erwähnt; dieser war ebensowenig vom Volk gewählt. Rechte, die einmal aufgegeben wurden, ließen sich eben nicht kampflos zurückgewinnen, davon war Giovanni überzeugt. Die nächsten Seiten seiner Chronik füllten geschäftliche Transaktionen, Gewinne und Verluste, das übliche Auf und Ab einer Kaufmannsexistenz.

1470 brachte Camilla ihre jüngste Tochter Giovanna zur Welt, danach drei Kinder, die nicht lebensfähig waren. Nichts als Töchter und Totgeburten ... Giovanni trocknete sich die Stirn, heiß war ihm geworden. Er erhob sich, um die schweren hölzernen Fensterläden aufzustoßen und frische Luft hereinzulassen. Hier oben in der zweiten Etage mußte noch die alte Bespannung mit Öltuch eine kostspielige Verglasung ersetzen. Nicht mehr allzu lange, hoffte er. Giovanni mochte es nicht, wenn mit der Kälte oder Hitze, dem Sturm oder Regen auch das Sonnenlicht ausgesperrt wurde. Er versuchte, tief durchzuatmen, Gefühle der Beklemmung gar nicht erst aufkommen zu lassen.

Ein Hauch von Fäulnis und Verzweiflung wehte ihm entgegen. Noch waren die Schäden der letzten Stunden nicht zu ermessen. Dunkle Schatten lagen über der Stadt, gleichzeitig brach schwefliges Licht in waagerechten Bahnen aus einem Himmel, der aussah wie zerknittertes Papier. Was für eine Stimmung! Was für ein Tag, um geboren zu werden!

Der Astrologe, den Camilla kurz vor dem Sturm noch hatte kommen lassen, sprach von einer ungewöhnlichen Planetenkonjunktion, welche die Geburt eines ungewöhnlichen Kindes erwarten lasse. Über sein Geschlecht allerdings hatte er sich ausgeschwiegen, der Herr Astrologe. Wahrscheinlich verstand er sein Metier auch nicht besser als der Gemeindepriester, der ebenfalls vorbeigeschaut und Giovannis Zorn mit der völlig absurden Theologenthese erregt hatte, ungeborene Mädchen erhielten ihre Seele erst neunzig Tage nach der Empfängnis, Knaben dagegen wesentlich früher, wenn nicht im Augenblicke selbst.

»Ja, hat denn diese Kirche nichts Besseres zu tun, als die Vorurteile kleiner Leute zu nähren, die Mädchen ohnehin für minderwertige Geschöpfe halten, welche ihren Eltern nur Kosten und Sorgen bereiten?« hatte er den Geistlichen angefahren.

»Es sind weniger die kleinen Leute, wie Ihr sie zu nennen beliebt, als vielmehr wohlhabende Bürger, welchen die Sorge um die Mitgift für mehrere unverheiratete Töchter schlaflose Nächte bereitet. Obwohl ich es Euch nicht wünsche, werdet Ihr es schon noch am eigenen Leibe erfahren!« hatte der Seelsorger geschnaubt und sich auf der Stelle empfohlen, ohne sich um Camillas verletzte Gefühle zu kümmern, die ob dieses ketzerischen Disputes den Tränen nahe war.

Giovanni seufzte. So sehr er seine drei Töchter liebte und Wert darauf legte, ihnen die gleiche Bildung zu ermöglichen, die er Tribolo oder einem eigenen Sohn zugebilligt hätte, so wenig konnte er die Belastung leugnen, die auf ihn zukam, wenn die Mädchen das heiratsfähige Alter erreichten. Und Tobia war bereits dreizehn. Viel Zeit blieb nicht mehr. Ihre Mitgift würde den Maßstab für die jüngeren Schwestern setzen, eine Verpflichtung, der er sich nicht wieder entziehen könnte. Zum Glück gab es in Florenz eigens eine Bank für Töchterväter, die »monte delle doti«, auf die er monatlich einen Betrag einzahlte, der zudem gute Zinsen brachte, zur Zeit sogar stolze achtzehn Prozent … Allmächtiger! Da rechnete er nun hier herum, und unten quälte sich sein Weib zum siebten und hoffentlich letzten Mal, denn eigentlich war sie über das Alter längst hinaus. Töchter oder Totgeburten … Nein, diesmal nicht!

Diesmal war alles anders. Eine solche Schwangerschaft, sagte Camilla, hätte sie noch nicht erlebt. Das Kind in ihrem Leib purzelbaumte und pochte schon von der siebzehnten Woche an, gab Tag und Nacht keine Ruhe. Ein ungebärdiges Kind in einem stürmischen Frühjahr. Selvaggio wollten sie ihn nennen, den Wildfang.

Giovanni füllte frisches Öl in die Lampen, schloß die Fensterläden und wandte sich wieder seiner Chronik zu. Auf diese Weise würde die Zeit schneller vergehen. Nachdem er die Spitzen aller Gänsekiele so fein wie möglich beschnitten hatte, prüfte er die Konsistenz seiner schwarzbraunen Sepia, gewonnen aus der Blase eines Tintenfisches, zu Pulver getrocknet und mit Wasser wieder angerührt. Einen unvergleichlichen Geruch verströmte dieses Sekret, fand Giovanni, der gerne mehr von jenen animalischen Stoffwechseln geheimnisvoller Unterwasserwelten verstanden hätte und wünschte, in einer Epoche geboren zu sein, die sich tiefer um Erkenntnis der Naturgesetze bemühte als seine eigene. Diese Epoche, das spürte er, würde bald anbrechen. Seinem Sohn vielleicht ...

In sorgfältiger Schönschrift malte er das Datum des heutigen Tages auf das erste unberührte Blatt:

Florenz, 16. Mai 1478

Gern hätte Giovanni weitergelesen, als seien die Stationen eines Lebens, das gerade erst beginnen sollte, schon mit unsichtbarer Tinte in diesem Buch vorgezeichnet. Doch so sehr er es auch wünschen oder fürchten mochte, das Pergament blieb weiß und verschwiegen, und der Chronist mußte sich wie bisher mit dem Rückblick begnügen. Dabei war ihm das Jahr zuvor nur eine einzige Eintragung wert gewesen:

»Seit gestern abend im Besitz eines der ersten Exemplare des sogenannten Atlas. Dazu wurde die Weltkarte des Ptolemäus ergänzt, gedruckt, in Ausschnitte geteilt und zum Buch gebunden«, hieß es da in knappen Worten. Wozu einen Atlas beschreiben, den sich jedermann bei ihm ansehen konnte, der sich dafür interessierte. Häufiger als seine Töchter fragte allerdings Tribolo danach. Vor allem »terra incognita«, das unerforschte Land außerhalb der bekannten Kontinente, wo jeweils stand: »Jenseits dieser Stelle hausen die Drachen«, schien seine Phantasie zu entzünden, denn er konnte diesen Satz gar nicht oft genug laut vorlesen.

Anders als anno 77 füllte allein der 26. April 78 schon einige Seiten, gewidmet Selvaggio Salvestrini, geboren im Jahr der Verschwörer. Er sollte eine Antwort finden, wenn er früher oder später wissen wollte, was in diesen Tagen zu Florenz geschah. Das war man ihm schuldig, meinte Salvestrini, und nicht zuletzt darin sah er den Sinn seiner Chronik.

Mit dem machthungrigen Papst Sixtus hatte er beginnen müssen, der die Stadt Florenz durch die Ermordung der Brüder Medici und die Auflösung der Signoria seinem Kirchenstaat einverleiben wollte.

Den genauen Plan dazu lieferte ihm der unselige Francesco de' Pazzi, der es nie verwunden hatte, daß die Dame seines Herzens – die schöne goldblonde Simonetta de' Vespucci, das Venusmodell Botticellis – seinem Rivalen Giuliano de' Medici den Vorzug gab, einem entfernten Verwandten.

Es fand sich auch ein gedungener Mörder, der die Meucheltat bei einem Gastmahl ausführen wollte, nicht jedoch, wie gewünscht, im Dom und während des Hochamtes. Folglich verbündete sich Francesco mit zwei Geistlichen, welche die heiligen Orte gewöhnt waren und sich nicht scheuten, sie mit Blut zu beflecken. Der Augenblick, in dem der Erzbischof Salviati, der ebenfalls zu den Verschwörern zählte, den Gläubigen die Hostie zeigte, sollte das Zeichen zum Überfall sein.

»Was für eine Welt!« murmelte Giovanni, während er seine Worte noch einmal durchlas, die er erst vor zwanzig Tagen geschrieben hatte, und wußte, es kam noch schlimmer.

Vom Verrat an den höchsten Idealen würde sein Kind erfahren müssen, von der falschen Freundschaft vor allem. Denn wie von zwei Freunden wurden Lorenzo de' Medici und sein anmutiger Bruder Giuliano an jenem 26. April von den beiden Pazzi daheim zum Kirchgang abgeholt.

Was aussah wie eine zärtliche Begrüßung, war nichts als ein geschicktes Tasten nach verborgenen Waffen. Was klang wie heiteres Geplauder, nichts als Täuschung und Hinterlist. Völlig arglos ließen sich die Brüder Medici zu ihrer Hinrichtung führen.

Dennoch gelang der Anschlag auf ihr Leben nicht ganz. Die beiden gottlosen Geistlichen mit ihren Degen unter dem Priesterrock verstanden es wohl besser, mit Worten zu fechten als mit Waffen; jedenfalls verwundeten sie den jungen Lorenzo lediglich an der Kehle. Gewandt, wie er war, konnte er sich in die Alte Sakristei flüchten und dort verbarrikadieren. Der neben ihm kniende Giuliano dagegen wurde von Francesco de' Pazzi getötet, der, wie man hörte, neunzehnmal auf ihn einstach, bevor er sich in seiner Raserei selbst am Oberschenkel verletzte. Dennoch konnte Francesco sich ungehindert aus dem Dom nach Hause schleppen, wo er sich sofort zu Bett begab.

Inzwischen war der Erzbischof Salviati gleich vom Altar aus zum Signorenpalast gestürmt, um die Ratsherren zu entmachten. Zu seinem Bedauern verfügte Giovanni Salvestrini nicht über die Wortgewalt eines Poeten, die Dramatik des Augenblickes angemessen darzustellen, und so schrieb er nur:

»Salviati unterrichtete die Signoria vom Tod der Brüder Medici und forderte, im Namen Seiner Heiligkeit des Papstes, die Übergabe der Stadt Florenz. Ungläubiges Staunen, Zweifel, lähmendes Schweigen. Als der Bischof sich nach seinen Mitverschwörern umsah, damit sie seinen Worten Nachdruck verliehen, mußte er zu seinem Schrecken feststellen, daß sie gar nicht mit hereingekommen waren. Man sagt«, so hatte Giovanni später hinzugefügt, »sie hätten sich im Palast verlaufen und sich versehentlich in einen Saal eingesperrt, dessen Türen nur von außen zu öffnen waren.«

Das Ende war schnell erzählt:

»Die Herren der Signoria packten den Erzbischof bei seinem Meßgewand und prügelten die Wahrheit über den Putschversuch aus ihm heraus. Wenig später zeigte sich Lorenzo, bleich wie der Tod, mit blutgetränktem Verband, der

Volksmenge, die ihm vom Dom bis zum Medicipalast gefolgt war, und gab ihr den Mord an seinem Bruder und die Verschwörung der Pazzi gegen die ganze Stadt bekannt. Die Florentiner bebten vor Empörung, Zorn und Rachsucht. Obwohl Lorenzo sie zu beschwichtigen versuchte, begannen sie eine beispiellose Verbrecherjagd. Eine volle Woche lang wurde ein Verschwörer nach dem anderen aufgespürt und zu Tode gequält, als erste, versteht sich, der Erzbischof und die Pazzi. Allein an den Fenstern des Signorenpalastes sah man mitunter Dutzende von Gehängten baumeln. Und am Tag, als die große Flut begann, hatten über zweihundert Menschen, ob zu Recht oder Unrecht, für den Mord an Giuliano de' Medici ihr Leben gelassen.«

Da darunter noch etwas Platz war, fügte Giovanni nun hinzu: »Zur Stunde erwartet Florenz die Exkommunikation durch Papst Sixtus, das bedeutet: Die Stadt muß bis auf weiteres auf den Segen ihrer Kirche verzichten. Und das in Italien! Es werden keine Sünden mehr vergeben und weder Taufen noch Trauungen stattfinden. Da überdies die Glocken verstummen, werden die Bürger jede zeitliche Orientierung verlieren – was durch die Unwetterkatastrophe auch ohne päpstliche Verfügung bereits geschehen ist.«

Wie gut, daß Giovanni nicht abergläubisch war, er hätte sonst wahrhaftig annehmen müssen, daß sein jüngstes Kind unter keinem guten Stern geboren würde!

Eine Weile saß er noch da und sann, ließ seine Gedanken vom ungeborenen Sohn zum Knaben Tribolo wandern, der zur Zeit als Lehrjunge dem Meister Verrocchio bei seinen drei lebensgroßen Wachsfiguren nach dem Bilde des Lorenzo zur Hand gehen mußte. Die Anhänger der Medici hatten die Figuren in Auftrag gegeben, um sie als Dank für des Freundes Errettung an verschiedenen Plätzen der Stadt aufstellen zu lassen.

Tribolo, sonst oft recht maulfaul, berichtete täglich jedem, der 's hören wollte, vom Fortgang der Arbeit und ärgerte sich sogar, als er wegen des Hochwassers nicht mehr über die Brücke zur Werkstatt auf der anderen Seite gelangen konnte. In allen Einzelheiten hatte er der Familie zuvor beschrieben, wie das Holzgerüst im Inneren mit wachsüberzogenem Tuch ausgekleidet wurde, wie Hände und Füße nach der Natur geformt und mit Ölfarben bemalt wurden. Wie in Kürze sowohl echte Haare als auch echt aussehender Schmuck angefertigt werden sollten, damit die Kunstwerke lebenden Menschen glichen.

Besonders erwähnenswert erschien es dem Kindskopf, daß eine der Figuren in genau dasselbe blutbefleckte Gewand gekleidet werden sollte, welches Lorenzo trug, als man ihn verwundete. Obwohl nun schon sechzehn Jahre alt und somit ein junger Mann, liebte es Tribolo immer noch, sich zu gruseln wie ein unreifer Lateinschüler ...

Vorsichtig glättete Giovanni die letzten Seiten der Familienchronik, dann klappte er sie zu und schloß sie weg, nicht ohne vorher noch einmal über den Goldschnitt und das schwarzweiße Familienwappen zu streichen. Unten in Camillas Schlafzimmer hörte er ihre Freundinnen die Marienlitanei anstimmen. Seine Schreibtischuhr zeigte kurz nach sechs. Nicht vor der Vesper, hatte die Hebamme gesagt. Camillas Zeit war wohl gekommen.

Als Selvaggia Salvestrini das Licht der Welt erblickte, gedämpftes Abendlicht, das durch die Fensterscheiben vielfarbige Muster in den Raum zeichnete, läuteten in Florenz schon seit einer Stunde die Glocken. Die bescheidene von San Spirito hatte als erste ihre Bimmelstimme erhoben und ihre Nachbarin von San Frediano angesteckt; wenig später waren auch die Glocken der großen Kirchen jenseits des Arno eingefallen, die melodischen von Santa Maria Novella und San Lorenzo, die dunklen vom Dom. Seitdem erklangen sie alle miteinander im Festtagsgeläut, verkündeten, dem drohenden Kirchenbann zum Trotz, der ganzen Stadt den Sieg des Lichtes über Regenstürme und Finsternis, versöhnten die Salvestrinis mit der Geburt ihrer vierten Tochter.

»Herr, dein Wille geschehe«, betete Biga, während sie das Ebengeborene mit kräftigen Klapsen in die Leiden dieser Welt einführte. Erschrocken tat das Kind einen Atemzug, der wie ein tiefer Seufzer klang, aber es weinte nicht.

Die Hebamme hielt es kopfüber an den Füßen und versuchte es mit weiteren Schlägen, bis Camilla es ihr verbot.

»Wer nicht schreien will, ist nicht lebensfähig!« protestierte Biga.

»Aber es atmet doch schon von selbst recht gut«, fand Camilla.

Biga schüttelte den Kopf: »Das hat es bei mir noch nie gegeben«, entschloß sich dann aber doch, das Kind auf Wunsch seiner Mutter auch ohne Geschrei mit duftendem Rosenwasser abzuwaschen und ihm den Mund mit Wein und Honig zu reinigen.

Vielleicht lag Camilla ja nicht viel am Leben einer weiteren Tochter, was wahrhaftig kein Wunder wäre. Biga konnte einen Anflug von Schadenfreude nicht ganz verleugnen, als sie das kleine Mädchen nackt auf einer weichen Ziegenfelldecke in Camillas Bett trug, damit alle es dort betrachteten. Warum sollten immer nur die Armen mit Töchtern gestraft werden und weiße Bohnenkerne in den Geburtskasten am Baptisterium werfen müssen, um der Stadtverwaltung eine neue Bürgerin und ein hungriges Maul mehr zu melden? Ein weißer Bohnenkern aus einem wohlhabenden Haushalt würde wenigstens für ein behütetes Leben ohne Hunger, Kälte und sonstige Entbehrungen sprechen. So gesehen war es sicher nicht das schlechteste Los, eine Tochter der Salvestrini zu sein. »Hauptsache, sie ist gesund nach all den Plagen«, fand Biga das Stichwort für die Freundinnen, leicht verlegen näher zu treten und ihre Glück- und Segenswünsche auszusprechen, die ihnen kaum über die Lippen wollten. Bei einem vierten Mädchen war schon alles gesagt.

Wider Erwarten ließ Camilla, die sonst so Verbindliche, keine von ihnen zu Wort kommen. »Spart euch eure scheinheiligen Sprüche und falschen Komplimente und laßt mich allein«, verlangte sie mit fester Stimme und schien dabei weder sonderlich betrübt noch erschöpft zu sein.

Teils mit betretenen Mienen, teils sichtlich gekränkt, klaubten die Damen ihre Nachttöpfe und Toilettenartikel zusammen und stahlen sich davon. Seltsamerweise kam es Camilla so vor, als sähe sie für einen Augenblick Tribolos Rotschopf im Gewoge der Umhänge und Gewänder aufblitzen, aber das konnte ja wohl nur eine Täuschung sein. Wahrscheinlich hatte sich wieder eine von Tobias orangeroten Katzen mit hereingeschlichen und suchte jetzt, durch den plötzlichen Aufbruch in Panik versetzt, mit einem Satz das Weite. Sollte sie, sollten sie alle.

Kaum waren die Damen draußen, zog Camilla die Ziegenfelldecke näher an sich heran und begann mit wachsendem Entzücken das kleine Wesen kennenzulernen, das so viele Monate Teil ihrer selbst gewesen war. Sie hatte das Gefühl, gleichzeitig singen und weinen zu müssen.

»Du kannst dann auch gehen, den Rest wird Faustina besorgen«, wandte sie sich an Biga, die noch die letzten Spuren der Geburt beseitigte. »Und die junge Frau vom Lande kannst du ebenfalls nach Hause schicken.«

Biga verstand nicht. »Ihr sprecht doch nicht etwa von der neuen Amme? Wollt Ihr Euer Kind verhungern lassen?«

»Keineswegs. Es soll das Beste bekommen, was ich ihm geben kann: meine eigene Milch.«

Fassungslos ließ Biga sich auf eine Truhe sinken. Donna Camilla mußte den Verstand verloren haben, trotz des Schlangenhautgürtels! Ein Wochenbettkoller, sie hatte es ja geahnt. Man sollte ihr gut zureden wie einer unaufgeklärten Jungfrau oder einer Erstgebärenden:

»Die Muttermilch der Damen von Stand ist dünn und wäßrig, gerade gut genug, ein Katzenkind damit großzuziehen.«

»Das kann ich nicht glauben«, behauptete Camilla.

»Ihr werdet Euch Eure Figur verderben, Eure Brüste ... Denkt nur!«

»Ich habe die Dreißig weit überschritten, wie du weißt, da gibt es nicht mehr viel zu verderben.«

»Aber es schickt sich nicht. Die Leute werden sagen, Euer Gatte sei zu geizig, die zwei Florin im Monat für die Amme zu zahlen.«

»Die schönen Madonnen auf den Gemälden in der Kirche geben ihrem Kind auch selbst die Brust, Biga. Ist dir das noch nie aufgefallen?«

»Madonna! – Die Madonna ist eine Frau aus dem Volk gewesen!«

»So wie ich, meine Gute! Mein Vater war nur ein kleiner Zuckerbäcker. – Also, schickst du die Amme nun fort?«

»Das wird kein gutes Ende nehmen!« Murrend schlurfte Biga zur Tür, wo sie fast mit dem Hausherrn zusammenstieß.

»Na, na, Biga! Die stürmischen Zeiten sind doch vorbei! – Wie geht es meiner Frau?«

»Es ist nur eine Tochter, Signore.«

»Donnerwetter!« Statt die Fassung zu verlieren, brach Giovanni in Gelächter aus, wenn auch etwas zu laut und unbefangen. »Und alles sprach dagegen! Ja, ja, brave Biga, die Natur spielt uns seltsame Streiche! – Und Donna Camilla?«

»Oh, was soll ich sagen ... Sie hat alles erstaunlich gut überstanden. Aber sie phantasiert ... Eine Überreizung der Nerven, nehme ich an. Überzeugt Euch selbst!«

In der Tat machte Camilla ein Gesicht, das Giovanni noch nie an ihr gesehen hatte. Auch als er ihr eine besonders fein gearbeitete Venusbrosche überreichte, die er beim besten Juwelier der Stadt schon im voraus zur Geburt des Sohnes bestellt hatte und die nun zurückzuhalten ihm sein Zartgefühl verbot, änderte sich der Gesichtsausdruck seines Weibes nicht. Es mußte also an dem Kind liegen, welches Camilla da in eine Decke gehüllt so fest an ihre Brust preßte. Behutsam lockerte er ihren Griff und half ihr, seine Tochter auszupacken, wobei er tröstend Camillas Hände streichelte. Doch Trost, das sagte ihm schon sein erster Blick, schien hier gänzlich unangebracht: Camilla hielt das schönste Kind in den Armen, das er je zu Gesicht bekommen hatte.

»Obwohl es zwei Wochen vor der errechneten Zeit geboren wurde, hatte es die Augen weit offen«, würde er später in seine Chronik schreiben, und weiter: »Es hat ausgesehen, als sei es schon ein Jahr auf der Welt. – Ein erstaunliches Phänomen.«

Er zog es auch diesmal vor, lieber zu untertreiben, als große Gefühle in unpassende Worte zu fassen. In Wirklichkeit hielt er dieses Wesen, das Camilla ihm nun mit Stolz vor Augen führte, schlicht für vollkommen, mit seinen harmonischen Proportionen, den feinen, ebenmäßigen Gliedern und dem bernsteinfarbenen Schimmer der Haut, der so gar nichts gemein hatte mit der üblichen Säuglingsgelbsucht.

Seine drei ersten Töchter, die längst zu hübschen Mädchen herangewachsen waren, hatten sich ihm in ihrer ersten Stunde als runzlige, zappelnde Zwerge präsentiert, mit krebsroten Köpfen und zornigen Mienen, sichtlich gezeichnet von den Strapazen des Menschwerdens. Diese vierte aber war ein Wunder, wie man es schöner nicht hätte malen können.

Er hob sie ganz dicht vor sein Gesicht, schnupperte an der Haut und am seidigen Fell wie ein verstörtes Tier, welches sich vergewissern will, daß sich kein fremdes Junges unter die eigene Brut gemischt hat. Trotz der Rosenwasserzeremonie, auf die Biga wohl kaum verzichtet hatte, duftete die Haut des Kindes nach etwas, das nicht hierhergehörte. »Nach Weihrauch und Meßopfer«, meinte er nach einer Weile, »wie die Haut einer Priesterin. – Findest du nicht, Camilla?«

Giovanni gab ihr das Kind zurück, damit auch sie seinen Duft überprüfte. »Und du bist sicher, daß ich der Vater bin?«

Camilla lächelte. »Ich bin nicht einmal sicher, daß ich die Mutter bin.«

»Hm. Verstehe. – Wie sollen wir sie denn nun nennen?«

»Selvaggia.«

»Aber, Camilla! Meinst du nicht, man sollte nach dieser Überraschung lieber einen neuen Namen wählen? Einen, der besser zu ihr paßt? Angela, Angelica oder Maria? Ich jedenfalls kann in diesen stillen blauen Augen nichts Wildes entdecken.«

»Ich schon«, sagte Camilla, »zumindest sehe ich es kommen.«

»Du änderst dich wirklich nie, obwohl ich eben beim Hereinkommen noch das Gegenteil dachte«, scherzte Giovanni. »Und nun ruh dich aus, mein Herz, ich denke, du hast es verdient.«

Er küßte sie väterlich auf die Stirn, bevor er ging. Gleich morgen würde er hundert weiße Rosen besorgen. Eine Venusbrosche war zu wenig für die Tochter, die sie ihm heute geschenkt hatte.

Nichts wäre Camilla lieber gewesen, als jetzt endlich ausruhen zu können, aber anscheinend hatte ihr Körper es verlernt, sich zu entspannen. Sobald sie die Augen schloß, begannen ihre Lider zu zucken und ihr das Herz bald bis in den Hals zu klopfen, bald stillstehen zu wollen. Sie war gleichzeitig sterbensmüde und hellwach. Außerdem wartete sie auf Faustina, die ohne ein Wort der Erklärung vor den Freundinnen hinausgelaufen war, als sie gerade am nötigsten gebraucht wurde. Wo sie nur so lange blieb? Wenn die altvertraute Kinderfrau bei ihnen wachte, würde Camilla vielleicht nicht ständig nachsehen müssen, ob ihr Kind auch noch atmete. Es lag so ruhig wie eine Puppe und war doch dasselbe, das sich in ihrem Leib solche Kapriolen erlaubt hatte. Als ob auf die Welt zu kommen das Ziel seiner ganzen Unrast gewesen wäre. Zu früh geboren und am Ende zu früh wieder genommen …? Da war sie wieder, Camillas Neigung zu schwarzen Gedanken, die sie zeit ihres Lebens vergeblich bekämpft hatte. Schon wagte sie es kaum noch, die Rosenwangen des Kindes zu berühren, seinen lockigen Flaum, etwas dunkler als die Haut, aber nicht weniger schimmernd, den nur angedeuteten Bogen der Augenbrauen. War es nicht von vornherein zu vollkommen für diese Welt?

Sie erinnerte sich an den Wachszauber, den Faustina in den ersten Schwangerschaftswochen für sie veranstaltet hatte, weil sie sich so elend fühlte, daß alle eine weitere Fehlgeburt fürchteten. Faustina hatte Jungfernwachs verlangt, das sie in einer funkelnagelneuen Pfanne schmelzen ließ, während sie allerlei Beschwörungsformeln brabbelte. Schließlich goß sie die Flüssigkeit zum Abkühlen in ein noch nie gebrauchtes Glas. Nachdem das Wachs wieder erstarrt war, glaubte sie darin alles zu sehen, was sie wissen wollte.

Nur ungern dachte Camilla daran, welche Mühe es sie gekostet hatte, sie zum Reden zu bringen, und wie sorgsam Faustina ihre Worte zu wählen versuchte, als sie endlich sprach:

»Ihr solltet Euch nicht grämen, wenn Ihr es vor der Zeit verliert, Donna Camilla. Andernfalls ...«

»Was fällt dir ein, Faustina?«

»Andernfalls wird man es sein Lebtag von jedwedem Feuer fernhalten müssen.«

»Wie alle kleinen Kinder«, sagte Camilla mit wachsendem Ärger.

»Nein, mehr als alle anderen Kinder und sein Lebtag«, wiederholte Faustina. »Andernfalls ...«

»Andernfalls?«

»Könnte es eines Tages bei lebendigem Leib verbrennen.«

»Faustina, du machst mir angst!« hatte Camilla sich jedes weitere Wort verbeten und dafür gesorgt, daß Giovanni nichts von alldem erfuhr. Erst als sie das sternförmige Feuermal zwischen den Schulterblättern des Kindes entdeckte, war ihr der Wachszauber wieder eingefallen.

»Nanu, ein Storchenbiß! Bis zur Hochzeit wird er vergehen«, hatte Biga gescherzt, Faustina aber war nach einem flüchtigen Blick auf das hellrote Mal ohne Rücksicht auf

Camillas Freundinnen hinausgestürmt, die soeben gemessenen Schrittes ihr Gastspiel beendeten.

Zum Glück hatte Giovanni das seltsame Sternzeichen auf der Haut seiner Tochter übersehen, obwohl es sein Bild gewiß nicht getrübt hätte und er sich jegliche Schlußfolgerungen mit den Worten: »Hirngespinste, weiter nichts!« ein für allemal verbitten würde.

»Möge dein Vater recht behalten, Selvaggia«, wünschte Camilla, und das Kind schaute sie aufmerksam an, als verstünde es jedes Wort. Sogar ein Lächeln konnte es schon hervorzaubern, niemand würde es glauben, der es nicht sah. »Ich werde mit dir reden wie mit einer Erwachsenen«, beschloß Camilla, »vom ersten Tag an.« Sie nahm ihren venezianischen Spiegel zur Hand und stellte sich vor, sie könnte sich mit des Kindes Augen betrachten, was soviel hieß, wie sich selbst ins Gesicht zu schauen, ohne an dessen Vergangenheit oder Zukunft zu denken. Ein müßiger Versuch! Zu oft schon hatte sie ihre eigenen Züge studiert, um die Spuren der Zeit übersehen zu können. Camilla befand sich bereits am Nachmittag ihres Lebens und wunderte sich immer noch, daß sie alterte. Erst als sie ihre Jugend zu verlieren begann, ahnte sie, was sie ihr hätte bedeuten können. Von Jahr zu Jahr, so kam es ihr nun vor, erschöpften sich Möglichkeiten, die nie mehr genutzt würden, blieben wertvolle Schätze ungehoben.

Das angenehme Leben, welches sie an Giovannis Seite führte, hatte ihr zwar manche Sorgenfalte ersparen können, nicht aber die Linien, die sie selbst ihrer Mimik durch die Beschaffenheit ihrer Gefühle und Gedanken einprägte. Die verborgene Schwermut in den Augen, die jetzt freilich fiebrig glänzten, die verräterischen Konturen der Lippen, die, selbst wenn sie sich um ein Lächeln bemühten, den grundsätzlichen Mangel an Lebensfreude nicht mehr zu leugnen vermochten.

Mit dreißig, so hieß es, waren die Wonnen der Liebe vorüber, überflüssig, sie durch Schnürmieder, Schminke, Düfte noch einmal beschwören zu wollen. Nun gut, wenn sie schon nicht mehr Frau sein durfte, dann wollte sie wenigstens die Freuden der Mutterschaft ein letztes Mal genießen, die sie sich bei ihren ersten drei Kindern versagt hatte, um Giovanni möglichst bald wieder eine vollwertige Geliebte zu sein. Was sie selbst wollte, hatte sie sich eigentlich nie so recht gefragt. Dies, so schien es ihr nun, war der Tag, damit zu beginnen. Sie warf ihrem Spiegelbild noch einen verschwörerischen Blick zu, bevor sie sich leichten Herzens davon trennte.

Als endlich Faustina mit angewärmten Tüchern und einem Wickelkissen unter dem Arm zurückkam, versuchte Camilla, ihrem Kind zum erstenmal die Brust zu geben. Faustina lachte sie aus.

»Wenn Ihr in Eurem Alter die Ammenkunst noch erlernen wollt, solltet Ihr viel Geduld mitbringen!«

»Mehr Geduld, als die natürliche Kunst der Welt erfordert«, sagte Camilla, die jetzt schon spürte, daß das Stillen eine durchaus lustvolle Beschäftigung sein würde.

»Ihr werdet frühestens in sechs Stunden Milch haben, Donna Camilla. – Seid Ihr denn gar nicht müde, zerschlagen, erschöpft?«

»Nicht zu müde, um dich zu fragen, warum du uns vor geraumer Zeit so überstürzt verlassen hast!«

Faustina zupfte gedankenverloren an den Rüschen ihres Wickelkissens. »Um die Damen zum Aufbruch zu animieren«, antwortete sie, »und um dies hier zu besorgen.« Sie deutete auf eine Stickerei in der Mitte des Kissens.

»Das Sonnenemblem des Heiligen Bernhardino!« staunte Camilla. »Wo hast du es her?«

»Oh, man hat so seine Quellen ... Eure Tochter braucht besonderen Schutz, wie Ihr wißt. Und Ihr seid doch eine Anhängerin des Bernhardino von Siena, nicht wahr?«

»Meine Mutter selig war es«, entsann sich Camilla. »Sie hat all die berühmten Predigten noch mit eigenen Ohren hören können. Aber du hast recht, Faustina, seitdem Bernhardinos Prophezeiungen eingetroffen sind und er heiliggesprochen wurde, bin auch ich seine Anhängerin.«

»Welche Prophezeiungen meint Ihr?«

»Du weißt es nicht? Nun, daß die Schiffe Venedigs über die Berge segeln und die venezianischen Pferde übers Meer gehen würden. – Wie das nur möglich sein könnte, das hat in meiner Kindheit meine Phantasie tagelang beschäftigt.«

»Und wie war es schließlich möglich?«

»Die erste Prophezeiung erfüllte sich schon zu Lebzeiten meiner Mutter, als etliche venezianische Schiffe über Land zum Gardasee gebracht wurden, um die Grenzen des Veneto gegen den Herzog von Mailand zu schützen; die andere vor wenigen Jahren, als die venezianische Reiterei die Türken in Griechenland bekämpfte.«

»Ach so«, sagte Faustina, etwas enttäuscht, daß die Geschichte eine so prosaische Erklärung fand, denn sie schätzte das Irrationale entschieden mehr als die Vernunft. Niemand warf ihr das öfter vor als Giovanni.

»Schade, daß ich zu alt bin, auch Eurer vierten Tochter Amme zu sein«, bedauerte sie, während sie das Kind in Tücher wickelte. »So ein Marzipanpüppchen.« Sie küßte es geräuschvoll auf den Hals. »So ein allerliebstes Zuckerengelchen wie dieses, das hätte mir auch gefallen!« Noch ein Kuß auf die Stirn, dann wollte sie das Kind, da es friedlich blieb, an seine Wiege gewöhnen, doch Camilla schien sich immer noch nicht von ihm trennen zu wollen. »Leg es auf das Kissen«, wünschte sie, »ich will es heute nacht bei mir behalten.«

Faustina brummte Unverständliches. »Es ist eigentlich ein Taufkissen«, sagte sie dann.

»Ich weiß.« Camilla dachte nach. »Der Namenstag des Heiligen Bernhardino ist am 20. Mai. Demnach müßten wir Selvaggia schon in vier Tagen taufen. Nur so wird das Emblem sie schützen können.«

Faustina schüttelte energisch den Kopf. »Das ist viel zu früh. So ein kleines Kind, überdies vor der Zeit geboren, darf noch nicht an die Luft. Als ob Ihr das nicht selbst wüßtet!«

»Schon. Aber bei Selvaggia ist alles zu früh, und wenn wir sie nicht so bald wie möglich zum Baptisterium tragen, wird sie am Ende das ganze Jahr nicht getauft werden. Giovanni meint, nach der Auseinandersetzung zwischen dem Papst und den Medici drohe ganz Florenz der Kirchenbann. Willst du etwa, daß dein Engelchen ein Heidenkind bleibt?«

Darauf wußte Faustina keine Antwort. Sie bekreuzigte sich stumm und setzte sich auf einen Schemel neben der Truhe, um die Nachtwache zu beginnen.

Es tat wohl, sie in der Nähe zu wissen. Camilla spürte, wie sie langsam zur Ruhe kam, wie ihr die Glieder schwer wurden und der Kopf leicht, so als hätte sie reichlich Wein getrunken. Trotzdem überprüfte sie noch einmal, ob ihre Tochter auch richtig gewickelt war, weder zu fest noch zu locker. Gerührt ließ sie ihre Finger über das gestickte Sonnenemblem wandern, das aus einem Christusmonogramm mit goldenem Strahlenkranz auf blauem Grund bestand. Wo hatte sie das nicht schon überall gesehen! An den seltsamsten Stellen. Auf Palazzofassaden in Siena, über Kirchenportalen und auf Altären, auf Geschäftsbüchern und Spinnrädern, auf Wiegen und Kochtöpfen. Überall, wo der Heilige Bernhardino einmal aufgetreten war, hatten seine Anhänger dafür gesorgt, daß seine Sonne zurückblieb.

Brave Faustina! Ein schöneres Symbol hätte wohl niemand der kleinen Selvaggia aussuchen können! Sonne statt Feuer, wärmen statt verbrennen, wachsen lassen statt zerstören ... So sollte es sein!

Noch einmal herzte Camilla ihr Kind, dem auch langsam die Augen zufielen, bevor sie es mitsamt seinem Kissen zu ihrer Rechten bettete. Eine Weile lauschte sie seinen schnellen, flachen Atemzügen und fand es entspannend, sich seinem Rhythmus anzupassen wie in einem magischen Spiel, dann aber überfiel sie neue Unruhe. Wenn sie sich nun in der

Nacht, in einem bösen Traum womöglich, auf die Seite drehte und es erdrückte? Was für ein schrecklicher Gedanke! Schon halb schlafend schob sie ihre Hand unter das Wickelkissen, bis sie das Gewicht des Kindes in der Armbeuge spürte. Es wog fast nichts. Auch Camilla hatte nun das Gefühl, eine substanzlose Hülle zu sein, die ihren Zweck erfüllt hatte wie der abgelegte Kokon einer Seidenraupe. Selvaggia war der Schmetterling, sie der Kokon. Die Geburt eine Metamorphose. Wenn sie jetzt beide diese Welt verlassen müßten, so sähe sie darin keinen Grund zur Trauer. Ganz im Gegenteil! Camilla spürte plötzlich nie empfundenes Mitgefühl mit allem, was sich so leicht und zerbrechlich wie ihre Tochter einem Leben auslieferte. Wenn man sie nur vor dem Schlimmsten bewahren könnte ... Aber was wäre es denn, das Schlimmste? Sie war nicht mehr fähig, den Faden zu Ende zu spinnen. Über keines ihrer anderen Kinder hatte sie sich bisher derartige Gedanken gemacht.

»Ich werde dir zu viel Liebe geben, als daß du jemals Angst haben müßtest«, versprach sie. Dann erst fand sie Ruhe.

Aus der Nacht löste sich langsam der Morgen, doch im Hause Salvestrini lag man noch in tiefem Schlaf, Camilla mit ihrer neugeborenen Tochter im Arm, Faustina auf ihrem Schemel, den Rücken gegen die kalte Wand gelehnt.

Das erste, was Selvaggia erblickte, als sie ihre Augen aufschlug, war das Gesicht des Knaben Tribolo. Er hielt einen Kerzenstummel in der Hand, dessen heißes Wachs ihm auf die Finger tropfte, ohne daß er zusammenzuckte.

Er war wiedergekommen, wie er gesagt hatte, zum zweitenmal schon, und niemand brauchte zu wissen, was ihn zu dieser Stunde vor allen anderen hierhertrieb.

Mit angehaltenem Atem sah er auf Selvaggia herab, deren nachtblauer Blick auf ihn gerichtet war und doch durch ihn hindurchschaute. Er fühlte sich ertappt unter diesem Blick, aber das störte ihn nicht. Schon jetzt wußte er mehr von ihr, als sie je wissen würde, hatte er doch, hinter einem Wandvorhang versteckt, alles aus nächster Nähe mitangesehen, die ganze ekelhafte Prozedur ihrer Befreiung aus dem Mutterleib. Das letzte Geheimnis der Frauen, das ihm noch verborgen gewesen war, jetzt kannte er es: Es marterte ihren Körper bis zum Zerreißen, sie heulten, röchelten, zerbissen sich die Fingerknöchel, verloren mindestens die Hälfte ihres Blutes, und damit nicht genug, stießen sie alles aus sich heraus, was in ihnen war, diverse Flüssigkeiten, schwammiges Gewebe, Exkremente. Diavolo! Die Folter hörte erst auf, wenn ein Stück ihrer Eingeweide, losgelöst von ihnen, ein Eigenleben begann ... Das also hatte es auf sich mit dem Gebären.

Als die Hebamme das gräßliche weiße Geschlinge der Nabelschnur durchtrennte – wobei sie auch noch lauthals behauptete, daraus ablesen zu können, wie viele Kinder eine Wöchnerin in Zukunft bekäme und wie lange sie leben würden –, hatte Tribolo sich, was sonst wahrlich nicht seine Art war, hinter seinem Vorhang dreimal bekreuzigt, aus schierer Dankbarkeit, männlichen Geschlechtes zu sein. Ihm fiel ein, daß er vor wenigen Tagen, bei steigendem Hochwasser auf den Zinnen der Stadtmauer stehend, beobachtet hatte, wie eine mächtige Flutwelle den Ponte Vecchio überrollte und den Inhalt sämtlicher Fleischerläden von der Brücke in den Fluß schwemmte und mit sich riß. Geschlachtete Ferkel und Lämmer, ganze und halbe Tierkadaver, Kalbsköpfe, Blutwurstbrei und Innereien trieben da zuhauf im Wasser wie nach einem Massaker. Seine damalige Empfindung von Ekel und Lust war durchaus ähnlich gewesen wie die als Späher hinter dem Vorhang, wenn auch längst nicht so intensiv.

Das gänzlich Unfaßbare an allem aber war weniger das makabre Spektakel an sich als vielmehr das, was es hervorgebracht hatte: Diese neue kleine Kusine da vor ihm, zum Greifen nah, deren Apartheit Tribolo trotz der Wickeltücher, die er am liebsten eines nach dem anderen entfernt hätte, keineswegs verborgen blieb. Man sah ihr nicht an, in welchem Drama um Sein oder Nichtsein sie die Hauptrolle gespielt hatte, unmöglich, sie damit in Verbindung zu bringen. Sie war nicht geboren, sie war erfunden. Er hatte sie sich erdacht, seine Verwandte. Allein dieses Gesicht mit den allwissenden Augen kam nicht von dieser Welt. Dazu der Duft, der an feierliche Zeremonien in der Kirche erinnerte – oder woran sonst? An etwas Heiliges, Jenseitiges jedenfalls.

Der Engel, dachte Tribolo, unterscheidet sich vom Teufel durch Gedanken, die ihm noch nicht gekommen sind. Für wie lange? Unwichtig! Ob man einen Engel beizeiten auf solche Gedanken bringen könnte – das zu untersuchen würde sich lohnen. Wie sehr konnte man ein Wesen beeinflussen, das einem vertraute? Er würde es herausfinden, er allein. Selvaggia, so wollten ihre Eltern sie wohl nennen, sollte leben, als wäre sie sein Geschöpf, eine ganze wohlbehütete Kindheit lang.

Ohne besondere Absicht bewegte Tribolo die leere Wiege, die neben dem Ehebett stand und in der er zuletzt als Achtjähriger die neugeborene Giovanna bewundern sollte. Damals hatte er weder das Aufheben verstanden, welches um die Geburt einer Tochter gemacht wurde, noch die Begeisterung über ein schreiendes menschenunähnliches Etwas geteilt. Damals war kein Vergleich.

Faustina in ihrer Ecke rührte sich, brabbelte wirre Worte im Schlaf. Sollte sie jetzt aufwachen, würde sie sich in eine Furie verwandeln und ihn zum Teufel jagen. Die Ärmste glaubte felsenfest, daß ein Kind alle möglichen Krankheiten bekäme, wenn jemand seine leere Wiege schaukelte. Schon zu Giovannas Säuglingszeit hatte sie ihn manches Mal deswegen zurechtgewiesen. Doch Faustina wachte nicht auf, und auch Camilla blieb in ihrer Traumwelt gefangen, ohne eine Beunruhigung zu spüren. Er und Selvaggia hatten ihre erste Nacht für sich allein. Was zwischen ihnen entstanden war, ließ sich nicht mehr ungeschehen machen. Tribolo und Selvaggia ... Wie winzig ihre Hände waren! Tribolo reichte ihr seinen Zeigefinger, den sie augenblicklich fest umschloß und nicht wieder losließ. Mit der Fußspitze hielt er die Wiege an. Schaden wollte er Selvaggia nicht, heute nicht und, solange sie mitspielte, auch in Zukunft nicht. Eines allerdings wollte er fast um jeden Preis: Er wollte sich verschwören, wenn nicht mit ihr, dann gegen sie.

Seine Finger gruben sich tief in das weiche Wachs des Kerzenstummels, so ernst war es ihm. Beinah hätte er die Flamme erstickt. Selvaggia aber schloß die Augen wie zum Zeichen der Zustimmung und entzog sich damit den Blikken ihres nächtlichen Betrachters.

2. Kapitel

Spiralen und Labyrinthe

In den frühen Jahren blieb Selvaggia selten sich selbst überlassen. Eltern, Verwandte, Dienstboten und sogar die Geschwister, alle wetteiferten um ihre Gunst, ohne die ihnen kein Segen mehr auf dem Hause Salvestrini zu liegen schien.

Die Gesichter, die sich tagnächtlich dem des Kindes zuneigten, verschmolzen zu einer einzigen Grimasse aus Wohlwollen und Erwartung. Mit der Zeit lernte Selvaggia zu unterscheiden: Camilla, die sie auch außerhalb der Stillzeiten an die bloße Brust drückte, damit die Tochter den Herzschlag nicht entbehren mußte, dem sie schon im Mutterleib gelauscht hatte, vom Vater, der ihr mit ruhiger Stimme den Lauf der Dinge erläuterte; die Schwestern, welche ihr die Kunststücke der Haustiere vorführten – Spielzeugwagen, von weißen Mäusen gezogen, eine schwarze Grille, zirpte sie sich zu Tode oder zerfeilte sie die Stäbe ihres Käfigs? –, vom Bruder Tribolo, der vor ihren Augen kleine bleiche Knöchelchen jonglierte und mit dem Handrücken wieder auffing. Faustinas rotes, rundes Gesicht schwebte über dem Badezuber mit duftendem Rosenwasser und über der Wiege, da sang es, und über dem Wickeltisch, da flüsterte es Koseworte, während ihre Fingerspitzen, die sie zuvor in warmes Mandelöl getaucht hatte, einer geheimen Choreographie folgend über den Kinderkörper tanzten.

Alles, was geschah, diente zu Selvaggias Erheiterung. Sie sammelte Lächeln und gab sie gerne zurück, vermochte in einem einzigen Aufleuchten ihres Gesichtes widerzuspiegeln, was sie so vielfältig empfangen hatte. Es war dieses Lächeln, um das alle buhlten. Allein darum ging es. Um diese Augenbrauen, die sich zu zarten Spitzbögen wölbten und doch Stirn und Nase unberührt ließen, vollkommen glatt, um das hüpfende Licht in den sonst so stillen Augen, die geschlossenen Lippen, die, ohne sich merklich zu verziehen, den Mundwinkeln winzige Grübchen zauberten, an jeder Seite eins.

»Wie sie das nur macht!« sagten die Schwestern und übten dieses Lächeln heimlich vor Camillas venezianischem Spiegel, aber es wurde immer nur ein aufgesetztes Grinsen daraus.

»Sie muß es nicht machen«, erklärte Faustina. »Sie ist damit zur Welt gekommen. Einst wird es den Männern den Kopf verdrehen.«

»Das Lächeln einer Sphinx aus dem Land der Ägypter«, nannte Giovanni es stolz.

Das Lächeln einer potentiellen Sünderin, dachte Tribolo. Sie wird es verlieren, wenn man ihr Geheimnis kennt. Sie wird reden lernen und es verlieren. Mochten sich alle etwas vormachen lassen, er wußte es besser und wartete ab.

Durch die stetige Zuwendung der gesamten Familie verlief Selvaggias Entwicklung in Sprüngen. Sie verschwendete keine Zeit damit, zu krabbeln und zu brabbeln wie andere Kinder ihres Alters, sondern lief aufrecht auf zwei Beinen, sobald sie imstande war das Gleichgewicht zu halten. Auch sprach sie von vornherein in ganzen Sätzen, da sie keine anderen kannte. Doch ebenso rasch, wie sie ihre Fähigkeiten erworben hatte, schien sie ihrer überdrüssig zu werden.

Als sie alles sagen konnte, zog sie es vor, tagelang zu schweigen, zumal sie den Verdacht nie loswurde, die Worte, die man ihr sagte, könnten in Wahrheit etwas ganz anderes bedeuten, etwas, das man ihr verheimlichte.

Als sie sich frei bewegen konnte, verkroch sie sich immer häufiger in entlegene Winkel des Hauses, fern von mütterlichen Umarmungen und väterlichen Monologen, unbehelligt von der Menagerie der jüngsten Schwester und den Einfällen Tribolos. Da hockte sie allein oder mit ihrer Lieblingspuppe im Arm mucksmäuschenstill hinter losen

Wandbehängen und in staubigen Nischen, ohne sich vom Fleck zu rühren, und vergaß, daß man sie suchte, obwohl sie ihren Namen rufen hörte. Selbst wenn es ihr wichtig gewesen wäre, hätte sie jetzt nicht antworten können. Etwas anderes war wichtiger. Mit fest geschlossenen Lidern wartete sie auf den Augenblick:

Aus rauchblauen Nebelringen entstand die Figur einer Spirale. Sobald die Konturen scharf geworden waren, trat sie selbst, Selvaggia, in das Bild. Sie folgte den Linien von außen nach innen und in die Tiefe. Mit angehaltenem Atem sah sie sich immer kleiner werden, bis sie schließlich ganz verschwand. Es gab sie nicht mehr. Nichts gab es mehr. Nur Stille. Doch bevor sie herausfinden konnte, was sie dabei fühlte, verkehrte sich der Vorgang in sein Gegenteil. Selvaggia tauchte wieder auf, wuchs, wurde riesig, wurde, dachte sie, was ihr Vater wohl unter dem Universum verstand, war das All, und alles war in ihr. Jetzt wußte sie auch, was sie fühlte, aber einen Namen dafür fand sie nicht, auch später nicht, als sie alle Wörter ihrer Sprache nach einem Vorschlag befragte. Und obgleich es ihr nicht immer gelang, sich einzuspiralen, konnte sie sich doch jederzeit an das damit verbundene Gefühl erinnern.

Das Haus der Salvestrini war mit seinen drei Stockwerken und den Vorratskammern im Keller und Erdgeschoß so geräumig, daß Selvaggia ein Versteck, welches schon entdeckt worden war, kein zweites Mal zu wahlen brauchte. Und als niemand mehr verhindern konnte, daß sie sich auch ohne Faustina oder die Schwestern aus dem Kinderzimmer stahl, um die vielen hohen Treppenstufen zum Innenhof hinunter- und wieder hinaufzusteigen, wurden ihre Möglichkeiten schier unerschöpflich. Von den allerersten Ausflügen holte Camilla sie zurück, ebenso enttäuscht wie fasziniert vom vorzeitigen Freiheitsdrang dieser jüngsten Tochter, die ihr näherstand als alle anderen.

In ihrer Verwirrung begann sie, sich Vorwürfe zu machen, bei aller Fürsorge etwas Wesentliches versäumt zu haben und nicht einmal zu ahnen, was dies sein könnte. Sie beschloß, Selvaggia beizeiten in die Häuser der armen Leute und Findelkinder mitzunehmen, die sie regelmäßig besuchte, seit das unbestechliche Spiegelbild ihr nahegelegt hatte, durch Mildtätigkeit ihre Seele zu retten, wenn schon ihr Leib zusehends an Schönheit und damit an Zukunft verlor. Ein Besuch bei den Armen würde auch Selvaggias Seele guttun, was immer sie entbehrte. Zuvor aber würde Camilla im eigenen Haus, dessen Sicherheit ihr auf einmal trügerisch erschien, Vorkehrungen treffen.

Bilder von zugeschlagenen Truhendeckeln, von unabgedeckten Brunnenschächten und im Keller herumliegenden Hackbeilen jagten ihr durch den Kopf. Auch blieben die drei Tore zur Straße allzu selten geschlossen. Pferde, die draußen an den Ringen angebunden waren, sah man gelegentlich um die Pfosten lugen – welches kleine Mädchen würde da nicht streicheln wollen –, und von der Türschwelle aus war es nur noch ein Schritt in das Labyrinth der Gassen und dann geradewegs in die Fluten des Arno.

Und erst Giovannis Besucher! Händler, Straßenverkäufer, Zunftbrüder! Bevölkerten sie nicht stundenlang den Innenhof, warfen ein Auge auf die süße Tochter der Salvestrini, wollten mit ihr spielen, sie herzen und verderben? Von Wahnideen verfolgt, hastete Camilla bis zur Erschöpfung durch ihr Haus, viele Male am Tag, immer neue Gefahren abzuwenden. Allein vom Feuer, dessen war sie sicher, mußte sie ihre Tochter nicht fernhalten. Obwohl Selvaggia die Wärme liebte, machte sie von klein auf einen Bogen um alles, was flackerte, glühte oder brannte. Nein, mit dem Feuer würde sie niemals spielen.

Faustina führte das auf eine natürliche Verbindung des Kindes zu seinen inneren Stimmen zurück und betete, daß diese niemals abreißen möge. Wenn sie es war, die Selvaggia in einem ihrer spinnwebenreichen Schlupfwinkel fand, folgte ein Reinigungsritual, das einer Dämonenaustreibung glich und das Giovanni auf der Stelle verbot, nachdem er es einmal unbemerkt hatte mitansehen können. Von jeher hatte er Faustinas Liebe zur Magie mißbilligt, doch was sich da vor seinen Augen abspielte, hätte er selbst von ihr nicht erwartet. Faustina ließ sich vom Diener Ciacco eine nagelneue Badewanne bringen und mit frischem Arnowasser füllen. Dies vermischte sie unter Sprüchen und Gebeten mit Weihwasser, geweihtem Wachs, geweihter Asche, Salz und Palmzweigen von der letzten Karwoche, darüber streute sie neunerlei Kräuter. An drei Stellen des Zubers, oben, in der Mitte und unten, klebte sie Lichtmeßkerzen und zündete sie an, bevor das Kind, zitternd vor Kälte oder Schreck, in den unappetitlichen Sud getaucht wurde, wobei Faustina wiederum laut alle guten Geister des Wassers, der Erde und der Luft beschwor. Und das alles wegen eines harmlosen Kinderversteckes, weit entfernt von Altweibergespenstern. Wie konnte Camilla das zulassen!

»Ich verbiete den Hokuspokus in meinem Haus!« herrschte Giovanni Faustina an. »Oder willst du eines Tages verbrannt werden wie in deiner Jugend die Hexen zu Rom? Denunzianten gibt es überall!« Außer sich vor Zorn über soviel Dummheit riß er seine Tochter an sich, die ihm die Rettung mit einem Lächeln vergalt.

Von nun an würde Selvaggia die Orte ihrer Verwandlung freiwillig verlassen, sobald sie Faustinas großen Schlüsselbund von weitem rasseln hörte. Dabei hätte die alte Kinderfrau es ohnehin nicht mehr gewagt, Ritualbäder anzuordnen. Sie begnügte sich damit, Selvaggia nach dem Versteckspiel die Spinnweben zu entfernen, die Haare kräftig zu bürsten und sie mit einer Aura von Locken und Bändern zu umgeben. Aber auch diese Prozedur wurde mit der Zeit recht lästig. Am liebsten ließ Selvaggia sich von ihrem Vater aufspüren, und obwohl sie genau wußte, wie sie das anzustellen hatte, kam es nicht eben oft dazu, denn Giovanni Salvestrini war ein vielbeschäftigter Mann und selten zu Hause. Um so dringlicher erschien es seiner Tochter, ein Gespür für Gelegenheiten zu entwickeln, was bedeutete, den Vorkehrungen im Haus, dem Gemurmel der Dienstboten und nicht zuletzt Camillas Miene zu entnehmen, wann Giovanni von einer seiner Einkaufsreisen in die Levante oder von Messen in der französischen Champagne zurückerwartet wurde. Fast immer gelang es ihr, sich kurz vor seiner Ankunft in die Kellerräume zu stehlen und zwischen Stoffballen, Ölfässern und huschenden Mäusen einzuspiralen, bis sie ihres Vaters Schritte vernahm und seine Stimme laut die Vorräte zählen hörte. Schon sah sie die Kerzen seines siebenarmigen Tonleuchters hinter den geschlossenen Augenlidern flackern.

An anderen Tagen ließ er lange auf sich warten, viel länger, als Selvaggias Visionen andauerten. Dann gab es nur noch einen Zeitvertreib: das Erschnuppern der verschiedenen Kellergerüche, und wenn auch das nicht ausreichte, eine Nasenreise durch das ganze Haus, ohne sich von der Stelle zu rühren. An seinem Geruch nämlich hätte Selvaggia jeden einzelnen Raum erkannt, selbst mit verbundenen Augen. Im ersten Stockwerk gab es den großen Saal, der die volle Breite des Hauses einnahm und nur zu Familienfeiern oder Festen benutzt wurde. Durch seine ständig geschlossenen Glasfenster roch er nach nichts als gefangenem Sonnenschein. In der mittleren Etage wetteiferten die Düfte von Giovannas Käfigtieren mit Camillas geweihten Honigkerzen, die zu jeder Tageszeit einem anderen Anliegen geopfert wurden. Ganz oben im Küchengeschoß schließlich vereinigten sich die Dünste des Essens mit denen der Wäsche und der Putzlaugen zu einer vielschichtigen Wolke, die durch ein kleines offenes Fenster zur Seitenstraße hinausgelassen wurde. Die Kellergerüche nach Sägemehl, Weinpfützen, Olivenöl dagegen verflüchtigten sich nicht so leicht. Sie blieben dem gestampften Lehmfußboden nahe und änderten sich nur in Nuancen. Selvaggia mochte ihre Beständigkeit, die selbst der tiefsten Dunkelheit etwas Vertrautes gab. Sie wartete und lauschte, und mit ihr hielt die Welt den Atem an. Giovanni, wenn er sie dort unten fand, würde sie sogleich auf die hölzerne Rutsche für Warenballen setzen, die von einer vergitterten Fensterluke hoch oben in der Kellerwand hinunter zum Fußboden führte. Er würde seine Tochter abwärts sausen lassen und wieder in die Höhe heben, bis sie an seiner Hand zu fliegen schien.

»Bewegung vertreibt die Grillen«, verkündete er zum Schluß jedesmal, selbst ganz außer Atem, und setzte voraus, daß Selvaggia seinen nun unvermeidlichen Bemerkungen über die »vita activa der Kaufleute und Staatsmänner im Vergleich zur vita contemplativa der Gelehrten und Asketen« folgen konnte, während sie sich lachend und schnaufend von ihrer Berg- und Talfahrt erholte.

»Weiter!« bat sie, wenn er zu Ende gesprochen hatte, und Giovanni wußte, es waren nicht seine Worte, die sie meinte. Dennoch erfüllte er mit Vergnügen ihren Wunsch, wenn seine Zeit es ihm erlaubte. Selvaggia wollte, erhitzt wie sie war, ohne Camilla oder Faustina um einen Umhang zu bitten oder um Erlaubnis zu fragen, mit ihm auf seinem Apfelschimmel durch die Straßen der Stadt reiten, durch seine Straßen auf der anderen Seite des Arno, nicht aber durch die der Wollkrempler und Dienstboten im Nachbarviertel San Frediano, das sie dank Faustinas regelmäßiger Familienbesuche schon zur Genüge kennenlernte. Grau wie die Gesichter der Menschen waren Gassen und Gebäude in der Arbeitergegend, düster und verkommen. Beim ersten Ritt mit ihrem Vater dagegen war ihr Florenz in leuchtendem Licht erschienen, rot wie Giovannis Mantel, den er an diesem Tag als neuernannter Konsul der Seidengilde zum erstenmal trug.

Auch Selvaggia, die, an ihren Vater gelehnt, vor ihm auf dem Schimmel saß, war ganz in dieses Rot gehüllt. Sie ritten die lange Via Maggiore hinunter, die über den Ponte Trinità zum Stadtkern führte. Nach rechts und links Bekannte aus der Nachbarschaft grüßend, zeigte Giovanni seiner Tochter die noch nicht fertig gebauten Paläste, denen zum Teil bloß das Dach fehlte, während bei anderen gerade erst die Fundamente gelegt waren. Die Baustellen grenzten an eine kleine, unscheinbare Tuchfabrik am Ende der Straße. Sie gehörte dem Kartäuserkloster und sah aus wie eine Kirche.

Unten in ihrem Kellerversteck hatte Selvaggia ganz vergessen, daß es hellichter Tag war und die Harzfackeln an den Brückenaufgängen und die kleinen Lichter an den Straßenkreuzungen noch lange nicht angezündet würden. Tribolo hatte ihr davon erzählt, und sie hätte sie zu gerne alle auf einmal leuchten sehen. Sie hob einen Zipfel des roten Mantels vor ihre Augen, um hindurchzuschauen, aber der Stoff war zu dicht gewebt und tauchte alles in dasselbe Licht, statt es nur an bestimmten Stellen zu entzünden.

Über dem mittleren Brückenbogen zügelte Giovanni sein Pferd und ließ es stillstehen, obwohl er damit den Strom der Geschäftigen aufhielt, die sich mit ihren hochbeladenen Körben und Kippkarren mühsam an ihnen vorbeiquetschen mußten und nun ihrerseits den Gegenverkehr störten. Giovanni hatte angehalten, um einen wurmstichigen Apfel aus seiner Satteltasche in hohem Bogen in den Arno zu werfen. »Das Wasser«, erklärte er dabei der Tochter, »das Wasser nimmt sich seine Farbe vom Himmel.«

Neugierig lugte Selvaggia aus den roten Falten, verglich oben und unten. Es war Frühsommer, und der Arno schimmerte zartgrün wie der Himmel, von dem es doch immer hieß, er sei blau.

»Siehst du die Kreise im Wasser, die durch den versunkenen Apfel entstanden sind?«

Selvaggia nickte.

»Nun, ebenso scheint sich der Ton der Musik und überhaupt jeder Ton in der Luft fortzupflanzen. Es ist dasselbe Prinzip, verstehst du, und ich frage mich, ob es außer mir wohl schon jemand entdeckt hat.«

Selvaggia mußte lachen, weil ihr Vater seine Worte immer so ernst nahm. Das Prinzip, von dem er gesprochen hatte, verstand sie nicht, aber es gefiel ihr, und die Wellen des apfelgrünen Arno und jede Musik, die sie hörte, würden für sie auf immer miteinander verbunden sein.

Giovannis Schimmel schnaubte unwillig. Die Hörner eines Ochsenpaares, welches über die Brücke zum Markt getrieben wurde, kamen seinem Hinterteil näher, als ihm lieb sein konnte, und auch die Grobheiten, die der Bauer ihnen zuschrie, waren nichts für empfindliche Ohren. Selvaggia wandte sich um, ihrem Vater ins Gesicht zu sehen. Würde er sich auf einen Wortwechsel einlassen? Giovanni schüttelte nachsichtig den Kopf. »Auf dem Lande lebt man nach anderen Regeln«, sagte er und beeilte sich, dem ungeduldigen Viehhändler den Weg zum Mercato Nuovo frei zu machen, wo allerdings keine Ochsen verkauft wurden, es sei denn welche aus Gold bei den Juwelieren oder kunstvoll auf Stoffe gestickte bei den Seidenhändlern.

Auch Salvestrini hatte vor vielen Jahren hier angefangen. Er zeigte seiner Tochter den kleinen Laden an der Via Porta Rossa, aus dem ein Angestellter mit einem Federkiel hinter dem Ohr gerade einen Ballen Goldbrokat zu einer prächtigen Kutsche mit vier Pferden trug.

»Und wo war ich, als du diesen Laden hattest?« fragte Selvaggia.

Giovanni lächelte zufrieden. Während andere Kinder ihre Eltern mit »messer padre« und »madonna madre« anredeten, vor ihnen niederknien und ihnen die Hand küssen mußten, nicht aber ungestraft reden durften, war er Lorenzos fortschrittlichem Beispiel gefolgt und hatte seinen Kindern erlaubt, ihn und Camilla zu duzen, und wenn sie wollten, sogar beim Vornamen zu nennen.

»Du warst noch nicht da, mein Engel.« Er legte seine Hand auf ihren Scheitel, als müsse er sich vergewissern, daß die Zeit ohne sie auch wirklich der Vergangenheit angehörte.

»Und wo war ich, bevor ich da war?« fragte sie noch einmal und dachte an ihre Spirale. »Ach, ich weiß schon«, sagte sie, ehe Giovanni antworten konnte, »im Universum.«

Ob es nun paßte oder nicht, ihr Vater liebte dieses Wort zweifellos. Diesmal schien es zu passen. Giovanni murmelte etwas Anerkennendes und zog seine Tochter noch enger an sich. Wahrhaftig, diese kleine Person besaß, wenn man es nicht schon Intellekt nennen wollte, zumindest Intuition, gepaart mit einem ausgezeichneten Gedächtnis. Ihre Talente zu fördern, würde er sich nicht nehmen lassen.

Selvaggia seufzte zufrieden. So hoch zu Roß, im Schutze des Purpurs, fühlte sie sich wie eine Göttin: alles überblickend, ohne selbst bemerkt zu werden. Um nichts auf der Welt hätte sie mit einem der Fußgänger unten auf der schmalen Straße tauschen mögen, zumal das Gewimmel der Menschen und Lasttiere noch zunahm, je näher sie dem alten Markt kamen. Besonders eng wurde es jenseits der Piazza Trinità, einem kleinen Platz hinter der Brücke. Dort hatte man einen ganzen Häuserblock abgerissen, weil, so Giovanni, eine der mächtigsten Familien der Stadt sich einen neuen Palast errichten wollte. Immer wieder mußten sie Steinbergen und Erdhaufen ausweichen und noch dazu einer gaffenden Menschenmenge, die, an einen Bretterzaun gedrängt, den Fortgang der Arbeiten begutachtete. Der Mercato Antiquo selbst, und vor allem die langgestreckte Loggia mit ihren Verkaufsständen in der Mitte des Platzes, war das weltliche Zentrum der Stadt, ihr übervoller Bauch.

Selvaggia wußte kaum, was sie zuerst betrachten sollte, die Körbe der Marktfrauen, die ihre blankgeputzten Früchte und kunterbunten Gemüse zu kleinen Kunstwerken arrangiert hatten, oder die Tische der Fischverkäufer mit ihren feuchtglänzenden Meerestieren.

Mitunter fiel der Blick auch auf gerupftes Geflügel mit durchschnittenen Gurgeln und, schlimmer noch, auf gehäutete Kaninchen, so viel Vorwurf in den gebrochenen Augen, daß Selvaggia sie am liebsten mit den getrockneten Rosenblättern der Gewürzhändler bestreut hätte, damit sie nicht so nackt und blutig daliegen mußten. Von Mitgefühl überwältigt, beschloß sie, nie im Leben Kaninchenbraten oder ähnliches zu essen.

Giovanni kaufte hier ein Dutzend grünvioletter Artischocken und dort zwei Bündel Wachteln, dazu frische Lampreten, die man ihm in einem Spankörbchen hinaufreichte, und warf auch noch einer zerlumpten Bettlerin zwei quattrini – oder waren es nur piccoli? – zu, bevor sie ihren Weg fortsetzten.

Sie kamen jetzt in den ältesten Teil der Stadt. Dunkel waren hier die Gassen, übelriechend vom Abfall der vielen Menschen, die seit Jahrhunderten hier lebten. Ihre einstöckigen Häuser versteckten sich hinter massigen Türmen, und auch darin schienen ganz viele Wohnungen zu sein, denn vor jeder hing Wäsche zum Trocknen über dem Fenstergitter.

»Wo man heute nur noch verstümmelte Stümpfe sieht, standen einst die Adelstürme«, sagte Giovanni. »Früher waren sie so hoch wie ein Campanile, später durfte keiner mehr höher als dreißig Meter sein, ob er nun Flohturm, Schlangenturm oder Löwenturm hieß, das Volk wollte Gleichheit.« Und er erzählte seiner Tochter ausführlich, auf welche Weise die Florentiner vor zweihundert Jahren den Abriß der oberen Stockwerke erzwungen hatten. »Und aus den übriggebliebenen Steinen wurde die Stadtmauer am Arno gebaut«, schloß er.

Wenn Selvaggia sich aufrichtete, konnte sie mit den Fingerspitzen die flachen Steinbögen berühren, die sich von einer Seite der Gasse zur anderen spannten, um die weniger standhaften Gebäude zu stützen und obendrein weitere winzige Behausungen auf dem Buckel zu tragen. Selvaggia erschauerte unter diesen niedrigen Bögen. Sie waren so dicht hintereinander gesetzt, daß sie einen finsteren Tunnel bildeten, der wohl niemals einen Sonnenstrahl hindurchließ. Sie verbarg ihr Gesicht im Rot des Mantels und tauchte erst wieder auf, als sie die Stimme ihres Vaters die Schönheit des »flötenzarten Campanile« rühmen hörte. Und richtig, jetzt sah sie ihn auch, den schlanken Glockenturm, gleich neben dem Dom mit seiner Riesenkuppel, die sich wie ein runder, roter Berg in den Himmel schob, und dem achteckigen Tempel, Taufkirche der kleinen Kinder.

»Bin ich auch da getauft worden?« fragte Selvaggia.

»Und ob. Am 20. Mai vor fünf Jahren«, antwortete Giovanni und schmunzelte beim Gedanken an die Aufregungen, welche die überstürzte Taufe kurz vor der monatelangen Exkommunikation der Stadt mit sich gebracht hatte. »Und nun?« fragte er. »Zum Krapfenverkäufer vor San Lorenzo oder zum Geschichtenerzähler? Zur Feier des Tages soll Donna Selvaggia die Schritte von Roß und Reiter lenken.«

»Zum Geschichtenerzähler!« wünschte Selvaggia, weil sie, wie so oft, keinen Appetit hatte, auf süße, klebrige Krapfen schon gar nicht. Giovanni nickte. Warum nicht. Seine Tochter konnte bereits mühelos jeder Geschichte von Anfang bis Ende folgen, und der beste Erzähler der ganzen Stadt würde genau zu dieser Stunde auf der Piazza della Signoria hofhalten.

Mit seinem altmodischen immergrünen Turban war er schon von weitem zu erkennen. Er stand etwas erhöht auf einem Holzpodest zwischen Palazzo und Loggia dei Lanzi und hatte auch diesmal wieder seine Zuhörer gefunden, Fußgänger die meisten, aber auch Reiter, die nur mal eben ihre Pferde verschnaufen ließen, unschlüssig noch, ob es sich lohnte, länger stehenzubleiben.

Giovanni schätzte die in der Regel erbaulichen Geschichten dieses Erzählers vor allem darum, weil er sie der feierlichen Kulisse des Regierungsgebäudes angemessen fand. Die allseits beliebten Zoten und Possen, fand er, gehörten hier nicht hin. Heute nun sollte das Publikum mit einer »wahren Begebenheit aus dem Leben des seligen Malers Fra Filippo« unterhalten werden.

Einige tuschelten und lachten, jeder wußte, warum, und wer es nicht wußte, wurde belehrt, daß Filippo doch jener Klosterbruder gewesen war, der seinerzeit die Nonne Lucrezia entführt hatte. Die älteren Leute erinnerten sich noch gut an den Skandal. Und nun, bitte schön, durfte man diesen sündigen Menschen, keine zwanzig Jahre nach seinem Tod, schon wieder zu den Seligen zählen? Na bravo! Er starb nicht einmal eines natürlichen Todes, versehen mit den heiligen Sakramenten, sondern sollte von den Verwandten seiner Geliebten vergiftet worden sein. Wegen seiner allzu großen Neigung zu weiteren Liebesabenteuern, sagte man. Abenteuer hin oder her, dachte Giovanni, alle Madonnen, welche Filippo jemals gemalt hatte, besaßen die schwarzen Augen Lucrezias ...

»Warum lachen die Leute?« fragte Selvaggia, aber ihr Vater schüttelte den Kopf und legte seinen Finger auf den Mund. Sie würde den Anfang der Geschichte verpassen, wenn sie jetzt Fragen stellte.

»Fra Filippo hielt sich in Ancona auf«, begann soeben der alte Mann mit dem Turban – wobei er verschwieg, daß Filippo erst siebzehn war und sich »in Ancona aufhielt«, weil er ein junges Mädchen entführt hatte, damals schon –, »und als er eines Tages mit Freunden in einem kleinen Boot aufs Meer hinausfuhr, wurde er von den Schiffen des Abdul Maumen gekapert, einem großen Korsar aus dem Berberland, und mitsamt seinen Gefährten gefangengenommen. Alle wurden zu Sklaven gemacht, in Ketten geworfen und in die Barbarei verschleppt, wo sie etwa anderthalb Jahre im Elend zubrachten. In dieser Zeit mußte nun auch der Maler statt seines Pinsels wider Willen das Ruder schwingen. Als er endlich wieder einmal an Land weilte, weil der Wind gerade nicht günstig stand, trug man ihm auf, einen Garten zu hacken und zu bestellen. Filippo kannte seinen Herrn Abdul Maumen inzwischen recht gut, und bald kam ihn die Lust an, diesen in seiner maurischen Kleidung so naturgetreu mit Kohle auf eine Mauer zu zeichnen, daß es aussah, als ob er lebte. Das Werk erschien allen wie ein Wunder, denn in jenen Gegenden ist die Abbildung von Menschen nicht üblich. Sprachlos vor Bewunderung befreite der Korsar den Maler – und später auch seine Gefährten – von den Ketten, um ihn fortan wie einen Freund zu behandeln. Der dankbare Filippo aber schuf nun etliche wunderschöne Gemälde in den herrlichsten Farben und widmete sie seinem Herrn, der ihm aus Verehrung für seine Kunst viele Geschenke und silberne Gefäße gab und ihn mit seinen Gefährten samt ihrer Habe heil und frei übers Meer nach Neapel reisen ließ.«

In den Applaus und auch einige Buhrufe hinein begann der Geschichtenerzähler ein paar Takte auf seiner Viola zu spielen, bis die Gemüter sich wieder beruhigt hatten. Dann erst sprach er seinen Schlußsatz:

»Gewiß war dies ein ruhmreicher Sieg für die Kunst, daß ein Berber, unser natürlicher Feind, sich dazu bewogen sah, jene auszuzeichnen, die er für immer als Sklaven hätte halten können.«

»Weiß Gott!« bestätigte Giovanni aus tiefster Seele und ermunterte sein Pferd, sich wieder in Bewegung zu setzen.

Selvaggia sprach kein Wort. »Hat es dir nicht gefallen?« fragte er, als sie schon fast in Santa Croce waren. Er mußte die Frage wiederholen, denn seine Tochter war ganz in den Anblick eines schon etwas heruntergekommenen Palastes vertieft, aus dessen Steinspalten bemerkenswert viele Fackelhalter und Fahnenstangen regelrecht hervorquollen.

»Es sieht aus«, sagte sie plötzlich, »als wäre der ganze Palast so voll von diesem Eisenzeug, daß es drinnen keinen Platz mehr hat und sich mit Gewalt nach außen bohren muß.«

Giovanni lachte. Jetzt, da sie es sagte, kam es ihm auch so vor, zum erstenmal in seinem Leben, und er wunderte sich, es nie so gesehen zu haben. »Und die Geschichte?«

»Ach ja«, entsann sie sich. »Was ich komisch finde: Wie kann man denn jemanden so malen, daß er richtig lebendig erscheint?«

»Das vermag nur ein großer Künstler«, antwortete Giovanni und erzählte nun ebenfalls eine Geschichte, nämlich die des achtjährigen Knaben Filippo, der nach dem Tod seiner Eltern zu den Karmelitermönchen gegeben wurde und, statt seinen Geist anzustrengen und die Wissenschaften zu studieren, dort lieber unermüdlich Fratzen und Figuren auf seine und anderer Bücher zeichnete.

»Als der Prior des Klosters das sah, beschloß er, den Knaben das Malen richtig lernen zu lassen, wenn schon seine Neigung so groß war. Nun hatte zu jener Zeit gerade der Meister Masaccio, ein ganz hervorragender Künstler, die Klosterkapelle neu ausgemalt, und diese gefiel, weil sie so schön war, dem Filippo sehr wohl, und er hielt sich den ganzen Tag über mit seinen Kameraden darin auf, um zu zeichnen. Dabei übertraf er alle anderen an Schnelligkeit und Können in auffallendem Maße. Jeder, der ihn kannte, war sicher, er werde später einmal ein bedeutender Maler werden. Aber was heißt ›später‹? In Wahrheit hatte die Zukunft längst begonnen, denn unser Filippo machte schon in jungen Jahren solche Fortschritte, daß es ein wahres Wunder war. Tag für Tag studierte er die Malweise Masaccios, bis seine Arbeiten denen des Meisters immer ähnlicher wurden. Viele sagten, der Geist des großen Masaccio sei auf den Knaben Filippo übergegangen. Verstehst du?«

»Ja.« Nein, das mit dem Geist konnte Selvaggia sich doch nicht so ganz erklären. Sie würde den Satz für Faustina aufheben, die hatte ja Kontakt zu Geistern und wußte sicher, wie es geschehen konnte, daß einer von ihnen auf jemand anders »überging«. Denn etwas so gut zu können wie dieser Wunderknabe Filippo und damit alle Welt in Erstaunen zu setzen, das mußte schon ein ganz besonderes Gefühl sein. Ein Gefühl, das jede Mühe lohnte.

Ob da, wo sie jetzt waren, auch Maler wohnten? Auf der ungepflasterten Straße, die sie entlangritten, standen lauter bunte Pfützen, und Männer, deren Hände blau und gelb und grün glänzten, liefen zwischen großen Bottichen umher, daraus farbige Abwasserbäche in den Morast zu ihren Füßen rieselten. Er habe sich noch ein wenig Zeit für einen Umweg durch das Färberviertel genommen, erklärte auch schon Giovanni. Dort nämlich lebten all die Männer, denen die Stoffe ihre schönen Farben verdankten. Auch das Purpur seines neuen Mantels und das Himmelblau ihres Kleides seien gewiß hier entstanden.

Außer den Färbern tauchten hin und wieder Stoffballen schleppende Männer auf, mit nackten Armen und seltsamen kegelförmigen Hauben auf dem Kopf. Die gehörten zur Calimala, erfuhr Selvaggia, der Zunft der Großhändler; sie suchten sich hier an Ort und Stelle ihre Waren aus. Calimala war ein schönes Wort, dachte Selvaggia, und diese Färber mußten doch eigentlich ganz wichtige Leute sein, viel wichtiger als die Tuchmacher, denn was nützte der schönste Stoff, wenn ihm die Farbe fehlte. Trotzdem sahen sie und ihr Wohnviertel mehr als armselig aus. Die Straßen waren in ganz schlechtem Zustand, voller Löcher und ohne jede Beleuchtung für die Nacht. Ausgemergelte Hunde und magere Schweine mit bunt verschmierten Schnauzen schnüffelten in der Gosse nach Küchenabfällen, kleine Kinder streckten ihre aufgeblähten nackten Bäuche zu den Hauseingängen hinaus. Aber eintönig grau wie drüben in San Frediano war die Armut hier nicht. Man brauchte sich keinen roten Mantelzipfel vor die Augen zu halten, um der Welt eine Farbe zu geben.

Gerade wollte Giovanni auf das Jahrhunderthochwasser bei Selvaggias Geburt zu sprechen kommen, welches hier in Santa Croce besonders großen Schaden angerichtet hatte, da scheute auf einmal sein Schimmel vor zwei ineinander verknäulten Burschen, die sich prügelnd auf dem Boden wälzten und selbst durch noch so laute Zurufe nicht zu trennen waren. Als der eine das Gesicht des anderen in frischen Pferdemist drückte, der noch dampfte, und ihm johlend seinen Fuß auf den Nacken setzte, war Giovannis Geduld zu Ende. Er griff zur Peitsche und schwang sie so geschickt, daß sie mit einem scharfen Knall die Luft zerschnitt, ohne den Burschen jedoch ein Haar zu krümmen. Selvaggia, im Schutze des Mantels, fuhr ebenso zusammen wie die beiden Gassenjungen, die jetzt endlich voneinander abließen. Sie krochen zur Seite und begannen, ohne ein Wort ihre Kleidung – welche man kaum so nennen konnte, denn sie bestand nur aus geflickten Lumpen – von der obersten Schmutzschicht aus Straßenschlamm und Tierkot zu säubern. Dabei schienen sie den Zweikampf in Gedanken fortzusetzen. Man sah es ihren Gesichtern an, voll entfesselter Wut das eine, besudelt von Tränen der Ohnmacht, die sich mit Dreck und frischem Nasenblut mischten, das andere. Nach einer Weile spürten sie den Blick des Mädchens, das sie vom Pferderücken aus beobachtete, auf ihrer Haut und erwiderten ihn gleichzeitig, wie auf ein geheimes Zeichen hin. Selvaggia hatte noch nie im Leben in solche Gesichter gesehen. Blanker Haß und etwas anderes, Fremdes, das sie noch nicht benennen konnte, flackerte in den Augen des Peinigers, brennende Schmach in denen seines Opfers. Sie zuckte zurück, als hätte sie einen Blick in eine Welt getan, die nicht für sie bestimmt war, wie die der Erwachsenen, wo zuweilen Dinge geschahen, um die sie schon wußte, ohne sie zu kennen.

»Habt ihr denn nichts Besseres zu tun, als euch im Schmutz zu suhlen wie die Schweine?« brüllte Giovanni sie an. Die Antwort freilich schenkte er den beiden; er mußte immer noch sein Pferd beruhigen, damit es seinen Weg durch die Via dei Tintori fortsetzen mochte. Auch das Kind vor ihm im Sattel zitterte, obwohl sich den ganzen Tag noch keine Wolke vor die wärmende Sonne geschoben hatte. Er mußte achtgeben, daß die vielen Eindrücke es nicht über forderten. Dennoch bereute er den Besuch im Färberviertel keineswegs. Gewalt, sogar unter Kindern, gehörte ebenso zum Leben in dieser Stadt wie Auswüchse der Frömmigkeit. Oder wie sollte man das nennen, was sich nur ein paar Schritte weiter in den Klostertürmen auf den Pfeilern des Ponte Rubaconte abspielte? Nicht ohne Grund hatte er diese Brücke für den Heimweg gewählt. »Weißt du auch, wer darin wohnt?«

Giovanni drehte den Kopf seiner Tochter in die Richtung der Türme, damit sie die Färbergassenkinder vergaß und aufhörte, sich nach ihnen den Hals zu verrenken. »Es sind Nonnen«, fuhr er fort, »die der Welt für immer entsagt haben. Man nennt sie ›die Eingemauerten‹, weil sie freiwillig hinter Gittern leben, einige sogar in Ketten.«

»Und Caterina? Ist sie etwa auch eingemauert?« Selvaggia konnte nur flüstern, so sehr entsetzte sie der Gedanke, ihre lachlustige Schwester Caterina, die vor gar nicht langer Zeit von heute auf morgen aus dem Kinderzimmer verschwunden war, um Nonne zu werden, könnte ihr Leben als Gefangene in Ketten verbringen und tagein, tagaus nichts weiter hören und sehen als die Wellen des Arno.

»Bewahre!« Ihr Vater hob abwehrend die Hände. Kinder hatten zuweilen Vorstellungen! »Caterina ist in Santa Appolinaria, in der Via San Gallo.«

»Können wir sie da besuchen?«

»Ach, weißt du ...« Er warf einen Blick zum Himmel. Nein, es würde schon bald zur Vesper läuten. »Heute ist es zu spät, vielleicht beim nächsten Mal. Das Kloster liegt weit hinter Lorenzo, am anderen Ende der Stadt. Und Mädchen, die noch nicht lange dort sind, sollen keinen Besuch empfangen. Aber sei unbesorgt, Caterina wird sich wohl fühlen; es ist ein Haus für Töchter aus guter Familie.« Warum seufzte er dann? Hielt zwischen zweitem und drittem Pfeiler sein Pferd an und starrte in die Fluten, ohne zu sagen, woran er dachte. Daß seine Tochter Caterina sich geopfert hatte, letzten Endes doch. Ihm zuliebe war sie ins Kloster gegangen, damit er sich im Jahr nach Tobias Hochzeit nicht erneut in Unkosten stürzen mußte. Caterina hatte es schon immer allen recht machen wollen, ihrer Mutter, indem sie sich von der religiösen Schwärmerei anstecken ließ, ihrem Vater, dem sie die Mitgift ersparte. Nur Lucca nicht, ihrem blutjungen Verehrer. Als auch er keine Hoffnung mehr sah, Caterina umzustimmen, wurde er Barfüßermönch, der kleine Narr. Opfer lohnten sich nicht. Zu guter Letzt hatte Giovanni doch an die hundert Florin gezahlt, damit Caterina wenigstens Nonne in einem angesehenen Kloster werden konnte, welches der Familie Medici gehörte und für gewöhnlich nur Töchter aus besten Kreisen aufnahm. Zum Glück hatten auch die Salvestrini ihre Verbindungen. Opfer lohnten sich nie.

»Ich mag diese Brücke nicht«, unterbrach Selvaggia seine wenig erheiternden Betrachtungen. »Die da drüben sieht viel hübscher aus!« Sie zeigte auf den Ponte Vecchio keine halbe Meile weiter stromaufwärts, den sie auf dem Heimweg schon von der anderen Seite aus bewundert hatte. Kleinen Vogelkäfigen gleich klebten die Verkaufsbuden der Fleischer an der Brüstung.

»Hübscher schon, aber dort drüben riecht es entschieden schlechter«, befand Giovanni. »Ich habe mich heute morgen noch im Rat der Stadt dafür eingesetzt, daß die Fleischer zugunsten der Goldschmiede vom Ponte Vecchio verschwinden. Wo wären ihre Schmuckläden besser aufgehoben als auf diesem Schmuckstück von Brücke!«

Selvaggia zweifelte keinen Augenblick daran, daß der Rat der Stadt Giovanni Salvestrinis Vorschlag folgen würde. Nicht nur zu Hause, auch dort galt er als wichtiger Mann, die Mama sagte es und Faustina und überhaupt alle. Nur Tribolo war wohl anderer Meinung. Erst neulich beim Abendessen hatte es wieder Streit mit ihm gegeben. Um Politik – das war jetzt ein ganz neues Wort bei ihnen am Familientisch.

Jeden mittleren Kaufmann, der etwas mehr als eine kleine Bottega besäße, ziehe es neuerdings in die Politik, hatte Tribolo behauptet, sie erinnerte sich noch genau. Dabei gäben die meisten nur vor, anderen Menschen nützen zu wollen, während sie in Wirklichkeit ihren Geschäften nachgingen wie eh und je.

Giovanni hatte sein Glas Rotwein, aus dem er gerade trank, so heftig auf den Tisch gesetzt, daß es überschwappte und der Wein ihm wie aus einer blutenden Wunde über die Hand rann.

»Der handelt unehrenhaft, der den Staat so verwalten

will, als sei er sein eigenes Geschäft!« hatte er gerufen und jede einzelne Silbe betont, worauf Selvaggia beschloß, den Satz für alle Fälle im Gedächtnis zu behalten. Vor lauter Auswendiglernen hatte sie dann nicht mehr richtig zuhören können und nur noch ein paar neue Wörter aufgeschnappt wie Medici und Signoria, Balia und Gonfaloniere. Schließlich war der Vater wütend hinausgegangen, noch vor der Süßspeise, die er so mochte, und den ganzen Abend nicht mehr aus seinem Studierzimmer herausgekommen. Tribolo aber hatte sich keine Mühe gegeben, seine Heiterkeit zu verbergen, sogar Lachtränen hatten in seinen leicht vorquellenden Augen gestanden. Selvaggia hätte es besser gefunden, *er* wäre hinausgegangen.

Vom grünen Fluß unter ihnen, der zu dieser Jahreszeit schon nicht mehr allzuviel Wasser führte, wehte ihr kalter Wind ins Gesicht, ein scharfer Luftzug, der nur für sie bestimmt war, getarnt unter wattiger Spätnachmittagswärme. Mit den Fingerspitzen rieb sie sich die schmerzende Stirn. Ein Punkt zwischen den Augenbrauen erschien ihr besonders empfindlich, sie drückte so fest darauf, wie sie konnte. Der Schmerz konzentrierte sich auf diesen Punkt und verschwand im Inneren ihres Kopfes.

»Es wird Zeit«, sagte Giovanni. »Zu Hause werden sie uns schon vermissen.«

Zu Hause hatte Selvaggia vollkommen vergessen. Auch während des Rückweges über den unteren Teil des Rubaconte und den Borgo San Jacopo dachte sie nicht daran. Sie saß jetzt so eng an ihren Vater geschmiegt, daß sie sein Herz klopfen hörte, laut und regelmäßig, beständig wie sonst nichts auf dieser Erde. Er und sie unter seinem rotroten Mantel in der Abendsonne – was für ein Gefühl! Alles, was Selvaggia sonst noch hätte empfinden können, Müdigkeit oder Erregung, Hunger oder Durst, löste sich auf, bevor es ihr Bewußtsein berührte. Innen war außen, und beides bestand aus pulsierendem Licht. Es hielt sie gefangen, bis sie die Via Maggiore erreichten.

Vor dem Haus Salvestrini ging ein Rosenverkäufer auf und ab, den sie noch nie dort gesehen hatte. Giovanni nahm zwei Körbe voll dunkelroter Rosen und schenkte sie alle Camilla. Der Zauber war verflogen und sollte sich niemals mehr wiederholen.

In der Nacht träumte Selvaggia von einem kindlichen Klosterbruder, der die gemeinen Gesichter des Färberviertels auf die Türme der Eingemauerten malte, und als sie am nächsten Morgen erwachte, schien es ihr wieder, als blicke sie durch ein Fenster in die Welt hinein. Sie könnte sich jederzeit zurückziehen, wenn sie nur wollte.

Ranunculo ... Oase im Kreise silbriger Olivenhainhügel, die das Arnotal wie mit Engelsflügeln umfächelten, früher hatte ihr allein der Klang dieses Namens Abstand und Erfrischung versprochen: Ranunculo. Doch seitdem Camilla sich um eine wachsende Schar von Schützlingen kümmerte, war das anders.

Im Sommer blieben nur die Armen zwischen den glühenden Steinen der Stadt, gerade dann hätten sie Nahrung und Trost gebraucht, gerade dann verließ die Familie Salvestrini Florenz durch eben das Stadttor, an dem Camilla noch gestern die Hungrigen gespeist hatte, und das konnte sie sich kaum verzeihen. Die Dienstboten anderer Kaufleute würden an ihrer Stelle das Notwendige tun, soweit sie in der Stadt waren, gewiß, denn so war es Brauch in Florenz, mehr aus Selbstschutz als aus Nächstenliebe übrigens, aber hatte gerade sie darum das Recht, sich monatelang untätig aufs Land zurückzuziehen? Hatte der Prediger nicht deutlich genug erklärt, die Vollendung der Nächstenliebe bestehe aus der Bereitschaft, sein Leben mit dem des anderen zu tauschen?

»Wenn du einen Aussätzigen siehst«, hatte er gesagt, »so solltest du so viel Mitleid für ihn empfinden, daß du lieber selbst sein Leid auf dich nehmen möchtest, als es ihn tragen zu lassen.«

Da stand sie nun im Säulengang ihres kleinen Sommerhauses, das so selbstgefällig auf der Anhöhe thronte, von Zypressen überwacht, von Pinienschirmen beschattet, und trug doch nichts als ihre eigene Last, aus der es keine Erlösung gab. Sie wurde die Bilder nicht los, sah, abwegig genug, statt der schön gewölbten Loggia, die über und über vom Laub der Weinreben umsponnen war, das Unkraut über dem zerborstenen Backofen in einem der verwahrlosten Gemeinschaftshöfe der Stadt. Auch Brunnen gab es dort, die freilich jeden Sommer auszutrocknen drohten, während die Quellen hier auf dem Lande niemals versiegten und völlig nutzlos in blaugekachelte Becken rieselten. Im Wasser spiegelte sich eine Putte aus Terrakotta, und dieser Anblick war nun ganz und gar unerträglich, weil er nicht nur Bilder heraufbeschwor, sondern überdies noch Worte aus der schlimmsten aller Predigten.

»Geht nur zu eurem Ponte Vecchio über dem Arno!« hatte jener Franziskanermönch, den sie Bernhardino Zwei nannte, weil er dem ersten so sehr glich und sie sich seinen richtigen Namen nicht merken konnte, neulich in der Karwoche gerufen. »Geht nur und legt euer Ohr auf den Boden und lauscht, großes Wehklagen werdet ihr vernehmen! Geht nur zu den Latrinen, geht zu den Ställen! Geht zu den Gärten auf dem Land oder in Florenz, geht nur in den Laden zum Barbier oder Apotheker, in die Häuser der Doktoren ... Haltet die Ohren offen, und ihr werdet gellendes Geschrei hören, das zum Himmel dringt. Es sind die Stimmen der nicht erblühten Knospen, der unschuldigen Kindlein, die ihr in euren Arno geschmissen habt und in eure Latrinen oder lebendigen Leibes in euren Gärten und Ställen verscharrt habt. Lebendig, lebendig, um der Schande der Welt zu entgehen, und oft ohne christliche Taufe. Ach, die Schreie der Kinder, die im Leib ihrer Mütter getötet wurden mit Hilfe von Medizinern, von Barbieren, Apothekern und Schweinekastrierern von Ärzten ... Wie viele Schreie geben diejenigen Seelen von sich, die gern geboren worden wären und es nicht sind wegen des vermaledeiten Lasters der Unzucht ...«

Camilla tat, was sie schon während der Predigt getan hatte: Sie küßte das Christusamulett, das ihr an einer Kette um den Hals hing. Doch an ihrer Verwirrung änderte das nichts. In der Stadt, die sie liebte, deren Luft sie von Geburt an atmete, spielten sich Dinge ab, von denen sie keinerlei Vorstellungen hatte. Was kannte sie überhaupt vom Leben? So etwas wie Unzucht war ihr niemals begegnet, würde ihr niemals begegnen, und sie wußte nicht einmal, ob sie das freuen oder bedauern sollte. Freude oder Reue, das fragte sie sich oft, und, seitdem sie die gewagten Novellen des Messer Boccaccio kennengelernt hatte, mehr denn je. Wartete sie denn immer noch, daß etwas geschehen würde, oder gab sie sich damit zufrieden, daß schon alles geschehen war – Camilla konnte sich nicht entscheiden.

In jüngeren Jahren, als sie noch jedes Laster hätte bekämpfen müssen, sobald es sich zeigte, hatte sie nicht diese Unruhe gespürt, die sie nun Tag und Nacht begleitete. Sie hatte Giovanni geheiratet, als sie vierzehn war, hatte ihr Leben in seine Hände gegeben, und das wurde ihr Segen und Fluch zugleich. Giovanni, der Überlegene, der selten schwankte oder schwärmte, der seine Gefühle ebenso unter Kontrolle hatte wie seine Geschäfte ... Die Verständigung mit ihm war schwieriger geworden in den letzten Jahren. Von jenem Prediger etwa wollte er partout nichts wissen, spottete vielmehr über dessen Worte, die er »unzeitgemäß« fand.

»Vor hundert Jahren«, ereiferte er sich, »mochten reiche Kaufmannssöhne aus heiterem Himmel Aussätzige umarmt und in der allgemeinen Verwirrung ein paar Anhänger gewonnen haben, die offenen Maules erkannten« – an der Stelle ahmte er ihren blöden Gesichtsausdruck nach –, »daß sich hier zum erstenmal der Sprung von der Utopie zur Wirklichkeit ereignet hatte, heute jedoch erscheinen uns solche Phänomene ebenso unvorstellbar wie widernatürlich!«

»Im Gegenteil, wenn wir nicht alle dahin zurückfinden, wird unser Leben unmenschlich werden«, widersprach Camilla, und es überlief sie eine Gänsehaut beim Gedanken an die göttlichen Strafen, welche die wachsende Unmenschlichkeit nach sich ziehen würde.

Giovanni tätschelte ihr beruhigend die Hand, beeilte sich dann aber, das Thema zu wechseln. Die knapp bemessene Zeit, die ihm neben der Politik noch blieb, widmete er zwar ebenso gern seiner Familie wie seinen philosophierenden Freunden, die er regelmäßig auf der Piazza unter dem Tetto Pisani traf, Diskussionen über Camillas wechselnde Befürchtungen ging er allerdings lieber aus dem Weg. Camilla sah das wohl und gab sich alle Mühe, so vernünftig zu erscheinen, wie ein Ehemann es erwarten durfte, doch je mehr sie ihre Ahnungen vor ihm zu verbergen suchte, desto stärker litt sie unter dem Gefühl einer Entfremdung. Früher hätte Giovanni wissen wollen, was er heute lieber auf sich beruhen ließ. Ungeteilte Aufmerksamkeit zeigte er nur noch, wenn es um Selvaggias Zukunft ging. Derzeit waren es wechselnde Bildungspläne, die er mit einem Eifer für sie entwarf, als ginge es darum, die Geschicke der Republik zu beeinflussen. Er kam vom Hundertsten ins Tausendste. Vergaß dabei kein einziges Mal die Abakus-Schule, die es in seiner Jugend noch nicht gegeben hatte, obwohl sie angehenden Kaufleuten, und nicht nur ihnen, von großem Nutzen sein konnte. Weniger gern ließ er sich daran erinnern, daß der Knabe Tribolo seine Zeit dort, so oft es ihm gefiel, mit der Konstruktion von Papiermühlen oder dem Spiel mit Tonmurmeln vertan hatte, für die er verbotenerweise Löcher in sein Pult bohrte, statt die Kugeln auf Benedetto dell' Abaccos trefflichem Zeichenbrett zusammenzuzählen.

»Wie sich herausgestellt hat, gehört der gute Tribolo zu den glücklichen Naturen, welche die Mathematik erst als Erwachsene und in Spielklubs entdecken«, bemerkte er nicht ohne Ironie. »Er ist nun einmal nicht unser eigen Fleisch und Blut.«

»Und die Rücksichtnahme auf andere, die du ihn ebenfalls in Messer dell' Abaccos öffentlicher Schule erlernen lassen wolltest – was Selvaggia übrigens nicht nötig hat –, wann, Giovanni, wird er die je für sich entdecken?« fragte Camilla ungewohnt spitz, denn sie entsann sich gerade voller Unbehagen der täglichen Beschwerden der Eltern, deren Kinder damals von Tribolos Schleuder getroffen, seinem Juckpulver gepeinigt worden waren.

»Soviel Groll über Ereignisse, die beinah zwanzig Jahre zurückliegen, Camilla, findest du das christlich?«

»Nein, und das weißt du auch.«

Daß Giovanni sich keine Gelegenheit entgehen ließ, ihren wunden Punkt zu berühren, war eigentlich auch kein gutes Zeichen. Trotzdem senkte Camilla beschämt den Kopf; ihr Mann hatte ja recht. Dem geringsten ihrer Schützlinge, mochte er moralisch noch so verkommen oder gar bösartig sein, brachte sie mehr Verständnis entgegen als Pietro Baldassare, den sie doch wie einen eigenen Sohn lieben sollte. Sooft sie ihre Unfähigkeit gebeichtet, gesühnt und bereut hatte, überwinden konnte Camilla sie nie. Auch jetzt fühlte sie nichts als Erleichterung, daß Tribolo längst aus dem Hause war, wenn auch nicht aus der Welt, und daß Selvaggia ohne ihn heranwuchs, wiewohl er ihre Nähe öfter suchte, als wünschenswert erschien.

Für sie kam die Abakus-Schule jedenfalls nicht in Frage. »Selvaggia hört gern biblische Geschichten«, nahm Camilla den Faden wieder auf. »Ich habe ihr an die zwanzig erzählt, und sie hat keine einzige vergessen.«

»Sie hört alle Geschichten gern«, bestätigte Giovanni. »Und je mehr Wunder darin vorkommen, desto lieber sind sie ihr. Du solltest deine Bibelstunden fortsetzen, Camilla, und ihr auch schon ein wenig Lesen und Schreiben beibringen und dies im Sommer auf dem Land ruhig fortsetzen. Es wären sonst verlorene Monate.«

»Nun, sie liest bereits und schreibt Sätze, die sie für Gedichte hält. Allerdings in Spiegelschrift«, sagte Camilla etwas gereizt und wandte sich wieder ihrer eigenen Lektüre zu.

»In Spiegelschrift!« wiederholte Giovanni mit einem Pathos, das seine Frau nun doch leicht übertrieben fand. Zu bewegt, sie um Erlaubnis zu bitten, nahm er ihr den eben erst begonnenen zweiten Teil des Decamerone aus der Hand, ihrer einzigen Lektüre außer der Bibel, dachte Giovanni amüsiert, und als Ergänzung dazu womöglich nicht weniger lehrreich. »Erinnere dich an den jungen Lionardo, der zehn Jahre vor unserem Tribolo Lehrjunge bei Verrocchio war«, fuhr er dann fort. »Auch er schrieb ausschließlich in Spiegelschrift und ist heute dabei, einer unserer größten Künstler zu werden.«

»Da aber Selvaggia nun einmal als Frau zur Welt gekommen ist, wird ihre kindliche Spiegelschrift, um die du soviel Aufhebens machst, Vanni, sie kaum zum begnadeten Lionardo werden lassen, sondern ihr hübsches Gesichtchen sie allenfalls zum Modell eines solchen.«

Camilla wunderte sich, wie verärgert sie auf einmal klang; es steckte wohl mehr dahinter als der Wunsch, ihre Lektüre ungestört fortzusetzen. Sie war sich in letzter Zeit selbst oft ein Rätsel und fand doch nie den Mut, ihren wechselnden Stimmungen auf den Grund zu gehen. Aber mußte sie deshalb Giovanni kritisieren, der doch gar nicht wissen konnte, was in ihr vorging? Sofort fühlte sie sich schuldig und folgte nun um so bereitwilliger seinen Gedanken zum »Ideal des allseitig gebildeten Menschen«, nicht zum erstenmal übrigens, aber das würde sie sich heute nicht anmerken lassen.

Zum Universalmenschen – und dazu konnten nach Giovanni Frauen ebensogut geboren sein wie Männer – wurde ein unfertiges Kind durch eine umfassende Ausbildung in allen möglichen geistigen und körperlichen Disziplinen. Schon die drei älteren Salvestrini-Schwestern waren jahrelang von Privatlehrern unterrichtet worden wie sonst nur die Töchter der vornehmsten und fortschrittlichsten Familien

Italiens, etwa eine Isabella Gonzaga oder Ippolita Sforza, die den Papst vor einem Vierteljahrhundert auf dem Kongreß zu Mantua bereits in freier Rede begrüßt hatte. Obwohl die Salvestrini-Schwestern es schon allein aus gesellschaftlichen Gründen nie soweit bringen würden, waren sie doch alle drei männlicher Konversation gewachsen und damit ihrer Zeit voraus.

»Zumal«, sagte Camilla, die sich noch gut an ihre damaligen Diskussionen zu dem Thema erinnerte, »neben den antiken Autoren und klassischen Sprachen auch die moderne Poesie in der Volkssprache auf ihrem Stundenplan gestanden hatte, weil du es so wolltest.«

»Die Spirale des Fortschritts aber dreht sich weiter«, prophezeite Giovanni, »und wird die Menschheit noch in ungeahnte Höhen tragen.«

Um Selvaggia angemessen auf diese Zukunft vorzubereiten, sollte sie nicht nur ebensoviel lernen wie ihre Schwestern, sondern darüber hinaus noch Reiten und Rhetorik, Musik und Philosophie und vor allem Geographie, worin Giovanni seine Jüngste am liebsten selbst unterrichtet hätte, so sehr fesselten ihn die Entdeckungsreisen der portugiesischen Seefahrer und das Studium der neuesten Landkarten und Atlanten, die er seit einiger Zeit in Vespasianos ehemaligem Buchladen finden konnte, dem wunderbaren Treffpunkt wissensdurstiger Zeitgenossen.

Als Giovannis Mittelfinger über die gebogene Nase fuhr und im Grübchen seines glattrasierten Kinnes verweilte, wußte sein Weib: Er würde nun auf die Schule in Mantua zu sprechen kommen, die ein gewisser Vittorio da Feltre oder so ähnlich zum Vorbild für ganz Italien gemacht hatte, denn dort wurden nicht nur die Söhne und Töchter des Fürstenhofes zu wahrer Gelehrsamkeit erzogen und zur Körperbeherrschung obendrein, sondern ebenso die armen, aber begabten Landeskinder, und zwar ganz umsonst, das hieß, auf Kosten des großzügigen Herrscherhauses Gonzaga.

Giovanni bedauerte sehr, nicht zur Ehre seiner Vaterstadt auch in Florenz eine solche Prachtschule errichten zu können, aber ihm fehlte einfach die Zeit. »Und du, Camilla, tätest gut daran, deine Findelkinder nicht nur mit Küssen, Kosen und Almosen zu beglücken«, fügte er gern hinzu, »sondern ihnen auch ein wenig Lesen und Schreiben beizubringen und meinetwegen biblische Geschichte. Wenn du nur wolltest, könntest sogar du allein eine Schule gründen, und zwar eben dort, bei deinen Waisen im Spedale degli Innocenti.«

Die Frage, mit der sie ihm dann für gewöhnlich antwortete, kannte er auch schon im voraus: War sie, Camilla, denn nicht nur eine einfache Frau aus dem Volk, Tochter eines Zuckerbäckers, die ihre geringen Grundkenntnisse selbst erst spät und auf Wunsch ihres Ehemannes erworben hatte? Wie sollte sie sich da mit einem Messer da Feltre aus Mantua messen, einem jener gelehrten Männer, die sich Humanisten nannten, wobei sie nicht einmal hätte sagen können, was damit gemeint war. Überhaupt lag ihr nichts ferner, als etwas zu gründen oder zu errichten, eine Institution gar, die verwaltet werden mußte. Sie wollte den direkten Umgang mit Menschen, ohne Programme und pädagogische Absichten. Tätige Nächstenliebe eben. »Jeder kann nur geben, was er selbst besitzt«, rechtfertigte sie ihr Tun. »Und bei mir sind das nun einmal meine Gefühle zusammen mit den Almosen aus deiner Tasche.«

»Camilla mit dem großen Herzen!« rief Giovanni an dieser Stelle meistens aus, und es lag ein Unterton in seiner Stimme, der seinem Weib nicht besonders gefiel. »Aber glaube mir, du tust deinem Verstand unrecht, wenn du ihm nicht erlaubst, sich genauso zu entfalten wie deine Gefühle.«

Aufatmend beugte sie sich hinunter zum großen wasserspeienden Fisch, dem Reittier der Brunnenputte, um Hände und Gesicht zu erfrischen. Kein vernünftiger Mensch hielt sich so lange in der Sonne auf, wie sie es gerade getan hatte, ohne es zu merken. Nun plagten sie stechende Kopfschmerzen, und ihre Gedanken verwirrten sich, so daß sie kein vernünftiges Wort mehr hätte herausbringen können. Sie haßte diesen Zustand, diese Unfähigkeit, klar zu erkennen, was war, und es ebenso klar auszusprechen. Auch ohne Sonne fühlte sie sich zuweilen derartig dumpf und benommen, als hätte sie ihr Hirn mit Wein benebelt, geradezu beängstigend.

Vielleicht begann so das Alter, vielleicht würde ihr eines Tages immer so zumute sein. Mit unsicheren Schritten tastete sie sich den Weg hinunter in den Garten, und der Kies unter ihren Füßen knirschte in ihrem Kopf.

Sie wollte ihre Tochter suchen, das Haus war ihr so leer ohne sie, doch kaum hatte sie sich in Bewegung gesetzt, was sie erst recht erhitzte, bereute sie ihren Einfall. Wer Selvaggia finden wollte, mußte Herr seiner Sinne sein. Diese Meisterin des Versteckspiels traf nur, wen sie treffen wollte.

Den vorderen Teil des Gartens mit seinen Rosenrondellen und Rasenquadraten konnte Camilla getrost links liegen lassen, Selvaggia bevorzugte die Wildnis im unteren Teil der Anhöhe.

Dort stand eine weinumrankte Laube mit einer Rebenschaukel, die Tribolo sich in seiner Kindheit zurechtgebogen hatte. Auf seinem Schoß und viel früher, als sie sollte, hatte Selvaggia zum erstenmal das Gefühl genossen, über Blumen und Sträucher hinwegzufliegen, und gleich im Sommer darauf die Laube zu ihrem Lieblingsplatz erkoren und die Schaukel zum Luftschiff, dessen Erfindung, so Giovanni, der Welt noch bevorstand. Hier machte Selvaggia ihrem Namen Ehre: Sie schaukelte wie eine Wilde, legte den Kopf in den Nacken, so weit es nur ging, während ihre Beine heftig hin- und herpendelten, bis sie mit den Fußspitzen den Himmel zu berühren glaubte. Länger als jeder andere konnte sie sich im Schwung halten, und zwar, zu

Camillas Entsetzen, immer bis kurz vor dem Überschlag. Erst wenn sich das Gebüsch an der Seite schon eine ganze Weile im selben Rhythmus bewegt hatte wie sie und ihr ein bißchen übel wurde, weil auch der Himmel zu schaukeln begann, verlor sie mit einemmal die Lust. Dann sprang sie in voller Fahrt ab und verzog sich, irgendwelche Früchte lutschend, in ihr kleines Kabinett, aus den Ästen eines immergrünen Baumes gebildet und so dicht von Laub umgeben, daß Camilla die Zweige zur Seite schieben und festhalten mußte, wenn sie hindurchsehen wollte.

Noch lieber hockte Selvaggia im Herzen eines künstlichen Labyrinthes und redete mit den Käfern. Das Labyrinth hatte Giovanni vor vielen Jahren angelegt und später sich selbst überlassen.

Er war nämlich als junger Mann eine Zeitlang ganz auf seinem Landgut geblieben, um mit Brunnenbau und Wasserkunst zu experimentieren. Camilla erinnerte sich noch gut an ihren ersten Besuch auf dem Besitz der Salvestrini. Sie war dreizehn und frisch verlobt. Der zehn Jahre ältere Giovanni, Erbe von Ranunculo, führte sie herum wie ein kleiner König, der sein Reich zeigte und sich einen Spaß daraus machte, seine kindliche Braut aus dem Staunen nicht mehr herauskommen zu lassen …

Camilla setzte sich auf ihre Steinbank im Schatten eines duftenden Zitronenbaumes und schloß die Augen in der Hoffnung, daß ihr der Schwindel vergehen und gleichzeitig die Bilder von damals entstehen mochten:

Wie sie weißgekleidet und strahlend an Giovannis Arm umherspaziert war und sich seine Sammlung seltener Pflanzen zeigen ließ, als plötzlich unter ihren Schritten ganz feine Wasserstrahlen hervortraten und sie naßspritzten. Was für Luftsprünge sie machte, um ihnen auszuweichen! Verrückt war dieser Sprühregen, der aus der Erde kam, verrückt und unerklärlich. Die Strahlen konnten sich verändern, bald größer, bald kleiner werden, und erst als Camilla von selbst darauf kam, daß eines Menschen Hand sie regulierte, lüftete Giovanni das Geheimnis des Regenmachens. Es gab da einen Gärtner am anderen Ende des Weges, hinter Büschen verborgen, der durch eine unterirdische Feder eine Maschinerie so geschickt in Bewegung setzte, daß die Strahlen seinen Wünschen gehorchten. Erfunden aber hatte Giovanni dieses Kunstwerk allein, und das war noch längst nicht alles. Der Wasserstrahlenweg mündete in einem Becken mit einer Reihe hoher Pfeiler am Rande, aus denen kräftige Fontänen sprudelten, und zwar nicht in die Höhe, wie gewöhnlich, sondern abwärts, »denn«, erklärte der Erfinder seiner Braut, »die Öffnungen liegen nach innen und sehen einander an«.

Die Strahlen trafen sich in der Luft, schienen sich dort regelrecht zu bekämpfen wie die Salven mutwilliger Knaben in einer Wasserschlacht, bevor sie in dichtem unaufhörlichen Regen zum Becken hinabstürzten. Wenn nun die Sonne darauf fiel, zauberte sie unten im Wasser, in der Luft und ringsum einen so leuchtenden Regenbogen, daß jeder, den man sonst am Himmel sah, daneben verblaßte.

Damit nicht genug, plante Giovanni eine Wasserorgel mit echter Musik, die dadurch entstehen sollte, daß Wasser sich mit großer Gewalt in eine Tonne ergoß und die Luft durch Orgelpfeifen preßte, welche an bestimmten Stellen zu installieren waren. Obwohl schon genau berechnet, wurde dieser Plan nie ausgeführt, weil Giovannis rastloser Geist sich bald wieder anderen Dingen zuwandte.

Auch seine Wasserspiele gehörten heute längst der Vergangenheit an. Es hatten von jeher die Mittel für einen Bediensteten gefehlt, der die Anlage das ganze Jahr über in Ordnung hielt, und Sagrino, der Halbpachtbauer, der sich damals um Park und Brunnen kümmerte, sollte sich bald anders besinnen. Im Sommer nach jenem Brautspaziergang – Camilla war schon verheiratet und guter Hoffnung – brachen im ganzen Umland Bauernaufstände aus. Selbst der wackere Sagrino begann plötzlich zu streiken, das heißt, er lungerte den lieben langen Tag mit anderen Landarbeitern aus der Nachbarschaft vor der Villa herum und sang aufmüpfige Lieder. Camilla wußte den Text noch auswendig, weil sie damals, statt einzig an das Kind in ihrem Leib zu denken, nächtelang über die Form der Mezzadria, der Halbpacht, nachgegrübelt hatte.

»Wir arbeiten das ganze Jahr«, tönte es da aus rauhen Kehlen, »während sie im Schatten liegen; wenn wir die ganze Arbeit tun, warum soll ihnen dann die halbe Ernte gehören?«

Eigentlich haben sie recht, dachte Camilla damals, doch Giovanni erklärte ihr, daß die florentinische Mezzadria die fortschrittlichste Vertragsform von Italien und ganz Europa sei, weil sie aus Leibeigenen freie Menschen gemacht habe, die zudem die Hälfte ihrer Ernte behalten dürften und seither genauso an guten Erträgen interessiert sein müßten wie die Grundbesitzer. Da Sagrino nun aber durchaus in sein Unglück, nämlich in die Stadt, laufen wollte, löste Giovanni den Vertrag mit ihm freiwillig, was er durchaus nicht hätte tun müssen.

Camilla zerstreute daraufhin ihre Zweifel. Einer wie Giovanni würde schon das Rechte tun.

Dieses Vertrauen auf sein Urteil, ihr Leben lang, mit jenem Brautspaziergang hatte es begonnen. Ein Mann, der Regenbögen und Wassermusik erschaffen konnte, dachte sie, war es wert, von ganzem Herzen bewundert und geliebt zu werden. Sie betrachtete ihn als einen Glücksfall, der mit der bescheidenen Mitgift ihrer Eltern, den Bedingungen eines Hochzeitsarrangements, das sie nicht kannte, gar nicht aufzuwiegen war. Ein Leben an seiner Seite schien Camilla mehr zu sein, als ein Mädchen wie sie es sich erträumen durfte. Er sollte es nie bereuen müssen, gelobte sie sich damals.

Auch das Labyrinth, vor dem sie jetzt stehengeblieben war, stammte aus jener Zeit. Eigentlich fühlte Camilla sich nicht wohl genug, richtig hineinzugehen; das Labyrinth hatte viele verschlungene Irrwege, die obendrein bis zur Unkenntlichkeit überwuchert waren, man konnte sich tatsächlich darin verlaufen. Als Selvaggia noch jünger war, hatte sie sich ihren Weg manches Mal mit Blütenblättern bestreut, aus Angst, sonst nicht mehr herauszufinden. Der erste, der dieser Spur folgte und das Kind bei Spielen überraschte, die keinem anderen eingefallen wären, war Tribolo gewesen.

»Zitternd vor Verlangen, gefunden zu werden, hatte sie dagesessen«, sagte er, »und gleichzeitig betend, daß niemand sie entdeckte.«

Selvaggia hatte ihn ausgelacht und gemeint, sie habe weder gezittert noch gebetet, sondern versucht, ihren Atem anzuhalten, damit sie mit weniger auskäme, falls sie einmal ins Wasser fiele oder auf andere Weise zu ersticken drohte. Bis siebenundzwanzig könne sie schon zählen, ohne Luft holen zu müssen.

Das Labyrinth auf dem Lande schien für sie eine ähnliche Rolle zu spielen wie ihre zahlreichen Verstecke im Stadthaus. Sie zog sich dorthin zurück, um allein zu sein, und alle außer Tribolo, der sich höchst selten nach Ranunculo verirrte, achteten diesen Wunsch.

Auch Camilla warf nur einen flüchtigen Blick in den vorderen Teil des Irrgartens mit den vielen unsichtbaren Zwitschervögeln im dichten Blätterwerk, dann bog sie in einen schmalen, leicht ansteigenden Feldweg ein, der aus dem Parkgelände heraus zum Hof des Pächters Gaburro führte. Wenn sie schon Kopfschmerzen hatte und zu sonst nichts zu gebrauchen war, konnte sie sich wenigstens die Sorgen der Bauern anhören, das würde beide Seiten erleichtern. Sie brauchte nur die Felder links und rechts vom Wege anzusehen, um zu wissen, worüber Gaburro klagen würde: Es war Mitte Juni und der Weizen noch nicht geerntet, der Bauer und seine Familie kamen wie jedes Jahr mit der Arbeit nicht nach. Camilla hätte ihnen gerne geholfen, wußte aber nicht, wie. Ob abgeerntet oder nicht, sie liebte den Anblick dieser Getreidefelder, die durch ihre schnurgeraden Baumreihen mittendrin und die zahlreichen ineinander verschlungenen

Rebstöcke an eine Gartenlandschaft erinnerten. Auch die Berge in der Ferne waren von Bäumen bedeckt, von Feigen, Oliven, Kastanien; vereinzelt fanden sich sogar prächtige Maulbeerbäume, die Menschen wie Giovanni von einer Seidenraupenzucht hier, mitten im Contado, träumen ließen.

Camilla hatte ihre Schritte jetzt beschleunigt, sie sehnte sich danach, aus der Hitze herauszukommen. Das kleine quadratische Bauernhaus mit seinen wenigen vergitterten Fenstern war aus den gleichen ockerfarbenen Steinen gebaut wie die Villa Ranunculo. Gaburro selbst hatte, nachdem seine Familie größer geworden war, noch ein Nebengebäude, allein für die Küche, errichtet und den Hof zwischen den Häusern, den Ställen und einer Scheune mit Feldsteinen gepflastert. Aus viel zu kleinen Tontöpfen quollen leuchtendrote Geranien und Zinnien, die anspruchslosen Blumen der Armen und Bauern. Da es wohl später Vormittag sein mußte und sie vorn auf den Feldern niemanden gesehen hatte, ging Camilla geradewegs zum Küchenhaus.

Ein paar Tauben und Hühner flatterten ihr vor die Füße, der Hofhund, der die Schwelle versperrte, hob eine Augenbraue zum Blinzelblick, rührte sich aber nicht von der Stelle. Er hielt wohl schon Siesta. Camilla, die selbst zu Hause in der Stadt Mühe hatte, sich nach Tageszeiten zu richten, mußte sich auf dem Lande damit abfinden, dem allgemeinen Leben immer um Stunden hinterherzuhinken.

Bevor sie aus dem gleißenden Sonnenlicht in die dunkle Küchenhöhle trat, sprach sie leise auf den Hüter des Hauses ein, der sie zwar kannte, dem sie aber wie jedem Hund nicht traute. Als sie nicht mehr ganz blind war, sah sie das Herdfeuer und Licisca, die es schürte, sah den großen, noch nicht ganz abgeräumten Holztisch, um den zwei jauchzende bloßbeinige Kinder rannten, wobei sie gleichzeitig mit ihren Brotkrusten die Öl- und Weinpfützen der letzten Mahlzeit auftitschten. Das eine war viel flinker als das andere, es tanzte ihm vor der Nase herum und neckte es mit seinem triefenden Stückchen Brot. Camilla mußte sich am Türpfosten festhalten, denn von dem Gerenne wurde ihr wieder ganz schwindelig. Sie rieb sich die Augen, aber das Bild blieb unverändert. Das eine Kind, das tanzende, welches sich da mit naschigem Finger die Backen vollstopfte, sah aus wie Selvaggia.

Da niemand sie zu bemerken schien, blieb Camilla stehen und sagte kein Wort. Wer war dieses herumwirbelnde Wesen, so vertraut und so fremd in der ungewohnten Szenerie? War weder Vision noch Wirklichkeit, weder Knabe noch Mädchen, niemandes Tochter und niemandes Schwester, gehörte nur sich selbst. Absurd kam es ihr nun vor, dieses Kind »unfertig« zu nennen und Lehrpläne zu entwickeln, damit es etwas wurde. Sie fand in diesem Augenblick keinen Unterschied zwischen dem, was Selvaggia war, und dem, was sie sein sollte. Sie sah nur, daß dieses Kind auf eine Weise lebendig war, die Erwachsene nicht mehr kannten, und daß es mehr Facetten zu verlieren hatte als zu gewinnen.

Camilla öffnete ihre Lippen, die Tochter zu rufen, sie zu warnen vielleicht, daß man sie stören würde, dieses Mal und immer wieder, bis an das Ende ihrer Kindheit, aber die Tagträume in der Sonne hatten ihr den Mund ausgetrocknet; sie brachte nur einen sonderbaren Laut hervor, heiser und unartikuliert wie das Klagen eines Tieres. Selvaggia erstarrte mitten in der Bewegung, so daß der kleine Junge mit ihr zusammenprallte und sie zu Boden warf. Schon kugelten sie miteinander auf dem Lehmfußboden herum, balgten sich gutmütig, als wären sie ein junges sanftpfotiges Katzenpaar, das auf seine Krallen noch verzichten konnte. Camilla mußte mitansehen, wie die Knöpfe von Selvaggias Kleidchen aufsprangen und jenes Sternenmal zwischen den Schulterblättern preisgaben. Es war mit den Jahren weder blasser geworden noch kleiner, es wuchs einfach mit. Sie hatte es noch nie so feuerrot gefunden auf der weißen Haut. Mit seinen gezackten Rändern sah es aus wie eine kaum verheilte Wunde oder, schlimmer noch, wie eine Markierung für den Pfeil, der noch geworfen werden sollte. Die geheime Stelle in den Heldensagen – wenn, dann würde man dort treffen müssen. Gepeinigt von ihren Vorstellungen stürzte sie nach vorn. Sie warf sich über ihr Kind, bedeckte sein Gesicht mit Küssen und nestelte gleichzeitig am Kleidchen herum.

Selvaggia entwand sich geschickt der mütterlichen Umarmung, strich Camilla dann aber tröstend über den Hals. »Du Ärmste! Warum bleibst du nicht im Haus bei dieser Hitze und schickst Faustina nach mir?«

Camilla mußte plötzlich lachen, obwohl sie sich dabei an ihren Tränen verschluckte. Wer war nun Mutter, wer Kind?

»Weil ich mit Gaburro reden wollte«, sagte sie.

»Dann hast du mich gar nicht gesucht?«

»Nein, nicht hier.«

»Gut.« Nachsichtiges Lächeln der Ausreißerin. »Siehst du? Gaburro schläft.«

Sie zeigte auf einen Hocker in der hintersten Ecke der Küche. Da saß der Pächter, die Hände auf den Griff seiner Hacke gestützt, und schnarchte. Die Fliegen krochen ihm in den offenen Mund.

Licisca hatte ihre Hände an der Schürze abgewischt und trat nun näher, den Gast aus der Villa zu begrüßen, und auch ihr filzhaariger Sohn streckte seine Linke hin, während er sich mit der Rechten die Rotzglocke von der Nase streifte. Mimmo, Selvaggias Spielkamerad.

Die Frau des Pächters bot Camilla einen wackeligen Stuhl und den Haustrunk an, der ihr den Kopf ganz ruinieren würde, wenn sie ihren Durst damit löschte. Die Besucherin möge nur ja nicht fortgehen, bat Licisca, bevor Gaburro die Augen wieder aufschlüge. Sein Mittagsschlaf dauere immer nur ein paar Atemzüge lang. Camilla sah unschlüssig ihre Tochter an, die aufmunternd nickte und »Wir gehen solange spielen« sagte. Ohne eine Reaktion abzuwarten, rannte sie mit Mimmo an der Hand zur Küchentür hinaus. Dies war nun das letzte, was Camilla wünschte; nur aus Schwäche ließ sie es geschehen. Sie fühlte sich diesem Wirbelwind nicht gewachsen, im Augenblick nicht und überhaupt. Dabei war

Selvaggia doch erst sieben. Trotz ihrer äußeren Zerbrechlichkeit schien sie eine innere Stärke zu besitzen, mit der man rechnen mußte. Ihre Schwestern dagegen ... Wie waren sie in dem Alter gewesen? Camillas Gedanken schweiften wieder ab, sie wußte nun kaum noch, wozu sie eigentlich hergekommen war. Was Gaburro ihr zu erzählen hatte, war ja nichts Neues. Die Fläche Land, die er allein mit Hilfe seiner sechs jungen Söhne bestellte, war einfach zu groß. Immer noch lag ein Teil der Felder brach oder konnte nicht rechtzeitig abgeerntet werden. Der Weizen, der im Juli zu dreschen wäre, verdarb im Juni ungeerntet auf den Halmen, weil dann erst das Heu vom Mai gemäht wurde. Dabei reichte das Getreide aus dem Umland längst nicht mehr aus, alle Florentiner zu versorgen. Die Stadt importierte, wie jeder wußte, große Mengen Korn aus Süditalien und Sizilien, aus Afrika und vom Schwarzen Meer. Dort war es reichlich vorhanden und daher billiger als das aus dem Contado. Gaburro mußte seine Ernte nicht nur unter Preis verkaufen, er mußte sie als freier Mann, der er seit der Einführung der Halbpacht nun einmal war, auch noch versteuern.

»Die Stadt Florenz ist zu groß geworden, darunter haben wir alle zu leiden«, versuchte Camilla ihn zu besänftigen und kam sich falsch und verlogen vor, denn sie und ihre Kinder litten ja nicht. Wie viele Florentiner, die es zu ein wenig Wohlstand gebracht hatten, behielten die Salvestrinis ihr Landgut, um sich in schlechten Zeiten ganz dahin zurückziehen zu können. Notfalls würden sie die Früchte des eigenen Bodens genießen. Erst in einem alternativen Leben, das es für Gaburro und die Seinen nicht gab, würden sie die Sorgen des Pächters teilen müssen. Die Existenz der Bauernfamilie aber hing jetzt schon von jeder einzelnen Ernte ab.

»Florenz ist zu groß geworden«, wiederholte Camilla beschämt. »Mehr als siebzigtausend Einwohner in der Stadt, fast wieder soviel wie vor der letzten großen Pest – hundert Jahre sind es her, sagt Salvestrini –, und auf dem Land kaum Menschen, die ihre Felder bestellen.«

»In Florenz«, mischte sich jetzt auch Licisca in das Gespräch, »soll den Leuten das tägliche Brot fehlen, und hier bleibt das Korn ungedroschen auf den Dreschböden liegen. Warum kommen sie nicht heraus zu uns, um mit anzupacken, wenigstens solche, die sonst nichts zu beißen haben?«

»Ihr habt recht«, sagte Camilla, »wir müssen uns etwas einfallen lassen.«

Leider konnte Giovanni sich im Augenblick gar nicht um seine Landwirtschaft kümmern, weil er von der Politik und seinen Geschäften so in Anspruch genommen wurde. Ob vielleicht Tribolo …? Ach was, der hatte noch nie nach anderen gefragt. Aber sie selbst könnte sich Gedanken machen, nein, eben nicht nur Gedanken, etwas wirklich Handfestes müßte sie für Gaburro auftreiben, so etwas wie Leiharbeiter vielleicht. Doch wer sollte die bezahlen? Der Pächter gewiß nicht.

»Euer Gatte hat mir geraten, mich ganz auf Wein und Olivenöl umzustellen«, erzählte er jetzt, »denn dieses Hügelland, meint er, sei ein Land der Hacke und Schaufel. Zur Wein- und Olivenernte aber braucht man noch mehr Arbeitskräfte als fürs Getreide. Hacke und Schaufel mögen dem Eigentümer ja den Boden vergolden, dem Bauern brechen sie nur den Rücken.«

Camilla nickte. »Es wird etwas geschehen«, versprach sie und stand auf. Höchste Zeit, nach Hause zu gehen. »Morgen früh soll Faustina euch Stoffe aus Florenz herüberbringen und ein paar andere nützliche Dinge.«

Sie überlegte noch, ob sie Licisca nicht bitten sollte, Selvaggia nach Hause zu schicken, wenn sie demnächst wiederkäme, um mit Mimmo zu spielen, sein Armeleuteessen und der Himmel wußte, was sonst noch, zu teilen, aber ihr fiel nicht rasch genug ein, wie sie ihre Bitte in verständliche Worte kleiden konnte, welche nicht verletzend waren, und so verließ sie Gaburro und seine Familie, ohne das ausgesprochen zu haben, was ihr am meisten am Herzen lag.

Selvaggia verdankte es letztlich der Hilflosigkeit ihrer Mutter, daß ihr auf diese Weise zwei ganz verschiedene Kindheiten erhalten blieben: die Winterkindheit in Florenz, die sie ohne die Gesellschaft Gleichaltriger nach den Regeln der Erwachsenen verbrachte, und die Sommerzeit in Ranunculo, wo sie sich am liebsten treiben ließ, wenn sie nicht gerade den Einfällen ihres Spielkameraden folgte. Seine Mutter Licisca wurde ihnen dabei zur unerwarteten Verbündeten. Ob sie sich von Mimmos Umgang mit einer Tochter der Salvestrini einen besonderen Gewinn versprach, oder ob sie dem Mädchen, dessen bloßer Anblick sie rührte, einfach nur einen Gefallen tun wollte, blieb ihr Geheimnis. Was zählte, war, daß sie die Freundschaft der beiden Kinder auf jede Weise unterstütze. Solange die Salvestrini die Villa oben bewohnten, schickte sie Mimmo nur selten zu seinen Brüdern aufs Feld, Gaburros Schelten zum Trotz. Wenn Selvaggia in der Nähe war, sollte auch Liciscas Jüngstem eine Kindheit vergönnt sein, obwohl sich die Spiele zu zweit kaum von denen unterschieden, die er bereits von seinen größeren Geschwistern kannte.

Für Selvaggia waren sie alle neu. Statt in ihren eigenen Kosmos im Innersten der Spirale einzutauchen, lag sie nun mit Mimmo bäuchlings auf der nahen Waldwiese und betrachtete hingerissen das tausendfüßige Gewimmel rund um einen Ameisenkosmos. Statt wie in Florenz imaginäre Hundetiere an unsichtbaren Leinen hinter sich herzuziehen, fütterten und versteckten sie auf dem Land leibhaftige Katzenkinder so lange an geheimen Orten, bis sie zu groß waren, um von Gaburro ertränkt zu werden.

Selvaggia hätte sie am liebsten für immer seinen Blicken entzogen, doch seitdem Faustina behauptet hatte, von Tierhaaren bekämen empfindliche Kinder roten Ausschlag, duldeten die Salvestrini weder Affen noch Katzen oder Enten im Haus. Auch Tobia hatte sich schon vor Jahren von ihrer Menagerie trennen müssen, glücklicherweise zu einer Zeit, als sie so verliebt war, daß sie den Verlust kaum bemerkte.

Mit Mimmo säuberte Selvaggia die beiden Zugochsen, versorgte die Schweine und Hühner und vergoß Tränen der Freude über einen Salamander, der sich zum Sonnenbad auf ihrer Hand niedergelassen hatte. Ihre Haut aber blieb makellos rein, und heiß wie im Fieber wurde ihr höchstens vom Bäumeklettern oder vom Versteckspiel im wogenden Kornfeld, das sich wie von selbst teilte, um sie einzulassen, und wieder schloß, sie vor zudringlichen Blicken zu verbergen. Da blieben sie dann eng aneinandergedrückt sitzen und lauschten ihrem Herzschlag oder dem Rauschen des Windes im Korn. Mimmo liebte geheime Schlupfwinkel ebensosehr wie seine Freundin, obgleich niemand von seinen Leuten sich je die Mühe machte, ihn zu suchen. Außerdem aß er gern alles, was ihm eßbar erschien, von unzermahlenen Getreidekörnern bis zum sogenannten »Waldbrot« aus Kastanienmehl, das seine Mutter für Notzeiten aufbewahrte. Nicht selten verdarben die Kinder sich ihre Mägen, weil sie unreife Früchte oder bodenduftende Salatblätter aus Liciscas Küchengarten schmausten, und kurierten sich wieder, ohne daß ein Mensch etwas davon erfuhr, mit den Medizinpflanzen aus Faustinas Kräuterbeet. Selvaggia, die zu Hause zu jeder Mahlzeit überredet werden mußte, stopfte sich beinah täglich mit Liciscas Kohl und Polenta voll wie Mimmo und seine Brüder; nur die seltene Festtagssauce aus Kaninchenfleisch rührte sie niemals an.

Ihr Haar wurde auf dem Lande so hell wie das der blonden Florentinerinnen, Lieblingsmodelle aller Maler, und ihre Haut olivfarben wie die der Bauernkinder. Bei jedem Wetter wollte sie draußen sein, nicht einmal der Tramontana, der eisige Nordwind, konnte sie davon abbringen. Es nützte nichts, sie unter irgendeinem Vorwand in der Villa zu halten oder sie wenigstens besonders warm einzupacken; sie lief davon, zog Schals und Schuhe wieder aus und bekam nicht den kleinsten Schnupfen. In Florenz dagegen klagte sie über Halsschmerzen und kalte Füße, sobald drei Tage lang die Sonne nicht schien. In Florenz, meinten die Salvestrini, ging sie auch anders. Ihre Füße schienen den Boden kaum zu berühren, wenn sie die Treppenstufen rauf- und runterhuschte. In Ranunculo bohrten sich ihre bloßen Zehen in die Erde, als wollten sie sich darin festkrallen. Hier wurde aus ihrem schwebenden Gang ein seltsames Hüpfen, was Faustina wieder Anlaß zu allerlei düsteren Vorhersagen gab, die Giovanni sich verbat, wenn er sie einmal zu hören bekam. Aber auch er betrachtete die bäuerlichen Neigungen seiner Tochter mit Skepsis. War sie doch eher zum Naturkind geschaffen als zur geistreichen Bildungsbürgerin, die er aus ihr machen wollte? Sollte das süße Latein der Vögel sie besser unterhalten, als das klassische Latein ihrer zukünftigen Lehrer es je würde?

Schon möglich, meine Camilla, denn auch sie mußte um jede einzelne Unterrichtsstunde kämpfen. Draußen auf dem Land war Selvaggia zu zappelig, um stillzusitzen. Dauernd spähte sie durchs offene Fenster und lauschte, ob sie ihren Freund nicht irgendwo singen hörte. Mimmo sang bei allem, was er tat, und selbst Camilla mußte zugeben, daß er trotz seiner Rotznase eine Stimme hatte wie ein Domsingknabe. Schließlich kam sie auf die Idee, ihn von Faustina waschen und in frische Kleider stecken zu lassen und ihn am Unterricht zu beteiligen. Die Idee schien gut zu sein, denn Gaburros Sohn entpuppte sich bald als aufmerksamer Schüler, der ebenso an Camillas Lippen hing wie Selvaggia an denen Liciscas, wenn sie zur Dämmerstunde bei ihr am Spinnrad hockte und Märchen und Sagen aus dem Contado lauschte. Mimmo wäre ein guter Kandidat für die Abakus-Schule gewesen; er lernte in einem einzigen Sommer Lesen und Schreiben und erfüllte damit vielleicht doch die geheimen Wünsche seiner Mutter.

»Weißt du, Vanni«, versuchte Camilla einmal ihren Mann zu beruhigen, bevor er, ein wenig irritiert über das, was er gesehen hatte, wieder in die Stadt ritt, »ich erinnere mich, daß diese leidenschaftlich verspielten Sommer auf dem Höhepunkt der Kindheit – und somit bereits kurz vor ihrem

Ende – für kleine Mädchen sehr wichtig sind. Bei mir zumindest ist es ähnlich gewesen, wenn auch unter weniger günstigen Umständen, und selbst unsere drei Großen waren in Ranunculo nicht immer die wohlerzogenen jungen Damen, die sie hätten sein sollen. Freilich hat keine von ihnen ihre Freiheit hier so ausgenutzt wie Selvaggia, aber so ist sie nun einmal. Noch zwei, drei Sommer, und es ist vorbei, und sie wird nicht mehr begreifen, was sie an dem Gaburro-Sprößling und seinen Spielen einst so angezogen hat.«

Eine von Mimmos Lieblingsbeschäftigungen verabscheute seine Freundin jetzt schon von ganzem Herzen. Und wenn sie sah, daß er, behängt mit Vogelkäfigen wie die städtischen Wasserverkäufer mit irdenen Geschirren, in großen Sätzen über Gaburros Hof sprang, nahm sie Reißaus in Ranunculos hintersten Gartenwinkel. Mimmo, daran gab es keinen Zweifel, hatte wieder seine Leimruten gelegt und zog nun erbarmungslos aus, lebende Drosseln zu ernten, die in den nächsten Tagen Liciscas Ragouts bereichern sollten. Zu ähnlichen Zwecken hatte eines Herbstes der große Bruder Tribolo sogar Selvaggias geheiligtes Labyrinth mißbraucht. Durch die Melodien einer Silberpfeife und die Klagen gefesselter Tauben hatte er, in der Mitte des Irrgartens versteckt, Hunderte von Wachteln auf seine Leimbretter gelockt. Selvaggia kam um Sekunden zu spät, die Vögel zu retten. Sie heulte und beschimpfte den falschen Bruder mit den schlimmsten Worten, die sie kannte, und drohte zum Schluß:

»Wenn ich dich noch einmal hier an diesem Platz finde, lasse ich alles verschwinden, du wirst sehen!«

»… sprach Ariadne, Tochter des König Minos und Herrin des Labyrinthes«, alberte Tribolo. »Deine Schwestern und ich, wir haben hier schon Ball gespielt, als du noch gar nicht geboren warst, werte Ariadne mit dem verlorenen Faden, nicht einmal in den Träumen deines Herrn Papa. Und hast du dir schon einmal überlegt, wozu so ein Labyrinth gut sein soll?« fuhr er fort, indem er eine Stimme nachahmte, die Selvaggia nicht kannte.

»Man sucht seinen Weg zur Mitte, es ist der längstmögliche, glaube ich«, antwortete sie ganz ernsthaft, »und wenn man ihn gefunden hat, kehrt man wieder um und sucht den Weg hinaus.«

»Und wie oft mußt du dabei um die Mitte herumgehen?«

»Elfmal.«

»Bravo! – Magst du die Elf?«

Selvaggia zuckte die Achseln, Zahlen waren ihr eigentlich gleichgültig. »Warum nicht«, sagte sie.

»Dachte ich mir«, behauptete Tribolo. »Die Elf ist eine besondere Zahl. Es gibt die zehn Gebote, die Camilla dir gewiß schon mit der Muttermilch eingeträufelt hat. Zehn symbolisiert das Gesetz, die Elf aber ist die Zahl der Übertretung, der Maßlosigkeit.« Er zog sie jetzt ganz nah an sich heran, und sein Bart liebkoste ihr Ohr, während er flüsterte: »Die Elf ist eine sündige Zahl.«

Selvaggia lachte, wegen der kitzelnden Barthaare und weil sie die Sünde längst als des Bruders Lieblingswort kennengelernt hatte. Nur schien ihr all dies keine Entschuldigung dafür, daß er im Labyrinth Vögel fangen mußte. Sie verbot es ihm ganz einfach, denn sie, das wußte sie schon, war die einzige in der Familie, die sich das erlauben durfte. Und er war der einzige, der immer dann in ihrer Nähe auftauchte, wenn sie überhaupt nicht an ihn dachte. Mit anderen, einschließlich Mimmo und Faustina, geschah ihr das nie. Selvaggia konnte sie so erfolgreich herbei- und wieder fortwünschen, daß es ihr manchmal selbst unheimlich vorkam. Tribolo aber erschien aus dem Nichts wie eine vergessene Traumfigur, die sich wieder in Erinnerung bringen wollte. Auch in Ranunculo.

Selvaggia kauerte ohne ihren Freund, den Vogelfeind, vor einer zerbröckelnden Mauer im tiefer liegenden Teil des Gartens, den sie den »versunkenen« nannte, und vergnügte sich mit dem, was es dort zu sehen gab. Ockergelbe Putzreste auf den rostroten Steinen erzählten von alten Zeiten, als Park und Villa längst verstorbenen Verwandten gehört hatten. Heute waren die verwitterten Ziegel über und über von grünem Moos bewachsen, das bald Krater, bald Buckel bildete, zwischen denen allerlei Pilze wuchsen. Deren Dächer hatten sich zu weißen Dörfern zusammengefunden; drumherum war eine richtige Landschaft erstanden mit Feldern und Wäldern aus winzigen Pflanzen, mit schnurgeraden Promenaden, über die, kameradschaftlich untergehakt, die kleinen Skorpione spazierten. Hoffentlich blieben sie, wo sie waren. Selvaggia versuchte die Entfernung bis zum Fuß der Mauer abzuschätzen, wo rote Blüten unter einem Gestrüpp von Johannisbeeren leuchteten, die so schwarz waren wie Ebenholz.

»Prinzessin?« fragten die beiden Skorpione. »Wieviel Schritte schenkt Ihr uns?«

»Sechsundsiebzig ohne Anlauf«, antwortete die Prinzessin und begann gleich zu zählen. Bei sechzig würde sie wegrennen. Doch zuvor geschah, was ihr schon früher geschehen war: ein dunkler Schatten schob sich über das Bild und blieb. Zwei Hände wuchsen aus dem Schatten. Als sie so groß waren wie die eines Riesen, legten sie sich ganz fest über Selvaggias Augen. Sie konnte nichts mehr sehen und nichts hören außer der Stimme des Schattens, die in ihren Schrecken hinein laut »wer bin ich« sagte. Bärtige Lippen knabberten an dem Kirschenpärchen, das sie sich ans linke Ohr gehängt hatte.

»Wie hast du mich gefunden, Tribolo?« stöhnte sie.

»Immer den alten Düften nach.«

»Welchen?«

»Weihrauch und Myrrhen«, sagte er.

Selvaggia verstand ihn nicht. Mit aller Kraft versuchte sie, die unerbittlichen Finger von ihrer Stirn zu lösen. Doch sobald sie einen besiegt glaubte und zum nächsten übergehen wollte, ließ Tribolo den ersten wieder zurückschnellen. Endlich, als sie den Tränen nahe war, gab er sie frei, aber nur »gegen eine Kirsche und zwei Küsse«. Selvaggia hätte ihm beides freiwillig geschenkt; wenn er sie nicht gerade festhielt, was sie sich von niemandem gern gefallen ließ, mochte sie den Bruder, der schon ein Mann war und es trotzdem so einrichtete, sie, die Kleinste der Familie, vor allen anderen zu begrüßen. Ob er von weither kam? Sie hatte ihn lange nicht gesehen, und obwohl sie seitdem gewachsen sein mußte, schien er ihr noch größer als beim letzten Mal. Und wie stark seine Arme waren, mindestens so stark wie Gaburros, und wie breit seine Brust unter dem braunen Samt, wie tief seine Stimme! Die zweifarbigen Strumpfhosenbeine spannten sich über den Wadenmuskeln, als er jetzt federnd aufsprang, um Johannisbeeren zu pflücken und gierig wie ein Heißhungriger in seinen Mund zu stopfen. Nach einer Weile boten seine safttriefenden Lippen auch Selvaggia welche an. »Pick sie mit deinem Schnabel auf, Vögelchen«, nuschelte er. »Ohne dir die Finger schmutzig zu machen.«

Selvaggia fand nur wenig Gefallen an dem Spiel. »Du riechst nach Rotwein«, sagte sie und verschmähte die Beeren. Sie hatte heute schon genug davon genascht.

»Kein Weg der Welt hat die Wirtshäuser nötiger als der von Prato nach Florenz«, behauptete Tribolo. »Und warum? Weil Prato eine Stadt der Lumpensammler ist, reicher Lumpensammler wohlgemerkt, deren Hände schon deformiert sind vom ewigen Sortieren der Stoffe. In keiner Stadt Italiens traf ich so viele häßliche Menschen.«

Selvaggia ahnte, warum er das sagte. »Und darum mußtest du in all diese Wirtshäuser gehen?«

Gewiß war ihm der Wein zu Kopf gestiegen und auch die Hitze. Verstohlen musterte sie des Bruders schweißfeuchtes Gesicht, das so rot war wie sein Bart, und seine wäßrigen Augen, deren Lider immer entzündet schienen. Seine Haare klebten ihm am Kopf wie nach einem Regenguß, und im Ohrläppchen glänzte eine weiße Perle, die Selvaggia noch nie dort gesehen hatte.

Die Perle habe er im Wirtshaus gewonnen, erzählte er,

beim Glücksspiel mit einem venezianischen Seefahrer. Eben dieser Venezianer habe ihn auf die Idee gebracht, auf der Stelle nach Ranunculo zu reiten, um seine Lieblingsschwester zu besuchen. Sie werde gleich verstehen, warum. Und Selvaggia erfuhr, nun auf Tribolos Schoß sitzend, erstaunliche Geschichten aus dem Leben dieses Seefahrers, der auf seinen Reisen bis zum asiatischen Kontinent gekommen war, wo er die eigentümlichsten Bräuche kennengelernt hatte.

»Denk dir nur«, erzählte Tribolo, »in einem dieser fernöstlichen Länder werden lebende Göttinnen verehrt, das sind kleine Mädchen in deinem Alter, die sich durch Schönheit und vollkommene Furchtlosigkeit auszeichnen.«

Da sei Tribolo hellhörig geworden und habe sogleich eine hohe Summe gewettet, dem Venezianer solch eine Göttin nicht nur hier in Italien, sondern sogar bei ihm in der eigenen Familie zeigen zu können. An wen er dabei gedacht habe? An die allerschönste seiner Schwestern natürlich. Sie werde ihm zuliebe doch mitspielen! Ein paar Tage gemeinsamer Vorbereitung, und der Venezianer müsse sich überzeugen, daß man ihm nicht zuviel versprochen hatte, und Tribolo die Summe zahlen, die ihn endlich mal wieder von seinen Geldsorgen befreite.

»Wird es weh tun?« fragte Selvaggia mit zitternder Stimme.

Aber Tribolo legte seine starken Arme um sie und wiegte sie wie ein Wickelkind. »Beschädigen will ich dich nicht«, beruhigte er sie, »nur abhärten fürs Leben. Du wirst kein einziges Blutströpfchen verlieren. Eine Jungfrau, die blutet, darf nämlich keine lebende Göttin mehr sein. Aber es muß ein Geheimnis bleiben. Niemand außer dir und mir und am Ende der Venezianer darf davon erfahren.«

»Dann ist es unmöglich«, sagte Selvaggia erleichtert und erzählte von Mimmo, mit dem sie täglich zusammen sei und vor dem sie nie etwas geheimhalte.

Der Bruder, der bisher wie mit Engelszungen geredet

hatte, war auf einmal ganz still geworden, unheimlich still. Schweigend holte er ein zerknittertes Seidentuch aus seinem Jackenärmel, um sein Gesicht zu trocknen und sich Luft zuzufächeln. Als er Selvaggia wieder ansah, erschien er ihr wie jemand, der nur mal eben seine Maske gewechselt hatte. Die Gaukler auf den Märkten machten das so. Seine buschigen Augenbrauen hatten sich zu einem waagerechten Balken zusammengezogen, der wasserblaue Blick war zu Eis gefroren, und die klaffenden Lippen, dunkelrot vom Fleisch der Beeren, legten die spitzen Zähne bloß. Mühsam fand er zur Sprache zurück, entsann sich dann aber der schlimmsten Flüche, die seine Schwester je gehört hatte, und alle meinten sie den Knirps Mimmo.

Ein Bauernbastard sollte er sein, weniger wert als der Staub unter Selvaggias Fußsohlen, ein unverschämter Schmarotzer, den man in seine Schranken weisen müsse, ein Schwachkopf mit schmuddeligen Gedanken und noch schmutzigeren Gewohnheiten.

»Und mit diesem primitiven Hosenscheißer willst du deine Geheimnisse teilen?« rief Tribolo ganz außer sich. Mit rasenden Stiefelspitzen drosch er auf die Maueridylle ein. Was so viele Jahre ungestört gewachsen war, er vernichtete es für immer. »Am Ende schaut ihr euch noch beim Pissen zu!« schnaubte er.

Selvaggia lachte. Es stimmte, aber man sagte so etwas nicht.

»Ab sofort hört das auf, ich erlaube es nicht!«

Wie kalt jetzt seine Stimme klang! Bruder Leichtfuß, der Spaßvogel, der Schmeichler, war in eine andere Rolle geschlüpft. Im Augenblick zog er es vor, den Erwachsenen zu spielen, der nach Herzenslust befehlen und verbieten durfte und am Ende noch überwachen würde, ob auch geschah, was er sich in den Kopf gesetzt hatte. Alles in Selvaggia sträubte sich dagegen, zugleich wußte sie, daß sie der Gewalt seiner Worte jetzt noch nicht gewachsen war. Um Zeit zu gewinnen, schlang sie die Arme um Tribolos

Hals, rieb ihre Wange an der Seidenbürste seines Bartes und ließ seine gespaltene Zungenspitze um ihre Zeigefingerkuppe kreisen, bevor sie ihm auch ihr zweites Ohrkirschenpärchen als Opfergabe zwischen die Zähne schob. Dann schlug sie vor, daß sie sich, um allen Fragen zu entgehen, mit Mimmo treffen würde wie bisher, aber weder etwas Unanständiges mit ihm tun noch das Geheimnis der lebenden Göttin verraten werde. Daß sie außerdem Camilla bitten wolle, täglich mit dem Bruder ausreiten zu dürfen, um ihre Haltung im Sattel zu verbessern. Ihre Eltern seien seit kurzem ganz versessen darauf, sie recht viel lernen zu lassen, da wäre ihnen Tribolo als Reitlehrer gewiß willkommen. Für die Lektionen, die sie zur lebenden Göttin brauchte, bliebe dann noch Zeit genug.

Äußerst gespannt, aber mit gesenktem Kopf, damit er es ihr nicht anmerkte, wartete sie auf den Erfolg ihrer Worte. Und wahrhaftig, Tribolo schien sich geschmeichelt zu fühlen; jedenfalls lachte er leise und hatte wieder Samt in der Stimme.

»Was bist du doch für eine kleine Circe!« rief er. »Du und ich, wir sind einander ebenbürtig, ich hab's mir von Anfang an gedacht! Schon in deinem zweiten Sommer hier in Ranunculo, du fingst gerade an zu laufen, hast du mir deine Gefolgschaft versprochen, und weißt du auch, wie?«

Selvaggia schüttelte den Kopf, sie erinnerte sich nicht.

»Du hast breitbeinig auf der Wiese gesessen und dir einen Grashüpfer in den Mund gesteckt. Als du mich sahst ...« – ein Schatten, zwei Hände, eine Stimme, dachte Selvaggia –, »hast du gelächelt und freudig genickt, wie man einem Komplizen zunickt. Seither gehe ich davon aus, daß du mir niemals etwas abschlagen wirst.«

Selvaggia sagte nichts. Er irrte in beiden Punkten. Einer wie ihr Freund Mimmo würde Grashüpfer lutschen, sie nicht. Und obwohl sie nicht genau wußte, was das heißen sollte, wollte sie niemandes Komplize sein. Allein dieses Wort, und wie der Bruder es aussprach, gefiel ihr nicht. Und warum hatte er die wunderschöne Mauerlandschaft nicht in Ruhe gelassen, wenn sie beide soviel miteinander verband? Jetzt hatte er diesen Platz ebenso entweiht wie im vergangenen Sommer das Labyrinth. Noch ehe Tribolo begriff, was in sie gefahren war, sprang Selvaggia auf und lief, so schnell sie konnte, aus ihrem versunkenen Garten hinaus in die oberen Anlagen. »Besuch! Wir haben Besuch!« rief sie mehrmals hintereinander. Nun mußte der Bruder sich auch den anderen zeigen, ob es ihm paßte oder nicht.

Camilla ließ sich erstaunlich leicht für die gewünschten Reitstunden gewinnen. Obwohl sie ihren Adoptivsohn für einen leichtfertigen, unzuverlässigen, ja bisweilen sogar verantwortungslosen Menschen hielt, erschien ihr sein Umgang mit Selvaggia zur Zeit als das kleinere Übel. In all den Jahren war ihr nicht entgangen, mit welch inniger Liebe auch er an der jüngsten Schwester hing, und er kam ihr gerade wie gerufen, sie wenigstens für zwei, drei Stunden am Tag von Mimmo fernzuhalten. Überdies würde er ihre bescheidenen Reitkünste fördern, worauf Giovanni so großen Wert legte, daß er ihr schon vor einiger Zeit ein eigenes Pferdchen versprochen hatte, sobald sie ernsthaft den Wunsch äußerte. Gleich am nächsten Tag konnte Faustina in der Nachbarschaft ein Pony auftreiben, das für den Rest des Sommers der Salvestrini-Tochter gehören sollte. Nachdem Selvaggia sich überzeugt hatte, daß es weder zu groß noch zu klein für sie war, gab sie ihm einen Kuß auf die Nüstern und taufte es – wegen seiner dunklen Rosinenaugen – auf den Namen Zibibbo. Mimmo würde staunen, wenn er es am Nachmittag zu sehen bekäme. Sie hatte nämlich Tribolo, den notorischen Langschläfer, überredet, immer schon vor Sonnenaufgang auszureiten, wenn Felder und Wiesen taufrisch waren und über den Hügelketten noch der Silberglanz vergangener Nachtstunden lag. In der Frühe fand sie es draußen besonders schön, und sie mußte Mimmo nicht so lange warten lassen.

»Mädchen, die gut im Sattel sitzen, werden einmal brauchbare Geliebte«, verkündete Tribolo beim ersten Morgenritt in bester Laune. »Reiten treibt das Blut, wie du bald merken wirst; darum sind die meisten jungen Damen ganz versessen darauf.«

Auch er sprach mit Selvaggia wie mit einer Erwachsenen, nur gab es für ihn keine Tabuthemen, die er vermied. Das Wort »Geliebte« gefiel Selvaggia sehr; sie hörte es zum erstenmal und nahm an, daß es etwas mit der lebenden Göttin zu tun hatte, die sie spielen sollte. Dem Bruder zuliebe wollte sie sich bemühen, beides zu werden, jedes zu seiner Zeit. Und Giovannis Geliebte würde sie gewiß auch, wenn sie nur erst so gut, wie er es wünschte, mit Pferden umgehen konnte.

»Aber ich reite gar nicht besonders gern«, wandte sie ein. »Ich kann die Steigbügel nicht leiden.«

»Dann laß sie doch weg!«

Tribolo erlaubte ihr, die nackten Beine, die sie mit den Steigbügeln auch gleich von den Stiefeln befreite, über den Sattelbogen baumeln zu lassen und sich ganz Zibibbos Bewegungen anzupassen. Nun fühlte sie sich fast so beschwingt wie auf der Rebenschaukel.

Obwohl sie dem Bruder gern alles recht machen wollte, damit er ihr die Nachmittagsstunden mit Mimmo nicht vergällte, fürchtete sie doch schon nach drei Tagen, eher zur Geliebten als zur Göttin zu taugen, wenn überhaupt, denn je mehr sie den Ausritt zum Monte Novello zu genießen begann, desto weniger gefielen ihr die anschließenden Übungen. Auch den dafür ausgewählten Platz auf dem Gipfel des Berges, wo in einer Felsengrotte Quellen entsprangen, die so heilig waren, daß es ringsum weder lästige Insekten noch Giftschlangen geben sollte, mochte sie nicht. Auf einem Plateau unterhalb der Grotte, zwischen alten Eichen und Kastanien, standen zwei gewaltige Steinblöcke übereinander, und niemand wußte, wie sie dorthin gekommen waren. Sie sahen unheimlich aus, als hätte ein Riese aus

Liciscas Märchen sie dort aufgebaut, fand Selvaggia, Tribolo aber nannte sie die »Opferstätte eines Urvolkes, wie geschaffen für das, was wir vorhaben«.

Es ging darum, daß die zukünftige Göttin Schmerzen zu ertragen lernte und furchtlos wurde, »denn alles, was geschieht, geschieht aus Angst vor Schmerz«, sagte Tribolo. Mit einem Bad im eiskalten Quellwasser begann die erste Lektion. Selvaggia sollte unbekleidet im steinigen Grottenbecken sitzenbleiben, bis ihre Glieder gefühllos geworden waren und die Zähne vor Kälte aufeinanderschlugen. Das aber durfte sie nicht zeigen. Ihr Gesicht mußte unbewegt erscheinen wie eine Maske, und Zittern war verboten. Würde sie das schaffen? Sie spürte Tribolos mitleidigen Blick auf ihrer verfrorenen Haut, hörte den Zweifel in seiner Stimme. Selvaggia nickte, noch war ihr das Lächeln nicht vergangen. Hatte sie es nicht längst gelernt, ihren Körper zu vergessen? All die einsamen Spiele in Spiralen und Labyrinthen waren doch mehr gewesen als ein bloßer Zeitvertreib. Was hatte sie nicht alles ausprobiert! Obwohl sie sich jetzt am liebsten warm geschnattert hätte, zwang sie sich, im Wasser besonders langsam zu atmen. Dabei stellte sie sich in ihrem Bauch eine Sonne vor, die durch den Nabel heiße Strahlen über die Haut sandte, so viele sie brauchte. Auf diese Weise gelang es ihr, der Kälte standzuhalten, ohne zu erschauern oder auch nur blaue Lippen zu bekommen. Tribolo triumphierte, die Wasserprobe hielt er bereits für bestanden. Als er sie endlich abtrocknete und ihren Körper gründlicher, als ihr angenehm war, auf die zweiunddreißig göttlichen Merkmale überprüfte, die er, von der sanften Wölbung der Stirn bis zum klassischen Maß der Zehen, allesamt bestätigt fand, erfuhr er zum erstenmal von der Existenz des sternenförmigen Zeichens zwischen ihren Schulterblättern.

»Es ist eine Rarität«, urteilte Tribolo, nachdem er es gestreichelt und geküßt hatte, »obwohl ein unverständiger Mensch es für einen Schönheitsfehler halten könnte, wenn auch für deinen einzigen. Wie auch immer. Da wir es wegen des Bades im Eiswasser nicht überschminken können, werden wir es dem Venezianer als eine Tätowierung des Himmels verkaufen, einen Beweis deiner Unsterblichkeit.«

Schlimmer als die Wasserprobe fand Selvaggia andere Strapazen, etwa das Thronen in einem Brennesselbett auf den Opfersteinen oder das Laufen über eben erst verglühte Kohlen mit bloßen Fußsohlen, die hinterher so verbrannt rochen, daß es kaum zu ertragen war. Alles, was mit Feuer zu tun hatte, regte sie auf. Auch ließ sie sich nicht gerne an Baumstämme fesseln und von oben bis unten mit Pfauenfedern kitzeln oder gar ihre Finger in Holzschrauben einklemmen, die sonst zum Nüsseöffnen gebraucht wurden. Trotzdem konnte sie ihre Lachlust zügeln, und wenn man sie zu Tode kitzelte, und ihre Schreie ließen sich unterdrücken, bis sie einen Schluckauf bekam.

Er ist wirklich ein Tribolo, dachte sie, wenn sie den Bruder ansah, der sie quälte. Wo war ihr dieser Gesichtsausdruck schon einmal begegnet, diese Mischung aus Gefühlen, die sie immer noch nicht kannte? Es mußte im Traum gewesen sein ... oder, nein, in Florenz, als sie mit ihrem Vater durch die Gassen des Färberviertels geritten war. Er hatte einen scharlachroten Mantel angehabt, ihr Vater, und sie hatte sich so gut aufgehoben gefühlt ...

Jedesmal, wenn ihr die Sinne schwinden wollten, holte Tribolo sie in die Welt der Schmerzen zurück, die sie nicht zulassen durfte. Mit Tränen in den Augen bat er sie dann um Verzeihung und bot an, lieber den finanziellen Ruin in Kauf zu nehmen, als sie noch länger auf den Besuch des Venezianers vorzubereiten. Aber Selvaggia tat weiter, was er sich gedacht hatte, jetzt erst recht. Sie versuchte heimlich, einen Tag ohne Nahrung und Wasser auszukommen, eine Nacht ohne Schlaf, und erschrak schon beim zweitenmal nicht mehr allzusehr vor Spinnen und Ratten, die plötzlich auf sie losgelassen wurden. Um Wiederholungen zu vermeiden, zeigte sie auch keinen Ekel bei der Opferung einer Taube, obwohl ihr allein vom Anblick des geköpften Tieres und vom Geruch des frischen Blutes speiübel wurde. Solange Tribolo das schreckliche Handwerk besorgte, mußte sie es wohl geschehen lassen. Niemals aber, das schwor sie ihm, würde sie selbst töten. Wenn er das von ihr verlangte, müßte er seine Wette jetzt schon verloren geben.

Mimmo kannte seine Spielkameradin kaum wieder. Jeden Nachmittag kam sie zu einem ihrer gemeinsamen Lieblingsplätze, war zu sehen, zu hören und sogar anzufassen und war doch ganz woanders. Ob sie ihm zulächelte, mit ihm redete oder schwieg, sie meinte ihn nicht. Mimmo las es in ihren Augen, die an ihm vorbeischauten, er hörte es an ihrer Stimme, die teilnahmslos klang, ganz gleich, worüber sie sprach. Keines der Spiele, die Selvaggia sonst so entzückt hatten, schien ihr noch Spaß zu machen, und sie schlug auch kein neues mehr vor. Konnte sie früher gar nicht oft genug die Wege rauf- und runterrennen, ließ sie sich nun immer schon nach ein paar Schritten gähnend ins Gras fallen, um, die Arme unter dem Kopf verschränkt, wortlos in die Wolken zu starren. Und wehe, wenn Mimmo ihr zu nahe kam, sie mit einem Grashalm im Nacken kitzelte oder ihr ein Käferchen aus dem Haar klaubte! Sofort fuhr sie ihn an, was ihm einfiele, und einmal schlug sie ihm sogar mit ihrer Reitgerte auf die Finger.

Auch Licisca wunderte sich über Selvaggias Mattigkeit und mangelnden Appetit. Von heute auf morgen konnte man sie weder mit Kohl noch Polenta erfreuen. Das Mädchen würde wohl eine Kinderkrankheit ausbrüten, befürchtete Licisca, so etwas aber konnten Gaburros Söhne sich nicht leisten. Sie empfahl Mimmo, sich in acht zu nehmen, und erinnerte ihn daran, daß er überdies ja nur der Sohn eines Pächters sei, mit dem eine aus der Villa ganz nach Lust und Laune umspringen könne.

»Selvaggia hat keine Launen«, verteidigte Mimmo seine Freundin. »Sie hat Zibibbo, das Pony, seitdem ist sie immer so lahm.«

»Ach so, dann bekommt sie vielleicht Muskelkater vom Reiten, das geht vorüber«, tröstete Licisca ihren Sohn. Stadtkinder waren nun einmal nicht so robust wie Bauernkinder, die ihre Muskeln täglich strapazieren mußten.

Doch Selvaggia blieb fremd. Manches Mal sah sie Mimmo an, als wollte sie ihm etwas Wichtiges mitteilen. Sie hob ihre schmale Hand und ließ sie wieder sinken. Sie starrte auf ihre gespreizten Finger, sagte aber kein Wort.

»Was siehst du da?« fragte Mimmo mehrmals hintereinander.

Als sie ihr Schweigen brach und endlich zu sprechen begann, war es auch nicht das, was er erwartet hatte.

»Meine Hand wäre ein Land«, sagte sie. »Die Knöchel sind Berge, die blauen Adern Flüsse, und unten zwischen den Fingern liegen die Orte der Menschen. Die Menschen rennen hin und her wie Ameisen. Solange ich die Hand stillhalte, dürfen sie lebendig bleiben. Wenn ich sie bewege, werden alle vernichtet. Wenn ich klatsche ...« – sie drehte ihre Hand und ließ die eine in die andere fallen –, »geht die Welt unter.«

»Ein blödes Spiel«, fand Mimmo. »Du bist doch nicht der liebe Gott!«

Er wartete noch ein paar Tage, da sich aber nichts änderte, beschloß er, daß Mädchen langweilig waren, und ging wieder freiwillig mit seinen Brüdern aufs Feld. Licisca ließ ihn gewähren; seitdem Camillas Unterricht im Lesen und Schreiben durch Reitstunden mit dem jungen Salvestrini ersetzt worden war, den sie nur von weitem kannte, hatte ihr Sohn in der Villa nicht mehr viel verloren.

Auch Camilla und Faustina war aufgefallen, daß Selvaggia nicht mehr so blühend aussah wie noch vor ganz kurzer Zeit, und jede reagierte auf ihre Weise. Das Kind wird wachsen, sagte sich Camilla. Erst kürzlich hatte Giovanni, der sich nur allzu gerne mit immer neuen Theorien beschäftigte, ihr erklärt, daß er aufgrund seiner Studien nun sicher sei, die Entwicklung des menschlichen Individuums verlaufe stets in Siebenjahreszyklen. In seiner eigenen Biographie und – dank der Familienchronik – in der seiner Kinder habe er dies bestätigt gefunden.

Demnach, sagte sich Camilla, hätte Selvaggia gerade eben einen Wendepunkt erreicht, der ihre Veränderung erklärte. Abgesehen davon war dies der erste Sommer in Ranunculo ohne ihre Schwestern. Caterina, an der sie besonders gehangen hatte, lebte seit fast drei Jahren im Kloster, und Giovanna leistete Tobia Gesellschaft, die in Mailand, ein knappes Jahr nach der jüngsten Pestepidemie, ihr zweites Kind erwartete. Auch Camilla vermißte ihre Töchter und mehr noch ihren Mann, der in diesem Jahr so selten aus Florenz herauskam. Nur Selvaggia zuliebe blieb sie noch hier und tat ihr womöglich gar keinen Gefallen damit.

Ganz anders beurteilte Faustina die plötzliche Schwäche ihres Lieblings. Für sie gab es nur einen Grund: Tribolo. Erst seitdem der in Ranunculo aufgekreuzt sei, meinte sie, stimme etwas nicht mehr. Das wundere sie auch gar nicht, von diesem Menschen sei ja wohl, solange er lebe, etwas Beunruhigendes ausgegangen. Schon an seinem roten Bart erkenne man übrigens sein Barbarentum, denn Ehrenmänner, so wußte Faustina, zeigten sich heutzutage glattrasiert. Die wilden Spiele mit Mimmo hielt sie dagegen für harmlos. »Unschuldige kleine Kinder können einander keinen Schaden zufügen«, sagte sie. »Doch wer weiß, was dieser Schwerenöter unserem Engel alles beibringen will.« Sie schlug vor, Selvaggia mit einem Amulett des heiligen Bernhardino oder doch wenigstens mit einem Edelstein, und zwar einem Türkis, zu schützen, wenn dieser Mensch noch lange zu bleiben beabsichtige. Camilla dachte an Faustinas Taufkissen, das sich trotz des heiligen Sonnenemblems nach einem Jahr einfach in Nichts aufgelöst hatte, und band ihrer Tochter eine Lederschnur mit einem kleinen Türkis aus dem Familienschmuck um den Hals. Außerdem bestand sie darauf, daß die ermüdenden Reitstunden nur noch jeden zweiten Tag stattfanden.

Selvaggia gähnte, und Tribolo verzog keine Miene; beide warteten nur noch auf die kurz bevorstehende Vollmondnacht, zu der jener Venezianer in Ranunculo auftauchen sollte, um seine Wette zu verlieren.

Drei Tage vor dem errechneten Termin trat Selvaggia sich eine Tonscherbe in den Fuß. Obwohl sie sich von Faustina gleich Umschläge mit Eiweiß und blutstillenden Blättern machen ließ, konnte sie keine zehn Schritte mehr tun, ohne zu humpeln. Die Wunde war tief und schmerzte sogar, wenn Selvaggia sich nicht bewegte. Sie wagte es kaum, ihrem Bruder unter die Augen zu treten. Hatte er ihr nicht zu Anfang gesagt, ein Mädchen, das blute, komme als lebende Göttin nicht mehr in Betracht? Was würde er jetzt tun?

Wider Erwarten nahm Tribolo den Zwischenfall ganz gelassen auf. »Es gibt unreineres Blut, mein Schäfchen«, tröstete er die Weinende. »Blut, das ein für allemal Grenzen zieht. Dieses hier wird rechtzeitig zu fließen aufhören. Der Venezianer wird nichts davon merken.«

Am Tage der Vollmondnacht ritten sie nicht mehr zum Monte Novello. Selvaggia mußte ihren Fuß schonen, und Tribolo erschien es klüger, ein wenig mit Camilla zu plaudern, die sich mit ihrer Tochter zwischen zwei Walnußbäumen unweit des blauen Brunnenbeckens in einer Hängematte wiegte. Sie wußte noch gar nichts von dem Gast, der ihr im Laufe des Tages ins Haus stand. Tribolo wollte möglichst beiläufig darauf zu sprechen kommen und begann mit der ausführlichen Schilderung seiner Reisen, die er neuerdings auf Wunsch von Lorenzo de' Medici, dem Fürsten und Mäzen, unternehme, um in den Ateliers aller Maler der Region nach bedeutenden Werken zu suchen.

»Hast du schon davon gehört?«

Camilla nickte mit geschlossenen Augen. So brauchte sie den selbstgefälligen Ausdruck, den sie jetzt in Tribolos Zügen vermutete, nicht anzusehen. Sie wußte es von Giovanni. Er hatte den wieder einmal nach neuer Beschäftigung suchenden Jüngling vor Monaten mit Seidenstoffmustern zu Lucrezia de' Medici geschickt, und dieser war zur Überraschung aller mit einem Auftrag ihres Sohnes Lorenzo, sich in der Kunstszene für ihn umzusehen, zurückgekommen, obwohl er sich in der Materie kaum auskannte. Schon möglich, daß er seitdem viel erlebt hatte.

Wie immer bekam alles, was Tribolo erzählte, etwas Anekdotenhaftes, denn auch auf diesem Gebiet hatte er sich eine Zeitlang für Freunde und Gönner, sprich Geldgeber, als Sammler betätigt. Man wußte nie, ob er von Menschen sprach oder von Karikaturen. Den Damen zuliebe lobte er jetzt eine »der wenigen qualifizierten Künstlerinnen«, die er besucht hatte, »eine verliebte Bildhauerin in Bologna, der alles glückte, mit Ausnahme ihrer unglückseligen Liebe«. So sollte es ihr gelungen sein, »die ganze Passion Christi – das heißt sechzig Köpfe – in einen winzigen Pfirsichkern zu schnitzen«.

Während Camilla sich noch vorzustellen versuchte, wie so etwas nur möglich wäre, und Faustina, die ihnen gerade eine Schale mit frischen Birnen und Feigen servierte, dies kurzerhand als »Märchen aus Lügien und Trügien« abtat, hatte Tribolo bereits die Überleitung zum anreisenden Venezianer gefunden, die er, wie er meinte, ganz nach Camillas Geschmack mit einer blumigen Beschreibung der Geburtsstadt des Seefahrers beginnen wollte. Er rühmte beredt die »Anmut der lichten, heiteren Paläste an Venedigs Kanälen – welch wohltuender Kontrast zu den schroffen Stirnen der florentinischen –« und verglich sie, nicht ohne seiner Pflegemutter dabei vielsagend zuzuzwinkern, mit »schönen Frauen, die sich immerfort im Wasser spiegeln und darum bangen, ob man ihnen ihr Alter wohl ansieht«.

Von jedem anderen hätte Camilla sich bei dieser Bemerkung durchschaut, wenn nicht sogar verstanden gefühlt, und es hätte sie amüsiert oder gerührt, hinter Tribolos Worten aber spürte sie eine Absicht, die sie zutiefst verstimmte, und als er endlich auf den Venezianer zu sprechen kam, den er eigenmächtig nach Ranunculo eingeladen hatte, konnte sie ihre Gereiztheit kaum noch verbergen. Sie haßte es, auf solche Weise überrascht zu werden. Wenn sie schon trotz ihres schlechten Gewissens den Sommer auf dem Lande vertun mußte, dann wollte auch sie sich treiben lassen, nicht aber weitere Pflichten übernehmen, die sie sich nicht einmal ausgesucht hatte. Und wer wußte schon, wen dieser Sohn, der in Spielhöllen und Spelunken verkehrte, ihr da ins Haus brachte, zu einer Zeit, zu der sie männlichen Schutz ohnehin entbehren mußte. Widerwillig verzog sie sich in die Küche, um mit Faustina die nötigen Vorbereitungen zu treffen.

Selvaggia, die bis zuletzt gehofft hatte, ihre Mutter könnte den Besuch vielleicht doch noch abwenden, blieb allein in der Hängematte zurück und stellte sich schlafend, damit der Bruder ihren Schrecken nicht bemerkte. Je näher die Stunde der Prüfung rückte, desto beklommener wurde ihr. Sich für Tribolo auf scheußliche Mutproben vorzubereiten, war eine Sache, sie vor dem Unbekannten nun auch zu bestehen, eine andere. Vieles von dem, was der Bruder von ihr verlangte, hatte sie Überwindung gekostet, sich vor fremden Augen zur Schau zu stellen, würde eine Strafe sein. Sie war für solche Spiele nicht geschaffen, auch ohne Humpelfuß nicht, und er wußte es ebensogut wie sie. Wenn er nur nicht diese hohe Summe für sie eingesetzt hätte, die er so brauchte! Trotz ihrer geschlossenen Lider spürte sie seinen streunenden, verlorenen Blick auf ihrem Gesicht, den er manchmal annahm, wenn er sich unbeobachtet glaubte, und fühlte sich jetzt schon gelähmt von seiner Erwartung.

Er dagegen begann am späten Nachmittag, in den Gartenanlagen auf und ab zu rennen wie ein gefangenes Tier. Und am Abend – »wenn der Sonnengott seine Stiefel angezogen hat«, sagte Faustina immer, und Selvaggia wartete gewöhnlich voller Vergnügen darauf, es endlich zu hören –, am Abend fing Tribolo schon vor dem Essen, das Camilla für den verspäteten Gast aus Venedig noch um zwei Stunden verschieben ließ, mit dem Weintrinken an, und auch während des Essens, das niemandem schmeckte, obwohl es vorzüglich war, schüttete er ein Glas Roten nach dem anderen hinunter, bis alle zu Bett gingen. Sobald es im Haus ganz ruhig geworden war, stand Selvaggia wieder auf und lief zur Loggia hinaus, um in die Dunkelheit zu lauschen, ob da nicht doch noch Pferdehufe zu hören waren, die näher kamen und immer näher. Doch außer den fremdartigen Schreien der Nachtvögel und dem Wind, der sachte in den Bäumen blätterte, gab es keine Geräusche. Die Nacht blieb ihre Verbündete. Selvaggia sah den gelben Vollmond durch das Filigran des Weinlaubs scheinen und beschwor ihn, bald abzunehmen und, solange sie auf dem Lande waren, nicht wiederzukommen, damit auch der Venezianer blieb, wo er war. Ganz allein hielt sie draußen Wache bis zum Morgengrauen; erst als sie Faustina in ihrer Kammer rumoren hörte, legte sie sich erleichtert schlafen.

Tribolo sah sie erst zum Mittagessen wieder, seine Augen waren rotumrändert und das Gesicht wieder so aufgedunsen wie bei seiner Ankunft. Er entschuldigte sich bei Camilla für die Umstände, die er ihr gemacht hatte, zumal sie leider umsonst gewesen waren, und zeigte sich entschlossen, Ranunculo und seine Bewohner jetzt gleich zu verlassen. Er lachte besonders viel und laut und schien sich keinerlei Sorgen zu machen. »Ich muß nämlich«, hier hob er Selvaggia in die Höhe und schwenkte sie dreimal durch die Luft, »zum verrücktesten Maler der Toskana. Er heißt, wie er ist: Ghiribizzo. – Wenn der Venezianer noch kommt, zeigst du's ihm alleine, flüsterte er der kleinen Schwester ins Ohr, bevor er sie wieder zu Boden ließ. »Es geht um hundert Florin.«

Flugs war er fort, und Selvaggia fühlte weder Erleichterung noch Bedauern. Alle übrigen Spätsommertage wartete sie darauf, daß dieser Seefahrer aus Venedig, den sie sich von Nacht zu Nacht furchterregender und gewalttätiger vorstellte, noch käme und daß sie ihm zu Willen sein müßte. Aber er kam nicht.

3. Kapitel

Ein Tag im Leben des Tribolo

Tribolo blinzelte. Jetzt die Augen öffnen und den neuen Tag herausfordern, statt von ihm überrascht zu werden, so sollte es sein, wenn der Mensch sein Leben meisterte, doch wollte es nicht immer gelingen. Etwas leistete Widerstand, auch heute. Es war weder die bekannte Morgenmelancholie nach durchzechter Nacht noch die Erinnerung an apokalyptische Träume oder wartende Gläubiger vor der Tür, sondern das fatale Gefühl, nicht, wie er es wünschte, allein zu erwachen.

Mißtrauisch tastete seine Hand über fremde Laken, aus feinerem Leinen als sein eigenes, und fand eine andere Hand, einen Arm, dessen Innenseite zart und kühl war wie florentinischer Alabaster. Carlottas Arm. Er brauchte sie nur zu wecken, und ihre Haut würde unter seinen Fingerspitzen zu brennen beginnen, wo immer es ihm gefiel.

Tribolos Mißvergnügen wuchs. Nie sollte ihn die aufgehende Sonne im Bett einer Geliebten erwischen, hatte er geschworen und war sich ein weiteres Mal untreu geworden. Noch schlief Carlotta den Schlaf der Ermattung; kein Wunder nach einer Nacht wie dieser, auch seine Knochen fühlten sich wie geschmolzen.

Er könnte sich jetzt leise anziehen und, einem Diebe gleich, davonschleichen … Er könnte aber auch bleiben, da er schon zu lange geblieben war, und die Dinge wieder zurechtrücken. Carlotta hatte den Bogen überspannt, hatte sich unentbehrlich machen wollen, wie einfältig. Keine Frau konnte ihm unentbehrlich sein außer einer, keusch und aphrodisisch und für ihn erst in Jahren oder niemals erreichbar.

Im Abstand, Carlotta, der nur für den Augenblick des Genusses aufgehoben sein durfte, lag das Geheimnis dauerhafter Anziehung. Die meisten Frauen verstanden das nicht. Ihr ewiger Hunger nach Fortsetzung und Wiederholung des Einmaligen trieb jede Affäre unaufhaltsam ihrem Ende zu. Man mußte den hartnäckig Liebenden etwas zumuten, damit sie erwachten.

Carlotta hatte er schon allerhand zugemutet. Sie war eine Dulderin und litt klaglos. Blieb ihm zugetan, statt ihn aus dem Paradies zu weisen. Das erschwerte den Ablösungsprozeß. Tribolo war, kaum zu glauben, einer ihrer ersten Liebhaber. Er konnte sie wie eine Hure behandeln, sie merkte es nicht einmal. Wußte nichts von Bordellen und geheimen sündigen Orten in Badestuben und Hinterhäusern von Barbieren. Sie gehorchte ihm in aller Unschuld. Posierte stundenlang nackt über einem Spiegel, damit er den Voyeur spielen konnte. Kam auf Händen und Knien angekrochen, um ihn auf seinen Befehl hin abzulecken wie ein Tier. Ließ sich kratzen und beißen und in qualvollen Stellungen nehmen, weil er mitanzusehen wünschte, wie er ihr weh tat. Allein die obszönen Beschimpfungen, die er gerne von ihr gehört hätte, verweigerte sie ihm. Tribolo hielt dies für einen Mangel an Phantasie.

Einmal kam er ganz und gar ungewaschen, um endlich so etwas wie Ekel in ihrem Gesicht zu entdecken. Sie aber blieb liebenswürdig, nach Zibetparfüm duftend, und verlor kein Wort über seinen tagelang konservierten penetranten Gestank. Sie war schön, er nicht einmal gutaussehend, warum um alles in der Welt erniedrigte sie sich so?

Er würde Carlotta jetzt wecken und sich stumm und verbissen mit ihr paaren, ohne ihr ins Gesicht zu sehen. Die Königin der Nacht als Hure der Morgenröte. Der Sturz würde jäher sein als alles, was sie bisher erfahren hatte. Oder er würde sie wecken, sich dennoch schlafend stellen und sich von ihr lieben lassen, bis seine Passivität sie zur Verzweiflung brachte ...

Leider war Carlotta eine jener wenig originellen Frauen, die das gesamte Repertoire der Verführungskunst zu erleben wünschten, bevor sie sich ergaben. Den schmachtenden Blicken mußten die Liebesschwüre folgen, den wilden Küssen die zärtlichen Bisse, den Verheißungen die Geschenke und so fort, bis zögernd der Leidenschaftsfunke zu glimmen begann, um unversehens ein Feuer zu entfachen, das, wenn es einmal brannte, kaum wieder auszutreten war. Selbst in der – voraussehbaren – Kapitulation nährten sie noch dickfellig die Hoffnung, sie könnten ohne Ermüdungserscheinungen ihres Trobadore auch weiterhin umworben werden. Je weniger sich diese Hoffnung erfüllte, und sie erfüllte sich naturgemäß nie, desto mehr verausgabten die Damen ihre Gefühle. Und wenn alles nichts half, nahmen sie Zuflucht zu Zaubermitteln und Magie.

So hätte Tribolo sein Haupt einmal fast auf eine echte Mandragora gebettet, die unter seinem Kissen versteckt war. Carlotta hatte sie für teures Geld irgendeinem vorbeireisenden Scharlatan abgekauft. Dieser Mensch wollte sie unter einem Galgen ausgegraben haben, wo sie aus dem Samen eines Diebes entstanden sei, welcher noch nicht zum Mann geworden.

Ob teuer oder nicht, Tribolo warf die Alraunwurzel in hohem Bogen zum Fenster hinaus auf die Gasse. Mochten die Nachbarskinder das puppenbalgähnliche Gebilde auflesen und ersatzweise in ihren Armen wiegen oder die hungrigen Hausschweine davon liebestoll werden. Wenn man ihn nur damit verschonte! Zaubermittel zu dulden hieß Macht abgeben, niemand durfte das zulassen. Wer Macht abgab, wurde Opfer seiner Gefühle. Wie die Weiber.

Tribolo drehte sich zur Seite und betrachtete seine schlafende Geliebte. Worin unterschied sie sich von anderen Frauen, die er kannte? Jede besaß etwas, an das man sich später noch erinnerte. Etwas, das blieb. Was war es bei Carlotta? Das blauschwarze Haar, das jetzt, einem Fächer aus dunklen Schwanenfedern gleich, ausgebreitet über ihrem

Morgengesicht lag? Eine dicke Strähne hatte sich ihr um den Hals gewickelt, viel enger als die der Venus auf Sandros neuestem Gemälde. Tribolo stellte sich vor, wie Carlotta im Schlaf – oder bei der Liebe – von einer Schlange aus ihrem eigenen Haar erdrosselt wurde. Welch gelungenes Ende, einer Anekdote würdig, die Unsterblichkeit versprach. Üppiges Haar war eine von Tribolos Leidenschaften.

Und Brüste mit rosaroten Spitzen, welche die Natur den Schwarzhaarigen allerdings versagte. Bei Carlotta trugen sie dunkelrote Ringe wie von einem Bauernmaler mehrmals überpinselt. Übrigens hatte sie merkwürdige Brüste, höher angesetzt als bei jeder anderen Frau, schienen sie unmittelbar unter den Schultern zu beginnen, die wunderbar zart waren, keineswegs aber knochig. Carlottas Proportionen gehorchten allesamt eigenwilligen Gesetzen; besonders auffallend war der Kontrast zwischen ihrer übermäßig schmalen Taille und den matronenhaften Hüften. In der Nacht hatte Tribolo diese Kindertaille so lange geschnürt, bis er sie mit seinen Händen umfassen konnte. Der Silbergürtel hatte sich tief in das nackte Fleisch gegraben und Striemen hinterlassen, die noch zu sehen waren.

Wenn Tribolo gelegentlich, an Morgen wie diesen, über die Liebe nachdachte, dann nur im Zusammenhang mit dem Schmerz, ohne den sie ihm als die langweiligste Sache der Welt erschien. Erst die Kehrseite der Medaille machte sie zur Kostbarkeit. Schmerz erschuf Wollust, Wollust Schmerz.

Auch Carlottas Bauchnabel hatte unter den Anwandlungen ihres Liebhabers gelitten, er sah heute morgen etwas verdrossen, um nicht zu sagen verstimmt aus. Tribolo rieb sich den Schlaf aus den Augen. Selbst die sogenannten Kenner bemerkten selten, daß der Bauchnabel mit seinen Grübchen und Winkeln eine Mimik hervorzaubern konnte, die der des Mundes kaum nachstand. Er jedenfalls hatte schon diverse Gefühlsvariationen von albern bis zornig beobachtet und sich zuweilen nicht schlecht darüber amüsiert. Mit dem Bauchnabel verband ihn überhaupt einiges, hatte er doch als kleiner Junge geglaubt, daß die Kinder darin gezeugt würden. Niemand nahm ihm das ab, auch Carlotta nicht. Sein Zeigefinger beklopfte ihre Bauchdecke: »Wach auf!«

Über Carlottas leicht vorgewölbtem Leib fand er die Haut besonders weich und nachgiebig wie bei allen Frauen, die schon geboren hatten.

Einen Menschen im Schlaf zu betrachten, zu berühren gar, war ein Sakrileg. Doch Carlotta fühlte sich so gut aufgehoben an seiner Seite, daß sie auf der Hut zu sein vergaß. Das tödliche Vertrauen der Frauen speiste sich aus einer Illusion, ohne die sie nicht leben konnten. Sie verwechselten, dachte Tribolo, Form und Inhalt, während der männliche Körper im allgemeinen die Spielarten der vermeintlichen Liebe genießen konnte, ohne Gefühle oder das, was man Seele nannte, daran zu beteiligen. Er hatte allerdings auch schon Frauen kennengelernt, erfahrene, sinnliche Frauen, denen es auf schieren Lustgewinn ankam.

Seine Blicke sezierten die Schlafende ebenso wie seine Gedanken. Carlotta besaß einen breiten Schoß mit einem dichten schwarzen Pelz, den sie Tribolo zuliebe abgelegt hatte. Für gewöhnlich redete er seinen Geliebten ein, daß es seine Leidenschaft steigere, wenn sie sich rund um ihre geheimste Stelle von ihm rasieren ließen; dabei wartete er nur auf die eine, die ihre Würde behielt und sich widersetzte. Was Carlottas Würde betraf, die sie gar nicht erst verteidigt hatte, so ließ er sie zur Stunde lieber unangetastet. Er bog nicht wie sonst mit fordernder Geste ihre Schenkel auseinander, um sich am Anblick ihres Geschlechtes zu weiden, das einer reifen exotischen Frucht glich, er hatte sich längst sattgesehen, ebenso an ihrer elfenbeinfarbenen Haut, in die er sich vor Wochen, wie ihm jetzt einfiel, verliebte, weil sie im Dunkeln leuchtete. Carlotta war ihm in San Lorenzo zum erstenmal aufgefallen. Sie kniete in einem Beichtstuhl, und er sah nur ihren weißen gebeugten Nacken und ihre schimmernden Schultern unter einem verrutschten Spitzentuch. Die florentinischen Kirchen galten nicht umsonst – und nicht nur in der Literatur – als wunderbare Orte, neue Kontakte zu knüpfen, und die Beichte machte Frauen empfänglich für verbotene Gedanken.

Carlotta war verheiratet, es wurde Zeit, sie ihrem Mann zurückzugeben, dessen Ehebett sie erst gestern in rührender Sentimentalität mit roten Granatapfelblüten besteckt hatte, um der außerehelichen Liebe zu huldigen.

»Zieh dich an!« befahl Tribolo.

Carlotta räkelte sich wie eine Katze, dann streckte sie ihre Hand nach ihm aus. »Mir träumte von einem roten Kater«, sagte sie, »den alle Welt liebkosen wollte, der aber niemanden wiederliebte. Der Kater warst du.«

Jetzt hatte die Hellsicht liebender Frauen auch Carlotta befallen. Tribolo schob ihre Hand fort, ließ es nicht zu, daß sie mit dem kleinen Fleisch zwischen seinen Beinen spielte.

»Zieh dich an!« wiederholte er.

Doch so leicht gab sie sich nicht geschlagen. Carlotta kannte ihn zwar nicht gut, aber immerhin gut genug, um zu wissen, daß es ihn häufig nach dem Gegenteil von dem verlangte, was er gerade besaß. »Beruhige dich, Liebster«, murmelte sie, »niemand wird uns zusammen im Bett überraschen.« Mit der Zuversicht der vor Tagesanbruch noch Begehrten, fuhr sie ungebeten fort, ihn auf ihre Weise zu stimulieren. Wozu sonst hatte sie ihren Ehemann zur immer wieder aufgeschobenen Zehntagesreise nach Bologna überredet und sämtliche Dienstboten beurlaubt.

»Das mit den Dienstboten war ein Fehler«, behauptete Tribolo. Auch er konnte Gedanken lesen, wenn sie derart offensichtlich waren. »Es braucht sich bloß einer von ihnen zu verplappern, und dein Mann wird auf der Stelle Verdacht schöpfen.«

Carlottas Liebkostungen wurden zerstreuter, erfüllten aber ihren Zweck. »Es ist meine Ehe, die ich aufs Spiel setze!«

Wider seine Absicht begann Tribolo die Situation zu genießen. »Und ich dulde nicht, daß du meinetwegen deine

Ehe ruinierst«, schimpfte er, gleichwohl stöhnend vor Behagen.

»Warum?«

»Weil ich es nicht wert bin.«

»So? Meinst du?« Carlotta kicherte zufrieden, den Erfolg ihrer Bemühungen wie eine Trophäe umfassend. Mit ein paar Handgriffen hatte sie etwas ausgelöst, das sie gründlich mißverstand, da sie auch diesmal den Effekt für die Essenz hielt. Was würde sie weiter tun? Unschlüssig betrachtete sie das Attribut der Männlichkeit, welches sie sich redlich verdient glaubte, schob es hin und her in seiner Haut. »Hilf mir!« flehten ihre Augen.

Tribolo schüttelte den Kopf. »Er gehört dir. Mach damit, was du willst. Ich gucke dir gerne dabei zu.«

Sie tat das einzige, was ihr einfiel; verschämt und mit gesenktem Kopf, das Gespinst aus blauschwarzem Haar über den Augen, setzte sie sich auf ihn, und ihr Schoß schluckte bereitwillig sein Glied. Sie hielt den Atem an, während sie sich sachte auf und ab bewegte wie ein ängstliches kleines Mädchen, das zum erstenmal ein Pony bestiegen hat. Tribolo, nicht dazu aufgelegt, auch nur den kleinen Finger zu rühren, blieb völlig regungslos. Einzig seine Blicke forderten Carlotta zu weiteren Aktivitäten auf, die aber nicht stark genug ausfielen, ihn wirklich zu reizen.

Es ist ja doch das letzte Mal, sagte er sich, als seine Lust verebben wollte, und spürte plötzlich ein unerwartetes Bedauern bei dem Gedanken, diese gefühlvolle Frau nicht noch einmal ganz zu besitzen, bevor er sie verließ. Er schloß die Augen, um Carlottas Oberkörper nur mit seinen Händen zu begreifen. Bei den köstlichsten Stellen, die er besonders geliebt hatte, verweilte er, prüfte die Hautunterschiede, ganz auf seinen Tastsinn reduziert, mit der Aufmerksamkeit eines Blinden. Alle Linien, die er bei der Schlafenden so ausgiebig studiert hatte, versuchte er nun mit den Fingerspitzen nachzuzeichnen, und mußte dabei kurz innehalten, weil er sich mit einemmal an seine Zeit in Verrocchios Werkstatt erinnert fühlte, an den Augenblick der Erkenntnis. Damals, als blutjunger Bildhauerlehrling, hatte er von einem Tag auf den anderen einsehen müssen, daß seine Hände keinen Stein der Welt jemals zum Kunstwerk erweichen würden, und daraufhin den kühnen Entschluß gefaßt, aus seinem Leben ein Kunstwerk zu machen. Nie wollte er dieser Maxime untreu werden.

Mit schonungsloser Intensität begann er Carlottas warmes, feuchtes Fleisch zu durchpflügen, auf der Suche nach der einen pulsierenden Stelle, die er zum Vibrieren bringen mußte, bevor ihn die eigene Ekstase davontrug. Nur so konnte die letzte Begegnung mit einer Geliebten zum Kunstwerk werden; zum orgiastischen Finale, das seinem Lebensentwurf standhielt.

Doch diesmal spielte Carlotta nicht mit. Während es ihm nicht allzu schwerfiel, durch einen kleinen eingebildeten Abschiedsschmerz seine alte Leidenschaft noch einmal zum Leben zu erwecken, spürte er bei ihr einen verborgenen Widerstand, der ihn zur Raserei brachte, weil er daraus schließen mußte, sie die ganze Zeit über in wenigstens einer Hinsicht unterschätzt zu haben. So sehr er sich auch mühte, sein Rauschzustand wollte sich nicht übertragen lassen, für Carlotta gab es keinen Höhepunkt mehr. Tief in ihrem Inneren lauerte bereits die Furcht, gedemütigt zu werden, gedemütigt und verlassen. Diese Furcht hatte er in ihr Liebesleben gebracht. Seine Saat war wieder einmal aufgegangen. Dennoch, so meinte er, hätte sie ihm ihre Lust wenigstens vorspiegeln können, damit auch der letzte Akt die nötige Eleganz behielt.

Schweigend kleidete er sich an, ohne seiner Geliebten zuzusehen, die ebenfalls in ihre Röcke stieg. Noch gestern hätte ihn allein der Anblick ihrer Türkisstrümpfe und die Grazie, mit der Carlotta sie über ihre schön geformten, glatten Schenkel streifte, aufs neue erregt. Spätestens dann hätte er verlangt, daß sie alles wieder auszöge, um sich noch einmal mit ihm zu vergnügen.

Als Carlotta ihm seine Kappe reichte, die er am Abend über das Stundenglas auf der Kommode geworfen hatte, vermied er es, ihr ins Gesicht zu sehen. Wenn ihm etwas unerträglich war, dann jener bestimmte Ausdruck in den Augen der Frauen, die wissen, daß sie verlassen werden. Carlotta seufzte tief, ersparte es ihnen nicht, auszusprechen, was sie argwöhnte: »Du wirst also nicht wiederkommen.«

Tribolo zuckte die Achseln. »Ich muß auf Reisen gehen. Geld verdienen.«

»Und meine Gefühle?«

Diamine, auch das noch! Schon sah er sehnsuchtsvolle Briefchen in sein Haus flattern, die nichts als Petrarcereien enthielten. Und wie viele Male würde er ihr den Boten mit leeren Händen zurückschicken müssen, bis sie endlich begriff, daß sie niemals eine Antwort erhalten sollte. Lieber hier und jetzt noch einmal Geduld aufbringen. »Ich kann nicht bleiben, Cara, selbst wenn ich wollte«, erklärte er. »Salvestrini hat seinen Geschäftsleuten geschrieben, daß sie mir keinen Kredit mehr geben, es sei denn auf ihr eigenes Risiko.«

Neue Hoffnung schöpfend, drehte sie an den Silberknöpfen seines Wamses, umwickelte sie mit ihren dunkelblauen Strähnen. »Geh zu Salomon, er wird dir Geld auf einen Schuldschein von mir geben.«

Tribolo gab sich desinteressiert. »Salomon leiht mir nichts mehr ohne Pfand.«

»Nun, wenn es weiter nichts ist, das sollst du haben«, versprach sie, und ihre Stimme war ganz rauh geworden vor Eifer. Schon flog sie zur Truhe und wieder zurück, mit einem Beutel Juwelen in den ausgestreckten Händen. »Nimm sie als Liebespfand.«

Jetzt, dachte Tribolo, hat sie sich nicht nur gefühlsmäßig verausgabt. Mit dem umflorten Blick einer Büßerin, die nur darauf wartet, ihre Wallfahrt auf Knien fortzusetzen, sah sie zu ihm auf. Zögernd steckte er den Beutel ein, vergaß aber nicht, sich mit einem Kuß auf Carlottas Stirn artig zu bedanken, bevor er sich zur Tür wandte. Im Vorübergehen stülpte er noch einmal die Sanduhr um. Dann verließ er das Haus und fing an zu laufen.

Es war noch früh am Tag, um die Zeit war er für gewöhnlich nicht auf den Beinen. Trotzdem hatte er Hunger und, mehr noch, das Bedürfnis nach einem Bad. Die Badehäuser lagen allerdings ganz woanders, in Ponte Sisto, dem Viertel der Bordelle und Prostituierten, und die Jahre, die es ihn täglich dorthin getrieben hatte, waren schon lange vergangen. Wer ins Bordell ging, fand er nun, entsagte dem Leben und könnte sich ebensogut in ein Kloster zurückziehen. Bad und Frühstück gäbe es im übrigen auch bei Octavia, die seine Geliebte gewesen war, bevor er Carlotta traf. Er hörte auf, herumzurennen wie einer, der gerade noch mit heiler Haut davongekommen war, und versuchte sich an Octavia zu erinnern. Die mutwillige Octavia ... Sie plagte kein Ehemann, dafür aber ein heimlicher Wunsch, nämlich der, am hellichten Tag hinterrücks geliebt zu werden, während sie scheinbar unbeteiligt zum Fenster hinaussah. Nachbarn und fremde Spaziergänger würden an ihr vorbeiflanieren, würden sogar zum Fenster hinauf grüßen, nicht ahnend, daß Octavia vor ihren Augen soeben ein Höchstmaß an Liebeswonnen genoß. Um dieses Wunsches willen, den Tribolo ihr seinerzeit nicht erfüllen mochte, interessierte Octavia ihn immer noch. Überdies besaß sie einen Bauchnabel, der stets zu lächeln schien. Und sie würde ihren Liebhaber gewiß nicht domestizieren wollen, das hatte sie längst bewiesen, indem sie seinen Abschied klaglos ertrug und sich nie wieder in Erinnerung zu bringen versuchte. Bis zu Octavia, die unten an der Stadtmauer wohnte, im Viertel der Spielleute und Gaukler, waren es noch mindestens fünfzehn Minuten zu gehen. Tribolo befand sich trotz seiner anfänglichen Eile immer noch mitten im vornehmen San Giovanni, wo es genug für ihn zu erledigen gäbe. Ach, und eigentlich fühlte er sich heute morgen auch viel zu ausgelaugt für Octavias Fensterphantasien, er würde sie auf ein andermal verschieben. Das Leben wurde schnell schal, wenn es nichts mehr zu wünschen übrig ließ.

Mehr noch als nach Frühstück, Bad oder weiteren Liebesabenteuern war ihm danach, hinüber in die Novella zu gehen, um voller Genugtuung sein sündiges Leben zu betrachten. Danach würde er sich geläutert fühlen, ohne das Geringste bereut zu haben. Im Kreuzgang der Maria Novella war er zu Hause. Dort hatte er als bärengesichtiger Knabe auf den Grabplatten Bockhüpfen geübt, sich als Heranwachsender unter den Augen der anmutigen Duccio-Madonna erste erotische Genüsse verschafft und als junger Mann immer wieder das metaphysische Schwindelgefühl gesucht, das ihn überkam, sobald er sich in das Sintflutfresko seines damals noch unbekannten Freundes Claudio Ghiribizzo vertiefte.

Doch selbst an einem so abgeschiedenen Ort wie dem »Grünen Kreuzgang« schien es Tribolo an diesem Morgen nicht vergönnt, allein zu sein. Donna Domenica, genannt »die Philosophin«, hatte ihre Zufluchtsstätte im Portiko der Santissima Annunziata mit einer malerischeren Kulisse vertauscht und gab sich soeben im Angesicht von Ghiribizzos gewaltiger Flutkatastrophe der Illusion hin, ein paar Spritzer Weihwasser auf Gesicht und Hände könnten ihr die Morgentoilette ersetzen. So wie manch armer Schlucker sich mit der Idee von der Suppe zufriedengeben mußte, statt ihren Geschmack auf der Zunge zu spüren. Aber als Philosophin, sinnierte Tribolo, der in gebührendem Abstand hinter einer Säule versteckt stand, kamen ihr solche Übungen womöglich gelegen.

Diese Donna Domenica war eine berühmte Frau; in Florenz kannte sie jedes Kind. Man verstand sie nicht, das machte sie so anziehend. Sie galt als gebildet und nicht ganz mittellos, hatte ihr schönes Haus aber vor Jahren ihren Schwestern überlassen, weil sie selbst lieber auf der Straße lebte. Nur Verrückte oder Heilige taten so etwas. Und obwohl

Domenica niemals bettelte, erntete sie für gelegentliche Vorträge ihrer esoterischen Weisheiten und paradoxen Lehren reichlich Almosen, die sie dann mit den unfreiwillig Armen teilte. Schon allein dadurch gewann sie viele Freunde. Auch hatte sie nichts mit schmutzstarrenden Einsiedlern und vagabundierenden Menschen gemeinsam, sondern legte großen Wert auf ihr Äußeres, was unter den Umständen eine Kunst war. Sie kultivierte ihre Anspruchslosigkeit, ohne die menschlichen Grundbedürfnisse zu verleugnen; dazu schleppte sie ständig ein Waschfaß und einen winzigen Ofen mit sich herum und obendrein einen Besen, mit dem sie den Straßendreck zusammenkehrte, bevor sie sich irgendwo häuslich niederließ.

Hier in den Kreuzgang, der über Nacht geschlossen war, hatte sie sich anscheinend nur zum Kleiderwechseln zurückgezogen. Tribolo sah, wie sie ihrem Korb einen sorgfältig zusammengelegten Rock entnahm, dessen zahllose Flicken so geschickt aufgenäht waren, daß sie kunstvolle Ornamente bildeten. Schönheitssinn besaß die Dame also auch. Ihr alter staubiger Rock wurde ohne weitere Umstände mit diesem zweiten vertauscht, wobei die Philosophin ihre Stoffbeutel mit Hausrat und Kochgeschirren enthüllte, die sie statt eines Unterkleides direkt auf dem Leibe trug. Eine Variante, die Tribolo, da sie ihm neu war, in Entzücken versetzte. Nichts konnte ihn stärker beleben als Einblick in die Intimität der Frauen. Was taten sie, wenn sie allein waren? Wie gingen sie mit ihrem Körper um? Das herauszufinden, würde er nie müde werden. Diese Domenica hier war weder besonders jung noch schön, sie fesselte allein durch ihre Eigenarten, die anderen, vergänglichen Vorzügen weit überlegen waren. Zum Abschluß ihrer Toilette entnahm sie ihren verborgenen Beuteln eine blanke runde Scheibe, vielleicht einen Teller oder Dosendeckel – Tribolo konnte es nicht so genau erkennen –, um sich darin zu spiegeln. Hierbei, wenn nicht schon eher, mußte sie ihn dann entdeckt haben. Jedenfalls bedeutete sie ihm ohne die Spur einer Verlegenheit, näherzutreten. Tribolo tat ihr gern den Gefallen und verbeugte sich wie vor einer Dame der Gesellschaft.

»Habt Ihr das bemerkt?« fragte Domenica, indem sie auf Ghiribizzos grünes Fresko zeigte. »Dieses Wandgemälde macht einen schwindelig. Und wißt Ihr auch, warum?«

Sie streckte ihre Arme aus und begann sich erst langsam, dann schneller um sich selbst zu drehen.

Was sollte das sein? Eine Antwort auf ihre Frage? Eine sportliche Übung, ein heidnisches Ritual? So ähnlich hatte Tribolo vor zwei Sommern Selvaggia und Mimmo auf Zehenspitzen über Ranunculos Wiesen tanzen sehen. Nur Kinder drehten sich so selbstvergessen im Kreis.

Domenica lachte. Ihre Flickenröcke bauschten sich zur Glocke, die Utensilien in ihren Beuteln verwandelten sich in Musikinstrumente und schlugen den Takt. Tribolo stellte sich vor, wie ihr die Konturen vor den Augen verschwammen, wie die Farben, Ocker, Rostrot und das berühmte Grün, welches sein Freund, der Maler, aus Grassaft und Erde gewann, ineinanderflossen. Er ahnte, was sie erreichen wollte, nein, er verstand: Der Schwindel allein genügte ihr nicht, ebensowenig wie ihm; der Instabilität sollte die Auflösung folgen. Von einem Phantasiebeflügler wie Ghiribizzo konnte man das erwarten. Wozu sonst hätte er die Raum-Zeit-Gesetze aufgehoben, mit denen er sich doch so gut auskannte wie kaum ein zweiter?

Er ließ nämlich auf seinem großen Fresko zwei Szenen gleichzeitig stattfinden, die biblische Flut und das Zurückweichen des Wassers. Vorher und nachher waren in einen einzigen Halbkreis gebannt, von der Bogenwölbung des Kreuzganges umrahmt. Auf der einen Seite trudelte die Schöpfung ihrem Untergang zu, alle Lebewesen außerhalb der Arche am linken Rand würden unerbittlich in die Tiefe gerissen werden, während auf der rechten Bildhälfte die gleiche Arche, diesmal von der anderen Seite gemalt, wieder auf trockenem Boden stand, der die Leichen der Ertrunkenen freigab. Schon hatte Noah ein Fenster geöffnet, um mit ausgebreiteten Armen den Ölzweig der Taube entgegenzunehmen …

Domenica hatte sich derweil viele Male um sich selbst gedreht, bis sie an ihre Grenze kam. Sie legte die Hände wie zum Gebet zusammen und hob sie in Augenhöhe, um leicht schwankend stehenbleiben zu können. Sie schielte, als sie dabei auf ihre Fingerspitzen starrte, und Tribolo seufzte, weil ihn dieses Schielen, das so dämonisch wirkte, obgleich es nur einer vorübergehenden Desorientierung entsprang, an den sanften Silberblick einer Venezianerin erinnerte, die ihn liebte und die er beinah wiedergeliebt hätte.

Domenicas Atem ging schwer, ihre Brust hob und senkte sich schneller als nach einer Hetzjagd, aber mit den Augen, die goldbraun und glänzend waren wie glasierte Maronen, lächelte sie. Für Tribolo war sie die schönste Frau dieses Morgens.

»Solange Wandbilder sich nicht bewegen lassen«, stieß sie hervor, »muß man sie auf diese Weise zum Tanzen bringen!«

Wahrhaftig, sie war närrisch! Hinreißend närrisch! Schien zu erwarten, daß die Bilder eines Tages das Laufen erlernten. Tribolo bat sie, ihm die Szenen des Freskos zu erklären; er wollte sehen, wie sie es sah.

»Und was versprecht Ihr Euch davon?« erkundigte sich die Philosophin. »Die Relativität der Wahrnehmung ist nicht gerade eine neue Erkenntnis, nicht wahr? Was jemand sieht, sind nicht die Dinge selbst, sondern ihr Abdruck, so wie ihn das individuelle Bewußtsein des Betrachters gestaltet. Man sieht nur, was man ist!«

Tribolo gähnte. Es war noch um Stunden zu früh für ihn. Nach Unterhaltung stand ihm der Sinn, nicht nach geistreichen Disputen wie unter trockenen Humanisten. Da hätte er gleich Lorenzo und seine Platonische Akademie aufsuchen können. Nun gut, Worte klauben konnte auch er.

»Zweifellos!« Er glättete seine Barthaare, damit sie sein

Gesicht nicht so unordentlich umstanden und den Ausdruck von Seriosität, den es gerade annehmen wollte, zunichte machten.

»Was Ihr dem Betrachter einräumt, gilt natürlich erst recht für den Schöpfer«, belehrte er die Donna, »ist doch jedes Kunstwerk zunächst durch den Wahrnehmungsprozeß seines Schöpfers zustande gekommen!«

Wenn die gute Frau wüßte, wie zuwider ihm solche Rhetorik war! »Worum ich Euch bitte, Donna Domenica, ist ja auch nur, Filter des bereits Gefilterten zu sein, um mir, einem Freund und Agenten der Kunst, zu zeigen, was zu guter Letzt davon übrigbleibt.«

»Nun, so brauchte ich Augen an den Augen selbst, Augen zu schauen, wie sie schauen«, entgegnete die Philosophin und fuhr, während Tribolo überlegte, ob er diese Redewendung nicht schon an anderer Stelle gehört hatte, fort:

»Aber da Ihr nur den Bodensatz wollt, das, was am Ende bleibt, werde ich Euch eine Geschichte für die Nachwelt zusammenphantasieren, wie sie sich die Märchenerzähler draußen auf den Plätzen der Stadt nicht schöner ausdenken könnten!

Wohlan: In alten Zeiten, als die Kunst noch Wissenschaft war und die Wissenschaft Kunst – so nämlich wird man in spätestens hundert Jahren über uns reden –, lebte in Florenz ein Maler, dessen Absichten sich kaum von denen anderer unterschieden, wollten sie alle doch ihre Vorstellungen von der Welt verewigen, in einem einzigen Werk womöglich, das Einzelne im Ganzen zeigen und das Wahre im Allgemeingültigen. Um das zu erreichen, genügten die inneren Bilder hinter geschlossenen Augen nicht mehr; man malte, und so wurde es bald in allen Werkstätten die Regel, soviel wie möglich nach der Natur.

Auch darin unterschied sich unser Maler nicht von den übrigen. Und als er eines Tages den Auftrag bekam, ›die Flut‹ zu malen, legte er Kinderleichen in Wassertröge, um zu sehen, wie sie aufquollen, ließ er gutwillige Modelle jeden

Alters das Ertrinken ›üben‹ und skizzierte ihre Gesten und Gefühle auf Kartons, bis er dem Leben das Sterben abgeschaut hatte, so daß er es auf Wände bannen konnte. Von seinen Kartons übertrug er nun Episode um Episode, fern von der Welt, aber parallel zu ihr. Und je länger er das tat, desto mehr steigerte der Reichtum der gesammelten Motive die Lust des Malers am Erzählen.«

Sie trat ganz nah an das Fresko heran und sprach in verändertem Tonfall weiter: »Das Ergebnis ist voller Widersprüche und Rätsel. Gleich hier vorn der nackte Jüngling mit dem wehenden Haarschopf und dem verrutschten Mazzocchio, der ihm wie ein Rettungsring um den Hals hängt – was will er mit der hocherhobenen Keule in seinen Händen: den Schwerthieb des Soldaten abwehren, welcher ihm da so selbstherrlich entgegenreitet, oder den vor seinen Augen Ertrinkenden ganz unter Wasser knüppeln? Sich verteidigen oder angreifen?«

Die Philosophin machte eine Gedankenpause. »Oder weiter hinten der Mann auf dem Floß, welches er mit dem Schatten eines müden Bären teilen muß, bedroht von einem weiteren Raubtier, dessen Kopf noch eben vor ihm aus dem Wasser ragt – auch er holt zum Schlag aus, gegen sein Schicksal oder die Bestien um ihn herum oder gegen beides, und brauchte doch nur seine Hand auszustrecken, um sich wie die anderen Verzweifelten an einem Balken der Arche festklammern zu können. – Aber Ihr wolltet wissen, was bleibt. Nun, vielleicht sind es die Bilder der letzten Augenblicke, ebenso grausam wie banal? Die dahintreibende Kuh mit dem Ehepaar auf dem Rücken … Ausstaffiert wie zum Markttag reiten sie der steigenden Flut davon, die sie, wie jedermann absehen kann, in Kürze einholen wird. Oder es bleibt der verstörte Mann, der sich aus seinem trudelnden Faß erhebt, um die Lage zu überblicken. Sein Mund ist wie zum Schrei geöffnet, seine Augen sind schreckensweit. Was er sieht, läßt nicht mehr hoffen. – Weiter hinten versuchen drei nackte Männer einem flammenden Blitz auszuweichen, während Frauen in langen Gewändern verhüllten Hauptes den Tod erwarten. Die Apokalypse hat so viele Gesichter wie das Leben.« Wieder schwieg sie und befeuchtete mit der Spitze ihrer Zunge, einer kirschroten, lüsternen Zungenspitze, ihre etwas wulstigen Lippen.

»Übrigens könnte ich mir denken«, fuhr sie fort, »daß einem wie Euch, wobei Ihr eine Begründung aber nicht erwarten dürft, am ehesten die Szenen auf der rechten Seite, nach Ablaufen der Flut, im Bewußtsein bleiben: der leblose Säugling mit dem aufgeschwemmten Leib, der schwarze Rabe, welcher den Ertrunkenen die Augen aushackt ... Oder Ihr seht ab von den Menschen und ihren Trivialitäten und wendet Euch den Naturphänomenen zu, den Regengüssen, sturmgepeitschten Baumkronen, dem Orkanwirbel mit seinem Tiefensog ... Euer Maler – und das unterscheidet ihn endlich von den anderen – will es so. Er gestattet kein Verweilen im Vordergrund, vielmehr setzt er alles daran, Euch mit der rapiden Größenabnahme seiner Geschöpfe in die Tiefe zu reißen. Eine raffinierte Methode. Durch das Gesetz der Perspektive, bei der sich alles auf einen Punkt zuwendet, wird es Gesetz, daß alles untergeht!«

»Bei den Mazzocchi des Ghiribizzo, Ihr habt die Magie des Fluchtpunktes erkannt!« rief Tribolo. »Eine Magie, die freilich auf Kalkül beruht. Ihr solltet den Meister einmal bei der Arbeit sehen! – Wißt Ihr was? Wir besuchen ihn! Er wohnt nur ein paar Schritte von hier, im Borgo Ognissanti. Ihr kommt mit! Wenn seine Frau zu Hause ist, wird auch ein kleines Frühstück für uns dabei herausspringen!«

Er ergriff Domenicas Handgelenk und preßte es kurz, damit sie ihn ansah und über seinen Vorschlag nachdachte. Die Philosophin wirkte etwas verwirrt.

»Ich habe lediglich erkannt, daß Euer Maler die Zeit in einem einzigen Augenblick zusammengefaßt hat«, murmelte sie. »Wie er das bewerkstelligt, will ich gar nicht wissen.«

Tribolo ließ das Handgelenk wieder los, dessen Haut

rauh und aufgesprungen war wie bei den Frauen im Waschhaus. Domenicas Antwort, eine typisch weibliche Antwort, enttäuschte ihn; er hielt sie auch für Koketterie. Wer über analytische Fähigkeiten verfügte wie diese Donna, würde mehr wissen wollen. Also gab sie ihm einen Korb oder war nicht dazu aufgelegt, ihn in das Haus seines Freundes zu begleiten.

»Ihr seid übrigens eine Blenderin«, sagte er. »Habt mir nur vor Augen geführt, was mich selbst an dem Werk so reizt, nämlich exakt dieses Spiel um den Fluchtpunkt in Verbindung mit einer Menschheitskatastrophe. Grauenerregendes ins Absurde verkehrt. Es ist genau diese Art von unfreiwilligem Zynismus, die mir gefällt. Ihr aber seid mir höchst geschickt ausgewichen, denn ich bat Euch doch, mit Euren Augen sehen zu dürfen. – Nun gut, erlaubt mir, den Spieß umzudrehen.

Beachtet jenen hochaufgerichtet Betenden, welcher die Szene nach der Überflutung beherrscht:

Das Inferno liegt hinter ihm, und sein Gewand hat es in tadellosem Faltenwurf überstanden. Seine Fußgelenke werden noch von den Händen eines Ertrunkenen umklammert, er aber blickt in stoischer Ruhe in eine andere Richtung. Mich hat er in seiner Unangefochtenheit immer an meinen sogenannten Vater erinnert, wer aber ist er für Euch: Gottvater persönlich?«

Domenica neigte ihren Kopf und betrachtete ihn aus den Augenwinkeln. »Ihr müßt einen imposanten Vater haben«, sagte sie, »einen Über-Vater beinahe, mit dem Ihr, verzeiht mir, keinerlei äußere Ähnlichkeit habt, auch wenn er das Modell zum Gottvater nicht sein kann, denn dieser befindet sich, wenn Ihr mich schon fragt, an anderer Stelle.«

Sie deutete auf das »Dankopfer Noahs«, ein weiteres Fresko unterhalb der »Flut« und von dieser nur durch ein schmales Ornamentenband getrennt.

Tribolo nickte anerkennend. Auch bei dieser Szene hatte sich Ghiribizzo eine besondere Kühnheit geleistet, seine überkippende Perspektive, die er hier zum erstenmal konstruierte. Welch ein Einfall! Über der geöffneten Arche, aus der Schwärme von befreiten Vögeln in den Himmel stoben, ließ er mit segnenden Händen und rotem Heiligenschein Gottvater einschweben, und zwar unter einem Regenbogen, dessen Farben er nicht wie in der Natur angeordnet hatte, sondern genau umgekehrt. Um nun seinem himmlischen Vater besondere Dynamik zu verleihen, hatte er ihm den Oberkörper so verkürzt, daß es aussah, als flöge er mit seinem kantigen Schädel geradewegs gegen die Mauer, auf die er gemalt war. Einen Augenblick später würde er sie durchstoßen, falls sie sich nicht von selbst teilte. Vor drei Jahren hatte ganz Florenz über diesen Gottvater diskutiert.

»Und wenn sie beide Götter wären, der Betende ebenso wie der Fliegende?« schlug Tribolo vor.

Domenica setzte sich auf die Mauer, die den Innenhof vom Bogengang trennte, und kreuzte ihre Schenkel. »Und wenn auch der neue Mensch Gott wäre? Denn dies und nichts anderes ist Euer großer Betender in meinen Augen. Der wiedergeborene Mensch, befreit aus seiner Nische, in welche ihn noch die mittlere Zeit – ein Maler wie Euer Freund hat sie neulich die ›gotische Barbarei‹ getauft – verbannt hätte. – Der Euch so an Euren Vater erinnert, ist der Mensch unserer Epoche, welche wir die ›Renaissance‹ nennen, als handelte es sich bereits um etwas Vergangenes. Tod und Wiedergeburt aber sind ein ewiges Thema.«

Tribolo setzte sich neben sie, hielt aber Abstand, denn sie roch doch nicht so gut, wie er gehofft hatte. »Ich sehe da auf einmal ein Glitzern in Euren Augen, als hättet Ihr Euer Stichwort gefunden«, bemerkte er nicht ohne Hintergedanken. »Am Ende glaubt Ihr mir noch an Seelenwanderung.«

»In der Tat! Ihr etwa nicht? – Das Malenkönnen ist doch wesentlich, nicht der Maler selbst oder seine Werke. Der Maler mag eines frühen Todes sterben oder unbekannt bleiben, sein Werk zerstört werden. Unzerstört aber bleibt seine künstlerische Kraft, die in Jahrtausenden gewachsen ist und sich bisweilen im Reich der Schatten ausruhen muß, bis sie eines Tages in einem neuen Talent wieder ans Licht kommt.«

»Na, na!« Tribolo fühlte sich nun doch etwas befremdet. Warnend hob er seinen Zeigefinger vor Domenicas unstete Augen. »Wollt Ihr damit sagen, es gäbe gar keine Kunst, wenn der Mensch nicht mehrmals lebte?«

»Genau das. Was sind denn schon einzelne Werke. Nichts als ein kosmischer Witz! Nehmt diese beiden schwerfälligen Archen hier, Vehikel des Lebensprinzips, einmal von vorn und einmal von hinten gemalt, nehmt diese ganze gewaltige Sintflut mit ihrer Pseudodramatik, über die wir uns jetzt eine geschlagene Stunde lang ereifern, als wollten wir mit unseren Worten die Weltkugel zerschneiden ...«

Tribolo verstand sie nicht. »Ein kosmischer Witz?« wiederholte er.

»Ja. Denn seht, wen präsentiert uns Euer Maler als Verursacher dieses ganzen Chaos, welches er da so lustvoll arrangiert hat?«

Tribolo zuckte die Achseln, wußte immer noch nicht, worauf sie hinauswollte.

»Ein winziger Windgott ist es, oben rechts im Hintergrund; bei der Beleuchtung sieht man ihn kaum. Ein pummeliger Putto, der bläst und bläst und mit seinem Atem den Weltuntergang heraufbeschwört. Ein kosmischer Witz, fürwahr!«

Domenica legte den Kopf in den Nacken und begann zu lachen, heiser und kehlig und schon bald von einem Hustenanfall geschüttelt. Tribolo wartete, daß sie aufhörte, denn er wollte sich mit dem neuesten Klatsch revanchieren, mit der Chamäleon-Anekdote, welche Florenz dem Ghiribizzo verdankte, doch Domenica hörte nicht auf zu lachen. Ihre Finger krampften sich um einen Gegenstand in ihrem Schoß, unter den Röcken versteckt, der aussah wie ein Riesenphallus. Ihre eine Wange war blaß, die andere hochrot, rotgefleckt auch die Haut auf ihrem Hals und über ihrer Kehle. Aus den nun völlig verdrehten Augen rannen Tränen und vermischten sich mit den Speichelfäden ihrer Lippen. Tribolo wurde es unbehaglich. Die Donna war nicht nur närrisch, sie war toll wie eine Hündin! Trotzdem steckte er ihr zum Dank für die vergnügliche Stunde eine von Carlottas Liebesperlen in den Hemdenausschnitt, bevor er sich leise aus dem Kreuzgang stahl, verfolgt vom Gelächter der Philosophin.

Als Tribolo vor der Haustür seines Malerfreundes in der Via della Scala stand, hatten die Glocken von Florenz eben zum zweiten Morgengebet gerufen. Eigentlich erschien ihm die neunte Stunde immer noch unschicklich für einen Besuch, aber da Ghiribizzo ohnedies kein Gefühl dafür hatte, ob gerade Tag war oder Nacht, brauchte das niemanden zu kümmern. Häufig machte der Meister sich auch gar nicht erst die Mühe, nach Hause zu kommen, sondern blieb in seinem Atelier neben dem Palazzo di Parte Guelfe, wo er sich für seine Naturstudien allerlei lebende Tiere hielt, die er aber nicht selten aus Zerstreutheit verhungern ließ. Nun, falls er auch heute dort genächtigt hatte, würde Tribolo dies von Tommasa erfahren, Claudios munterer kleiner Frau, sie war stets für jede Abwechslung dankbar. Er blickte an dem terrakottafarbenen Häuschen empor, welches – und das machte seinen Charme aus – anstelle des zweiten Stockwerkes einen Turm mit drei Glocken trug. Alle fünf Fenster waren tot, die Läden verriegelt, nur über dem mittleren küßten sich seit hundert Jahren zwei steinerne Delphine.

Tribolo pochte an die Brettertür und trat ein, da niemand antwortete und er sie unverschlossen fand. In der Diele, die als Wohnraum diente, hockte Ghiribizzos blonde Kindfrau regungslos auf der Kaminbank. Sie hatte ihm den Rücken zugewandt und schien in Gedanken versunken. Ihre aufgelösten Flechten lagen über der einen Schulter wie die vergoldete Schwinge eines Engels.

»Tommasa? Nicht erschrecken, ich bin's!«

Sie zuckte zusammen, dann drehte sie sich um und hob einen Leuchter mit heruntergebrannten Kerzen in die Höhe, um zu sehen, wer da sprach. »Pietro Baldassare, Ihr? Ist es denn schon so spät?«

»Keine Sorge, anständige Menschen schlafen noch. Habt Ihr etwa die ganze Nacht hier vor dem fast erloschenen Feuer verbracht?« Tommasa stand auf und begrüßte ihn herzlich. Sie wirkte in der Tat übernächtigt. Übernächtigt und bekümmert. Tribolo lächelte ihr aufmunternd zu. Ghiribizzos Frau hatte etwas, das ihn rührte: ein Gesicht, welches es dem Betrachter überließ, ob er es schön finden wollte oder häßlich, ein Gesicht mit zwei Möglichkeiten. Um auf den ersten Blick schön zu erscheinen, war die Nase einen Fingerbreit zu lang geraten und zu spitz. Um häßlich zu sein, war alles übrige zu vollkommen, die hohe Stirn mit dem ebenmäßigen Haaransatz, der Schwanenhals und die milchweiße Haut, die so wunderbar leicht erröten konnte, die Augen vom hellen Blau eines Aquamarins der weniger wertvollen Sorte, dafür durchsichtig wie aus Glas.

»Ach, Pietro Baldassare!« klagte sie mit dem Kopf an seiner Brust. »Wenn Ihr wüßtet!«

Tommasa war ein ganz einfaches Mädchen aus dem Volk, achtes Kind eines Kerzenmachers aus der Via Cocomero, und hatte doch mehr Taktgefühl als manch eine aus dem Populo Grasso, fand Tribolo, denn niemals würde sie ihn oder auch ihren Mann je mit seinem Spitznamen anreden. Dabei war das Namenerfinden eine florentinische Mode, wenn nicht gar eine ansteckende Krankheit geworden. Die Tochter des Kerzenmachers hatte selbst etwas von einer Kerze, so überschlank und blaß, wie sie war, in der Morgendämmerung beinah bläulich. Wahrscheinlich litt auch sie an der Bleichsucht wie so viele ihrer Altersgenossinnen. Erst im vergangenen Sommer war die Siebzehnjährige mit dem Maler verheiratet worden. Tribolo hatte sie seit der Hochzeitsreise, die auf ihren Wunsch hin zur Traumstadt aller jungen Bräute führte, nicht mehr gesehen. Jetzt schien sie schwanger zu sein, jedenfalls streckte sie ihren runden Bauch heraus wie eine gotische Säulenheilige.

»Liebe in der Gondel?« erkundigte sich Tribolo und legte seine Hände um ihren Leib. Mit Tommasa konnte man wohltuend unverkrampft umgehen. Sie schüttelte ihre Haarmähne, lächelte endlich.

»Es hat die fünf Tage lang ununterbrochen geregnet.«

»Aber liebste Tommasa, gerade dann!« flüsterte er über ihrem gebeugten Nacken. »Man kriecht zusammen unter den Regenschutz, lehnt sich zurück in die Polster und hat die ideale Lage zum bequemen Genuß.« Er seufzte tief, als er an sein letztes venezianisches Abenteuer dachte. »Jeder Ruck des Gondolieres mit dem Ruder ist ein Wolluststoß!«

»Ihr macht mir eine Gänsehaut«, seufzte nun auch Tommasa. »Erzählt es Claudio, er hat fast die ganze Zeit über den Fußböden von San Marco verbracht, um seine alten Mosaiken zu begutachten und im Kopf neu zu entwerfen. Dabei kann er doch gar nichts mehr daran ändern. Es sind ja gut zwanzig Jahre her, daß er Mosaikmeister in San Marco war!«

»Aber Tommasa! Damit hättet Ihr rechnen müssen! Ihr hättet gar nicht hinfahren sollen, nicht nach Venedig! Diese zerbrechliche Stadt in der Lagune ist ein Trugbild, eine Spiegelung im Wasser, welche nicht jedem hält, was sie verspricht. Ihr gehört ganz woanders hin!«

»Und wohin gehöre ich?« Blutjunge Frauen wie sie ließen sich nur allzu gerne Vorschläge zu ihrem Wesen machen.

»In einen Paradiesgarten«, behauptete Tribolo. »Auf eine Märchenwiese. Auf einen französischen Gobelin neben ein Einhorn. Auf ein tollkühnes Turnier als Belohnung für den Sieger, den Ritter mit dem Roten Bart.«

Geschmeichelt ließ sie sich auf einem weichen Teppich vor dem Kaminfeuer nieder, dessen Asche noch glühte. »Der Ritter mit dem Roten Bart seid Ihr«, sagte sie. Ihre Blicke forderten ihn auf, sich neben sie zu setzen.

»Jetzt!« dachte Tribolo, blieb aber stehen. »Ihr wolltet mir von Claudio erzählen?«

»Ja.« Sie streckte sich ganz aus, legte die Hände auf ihren Bauch und schloß die Augen, um die tiefe Schatten lagen. Sie schien todmüde zu sein.

»Ich verstehe Claudio nicht«, begann sie. »Wozu hat er mich geheiratet? Wozu braucht er überhaupt eine Familie? Er lebt wie ein Einsiedler.«

Was sie zu berichten hatte, überraschte Tribolo nicht. Claudio Ghiribizzo, das war bekannt, kümmerte sich um nichts als seine Kunst.

»Er schließt sich wochenlang in sein Arbeitszimmer ein, ißt nicht, trinkt nicht, läßt mich seine Sachen nicht in Ordnung halten und kümmert sich nur selten darum, ob Geld im Haus ist. Er scheint um irgend etwas zu kämpfen, Tage und Nächte lang, aber er würde mir niemals sagen, was es ist. Niemandem würde er es sagen, und so kann niemand ihm helfen ... Wenn er mich einmal einen Blick auf seine Arbeit werfen läßt, sehe ich, daß er unentwegt Mazzocchi gemalt hat, diese Mützen, die kein Mensch mehr trägt. Dabei scheint es ihm vor allem das schäbige Drahtgestell im Inneren des Mazzocchio angetan zu haben, immer wieder hat er es gezeichnet und in tausend Zipfel und Zacken, geometrische Formen nennt man das wohl, aufgeteilt. Wen soll das interessieren? Ich mag keine Spitznamen, wie Ihr wißt, aber manchmal denke ich, Claudio Ghiribizzo hat den seinen verdient! Es sind wirklich Grillen, die er im Kopf hat. Würde er sonst etwa versuchen, schwarze Tinte zu erfinden, in der kein Licht mehr ist, gar kein Licht? Habt Ihr so etwas schon mal gehört? Dann wieder malt er leuchtende Kugeln, deren Schimmer und Widerschein von der einen in die andere zurückfällt ... Das ist ja noch ganz schön, obgleich nutzlos, viel schöner wäre es, er würde sich um Aufträge bemühen, jetzt, wo er Vater wird. Statt dessen vergnügt er sich mit diesem Guckkasten, den er einst von einem alten Mathematiker bekommen hat – wie hieß er noch?«

»Das kann nur Toscanelli gewesen sein«, antwortete Tribolo, »Lehrer des Brunelleschi, welcher als erster die Perspektive mit Hilfe eines Guckkastens studierte.«

»Ah! Das wußte ich nicht.« Tommasa starrte eine Weile vor sich hin, bevor sie fortfuhr: »Nun, er lebt praktisch in diesem Kasten, nimmt ihn auseinander und setzt ihn wieder zusammen, fummelt an der Spiegelwand herum ... Zwischendurch bedeckt er ganze Stöße von Papier mit Linien, Schnittpunkten, Rechenkästchen – ach, ich verstehe nichts davon! Claudio will immer in allem vollkommen sein, er versucht ›den Fliegen neue Augen zu machen‹, hätte man das bei uns zu Hause genannt. Und wißt Ihr, was heute nacht geschehen ist?«

Tribolo, der auf der Kaminbank Platz genommen hatte, schüttelte den Kopf.

»Mein lieber Mann hat auch diese Nacht wieder nur mit seinen Übungen zugebracht; schließlich bat ich ihn, sich endlich schlafen zu legen, um seinetwillen, nicht meinetwegen, denn mich hat er, seitdem wir verheiratet sind, nicht mehr angerührt – auch in Venedig nicht, Gott sei's geklagt –, und nun hört Euch an, was ich zur Antwort bekam!«

Sie holte tief Luft und sagte dann voller Emphase:

»›Oh, welch anmutiges Ding ist diese Perspektive!‹ Die Per-spek-ti-ve!« wiederholte sie. »Was sagt Ihr dazu? Meine Rivalin heißt nicht Fioretta oder Laura, Simonetta oder Pippa, sie heißt: Perspektive!« Sie lachte, begann dann aber zu schluchzen. »Und dagegen bin ich machtlos! – Ihr seid sein Freund, vielleicht sein einziger, sagt mir, woran es liegt: Ist er zu alt? Bin ich zu dumm? Ist er verrückt? Bin ich zu jung? – Ratet mir, was ich tun soll!«

Euch einen Liebhaber zulegen, dachte Tribolo, sagte aber:

»Euch jeden Tag klarmachen, daß Ihr nicht mit einem Krämer, Küster, Kerzenmacher verheiratet seid, sondern mit einem Künstler, einem genialen Menschen, für den es außerhalb seiner Kunst keine Leidenschaft gibt.«

»Wollte der Himmel, man hätte mir das früher gesagt!«

»Da habt Ihr recht!« Tribolo hockte sich nun doch zu ihr auf den Teppich, rührte sie aber nicht an. Er hätte Tommasa haben können, wenn er wollte, das wußte er. Er mußte es nicht ausprobieren, obwohl es natürlich hinreißend unanständig wäre, die Frau eines Freundes zu verführen. Aber es wäre zu einfach. Arme Tommasa! Seltsam, daß ein Mann wie Claudio, dem nichts ferner lag als das Spiel mit den weiblichen Gefühlen, die Frauen ebenso unglücklich machen konnte wie ein Tribolo, dessen höchstes Liebesglück in der Gewißheit bestand, Böses oder zumindest Verbotenes zu tun!

Er legte seine Hand auf Tommasas Bauch und spürte unter seinen Fingerspitzen die Bewegungen ihres Kindes, zart wie das Schnabelpicken eines eingesperrten Vögelchens. Wieder überkam ihn eine Art von Rührung, die ihm mißfiel. Den ganzen Morgen schon spielte er seine Rolle nicht sonderlich gut. Anscheinend machte der Mangel an Schlaf die Menschen sentimental.

»Nehmt mich als seinen Paten!« hörte er sich zur eigenen Überraschung vorschlagen, obwohl er doch mit Kindern noch nie etwas hatte anfangen können.

Tommasa drehte den Kopf, um ihn anzusehen; ihre Pupillen waren ganz weit. »Wenn es ein Junge wird, werde ich ihm Euren Namen geben«, flüsterte sie, und die Flammen des Leuchters spiegelten sich in ihren Augen.

»Nein, das tut nicht, es brächte ihm kein Glück.«

Tribolo erhob sich rasch. Was faselte er da! »Ich gehe jetzt hinein zu ihm.«

»Ja, aber weckt ihn nicht auf, wenn er schläft. Ich mache uns derweil ein Frühstück von dem, was wir noch im Hause haben.«

Tribolo nickte. »Gut, daß Ihr so praktisch seid. Ich mag Frauen, die an das Nächstliegende denken.«

Er pflückte eine Kerze aus ihrem Leuchter und betrat das Studio des Malers, in dem es ungemütlich kalt war und stockdunkel. Zum Glück wußte er noch, wo die wenigen

Möbelstücke standen, und brachte es fertig, die Fensterläden zu öffnen, ohne unnötigen Lärm zu machen. Das schwache Tageslicht fiel auf eine Szenerie in malerischer Unordnung, die aber merkwürdigerweise eher gewollt als zufällig wirkte. Das Chaos war Ghiribizzos Feind, im Leben wie in der Kunst, selbst die Philosophin hatte das erkannt, gleichwohl kokettierte er ständig damit.

Im Augenblick freilich schien ihn die Erschöpfung übermannt zu haben. Sein schwerer Kopf, viel zu grau für seine dreiundvierzig Jahre, lag auf dem Schreibpult über der Guckkastenplatte, der dazugehörige Spiegel war in den Korb mit Sägespänen gerutscht, die dem Meister nachts die Füße warmhalten sollten. Ab und zu stieß er einen Schnarchlaut aus oder stöhnte leise im Schlaf.

Tribolo hob den Spiegel auf und legte ihn neben die Zeichnung des Baptisteriums, deren Konstruktionslinien ihn ebenso verwirrten wie die kleine Tommasa. Es war eine Kopie der Guckkastenplatte von Brunelleschi, mit der dieser die Theorien seines Lehrers Toscanelli erklären wollte.

Für Tribolo verband sich der Name des bekannten Mathematikers vor allem mit einer Szene aus seiner Kindheit:

Er war gerade in die Abakus-Schule gekommen, um Zinsrechnung und Buchführung zu lernen, als eines Morgens alle Kinder in den Dom geführt wurden, damit sie einen unter der Kuppel hängenden Stab bewundern konnten, den ihr begeisterter Maestro das »größte jemals erbaute Gnomon« nannte, ein Wort, welches den Knaben an Kobolde und Zwerge erinnerte, keineswegs aber an ein Instrument zum Bestimmen der Sommersonnenwende. Da er die Mathematik schon damals nicht liebte und den Geist der Abakus-Schule erst recht nicht, hatte er sich einen Spaß daraus gemacht, über dem Schattenfinger hin- und herzuspringen, der vom Gnomon aus hundertvierundvierzig Ellen tief hinunter auf ein marmornes Ziffernblatt im Fußbodenmosaik fiel.

»Die Höhe des Instrumentes dividiert durch die Länge

ihres Schattens ergibt die Tangente des Höhenwinkels der Sonne«, hatte er zur Strafe auswendig lernen müssen und bis heute nicht vergessen. Er und die Welt verdankten diesen umständlichen Satz dem berühmten Toscanelli, Schöpfer des astrologischen Wunderwerkes in der Domkuppel und Inspirator jener Guckkastenplatte mit Brunelleschis Zeichnung des Baptisteriums, wie es vom Domportal aus zu sehen sein sollte.

Was die Tafel so wertvoll machte, war ein Loch mit besonderen Eigenschaften: Auf der Seite des Bildes so klein wie eine Linse, erweiterte es sich auf der Rückseite pyramidial bis zur Größe eines Florins oder mehr. Durch dieses Guckloch sollte der Betrachter von hinten aus hindurchsehen, indem er sich mit der einen Hand die Bildplatte vor Augen führte und mit der anderen, im Abstand seines gebeugten Armes, einen ebenen Spiegel, von dem das Bild reflektiert wurde.

»Auf diese Weise«, hatte Ghiribizzo ihm einmal erklärt, »ist das Loch für den Betrachter sowohl Fluchtpunkt der perspektivischen Gebäudekonstruktion als auch Augenpunkt. Sofern der Spiegel in der richtigen Distanz gehalten oder auch fest installiert wird, erblickt man darin das Baptisterium im realen Größenverhältnis zum Domplatz.«

Tribolo hatte Tafel und Spiegel schon mehrmals in die Hände genommen, um die Probe aufs Exempel zu machen, aber immer bald die Lust verloren, weil ihm die Arme erlahmten. Ghiribizzo dagegen wurde solcher Versuche niemals müde, nichts beglückte ihn mehr als die Gewißheit, daß sich mathematische Regeln durch visuelle Experimente bestätigen ließen. Seine Phantasie sollte nicht ausschließlich im Irrationalen wurzeln, das genügte ihm nicht. Was er wollte, sagte er oft, sei »das wissende Sehen«, welches auf einer genauen Kenntnis der Naturgesetze beruhte. Nur wenn er die Zauberformel fände, die Welt zu begrenzen, würde er sich dem Grenzenlosen nähern können. Darin bestand sein lebenslanger Kampf, den Tommasa so gerne begriffen hätte.

Zu nichts anderem brauchte er das ganze Durcheinander von Drahtgestellen, Bändern und Tüchern, von ausgestopften Vögeln, Tierskizzen und Studien menschlicher Körper um ihn herum.

Tribolo beugte sich über einen Koffer, der vor Zeichnungen nur so überquoll. Vielleicht waren ja Entwürfe zu einem großen Werk dabei, die einen Mäzen wie Lorenzo de' Medici zu einem Auftrag bewegen konnten. In der Hoffnung war Tribolo hergekommen, denn er brauchte dringend eine Provision, und Tommasa schien ebenfalls in Verlegenheit zu sein.

Seitdem der Baumeister Cronaca es sich verbeten hatte, als mittelloser Künstler Kredit geben zu müssen, bekam jeder, der darauf bestand, vom Magnifico einen großen Teil seines Honorars im voraus, bar auf die Hand; Cronaca aber nannte er seitdem nur noch »Caparra«, den Schrapper.

Besser ein Caparra als ein Ghiribizzo, dachte Tribolo, während er die Blätter seines Freundes durchsah.

Einiges kannte er, vieles war ihm neu, vor allem die besagten Mazzocchi. Ghiribizzo schien geradezu hypnotisiert von diesen Dingern. Unzählige Male hatte er sie aus verschiedenen Perspektiven dargestellt oder sie in Kugeln mit zweiundsiebzig Facetten zerlegt – Tribolo machte sich den Spaß, sie nachzuzählen –, welche Diamantspitzen glichen.

Für Lorenzo de' Medici fand er schließlich zwischen Kartons zu Fresken und Mustern für geometrische Felderaufteilungen einige Drachenkampfszenen, die wirklich lebten. Die Motive waren zwar nicht neu, jedermann in Florenz kannte Donatellos kunstvolles Relief an Or San Michele, doch Ghiribizzo hatte seine ganz eigene Version gefunden:

Sein Kampfgeschehen war nicht nur abenteuerlich anzusehen, man meinte es darüber hinaus auch deutlich zu hören. Das Todesröcheln des verwundeten Drachens vermischte sich mit dem Schnauben des angreifenden Schlachtrosses, und über allem schwebte der Mitleidsseufzer einer gotischen Prinzessinnengestalt, deren scherenschnittartiges

Profil Tommasa gehörte. Die Detailskizzen standen dem Gesamteindruck nicht nach. Manche versuchten in immer neuen Variationen den Ausdruck eines gefolterten Fabelwesens zu treffen, welches Höllenqualen litt, andere enthielten Bewegungsstudien zum Pferd des Drachentöters in seltener Präzision, von den genau berechneten Proportionen bis zum Spiel seiner Muskeln, die wie gemeißelt erschienen.

Tribolo würde es nicht schwer haben, seinen Auftraggeber von der Qualität dieser Entwürfe zu überzeugen, ein paar schöne Phrasen wie »Phantasie und Rechenkunst in noch nie gesehener Harmonie« dürften schon genügen, die nötigen Mittel zur Ausführung des Gemäldes zu bekommen. Und falls der zuweilen etwas launische Lorenzo doch zögern sollte, hätte Tribolo einen weiteren Trumpf im Ärmel. Dem »Magnifico« fehle zum König nur noch die Krone, hieß es im Volksmund, entsprechend empfänglich war er für Schmeicheleien.

»Denkt an Ghiribizzos umstrittenes Reiterstandbild im Dom«, würde er ihm gut zureden, »für das Ihr, aufgrund Eures künstlerischen Urteilsvermögens, schon damals anerkennende Worte gefunden habt. Heute weiß jeder Halbgebildete es zu schätzen. Der wohlproportionierte Schimmel aus dem Drachenkampf aber wird es weit in den Schatten stellen. Den Inbegriff eines Renaissancepferdes wird man es nennen, und die Nachwelt wird es wieder einmal Euch, Lorenzo de' Medici, zu verdanken haben!«

Ja, so könnte es gelingen! Und Ghiribizzo selbst? Was meinte er wohl dazu?

»Aufwachen, alter Knabe!« Er rüttelte den Schlafenden an der Schulter. »Oder wollt Ihr einen Freund wieder fortgehen lassen, ohne ein paar Worte mit ihm gewechselt zu haben?«

Ghiribizzo hob den Kopf, blinzelte. »Worte bedeuten nichts«, brummte er. »Man wechselt sie nur, ganz wie Ihr sagt. – Wie lange steht Ihr schon hier, um Euch an meinem Unvermögen zu weiden?«

Tribolo grinste. Übellaunigkeit beim Aufwachen war ihm durchaus vertraut. Geduldig erklärte er dem Maler, was er mit den Skizzen zum Drachenkampf, die er bereits zusammengerollt in der Hand hielt, vorhatte. Der aber wollte nichts davon wissen. Die Motive, meinte er, seien zu antiquiert für einen Mann wie den Magnifico, welcher doch die wechselnden Moden liebe, während er selbst, wie sich herumgesprochen haben dürfte, alles Flüchtige verabscheue.

»Motive lassen sich ändern«, entgegnete Tribolo und zog sich damit erst recht Ghiribizzos Unmut zu, der kurzangebunden, aber deutlich über die »Prostitution der bei den Medici um Geld und Gunst buhlenden Künstler« zu wettern begann und auch gleich den »schönen Maienmaler« mit einem Seitenhieb bedachte, weil dieser »jeden neuplatonischen Gedanken prompt in eine Allegorie« umzusetzen verstehe.

»Wenn Ihr auf Sandro Filipepo anspielt, so laßt Euch sagen, daß der auf seine Weise ebenso wie Ihr – und alle Großen dieser Zeit – nach dem Schönen und Vollkommenen strebt«, widersprach Tribolo. »Überdies ist er hochgebildet und hat ein gewinnendes Wesen.«

Obwohl Tribolo sich gerne zu den Spöttern zählte, überließ er es den Neidern und Pharisäern, Sandro einen »heidnischen Maler sündiger Venusbilder« zu nennen, denn er selbst hatte es immer zutiefst bedauert, den Mann nicht schon zu dessen Zeit als Lehrjunge bei Fra Filippo gekannt zu haben – doch damals war Tribolo noch nicht einmal geboren. Jammerschade! Was für ein glänzendes Geschäft wäre es geworden, den Lieblingsmaler der Medici gleich am Anfang seines Erfolges entdeckt zu haben! Jetzt brauchte der längst keinen Agenten mehr …

Ghiribizzo schien noch etwas loswerden zu wollen; nach Worten suchend zwirbelte er an seinen Schläfenlocken, die ihm – was wirklich edel aussah – bis in den zweigeteilten Bart hineingewachsen waren. Auch sein Nackenhaar, von der Natur zu dicken Spiralen geformt, um die manche Frau ihn beneidet hätte, fiel ihm weit über die Schultern. Tommasa hatte es ihm schon manches Mal heimlich stutzen müssen. Heute morgen, dachte Tribolo, gleicht er wahrhaftig seinen ehrwürdigen Prophetenköpfen auf dem Uhrziffernblatt im Dom, auch als er jetzt die Stirn runzelte und mit sichtbarer Anstrengung sagte:

»Was Euer Hofmaler unter Schönheit versteht, weiß ich nicht, was ich aber weiß, ist, daß er sie gerne zur Huldigung seiner Auftraggeber benutzt, obwohl diese, bei Licht betrachtet, die Schönsten ja nicht sind.«

Ghiribizzos Ignoranz begann Tribolo zu ärgern. »Schönheit huldigt immer«, entgegnete er. »Einem Menschen, einem Ideal, einer Gottheit. Außerdem wird auch Sandro seinen Alberti studiert haben. ›Schönheit‹, heißt es da, ›ist eine bestimmte gesetzmäßige Übereinstimmung aller Teile, die darin besteht, daß man weder etwas hinzufügen noch wegnehmen oder verändern könnte, ohne sie weniger gefällig zu machen.‹ – Da werdet Ihr doch wohl zustimmen!«

»Geschenkt. Ihr seid nur ein verbildeter Bastard des Kunsthandels, Tribolo. Euer ganzes theoretisches Geschwätz interessiert mich nicht. Und Sandros Werke sehen nicht so aus, als wären sie auch nur annähernd unter solchen Qualen entstanden wie meine eigenen. – Wahrscheinlich ist es das, was mich an einem Morgen wie diesem so reizt. Die ganze Nacht fühlte ich mich verfolgt, heimgesucht von Perspektiven und inneren Räumen, so daß mir jetzt schier der Kopf zerspringt. Ich kann und mag heute nicht reden. Wenn Ihr es gut mit mir meint, laßt Ihr mich in Ruhe.«

Tribolo nickte; schweigend sah er zum Fenster hinaus. Es war Winter, Nebel zog den Himmel tiefer und umgab das Haus wie ein Eismantel. Ein solcher Tag machte es selbst weniger düsteren Naturen, als Ghiribizzo es war, nicht leicht, dem Leben positive Seiten abzugewinnen. Ihm fielen die Worte ein, die Lorenzo ihm vor ein paar Jahren mit auf seine ersten Wege in die Malerateliers gegeben hatte:

»Wählt niemals ein Werk aus, das mit den Mühen qualvoller Leidenschaft vollendet wurde, so daß die Leute, die es betrachten, die Strafe für diese Qualen erdulden müssen, weil ihnen ja nicht verborgen bleibt, daß der Künstler sie erlitten hat. Die Werke seien vielmehr so, daß der Betrachter sich an der Leichtigkeit des Künstlers erfreuen kann, dem der Himmel die Gabe verliehen hat, die Dinge zwar mit Fleiß, doch ohne Mühsal zu vollenden. Nur solche Bilder sind dann auch wirklich lebendig.«

Und genau das, dachte Tribolo, war es, was Sandros Allegorien wie den »Frühling« oder »Die Geburt der Venus« auszeichnete. Sie wirkten schwerelos. Er hütete sich allerdings, Ghiribizzo in seinem augenblicklichen Zustand mit dieser Wahrheit zu behelligen. Er mußte sich überhaupt vorsehen, wenn das Geschäft nicht scheitern oder der Maler ihm gar seine Freundschaft kündigen sollte, die ihm von Anfang an ein Rätsel gewesen war, galt dieser unter Kollegen doch als äußerst menschenscheu und verschlossen.

Sie kannten sich seit fast drei Jahren, Ghiribizzo und er. Damals hatten die Sintflutfresken in ganz Florenz Aufsehen erregt und Lorenzos Neugier auf weitere Werke geweckt. Um zu sehen, was er für seinen Auftraggeber tun könne, war Tribolo eines Tages unangekündigt in des Malers Einsamkeit eingedrungen, der zu der Zeit noch weit außerhalb der Stadt in einem seltsamen Turmhaus in Gualfonda lebte. Er hatte dieses Haus selbst entworfen und mit seinen drei Stockwerken zu einer kleinen Festung gebaut. Sein Arbeitszimmer im Dachgeschoß ließ sich von der Straße aus nur mit einer Leiter erreichen. Damit niemand ihn stören konnte, holte er diese Leiter mit einem Flaschenzug zu sich nach oben, doch als Tribolo kam, hatte er das ausnahmsweise vergessen. So begann sein erster Besuch mit einer Kletterpartie in Ghiribizzos Höhenatelier und endete mit dem Ankauf einiger vorzüglicher Tierstudien für Lorenzo, der gerade daran besonderen Gefallen fand, da er in den Ställen und Verliesen des Signoren-Palastes selbst eine ganze Menagerie von Löwen, Leoparden, Giraffen und anderen exotischen Arten hielt, größtenteils Freundschaftsgaben von Sultanen und Kalifen.

Auch Ghiribizzo lebte auf dem Land in enger Gemeinschaft mit allen möglichen Tieren, denen er mehr Zeit und Aufmerksamkeit schenkte als später seinen armen Werkstattkreaturen. Er hatte sogar ein stinkendes Stachelschwein derart gezähmt, daß es wie ein Hund unter seinem Tisch lag und ungebetene Gäste zwang, gleich wieder aufzustehen oder die ganze Zeit ihre Beine anzuziehen, wollten sie nicht schmerzhafte Nadelstiche durch ihre Mäntel oder Strumpfhosen in Kauf nehmen. Von dem penetranten Geruch gar nicht zu reden. Außer dem Hausschwein gab es in Ghiribizzos Turm noch einen Adler und einen Raben, der mehr und deutlicher sprach als der Meister selbst. Zu seinen größten Marotten aber zählte zweifellos ein Zimmer, welches er ganz zum Terrarium ausgebaut hatte, um das Leben und Treiben einer Schlangenfamilie zu studieren.

Doch davon erfuhr Tribolo erst später. Bei jenem ersten Besuch wollte er sich damit begnügen, nicht gleich wieder hinauskomplimentiert zu werden, alles weitere würde sich finden. Also ließ er einen Redeschwall wie ein Melonenverkäufer vor Marktschluß los und unterhielt den Maler mit den gewagtesten Anekdoten über Florenz' Künstler und Zeitgenossen. Darauf verstand er sich bestens, hatte er seinen Lebensunterhalt doch lange genug unter anderem als »Cicala«, als Klatschreporter, auf dem Ponto Vecchio verdient. Auch Ghiribizzo, ein heimlicher Misanthrop wie alle Einsiedler, schienen die frechen Geschichten zu gefallen, jedenfalls forderte er seinen Besucher nicht auf, ihn auf dem schnellsten Wege, nämlich über die Leiter, wieder zu verlassen, sondern lud ihn zu einem Glas kratzigem Landwein in sein Allerheiligstes, die Gartenloggia, ein, was sicherlich ein Kompliment war. Diese Loggia in ihrem Versteck zwischen hohen Hecken wurde für Tribolo zur Überraschung des Tages:

Unter jedem ihrer Bögen prangte eine Szene aus der Schöpfungsgeschichte oder dem Sündenfall, auch hier mit Grassaft und grüner Erde gemalt, und obwohl sie schon viel früher entstanden sein mußten, in ihrer Qualität dem Sintflutfresko ganz und gar ebenbürtig. Ein Bogen war der Erschaffung der Tiere gewidmet; Ghiribizzo hatte darin alle ihm bekannten Arten abgebildet und bis ins kleinste Detail ausgearbeitet. Bei den Vögeln konnte man jede Feder sehen, bei den Fischen mehrfarbige Schuppen und in den Bäumen die einzelnen Blätter mit leuchtendbunten Früchten dazwischen. Auch die sprichwörtlichen Eigenschaften der Tiere, den Stolz des Löwen, die Schnelligkeit der Gemsen, die Furcht des Hasen, hatte er durch typische Posen wiederzugeben versucht, und, da er die Ironie liebte, zwischen Ochs und Esel einen Menschen hervorschauen lassen, der wie in einem Vexierbild nur ganz schwer auszumachen war. Die Landschaften im Hintergrund, nach streng perspektivischen Gesichtspunkten aufgeteilt, zeigten alles, was das Auge in der Natur nur erblicken mochte: Felder, Ackerfurchen und Gräben mit sämtlichen Details in höchster Akribie.

Tribolo sparte weder mit Lob noch mit geschickten Fragen nach technischen Einzelheiten. Am Ende verriet der Maler ihm, daß er für seine Loggia eigens ein spezielles temperaartiges Bindemittel erfunden hatte, um langsamer arbeiten zu können, als es ihm die übliche Freskotechnik erlaubt hätte.

»Gefällt es Euch?« fragte Ghiribizzo immer wieder und behauptete, die Loggia bisher höchstens einer Handvoll Menschen gezeigt zu haben.

»Ja, es gefällt mir«, bestätigte Tribolo. »Und geradezu verlieben könnte ich mich in Eure lächelnde Verführerin im Baum der Erkenntnis.« Er deutete auf die Schlange in der Sündenfallszene; ihr fleischfarbener Leib wand sich graziös den berühmten Apfelbaum hinauf bis in die Krone. Dort aber lugte statt eines Schlangenkopfes ein hinreißend schönes Mädchenprofil aus dem Grün. So schön, daß Tribolo das Modell, wenn es eines gab, gerne gekannt hätte.

Zur Seite von Adam und Eva, in leider etwas unerotischer Nacktheit, lauerten weitere Schlangen, denen die

Metamorphose vom Tier zum Halbmenschen noch versagt geblieben war. Lüstern starrten sie in das Paradies hinein und spielten mit ihren Zungen.

Tribolo erzählte nach seinem Besuch in Gualfonda so begeistert vom »Lächeln der Schlange im Baum«, daß Lorenzo sich sogleich entschloß, den Eingangsbereich zu seinem verschwiegenen Lusthaus von niemand anderem als Claudio Ghiribizzo gestalten zu lassen; und Tribolo, der wußte, daß der Magnifico in diesem Haus gerne seine Mätressen empfing, riet dem Maler, auf die Säulen neben dem Portal einige wohlgebaute Riesen mit einladenden Gesten zu plazieren.

Zu seinem Glück ging Ghiribizzo auf den mutwilligen Vorschlag ein, und zwar mit ebensoviel Witz wie Zartgefühl. Jedenfalls taten Lorenzos Damen bereitwillig, was die grünen Giganten ihnen empfahlen, so daß Künstler und Agent sich am Ende über ein fürstliches Honorar freuen durften.

Vor drei Jahren war Ghiribizzo noch unkomplizierter, nicht ganz so in seine Arbeit verbissen wie heute. Gähnend trat Tribolo vom Fenster zurück und sah die brennenden schwarzen Augen des Malers mit einem Ausdruck der Verzweiflung auf sich gerichtet.

»Ihr solltet es lernen, die Dinge zu beherrschen, statt Euch von ihnen beherrschen zu lassen«, mahnte er sanft.

Ghiribizzo verzog die Lippen, sein Gesicht war stumpf vor Müdigkeit.

»Was glaubt Ihr wohl, was ich die ganze Zeit tue?«

»Ja, ich weiß.« Wie bei seinem allerersten Besuch hing Tribolos Erfolg auch jetzt davon ab, ob der Maler sich verstanden fühlte oder nicht. »Die Welt der Erscheinungen übt einen beinah tyrannischen Zwang auf Euch aus. Das kann zu großen, kühnen Werken führen, aber ebensogut in sklavische Abhängigkeit.«

Tribolo wäre noch mehr dazu eingefallen, doch nun klopfte es zaghaft an der Tür – Tommasa erinnerte an ihr Frühstück –, und so sagte er nur:

»Vergeßt nicht, daß Ihr Weib und Kind habt! Sie sollten unter den Irrwegen, in welche die Kunst zuweilen führt, nicht leiden müssen.«

Irrwege, die von Mazzocchi gesäumt sind, dachte er.

Da Ghiribizzo nicht reagierte, hielt er ihm die Rolle mit seinen Drachenkampfskizzen hin und sah ihn fragend an. Der Maler sagte noch immer nichts, protestierte aber auch nicht, und das genügte fürs erste.

Gemeinsam gingen sie hinüber in die rußgeschwärzte Küche zu Tommasa, die ihnen müde entgegenlächelte. Sie hatte ein anderes, weiter ausgeschnittenes Kleid angezogen und Perlenschnüre in ihr Haar geflochten. Für wen tat sie das? Für den seltenen Gast, damit er ihr Komplimente machte? Für ihren Ehemann, den Maler, der in ihr nur das Modell sah, ihre ganze reizvolle Gestalt in einzelne Motive zerlegte? Auch das schien möglich. Tribolo hatte schon oft festgestellt, daß sein Freund, obwohl meist geistesabwesend und über seine Jahre hinaus gealtert, ein Mann war, den die Frauen verehrten, ohne daß er sich im geringsten darum bemühen mußte. Was machte ihn so interessant? Junge Bewunderinnen und Möchtegernmodelle suchten die Nähe des Unnahbaren, so wie sie das bei allen als exzentrisch geltenden Künstlern taten. Was aber gefiel ihnen darüber hinaus? Waren es Ghiribizzos Augen voll glühender Leidenschaft, die wohl kaum jemals einer Frau gelten würde? Oder seine Schweigsamkeit? Seine Miene war beredt genug, der Mund aber blieb stumm und strafte die Mimik Lügen. Da hatte einer Visionen und behielt sie für sich …

Auch Tommasa war zuerst Ghiribizzos Modell gewesen. Sie ging regelmäßig in seinem Stadthaus ein und aus, bis ihr Vater ihren guten Ruf gefährdet sah und verlangte, der Maler solle sie heiraten oder sich eine andere suchen. Ghiribizzo, der niemals an eine Ehe, mit wem auch immer, gedacht hatte, fühlte sich durch die strengen Moralvorstellungen des Kerzenmachers so irritiert, daß er ohne weitere Diskussion dessen Tochter zur Frau nahm.

Tommasa selbst war von keinem der beiden gefragt worden, hielt es aber zunächst für ein Glück, mit einem, wie sie meinte, großen Wissenschaftler und Künstler leben zu dürfen. Freudig tat sie ihr Bestes, das hieß, sie versuchte, ihm seine Wünsche von den Augen abzulesen, was genau das Verkehrte war, denn das Alphabet dieser Augen aus einer anderen, hermetischen Welt, würde sich von ihr ebensowenig entziffern lassen wie von irgend jemandem sonst. Inzwischen hatte sie die Hoffnung wohl aufgegeben, Claudio zu verstehen oder gar besitzen zu wollen. Sie verriet es durch ihre Bewegungen, die sicher nicht allein durch den fehlenden Schlaf oder die Schwangerschaft so schleppend geworden waren, verriet es durch die fahrigen Gesten ihrer langen weißen Hände, die dem Maler die Speisen zuschoben. Weder sie noch er richteten ein Wort aneinander. Dabei hatte Tommasa eine wunderbare Mahlzeit aus selbstgebackenem Brot, nach Rauch schmeckendem Hühnerfleisch und in Meerwasser eingelegten Oliven auf den Tisch gezaubert. Zu trinken gab es Fleischbrühe und Milch und zur Unterhaltung Tribolos Jugendstreiche, womit er die junge Frau erheitern wollte, weil es ihn dauerte, sie so niedergeschlagen zu sehen. Kein Mensch hatte das Recht, einem anderen ein Leben zuzumuten, welchem die Freude fehlt, dachte er und sagte:

»Ich beobachte schon eine ganze Weile den Rauch aus Eurem Herdfeuer, wie er so schön gemütlich in Säulen und Spiralen nach oben steigt. Ein ebenso beruhigender wie inspirierender Anblick! Diese Decke hier in Eurer Küche, welche schon den Glanz schwarzen Emails angenommen hat, erinnert mich an eine andere Küche, zu einer anderen Zeit.«

»Ja?« fragte Tommasa, mehr aus Höflichkeit als aus Interesse.

»Ja! Damals gab ich ein kurzes Gastspiel als Lehrjunge bei einem Maler und Bildhauer, dessen Namen ich lieber verschweige. Den Winter in seinem Haus werde ich allerdings nie vergessen ...« Tribolo schmunzelte. »Auf Wunsch meines von pädagogischen Ideen geplagten Vaters mußte ich nämlich statt daheim in der Via Maggio, wo es warm und komfortabel gewesen wäre, beim Meister selbst wohnen, und der hatte die Gewohnheit, seine Schüler sommers wie winters mitten in der Nacht zu wecken und sich mit ihnen an die Arbeit zu setzen. Eine ebenso üble wie ungesunde Gewohnheit, denn Knaben im zarten Alter von dreizehn, vierzehn Jahren brauchen noch ihre Nachtruhe, vor allem in den kalten Wintermonaten. Ich zerbrach mir den Kopf, wie man dem Schlafschänder seine Frühaufsteherei verleiden könnte, doch mir wollte nichts Rechtes einfallen, bis ich eines Tages im schlecht gekehrten Werkstattgewölbe eine ganze Kompanie dicker Mistkäfer lustwandeln sah. – Zwei Dutzend davon fing ich gleich ein, um sie für die kommende Nacht zu präparieren, was bedeutete, ich befestigte jedem dieser Tierchen mit einer ganz feinen Nadel ein Licht auf dem Rücken und wartete, bis die Stunde gekommen war, zu welcher mich der Meister im Nebenraum für gewöhnlich mit seinem gottverdammten Weckruf aus dem Bett trieb. Sobald ich hörte, wie er sich räusperte, um seine Stimme zu erheben, zündete ich die Lichtlein an und ließ durch einen Spalt in der Tür langsam einen Käfer nach dem anderen in des Meisters Kammer laufen. Als er die Lichterprozession sah, wurde ihm himmelangst, und er verkroch sich zitternd unter die Bettdecke, denn er war ein abergläubischer, kleinmütiger Mensch. Statt seinen Lehrjungen zu rufen, rief er nun den Herrgott und alle Heiligen um Hilfe an und betete in seinem Bett liegend ohne Unterlaß bis zum Tagesanbruch.

Am Morgen kam er dann und fragte mich mit bebender Stimme, ob ich nicht gleich ihm Tausende von Dämonen gesehen hätte. ›Nein‹, darauf ich, wie jeder Christenmensch hätte ich um die Zeit meine Augen geschlossen gehalten und mich nur gewundert, daß er nicht nach mir rief.

›Beim heiligen Leib des San Genaro, ich dachte an andere Dinge als die Arbeit!‹ lamentierte der Meister. ›Ich hoffe nur, daß ich nicht in einem Spukhaus wohne, welches ich der Dämonen wegen nun aufgeben muß!‹«

Tribolos Augen blitzten jetzt noch vor Schadenfreude, als er an den Fortgang des Spaßes dachte. »In der folgenden Nacht ließ ich drei Teufelchen in des Meisters Zimmer laufen, die aber genügten, ihn völlig aus der Fassung zu bringen und bis zum späten Vormittag unter die Bettdecke zu bannen. Gewitzt, wie ich war, bot ich ihm an, unverzüglich nach San Marco zu laufen und die frommen Mönche um Rat zu fragen. Gesagt, getan! – Und nun ratet, mit welcher Botschaft ich zum Meister zurückkehrte!«

Ghiribizzo, der sich gerade die Speisereste vom Scheitel seines Bartes klaubte, hob die buschigen Augenbrauen. »Die Empfehlung eines Schlitzohres, wie Ihr es seid, kann nur lauten, der Meister möge eine Teufelsaustreibung vornehmen lassen und den Mönchen dafür zwanzig Florin spenden, welche Ihr ihnen persönlich vorbeibringen werdet«, sagte er trocken.

Tribolo lachte lauthals. »Pfui, Ghiribizzo! Ihr haltet mich für durchtriebener, als ich bin beziehungsweise in meiner Jugend war. – Und Ihr, Tommasa, was denkt Ihr?«

»Ob die Käfer mit den Lichtern auf dem Rücken wohl einen qualvollen Tod erdulden mußten«, flüsterte Tommasa mit bleichen Lippen. »Denn nichts ist schrecklicher als der Feuertod bei lebendigem Leibe. Oder habt Ihr nicht gehört, was man von den Verbrennungen der einundvierzig Hexen zu Como erzählte?«

Tribolo hob ihre Hand zum Mund und küßte die klammen Fingerspitzen. Frauen wie sie waren unverbesserlich. Statt sich zu amüsieren, versetzten sie sich in die Haut der nichtswürdigen Opfer!

»Aber, Tommasa, kleines Schaf, Mistkäfer sind doch keine Menschen! Muß man denn jede noch so erbärmliche Kreatur am Leben erhalten? Ihr erschlagt wohl auch die Wanzen in Eurem Bett und die Ratten in der Speisekammer, wie?«

»Zumal sie bei jeder kleinen Maus, wenn nicht nach mir,

so doch wenigstens nach dem Nachbarn schreit«, bemerkte Ghiribizzo. »Aber um zum Ende Eurer haarsträubenden Posse zu kommen, Tribolo: Was habt Ihr Euch denn nun einfallen lassen, um meinen bedauernswerten Kollegen von seiner Arbeit fernzuhalten?«

Tribolo zwinkerte Tommasa zu, damit sie ihm wohlgesonnen blieb, während er fortfuhr: »Die Dämonen, sagten die Mönche, sage ich dem Meister der Mistkäfer, sind die ärgsten Feinde Gottes; sie sind aber gleichermaßen Gegner der Künstler, denn von diesen werden sie nicht nur häßlich dargestellt, sondern obendrein noch von allen möglichen Heiligen umgeben, welche den Betrachter auf den rechten Weg führen sollen. Heilige auf Tafeln und Mauern, auf Säulen und Altären ... Da müssen die Dämonen ja zornig werden und nach Rache dürsten. Wann aber hätten sie mehr Macht über die Menschen als in der Finsternis? Nur dann können sie ungestört ihre Spiele oder Ärgeres mit denen treiben, welche die Nacht zum Tage machen. – Wenn Ihr also die Teufelchen mit den Lichtern nicht mehr in Eurem Haus herumwandern sehen wollt, Meister, dann bleibt im Bett, wie sich das schickt, und hört auf, Euch schon vor Tagesanbruch in die Arbeit zu stürzen!«

Hier war Tribolos Geschichte zu Ende, er fand sie heute noch höchst amüsant und hatte damit in Gesellschaft auch immer großen Erfolg gehabt, doch im Haus des Malers wollte niemand mit ihm lachen. Claudio und Tommasa hatten die Augen fest geschlossen; sie schienen kurz vor dem Einschlafen zu sein. Tribolo zuckte die Achseln und spülte seine Verstimmtheit, da er nichts Passenderes fand, mit einem Glas Wasser hinunter, bevor er aufstand, um sich zu verabschieden. Dabei verbeugte er sich, auch wenn niemand hinsah, mit der rechten Hand auf dem Herzen wie ein Arlecchino aus der Commedia, dem der Beifall versagt geblieben war.

»Also dann«, empfahl er sich, »laß mich nur machen, alter Knabe!« Verschwörerisch hob er Ghiribizzos Zeichenrolle hoch und schlug damit ein Kreuzzeichen, doch selbst diese Blasphemie erreichte den Maler nicht mehr. Er hatte sein müdes Haupt in den Händen vergraben, hatte endlich den wohlverdienten Schlaf gefunden.

Statt seiner erhob sich Tommasa. »Ich bringe Euch noch hinaus.«

Trotz der Kälte und des schneidenden Windes begleitete sie den Freund bis vor die Tür. Tribolo nahm sie in seine Arme, damit sie zu zittern aufhörte, und drückte einen Kuß auf die Gänsehaut über ihrem eingeschnürten Busen. Sie hatte allerliebste kleine Apfelbrüste, deren Spitzen hart und verfroren durch den dünnen Kleiderstoff drängten. Auch sonst zeigte sie sich äußerst anschmiegsam. Auf der Suche nach Wärme oder Trost tasteten ihre Fingerspitzen über Tribolos Körper, stahlen sich zwischen Stoffe und Haut und verirrten sich in Gefilde, um die züchtige Frauen für gewöhnlich einen Bogen machten. Dort blieben sie seelenruhig liegen, als hätten sie vergessen, wo sie sich befanden. Derlei frivole Fingerspiele waren natürlich ganz nach Tribolos Geschmack, dennoch brachten sie ihn nicht dazu, Tommasa zu begehren. Er empfand für sie, was er für seine Adoptivschwestern hätte empfinden sollen; doch da war es ihm nie gelungen. Die älteren liebte er nicht genug, die jüngste dagegen zu sehr. Er stellte sich vor, es wären ihre Hände, die ihn dort berührten, die Kinderhände einer arglosen Zehnjährigen, und sogleich fühlte er sein Blut heftiger durch die Adern fließen, dem einen köstlichen Ziel entgegen. Behutsam schob er die fingerfertige Tommasa von sich; er wollte heute keine neuen Mißverständnisse mit liebeshungrigen Frauen. Doch nun setzte sie mit den Augen fort, was sie mit den Händen nicht sollte. Schließlich blieb ihr Blick an seinem Wams hängen. Sie löste ein langes blauschwarzes Haar von einem Silberknopf, dann drehte sie Tribolos Hand um und legte es hinein.

»Männer, scheint mir, haben mehr Spaß im Leben«, murmelte sie. »Hat sie schwarze Haare?«

Tribolo schüttelte den Kopf. Carlottas Haar hatte seinen Zweck erfüllt, Tommasa reimte sich etwas zusammen, worauf es keinen Reim gab. Er pustete es fort.

»Werdet Ihr wiederkommen?«

Er lachte. »Gewiß!« Daß dies immer die einzige Frage war, welche den Frauen am Ende blieb! »Aber nun geht ins Haus, Ihr werdet Euch sonst noch den Tod holen!«

»Den Tod holen ...«, wiederholte sie. »Ach ja?«

Sie zog die Schultern hoch, hüllte sich in einen Schal, der nicht vorhanden war, und huschte ins Haus.

Sobald er die Tür ins Schloß fallen hörte, gähnte Tribolo laut, besser gesagt, er brüllte wie ein Löwe, eine Angewohnheit, an der sich empfindliche Gemüter oft störten, die ihn aber ungemein erfrischte. Dabei füllten sich seine Lungen mit Luft, und er empfand auch dies als Wohltat nach all dem beißenden Rauch in Tommasas Küche. Blinzelnd gewöhnte er sich an das Licht und die Geräusche des Tages. Der Borgo d' Ognissanti erwachte langsam zum Leben. Pferdewagen ratterten über die breite Straße und übertönten den Klang eines Hammers, der im Keller des übernächsten Hauses regelmäßig auf einen Amboß schlug.

Der Nebel hatte sich beinah aufgelöst, der Himmel war jetzt gleichmäßig weiß wie aus Milchglas. Man würde es nur ein wenig ankratzen müssen, um die Sonne hindurchscheinen zu sehen. Eine Stadt wie Florenz brauchte eine bestimmte Beleuchtung, damit ihre Sehenswürdigkeiten im rechten Licht erschienen. Dann würde auch Albertis prächtiger grün-weißer Marmorgiebel, mit dem er vor Jahren die Novella gekrönt hatte, weniger matt zwischen den gegenüberliegenden Häusern hervorschauen. Es war jetzt ungefähr die Stunde, zu der Tribolo und andere Lebenskünstler für gewöhnlich den Tag begannen. Wenn er sich beeilte, könnte er zusehen, wie die Transvestiten auf der anderen Seite des Arno ihre rosa Flamingos spazierenführten ... Ja, er würde sich auf den Weg hinüber nach San Spirito machen, schon eine ganze Weile zog es ihn dorthin, das wußte Tribolo jetzt. Bevor er bei Lorenzo vorsprach, wollte er sich vergewissern, ob Selvaggia seit seinem letzten Besuch vor ein paar Monaten gewachsen war, wie er sich das wünschte. Die jungen Mädchen, hieß es, reiften schneller im Treibhausklima der neuen Zeit. Leider schien dies eher auf Tommasas Milieu in der Straße der Kerzenmacher zuzutreffen als auf das der Salvestrini, wo die beschleunigte Entwicklung durch gesellschaftliche Isolation gebremst wurde. Während ihre Schwestern in dem Alter noch auf der Straße spielen durften, fand für Selvaggia alles im Hause statt – auf Kosten wichtiger Erfahrungen, meinte Tribolo –, vom Spiel mit ihren Freundinnen bis hin zum täglichen Unterricht in mehr Disziplinen, als in einem Frauenleben allein Platz haben würden. So gesehen war auch das Heim der Salvestrini ein kleines Treibhaus im großen der Stadt, mit einer Luft, die sorgfältig gefiltert wurde.

Ab und zu eine frische Brise in diese sterile Welt zu bringen, das hatte Tribolo sich zu seiner Aufgabe gemacht, seitdem es Selvaggia gab. Alle Anzeichen der Stagnation waren ihm verhaßt, und manches Mal, wenn er an die Menschen dachte, bei denen er aufgewachsen war, schien es ihm, als denke er an Wachsfiguren in erstarrten Posen, wie sie die Werkstätten der Bildhauer bevölkerten: Salvestrini mit gezücktem Federkiel über Büchern und Korrespondenzen, Camilla, die in die Zukunft sah und ihre Hände rang, Faustina, das Feuer hütend, nicht aber ihre Zunge, und die drei Schwestern, mit Ehemännern, Liebhabern, Schwangerschaften oder gar Keuschheitsgelübden beladen.

Nur Selvaggia war noch zu jung für unveränderliche Requisiten oder Posen. Wenn sie sich nicht in sich selbst zurückgezogen hatte, beobachtete sie, was um sie herum geschah, und malte sich danach ihr Bild von der Welt. Und Tribolo wollte nicht nur zusehen, wie es Farbe bekam, er wollte mitmischen, denn auf seiner Palette, da war er sicher, gab es andere Nuancen, als den Augen einer Tochter aus gutem Hause gemeinhin geboten wurden.

Tribolo täuschte sich nicht: In der Familie Salvestrini ging es dieser Tage um ganz andere Nuancen. Die Hochzeit der zweitjüngsten Tochter sollte endlich ausgerichtet werden, und dies so schnell wie möglich. Der Weg bis dahin war weit genug gewesen, steinig obendrein, denn Giovannas Bräutigam kam aus einer der besten Familien in Florenz, und das erforderte zeitraubende Verhandlungen. Der Clan der Castellani war so groß, daß Monate ins Land gingen, bis auch der letzte Onkel oder Vetter dem Ehevertrag zustimmte, den der Vater des Bräutigams mit Giovanni Salvestrini ausgehandelt hatte. Wie gewöhnlich entbrannten die heftigsten Diskussionen um die Höhe der Mitgift – eine Frage des gesellschaftlichen Prestiges für beide Familien. Seitdem die Castellani nicht mehr zu den Günstlingen der Medici gehörten, denen sie schon zur Rezession in den siebziger Jahren mit irgendwelchen Bankgeschäften ins Gehege gekommen waren, hatten sie stark an Einfluß verloren. Zwei Jahrhunderte florierender Tuchhandel, verbunden mit höchsten Ämtern in der Kommune, konnten ihren drohenden Niedergang nicht aufhalten. Andernfalls wäre eine Heirat in die Familie eines aufstrebenden Seidenhändlers von mittlerem Rang mit Sicherheit unter ihrem Stand gewesen. Giovanni jedenfalls wurde den Verdacht nicht los, daß die Castellani durch die unverschämte Höhe ihrer Forderungen, die sich schneller herumsprachen, als sie gestellt wurden, wieder an Ansehen gewinnen wollten.

Er dagegen mußte Gerüchte um allzu großzügige Angebote möglichst vermeiden, da er sonst unweigerlich die Steuerbehörde auf den Hals bekäme. An diesem Konflikt drohten die Verhandlungen mehr als einmal zu scheitern, und noch kurz vor der »Sponsalia«, einer öffentlichen Versammlung aller männlichen Verwandten in der Kirche, bei der die Väter ihre Zustimmung zum notariellen Ehevertrag geben sollten, machte Giovanni einen Rückzieher, weil Messer Castellani plötzlich über die Mitgift hinaus eine Summe von fünfhundert Florin für den Fall forderte, daß die Abmachungen verletzt würden. Salvestrini, der sich bis dahin in Geduld geübt hatte, fand so viel Mißtrauen nun doch beleidigend. Man beschimpfte sich gegenseitig als Mitgiftjäger oder Halsabschneider, als Emporkömmling oder Knauser, und die Sponsalia, welche die Bedeutung eines Verlöbnisses hatte, wurde erst einmal vertagt. Diese Zwangspause aber war für beide Seiten gleich unerfreulich: Die Castellani konnten die Mitgift nicht so bald, wie sie es wünschten, als Kapital in ihr neues Geschäftsunternehmen, den Weinhandel, stecken, und Familie Salvestrini hatte Mühe, die Tochter bei Laune zu halten, deren Temperament sich wenig um Konventionen kümmerte.

Giovanna war die bisher heißblütigste der vier Töchter und bereit, jeden jungen Mann, gleich welchen Standes, zu erhören, der ihr schöne Augen machte. »Unsere Nanna«, pflegte Faustina zu sagen, »kann man mit 'nem Seufzer in Brand stecken.« Sie galt als kokett, als verliebt in die Liebe, von der man sie, obwohl nun schon achtzehn Jahre alt, durch das Feilschen um Verträge und Urkunden fernzuhalten versuchte. Dabei hatte sie nicht das geringste gegen ihren Bräutigam Buonamico, einen gutaussehenden Mann mit angenehmen Manieren, sie würde nur nicht ewig auf ihn warten wollen. Lange, befürchtete Giovanni Salvestrini, konnte das nicht mehr gutgehen. Diese Tochter würde es fertigbringen, eines Tages mit irgendeinem Wildfremden durchzubrennen. Sie träumte von Helden aus Ritterromanen und Hasardeuren; eine Entführung, durch welche sie von der Last ihrer Jungfernschaft befreit würde, wäre gewiß ganz nach ihrem gefühlvollen Herzen.

Während Giovanni noch mit sich rang, ob er nicht doch lieber den vermaledeiten Fünfhunderter zusichern sollte, um die Sache aus der Welt zu schaffen, spielte man ihm ein Briefchen zu, welches ein Jüngling aus der Familie Castellani seinem entfernten Verwandten Buonamico geschrieben hatte:

»Ich gebe zu, daß deine Braut ein schönes Mädchen ist, wenn nicht gar eine schöne Frau, und daß sie eine ansehnliche Mitgift bekommt«, hieß es da, »aber es gibt Dinge, die schwerer wiegen. Giovanni Salvestrini ist ein Mann dieser Zeit, ebenso Schöngeist und Philosoph wie weltoffener Kaufmann, er hat seine Töchter ausbilden lassen wie andere ihre Söhne, und Giovanna scheint auch in der Tat wenig damenhaft geworden zu sein, denn einer meiner Freunde wußte zu berichten, sie sei dabei gewesen, als er eines Tages mit anderen jungen Männern eine Schneeballschlacht veranstaltet habe ...«

Obwohl sich im Hause Salvestrini niemand an das unschuldige Wintervergnügen, das ohnehin nur alle paar Jahre einmal stattfinden konnte, erinnerte, mochte man es doch nicht ausschließen.

Jedenfalls fühlte Giovanni sich genötigt, die fünfhundert Florin – welche immerhin dem Jahreseinkommen eines Seidenwebers entsprachen – bei Vertragsbruch zu gewähren, um damit die Argumente gegen die Schicklichkeit seiner Tochter dahinschmelzen zu lassen wie Schneebälle in der Mittagssonne.

»Der Weg vom Schicksal zur Intrige ist nicht weit«, schrieb er am Abend in seine Familienchronik und beschloß, die Verheiratung seiner jüngsten Tochter Selvaggia so frühzeitig in die Wege zu leiten, daß ihm kein zweites Mal der Clan irgendeines Buonamico zuvorkommen könnte. In spätestens drei Jahren würde er damit beginnen und bis dahin, wenn ihm sein Kaufmannsglück treu bliebe, auch die jetzige Mitgift verschmerzt haben. Zunächst aber mußte er Giovanna zu ihrem Recht verhelfen, denn daß eine kindliche Schneeballschlacht ein Ehehindernis sein sollte, war ja wohl ein übler Scherz.

Als die Familien sich nach langem Hin und Her endlich auf den 25. März 1489, den Neujahrstag, als Hochzeitstermin einigten, waren seit dem ersten Händedruck, mit dem die beiden Väter die Heirat ihrer Kinder besiegelt hatten, beinah zwei Jahre vergangen, und die letzte und schlimmste Prüfung sollte noch bevorstehen.

Tribolo und Tommasa verabschiedeten sich gerade vor dem Haus des Malers, da brachte ein Bote aus Mailand den Salvestrini einen Brief. Er kam von Tobia und klang recht dramatisch:

Ihr Beichtvater hatte sich von ihrem Mann bestechen lassen und ihm verraten, daß seine Frau nicht so tugendhaft war, wie sie es ihn glauben machte, sondern sich des öfteren heimlich mit einem Liebhaber traf. Der betrogene Ehemann drohte nun, sie mitsamt ihren beiden kleinen Kindern zu ihren Eltern zurückzuschicken, und zwar bevor man ihm nach schöner Mailänder Sitte ein Paar Hörner über seine Haustür nagelte.

Giovanni war außer sich, über die Närrin, welche es nicht fertigbrachte, »wenn schon, dann schweigend und ohne das Wissen der Kirche zu genießen«, über den »Armleuchter von Schwiegersohn, der einen Pfaffen bestechen mußte, um etwas vom Leben seiner Frau zu erfahren«, über den Beichtvater, »den korrupten Schweinepriester«, wie er ihn zu Camillas Entsetzen nannte, und am meisten über die Aussicht, daß die Castellani Giovannas Hochzeit endgültig platzen lassen würden, wenn sich die vermeintliche Schande herumsprach.

Camilla vergoß Tränen um das verlorene Seelenheil der Tochter, welcher sie doch in puncto Treue immer ein gutes Beispiel gegeben hatte, und um die beiden kleinen Enkelkinder, die nun aus ihres Vaters Haus verstoßen würden. Die ganze Familie, einschließlich Faustina, hatte sich an ihrem Baldachinbett versammelt, das Camilla nur noch selten verließ, seitdem sie an einer unerklärlichen Form der Schlaflosigkeit litt. Alle wollten gemeinsam überlegen, wie man den Herrn Schwiegersohn dazu bringen könnte, der untreuen Tobia noch einmal zu verzeihen.

Giovanni begab sich höchstpersönlich hinunter in den Unterrichtsraum, um auch seine Jüngste zur Familienkonferenz zu holen. Sie sollte beizeiten lernen, wieviel Kummer es den Ihren bereitete, wenn eine junge Frau ihre Pflichten vergaß.

Selvaggia schob die Unterlippe vor und schien wenig begeistert; ihr Hauslehrer, ein übereifriger Student der Platonischen Akademie, der sie sonst eher langweilte, weil sie immer schon im voraus wußte, worauf er hinauswollte, war endlich bei einem neuen interessanten Thema, nämlich der Astronomie, angekommen, und sie wollte nun alles hören, was er darüber wußte, bevor er es am Ende wieder vergaß. Er hatte nicht nur die Stellung der Sonne, der Planeten und der Erde zueinander auf eine Wandtafel gemalt, sondern es auch für bewiesen erklärt, daß sich das gesamte Universum innerhalb eines Tages um die Erde drehe, welche sich ihrerseits nicht von der Stelle rühre und rund und flach sei wie eine Scheibe.

»Dann müßte ich doch immer nur in eine Richtung laufen«, wandte sich Selvaggia an ihren Vater, »um irgendwann an einem Abgrund zu stehen, dem Rand der Erde. Wenn ich mich zu weit hinüberbeuge, sause ich in ein tiefes, schwarzes Loch, es sei denn ... aber nein: Wer nicht fliegen kann, muß fallen.«

Giovanni lächelte etwas gequält, strich seiner Tochter aber wohlwollend über das Haar. Unmöglich, ihr mit wenigen Worten zu erklären, wie er darüber dachte. Er hielt die Astronomie für eine subtile, transzendentale Wissenschaft, in der es vieles zu berücksichtigen gab, ehe sich ein gültiges Urteil bilden ließ. Ferner glaubte er, daß der Geist eines durchschnittlichen Menschen meist schon vor der Hälfte des vorhandenen Stoffes zurückschreckte und es sich daher kaum ein Lehrer anmaßen könnte, gesicherte Aussagen zu machen. Woher also nahm Selvaggias Maestro Ricardo seine Kühnheit? Er würde ihn gelegentlich danach fragen müssen.

Was ihn selbst betraf, so mißtraute er dem geozentrischen Weltbild, an welchem seit Ptolemäus niemand mehr gerüttelt hatte, doch begründen konnte er seine Zweifel nicht. Ihm fielen die Worte des Dichters Pulci ein: »Die Menschen werden eine andere Halbkugel entdecken«, hatte er seinem Teufel Astarotte in den Mund gelegt. »Auf unserer Gegenseite gibt es Städte, Staaten, Reiche voller Menschen, von denen man sich ehemals nichts hat träumen lassen ...«

Und gingen nicht auch die Seefahrer und ihr Kartograph Toscanelli von der Kugelgestalt der Erde aus? – Er würde sich informieren müssen, damit er Selvaggia nicht mit seinem Halbwissen verwirrte. Leider fehlte ihm zur Zeit die Muße, sich mit Fragen der Astronomie zu beschäftigen, astronomische Geldforderungen einmal ausgenommen. Ein jeder Tag besaß seine eigene Plage, dachte Giovanni, und zu einer Stunde wie dieser lagen ihm Betrachtungen über die Gestalt der Erde so fern wie der Mond. Er murmelte etwas, das sonst unter seiner Würde gewesen wäre, wie: »Ich habe noch nie jemanden vom großen Tellerrand kippen sehen«, und führte seine Tochter nach oben an das Bett ihrer Mutter, wo sie flüsternd in den Inhalt von Tobias Brief eingeweiht wurde.

Giovanni war unterdessen zu dem Schluß gekommen, daß sich, wie die Dinge nun einmal lagen, auch das jüngste Familienproblem am zuverlässigsten mit Geld aus der Welt schaffen ließe, und nannte seufzend eine Summe, die ihn zwar schmerzte, nicht aber ruinieren würde. Camilla dagegen schlug vor, noch heute ihr Bett zu verlassen und nach Mailand zu eilen, um Tochter und Schwiegersohn wieder miteinander zu versöhnen.

»Aber du kommst doch vor lauter Müdigkeit kaum noch bis zum Haus der Findelkinder!« wunderte sich Selvaggia, und die anderen gaben ihr Recht. Eine mehrtägige Reise nach Mailand würde Camillas Kräfte gewiß übersteigen.

Als nächste wurde Giovanna gehört. Sie war der Meinung, man müsse dem Mann ihrer Schwester nur Gelegenheit geben, selbst in flagranti erwischt zu werden, und schon wäre das Gleichgewicht und somit der Familienfrieden wiederhergestellt.

Während sich ihr Vater an den Kopf faßte ob der weiblichen Leichtfertigkeit, die er heute zum erstenmal bemerkte, obwohl sie anscheinend in der Familie lag, und Selvaggia sich bei Faustina erkundigte, ob »in flagranti« etwas mit den »Flagellanti« aus ihrem Religionsunterricht zu tun hätte, war Tribolo vor Camillas Schlafzimmertür angekommen. Er hatte es sich verbeten, vom Diener Guiseppe angemeldet zu werden, und trat, ohne anzuklopfen, ein, als Selvaggia gerade sagte:

»Ich glaube nicht, daß Giovannas Vorschlag gut ist. Es wird gar nichts nützen, Sebastiano bei was auch immer zu erwischen, denn wenn Mann und Frau dasselbe tun, ist es ja doch nicht dasselbe.«

Alle lachten. Camilla, immer wieder aufs neue entzückt über die Weisheiten ihrer Jüngsten, wollte wissen, wie das Kind nur darauf käme, doch Giovanni, der Tribolo an der Tür stehen sah, winkte ab, konnte aber Selvaggia nicht daran hindern, ihre Behauptung mit jenem Schneeballbrief zu begründen. Sie tat das recht ausführlich, ohne sich durch die Gesten ihres Vaters beirren zu lassen. Als sie fertig war, klatschte Tribolo Beifall:

»Bravo! Die Geschichte muß ich mir merken!« rief er. »Ein Mann der Gesellschaft sollte für alle Diskussionen gerüstet sein, und die Erziehung florentinischer Töchter ist kein schlechtes Thema! Gerade eben auf dem Weg zu euch habe ich mich noch gefragt, ob meine Schwestern nicht in recht künstlicher Atmosphäre aufwachsen. Ich werde mein Urteil nun wohl revidieren müssen, denn in einem Treibhaus liefern junge Mädchen sich keine Schneeballschlachten mit dem anderen Geschlecht.«

Betont devot verbeugte er sich vor Giovanni, dann begrüßte er die Damen; bedauerte Camilla, die sich von der Stätte ihrer Schlaflosigkeit wohl kaum noch trennen könne, mokierte sich über die Blumen in Giovannas Haar, das er »einen Topf voller Nelken« nannte, und spottete über Faustina, die sich mit ausgebreiteten Röcken vor dem Feuer postiert hatte, als befürchte sie, »die Flammen könnten bei meinem Anblick zum Kamin herausschlagen«.

Selvaggia dagegen betrachtete er schweigend, mit einem Blick, den er für vielsagend hielt, den Giovanna aber, laut genug flüsternd, als »glubschäugiges Glotzen« bezeichnete.

Entschlossen, ihre so oft verschobene Hochzeit weder an Tobias Amouren noch an der bekannten Klatschsucht des Bruders, der nichts von alledem erfahren durfte, scheitern zu lassen, wechselte sie das Thema. Um den Bund fürs Leben zu schließen, meinte sie, sei kein Tag besser geeignet als der 25. März, an welchem ganz Florenz etwas zu feiern habe: Neujahr oder Mariä Verkündigung die einen, den Geburtstag Lorenzos de' Medici die anderen, und die über hundert Gäste der Familie Salvestrini mindestens drei Tage lang die Hochzeit ihrer Tochter Giovanna …

»Nimm's mir nicht übel, wenn ich widerspreche«, sagte Tribolo, der es dieser Schwester nie verzeihen würde, daß sie ihn in seiner Kindheit so oft verpetzt hatte, »aber gerade am 25. März wird kein vernünftiger Mensch Zeit haben, an einer Hochzeitsfeier teilzunehmen. Am Vormittag findet der festliche Aufzug der Zünfte statt, am Nachmittag gibt es vor der Signoria die Akrobaten zu sehen, die Tanzbären und Hahnenkämpfe und vor allem den Sängerwettstreit zu Ehren Lorenzos. Am Abend schließlich rennt alle Welt zum Tanz um die Freudenfeuer und nutzt die verlängerte Sperrstunde, um sich draußen zu vergnügen. Eine Lucrezia Tornabuoni oder Alfonsina Orsini würde vielleicht damit konkurrieren können, nicht aber eine Nanna Salvestrini.«

Er sah, wie Giovannas Wangen ihre frische Farbe verloren, und war zufrieden. »Feiere deine Hochzeit an Allerheiligen«, setzte er noch hinzu, »wenn Krethi und Plethi nichts anderes vorhaben, als sich mit ihren Familien zum Gänseessen zu treffen!«

Für eine Weile schien es der Familie die Sprache zu verschlagen, dann redeten sie alle durcheinander. Giovanni erklärte der bestürzten Tochter, wie es zu dem Märztermin gekommen war, und versprach, bis dahin noch die Loggia im Dachgeschoß ausbauen zu lassen, um dem Fest einen recht großzügigen Rahmen zu geben. Camilla zählte die Namen all der illustren Gäste auf, die einen Empfang in ihrem Haus jedem Volksvergnügen vorziehen würden, und

Faustina prahlte, es werde mehr Gäste geben als »Honigkuchen in Siena«.

Sie hatte Selvaggia an ihre Seite gezogen und hielt sie nun am Handgelenk fest. Wie immer, wenn Tribolo in der Nähe war, spürte sie das Bedürfnis, ihren Liebling von ihm fernzuhalten, so stark wie einen körperlichen Schmerz. »Man darf das Reisig nicht in der Nähe des Feuers liegenlassen«, raunte sie, doch niemand hörte ihr zu.

Selvaggia sah schweigend in die Flammen und lächelte. Tribolo konnte seine Augen kaum von ihr wenden. Sie war jetzt in jenem merkwürdigen Alter, in dem sich die Proportionen allmählich verschoben. Die zurückgekämmten Haare über der schmalen Stirn und die Wangenpartie, welche ihre kindliche Pausbäckigkeit verlor, ließen ihren Kopf fast ebenso groß erscheinen wie den Oberkörper, der durch die hohe Taille ihres Samtkleides zusätzlich verkürzt wurde. Sie hatte noch den schmächtigen Leib eines Kindes und schon das Gesicht eines jungen Mädchens. Ihr Profil erinnerte Tribolo an Ghiribizzos schönes Schlangenweib im Baum der Erkenntnis, das ihn vor Jahren so entzückt hatte. Heute hätte Selvaggia das Modell dazu sein können …

Was mochte in ihr vorgehen? Sie wirkte völlig unberührt von dem, was um sie herum geschah, wie jemand, dachte Tribolo nicht ohne Neid, der sich selbst noch von innen fühlte und nichts weiter brauchte. Obwohl er es schade fand, sie dabei zu stören, würde er es auf Dauer kaum vermeiden können.

»Darf man wissen, was uns die Ehre deines Besuches verschafft?« erkundigte sich jetzt Giovanni, der unruhig vor Camillas Bett auf- und abging, weil er die Antwort zu kennen glaubte. Wenn Tribolo sich zu Hause blicken ließ, war er meistens in finanzieller Bedrängnis. Sollte er das Wort »Spielschulden« aussprechen, würde Giovanni ihn hinauswerfen. Man hatte ihn heute schon genug gereizt; er erlebte eine jener gar nicht mehr so seltenen Stunden, zu der ihm seine Rolle als Familienvater und ständige Geldquelle zur

Last wurde. Von Tribolo war diesmal allerdings keine Attacke auf sein Vermögen zu befürchten. Mit Carlottas Juwelen in der Tasche konnte er es sich erlauben, den Überlegenen zu spielen.

»Nun, ich komme wohl kaum als Mitgiftjäger in euer Haus«, sagte er, »obwohl man sich um ein Schmuckstück wie Selvaggia gewiß nicht früh genug bewerben kann ... Doch da du mich zu ihrem Bruder gemacht hast, besuche ich euch lediglich als noch nicht ganz verlorener Sohn, der auf dem Wege zum Palazzo in der Via Larga ist und vorher sehen wollte, wie es der werten Familie geht.«

»Ich wußte gar nicht, daß unser Haus auf dem Weg zu Lorenzo liegt – was willst du denn von ihm?«

»Ich habe heute morgen – in aller Frühe –«, konnte Tribolo es sich nicht verkneifen, einzuflechten, »hervorragende Entwürfe des Malers Ghiribizzo in die Hände bekommen, die möchte ich ihm vorstellen. Möglicherweise springt ein großer Auftrag dabei heraus.«

»Soviel ich weiß, sammelt Lorenzo zur Zeit vorwiegend antike Kunst und Gemmen. Er soll dafür ein Vielfaches von dem, was unsere Künstler bekommen, ausgeben.«

»Ich wäre ein schlechter Agent, wenn ich ihn nicht umstimmen könnte!«

»Alle Welt läuft zu den Medici«, klagte nun Camilla aus ihren Kissen, »den bösen Engeln von Florenz.«

Tribolo lachte sein immer etwas zu lautes, sein, wie Camilla fand, »plebejisches Lachen«.

»Noch wirst du wenige treffen, die deine Meinung teilen, Mutter meiner Schwestern. In unserer franziskanischen Holzpantinenrepublik liebt man seinen Luzifer«, spottete Tribolo, doch Camilla ging ganz ernsthaft darauf ein:

»Den Franziskanern, auf die du da anspielst, kannst du weiß Gott nicht vorwerfen, Lorenzo Magnifico zu unterstützen. Sie mißbilligen die heidnische Sinnlichkeit seiner Gedichte und seines Lebens ebenso wie ich«, ereiferte sie sich. »Für Papst Sixtus war er sogar der leibhaftige Antichrist. ›Als die Medici die Macht ergriffen‹, heißt es, ›zersprangen in Florenz die Glocken.‹«

Giovanni hatte sein Herumwandern abrupt unterbrochen und scheuchte nun mit ungeduldigen Handbewegungen Selvaggia und Faustina von der Feuerstelle, damit er neue Holzscheite nachlegen konnte. Dabei sagte er in etwas ungnädigem Ton:

»Was du da erzählst, liegt Jahre zurück, Camilla. Wir haben mit Innozenz längst einen vernünftigen Papst, der Lorenzo wohlgesonnen ist.«

Sieh an, dachte Tribolo, seitdem man Vater Salvestrini zum Ratsmitglied ernannt hat, reagiert er mit einemmal empfindlich auf Kritik an den Medici! Darauf ließe sich doch hübsch noch ein wenig herumreiten! Und er gab Camilla, wenn nicht in dem einen Punkt, so doch im allgemeinen recht, indem er mit Unschuldsmiene auf Lorenzos umstrittene Finanzpolitik verwies, seine Grundbesitzsteuer und Zwangsanleihen sowie seine privaten Darlehen aus öffentlichen Mitteln, was seine politischen Gegner schlichtweg als »Unterschlagung« bezeichneten.

»Hätte er sich aber Geld von Privatpersonen geliehen, wäre es auch nicht recht!« schnaubte Giovanni. »Denn dann würde man ihm nachsagen, er habe diesen Leuten Einfluß auf seine Politik eingeräumt.«

»Und wäre er weniger verschwenderisch in seinen persönlichen Ausgaben oder weniger großzügig zu seinen Freunden, wäre es gar nicht erst so schlecht um die Medici-Bank bestellt«, konterte Tribolo.

»Das Wort verschwenderisch«, mischte sich jetzt Giovanna in das Gespräch, weil sie nur darauf wartete, sich für den »Topf voller Nelken« zu revanchieren, »klingt aus deinem Mund wie ein Fremdwort.« Und Giovanni warf ihm vor, sich in seinem Spielklub zu oft mit Lorenzos Schwager, einem dieser Pazzi, zu treffen und sich von dessen familiären Ressentiments beeinflussen zu lassen.

Eine Weile ging der Disput um »huius und cuius«, wie

Faustina das gerne nannte, noch hin und her, bis sie alle Argumente ausgetauscht hatten.

»Auf wessen Seite stehst du eigentlich?« rief Giovanni, als er mit seinem Latein am Ende war.

»Auf Lorenzos natürlich, denn ich würde es genauso machen wie er«, antwortete Tribolo, höchst zufrieden mit seinem Verwirrspiel.

»Also hast du nur den Advocatus Diaboli gemimt?«

»Der bin ich, wie du weißt.«

Nachdem über diesen Punkt Einigkeit erzielt war, beschloß die Familie, sich schon in den Speiseraum zu begeben und bis zum Mittagsmahl an Selvaggias Lautenspiel zu ergötzen, denn »Musik«, so Camilla, die einen Spiegel suchte, um sich zum Essen zurechtzumachen, und sich daran erinnern lassen mußte, daß sie doch kürzlich erst in einer Anwandlung von Verzweiflung alle Spiegel weiß gestrichen hatte, »Musik ist die Trösterin des Menschen«.

Während sie sich das Gesicht mit Kastanienasche abrieb und Faustina ihr das üppige rotbraune Haar, welches immer noch keine Spur von Grau zeigte, mit Elfenbeinkämmen hochsteckte, erzählte Tribolo, seinem Ruf als amüsanter Plauderer gehorchend, auf welche Weise er aus seinem lärmenden Nachbarn in Ponte Sisto einen rücksichtsvollen Menschen gemacht hatte:

»Es gibt nämlich nichts Ärgeres«, sagte er, »als neben einem Tuchweber zu wohnen, der im Gang seines Hauses mindestens acht Webstühle aufgestellt hat, daran sich tagein, tagaus seine Arbeitssklaven abrackern. Das Zusammenpressen der Fäden und das ständige Treten der Pedale erzeugen einen Lärm, der auch weniger geräuschempfindliche Menschen als mich taub machen kann. Außerdem gehört die Art Haus, welches ein Freischaffender, wie ich es bin, sich leisten kann, nicht eben zu den stabilsten. Das meine jedenfalls zittert und wackelt durch die monströsen Webstuhlgeräusche dermaßen, daß man es in seinen eigenen vier Wänden kaum noch aushalten kann. Mehrmals bat ich den Herrn

Nachbarn, er möge auf Abhilfe sinnen, leider umsonst. Er könne in seinem Haus tun und lassen, was er wolle, erklärte er mir, der sture Maulesel … Und nun hört, was mir einfiel, den Mann nach meiner Pfeife tanzen zu lassen!«

»Du wirst doch nicht wieder eine Lichterprozession der Mistkäfer inszeniert haben?« argwöhnte Giovanni, der sich noch gut an die Geschichte aus Tribolos Lehrjungenzeit erinnerte.

»Wo denkst du hin! Ist es denn meine Art, mich zu wiederholen, wie ein Langweiler, der bei Sonnenaufgang seine Verdauung hat und sich zur Sperrstunde die Nachtmütze über die Ohren zieht? – Nein, nein, ich habe auf die Mauer meines Hauses, die höher ist als die des Nachbarn, genau im Gleichgewicht einen großen, mehr als eine Fuhre schweren Stein legen lassen, welcher bei der leisesten Bewegung von der Mauer zu fallen und Dach, Gebälk, Webstühle und nicht zuletzt die Arbeiter des Nachbarn zu zerschmettern droht. So voll dieser Mensch das Maul erst genommen hatte, so kleinlaut kam er jetzt an und bat um Gnade, das heißt Abtransport des Steines, mußte jedoch als Antwort seine eigene Rede vernehmen: Es könne in seinem Haus ein jeder tun und lassen, was er wolle.«

»Und weiter? Hat der Weber zur Schonung deiner schwachen Nerven die Seidenstickerei erlernt oder gar das Blumenbinden?« fragte Giovanna spitz.

»Da überschätzt du die Wendigkeit eines Tuchwebers«, antwortete Tribolo mit hochmütiger Miene. »Der Kerl hat seine Werkstatt woanders einquartieren müssen, nur auf diese Weise ließ das Problem sich lösen. Wohnen und Arbeiten in so enger Nachbarschaft wie bei den Kleineleutehäusern von Ponte Sisto vertragen sich eben nicht miteinander.«

»Dann mußt du den Städtebau revolutionieren«, bemerkte Giovanni.

»Keine schlechte Idee. Zumal ich sicher nicht bis an mein Lebensende Agent bei den Medici sein möchte, obwohl – das muß einmal ausdrücklich gesagt werden – ich der erste meiner Zeit bin und quasi Neuland betreten habe, das dann andere besiedeln werden.«

Damit war das Stichwort für Giovanni wieder gefallen. Während sie alle zusammen über die große Treppe zum Eßzimmer hinuntergingen, riet er dem Sohn ab, heute noch bei Lorenzo vorzusprechen. Er werde ohnehin kein Glück haben. Salvestrini selbst, der als Mitglied des Rates der Siebzig direkten Zugang zum Palazzo in der Via Larga hatte, sollte am Nachmittag an einer Sondersitzung teilnehmen, um Wahlvorbereitungen zu treffen.

Tribolo hörte dies höchst ungern; er rechnete fest mit einem Vorschuß und hatte die Summe in seinem Kopf bereits verplant.

»Man munkelt, diese sogenannten Wahlvorbereitungen bestünden lediglich daraus, die Namen der Personen, welche durch euer unsägliches Losverfahren in alle möglichen Ämter gewählt werden, auf den gewünschten Stand zu bringen«, behauptete er, wohl wissend, daß sein Adoptivvater dies als weitere Provokation verstehen würde. Giovanni dementierte auch prompt, daß Lorenzo »die Wahlbeutel mit Männern füllen« lasse, die von ihm abhängig waren, während die übrigen stillschweigend aussortiert würden. Auch der Rat der Siebzig, meinte er, sei nicht allein mit Medici-Anhängern besetzt, theoretisch könne er Lorenzos Vorschläge ablehnen, ja ihn sogar stürzen.

»Dies aber wird hoffentlich, solange ich lebe, nicht geschehen«, schloß er.

»Dein Wort in des Despoten Ohr!« rief Tribolo. »Womit ich nicht sagen will, daß unser aller ›Magnifico‹ einer ist, obwohl ich das auch nicht für alle Zeiten ausschließen würde, denn bei diesem Mann sind es viel mehr als bloß zwei Wesen, die auf beinah unmögliche Weise miteinander vereint sind. – Hast du gehört?« wandte er sich leutselig an Camilla, die nach Faustinas Gutdünken – also geschmacklos – gekleidet und frisiert hinter ihnen hertappte. »Die du die bösen Engel von Florenz nanntest, hält dein Ehemann für untadelig. ›Heiliger Schutzengel mein, laß mich dir anbefohlen sein ...‹, hast du uns als Kinder beten gelehrt.«

»Ich habe kaum auf eure Unterhaltung geachtet«, antwortete Camilla zerstreut. »Und ihr solltet jetzt auch lieber still sein und der Musik lauschen, die uns aus dem Eßzimmer entgegenklingt ... Weiß der Himmel, unsere Selvaggia spielt, als hätte sie Harmonielehre bei diesem neuen Flamen mit dem jüdischen Namen – Isaak oder Jakob – studiert und nicht bei den braven Franziskanern von Santa Maria Novella.«

»Du meinst den Komponisten Heinrich Isaak«, verbesserte ihr Ehemann. »Er lebt seit vier Jahren in Florenz und nimmt, wenn überhaupt, allenfalls die musikalischen Medici-Söhne als Schüler.«

Inzwischen waren sie eingetreten und suchten sich schweigend einen Platz, denn was Selvaggia, auf der Tischkante der noch ungedeckten Tafel sitzend, da vortrug, klang so betörend, daß jedes Gespräch verstummte. Sie hatte einen sehr sicheren, nicht aber harten Anschlag, und ihre kleinen Finger bewegten sich schneller, als Tribolo es bei den geübtesten Straßenmusikanten beobachtet hatte. Mit ihrem unnachahmlichen Lächeln, mit dem sie immer noch jedes Herz erwärmte, sah sie auf die Laute hinunter wie eine der florentinischen Mädchenmadonnen auf ihr wohlgenährtes Kind. Selvaggias Spiel wirkte ganz mühelos, und obwohl die Stücke oder Lieder sich nicht besonders schwierig anhörten, schienen sie doch sehr bewußt gewählt. Trotz ihrer Jugend verstand sie – oder ihr Lehrer aus der Musikschule drüben – schon einiges von Effekten. Bald wechselten heitere Melodien mit wehmütigen und versetzten die Lauschenden in eine so angenehme Melancholie, daß sie alle Sinne bis auf das Hören vergaßen.

Giovanni saß mit weit ausgestreckten Beinen auf seinem Stuhl, das Kinn auf der Brust, die Augen halb geschlossen und den Gesichtsausdruck wie hinter einer Maske verbergend. Camilla hatte den Kopf in den Nacken gelegt und überlegte mit offenem Mund, ob der goldene Staub, den sie vorhin über ihrem Bett hatte tanzen sehen, wohl eine überirdische Vision gewesen war oder ein Sonnenstrahl ... Die Sonne freilich hatte gar nicht geschienen, heute früh. Giovanna schließlich bescherten die Melodie und erst recht die Gedichte von Petrarca und Boccaccio, die ihr begabtes Schwesterlein hübsch dosiert dazu rezitierte, allerärgste Liebessehnsucht. Sie würde das Küssen und Kosen zu ihrem Lebensinhalt machen, wenn es nur endlich soweit wäre!

Tribolo dagegen verlangte es plötzlich heftig nach dem Geräusch hüpfender Würfel in einem Lederbecher. Das Gefühl der Ewigkeit, bis die Würfel fielen, schien ihm durchaus vergleichbar mit dem herausgezögerten Höhepunkt beim Liebesakt. Er würde, das wußte er jetzt, auch ohne einen Vorschuß von Lorenzo am frühen Abend in seinen Spielklub gehen, das wäre ein gelungener Abschluß dieses langen Tages. Er würde versuchen, seine Gegner mental zu beeinflussen, und wenn das nichts nützte, falschspielen. In jedem Fall hätte er eine Glückssträhne zu erwarten, das spürte er. Er mußte nur noch vorher zu Salomon ins Judenviertel gehen, um die ersten Stücke aus Carlottas Schmuck zu versetzen. Von dem Erlös könnte er sogar Selvaggia noch ein kleines Geschenk machen ...

Als sie sich müde gespielt hatte und mit strahlenden Augen in den Gesichtern ihrer Zuhörer zu lesen versuchte, ob es auch allen gefallen hatte, zog Tribolo, der ihr am nächsten saß, sie blitzschnell hinunter auf seine Knie.

»Ich werde dir etwas auf deine Laute malen lassen, damit sie es auch wert ist, von dir berührt zu werden«, flüsterte er ihr ins Ohr. Selvaggia rutschte auf seinem Schoß hin und her, weil sie den Platz der Musikerin, die sie war, unwürdig fand und ihn gerne wieder verlassen hätte, und verschaffte ihrem Bruder dadurch Genüsse, wie er sie sich schöner nicht hätte erträumen können. Derlei hautnahe Freuden hatte er sich seit jenem Sommer der »lebenden Göttin« nicht mehr gegönnt, und, beim Henker, er hatte etwas versäumt. Er wünschte, Selvaggia so lange wie möglich bei sich zu halten, um mit Hilfe ihres kindlichen Körpers seine Männlichkeit zum Erblühen zu bringen, ganz im Verborgenen und doch vor aller Augen – dies würde er unter der »Auferstehung des Fleisches« verstehen, und er brauchte nicht einmal bis zum jüngsten Tag darauf zu warten. Er mußte sich nur nach außen hin unter Kontrolle halten, so zwanglos wie möglich plaudern, damit die Familie keinen Verdacht schöpfte.

»Es ist die neueste Mode, sich das Bildnis eines Musikers auf sein Instrument malen zu lassen«, erzählte er. »Überlege dir gut, Selvaggia, welcher Virtuose dir von deiner Laute aus beim Spiel zusehen soll! – Oder ziehst du ein Selbstporträt des Malers vor? Bei großen Künstlern ist das durchaus üblich.«

Er hob sie ein wenig in die Höhe und spreizte die Beine in der engen Strumpfhose, um sich die Sache durch etwas Bewegungsfreiheit noch angenehmer zu machen. Als er alles zu seiner Zufriedenheit gerichtet hatte, drückte er Selvaggia wieder hinunter und schaukelte sie unmerklich hin und her.

Giovanni, der seine Träumerei beendet hatte, nannte ein paar bekannte Komponisten- und Musikernamen, doch seine Tochter meinte, sie würde sich am liebsten den blinden Francesco von Florenz aussuchen, der »schon seit hundert Jahren tot ist. Dann wird er nicht so bald vergessen. Großpapa hat mir erzählt, wie er in Venedig auf einer Handorgel mit acht vergoldeten Pfeifen gespielt und vom König von Zypern dafür mit einem Lorbeerkranz gekrönt wurde … Ein Blinder und Musik – das paßt doch zusammen!«

»Und wer soll uns deinen Francesco Landino malen?« erkundigte sich Giovanni.

Tribolo tat, als ob er tief nachdächte, während er sein Kinn in Selvaggias Haar vergrub und ihren vertrauten Duft einsog, der ihn immer noch an den einer imaginären Priesterin erinnerte.

»Claudio Ghiribizzo wird das gerne für mich tun«,

meinte er und löste einige von Selvaggias Haaren aus seinem Bart. »Faustina, bring mir doch bitte die Rolle, die dort drüben an der Wand lehnt.«

»Die kannst du dir selbst holen!« raunzte Faustina äußerst ungnädig und setzte, da sie das Erstaunen in den Augen der Salvestrini sah, hinzu: »Dann gibt er das arme Kind wenigstens frei, das er hier schon seit einer ganzen Weile ungefragt mit seiner Nähe belästigt, als wäre es ein Schoßhund oder Schlimmeres! Selvaggia ist aus dem Alter längst heraus, und wenn ihren eigenen Eltern das entgangen ist, muß eben die dumme Kinderfrau daran erinnern.«

Obwohl Tribolo für gewöhnlich nicht so leicht zu verwirren war, fühlte er sich durch die hellsichtige Amme bloßgestellt wie ein Schuljunge, den man bei verbotenen Spielen unter der Bettdecke erwischt hatte. Wahrhaftig, dieser Faustina gehörte der Hals umgedreht! Selvaggia nutzte den Augenblick seiner Irritation, um ihm vom Schoß zu springen und die Zeichnungen selbst zu holen. Noch im Gehen rollte sie die Blätter auseinander, warf einen Blick hinein und kicherte leise.

»Worüber lachst du?« Tribolo streckte seine Hand nach ihr aus, in der Hoffnung, daß sie wieder auf seinen Schoß käme. Sie aber schob den Arm weg, der sie nur daran hinderte, die Zeichnungen so auf dem Tisch auszubreiten, wie sie es wollte. Eingehend betrachtete sie jedes Detail des Drachenkampfes, kommentierte dabei, was ihr auffiel, vornehmlich die Gestalt des mächtigen weißen Pferdes, welches, ein Inbild der Angriffslust und geballten Kraft, wie ein Dämon auf den Drachen losstürmte.

»Man hört seinen Hufschlag auf dem Felsboden und sein Wiehern!« sagte sie belustigt. Mit den Fingerspitzen zeichnete sie seinen gesenkten Kopf nach, die wulstige Stirn und die schnaubenden Nüstern und zu guter Letzt die sich sträubende Mähne über dem gebogenen Hals. »So ein Draufgänger!«

Auch die lange Schwanzspirale und mehr noch die bunten

Kreise auf seinen auseinandergeklappten Faltflügeln schienen sie zu fesseln. Sie fragte ihren Vater, ob solche Flügel denn tragfähig sein könnten und wie das Scheusal mit den hochgereckten Beinen überhaupt seinen gräßlichen efeugrünen Leib im Gleichgewicht halte und ob es wohl schon vom Speer des Ritters tödlich getroffen sei, das Blut tropfe ja nur so zu Boden ..., doch Giovanni, in Gedanken schon wieder ganz woanders, zuckte nur die Achseln, ohne mehr als einen flüchtigen Blick auf das Bild zu werfen.

Daraufhin wandte sich Selvaggia dem Himmel über dem Kampfplatz zu, sprach von »Blumenkohlwolken« und wollte in einem schwarzen Wirbel zu Häupten von Roß und Reiter gar das Gesicht eines »Donnergottes« erkennen. Sie schwelgte nur so in Worterfindungen, die ihr wohl großen Spaß machten, hörte aber sofort damit auf, als sie sah, daß sie die anderen zu ermüden begann.

»Sollte dein Maler mir nicht lieber auch einen Drachen auf meine Laute malen?« fragte sie Tribolo, während sie die Blätter wieder zusammenschob. »Ich glaube, das kann er besser als Menschen, denn sieh nur, die Prinzessin, welche das Drachentier da an einer Leine hält wie einen Maulesel, ist viel zu klein und dünn, ihre Hände und ihr Hals sind länger als bei jeder Frau, die ich kenne, und der ebenfalls klitzekleine Reiter erscheint in seiner Rüstung wie ein Spielzeugritter.«

»Gut, daß der Meister dich nicht hören kann!« sagte Tribolo lachend und zog Selvaggia wieder an sich. »Du wünschst dir also einen Drachen, der dich und deine Laute bewacht – nun, warum nicht? Ghiribizzo ist ein hervorragender Tiermaler und mehr als dieses, auch wenn er ein komischer Vogel ist und manches Mal übertreibt. Beim ›Drachenkampf‹ war ihm offenbar die Bewegung wichtiger als die Darstellung nach der Natur; die Szene hat eine Dynamik, welche ganz neu ist in der Malerei. Das wird Schule machen, sage ich euch! – Hat sich übrigens schon die Geschichte von seinem Chamäleon-Fresko bis Florenz herumgesprochen?« wandte er sich nun an die anderen, um die

Unterhaltung noch ein wenig auszudehnen, und erzählte, da alle schwiegen oder gähnten, vom »Gewölbe eines Hauses in Padua, wo Ghiribizzo die vier Elemente darstellen wollte und jedem ein passendes Tier zugedacht hatte: der Erde einen Maulwurf, dem Wasser einen Fisch, dem Feuer den Salamander und der Luft das Chamäleon, welches von ihr lebt und sein Farbenspiel empfängt, um es nach Belieben so zu verändern, daß es sich seiner Umgebung anpaßt. Da unser Ghiribizzo aber niemals eines gesehen hatte, weder in der Natur noch auf Abbildungen, malte er ein Kamel, welches mit aufgerissenem Maul die Luft einsaugt und seinen Leib damit anfüllt ...«

»Ein Kamel?« wiederholte Giovanni kopfschüttelnd.

»Ja, ja, zugegeben, es ist schon eine absurde Idee, an den Namen eines Tieres, welches einer hübschen kleinen Eidechse gleichen soll, durch ein häßliches Kamel zu erinnern.«

»Die meisten Maler sind irre, und überhaupt alle Künstler«, bemerkte Faustina, die es ja wissen mußte.

»Diese Geschichte hat Ghiribizzo jedenfalls viel Spott eingebracht, und ich hoffe nur, sie ist noch nicht bis zu Lorenzo gedrungen«, schloß Tribolo. Vielleicht hatte es doch sein Gutes, daß er heute morgen nicht mehr dazu gekommen war, sie Donna Domenica zu verraten.

»Warum denn nicht?« fragte Selvaggia, die vor lauter Zuhören vergessen hatte, die Spröde zu spielen, und sich wie selbstverständlich an die Schulter des Bruders lehnte. »Chamäleon – Kamel, das ist doch ein witziges Spiel mit Worten. Ich glaube, dieser Ghiribizzo wollte die Leute bloß ein bißchen auf den Arm nehmen. – Also, mir soll er auch etwas ganz Besonderes auf meine Laute malen!«

Tribolo frohlockte, dies schien ihm eine willkommene Gelegenheit, Selvaggia der Obhut ihrer Familie für eine Weile zu entziehen. Und wer sollte damit beginnen, wenn nicht er! Sein Vorschlag, die Schwester möge ihn doch in Ghiribizzos Atelier begleiten, damit sie einmal einen lebenden Meister kennenlernen und sich überdies das Motiv für ihre Laute selbst aussuchen könne, wurde jedoch von Giovanni entschieden abgelehnt: »Das ist nichts für junge Mädchen! Ich weiß Bescheid über den Appetit, besser gesagt, den Heißhunger der Herren Künstler auf frische, unverbrauchte Gesichter. Für sie besteht die Menschheit aus Objekten und Modellen. Selvaggia wäre nicht die erste, deren Konterfei, einmal entdeckt, auf Leinwände gebannt wird, bis es uns aus jedem Speisesaal reicher Emporkömmlinge entgegengrinst. Das Gesicht meiner Tochter gehört ihr allein; es soll mir von keinem noch so begnadeten Maler zu Tode gemalt werden!«

»Die heutigen Maler sind unmoralisch«, beeilte sich nun auch Camilla, ihre Vorurteile kundzutun.

Nur Selvaggia blieb gleichmütig, dabei hatten ihre Augen bei Tribolos Vorschlag aufgeleuchtet, wie jedermann sehen konnte.

»Ein Maler ist gewiß auch nur ein Mensch, der so lebt wie alle«, sagte sie.

Verärgert kratzte Tribolo mit seinem Fingernagel Figuren auf das Leinentuch über der langen Familientafel und wurde dabei von einem dunkelhäutigen Diener gestört, der zwar geräuschlos eingetreten war, jetzt aber mit um so heftigerem Geklapper den Tisch deckte. Da Vater Salvestrini größeren Wert auf Eßkultur legte als manche seiner Zeitgenossen, bekam, sogar wenn die Familie unter sich war, jeder sein eigenes Geschirr, seinen eigenen Trinkbecher sowie Löffel und Messer.

»Grundgütiger! Wen haben wir denn da?« fragte Tribolo lauter als nötig. »Seit wenn hält man in diesem Haus schwarze Domestiken in schreiend bunten Beinkleidern, Mohren mit schlechten Manieren?« Die anderen schwiegen peinlich berührt, bis der Diener den Raum wieder verlassen hatte.

»Takt war noch nie deine Stärke«, sagte Giovanna.

»Das ist doch Meo!« erklärte Selvaggia flüsternd. »Bestimmt hat er jedes Wort verstanden.«

»Bartholomeo! Welch klangvoller Name für einen gottlosen Heiden!« spottete Tribolo. »Ich habe schon öfter davon gehört: Die Katalanen fangen tunesische Mohren und verkaufen sie wohlfeil auf dem Markt in Pisa. – Was habt ihr denn hingeblättert? Sechzig Florin, siebzig? Wieviel auch immer, es war zuviel, denn ich kenne niemanden in Florenz, der sich vor den Fingerabdrücken eines ungewaschenen Schwarzen nicht ekeln würde. Da nützt euch eure ganze fortschrittliche Eßkultur nichts!«

Demonstrativ wischte er mit seinem Jackenärmel über den Zinnteller. Den Worten der Entrüstung, die ihm jetzt, wie erwartet, nur so um die Ohren flogen, entnahm Tribolo, daß Salvestrini diesen Meo einem Verwandten abgeschwatzt hatte, der ihn sonst nach Ibiza zum Salztragen verkauft hätte, wie es allgemein üblich war, wenn ein Negersklave gezüchtigt werden sollte.

»Ein gutes Werk, welches wir noch keinen Tag bereut haben«, betonte Camilla. »Meo ist flinker und zuverlässiger als alle seine Vorgänger.«

Tribolo brannte es auf der Zunge, weitere Vorbehalte gegen den ja wohl nicht mehr unbescholtenen Meo und überhaupt das ganze Mohrenpack auszusprechen, dessen pure Existenz ihm ein Dorn im Auge war, selbst wenn man diese Kreaturen meist nur niedrigste Arbeit verrichten ließ, doch nach einem Blick in Selvaggias Gesicht schluckte er seine bösartigen Bemerkungen hinunter. So wie sie geartet und erzogen war, würde sie seine Aversion weder verstehen noch billigen. Obwohl es ihn nicht wenig Überwindung kostete, wandte er sich, mit finsterer Miene zwar, dem Essen zu, das von Meo serviert wurde: zuerst Quittensuppe mit Fenchelbrot, dann Rosenäpfel, in Asche gewärmt, neben einem Fischragout, welches Selvaggia und ihre Mutter freilich zugunsten feiner, in Essig und Öl angemachter Trüffelscheiben unangetastet ließen. Seitdem sie es alle beide ablehnten, das Fleisch irgendeines Tieres zu essen, war die Zusammenstellung der Speisen bei den Salvestrini etwas seltsam geworden, zumal Giovannis Liebe zu orientalischen Gewürzen, stärker, als Tribolo es mochte, berücksichtigt wurde. Auch bedauerte er die individuellen Tischmanieren, die einen jeden durch seine Utensilien vom anderen trennte, ja geradezu in einen unsichtbaren Käfig sperrte.

Er hielt es für entschieden geselliger, den Weinpokal um den Tisch kreisen zu lassen und mit einem Löffel aus derselben Schüssel zu essen, allerdings nicht mit jedwedem, insofern hatte Giovannis Reinlichkeitskult am Ende vielleicht doch noch etwas für sich.

Es war ungemütlich kalt im Speiseraum, der für die eine kurze Mahlzeit ungeheizt blieb, und auch die Stimmung bei Tisch war nach den Meinungsverschiedenheiten etwas getrübt, so daß alle schweigend ihre Teller leerten und sich erleichtert fühlten, als außer Nüssen, Käse und Lacrimae Christi auch schon die Duftschalen zum Händewaschen gereicht wurden und Giovanni die Tafel nach kurzem Dankgebet aufhob, indem er sich grußlos entfernte.

Da auch die Damen den Raum verließen, um Camilla nach oben zu begleiten – Faustina mit dem Schlafzimmerschlüssel am Rockbund vorneweg –, fand Tribolo sich unversehens mit Selvaggia allein.

Wäre sie nur ein paar Jahre älter, wüßte er jetzt sehr wohl, die Gunst der Stunde zu nutzen, so aber zögerte er. Die Unschuld ganz junger Mädchen, so herausfordernd sie auch sein mochte, bot ihnen gleichzeitig Schutz. Der Gedanke kam Tribolo zum erstenmal und schien ihm zur skrupellosen Spielernatur, für die er sich hielt, überhaupt nicht zu passen. Dies war nicht sein Tag, er hatte es heute schon bei Domenica und Tommasa feststellen müssen. Am besten überließ er es Selvaggia zu zeigen, was sie mit ihm tun wollte, so konnte er nichts falsch machen und interessanter war es obendrein. Er brauchte nicht lange zu warten, da trat sie auf ihn zu, bewegte ihre Hand dicht vor seinen Augen hin und her, als wollte sie etwas wegwischen.

»Manchmal«, sagte sie, »starrst du die Menschen auf eine

Weise an, die jedem unheimlich sein muß, der dich nicht kennt. Aber du willst es wohl so.« Sie lachte unbefangen. »Soll ich noch etwas spielen? Nur für dich?«

Schon hielt sie ihre Laute wieder im Arm und begann darauf zu phantasieren, bis sie eine Melodie gefunden hatte, die ihr gefiel.

»Fortuna d'un gran tempo«, ein heiteres Volkslied über die Annehmlichkeiten des Lebens, sang sie mit heller Kleinmädchenstimme, dann zupfte sie das populäre »Palle, palle ...«, ein Stück jenes Heinrich Isaak, welches auf die sechs Bälle im Wappen der Medici anspielte.

Tribolos Finger trommelten den Takt. »Hüte dich vor Meo!« platzte es auf einmal unbeabsichtigt aus ihm heraus. »Schwarze sind Bestien und zu allem fähig.«

Selvaggia zog ihre Nase kraus, musizierte aber ruhig weiter. Als Tribolo schon annahm, seine Warnung sei auf taube Ohren gestoßen, sagte sie:

»Bestien, ach was! Nur wenn sie nicht an ihre Göttlichkeit glauben, werden die Menschen zu groben, abscheulichen Sterblichen.« Die humanistische Erziehung zeigt ihre Wirkung, dachte Tribolo mit leichtem Unbehagen, denn was das gute Kind da verkündete, hörte sich ganz nach neuplatonischem Gedankengut an.

»Nun, wenn es danach ginge, wäre ich ein edler, unsterblicher Mensch, denn von meiner Göttlichkeit bin ich vollkommen überzeugt!« behauptete er.

»Bist du sicher?«

»Aber ja. Der Mensch als Gebieter über die wahrnehmbare Welt ist göttlich – also bin ich es auch.«

Selvaggia hörte nun doch auf zu spielen. »Ich glaube nicht, daß wir dasselbe meinen.« Sie streckte ihm ihre Laute hin: »Da, nimm sie mit zu deinem Maler, aber bring sie mir wieder zurück, bevor Tobia und ihre Kinder kommen. Meine Musik wird sie bestimmt aufheitern, die Ärmsten.«

Etwas in ihrem Tonfall machte Tribolo stutzig, so daß er noch einmal nachfragte und auf die Weise das neueste Familiengeheimnis erfuhr, welches er ganz sicher mit Wonne ausplaudern würde, obwohl er Selvaggia versprechen mußte, dies nicht zu tun. Er stand auf, um sich die Beine zu vertreten und seine Schadenfreude zu verbergen. »Und wenn ich wirklich ein solches Klatschmaul wäre, wie alle meinen, würdest du mich dann auch für ›einen groben, abscheulichen Menschen‹ halten?«

Selvaggias Lächeln erstarb, ihr Gesicht und vor allem ihre Augen nahmen einen Ausdruck tiefer Trauer an. Tribolo fiel nun doch nichts Besseres ein, als sie zum Trost recht fest zu umarmen. Dieses behütete kleine Mädchen hatte manchmal das Mienenspiel einer erwachsenen Frau, welcher kein Leid der Welt erspart geblieben ist und das Schlimmste noch bevorstand.

»Warum bist du denn auf einmal so traurig?« fragte er.

»Ich weiß es nicht«, flüsterte sie mit den Lippen an seinem Wams. »Mitunter, wenn jemand etwas sagt, ist es mir, als könnte ich sehen, wie es weitergeht, weil ich es selbst schon einmal so erlebt habe. Und das kann doch gar nicht sein.« Bekümmert blickte sie zu ihm auf.

Meine Wünsche ..., dachte Tribolo entzückt und doch unfähig, diesen Zustand auszukosten, meine Wünsche verwildern.

»Warum soll das nicht sein können, mein Engel?« murmelte er. »Es hat zu allen Zeiten Menschen gegeben, die glaubten, mehr als nur einmal zu leben.«

Selvaggia befreite sich sanft aus seinen Armen und trat einen Schritt zurück; ihre Augen versuchten, in seinen Zügen zu lesen.

»Bist du wirklich mein Bruder?«

»Ich? Dein Bruder?« Tribolo schlug sich vor die Stirn. »Was für eine Frage! – Dein leiblicher Bruder bin ich gottlob nicht. Hat dir das noch niemand verraten? Nicht einmal die Hexe Faustina?«

»Nein, aber ich weiß es auch so. Schon lange. – Früher gab es noch mehr Dinge als heute, die ich von selbst verstand.«

Tribolo trat zum Fenster, nahm jedoch nicht wahr, was er sah. Seine Gedanken bewegten ihn mehr. Zweifellos hatte Selvaggia sich vom Aberglauben ihrer Kinderfrau, die des öfteren von Wiedergeburt und solchem Zeug faselte, anstecken lassen. Nun, einstweilen sollte es ihm recht sein. Ein Narr, wer keinen Nutzen daraus zöge. Die Gelegenheit zur Verschwörung, auf die er seit Selvaggias Geburt gewartet hatte, schien ihm so günstig wie noch nie.

»Dann weißt du auch, daß wir einander seit ewigen Zeiten gehören?« Verstohlen blickte er über seine Schulter, damit ihm ihre Reaktion nicht entging.

Selvaggia schüttelte ungläubig den Kopf. »Das hast du dir nur so ausgedacht.«

»Jetzt bist du noch zu jung, eines Tages aber wirst du es ebenfalls spüren«, versuchte er es noch einmal, doch sie lachte ihn aus. Die Kleine war zu gescheit, er würde kein leichtes Spiel mit ihr haben. Besser, er brach den Versuch ab, bevor er die eben gelegte Saat im Keim erstickte. Brüderlich küßte er Selvaggia auf die Stirn. »Die Geschäfte rufen. Denk an mich heute abend, mein Engel, damit ich Glück beim Würfeln habe!«

Selvaggia versprach es; dann tänzelte sie, nun wieder ganz Kind, das Bewegung braucht, in Kreisen und Achten quer durch das Speisezimmer zur Tür hin. Auf der Schwelle hielt sie noch einmal inne, um sich mit einer Kußhand zu verabschieden: »Ciao, falscher Bruder!«

Tribolo suchte seine Sachen zusammen und verließ das Haus, ohne noch jemandem von der Familie zu begegnen.

Meine Wünsche verwildern, kam es ihm abermals in den Sinn, als er draußen auf der Straße stand, und aus allen Bildern gehen mir die Engel nach …

Vielleicht sollte er Dichter werden, in einem anderen Leben als diesem.

4. Kapitel

Die guten und bösen Engel von Florenz

Giovanni Salvestrini hatte noch nie gerne gewartet. Warten hieß, etwas auf sich zukommen lassen, ohne Einfluß nehmen zu wollen. Reagieren, statt, wie es seine Devise war, selbst zu agieren. Warten stahl dem Menschen, was er für seinen kostbarsten Besitz hielt: die Zeit, welche Salvestrini gerne mit dem Wasser des Arno verglich. Jeder hatte die Möglichkeit, darin zu baden oder es ungenutzt an sich vorbeirauschen zu lassen.

»Nur der bringt es weiter als andere«, hatte er dem Knaben Tribolo einst beigebracht, »der seine Zeit besser zu verschwenden weiß.« Daß er seit einer geschlagenen Stunde hier in der Bibliothek des Palazzo Medici herumsaß, ohne bisher erfahren zu haben, warum man ihn hergebeten hatte, war der reine Luxus, jederzeit und erst recht an einem Tag wie diesem. Morgen würde seine Tochter Giovanna den jungen Castellani heiraten, und zu Hause gab es noch so viel in die Wege zu leiten, daß allein der Gedanke in Unrast versetzen müßte. Giovanni indessen kam die freiwillige Atempause gerade recht, seine gereizten Sinne zu beruhigen. Zum erstenmal in seinem Leben waren ihm die Vorbereitungen zu einer Familienfeier zuviel geworden. Seine Augen hatten sich sattgesehen am Glanz der Dinge, mit denen die Hochzeitsgäste überwältigt werden sollten, von den aufwendigen Dekorationen der Festtafel, die kaum Platz für die Vielfalt der vorgesehenen Speisen lassen würden, bis hin zu den Gewändern und Geschmeiden der Damen, welche ihren erlesenen Geschmack beweisen mußten, ohne die Grenze zur Prunksucht zu überschreiten.

Ein schier unerschöpfliches Thema für Diskussionen,

seitdem es in Florenz Mode geworden war, daß jede Familie, ob sie es sich leisten konnte oder nicht, ihre Nachbarn an Prachtentfaltung übertraf.

Tagelang hatte Giovanna ihrem Vater im Namen der neuen Verwandtschaft mit Aussteuerlisten, Preisen, günstigen Offerten in den Ohren gelegen, bis er beschlossen hatte, taub zu sein. Und auch seine Finger, die sensiblen Fühler eines Seidenspezialisten, waren es müde geworden, immer neue Stoffmuster zu prüfen und zugunsten einer noch exklusiveren Qualität wieder zu verwerfen.

Mit Sehnsucht entsann Giovanni sich diverser städtischer Kleiderordnungen der letzten Jahrzehnte, die genau festgelegt hatten, welchen Wert die einzelnen Stücke einer Dame, all ihre Röcke, Überkleider, Mäntel, Gürtel, Schuhe und so fort, nicht übersteigen durften. Leider war es im prunksüchtigen Florenz immer nur für kurze Zeit gelungen, die Frauen zur Vernunft zu bringen. Nicht anders in den übrigen Städten, wie Salvestrini von Geschäftsfreunden wußte. In Rom hatte der Gemeinderat vor kaum zwanzig Jahren ein detailliertes Reglement ausgearbeitet, welches den Frauen nur noch den Besitz eines einzigen Kleides aus Samt oder Seide erlaubte und als obere Wertgrenze dafür achtzig Dukaten ansetzte, womit sich die Verwendung von Gold- und Silberstoffen von selbst verbot. Als Schmuck dieses einen Gewandes durfte ein wenig Goldborte aufgenäht werden, doch allein auf die Vorderseite und Ärmel. Kurioserweise fanden die Römerinnen in Papst Sixtus einen unerwarteten Verbündeten, der die Verordnung erst billigte, nachdem sie in verschiedenen Punkten gemildert worden war. Die verpönten Schmuckelemente, so seine Begründung, würden die Wirkung der Kleider auf angenehme Weise steigern, was wiederum der Stadt zur Zierde gereichte …

Nun ja –, Rom zählte derzeit zu den vergleichsweise häßlichen Städten und mochte diese Art von Zierde am Ende gar nötig haben, dachte Salvestrini. Florenz dagegen sonnte sich im Glanze seiner Kirchen und Klöster, seiner Brücken und Paläste und brauchte keine Frauen in Goldbrokatkleidern, um das Straßenbild aufzuwerten. Obwohl er als Kaufmann gut an den wechselnden Moden verdiente und nicht wenig dazu beigetragen hatte, daß die Aufträge für sarazenische Seidenstoffe und Gebildewebereien an heimische Hersteller gingen, statt wie noch vor wenigen Jahren ins Ausland, lehnte er als Ehemann und mit Töchtern gesegneter Vater die lächerlichen Extreme weiblicher Putzsucht entschieden ab. Was trieb sie auch für seltsame Blüten! Und immer der Versuch, bis zum Äußersten zu gehen! Da wuchs der Stoffverbrauch ins Unermeßliche, um sich wenig später wieder auf das Nötigste zu beschränken. Da hatten die Weiber gestern noch ihre Kragen bis an die Ohren hochgezogen, während sie heute so tief ausgeschnitten herumliefen, daß sie bis unter die Achselhöhlen entblößt waren ... Mal schleiften sie ellenlange Schleppen durch den Straßenstaub, mal wankten sie auf Sockelsohlen, die bis zu einem Fuß hoch waren, durchs Leben. Eine Erfindung, welche in Venedig vielleicht noch sinnvoll sein mochte, da Wasser dazu neigte, über die Ufer zu treten, dessenungeachtet aber bald ebenso in anderen, pulvertrockenen Gebieten als der letzte Schrei galt. – Giovanni wurde den Verdacht nicht los, daß die Frauen nur deshalb ihre Phantasie in der Inszenierung von Kostümen und Maskeraden austoben mußten, weil sie keine geeigneteren Objekte kannten.

Mit seiner dritten Tochter, tröstete er sich, würde die letzte Modewütige das Haus verlassen. Selvaggia war noch nicht soweit, und Camilla litt zu sehr unter den Folgen des Älterwerdens, um eitel zu sein.

»Ich habe meinen Leib gewechselt wie ein Kleid«, hatte Giovanni sie vor Tagen der Schneiderin klagen gehört – und es hatte ihn geschmerzt, daß sie so empfand –, »was soll ich mit weiteren Kleidern? Sind sie kostbarer als meine Schönheit und Jugend? Sind sie dauerhafter?«

Nicht einmal Selvaggia mochte sie, wie es ihre Aufgabe gewesen wäre, in Modefragen unterweisen. Das mußte Tobia tun, die immer noch von Florenz aus ihre mailändischen Eheprobleme zu lösen versuchte. Sie lehrte die kleine Schwester, alle Tage ein anderes Kleid zu tragen, welches, wenn sie erst ausgewachsen wäre, aus mindestens sechzehn Ellen Tuch bestehen sollte, um weit und faltenreich genug zu sein, und bald Litzen und Stickereien zeigen dürfte, bald, um der Verschiedenheit willen, gar keinen Schmuck. Auch müsse ein Mädchen sich hüten, so Tobia, zu viele Farben zu wählen, vor allem solche, die nicht gut zusammenpaßten, wie Grün und Gelb oder Rot und Hellblau und ähnliche, »wie sie sich auf Fahnen« fänden, denn solche Kombinationen seien sehr unfein.

Selvaggia machte sich einen Spaß daraus, immer neue Fahnenfarben aufzuzählen, in denen sie herumlaufen könnte, als junge Dame aber nicht dürfte. Sie trug ohnehin am liebsten Kleider in der Farbe ihrer Augen und hatte sich zu Giovannas Hochzeit, da es noch kühl war, ein Übergewand aus himmelblauem Atlas gewünscht, mit goldenen Schmetterlingen bestickt.

Faustina, die ja immer etwas zu unken fand, vor allem, wenn sie damit ihre Feuerfurcht nähren konnte, hatte daraus geschlossen – und es auch wiederholt der gesamten Familie verkündet –, die nicht einmal Elfjährige wolle unbewußt schon ihre zukünftigen Liebhaber vor ihrem Feuer warnen, »damit ihnen nicht das Schicksal der Schmetterlinge zuteil würde, die sich den Flammen zu sehr nähern und die Flügel verbrennen«.

Selvaggia aber mochte von zukünftigen Liebhabern ebensowenig wissen wie von Tobias Modelektionen oder gar ihrem Unterricht im Schminken mit all seinen Rezepturen aus geriebenen Perlen, Silber, gekautem Mastix, Eschenwurzelwasser und einem Dutzend weiterer Ingredienzien, die einer Hexenküche Ehre gemacht hätten. Als sie dann noch hörte, daß sie sich zur Formung des Gesichtes die Stirnhaare auszupfen und die verbliebenen Locken mit einem Destillat aus Asche und entrindetem Buchenholz blond färben sollte, wozu sie überdies ihren Kopf den ganzen Tag in die Sonne halten und mit einem Schwamm befeuchten mußte, verlor Selvaggia endgültig die Lust.

»Dazu bin ich nicht auf der Welt«, erklärte sie und verbat sich jede weitere Belehrung ihrer mit allen Schönheitsprozeduren vertrauten Schwester.

Giovanni dankte dem Himmel dafür. Er – und nicht nur er – fand seine Jüngste schön, wie sie war; gefärbtes Haar und Schminke würden da auch in Zukunft nur Schaden anrichten. So hoffte er, daß sie niemals die Form ihrer wunderbar gewölbten Stirn durch Haarauszupfen veränderte, wie man es neuerdings vor allem bei den Venezianerinnen sah, die dann von vorne fast kahlköpfig wirkten, als hätte eine schwere Krankheit sie gezeichnet …

Gottlob benutzte Selvaggia ihre Stirn jetzt schon vorwiegend zum Denken. In einer Bibliothek wie dieser hier etwa, wo sich zu den antiken Autoren von Äsop bis Vigentius ein Horazmanuskript von Petrarca und die Schriften der bedeutendsten Humanisten gesellten, würde sie gewiß gerne herumstöbern. Sie konnte bereits Briefe in tadellosem Latein schreiben, was in ihrem Alter ein kleines Wunder war.

Giovanni erhob sich nun doch und ging, die Hände über dem Rücken verschränkt, in langen Schritten auf und ab. Nach der Hochzeit würde er seiner Jüngsten einen neuen Lehrer suchen müssen, dieser Maestro Ricardo mit seinen überholten Kenntnissen, nicht allein in der Astronomie, konnte ihr nicht mehr allzuviel bieten.

Ein Humanist aus dem Kreis um Giovanni Pico, der sich jetzt zum Jahreswechsel wieder im Palazzo Medici aufhalten sollte, wäre der Kandidat seiner Träume … Und wenn er ihn zufällig hier träfe? Dann bekäme dieser Vormittag doch noch einen besonderen Sinn. Giovanni konnte sich immer noch nicht vorstellen, was der Magnifico am Morgen vor seinem Geburtstag von ihm erwarten konnte und welcher Lorenzo ihn zu sprechen wünschte: der Dichter oder Politiker, der Musiker oder Philosoph, der Bankier oder Mäzen? Oder gar der Künstler, der seinen neuen Entwurf zur Schmuckfassade des Domes diskutieren wollte? Wohl kaum, denn da gab es kompetentere Gesprächspartner als den Seidenhändler Salvestrini …

Der Magnifico, der als junger Mann seinem Spitznamen gemäß in das Leben und Glücklichsein verliebt schien, hatte kein einfaches Jahr gehabt, das war nicht nur seinen Freunden bekannt. Zwar konnte im Frühjahr noch die Vermählung seines blutjungen Sohnes Piero mit einer Orsini in aller Pracht gefeiert werden, doch schon im Sommer darauf starb die dritte Medici-Tochter Luigia jenes plötzlichen unheimlichen Todes, von dem so manches Mädchen dahingerafft wurde, als wäre es zu schade für diese Welt. Die Kleine war erst zwölf Jahre alt und frisch verlobt. Wenige Wochen nach Luigia erlag ihre Mutter der Schwindsucht, Clarice Orsini, eine stumpfsinnige, bigotte Person, die aber ihrem Ehemann, obwohl sie einander selten sahen, zehn Kinder geboren hatte. Böse Zungen behaupteten, Lorenzo sorge für die ständigen Schwangerschaften seiner Frau, um desto ungestörter seinen stadtbekannten Liebschaften nachzugehen. Niemand bedauerte Clarice Orsini, in Florenz war die Römerin stets eine Fremde geblieben …

Schwer zu sagen, ob Lorenzo um sie oder seine Tochter wirklich trauerte; nach außen hin blieb seine Vitalität ungebrochen, und das trotz der Familienkrankheit der Medici, die auch er geerbt hatte und die sich seit diesem Sommer unaufhörlich verschlimmerte. Giovanni stieß einen Mitleidsseufzer aus: Ein Medici hatte es auch nicht leichter als ein Salvestrini. Zerstreut las er die Titel auf den Buchrücken in den Regalen, um schließlich die italienische Ausgabe von Brunis »Geschichte des florentinischen Volkes« zur Hand zu nehmen und darin herumzublättern. Zum Glück waren die Handschriften hier nicht an Pulte gekettet wie drüben in der öffentlichen Bibliothek von San Marco.

Eine Vorsichtsmaßnahme, die dort sicher ihren Sinn hatte, seitdem die Handschriftensammler nicht einmal vor Klostermauern und Sakristeischränken zurückschreckten. Sie plünderten einfach alles.

Giovanni kannte das Bruni-Manuskript schon von früheren Besuchen; es war sehr wertvoll, mit Miniaturen reich geschmückt und vom Übersetzer in die Alltagssprache der »Stadt Florenz und seinen Regenten« gewidmet. Seitdem es gedruckte Bücher gab, ertappte Giovanni sich immer wieder dabei, wie er mit seinem angefeuchteten Zeigefinger vorsichtig die Farbechtheit der Illustrationen prüfen wollte, was er hier natürlich unterließ. Er liebte Originalausgaben – diese hier war aus dem Jahre 78 und sollte damals zweihundert Florin kosten –; andererseits hatte es ihn gefreut, neulich in Vespasianos Buchladen mehrere Kopien von Brunis Werk zu finden. Je weiter es verbreitet wurde, desto besser. Die humanistischen und republikanischen Ideale des ehemaligen Staatskanzlers verdienten es, seinen Tod vor nun schon fast fünfzig Jahren zu überdauern. Tradition bedeutete eben nicht Stillstand, sondern Erinnerung, dachte Giovanni und hoffte, daß Lorenzo seine Anwesenheit nicht aus irgendeinem Grunde vergessen hatte.

Während Giovanni zwischen den Buchreihen über die Zeit und den Wechsel der Moden räsonierte, versuchte der Magnifico in seinem kleinen Studierzimmer gegenüber, seiner Schmerzen und schlechten Laune Herr zu werden. Die Gicht, das ließ sich kaum noch verheimlichen, war auch bei ihm längst mehr als ein lästiges Zipperlein, welches gelegentlich auftauchte und irgendwann von selbst wieder verging. Schon seit Monaten schmerzten seine Hände mit einer Heftigkeit, die auch einen größeren Dulder als ihn zur Verzweiflung gebracht hätte. Kein Heilmittel wollte Linderung verschaffen, so sehr der Familienarzt der Medici, Pierleone, sich auch bemühte. Er stand in Korrespondenz mit den bedeutendsten Spezialisten der Zeit, um

»Lauro«, wie er seinen Patienten von Kindheit an nannte, zu helfen, und bekam schließlich von Petrus Avogardus, einer Kapazität aus Ferrara, den Rat, der Kranke möge sich einen goldenen Ring mit einem Saphir anfertigen lassen und ihn Tag und Nacht am linken Mittelfinger tragen. Die Kraft des grünen Steines werde nicht nur seine Leiden lindern, sondern auch die Bildung bösartiger Säfte in den Gelenken verhindern. Seit Weihnachten trug Lorenzo nun schon einen solchen Ring, die Schmerzen in den Fingern aber plagten ihn nach wie vor. Er bezweifelte, daß er jemals wieder imstande sein würde, eigenhändig seine Rebstöcke auf dem Land zu beschneiden oder seine Obstbäume zu kultivieren. Die Dämonen in seinen Gliedern schienen sich längst noch nicht zufriedenzugeben. Letzte Nacht hatte ihn das Gefühl aus tiefem Schlaf gerissen, mit seinem Fuß in eine Falle getreten zu sein, deren Fangeisen über der großen Zehe zusammengeschlagen war. Und genauso sah sein Zeh auch aus: blaurot verfärbt und geschwollen.

Der Schmerz hielt sich nun zwar in erträglichen Grenzen, doch würde er zur Nacht gewiß wieder aufleben und kein Erbarmen kennen. Lorenzo wußte von seinem Vater und Großvater, wie es weiterging:

Ein Gelenk nach dem anderen würde steif werden, und allenfalls der ständige Verzicht auf Fleischspeisen, Spargelgemüse und Wein könnte die Krankheit etwas aufhalten. Wenn nicht, würde ganz Florenz Zeuge seines Verfalls werden. Dem Evangelium des Genusses, das er immer gepredigt hatte, mochten dann andere folgen. Sein Verzicht würde sich ebenso schnell herumsprechen wie die Orgien der Vergangenheit. Wer die Geschicke einer Stadt lenkte, besaß kein Privatleben mehr. Morgen würden die Bürger seinen vierzigsten Geburtstag mit ihm feiern wollen, da mußte er sich wenigstens zeigen. Nur die Rücksicht auf sein Trauerjahr ersparte es ihm, sich wie sonst mit langen selbstkomponierten Balladen am beliebten Sängerwettstreit zu seinen Ehren zu beteiligen. Der Jahreswechsel, der jedem denkenden Menschen eine Revision seiner Vergangenheit nahelegte, bescherte Lorenzo zum erstenmal das Gefühl, den Zenit seines Lebens überschritten zu haben. Es wurde Zeit, daß er sein Haus bestellte.

Gleich nach dem Frühstück beauftragte er einen Pagen, den Langschläfer Piero aus dem Bett zu holen, seinen erstgeborenen Sohn. Zum Leidwesen des Vaters zeigte dieser sorgfältig erzogene junge Mann bisher eher die Anlagen zu einem gutaussehenden Athleten oder leichtfertigen Luftikus als zu einem umsichtigen Regenten. Zudem teilte er die Arroganz und Aufmüpfigkeit vieler Altersgenossen aus reichem Hause; Lorenzo würde noch viel Zeit und Geduld aufbringen müssen, ihm die Beweggründe für seine recht komplizierte Politik zu erläutern, damit er sie eines Tages im Sinne der Stadt und der Medici fortsetzen konnte. Der Vorteil ererbter Gewalt, wußte der Magnifico aus seiner eigenen Biographie, lag in der Beständigkeit, ihre Gefahr in der Mittelmäßigkeit.

Nicht nur er hätte es vorgezogen, im Sohn Giovanni, dem intelligenteren und zielstrebigeren, seinen Nachfolger zu sehen, doch als Zweitgeborenem war diesem – so wollte es die Tradition – die Priesterlaufbahn bestimmt, und wenn alles nach Plan verlief, würde der Papst ihn in Kürze zum Kardinal ernennen.

Nichts weniger war Innozenz VIII. ihm schuldig, nachdem Lorenzo die Vermählung seiner Tochter Maddalena mit dem Papstsohn Franceschetto arrangiert hatte. Und er würde tun, was man von ihm erwartete. Auf den Familiensinn eines Heiligen Vaters, der sich nicht nur zu seinem Nachwuchs bekannte, sondern ihn sogar an seiner Seite leben ließ, mitten im frommen Vatikan, durfte auch ein Skeptiker bauen. Lorenzo warf einen Blick zum großen Fenster, durch welches Brunelleschis rote Domkuppel zu ihm herübergrüßte wie ein himmlisches Versprechen. Was tat man nicht alles für seine Kinder! Für seine Kinder und für seine Stadt – was beinah dasselbe war.

Piero, der eben eintrat, erinnerte den Vater mit jedem Jahr mehr an seinen jungen Onkel Giuliano, den die Pazzi-Verschwörer auf dem Gewissen hatten. Dieselbe blühende Gesundheit und Kraft, dazu allerdings eine Spur Tolpatschigkeit, einen durchaus vergleichbaren Charme, gepaart mit dem Hochmut der Orsini. Zudem konnte der Siebzehnjährige auf Kritik immer noch äußerst empfindlich oder unbeherrscht reagieren.

So freundlich, wie seine Schmerzen es zuließen, erkundigte Lorenzo sich nach Pieros jungem Eheglück, ein wunder Punkt auch für ihn. Seine verstorbene Frau Clarice hatte der Vermählung Maddalenas mit dem Sohn eines Geistlichen – nach ihrem Verständnis ein fleischgewordenes Symbol der Sünde – nur zugestimmt, wenn ihr Liebling Piero dann, quasi als Gegenleistung, eine neapolitanische Verwandte aus ihrer Familie heiratete. Clarices Ältester sollte nicht, wie sein Vater sich das wohl gedacht hatte, zur Stabilisierung des Bankvermögens der Medici eine betuchte Kaufmannstochter aus Florenz nehmen, sondern eine Frau vom Rang einer Fürstin, wie sie selbst es einst war. Mit diesem wohlkalkulierten Schachzug, von der Rachsucht der betrogenen Ehefrau bestimmt, verscherzte Clarice sich Lorenzos letzte Sympathien, denn niemand wußte besser als er, was es hieß, mit einer Orsini verheiratet zu sein.

Der knappe Bericht seines Sohnes überraschte ihn daher kaum. Piero fand die ihm Angetraute unansehnlich, aber stolz und nicht im geringsten bemüht, daran etwas zu ändern. Ihre Familie entpuppte sich als hochverschuldet, sie jedoch tat um so dünkelhafter und hatte sich in Florenz, wo man Wert auf den ungezwungenen Umgang mit der Familie des Herrschers legte, jetzt schon herzlich unbeliebt gemacht.

»Ist sie wenigstens schwanger?«

Piero grinste nur.

»Und du vergnügst dich anderweitig«, vermutete sein Vater. »Nun, ich hoffe, du bist auch außerhalb des Privaten bereit, meinem Beispiel zu folgen.«

Piero setzte sich unaufgefordert in einen Sessel zwischen Schreibtisch und Fenster und sah Lorenzo an, der wartete, daß sich das Grinsen im Gesicht des Sohnes verlor, damit er fortfahren konnte.

»Außer meinen Gichtschmerzen haben mich heute nacht Überlegungen zum Wohle unserer Stadt um den Schlaf gebracht«, bekannte er schließlich. »Überlegungen, die ich dir als meinem ältesten Sohn und Nachfolger nicht vorenthalten möchte. Mein größter Wunsch ist es, dich rechtzeitig mit den Kriterien der Medici-Politik vertraut zu machen, damit du nicht eines Tages unvorbereitet vom Schicksal überrascht wirst.«

Da der Sohn nicht widersprach, formulierte Lorenzo seine Sätze so, wie er sie sich in der Nacht zurechtgelegt hatte. Zunächst verwies er auf die drei Federn im Wappen des Urgroßvaters Cosimo, welche dessen drei Haupttugenden repräsentierten: Klugheit, Mäßigung und Mut. Diese Tugenden, so sein Enkel, dürften einen Medici niemals verlassen. Ideal sei es, wenn zu den beiden ersten, wie beim alten Cosimo, noch Höflichkeit und Selbstbeherrschung kämen; gerade danach sollte jeder Mensch streben. Für besonders wichtig halte er persönlich auch den Mut, denn jedes Zeichen von Schwäche locke nur Neider an.

»Neid aber ist eine Pflanze, die nicht begossen werden sollte«, zitierte er Cosimo.

Piero zuckte die Achseln. »Den Neidern werden Menschen wie wir schwerlich entgehen«, behauptete er.

»O doch, da gibt es eine ganz einfache Taktik: Wenn du etwas durchsetzen willst, achte darauf, daß der Anstoß von anderen kommt, nicht von dir selbst.«

»Und wer faßt dann die Entschlüsse?«

»Die faßt du allein! Umgib dich aber stets mit Beratern. Besonders gute Erfahrungen habe ich mit Männern gemacht, die es gesellschaftlich noch nicht weit gebracht haben, dies aber durch gesunden Menschenverstand und praktische Begabung ausgleichen. Die Herren aus den besseren

Kreisen schickst du dagegen möglichst oft mit irgendeiner diplomatischen Mission oder einem geschäftlichen Auftrag ins Ausland. Solche, die in Florenz zu viel Einfluß gewinnen und dir gefährlich werden können, betraust du mit untergeordneten Aufgaben.«

Piero runzelte die Stirn, was ihm, da sie noch so glatt wie die eines Knaben war, einen kindlichen Ausdruck gab. »Und das lassen sie sich gefallen?« fragte er.

»Solange sie es nicht merken, werden sie sich sogar geehrt fühlen. Und falls einer opponieren sollte: Mit ein paar Ellen Scharlachrot können jederzeit neue Aristokraten geschaffen werden. Das hat schon der alte Cosimo gesagt. – Vor allem solltest du darauf achten, in jedem unserer verschiedenen Ratsgremien einen engen Freund, eine wirkliche Vertrauensperson sitzen zu haben – das ist die erste goldene Regel.«

»Aber ...«, begann Piero.

»Moment, ich bin noch nicht fertig. Die zweite goldene Regel heißt: Das Amt eines Priors oder Gonfaloniere kannst du getrost anderen überlassen, doch es dürfen keine starken Persönlichkeiten mit besonderen Fähigkeiten sein. In ein Amt gewählt zu werden ist oft schädlich für den Körper und nachteilig für die Seele.«

»Aber ...«

»Drittens: In der Kommission für Staatsanleihen, von der das finanzielle Wohl der Stadt abhängt, dürfen ausschließlich begüterte und geachtete Bürger sitzen. Und viertens: Alle wichtigen Ausschüsse sollten eine klare Pro-Medici-Mehrheit haben. – Und jetzt deine Einwände!«

Lorenzo sah, wie es hinter der Kinderstirn seines Sohnes arbeitete, und – wußte, daß Piero die drei anderen Punkte schon wieder vergessen haben würde, wenn er seine Frage zum ersten in Worte gefaßt hätte, also mußte er ihm auf die Sprünge helfen:

»Du wolltest etwas zu den Räten sagen ...«

»Ach ja. Sie ändern sich ständig. Und sind unübersichtlich in ihrer Zusammensetzung.«

»Keineswegs. Man muß sich nur die Mühe machen zu differenzieren. Bis zu meiner Reform im Jahre 80 gab es in Florenz drei Räte aus dem Volk und der Gemeinde, die auch heute noch an der Gesetzgebung beteiligt sind. Darüber hinaus haben wir ein zunächst provisorisches Komitee aus zweihundertachtundfünfzig Mitgliedern aller Klassen und Landesteile eingesetzt, den ›Großen Rat‹. Seine Aufgabe ist es, die öffentlichen Ämter zu besetzen und die Steuern einzutreiben. Aus dem Großen Rat ist dann unser ›Rat der Siebzig‹ hervorgegangen; offiziell für fünf Jahre gewählt, wird die Mitgliedschaft wohl lebenslänglich sein. Und das ist in der Tat etwas Neues. Alle Ratsherren sind gestandene Männer über Vierzig und gehören einer der Zünfte an. Sie ernennen die Prioren und den Gonfaloniere und kümmern sich um die Verwaltung. Für Handel und Finanzen ist dann noch ein spezielles ›Komitee der Zwölf‹ zuständig.

Zur rechten Zeit ein Komitee zu gründen kann übrigens lebenswichtig sein. Was tust du, wenn du die Regierung zum Wohle der Stadt reformieren willst?«

»Ein Sonderkomitee gründen?«

»So ist es. Eine ›balia‹ – aber das nur nebenbei.«

Lorenzo räusperte sich, bevor er den Faden wieder aufnahm: »In den Räten dominieren die mittleren Schichten, die wiederum dem niederen Volk nahestehen. Entsprechend groß ist die Mobilität von unten nach oben. Merke dir, auch wir Medici sind nichts weiter als einfache Staatsbürger und sollten es bleiben. Unsere Großväter Cosimo und Piero waren zwar noch Mitglieder der Signoria, doch wir haben das nicht mehr nötig. Und lasse dich niemals dazu verleiten, dich zum Monarchen zu machen. Das wäre das Ende deiner Popularität. Du wärst dann nicht besser als die Despoten von Mailand und Neapel oder die korrupten Dogen von Venedig. Am Tyrannen haftet ein Fluch und will nicht weichen. Laß die Finger davon! Ich habe im Jahre des Friedens mit Neapel auch der Versuchung widerstanden. Und die Macht in Florenz hast du ohnedies, wenn du klug bist. – Den Verlauf der Wahlen mußt du inoffiziell beeinflussen, um die erwünschten Ergebnisse zu bekommen. Dazu braucht es Fingerspitzengefühl und richtiges Taktieren.«

»Auch Intrigen? Man hört so allerlei munkeln?«

Pieros dunkle Augen bekamen einen seltsamen Ausdruck, mehr Begierde als Neugier, was seinem Vater nicht sonderlich gefiel.

»Ich nenne es lieber intensive Kontakte zu Freunden und Klienten und meine es auch so. Politische Patronage, wenn du durchaus Schlagworte suchst. In meinen Ohren klingt es schon zu negativ.«

Piero nickte. Sein eher einfaches Gemüt bevorzugte einfache Rezepte.

»Dann trifft es sicher zu, daß wir bezahlte Schnüffler unterhalten, welche auch persönliche Korrespondenzen kontrollieren. Spitzel und Denunzianten ... oder wie würdest du sie nennen?«

Lorenzo winkte ab. Trotz der von ihm stets geförderten Zwanglosigkeit seiner Kinder im Umgang mit ihm, war er nicht bereit, seine komplexe Politik auf diesem Niveau zu diskutieren. Das Unterscheidungsvermögen seines Sohnes schien ihm alles andere als vollkommen. Auch die Einwände, die er gegen die finanziellen Transaktionen im Hause Medici vorzubringen wußte, enttäuschten. Es waren die wenig originellen, weil allgemein bekannten Argumente ewig nörgelnder Ignoranten. Aus Mangel an Intelligenz oder aus böser Absicht wollten seine Gegner einfach nicht begreifen, welch einem Drahtseilakt es gleichkam, die immensen Kriegsschulden der letzten Jahre zu bezahlen und nebenbei die Familiengeschäfte in Gang zu halten. Ein Provisorium löste das andere ab, damit die Zahlungsfähigkeit erhalten blieb. Ohne große Gewinne aus Kreditgeschäften war das gar nicht möglich; auch das hatte schon der alte Cosimo gewußt. Hätte Piero moniert, daß sein Vater die Finanzprobleme aus der politischen Arena herausgezogen und in die Hände weniger, ihm treu ergebener Spezialisten gelegt hatte, was eine immerhin anfechtbare Verquickung von Staatsfinanzen und politischer Macht bedeutete, wäre Lorenzo gerne bereit gewesen, seine Zwänge näher zu erläutern, doch auf unreflektierte Vokabeln wie »Ausgleich privater Defizite aus öffentlichen Mitteln« und »zunehmendes Vertrauen in Notbehelfe« aus eines Grünschnabels Mund ging er gar nicht erst ein.

In die Geheimnisse des Kreditwesens möge ihn bei Gelegenheit sein Freund Strozzi einweihen, meinte Lorenzo, der werde ihm schon die Kenntnisse vermitteln, die er brauche, um eines Tages das derzeit größte Bankunternehmen der Welt zu leiten. Ihn persönlich langweilten Finanzgeschäfte eher, aber Geld sei nun einmal die Wurzel aller Kultur. Ihm gehe es in erster Linie darum, den Wohlstand der Florentiner zu mehren. Die wichtigste Voraussetzung dafür aber sei der Friede, denn sonst könne man keinen Handel treiben. Und in Florenz gehe es so friedlich zu wie schon lange nicht mehr.

»Wir kennen so gut wie keine Räubereien, keine nächtlichen Unruhen, keinen Meuchelmord. Zur Nachtzeit wie bei Tage kann jedermann in völliger Sicherheit seine Geschäfte verrichten«, behauptete er.

»Und doch reicht der Friede im Inneren nicht aus, wenn es dem bösen Nachbarn nicht gefällt«, entgegnete Piero, der sich lieber mit Außenpolitik beschäftigte als mit Verfassungen. Sein Vater hatte ihn schon als Dreizehnjährigen mit einer florentinischen Delegation nach Rom geschickt, damit er dem neuen Papst zur Wahl gratulierte, und diesen Auftrag hatte er gerne erfüllt. Allerdings war er damals schon ermahnt worden, keine Vorrechte zu beanspruchen und höflich und bescheiden aufzutreten. Aber er machte seine Sache gut, gab sich selbstsicher und redegewandt und konnte mit dem Segen des Papstes für Lorenzo sowie seine einstmals exkommunizierte Vaterstadt nach Hause zurückkehren.

Seit jener Romreise liebte Piero Auslandsmissionen, die nicht so viel Sitzfleisch erforderten wie Ratsversammlungen, dafür aber angenehme Geselligkeiten mit sich brachten. Es war ihm sehr recht, daß sein Vater jetzt wohl zur Außenpolitik übergehen wollte. Er bat ihn nur, vorher ein wenig Malvasier und Mandelgebäck kommen zu lassen, denn der späte Vormittag sei just die passende Zeit, sich etwas zu stärken.

Lorenzo stimmte zu, obwohl ihm in seiner gegenwärtigen Verfassung kaum nach Wein zumute war, und schickte den Pagen außer nach Erfrischungen auch gleich in die Bibliothek, damit der Ratsherr Salvestrini von seinem langen Warten erlöst werde.

»Es kann dir nur nützen, wenn du hörst, was ich ihm zu sagen habe«, erklärte er dem wenig erfreuten Sohn.

Giovanni hatte inzwischen noch die Bände der Bibliothek nachgezählt – er kam auf fünfhundert – und festgestellt, daß sie seit Cosimos Tod um das Doppelte angewachsen waren, bevor er endlich den Ort seiner Geduldsprobe verlassen durfte.

Dies also ist der Grund für die Verzögerung, dachte er, als er Piero neben seinem Vater stehen sah. Gespräche mit Söhnen bekamen oft überraschende Wendungen, man mußte sich Zeit nehmen, sonst führten sie leicht zu Mißverständnissen. Giovanni, den dieser Medici-Sohn in seiner ganzen Art an Tribolo erinnerte, obwohl er um fast elf Jahre jünger und entschieden attraktiver war, hatte dafür Verständnis.

Für die nachwachsende Generation war das Leben ein Spiel im Dasein, während weniger oberflächliche Menschen, zu denen er auch Lorenzo und sich selbst zählte, es allenfalls als ein Spiel über dem Dasein ansehen konnten, eine höhere schöpferische Ebene zwischen Existenz und Mythos, von der aus sich sehr bewußt handeln ließ. Für Giovanni hatte das Leben durch diese Auffassung an Wert gewonnen, während das andere Verständnis der Jugend es ihm wieder zu banalisieren schien. Homo faber oder Homo ludens – wem gehörte die Welt …? So gerne er diesen Gedanken weitergesponnen hätte, war dies wohl kaum der rechte Augenblick.

Lorenzo streckte ihm zur Begrüßung beide Hände entgegen. Seine Bewegungen waren linkisch wie immer, seine Gesten aber um so herzlicher. Giovanni kannte keinen Menschen, dessen Äußeres mehr täuschte. Die kleinen scharfen Augen des Magnifico, die heute trüber in den Tag schauten als sonst, seine abgeflachte Schnabelnase und das vorgeschobene Kinn gaben seinem Gesicht etwas Verdrossenes; dabei war er einer der liebenswürdigsten Zeitgenossen, die man sich denken konnte. Wer ihn noch nie sprechen gehört hatte, erschrak zunächst vor der unangenehm harten Stimme, vergaß das aber nach wenigen Sätzen, weil Lorenzo immer etwas Verbindliches oder gar Geistreiches zu sagen wußte.

Sohn Pieros schön geschwungene Lippen formulierten ebenfalls wohlerzogene Artigkeiten, doch sein teilnahmsloser Blick strafte sie Lügen. Während Lorenzo, dem Trauerjahr entsprechend, noch dunkel gekleidet war, in seinen bevorzugten Farben, Schwarz mit ein wenig Gold, was den an diesem Morgen besonders gelblichen Schimmer seiner Haut unvorteilhaft betonte, trug Sohn Piero ein recht seltsames Kostüm. Statt der bei Jünglingen üblichen Strumpfhosen hatte er weite, faltige Beinkleider an, wie sie für größere Ausritte geeignet waren, und darüber ein sogenanntes »guibbone«, eine Art gegürteten Kittel aus elfenbeinfarbenem Brokat, über und über mit Pieros Wappenzeichen bestickt: vier grünen Lorbeerstrünken, gitterartig gekreuzt, aus denen die Flammen schlugen. Die Ärmel seines Gewandes waren recht eng, dafür aber bis zum Ellenbogen geschlitzt und mit Bändern zusammengehalten. Schwer auszumachen, zu welchem Zweck der junge Mann diese uneinheitliche Kleidung angelegt hatte, wahrscheinlich wußte er es selbst nicht.

Wie von Piero gewünscht, brachte der Page, ein kleiner blondgelockter Knabe, auf dessen weißem Kittel die Medici-Kugeln und Lorenzos Motto »semper« prangte, jetzt den Malvasier-Wein in einer Karaffe, dazu drei Becher.

Giovanni nahm gerne einen Schluck, seine Kehle zu befeuchten und die Sinne wieder zu beleben, Lorenzo aber trank nur heißes Wasser, das er sich zum Trost aus einem kostbaren, mindestens vierhundert Jahre alten Achatgefäß kredenzen ließ, womit er gleichzeitig seinen Sachverstand als Antikensammler demonstrieren konnte. Denn darauf legte er bekanntlich Wert.

Leutselig, wie es seine Art war, erkundigte er sich zunächst nach den Geschäften der Salvestrini, dabei wußte er natürlich, was es zu berichten gab. Während die Wollhändler sich mittlerweile kaum noch über Wasser halten konnten, florierte in Florenz der Seidenhandel wie noch nie.

»Einer meiner Neffen hat vor zwei Jahren sein gesamtes Kapital von zweitausend Florin in den Verkauf von Seidenstoffen gesteckt«, erzählte Giovanni, »und hat jetzt schon einen Gewinn von sechshundert Florin, das sind fast zwölf Prozent. Und so geht es uns allen.« Er mußte einen zweiten Schluck Wein über seine Zunge laufen lassen, bevor er den Mut fand, einen Gedanken auszusprechen, der ihm selbst neu war und bei anderen höchstwahrscheinlich auf Befremden stoßen würde: »Ich frage mich, ob es auf die Dauer sinnvoll ist, daß jeder Hersteller mit seinen Überschüssen tun kann, was er möchte, anstatt einen angemessenen Anteil in die Produktion zu stecken und damit ihre Bedingungen zu verbessern.«

Piero, der sich mit großem Appetit dem Gebäck zugewandt hatte und mit einem enervierenden Geräusch eine Mandel nach der anderen zerbiß, hörte zu kauen auf und starrte ihn entgeistert an, während sein Vater verständnisvoll reagierte.

»Die Freiheit des Individuums contra Allgemeinwohl – wahrhaftig ein heikles Thema, Salvestrini! Tragt es auf einer der nächsten Ratssitzungen vor, aber ich warne Euch, Ihr werdet in ein Wespennest stechen!«

»Beweglichkeit und freier Wille«, zitierte Piero seinen Lehrer Pico, »sind Voraussetzung für die Würde des Menschen.«

»Und ich bin der letzte, der daran etwas ändern möchte«, sagte Giovanni, leicht verärgert über den blasierten Ton des Jünglings. Ein Gespräch unter vier Augen wäre ihm lieber gewesen, doch Lorenzo schien es anders zu wünschen. Er bot beiden, dem Gast und dem Sohn, seine lederbezogenen Sessel an, während er selbst mit einem kleinen, aber bequem aussehenden Scherenstuhl vorlieb nahm.

»So sehr ich die philosophischen Gespräche mit Euch liebe, Salvestrini, habe ich Euch heute doch aus einem anderen Grund hier zu uns in die Via Larga gebeten«, begann er. »Morgen werde ich meinen vierzigsten Geburtstag feiern, und ich fange langsam an, mir Gedanken über mein politisches Vermächtnis zu machen.«

Wohl kaum wegen der paar Jährchen, dachte Giovanni, dem es nicht entgangen war, daß Lorenzo gegen ein Unwohlsein oder gar Schmerzen ankämpfte. Schweißperlen standen ihm auf der Oberlippe, und seine ohnehin schon kantigen Züge wirkten heute geradezu hölzern, wie mit einem scharfen Messer geschnitzt.

»Die Langlebigkeit des persönlichen Ruhmes hängt außer von der eigenen Leistung auch von der Qualität des Jahrhunderts ab«, erläuterte Lorenzo. »Und dieses Jahrhundert teilen wir mit einer fast unglaublichen Anzahl hervorragender Menschen.«

Giovanni stimmte zu. Er hatte sich einmal die Mühe gemacht, in seiner Chronik die Namen der Humanisten und Künstler zu verzeichnen, die sich im engeren Kreis um Lorenzo bewegten. Sie hatten allein drei Seiten gefüllt.

»Eine hohe Konzentration geistiger Energie«, bestätigte er.

»Nicht wahr? Und wir alle sind uns dessen bewußt. Das ist das Gloriose daran!« In Lorenzos Augen spiegelte sich wieder die alte Begeisterungsfähigkeit, die ihn so anziehend machte. »Wir Florentiner haben ein Gespür dafür, daß wir einen besonderen Augenblick der Weltgeschichte erleben. Wir sehen uns und unsere Epoche im Zentrum aller Zeiten stehen. Das ›Goldene Zeitalter‹ ist kein Mythos mehr, sondern Realität.«

»So wie es Pulci prophezeit hat«, entfuhr es Giovanni, obwohl er Lorenzo gar nicht unterbrechen wollte, aber diese Sätze waren zu schön:

»Natürlich wird die Welt bald golden sein, wie sie es vor ihren letzten Erschütterungen war. Es werden die goldenen Zeiten wiederkehren, in denen der gute Signor Saturn geherrscht hat ...«, zitierte er seine Lieblingsstelle aus dem »Morgante Maggiore«.

»›Und Fortuna kann sich nicht entgegenstellen, weil sich die Sterne dem Weisen beugen‹ – damit hat er Euch gemeint«, wandte er sich an den Magnifico, der nun doch lächelte, »›und der gnädige Himmel offenbart große Zeichen dafür, daß er eine wahre Ehre unseres Jahrhunderts ist.‹«

»Wunderbar!« Lorenzo klopfte Beifall. »Euer Vorwort habt Ihr schon!«

Giovanni war es vollkommen schleierhaft, worauf er hinauswollte. »Was für ein Vorwort meint Ihr?«

»Zu dem Text, um den ich Euch hiermit bitte. Ich möchte die Überzeugung der Menschen, daß sie in einer gesegneten Zeit leben, ausnutzen, solange sie noch andauert. Aus dem Grund werdet Ihr mir im Jahre meines vierzigsten Geburtstages eine Chronik über das letzte Dezennium meiner Politik verfassen. Mehr als die Fakten zählen dabei meine Beweggründe, welche die Nachwelt kennenlernen soll.«

Giovanni war zu überrascht, um gleich zu wissen, ob ihn der Auftrag ehrte oder in Verlegenheit brachte. Ein wenig hastig leerte er seinen Becher.

»Warum habt Ihr gerade mich dazu ausgesucht?« verwunderte er sich dann. »Ihr habt in Florenz den klugen Vespasiano als Biographen und seid umgeben von Gelehrten aus dem In- und Ausland, die allesamt ein besseres Latein schreiben als ich.«

»Ihr sollt es auch nicht in Latein schreiben, sondern in der Volkssprache. Die ›Chronik über das Goldene Zeitalter‹ – so der Titel Eures Werkes – wird gedruckt und verbreitet werden. Jeder, der die Elementarschule besucht hat, und das ist immerhin ein Viertel der jüngeren Florentiner, soll es lesen können. Aus dem Volgare ins Lateinische lassen wir es erst später übersetzen.

›Le temps revient‹, die Zeit – die goldene – kommt wieder, habe ich mir schon als Neunzehnjähriger bei meinem ersten Turnier auf die Rüstung schreiben lassen. Heute ist es für mich das Motto dieser Epoche.« Und da er Giovanni immer noch zögern sah, fügte er mit großer Wärme hinzu:

»Ihr seid ein Mann, der den Humanisten nahesteht, Salvestrini, und trotzdem einer aus dem Volk, der es zu etwas gebracht hat. Ein Mensch mit Augenmaß. Deshalb habe ich Euch gewählt.«

Giovanni mußte kurz die Augen schließen, denn er sah mehr Arbeit auf sich zukommen, als er neben allem anderen noch bewältigen konnte. Gleichwohl verneigte er sich zum Zeichen seines Einverständnisses, das er nicht näher zu erläutern brauchte, weil statt seiner Piero das Wort ergriff:

»Da es um den Ruhm geht, die Unsterblichkeit, nach der wir alle streben, würde ich vorschlagen, in die Chronik nur solche Ereignisse aufzunehmen, die zum Erfolg geführt haben.«

Giovanni konnte ein nachsichtiges Lächeln nicht unterdrücken, allzu auswendig gelernt klang ihm die »Unsterblichkeit, nach der wir alle streben«. Hatte der junge Mann denn gar keine eigenen Einfälle? Da waren die provokanten Bemerkungen seines Sohnes Tribolo, mit dem er den Medici-Sprößling eben noch vorschnell verglichen hatte, doch von anderem Kaliber.

Auch Lorenzo widersprach. Es gehe nicht darum, seine Aktionen positiv oder negativ erscheinen zu lassen, sondern folgerichtig. Diesen übergeordnet sei eine andere Art von Dualismus, nämlich der zwischen vergänglicher Zeit und transzendenter Ewigkeit, welcher in der Selbstverwirklichung während einer kurzen Lebensspanne aufgehoben werden könne. Er halte dies für eine Täuschung, behauptete Piero, mußte aber die Begründung, die sein Vater gerne von ihm gehört hätte, schuldig bleiben.

»Die Ewigkeit offenbart sich im Diesseits«, versuchte Giovanni Lorenzos Wahrheit einfacher zu formulieren. »Sie findet nicht überzeitlich statt, sondern in jedem Augenblick.«

Ohne sich weiter darum zu kümmern, ob der junge Medici nun verstanden hatte oder nicht, griff er zu Schreibpapier und Feder, die schon für ihn bereit lagen, und bat Lorenzo, ihm einen kurzen Überblick zu geben, damit er sich Notizen machen konnte.

Der nickte und schickte voraus, daß er sich auf seine Außenpolitik beschränken wolle, denn die inneren Angelegenheiten der Republik kenne Salvestrini ja ebenso gut wie er, und auch Piero sei wohl vornehmlich an der hohen Kunst der Diplomatie interessiert. Als oberstes Ziel seiner jahrelangen Bemühungen nannte er das Gleichgewicht zwischen den vier wichtigsten Hauptstaaten: Florenz, Mailand, Venedig und Neapel.

»Neapel, ah ja!« sagte Piero, froh, wieder festeren Boden unter den Füßen zu haben, als es ihm Begriffe wie »Ewigkeit« und »Transzendenz« versprachen. »Dann wird die Chronik sicher im Jahre 79 mit deiner berühmten Reise nach Neapel beginnen. Die Pazzi-Verschwörung hast du gerade überlebt ...«

»... wozu ein detaillierter Bericht meines Freundes Filippo Strozzi bereits vorliegt«, erinnerte Lorenzo.

»... und nun geht es um deine nächste Heldentat: Du besteigst in Pisa ein Schiff, segelst nach Neapel und verlangst, vor den König geführt zu werden, mit dem du im Krieg stehst«, schwatzte Piero, und es hörte sich an, als spräche er von einem jugendlichen »brigante e guardia«-Spiel, während das tatsächliche Unternehmen seines Vaters damals mehr als riskant gewesen war.

Er hatte sich ganz allein in die Hände seines Feindes begeben, weil er keinen anderen Weg mehr sah, den langen erbitterten Kämpfen zwischen König Ferrante und Florenz ein Ende zu bereiten. Bis ihm das gelang, mußte er drei volle Monate in Neapel verbringen, wo gedungene Mörder nur auf den Befehl warteten, ihn zu beseitigen, und der König ständig vom Papst gedrängt wurde, Lorenzo entweder in den Kerker zu werfen oder in Ketten nach Rom zu bringen. Dazu kam eine weitere Gefahr: Der junge Medici war zu der Zeit in Florenz längst nicht so beliebt wie in späteren Jahren. Es gab da einige Widersacher, die in seiner Abwesenheit allzu gerne einen kleinen Aufstand inszeniert hätten, um ihn abzusetzen. Lorenzo bekam eine recht versonnene Miene, als Giovanni ihn daran erinnerte.

»Und trotzdem habe ich mich damals in Kampanien nicht schlecht amüsiert«, entsann er sich. »Die Menschen dort unten im Süden schienen mir fröhlicher als hier, wenn auch weniger geistreich. Ich habe prachtvolle Feste mit ihnen gefeiert, habe aus schierer Lebenslust manch armem Mädchen zu einer Aussteuer verholfen und manchen Häftling vom Galeerendienst freigekauft. Und letzten Endes hat dann ja auch der Frieden über den Krieg aller gegen alle triumphiert. Pallas Athene über Mars, ganz so, wie unser vortrefflicher Sandro es später gemalt hat!«

»Und du bist von den Florentinern als ›Retter des Vaterlandes‹ gefeiert worden«, bemerkte Piero. »Wollte Gott, ich bekäme eines Tages auch einmal eine solche Gelegenheit, mir den Ruf eines kühnen und erfolgreichen Diplomaten einzuhandeln!«

Der Herr behüte uns davor, dachte Giovanni, während er sich das nächste Datum notierte: den Einfall der Türken in Süditalien. Die »islamische Aggression«, welche Papst Sixtus mehr fürchtete als den »Antichristen« Lorenzo de' Medici. Wenn die Stadt fünfzehn Galeeren für den Kampf gegen die Heiden stelle, sei er bereit, das Interdikt gegen Florenz ganz aufzuheben, schlug er auf einmal vor. Lorenzos Abgesandter versprach die Schiffe, die Florenz gar nicht besaß und die es glücklicherweise auch niemals liefern mußte, da der eroberungssüchtige Herrscher der Moslems bald darauf starb und einem friedfertigeren Platz machte.

»Was ist mit dem zweiten Anschlag auf Euer Leben, wenige Monate nach dem Türkenspuk?« erkundigte sich Giovanni. »War er nicht für den Himmelfahrtstag 80 geplant und sollte im Dom stattfinden?«

Lorenzo winkte ab. »Ein Zwergenaufstand, eine lächerliche Posse. Ein eingeschnappter Frescobaldi ist eben kein Pazzi. Am Ende gab es drei geköpfte Verschwörer und ein Gesetz der Signoria, demzufolge nun jeder Attentatsversuch gegen mich als Hochverrat gilt ...«

»... womit man dich offiziell zum Oberhaupt von Florenz erklärt hat, denn einen Privatmann kann niemand hochverraten«, beliebte Piero zu scherzen, aber auch darauf mochte sein Vater nicht eingehen.

»Wenn wir uns schon mit Daten beschäftigen, die über Leben und Tod entscheiden, sollten wir an den Neujahrstag 82 denken, an dem meine geliebte Mutter starb. Ihr habt sie ja auch gekannt, Salvestrini, und wißt, wie sie war: ebenso klug wie mildtätig, würdevoll und tolerant. Durch ihren wachen Verstand hatte sie großen Einfluß auf mich und meine Entscheidungen und blieb doch immer im Hintergrund. Sie war mir Zuflucht in vielen Nöten und die wertvollste Freundin meines Lebens.«

»Ganz Florenz hat Eure Mutter verehrt«, bestätigte Giovanni.

»Ja, sie verdient es, daß man ihr mehr als nur ein Denkmal setzt, so wie es der teure Sandro mit seinem ›Magnificat-Tondo‹ getan hat. – Wenn ich einen unserer Meister zum Maler des Goldenen Zeitalters ernennen müßte, so würde ich Botticelli wählen!«

Giovanni erinnerte sich nur noch dunkel an jenes kreisrunde Gemälde, welches zum ersten Todestag von Lucrezia Tornabuoni im Palazzo della Signoria öffentlich ausgestellt worden war. Es zeigte – soviel wußte er noch, ohne es wirklich vor sich zu sehen – eine Madonna mit den ebenmäßigen Gesichtszügen der Medici-Mutter. Zu ihrer Rechten knieten ihre beiden Söhne Lorenzo und Giuliano als idealisierte Engelsknaben. Sandro hatte damals, wohl um dreidimensionale Effekte zu erreichen, mit der Rundform experimentiert und war zu erstaunlichen Ergebnissen gekommen, entsann sich Giovanni nun doch: Wenn man das Bild von vorn oder einer der beiden Seiten aus betrachtete, schienen sich die Figuren auf einer nach außen gewölbten Oberfläche zu befinden.

»Über die drei Jahre nach dem Heimgang meiner Mutter braucht Ihr nicht allzu viele Worte zu verlieren«, unterbrach Lorenzo Giovannis Nachdenken über die Magnificat-Madonna. »Erspart Euch die ewigen Geplänkel des Mailänders Ludovico Sforza und die vom Papst begünstigten Annektionsversuche der Dogen! – Wichtig ist der Tod des unseligen Sixtus anno 85: Als alle Beteiligten kriegsmüde waren, was endlich zu einem Friedensvertrag führte, starb der Papst und mit ihm sein krankhafter Drang nach weltlichem Ruhm.«

»Kennt Ihr den Witz, den sich die Römer über sein Ende erzählen?« fragte Piero.

»Nämlich?«

»Der Heilige Vater sei so kriegslüstern gewesen, daß er beim Wort ›Frieden‹ einen Wutanfall bekam und tot umfiel ...«

Der Witz war in der Tat nicht neu. Giovanni verzog keine Miene, und Lorenzo betrachtete schweigend seine Hände. Er zog ungeachtet seiner Schmerzen jeden einzelnen Finger in die Länge, bis die Gelenke einen Knacklaut von sich gaben, der an trockenes Holz erinnerte. Sein Saphirring funkelte grüngolden im fahrigen Licht, welches durch das Fenster mit der Domkuppel auf die Hände in seinem Schoß fiel. Es schien ihm Mühe zu machen, das Gespräch fortzusetzen.

»Frieden ist ein zerbrechlicher Zustand«, sagte er schließlich nach einem tiefen Seufzer. »Und wer ihn erhalten will, wird nur allzuleicht mißverstanden. So hat man in Florenz niemals begriffen, warum ich nicht gleich nach dem Tod des Papstes gemeinsam mit Rom, Venedig und Mailand die Rebellion gegen den tyrannischen Ferrante unterstützt habe.«

»Ganz einfach: Ein Sturz des Königs von Neapel hätte den Frieden in Italien gefährdet«, vermutete Piero.

»Komplizierter noch: Karl VIII. von Frankreich fühlt sich Neapel verbunden. Für eine florentinische Intervention unten im Süden hätte er sich möglicherweise an unseren Kaufleuten und Bankiers gerächt, die so zahlreich sein Land bevölkern. Wollte Gott, es fiele den französischen Königen niemals ein, ihre Kräfte in unserem Land zu versuchen! Wenn es je dazu kommt, ist Italien verloren.«

Piero lachte ungläubig. »Ist das nicht etwas übertrieben? Bisher hat der Franzose sich nicht eingemischt, und das ganze Geschrei um Neapel war nach ein paar Wochen vorüber.«

»Aber es hat wieder deutlich gezeigt, daß Italien geeint werden muß, wenn es nicht eines Tages in Anarchie versinken will. Wir müssen uns zu einer Nation zusammenschließen wie Frankreich oder Spanien und unsere Streitigkeiten beilegen.«

Giovanni vergaß, was er schreiben wollte. Seine Feder machte einen Schnörkel in der Luft, so daß ein großer schwarzer Tintentropfen auf den Namen Karls VIII. fiel.

»Mit dem Gedanken steht Ihr aber wirklich allein in Florenz und ganz Italien«, warnte er.

»So allein wie Ihr mit Eurer Idee, die Überschüsse unserer Kaufleute in ihre Produktion zu stecken«, entgegnete Lorenzo. »Dennoch sind solche Ideen wichtig. Man macht sich für eine Weile unbeliebt, gewiß. Es gibt böses Blut, aber um der guten Sache willen muß man sein Ziel weiterverfolgen.«

»Gedanken sind zollfrei«, entsann sich Piero.

»Du sagst es. Doch ist es damit nicht getan. Wenn du dein Ziel erreichen willst, brauchst du Gleichgesinnte, auch in der Außenpolitik. Schließe Bündnisse, um den Frieden zu wahren. Unterstütze nur die Parteien, die dir beziehungsweise der Stadt Florenz nützlich sind. Halte Mailand und das Papsttum aus der Toskana heraus und verliere die kleinen Staaten nicht aus den Augen, solange sie noch uneins sind. – Ich denke, das genügt«, wandte er sich an Giovanni. »Die Ereignisse der letzten vier Jahre wie die Einnahme von Sarzana, meine Unterstützung der Katharina Sforza, die Interventionen in Bologna und Perugia und so weiter und so fort sind Euch bekannt, und die Gründe für mein Handeln ergeben sich allesamt aus den eben genannten Prioritäten.«

Giovanni legte seine Notizen zusammen; die Unterredung war wohl beendet. Lorenzo sah jetzt sehr mitgenommen aus. Er saß weit vornübergebeugt, die Arme um die Knie geschlungen, und knetete seine Hände. Dennoch erkundigte er sich mit einem Interesse, das keineswegs geheuchelt klang, nach jedem einzelnen Mitglied der Familie Salvestrini.

Nichts anderes hatte Giovanni erwartet. Das bevorstehende Familienfest streifte er nur mit wenigen Worten, um statt dessen rasch auf den Grafen Pico zu sprechen zu kommen, bei dem er sich doch so gerne nach einem Lehrer für seine talentierte Jüngste erkundigt hätte.

»Da habt Ihr Glück!« sagte Lorenzo, erfreut, seinem neuernannten Chronisten weiterhelfen zu können. »Freund Giovanni Pico lebt ja nun wieder in meinem Haus und dürfte just um diese Zeit drüben in San Marco zu finden sein.«

»Ein Humanist der besten Schule als Hauslehrer für eine kleine Kaufmannstochter – geht das nicht ein wenig zu weit?« mäkelte Piero. »Im übrigen ist das Kind nicht zu beneiden.«

Und er begann, durch den Wein oder das Ende der väterlichen Instruktionen redselig geworden, von einer ungemütlichen Zeit zu erzählen, welche die Medici-Kinder mit ihrem Lehrer Poliziano in der Villa Cafaggiolo auf dem Land verbringen mußten, um der Pest zu entkommen. Es war jenes legendäre Jahr 78, in dem es ununterbrochen regnete, noch bis weit in den Herbst hinein, und Piero und seine Geschwister konnten das Haus nicht verlassen, selbst ihrem Ball war es draußen zu naß.

Damit sie beschäftigt waren, ließ der Humanist Poliziano seine Schüler allerlei Wettspiele veranstalten und zur Krönung des Ganzen ihre Suppe, ihr Fleisch und ihren Nachtisch zum Gewinn anbieten. Wer Pech hatte, mußte darauf verzichten. Piero, obwohl als Ältester den anderen gegenüber gewiß im Vorteil, verzog jetzt noch wehleidig das Gesicht, wenn er daran dachte.

»Lauro, erinnerst du dich noch an den Wortlaut des Poliziano-Briefes zu dem Thema, er gebrauchte damals so eine besonders affektierte Redewendung ...?«

Lorenzo schmunzelte. »Ja, daran erinnere ich mich noch: ›Wenn einer meiner Schüler verliert‹, hieß es bei Poliziano, ›huldigt er dem Herrn der Feuchtigkeit, das heißt, er weint ...‹«

»Habt Ihr gehört, Salvestrini?« triumphierte Piero. »Humanitas heißt Menschlichkeit, doch manche Humanisten lieben es, die Menschheit gehörig zu schinden!«

Lorenzos eben noch so freundliche Miene hatte sich bei den letzten Worten seines Sohnes verfinstert. »Und als Beispiel für diesen Unsinn führst du ausgerechnet den guten alten Poliziano an?« fragte er mit schneidender Stimme. »Poliziano, der an meiner Seite war, als Giuliano im Dom ermordet wurde? Der mir das Leben gerettet hat, indem er die Tür zur Sakristei vor meinen Verfolgern zuschlug und verriegelte? Der Mann, dessen leidenschaftliche Verse über mein neapolitanisches Abenteuer nicht wenig zu meinem Erfolg beigetragen haben? – Wer das Weintrinken am frühen

Morgen nicht verträgt, möge es doch um Himmels willen unterlassen!«

»Das stärkste Gefühl bei Poliziano ist zweifellos seine Liebe zum Magnifico«, sagte Piero ungerührt, nachdem er sich gähnend aus seinem Sessel erhoben hatte. »Und trotzdem, Signor Salvestrini, werden die Humanisten Eure Tochter zum Weinen bringen, denn sie verbittern ihren Schülern das äußere Leben mehr, als sie das innere versüßen.« Ohne weitere Erklärung verbeugte er sich vor Giovanni und seinem Vater: »Verzeiht, daß ich Euch nun verlasse, aber ich bin mit Angelo verabredet.«

Lorenzo blickte erstaunt zum Fenster hinaus in den hellichten Tag. »Um diese Zeit, Piero? Unser Freund wird noch mitten in der Arbeit sein, und ich möchte nicht, daß er gestört wird. Ich erwarte ihn später zum Mittagessen.«

Piero nickte. »Und vorher will ich ihm meine Jagdfalken zeigen, er hat es selbst so gewünscht.«

»Nun ja, wenn es seiner Kunst zugute kommt ... Habt Ihr schon von Michelangelo gehört, Salvestrini?«

»Michel Angelo?« wiederholte Giovanni. »Nein. Nicht einmal mein Sohn Tribolo hat ihn bisher erwähnt. – Muß man ihn denn kennen?«

»Unbedingt! Noch ist er ein vierzehnjähriger Knabe, den ich vom Meister Ghirlandaio übernommen habe, aber ich bin sicher, er wird eines Tages die Welt in Erstaunen versetzen«, sagte Lorenzo und beehrte seinen Gast zum Abschied mit einer bemerkenswerten Geschichte: Der Magnifico hatte nach dem Tod von Clarice Orsini die bisher privaten Gartenanlagen beim Kloster San Marco allen Bürgern der Stadt geöffnet und überdies dort eine Schule für Bildhauer gegründet. Dann bat er Domenico Ghirlandaio, ihm vielversprechende junge Leute aus seiner Werkstatt hinüberzuschicken, damit er sie nach allen Regeln der Kunst ausbilden lassen konnte, und zwar vom Altmeister Bertoldo, einem der letzten Schüler des unvergessenen Donatello.

Lorenzo war nämlich der Meinung, daß in Florenz längst

nicht so viele berühmte Bildhauer wie Maler lebten, und wollte dies ändern. Schon bald schickte der großzügige Ghirlandaio ihm seine beiden besten Schüler: einen Francesco Granacchio und jenen Michelangelo. Als Lorenzo ihn zum erstenmal sah, sollte er gerade den antiken Kopf eines alten grinsenden Fauns mit beschädigter Nase kopieren. Der Knabe hatte zwar schon Ton und ähnliche Materialien in den Händen gehabt, niemals aber Marmor und Meißel, dennoch löste er die Aufgabe nicht nur äußerst geschickt, sondern ließ seinen Faun auch noch, abweichend vom Original, bei geöffnetem Mund Zunge und Zähne zeigen, was ihn überraschend lebendig machte.

Lorenzo, der den Jüngling auf der Stelle in sein Herz geschlossen hatte, wollte ihn ein wenig necken und sagte:

»Du solltest doch wissen, daß alte Leute in Wirklichkeit nicht so lückenlose Zahnreihen besitzen!«

Dem neuen Schüler ging die Kritik seines Gönners sehr nahe, er hätte viel darum gegeben, es ihm recht zu machen, und als Lorenzo am nächsten Tag wiederkam, hatte er seinem Faun einen Zahn herausgenommen und den Gaumen gefeilt. Wie der eines menschlichen Greises mit Kieferschwund sah er jetzt aus.

Lorenzo aber war vom Talent und der Gutwilligkeit des Knaben so beeindruckt, daß er ihm außer dem Unterricht auch noch ein Zimmer in seinem Palast anbot und einen Platz in seiner berühmten Tafelrunde. Auch bekam er fünf Florin Gehalt im Monat, womit er seinen mittellosen Vater unterstützen konnte.

Da sage noch einer, Lorenzo gäbe alles Geld für seine eigene Sammlung aus, dachte Giovanni und beschloß, mit dieser Anekdote dümmlichen Gelegenheitslästerern das Maul zu stopfen.

Als er sich verneigte und versprach, bei der »Chronik des Goldenen Zeitalters« sein Bestes zu tun, empfand er tiefen Respekt, fast konnte man es Zuneigung nennen.

Beim Magnifico, so schien es ihm, wurde die Souveränität

des Staatsmannes durch die Empfindsamkeit eines Künstlers geadelt – wahrhaftig ein Glücksfall in der Geschichte Italiens. Solange er lebte, würde seine Persönlichkeit Florenz vor Unheil und Zerfall bewahren.

Giovanni wurde verabschiedet wie ein alter Freund, und Lorenzo bezog auch seinen Sohn mit ein, der höflich genug gewesen war zu warten, bis der Vater zu Ende gesprochen hatte.

»Nun, verehrter Salvestrini, wenn Ihr ohnehin hinüber nach San Marco gehen wollt, so laßt Euch von Piero begleiten«, schlug der Magnifico vor. »Er wird Euch den jungen Buonarroti zeigen, einen seltsamen Burschen, unermüdlich um Fortschritte in seiner Kunst bemüht, hört er sich fast ebenso gern Dante-Lesungen und Dispute an der Akademie an – und sogar die Vorhaltungen des neuen Bußpredigers von Picos Gnaden ... Ihr erkennt Michelangelo an seinem violetten Mantel, von dem er sich nicht trennen mag, seitdem er ihn von mir als Geschenk erhielt«, schloß er nicht ohne Rührung.

Zum Skulpturengarten des Klosters San Marco waren es nur wenige Schritte, und obwohl die Zeit nun doch drängte, wollte Giovanni es nicht versäumen, das neue Wunderkind der Medici gleich am Anfang seines womöglich ruhmvollen Weges kennenzulernen.

Freundlicherweise schwieg Piero, sein unfreiwilliger Begleiter, der vermutlich auch lieber allein gewesen wäre, das heißt, er pfiff einen soeben in Mode gekommenen Gassenhauer, leise genug, um Salvestrini seinen Gedanken zu überlassen und der würzigen Frühlingsluft, welche wunderbar belebend wirkte. Die Atmosphäre in Lorenzos Studio hatte doch etwas von einem Krankenzimmer gehabt.

»Es ist ja kein Geheimnis, daß sich manche Daten stärker ins Gedächtnis der Menschheit einprägen als andere – die Geschichtsbücher und Biographien sind voll davon«, vermerkte Giovanni am Abend in seiner privaten Chronik und bezog diese Lebensweisheit nicht nur auf sich und seine Familie.

Lorenzos Schützling, Michelangelo Buonarroti etwa, bescherten die Morgenstunden des letzten Tages im Jahr einen Nasenstüber, der ihn für immer zeichnete.

Während Giovanni und Piero noch auf dem Weg zu ihm waren, der eine tief atmend, der andere pfeifend, wurde der Knabe Michelangelo von drei Freunden in Bertoldos Schule getragen, und obwohl er das Gefühl hatte, ohnmächtig zu sein, sah er: das zitternde Blau des Himmels über dem Filigran noch kaum belaubter Baumkronen, die weißen Marmorstatuen zwischen dem dunklen Grün des Zypressenhaines, das Haupt der Diana, mandelblütenbeschneit.

Vielleicht war er schon tot und im Paradies, erstickt an seinem Blut oder seinem Ehrgeiz, doch der Engel, der sich nun über ihn beugte, hatte die Augen des alten Bertoldo, und die Stimmen, die seinen Namen riefen, kamen aus rauhen Jungmännerkehlen. Sie schrien alle durcheinander, wie aufgeregte Schulbuben es tun.

»Es geschah auf der anderen Seite in der Brancaccikapelle!« keuchte einer. »Wir haben ihn durch die ganze Stadt tragen müssen.«

»Es war Pietro Torrigiano, der Neidhammel!« lamentierte der zweite. »Er kann's nicht ertragen, daß Angelo den Masacchio besser kopiert als er selbst und wir alle.«

»Wo ist Torrigiano?« Das hörte sich nach Erzengel Bertoldo an.

»Geflohen!«

»Gnade ihm Gott, wenn Lorenzo de' Medici davon erfährt!«

»Er sagte, Angelo werde von Lorenzo begünstigt. Und er zeichne heimlich zu Hause, sogar nachts, und bringe die Blätter dann mit in den Garten. Nur darum wäre er besser als wir.«

»Ist nicht wahr!«

»Doch!«

»Nein, es war anders! Angelo hat sich über Pietro und seine Skizzen lustig gemacht. Nur darum hätte er zugeschlagen, sagte er.«

»Torrigiano ist ein Hitzkopf! Meister Mißgunst hat schon des öfteren die Arbeiten anderer ruiniert, wenn sie ihm besser gefielen als seine eigenen.«

Angelo schloß die Augen. Er würde sich nie wieder ins Gesicht sehen können. Seine Wangen, seine Nase, die Oberlippe – alles fühlte sich an wie warmer, ungeformter Ton. Er war auch vorher nicht schön gewesen, weder von vorn noch von der Seite, hatte kein klassisches Profil besessen und keine ebenmäßigen Züge, aber er war wenigstens nicht verunstaltet.

Jemand nahm ihm die blutverschmierten Hände vom Gesicht, um es mit einem nassen Tuch zu kühlen.

»Hier ein wenig geschwollen, da ein bißchen gequetscht«, sagte Bertoldos beruhigende Stimme. »Unser Angelo hat eine beschädigte Nase wie sein Faun.« Väterlich strich er ihm über die kurzgeschnittenen schwarzen Locken: »Das wird schon wieder!«

Mit vierzehn schon ein Faun … Ob die Menschen das mögen werden? dachte Michelangelo, bevor ihn der Schmerz in Dunkelheit tauchte, jenseits aller Gefühle und Gedanken.

Piero de' Medici schäumte vor Wut, als er seinen Freund zwischen halbbehauenen Steinen und Werkzeug in seinem Blute liegen sah. Man hatte ihm das Nasenbein zertrümmert, und kein Bildhauer der Welt würde es je wiederherstellen können. Er eilte zurück zum Palast, um den Medico Pierleone und zwei Diener mit einer Trage zu holen, während sich Giovanni von Bertoldo die letzte, noch unvollendete Arbeit des jungen Künstlers zeigen ließ.

Es war ein Flachrelief mit einem Kentaurenkampf, zu dem ihm der gelehrte Poliziano, der sich auch gerne unter den neuen Talenten an Lorenzos Musenhof umsah, geraten haben sollte. Giovannis Augen bot sich ein Gewimmel menschlicher Körper in verschiedenen Bewegungen, aus wechselnden Blickwinkeln gesehen, folglich wollte der Stein ja wohl von allen Seiten betrachtet werden ... Giovanni stellte sich auf die Zehenspitzen und ging in die Knie, um sich ein Urteil zu bilden, doch als er fertig war, schüttelte er immer noch ratlos den Kopf; allzu verwirrend erschien ihm diese Art der Darstellung. Erst durch die Worte Bertoldos, der zu seiner Zeit selbst ein Meister der Schlachtenszenen gewesen war und ihm am Detail genau erklären konnte, wie sehr sein Schüler über den Einfluß Donatellos und antiker Vorbilder schon hinausgewachsen war, fand Giovanni Zugang zu jener »Welt lebendiger Plastik, halb Marmor, halb Fleisch«, wie der alte Bildhauer es nannte.

Auch über Michelangelo sprach er sehr wohlwollend:

Der junge Mann sei zwar etwas spröde, ja eigensinnig, aber leidenschaftlich, ein Vulkan, der ständig neue Ideen spucke. Sein Fleiß und seine Ausdauer seien ebenso immens wie seine Begabung. Bei ihm werde die Schöpferlaune leicht zum Zwang, und eben darin unterscheide sich das Genie von den Talenten.

Ähnliche Worte hatte Giovanni schon von Tribolo vernommen, im Zusammenhang mit dessen Freund, dem Maler grüner Sintfluten ...

»Wenn Ihr recht behaltet, großer Meister«, sagte er zum Bildhauer, »ist Euer Michelangelo eher zu bedauern, denn ihm steht ein einsames Leben bevor.«

»Der Preis für die Unsterblichkeit«, bestätigte Bertoldo.

Voller Mitgefühl sah Giovanni noch einmal hinüber zu dem verletzten Knaben, den seine Genialität schon in frühen Jahren zum Opfer der Mittelmäßigen prädestinierte. Noch auf manche Weise würde man ihn dies schmerzlich spüren lassen. Was für ein zerbrechliches Ding war doch der menschliche Körper, sinnierte Giovanni, so ganz und gar untauglich als Gehäuse für jede Art von Unsterblichkeit.

Seltsamerweise ging dem jungen Angelo, der gerade wieder die Augen aufschlug, ein ähnlicher Gedanke durch den gemarterten Kopf. Zum erstenmal im Leben erschien ihm sein Körper als Gefängnis, welches seinen Geist, der sich doch über alles Menschliche erheben wollte, gefesselt und eingesperrt hielt. Wie konnte man dagegen ankämpfen? Einen Lidschlag lang begegneten sich die Blicke des Knaben und seines unbekannten Betrachters, und beide spürten ein Verständnis, das wohltat, weil es über ein flüchtiges hinausging.

Dann wünschte Giovanni dem alten Nestor der Bildhauerschule Glück für sich und seinen malträtierten Schüler, vergaß auch nicht, Grüße an Piero de' Medici zu hinterlassen, bevor er sich schleunigst auf die Suche nach dem Grafen Pico begab.

Er fand ihn weder an den Pulten der ehemaligen Bibliothek des Cosimo noch in einer der Mönchszellen unter den mystischen Fresken Fra Angelicos, sondern in der Kirche, wo er inmitten anderer Humanisten, Künstler und Klosterbrüder einer Bußpredigt zum Jahreswechsel lauschte. Giovanni konnte nur hoffen, daß der Redner seinen Höhepunkt schon überschritten hatte, denn sonst würde er so bald kein Ende finden. Diese Experten für die Sünden anderer berauschten sich bekanntlich gern an ihren eigenen Worten und kamen vom Hundertsten ins Tausendste. Giovanni waren sie mehr als suspekt, er wußte nicht zuletzt durch sein Weib, was sie in empfindsamen Seelen anrichten konnten.

Jedenfalls hatte er keine Lust, sich von einem dieser Leute die Laune verderben zu lassen, lieber betrachtete er die Gesichter der Zuhörer, vor allem die edlen Züge des Grafen Pico. Einen größeren Kontrast zu denen des hageren Mönches da vorn konnte man sich kaum vorstellen. Giovanni mißfiel er ganz außerordentlich, und wenn ihn seine Menschenkenntnis nicht täuschte, offenbarten die auf einer geraden Linie liegenden Augen des Predigers, seine Habichtnase und sein brennender Blick ein hitziges Gemüt und einen zum Betrug neigenden Charakter. Unter Krämern und Wucherern gab es solche Visagen. Im Gegensatz zu anderen predigenden Langweilern war der Klang seiner

Stimme aber wohltuend lebendig, obgleich etwas übertrieben, denn er rollte das »R« ebenso wie seine Augen; beides wirkte einstudiert. Gerade sprach er von »Fiorenza, der Stadt der Blumen« und vom »Panorama der Stadt, die mit ihren rötlichen Dächern wie ein Beet von Rosen im Schoße toskanischer Hügel ruht«, und niemand lachte.

Plötzlich entsann sich Giovanni, daß dies nicht immer so gewesen war. Er und Camilla hatten diesen Fra Girolamo – denn eben der mußte es sein – vor zehn Jahren schon einmal in San Lorenzo erlebt. Auch damals hatte er Italien, und vor allem Florenz, ein gewaltiges göttliches Strafgericht prophezeit, wenn es seine Sünden nicht bereute und zur rechten Lebensführung zurückfand.

Die Gläubigen hatten sich über den Prediger lustig gemacht oder vor Langeweile gegähnt und waren ihm schimpfend davongelaufen, auch Camilla, die aus Dankbarkeit über Selvaggias Geburt zur Fastenpredigt hinüber nach San Lorenzo gepilgert war und nicht, um ihren Lebenswandel zu ändern.

»Das verlangt er nur, weil er selbst erst nach einer unglücklichen Liebe zu Gott gefunden hat«, vermutete Camilla, die über Klatsch in Klerikerkreisen immer gut informiert war.

Dieser Girolamo, so wußte sie, hatte in jungen Jahren zunächst Medizin studiert und sich in jener Zeit leidenschaftlich in eine Tochter der florentinischen Strozzi verliebt, sie aber nicht heiraten können, weil er der Familie nicht gut genug war. Es fiel ihm wohl sehr schwer, diese Kränkung zu überwinden, und er geriet in eine ernsthafte Lebenskrise, bis er eines Tages in seiner Heimatstadt einen berühmten Fastenprediger hörte, der die Bürger von Ferrara dazu brachte, all ihren weltlichen Plunder auf dem Marktplatz zusammenzutragen und zu verbrennen. Girolamo war fasziniert von der Macht dieses Redners. Wenige Monate später gab er sein Medizinstudium auf und wurde Dominikanermönch.

»Ob ein Toskaner sein Wort gegeben hat oder nicht, er wird immer das tun, was seinem eigenen Vorteil dient«, urteilte Girolamo jetzt.

Giovannis Gedanken schweiften wieder ab zu Bertoldo und seinem wunderbaren Schüler. Ein Blick auf ihn und seine Arbeit hatte genügt, um zu verstehen, warum Lorenzo so berührt von ihm gewesen war, daß er ihn quasi an Sohnes Statt annahm. – Hoffentlich durften sie beide noch erleben, was aus so einem Michel Angelo wurde …

Giovanni rieb sich die müden Augen, hätte sich gern irgendwo hingesetzt, aber in dieser spartanischen Klosterkirche gab es keine Bänke, nur einen Pfeiler zum Anlehnen. Er begann ein wenig zu dösen. Erst das Wort »Hochzeit«, das der Mönch in die Menge schleuderte, als spucke er bittere Olivenkerne aus, riß ihn aus seinen Träumen.

»Keine Kaufmannstochter macht Hochzeit, ohne ihre Aussteuer in einer Truhe zu verwahren, die nicht mit heidnischen Geschichten bemalt wäre! So lernt die neuvermählte Christin den Trug des Mars und Vulcanus' Listen eher kennen als die berühmten Taten heiliger Frauen in den beiden Testamenten.«

Wider jede Vernunft fühlte Giovanni sich ertappt, denn auch die Wäschetruhe seiner Tochter, ab morgen eine Signora Castellani, war nicht mit Szenen aus der Bibel bemalt, sondern mit den »Triumphen des Petrarca«, und zwar dem Triumph der Liebe, des Todes, der Ewigkeit und des Ruhmes. Heidnisch gewiß, und trotzdem – was für ein Unsinn wurde da vorne verzapft! Eine junge Frau, der man bis zu ihrer Hochzeit das Alte und Neue Testament nicht nahegebracht hatte, würde es später auch nicht mehr kennenlernen wollen, ganz gleich, was die Bilder auf ihren Truhen erzählten. Aber es kam noch schlimmer:

»Denkt an euren Tod!« verlangte der Mönch mit bebender Stimme, nachdem er das Thema Hochzeit für abgehandelt hielt. »Ihr lebt wie die Schweine. Wundert euch nicht, wenn ihr wie die Schweine verendet.«

Entrüstet prüfte Giovanni die Mienen der Zuhörer um ihn herum. Protestierte denn niemand? Waren die Menschen alle hierhergekommen, um sich beleidigen zu lassen? Einige starrten betont unbeteiligt ins Leere, andere sahen betreten zu Boden. Graf Pico, der Weltgewandte, der den Menschen in seinen Schriften stets als selbständiges Wesen dargestellt hatte, das durch eigene Anstrengung und philosophisches Nachdenken Vollkommenheit erreichen konnte, hing mit einem Ausdruck frommer Hingabe an des Bußpredigers wulstigen Lippen. Anders der junge Mann an seiner Seite; er schien sich ebenso abgestoßen zu fühlen wie Giovanni und gab sich auch keine Mühe, sein Unbehagen zu verbergen, zumal der Mönch nun auch noch einen Totenschädel unter seiner Kutte hervorzog, um »am letzten Tag des Jahres darüber zu meditieren«, wie er es nannte.

»Denkt jeden Tag, es sei der letzte!« schrie er den Humanisten und Künstlern zu, von denen doch ein jeder hoffen mußte, es bliebe ihm noch genügend Zeit, sein Werk zu vollenden oder ein neues anzufangen. Fra Girolamo aber wünschte es anders. Sie sollten sich ihren Tod vor Augen führen, empfahl er, die Höllenqualen, welche sie erdulden würden, wenn sie nicht aufhörten zu sündigen. Sünde, jawohl! – Sündig sei auch eine gewisse Art von religiöser Kunst, wandte er sich speziell an die Künstler:

»Was ihr Maler tut, ist von Übel! Ihr füllt die Kirchen mit allen möglichen Eitelkeiten. Glaubt ihr, die Jungfrau Maria sei in Kleidern umhergegangen, wie ihr sie malt? Ich sage euch, sie war gekleidet wie ein armes Mädchen, schlicht und verschleiert, so daß ihr Antlitz kaum zu sehen war. Ihr aber zeigt die Jungfrau im Aufzug einer Hure!«

Einige protestierten, jetzt endlich doch, und verließen die Kirche, darunter Picos kritischer Begleiter.

Eigentlich wollte Giovanni ihm folgen, doch nachdem auch noch die Menschen, »welche sich an einem guten Bild so begeistern, daß sie sich selbst vergessen«, eine harte Rüge bekommen hatten, wetterte der Prediger nun über

»jene hohen Herren«, die sich wie Pharisäer verhielten, indem sie auf andere herabsähen.

Auch diesmal stellte Giovanni mit Befremden fest, daß er sich angesprochen fühlte.

»Was bleibt denn von euch nach eurem Tod, wenn die Würmer euch zerfressen?« mußte er sich vorhalten lassen. »Alle Welt glaubt, nur derjenige sei ein wahrer Herr, der den ganzen Tag über mit seinem Hintern eine Bank blankwichst oder sich zum Zeitvertreib mit seinem Falken auf der Hand herumtreibt ...«

Nein, Giovanni Salvestrini war nun doch am Ende seiner Geduld. Was er sich da anhörte, schien auf gewisse Nichtstuer aus adeligen Kreisen gemünzt. Nicht einmal Piero de' Medici würde sich den Schuh anziehen, wenn er ihn präsentiert bekäme.

Der Eiferer auf seinem Podest wurde immer lauter; er schlug mit der Faust auf sein Pult und geschmackloserweise auch mit dem Totenschädel, sprang auf und ab bei seinem Gezeter und fuchtelte mal mit den Händen, mal mit seinem Messingkreuz.

Giovanni hielt ihn für ebenso albern wie gefährlich, denn die Zuhörer, die geblieben waren, standen da wie vom Donner gerührt. Fast glaubte Giovanni, ihre Gänsehaut am eigenen Leib zu spüren.

»Das ist Menschenfängerei, unverschämte Massensuggestion!« erboste er sich, als er aus der Kirche trat. »Der Teufel da drinnen hätte Politiker werden sollen!«

»O ja, er versteht es, mit der Psyche der Menge zu spielen!« stimmte ihm Picos Begleiter zu, der noch vor dem Portal stand und Giovannis zornige Worte mitangehört hatte. »Dieser Kapuzenmönch hält sich für erleuchtet; in seiner absurden Hierarchie steht über dem Prediger gleich der unterste Engel. Zehn Jahre lang hat er Florenz gemieden, und nur auf Graf Picos ausdrücklichen Wunsch hat der Magnifico ihn wieder in San Marco aufgenommen.«

Giovanni konnte das kaum nachvollziehen. »Es gibt

keine Kluft, die dieser Unruhestifter nicht vertiefen wird«, befürchtete er.

Der junge Mann nickte. Er stellte sich als Cattani da Diacetto vor, und sie kamen miteinander ins Gespräch. Alles, was er sagte, gefiel Giovanni, vor allem sein flammendes Plädoyer für den Pluralismus der Standpunkte, welches der Schüler des Grafen Pico dem intoleranten Bußprediger entgegensetzte, war einem Freigeist wie dem Kaufmann Salvestrini aus der Seele gesprochen, so daß er dem Signor da Diacetto schließlich fünfundzwanzig Florin Honorar im Jahr anbot, wenn er dafür seine Tochter ein, zwei Stunden am Tag in platonischer Philosophie unterrichten wollte.

Damit der junge Mann auch wußte, mit wem er es zu tun haben würde, beschrieb Salvestrini ihm seine Jüngste recht ausführlich und würdigte mit besonderer Wärme ihre Schönheit und geistigen Fähigkeiten.

»Wie mir scheint, habt Ihr sie mit viel Liebe erzogen«, sagte da Diacetto, als Giovanni es genug sein ließ. »Je mehr Liebe die Menschen in jungen Jahren empfangen, desto weniger Furcht können ihnen später Unheilverkünder wie dieser hier einjagen.« Und er deutete auf das Dunkel im Inneren der Kirche, in der immer noch der selbsternannte Prophet die letzten Tage beschwor.

5. Kapitel

Geliebte in Platon

Mit dreizehn Jahren glaubte Selvaggia genug vom Leben zu wissen, um darüber Verse zu verfassen. Sie schwelgte in Hymnen auf Liebe und Tod, denn der Mangel oder Überfluß an dem einen oder die Furcht vor dem anderen schienen ihr der Impuls allen menschlichen Handelns zu sein; auch die Dichter und Philosophen, deren Werke sie sich zum Vorbild nahm, sprachen von nichts anderem.

Schon in Dantes »Paradiso« war »alles ist Liebe« zu lesen, Selvaggias neuer junger Lehrer konnte stundenlang über die Liebe reden, »welche die menschlichen Wesen befähigte, von der tierischen Leidenschaft zum geistigen Verlangen aufzusteigen«, und sogar Mutter Camilla gestand, in ihren Meditationen »alles ist Liebe« erfahren zu haben.

Selvaggia fand Gefallen daran, die Welt auf diese Weise zu sehen und sich das so gewonnene Lebensgefühl über ihre Kindheit hinaus zu bewahren, deren Ende zu Hause alle, außer Tribolo, am liebsten ignoriert hätten. Sie aber wußte es besser, hatte sie doch schon eine ganze Weile überlegt, unter welchem Aspekt sie die Entfaltung ihrer Weiblichkeit zulassen wollte, wenn die Zeit gekommen wäre.

»Da ich das Geistige verkörpere, wie wir alle, möchte ich den Körper vergeistigen, das Menschliche vergöttlichen und das Göttliche auf die Erde holen«, spann sie einen Gedanken ihrer neuplatonischen Lehrer weiter.

»Und das alles im Namen der Liebe«, schrieb sie zufrieden in ihr Heft zu den Gedichten und Tagebuchnotizen.

Es gab nur zwei Menschen, die gelegentlich hören durften, was Selvaggia so unermüdlich zu Papier brachte.

»Mir scheint, die Menschen verstecken die Liebe wie

Blumen, die zu kostbar sind, um gepflückt zu werden ...«, las sie eines Tages ihrer Freundin vor.

Constanzas Gekicher hatte sie erwartet. »Das meinst du nicht im Ernst, Selvaggia!«

»O doch! Wer zeigt schon gerne, was er wirklich fühlt!«

»Und der da unten auf der Straße? Was glaubst du wohl, warum er hier seit Stunden euer Haus belagert?«

Constanza bedeutete der Freundin, einen Blick über die Brüstung der Loggia zu werfen, wo sie sich noch einmal von den letzten Sonnenstrahlen dieses Herbstes wärmen ließen, bevor die bittere Winterkälte wieder Einzug halten würde, die oft monatelang nicht aus den Mauern der Wohnhäuser wich.

Drei Stockwerke tiefer, denn Vater Salvestrini hatte die Loggia seinerzeit hoch oben auf das Dachgeschoß setzen lassen, um Giovannas Hochzeitsgästen etwas Besonderes zu bieten, sah Selvaggia den Zipfel eines grünen Mantels um die Ecke biegen.

»Ach der!« sagte sie. »Das ist doch bloß Bonifazio Fuzimeliga, ein Notar meines Vaters.«

»Er ist dein Verehrer!« behauptete Constanza. »Jedesmal, wenn ich dich besuche, sehe ich ihn hier bei euch herumflanieren mit seinen albernen Kostümierungen in der Farbe der Hoffnung!«

»Welche genau zu deinen Augen paßt, die so grün sind wie die jungen Blätter des Eukalyptusbaumes«, flachste Selvaggia und folgerte, Ser Fuzimeliga sei, wenn überhaupt, Constanzas Verehrer – was ihr als der ein Jahr Älteren auch zustehe –, denn er tauche immer nur hier im Viertel auf, wenn sie gerade zu Besuch sei. Jede wettete um ein Geheimnis aus dem Mund der anderen, welches verraten mußte, wer verlor, dann liefen sie hinunter in Camillas Schlafzimmer, um zu fragen, ob Selvaggia ihre Freundin nach Hause begleiten dürfe.

Würde der Grünrock ihnen auch dorthin folgen oder gar Wache vor Constanzas Elternhaus, der Rosenapotheke, halten und hinterher nicht wieder zur Via Maggiore zurückkehren, so sei beweisen, daß sie mit ihrer Vermutung recht hätte, meinte Selvaggia.

Constanza wohnte in der großen Via Chiara zwischen San Spirito und dem Borgo Friano, wo Faustina seit vielen Jahren regelmäßig ihre Familie besuchte. An ihrer Hand hatte Selvaggia schon als ganz kleines Kind Signor Mezzolunas Apotheke mit seinem Sammelsurium ausgefallenster Waren kennengelernt.

Nur die Aussicht auf einen Besuch in der Rosenapotheke machte die Stunden bei Faustinas Verwandten in ihrem feuchten Wohnloch an der Stadtmauer erträglich, das immer gleiche Lamento über ihr elendes Leben und die vielen Schicksalsschläge.

»Sollen Faustina und ich euch nicht etwas Gutes aus Signor Mezzolunas Laden besorgen?« gewöhnte Selvaggia sich schließlich zu fragen an, damit man sie endlich wieder gehen ließ. Das half meistens, denn Faustinas Sippe konnte immer etwas aus der Apotheke gebrauchen, und Camilla vergaß selten, der alten Amme ein paar Lire dafür mitzugeben. Aufatmend hüpfte Selvaggia dann voraus zur Via Chiara. Sie freute sich auf bonbonfarbene Sirups und kandierte Feigen, auf Federhalter aus duftendem Sandelholz und Nadelkissen voller Gewürzblüten.

Und als wären dies doch nicht Wunder genug, fand sie eines Tages vor der Ladentür ein kleines Mädchen ihres Alters in ein unbekanntes Spiel vertieft: Es hatte seine Fußknöchel mit den Händen umfaßt und schaute zwischen den Beinen hindurch auf das Straßenleben mit all seinen Menschen, Tieren, Häusern und Bäumen. Das war Constanza. Ihr ganzer Körper schüttelte sich vor Lachen über die Welt, die da kopfstand.

Selvaggia hockte sich neben sie, um es ihr gleichzutun, und Faustina ließ sie gewähren.

Sie ging hinein zu Signor Mezzoluna, der mit der ihm eigenen Gemütsruhe seine Warzentropfen für sie mischte und die wunderbaren Halspastillen aus Myrrhen und Bernsteinpulver abwog. Als sie wieder herauskam, hatten die beiden Mädchen hochrote Köpfe vom gemeinsamen Gelächter über den Zustand der Welt und waren Freundinnen geworden. Faustinas Instinkt sagte ihr, daß die Tochter eines Signor Mezzoluna, der ein Sonderling war, wenn auch ein wissender, Selvaggias Leben eine andere Würze geben würde als die Töchter der de Luna, Davizzi oder de Bardi, die außer ihrem Familienwappen und dem damit verbundenen Dünkel nichts Besonderes zu bieten hatten. Sie sorgte dafür, daß sie die Rosenapotheke von nun an mindestens zweimal in der Woche aufsuchten, wenn nötig unter dem Vorwand, Camillas Zahnkreide oder Nagelpulver seien schon wieder verbraucht.

Selvaggia liebte es, sich auf dem Weg zu den Mezzoluna die verschiedenen Gerüche vorzustellen, die sie erwarten würden, und zu raten, was ihr wohl diesmal am meisten in der Nase kitzelte: die Muskatblüten oder Anissamen, die Zimtrinde oder das Zedernholz. Vielleicht war es auch wieder diese eigenartige Spezialsalbe, die Constanzas Vater zur Einbalsamierung eines Verstorbenen herstellte. Noch lange danach würde er sich in einer Aura aus Ambra und Aloe über den Ladentisch beugen, um der Freundin seiner Tochter die übliche Handvoll Veilchenpastillen zuzustecken.

Constanza dagegen hatte meist den Geruch von Minze zwischen den Fingern, was gut zu ihrer frischen Gesichtsfarbe und den grünen Augen paßte, fand Selvaggia.

Nicht weniger geheimnisvoll als die Düfte in der Rosenapotheke waren die verborgenen Inhalte der zahllosen Tiegel und Steinguttöpfe in den Wandregalen. Skorpione und spanische Fliegen wären darin, raunte Faustina mit gesenkter Stimme, oder getrocknete Kröten, welche der Apotheker zur Herstellung ganz bestimmter Tinkturen brauche. Sie habe selbst einmal ein Mittel gegen ihren Blähbauch von ihm bekommen, das aus den Organen ungeborener Kinder gewonnen werde, Tierkinder vielleicht, doch das sei nicht so sicher. Sie habe jedenfalls auch schon Gläser mit menschlichen Embryonen in Mezzolunas Hinterzimmer gesehen. Aber das glaubte Selvaggia ihr dann doch nicht.

Nachdem sie und Constanza größer geworden waren, durften sie oft zusehen, wie der Apotheker im Laboratorium hinter dem Laden seine Arzneimittel zusammenstellte. Es war ein Fest, ihm beim Auspressen von Mandelkernen und Limonenschalen zur Hand zu geben oder ganz allein Senfkörner in einem Mörser zu zerstampfen, die Signor Mezzoluna seinen Marinaden beigab, oder gar beim Sortieren von Lavendel- und Nelkenblüten zu helfen, welche dann gekocht wurden – destilliert sagte man –, gefiltert und in Flakons gefüllt. Constanzas Vater hatte in Klostergärten und alten botanischen Lehrbüchern studiert und wußte alles über die Heilkraft der Pflanzen, die er sammelte, trocknete und so sorgfältig auf Papierbögen klebte, daß selbst kleinste Fasern und Blättchen erhalten blieben. Nach einem halben Menschenleben sahen sie noch so aus wie in Wirklichkeit. Es hieß, Mezzoluna sei der einzige Mann in Italien, der Bücher mit natürlichen Pflanzen besäße statt mit abgemalten, und es gab viele Kranke in ganz Florenz, die ihn um Rat fragten, wenn die Ärzte nicht mehr weiterwußten.

Auch die Familie Salvestrini hatte sich schon viele Male vom Apotheker kurieren lassen; seitdem die beiden Töchter miteinander befreundet waren, fast ausschließlich. Als Giovanni vor kurzem unter einer Nierenschwellung mit starken Schmerzen und Fieber litt, ließ man statt des alten Hausarztes lieber Constanzas Vater kommen. Er verordnete Oblaten aus venezianischem Terpentinbalsam, mit wohlschmeckendem Sirup beträufelt, und große Mengen Mandelmilch, darin zur Reinigung vier, wie er es nannte, »kalte Sämereien«, welche den Erfolg hatten, daß der Kranke statt seines Bettes einen halben Tag lang das Latrinenkabinett gleich nebenan hüten mußte.

Am nächsten Morgen allerdings saß er schon wieder in seinem Studiolo über einem Nachtrag zur Lorenzo-Chronik, als Signor Mezzoluna nach ihm sehen wollte, und brachte kaum die Geduld auf, sich noch einmal untersuchen zu lassen.

Der Apotheker beanspruchte immer reichlich viel Zeit zum Abhören des Bauchraumes, weil er davon ausging, daß sich dort jede Krankheit durch ein spezielles Geräusch zu erkennen gab. Lungenleiden etwa äußerten sich scheppernd, Kopfschmerzen dröhnend und Geschlechtskrankheiten kratzend, berichtete er.

Nun, die Geräuschmessung ließ Giovanni noch über sich ergehen und auch die Pulsdiagnose, bei der des Apothekers Fingerspitzen den halben Arm abtasteten, doch die magischen Formeln, mit denen er seine Visite beenden wollte, verbat Giovanni sich jetzt, da ihm kein Fieber mehr das Denken erschwerte.

»Ich bitte Euch, Signor Mezzoluna, hat ein Mann mit Euren Fähigkeiten es denn nötig, den Aberglauben zu Hilfe zu nehmen? Da könnte ich meine Wehwehchen ja gleich von unserer alten Hexe Faustina besprechen lassen!«

Mezzoluna lächelte nachsichtig und erkundigte sich, ob der Urin des Patienten gestern nach Märzveilchen gerochen hätte.

»Das hat er in der Tat«, bestätigte Salvestrini verblüfft.

»Ein hübscher Geruch, nicht wahr?« Der Apotheker faßte sich an sein besonders ausgeprägtes Riechorgan. »Ihr seid ein kritischer Mann, Salvestrini«, sagte er dann, immer noch lächelnd. »Aber hütet Euch davor, Euch allein auf Euren Verstand zu verlassen. Es liegt nicht weniger Oberflächlichkeit darin, alles abzuleugnen, was nicht augenfällig ist, als darin, alles zu akzeptieren, was noch nicht ausreichend bewiesen wurde. Vergeßt nicht, daß die Natur voller Wunder ist, daß sich aktive Kräfte mit einer passiven Disposition vereinen und außerordentliche Wirkungen hervorbringen können.« Mit diesen Worten, so erklärte Mezzoluna dem skeptischen Patienten, berufe er sich lediglich auf seinen arabischen Lehrmeister Ibn Sina, in Italien Avicenna genannt, jenen großen Philosophen und »Arzt aller Ärzte«, welcher bereits vor vierhundert Jahren der Meinung gewesen sei, daß körperliche Krankheiten besser geheilt werden könnten, wenn man die seelische Verfassung des Patienten beeinflusse, gegebenenfalls auch durch magische Formeln und Rituale.

»Die Armut vermischt die Medizin immer mit dem Mythischen, denn der Mythos kostet nichts, während die Wissenschaft kostspielig ist«, widersprach Giovanni, doch der Apotheker nannte erstaunliche Beispiele geistiger Heilungen bei arm und reich und versprach Salvestrini, zur Abschlußvisite in der kommenden Woche Avicennas berühmte Schrift »Canona della medicina« mitzubringen und, falls gewünscht, zum Studium dazulassen.

»Dann werdet Ihr auch nicht mehr ein solches Tremolo in Eurem Puls haben, wenn noch einmal ein Medicus mit Worten an Eure eigenen Heilkräfte appelliert«, schloß der Schüler des legendären Ibn Sina.

Er ließ seinen Patienten mit gemischten Gefühlen zurück. Giovanni respektierte die alten Quellen des Autodidakten Mezzoluna, dennoch störte es ihn, daß seine Thesen sich allzu nahtlos in das neue Weltbild fügten, welches derzeit immer mehr Anhänger gewann.

Es äußerte sich im öffentlichen Leben ebenso wie im Privaten und konnte, da es keine klare Zielsetzung gab, ja wohl nur in der Orientierungslosigkeit enden. Das Pendel, dachte Giovanni, schlägt wieder zur anderen Seite aus. Hatten die Menschen vor einem halben Jahrhundert noch versucht, einer übermächtigen Materie ihre geistigen Geheimnisse zu entreißen, reizte nun bereits die Grenzüberschreitung, und das in einem Rahmen, der langsam zerfiel.

Das »Goldene Zeitalter« verlor an Substanz, seitdem es in aller Munde war; der Magnifico selbst besaß keine Reserven mehr, Verbrauchtes zu erneuern. Anderthalb Jahre nach jenem Neujahrsgespräch im Palazzo Medici war Lorenzos Gesundheitszustand, all seinen Badekuren in Spedaletto zum Trotz, schlechter denn je. Er hatte nicht mehr genug Kraft, die Geschicke der Stadt zu lenken und gleichzeitig sein Bankhaus vor dem Konkurs zu bewahren, war zu zermürbt, sich seiner Feinde zu erwehren wie bisher.

Vor allem, meinten Giovanni und seine Ratsfreunde, hätte er Florenz von jenem groben, lästigen Mönch befreien müssen, der die Menschen betörte, indem er sie mit jenseitigen Heilsversprechungen von ihren Alltagssorgen ablenkte.

Viele sahen wieder eine Wirtschaftskrise kommen, schlimmer noch als in den siebziger Jahren. Auch Giovanni durfte gar nicht daran denken, was er alles zu verlieren hatte. Ein Ende der Medici-Herrschaft, das wußte er, wäre auch das seine. Und nicht nur das. Schon wenn sein Netz von Beziehungen zerrisse, wären er und seine Familie vom Ruin bedroht. Ein armer Teufel, wer sich ohne Steuernachlaß und andere Privilegien durchs Leben schlagen mußte! Für Giovanni gab es kein übleres Gefühl als das der Unsicherheit, auch Zauberformeln arabischen Ursprungs würden daran nichts ändern. Und wenn, grübelte er weiter, die sich abzeichnende Hinwendung zur Innerlichkeit bereits die Folge eines allmählichen Niederganges der bürgerlichen Werte wäre? Bislang zeigten sich nur Tendenzen, aber man mußte die Augen offenhalten, mußte herausfinden, ob auch andere Familienväter zur Melancholie neigende Frauen hatten, die sich in die Abgründe der Mystik stürzten, als hätten sie ihr Lebtag darauf gewartet.

Camilla war für ihn kaum noch erreichbar. Neuerdings schien sie lieber mit ihren Pflanzen als mit Menschen zu reden. Anfangs hatte er dies für eine Ersatzhandlung gehalten, mit der sie sich über den Verlust ihrer Findelkinder hinwegtröstete. Ihre Sorge um Arme und Kranke gehörte längst der Vergangenheit an, und seitdem sie erklärt hatte, sie könne sich, wann immer sie es wünsche, in eine Pflanze hineinversetzen, könne sogar ein Teil davon werden, mit ihr zum Lichte streben und sich über ein neues Blättchen freuen, als wachse es ihr am eigenen Leib, fürchtete er ernsthaft um ihre geistige Gesundheit, zumal sie sich nun keinerlei Mühe mehr gab, ihre körperliche Schwäche zu überwinden, um wieder wie früher unter Menschen zu gehen.

Er mußte darauf achten, daß Selvaggia sich nicht von der Weltfremdheit ihrer Mutter beeinflussen ließ. Auch sie schien, ihrem vierzehnten Lebensjahr entsprechend, im Augenblick für die Abenteuer des Geistes empfänglicher zu sein als für die sichtbare Wirklichkeit und wurde darin womöglich von ihrem Maestro Diacetto unterstützt. Giovanni blätterte unschlüssig in seinen Papieren. Der junge Mann sollte seiner Tochter die platonische Ideenlehre vermitteln, ohne sie zur Träumerin zu machen, das sollte ihm vielleicht noch einmal gesagt werden …

Er legte seine Aufzeichnungen zur Lorenzo-Chronik wieder aus der Hand. Ihm war jetzt nicht danach. Seine gestrige Fieberattacke oder die Unterhaltung mit Signor Mezzoluna hatte ihn aus dem Konzept gebracht. Das letzte Kapitel – es wollte sich noch nicht schreiben lassen.

»Wozu sich den Bart kratzen, bevor es juckt«, pflegte sein Adoptivsohn zu sagen, Tribolo, der Durchtriebene. In den letzten Monaten hatte er sich recht rar gemacht im Hause Salvestrini. Wahrscheinlich spürte ein Hasardeur wie er ebenfalls die Zeichen der Zeit und versuchte noch schnell seine Schäfchen, besser gesagt, die Kunstschätze einer nie wiederkehrenden Epoche in Sicherheit zu bringen.

So vieles Giovanni auch an der Gesinnung des Sohnes auszusetzen fand, als Ketzer innerhalb der Familie kam er ihm zuweilen ganz gelegen, vor allem vermochte sein entgöttertes Weltbild das Gift weiblicher Schwärmerei zu neutralisieren, und das war gut so. Junge Mädchen neigten nun einmal zum Schwärmen, welcher Töchtervater wüßte das nicht!

Die kleine Mezzoluna, die ihm gerade in den Sinn kam, mochte da anders sein. Sie stand mit beiden Beinen auf der Erde, möglich, daß Selvaggia sie aus dem Grund allen anderen Freundinnen vorzog. Auch Giovanni, und überhaupt die ganze Familie Salvestrini, liebte die Tochter des Apothekers, deren konstante Daseinsfreude ihrem Namen Ehre machte. Constanza schien von früh bis spät nur Erheiterndes zu begegnen, und das einzige, was ihr schwerfiel, war, ab und zu auch einmal ernst zu bleiben.

Wäre er statt seiner Frau gefragt worden, so hätte Giovanni seiner Tochter ebenso gern erlaubt, die Freundin an jenem Spätnachmittag im September 91 nach Hause zu begleiten.

Obwohl dies ein Umweg war, schlenderten die beiden den Arno entlang zum Borgo San Frediano, damit der grüne Jäger junger Damen, der sich getreulich an ihre Fersen heftete, auch auf seine Kosten käme. Constanza hatte sich bei Selvaggia eingehängt, die sie beinah um einen ganzen Kopf überragte. Trotzdem bestimmte die Kleinere das Tempo, indem sie bald unvermittelt losrannte, bald abrupt stehenblieb, mal ihrer Freundin Geheimnisvolles ins Ohr flüsterte oder so tat, als sähe sie stumm den Fischern zu, mal laut genug sprach, den ganzen Lungarno zu unterhalten, und das alles, um Signor Fuzimeliga zu verwirren, den sie, ohne es ihn merken zu lassen, nicht aus den Augen verlor. Durch verstohlene Rippenstöße und allerlei Grimassen forderte Constanza die Freundin auf, mitzuspielen, und machte selbst den Anfang. Mit wohlgesetzten Worten, wenn auch von Gelächter unterbrochen, beschrieb sie den weiß-violett marmorierten Herbsthimmel über der Stadt, der aussehe »wie zu magere Kuhmilch, von der die kleinen Kinder sterben«, und das »pflaumenfarbene Wasser des Arno«, welches sie an das selbstgeschneiderte Kleid erinnere, das sie neulich auf einem Fest getragen habe. Sie würde dieses Fest niemals vergessen, rief sie, weil sie dort einen neuen Tanz kennenlernen durfte, nämlich den Kußtanz. Sie brachte Selvaggia sogar dazu, nun auch einen Ball zu erfinden, bei welchem besagter »bramlo« getanzt worden sei, bis am Ende jeder jeden geküßt habe.

Je näher sie dem Ponte alla Carraia kamen, wo die Via Chiara begann, desto schweigsamer wurde Selvaggia. Am

Brückenpfeiler befand sich der Pranger von Florenz, und sie haßte es, daran vorbeizugehen. Fast immer hatten sie dort einen armen Teufel in den Block gelegt, einen kleinen Betrüger oder Taschendieb, dem jeder ins Gesicht spucken und den jeder schlagen durfte, so oft es ihm Spaß machte. Zum Glück, denn das war selten, schienen sie heute noch keinen erwischt zu haben; auch Constanza, die das mitfühlende Herz ihres Vaters geerbt hatte, atmete auf.

In der Nähe der Rosenapotheke angekommen, sang sie und drehte Pirouetten, um zu sehen, wo »Signor Fuzi« blieb, und obwohl Selvaggia wußte, daß ein wohlerzogenes Mädchen sich in der Öffentlichkeit nicht so aufführen durfte, verzieh sie Constanza ihren Übermut, denn die Freundin war nicht nur mutterlos aufgewachsen, sondern noch dazu ohne jede weibliche Person in ihrem Haushalt, und Signor Mezzoluna hatte wohl weder Zeit noch Lust gehabt, seiner Tochter Anstandsregeln beizubringen – wer also hätte ihr die Flügel stutzen sollen?

Auf den Stufen zum Laden hinunter, dort, wo sie als Kinder die Welt hatten kopfstehen lassen, fiel Constanza ein, daß sie am Morgen vergessen hatte, die Betten zu machen, die Hühner zu füttern, den Baderaum zu schrubben und, was noch viel schlimmer war, die Essig- und Ölkrüge aufzufüllen. Sie mußte noch geschwind zum Krämer laufen, wenn sie ihrem Babbo, der tagsüber ohnehin zu essen vergaß, am Abend etwas Schönes kochen wollte. Selvaggia sollte ihm derweil im Hinterstübchen Gesellschaft leisten und zugleich auf Signor Fuzis Schritte achten.

Constanza hatte kaum zu Ende gesprochen, da war sie schon weg, und Selvaggia stand vor der Tür, die sie heute ausnahmsweise fest zugezogen fand, wenn auch unverriegelt. Aus alter Gewohnheit – es würde sowieso niemand antworten – klopfte sie mit dem Löwenkopf an, in dessen Achataugen sie sich als kleines Mädchen verliebt hatte, dann trat sie ein.

Der Verkaufsraum war dunkel und menschenleer, aber

vermutlich noch nicht lange, dazu roch es zu intensiv. Die Farben des blauvioletten Spätnachmittages hatten sich in einem üppigen Lavendelduft manifestiert, begleitet von einem Hauch Belladonna, welcher die Schwermut des Herbstes mitschwingen ließ. Selvaggia blieb eine Weile stehen, um außer den Düften das Stilleben der schemenhaften Gegenstände ringsum wahrzunehmen, und fühlte sich an ihre Schnupperstunden daheim im Vorratskeller erinnert. Wie lange war sie dort unten schon nicht mehr gewesen!

Aus dem Hinterraumlabor drang kein Laut nach außen, dennoch spürte sie, daß jemand dort war. Auf Zehenspitzen ging sie weiter und sah als erstes des Apothekers leuchtendroten Fes, mit dem er sein haarloses Haupt vor Zugluft schützte. Aus Liebe zur arabischen Kultur oder aus praktischen Erwägungen trug er zu dieser Kopfbedeckung – einer in Florenz nicht ganz ungewöhnlichen Mode – lange kaftanähnliche Gewänder in Weiß oder Hellblau, von Constanzas geschickten Fingern genäht. Da Signor Mezzoluna seine Kaftane nur einmal in der Woche wechselte, blieb es nicht aus, daß sie nach ein paar Tagen deutliche Spuren seiner Experimente zeigten, vor allem über seinem, neben der Nase, hervorragendsten Körperteil, dem Spitzbauch.

Selvaggia näherte sich seinem Arbeitstisch vor dem Fenster äußerst vorsichtig; sie war mit Constanzas Vater fast so vertraut wie mit ihrem eigenen, durfte ihn sogar in Anspielung auf sein rundes Mondgesicht »Babbo Luna« nennen und wußte aus Erfahrung, daß er über Unterbrechungen seiner Versuche, die sich womöglich niemals mehr wiederholen ließen, sehr ungehalten werden konnte.

Auch jetzt schien er in einem ganz wichtigen Prozeß zu stecken, denn er hatte den mittleren Teil seines riesigen Eichentisches von sämtlichen Gläsern, Trichtern, Pipetten und anderen Instrumenten freigeräumt, um ein fettglänzendes rötliches Pulver in einem Schmelztiegel zu begutachten. Es erinnerte an wilden Safran und mußte doch etwas viel Kostbareres sein.

Plötzlich glaubte Selvaggia zu wissen, was es war und daß es in Florenz keinen anderen Menschen geben konnte, dem sie zutraute, dieses Rätsel gelöst zu haben.

»Der Rote Löwe!« flüsterte sie ehrfürchtig, in der Hoffnung, daß Signor Mezzoluna sich davon nicht stören ließ. Er schien sie auch zunächst nicht bemerkt zu haben, wandte sich dann aber doch um und musterte die Freundin seiner Tochter über die dicken Brillengläser hinweg mit einem Ausdruck, den sie nicht zu deuten verstand. Die Farben seiner Augen, grüngold gesprenkelt, waren die der Sommerkäfer in Ranunculos versunkenem Garten.

»Was weiß ein kleines Mädchen wie du denn vom Roten Löwen?«

Selvaggia setzte ihr sonnigstes Lächeln auf, um Signor Mezzoluna zu besänftigen, falls dies nötig sein sollte.

»Man nennt ihn auch den ›Stein der Weisen‹, aber ›Roter Löwe‹ gefällt mir besser. Signor Cattani sagt, man könne damit nicht nur Quecksilber in Gold umwandeln, sondern auch alle Krankheiten heilen ...«

»... sagt Signor Cattani, so, so«, murmelte der Apotheker. »Und verrät er auch, wie man an den Urstoff kommt, die sogenannte Materia Prima?«

»O ja! Ich habe es auswendig gelernt, ungefähr jedenfalls, weil es so schön klingt.« Selvaggia schloß die Augen, damit sie nichts vergaß, während sie zitierte:

»Es geht um einen Stein, und das ist kein Stein; es ist ein Wasserstaub, und es ist kein Staub; es ist eine dicke geronnene Milch, und es ist keine Milch; es ist ein grün giftig Ding, da die Frösche drunter hocken, und es ist kein Gift, es ist eine Medizin.«

»In summa, es ist die Erd, davon Adam gemacht und geschaffen wurde«, ergänzte Signor Mezzoluna. »Solche Rätselsprüche gibt es viele, ich kenne auch einen zu dem Thema:

›Ist sichtbar und unsichtbar. Die Kinder spielen damit auf der Gasse. Ist weich und schwer und an Geschmack süß und herb. Ist in seinem Wesen dreieckig und viereckig in seinen Eigenschaften. Ist ein Stein und doch kein Stein, gleichzeitig männlich und weiblich, daher Hermaphrodit genannt.‹

Aber das hat dir dein Signor Cattani sicher nicht gesagt. – Wer ist er überhaupt?«

»Mein Hauslehrer. Er kennt fast alle antiken Autoren und sogar die Gesetze des Hermes Trismegistos, obwohl die doch geheim sind.«

Da Constanzas Vater so aussah, als würde er gern mehr darüber erfahren, und auch den »Roten Löwen« oder was immer da aus seinen Versuchen entstanden war, links liegen ließ, erzählte Selvaggia, ihm gegenüber auf der Fensterbank sitzend, was ihr an Cattani da Diacettos Unterricht so gut gefiel.

»Du scheinst deinen Maestro ja sehr zu mögen«, sagte der Apotheker, nachdem er genug gehört hatte, und bat sie, doch auch einmal Constanza an diesen sagenhaften Schulstunden teilhaben zu lassen. Seine Tochter sei zwar ein tüchtiges und praktisches Mädchen, aber durch die Versäumnisse ihres allzu beschäftigten Vaters leider nicht sehr gebildet.

»Ich bin mehr, als mir oft lieb ist, in meine eigenen Studien vertieft«, bekannte er, »sie aber lebt in den Tag hinein und ist glücklich. – Ihr Kichern, der Herr behüte mich davor, kann eine Stunde lang anhalten.«

Zu zweit würde das Lernen bestimmt noch mehr Spaß machen, meinte auch Selvaggia, und sie versprach, gleich am nächsten Morgen mit Giovanni und Signor Cattani darüber zu reden.

Als Constanza mit ihren Essig- und Ölkrügen sowie den neuesten Nachrichten aus der Nachbarschaft zurückkam, fand sie Selvaggia und ihren Vater in eine seiner heiligsten Handschriften vertieft, die des arabischen Alchimisten Dschabir-ibn-Hayan, genannt Geber, welcher noch dreihundert Jahre vor dem »Arzt aller Ärzte« gelebt hatte. Anhand seltsamer Allegorien und kolorierter Zeichnungen von menschlichen Doppelwesen sowie sich in den Schwanz beißender Schlangendrachen, die er »Uroboros« nannte, erläuterte Babbo Luna »die Prinzipien Mercurius und Sulphur und ihre Affinität zu Gold«, um sodann das ganze Gedankengebäude mit einem Satz vom Tisch zu wischen:

»Im übrigen glaube ich, daß sämtliche Darstellungen Symbole sind, welche für die Umwandlung des Geistes statt der Materie stehen. Wer wirklich versuchen will, Gold aus Metallen oder aus Quecksilber zu machen, hat die Hermetische Lehre nicht verstanden.«

»Das glaube ich auch«, sagte Selvaggia, weil sie sich entsann, daß Signor Cattani zu einem ähnlichen Schluß gekommen war, doch Constanza lachte sie aus: »Das kann jeder sagen! Hüte dich vor der Alchimie, meine Liebe, sie ist eine ansteckende Krankheit; sie kostet viel und bringt nichts ein!«

Sie legte ihren Arm um die Freundin und lotste sie die steile Treppe hinauf in ihr Schlafzimmer, um ihr eine Mappe mit Modezeichnungen zu zeigen und allerlei Haarschmuck, den sie aus einfachsten Materialien selbst anfertigte und unten im Laden zum Verkauf anbot. Selvaggia bekam einen Spiegel in die Hand gedrückt, damit sie zwei neue Stoffblumenkränze anprobieren konnte. Danach band Constanza ihr Girlanden aus geflochtenen Bändern um die schulterlangen Locken und zum krönenden Abschluß eine ganz besondere Kette, deren größte lapislazuliblaue Glasperle über die Stirnwurzel leuchtete wie ein drittes Auge.

»Wie schön du bist!« betonte sie immer wieder. »Ich denke mir nur Haarschmuck aus, den ich selbst gerne tragen würde, aber bei dir sieht er immer noch viel schöner aus.«

Das liege allein an den Farben, meinte Selvaggia. Zu Constanzas dunkelrotem Haar und den grünen Augen passe eben kein Purpur oder Violett und »Lapislazuli eigentlich auch nicht«.

»Ja, ja, ich weiß, und zu meinen tausend Sommersprossen passen nur dicke Bauernzöpfe, Widderhornhauben und grobleinene Unterwäsche«, klagte Constanza, weil sie es genoß, wenn Selvaggia widersprach, indem sie jedesmal die körperlichen Vorzüge der Freundin aufzählte und von der Löwenmähne bis zu den schon ausgeprägt weiblichen Formen nie etwas ausließ. Constanza wußte selbst, daß sie reizvoll war, obgleich auf ganz andere Art als die Tochter der Salvestrini.

Wenn sie die Kleider, die sie entwarf, wenigstens hin und wieder nähen und anziehen dürfte, wünschte sie sich oft, dann könnte auch sie etwas Außergewöhnliches aus sich machen. Doch das geschah nur zu besonderen Anlässen, da ihr Vater durch sein Desinteresse, sich seine Künste zum Wohle der Menschheit vergolden zu lassen, eher arm geblieben war.

So gab es Constanzas große Modeschöpfungen bisher nur auf dem Papier, dort allerdings konnte sie ihren Sinn für das Praktische mit sehr viel Phantasie verbinden. Sie erfand auswechselbare Ärmel, die mit farbigen Bändchen am Kleid festgebunden wurden, Handschuhe, welche das erste Fingerglied freiließen, und eine Pelzrolle, in die man seine Hände zum Wärmen stecken konnte. Besonders gern aber beschäftigte sie sich mit Unterwäsche, sie schwelgte geradezu in Entwürfen zu perlenbestickten Hemden mit und ohne Spitzenbesatz, spinnwebenfein.

»Damit ich meine Kleineleutewäsche besser ertrage«, sagte sie und schwärmte von der Brautausstattung Bianca Maria Sforzas, zu der »sage und schreibe neunzig Hemden gehören sollen, davon fünfundzwanzig mit Ornamenten aus schwarzer Seide und acht aus grünbestickter Goldspitze«.

Diese Luxushemden ließ man unter tief ausgeschnittenen Kleidern hervorschauen, damit sie vom Reichtum und Geschmack ihrer Besitzerin kündeten.

»Wenn du einmal heiratest, Selvaggia, entwerfe ich dir mindestens zweihundert kostbare Hemden aus Seide oder feinstem Leinen, welche es wert sind, auf deiner Pfirsichhaut getragen zu werden.«

Ihre Stimme und ihr Blick waren so voller Zärtlichkeit, daß Selvaggia ganz verlegen wurde. Sie schämte sich manchmal für die Zuneigung anderer Menschen, weil sie nicht wußte, womit sie verdient hatte, was sie von vielen Seiten so großzügig bekam.

»Ich finde alles, was mit dem Heiraten zu tun hat, abscheulich!« sagte sie heftig, und ihre blauen Augen blitzten vor Empörung. »Aussteuer, Mitgift und das ganze Brimborium ... Lieber im Kloster sterben als noch einmal mitansehen, wie mein Vater sich um diese Albernheiten grämen muß! Ich habe nicht vergessen, wie es damals bei Giovanna war!«

»Jungfräulich sterben? Du bist wohl nicht ganz bei Trost!«

Constanza riß ihr kleines Fensterchen auf und sah hinaus.

»Sag's dem Grünkohl da unten!« rief sie lauter, als Selvaggia lieb war. »Er ist mir nicht zum Krämer gefolgt, also ist er dein Verehrer«, plapperte sie ungeniert weiter. »Du hast deine Wette verloren und mußt mir nun ein Geheimnis verraten!«

Mit einem Knall flog der Fensterladen wieder zu. Constanza setzte sich auf eine der Truhen, welche ihr Bett umrahmten, und zog die Freundin neben sich. »Dein Geheimnis!« bat sie.

»Seit drei Tagen«, murmelte Selvaggia, »kann ich keine lebende Göttin mehr sein.«

Das mußte sie natürlich erklären, doch als Constanza verstanden hatte, fragte sie nicht weiter. Die Umschreibung der Neuigkeit hielt sie für Literatur, ein Zitat aus Selvaggias vielen Büchern oder gar ihren eigenen Werken.

»Da bist du aber spät dran!« scherzte sie. »Ich hatte schon mit zwölf Jahren meine Tage. Laß dir vom Babbo Calendula-Tee mitgeben. Das hilft, wenn du Bauchweh bekommst.«

Gerne hätte Constanza die Freundin nun ihrerseits wieder nach Hause begleitet, denn so verlangte es ein altes Spiel, das sie beide sehr mochten und schon des öfteren von mittags bis abends fortgesetzt hatten. Doch diesmal war es zu spät, Constanza mußte sich um ihr Nachtmahl kümmern, und auch Selvaggia wollte sich lieber beeilen, um Faustina nicht zu verärgern.

Als sie die Rosenapotheke verließ, stand Bonifazio Fuzimeliga auf der anderen Straßenseite und starrte hinüber nach San Spirito, wo über dem Campanile eine silberne Mondsichel im Himmel steckte. Es wurde schon viel früher dunkel als noch Tage zuvor, und Selvaggia hoffte, unbemerkt an ihrem Galan vorbeizuhuschen, dessen Namen sie ebenso albern fand wie seinen Aufzug und sein Benehmen.

Außer an den Brückenaufgängen und Kreuzungen wurden die Straßen nur stellenweise durch flackernde Lämpchen beleuchtet; man mußte achtgeben, daß man nicht stolperte oder in allen möglichen Unrat trat. Auf halbem Wege kam ihr jemand mit einer brennenden Fackel in der Hand entgegen, und sie wußte, das war Faustina. Schon von weitem beklagte die alte Amme sich bitter über die Zustände im Hause Salvestrini, wo seit geraumer Zeit eine haarsträubende Sorglosigkeit herrsche. Signor Giovanni halte sich, wenn er nicht seinen Geschäften nachgehe, mehr im Palazzo della Signoria oder in den Medici-Villen auf als in seinen eigenen vier Wänden, und Donna Camilla verliere bei ihren Pflanzen jedes Zeitgefühl. Wenn sie, Faustina, nicht wäre, hätte kein Mensch gemerkt, daß ihr Liebling, den sie doch alle hüten wollten wie ihren Augapfel, noch nach Einbruch der Dunkelheit auf der Straße herumirre wie eines der gefallenen Mädchen aus der Pian de Guillari vor der Stadtmauer. Das könne doch kein gutes Ende nehmen.

»Es nimmt das Ende, das ich will, und kein anderes«, entgegnete Selvaggia, und Faustina wunderte sich über die Entschlossenheit, mit der sie dies sagte.

»Das haben schon viele in deinem Alter gedacht. Aber wie heißt es so schön: Der Mensch denkt und Gott lenkt«, brabbelte die Amme, obwohl sie doch wußte, daß Selvaggia Sprichwörter nicht mochte. Bevor sie das schwere Holztor zum Haus in der Via Maggiore aufschloß, sah sie sich noch einmal mit hockerhobener Fackel nach allen Seiten um. Es war niemand mehr zu sehen.

»Hast du bemerkt, daß du einen Verehrer hast?« fragte sie, doch Selvaggia spielte mit dem Schlüsselbund und tat so, als hätte sie nichts gehört.

Constanza, die sonst so leicht zu begeistern war, reagierte eher zurückhaltend auf den Vorschlag, am Philosophieunterricht ihrer Freundin teilzunehmen. Sie hatte bei ihrem Vater Lesen und Schreiben gelernt und sogar ein wenig Latein; sie war zu den Schwestern von San Friano gegangen, die ihr außer dem Katechismus noch das Sticken beigebracht hatten – damit sie sich als mutterloses Mädchen zu helfen wüßte –, und Constanza meinte, dies sei nun genug.

»Ich bin an einem Sonntag geboren, hast du das vergessen?« fragte sie. »Sonntagskinder haben bekanntlich kein Salz im Hirn«, setzte sie hinzu, als Selvaggia sie nur verständnislos ansah. »Weil doch am Sonntag die Salzläden geschlossen sind! Bist du aber heute langsam!«

»Der Spruch ist so dumm, daß er glatt von Faustinas einfältiger Schwester sein könnte«, antwortete Selvaggia. »Und dich betrifft er sowieso nicht, denn in Babbo Lunas Laden kann man auch am Sonntag Salz kaufen. – Also, wirst du nun morgen zum Unterricht kommen oder nicht?«

Constanza wirkte immer noch unschlüssig. »Was soll ich denn da lernen?«

»Daß die Antike ein Pfauenschwanz mit tausend Augen ist!«

Constanza kicherte. »Pfauenschwanzfedern kitzeln schön. – Aber Tanzstunden wären mir lieber als die Antike mit ihren tausend Augen. Warum können wir nicht zusammen tanzen lernen? Das würde bestimmt mehr Spaß machen!«

Trotz ihrer Einwände erschien sie zum Glockenschlag acht am nächsten Morgen, nach Jasminwasser duftend und in ihrem besten Kleid, dem smaragdgrünen mit dem Granatapfelmuster und den geschlitzten Ärmeln. Sie war eine halbe Stunde früher aufgestanden als sonst, um sich weiße Perlenschnüre in ein halbes Dutzend roter Zöpfchen zu flechten und alles miteinander hochzustecken. Auf diese Weise hoffte sie, Signor Cattani zu gefallen, der nach allem, was Selvaggia von ihm erzählt hatte, ein recht gutaussehender junger Mann sein mußte. Als er dann vor ihnen im kleinen Unterrichtsraum stand, übertraf er all ihre Erwartungen. Gekleidet in das lange scharlachrote Gewand der Humanisten, schwarzhaarig und hochgewachsen, mit forschenden Augen und kühn geschwungenen Lippen, fand Constanza ihn, da er aus Fleisch und Blut war, noch schöner als den griechischen Gott Apollon im Skulpturengarten von San Marco. Sich von ihm in die Antike oder weiter entfernte Gefilde führen zu lassen, wäre in jedem Fall den Versuch wert. Und wenn sie nicht verstünde, was er sagte, bliebe ihr immer noch das Vergnügen, ihn anzusehen.

Auf Selvaggias Wunsch hin sollte er ihnen die Geschichte des Aristophanes aus Platons »Gastmahl« erzählen, dem Buch der Liebe. »Selbst wenn Constanza nie wieder zum Zuhören hierherkäme, würde es sich für sie gelohnt haben, dieses eine Mal dabeigewesen zu sein«, versprach Selvaggia.

Cattani da Diacetto befeuchtete seine delikaten Lippen und begann über Eros zu sprechen, den Gott der Liebe:

»Er reißt alles Wilde aus und macht uns sanft, denn nur in der sanften Seele will er wohnen«, sagte er; dabei warf er Selvaggia, der Wilden, einen Blick zu, den Constanza keiner anderen gegönnt hätte.

»Eros ist der älteste Gott und doch von ewiger Jugend. Er ist geschmeidig, denn sonst vermöchte er kaum, sich durch alles zu schlingen und zu winden und heimlich in die Seele zu treten und heimlich von der Seele zu scheiden.

Eros ist ebenmäßig, seine schöne Haltung zeigt es, und diese zeichnet, wie wir wissen, den Gott vor allem aus. Mißbildung und Liebe vertragen einander nicht. Eros ist von schöner Farbe, denn nur vom Blühenden lebt er. Wo die Körper und Seelen nicht blühen oder die Blüten verlieren, dort kommt er nicht hin, und nur, wo es blüht und duftet, dort verweilt der Gott.«

Constanza, ganz gegen ihre Natur, schloß die Augen und seufzte, beglückt von dem Gefühl, Gott Eros leibhaftig begegnet zu sein, und dankbar für die Eingebung, ihn mit Jasminwasser zu empfangen.

»Das mag nun von der Schönheit des Gottes genügen«, sagte Signor Cattani, obwohl Constanza noch viel mehr darüber hätte hören mögen. Statt dessen sprach er »vom Mut, welchen der Gott den Liebenden verleiht«. Nur Liebende wollten füreinander sterben, behauptete der schöne Maestro, »und das tun nicht nur Männer, sondern sogar die Frauen«.

Diesmal war es Selvaggia, die seufzte, bevor sie Petrarcaverse vor sich hin flüsterte: »Wie seltsam deine starken Augen leuchten! In ihnen wohnt die Liebe, wohnt der Tod!«

Constanza wußte nicht, woran die Freundin dabei dachte, sie wünschte, Eros hätte die Liebenden mit dem Todesmut noch ein wenig am Leben gelassen, damit Signor Cattani nicht gleich wieder das Thema wechselte, denn das schien seine Art zu sein. Schon wandte er sich seinem vielseitigen Gott als des Menschen Arzt und Helfer zu, und Constanza freute sich nun darauf, im abendlichen Gespräch mit ihrem Vater anbringen zu können, daß der beste Arzt derjenige sei, »der die feindlichen Elemente der Natur miteinander versöhne, das Kalte mit dem Warmen, das Bittere mit dem Süßen, das Trockene mit dem Feuchten. Unter diesen Gegensätzen Neigung, das heißt Eros zu erwecken, bedeutet wahrhaft göttliche Heilkunst.«

Selvaggia, die das gleiche dachte wie die Freundin, schob ihr Papier und Feder zu, damit sie das Wichtigste mitschreiben konnte, doch Constanza war zu ungeübt; sie buchstabierte noch an den ersten Worten herum, als Signor Cattani seinen Exkurs schon wieder abgeschlossen hatte.

Den einzigen Satz, den sie später zu Hause auf ihrem Blatt entziffern konnte, mußte sie gleich zu Anfang aufgeschrieben haben, denn sie erinnerte sich nicht mehr an den Zusammenhang:

»Athene hat von Eros das Weben gelernt« stand da und in Klammern daneben »(die Glückliche mußte nicht zu den Nonnen von Friano!)«.

Auch Selvaggia trug am Abend nur wenige, dafür um so ermutigendere Worte in ihr Tagebuch ein: »Jeder wird zum Dichter, wenn der Gott ihn berührt, wie fremd er auch früher den Musen war, hat man uns heute versprochen ...«

Gegen Ende seiner Stunde nahm Cattani ein Buch in weinrotem Ledereinband zur Hand, eine »Übertragung Platons von Ficino«, wie er sagte. Constanza hatte den Namen noch nie gehört, was gewiß eine Bildungslücke war, und mochte auch nicht danach fragen.

Der Maestro sagte, er werde den jungen Damen daraus etwas über die menschliche Natur vorlesen, die einst ganz anders gewesen sei. Ursprünglich nämlich sollte es drei Geschlechter gegeben haben, »neben dem männlichen und weiblichen lebte ein drittes, welches an den beiden ersten gleichen Teil hatte. Nur sein Name ist uns geblieben, das Geschlecht selbst ist ausgestorben, dieser Name aber ist heute ein Schimpfwort.«

Selvaggia überlegte, ob es wohl das – wahrscheinlich unanständige – Wort aus Babbo Lunas Rätselspruch war: Herma ...? Weiter wußte sie nicht, und Constanza beneidete eine Fliege, die dem Maestro die Stirn hinauf bis zum Haaransatz laufen durfte, von da aus über die Schläfenlocken zum wohlproportionierten Ohr und den Hals hinunter bis in das lange weiche Nackenhaar, bevor sie verscheucht wurde ...

Beide Schülerinnen waren für einen Moment so unaufmerksam, daß sie beinah verpaßt hätten, wie diese urzeitlichen Wesen des dritten Geschlechtes denn nun ausgesehen hatten.

»Kugelrund«, sagte Signor Cattani, und die männliche Kraft von der Sonne, die weibliche von der Erde und die vermischte des Mondes habe sich in ihnen vereint. »Groß und übermenschlich war ihre Kraft, ihr Sinnen verwegen; sie wagten den Weg zum Himmel hinauf und wollten sich an den Göttern vergreifen. Dem Göttervater Zeus aber wurde das Treiben dieser Menschenwesen mit der Zeit zu gefährlich, und so beschloß er, deren Macht zu brechen, indem er sie in zwei Hälften zerschnitt ... Seitdem nun streben die Menschen nach ihrer verlorenen Hälfte, die sowohl entgegengesetzten Geschlechtes sein kann als auch gleichgeschlechtlich«, betonte Signor Cattani mit hoch erhobenem Zeigefinger. »Solange schon, meine Freundinnen, ist die Liebe zueinander den Menschen angeboren, vereinend die ursprüngliche Natur, strebend, aus zweien eines zu machen und die Natur zu heilen, die menschliche«, schloß er. »Denn einst, so merkt euch, waren wir ganz, und jene Begierde nach dem Ganzen ist Eros!«

Als hätte er sein Stichwort vernommen, trat nun der Diener Meo mit seinem orangeroten Turban ein, um ihnen Faustinas Marzipanhörnchen aufzutischen und heiße Schokolade, denn es war ein kühler Morgen, und alle hatten vom langen Stillsitzen schon kalte Füße bekommen.

»Tu etwas, damit unser Eros noch bleibt!« flüsterte Constanza ihrer Freundin ins Ohr. Selvaggia schüttelte unmerklich den Kopf, doch Constanza wiederholte ihre Bitte. Also schrieb sie ihr ein Geheimnis, das sie von Tribolo kannte, auf ein Stück Papier:

»Der Maestro liebt nur Knaben.«

Sie faltete den Zettel zusammen und steckte ihn Constanza in die nützliche Gürteltasche, die sie sich aus Stoffresten genäht hatte, um ihren Krimskrams darin unterzubringen.

»Erst zu Hause lesen«, wisperte Selvaggia. Die Freundin sollte es heute noch genießen, daß Cattanis samtene Augen auf ihr ruhten, während er sich höflich erkundigte, ob sie auch alles verstanden hätte. Constanza nickte heftig. »O ja, jetzt weiß ich doch wenigstens, wonach ich suchen muß in der Welt«, sagte sie, und die Röte ihrer Wangen stieg ihr hinauf bis zum dunkelroten Haaransatz, weil sie an ihre verlorene Hälfte dachte und sich vorstellte, wie es wohl wäre, seit Urzeiten zu einem gottähnlichen Wesen wie Cattani da Diacetto zu gehören.

»Wenn die Ohren des Schülers bereit sind, kommen die Lippen, sie mit Weisheit zu füllen, ganz von allein«, sagte er und ergriff wie selbstverständlich Selvaggias rechte Hand, um sie an seinen Mund zu führen. Constanza erstarrte, als er die Fingerspitzen küßte. Einen schrecklichen Augenblick lang zögerte er, bevor er auch Constanzas Rechte nahm und einen Luftkuß über ihren rauhen Handrücken hauchte.

»Geliebte in Platon, Graf Pico erwartet mich«, verabschiedete er sich. »Aber ich bin untröstlich, euch zu verlassen.«

Geliebte in Platon ... Constanza lief ein Schauer den Rücken hinunter, und sie beschloß, in ihres Vaters Bibliothek alles zu lesen, was sich von diesem Platon finden ließ.

Der zweite Mensch, der Selvaggias Gedichte kennenlernen durfte, war nicht etwa Signor Cattani – das hätte sie nicht gewagt –, sondern ihr blinder Großvater Salvestrini, der am Ponte Rubaconte, in der Via San Nicolo, wohnte. Sie besuchte ihn jeden Mittwoch, um mit ihm bei gutem Wetter am Arnoufer spazierenzugehen oder ihm, auf seiner Kaminbank sitzend, die neuesten Übersetzungen der Klassiker in die Volkssprache vorzulesen, die er dem Lateinischen vorzog.

»Wer soll das geschrieben haben? Du ganz allein?« Er klatschte in die Hände vor Bewunderung. »Das ist so rund wie Giottos O!« Dieses alte florentinische Sprichwort – eine Anspielung auf den perfekten Kreis, den der Meister Giotto einst freihändig dem Agenten des Papstes als Probe seiner Kunst gezeichnet hatte – war das höchste Lob, welches der Großvater kannte.

Besonders wohlklingende Wörter aus Selvaggias Gedichten wie: Gestade und Gestirne, Sternenschein und Zwieklangwinde, Wörter, an denen sie sich berauschen konnte, wiederholte er so lange, bis er sie auswendig wußte. Dann nahm er den Kopf seiner Enkelin in beide Hände und betastete ihre Stirn, weil er fühlen wollte, »wo die Gedanken einer Dichterin entstehen«. Ihm sei, sagte er, in seinem ganzen langen Leben noch kein weibliches Wesen begegnet, das Gedichte schreibe, allerdings solle es in Ferrara ein solches geben, genannt Cleofe Gabrielli von ... das hatte er vergessen. Diese Dame habe den dortigen Fürsten nicht nur besungen, sondern ihm auch einen Triumphzug zusammengestellt, bei dem ihn alle berühmten Dichter nebst den sieben Königinnen der freien Künste begleiteten und obendrein eine Schar von Helden, welchen sie zur besseren Unterscheidung ihre Namen auf die Stirn geschrieben hatte ...

Für Trionfi und ähnliche Spektakel hatte der Großvater eine Schwäche, die er mit seiner Enkelin teilte. Als sie noch kleiner war, hatte er ihr gar nicht oft genug die Geschichte seines Vetters Luca erzählen können, der als Kind einer der zwölf Engel auf der berühmten Verkündigungsmaschine gewesen war, die der Dombaumeister Brunelleschi zum Feste Mariae Annunziata ersonnen hatte. Der Großvater war stolz darauf, den größten florentinischen Baumeister aller Zeiten persönlich gekannt und mit eigenen, noch nicht erblindeten Augen gesehen zu haben. Ihm sei, sagte er oft, nie wieder ein ähnliches Wunder begegnet wie jener von eines Menschen Hand geschaffene Himmel, an dem sich lebende Figuren unter künstlichen Lichtern bewegten, welche ihr Schöpfer aufleuchten und erlöschen lassen konnte gleich Sternen am Firmament.

Die Maschinerie von San Felice gehörte zu den Prachtexemplaren in Salvestrinis Schatzkammer innerer Bilder, die vor seinem geistigen Auge wiedererstanden, wann immer er sie dazu aufforderte. Wenn er diese Bilder in Worte zu fassen versuchte, kamen sie ihm vor wie eine Stickerei aus Perlen, bei der alle bereits vorhandenen liebevoll angehaucht und aufpoliert wurden, bevor er sie durch neue, noch prachtvollere Fundstücke ergänzte.

Auch den komplizierten Mechanismus, welcher der Erfindung erst zum Leben verhalf, wußte der Großvater ganz genau zu erklären, und das war mehr, als ein gewöhnlicher Mensch sich merken konnte. Selvaggia genügte es, die technischen Hilfsmittel nur ungefähr zu begreifen, die das Schweben eines ganzen Engelkreises, darunter auch ihr damals zwölfjähriger Großonkel Luca, möglich machten.

Die Engel, so erfuhr sie, standen auf einem eisernen Stern, der in einer beweglichen Halbkugel hoch oben unter dem Kirchendach befestigt war. Damit sie nicht hinunterfallen konnten, wurden ihre Taillen mit Metallringen umgürtet, während die Füße in hölzernen Gestellen steckten, zur Kaschierung von Baumwollwolken umhüllt. Alle Knaben waren in lange weiße Gewänder gekleidet, wie es Engeln nun einmal zustand; ihre Flügel leuchteten ebenso golden wie ihr Haar. Sie faßten einander an den Händen, und wenn sie ihre Arme bewegten, schienen sie zu tanzen, da sich die Halbkugel mit ihnen unaufhörlich im Kreise drehte. Zu Häupten der Engelknaben schwebten Girlanden mit vielen kleinen Lämpchen, die so konstruiert waren, daß sie nicht überlaufen konnten. Vom Boden aus sah man diese Lichter glänzen wie Sterne am Firmament. Außer den zwölf großen Engeln gab es noch acht kleinere von ungefähr neun Jahren, sagte der Großvater, und Selvaggia lächelte nachsichtig, weil sie damals schon zu wissen glaubte, daß sich die Zeit eines Geistwesens gar nicht messen ließ.

Die neunjährigen Engel jedenfalls standen auf großen Tellern am Ende eines achtarmigen Eisens, welches ebenso wie der Stern mit der Halterung der Halbkugel verbunden war. Durch eine kleine Winde konnten die Knaben mitsamt einer beleuchteten Kupfermandorla in ihrer Mitte auf ein Gerüst, eine Art Podium, heruntergelassen werden, auf dem eine Madonna den Erzengel Gabriel erwartete, einen etwa fünfzehnjährigen Jüngling, der, während ein Licht nach dem anderen erloschen war, aus den sich teilenden Hälften der Mandorla stieg.

Nachdem er mit möglichst tiefer Stimme seinen Auftrag erfüllt hatte, kehrte er in die Mandorla zurück, die Lichter flammten wieder auf, und er wurde unter dem Gesang der tanzenden Engel auf ebenso geheimnisvolle wie erklärbare Weise nach oben gezogen.

Um die Illusion eines Himmels für kindliche Gemüter perfekt zu machen, hatte Brunelleschi auch noch eine Pforte mit zwei großen Torflügeln auf Rollen gebaut, die sich wie ein Bühnenvorhang vor dem Podium mit den Darstellern öffneten und schlossen und überdies ein eindrucksvolles Donnergetöse verursachten, welches so manchen reuigen Sünder an das Jüngste Gericht erinnerte.

»Ach, das waren noch Zeiten!« schloß der Großvater jedesmal und bedauerte es zutiefst, daß sich solche Festlichkeiten nach Brunelleschis Tod in der Form nicht mehr wiederholt hatten. Die Kirche San Felice wäre dem Spektakel auch kaum mehr gewachsen, denn ihre Dachbalken hatten sich durch das Gewicht der Halbkugel gefährlich tief nach unten gebogen, wie man bis heute sehen konnte.

Auch Selvaggia fand es schade, daß die Verkündigungsmaschine nun in irgendeiner Abstellkammer verstaubte; sie hätte zu gerne auch einmal einen vom Himmel schwebenden Erzengel dargestellt. Seltsamerweise blieb diese Rolle immer Knaben vorbehalten, ein Irrtum nach allem, was sie bei Signor Cattani gelernt hatte. Wenn die ersten Menschen »androgyn« waren, wie der Maestro das nannte, dann die Engel ja wohl erst recht!

Constanza, der sie viel später davon erzählte, wußte sie wie immer zu trösten: »Und wenn schon! Nymphe des Gottes Bacchus zu sein ist doch mindestens so schön, du wirst sehen«, sagte sie und meinte das Erntedankfest.

Am Sonntag nach ihrer ersten Stunde mit Platon und

Eros wurde es in Florenz und Umgebung gefeiert, und die Bruderschaft von San Spirito, die eigentlich damit ausgelastet gewesen wäre, einmal im Jahr ihrem Namenspatron, dem Heiligen Geist, zu huldigen, hatte beschlossen, dem Magnifico zu Ehren seinen berühmten »Triumph des Bacchus«, die Attraktion eines vergangenen Karnevals, wieder aufleben zu lassen. Schon im August hatten sie Tribolo zum Leiter des Festzuges und Hauptdarsteller gewählt, da er vielen als trinkfester Vermittler zwischen Maler und Mäzen sowie als Sohn aus einer der angesehensten Familien des Viertels bekannt war.

Tribolo kommentierte die Wahl, um die er sich nicht beworben hatte, auf seine Weise: »Der Gestank des Sommers ist vorüber, laben wir uns an den Genüssen des Herbstes!« verkündete er, und die Herren von der Bruderschaft wußten nicht, ob er nun schon als Bacchus sprach oder als sommermüder Florentiner, der die Hitze nicht vertrug.

Bald schon stellte er seinen ersten Entwurf vor, den er sich vom Kauz Cosimo, einem besonders skurrilen Künstler der Stadt, hatte skizzieren lassen. Er zeigte einen großen hölzernen Karren, gezogen von zwei Pferden im Drachenkostüm. Auf dem Wagen sollten schöne barbusige Nymphen ein Weinfaß umschwärmen, darin bis zum Halse Gott Bacchus – Tribolo – steckte, dessen Haupt man mit Weinlaub und Früchten geschmückt hatte.

Die Brüder vom Heiligen Geist waren entsetzt. Sämtliche Bußprediger der Stadt, vor allem Girolamo von San Marco, würden fortan mit Fingern auf San Spirito zeigen und es als Ort der Sünde brandmarken, lamentierten sie. Nein, nein, eine solche Darstellung könne man der Gemeinde nicht zumuten, ein frommes Dankopfer solle sie zu sehen bekommen und nicht ein heidnisches Bacchanal.

»Ihr glaubt wohl auch, die Schafe von San Spirito brauchten einen, der ihnen den Weg zum Paradies weist; dabei wäre es viel besser, sie zu lehren, wie schnell man in Teufels Küche kommt«, lästerte Tribolo, lenkte aber ein, als er den sauren

Mienen der Brüder entnahm, daß sie ihren Auftrag bereuten und überlegten, wie sie ihn noch zurückziehen konnten. Nach längerer Diskussion einigte man sich auf einen Kompromiß: Die Nymphen durften eine Schulter sehen lassen, nicht aber die Brüste, während die Pferde ihre Drachenkostüme ganz abzulegen hatten. Das Weinfaß wurde ebenso gestrichen wie Tribolos Riesinnen, die, auf Stelzen laufend, einbrüstige Amazonen darstellen sollten.

Tribolo schimpfte über den »domestizierten Bacchus«, versuchte aber, das Beste daraus zu machen, indem er nun, da alles schicklich zugehen würde, Selvaggia und ihre Freundin einlud, zwei der sieben Jungfrauen zu spielen.

»Eine Nymphe war die Gemahlin des Bacchus, und von Nymphen wurde er erzogen. Das paßt gut, denn Selvaggia ist schon immer meine Lehrmeisterin gewesen«, behauptete er, obwohl ihm das niemand abnahm. Außer Faustina, deren Bedenken Tribolo wie gewöhnlich ignorierte, brachte nur Camilla Einwände vor. Sie wies auf einen Widerspruch hin, den die Bruderschaft vor lauter Eifer übersehen hatte:

Die Ernte 91 war so mager ausgefallen, daß es eigentlich gar nichts zu feiern gab. Camilla wußte auch, warum:

»Weil«, so sagte sie, »die Taube das Feuerwerk nicht in Brand setzen konnte.«

Tribolo hatte schon wer weiß wie lange keinen Gottesdienst mehr besucht und mußte von Selvaggia an die florentinischen Osterbräuche erinnert werden, damit er begriff, was Camilla meinte: Drüben auf der anderen Arnoseite, zwischen Ponte Vecchio und Ponte Trinità, stand die kleine Kirche Santi Apostoli, welche von den Armen besonders geschätzt wurde, weil eine fromme Büßerin dort jeden Sonntag Brot an die Armen austeilte. Um diese Kirche ging es, denn berühmter noch als ihre »Santa Pira« waren die reliquienähnlichen Steine, die dort aufbewahrt wurden. Ein Kreuzfahrer aus der Pazzi-Familie sollte sie einst vom Heiligen Grab in Jerusalem mitgebracht haben. Mit einem Funken, der durch das Aneinanderschlagen dieser Steine entstand, wurde am Ostersonntag, wie jedermann wußte, das Osterfeuer angezündet und in einer feierlichen Prozession zum Dom getragen. Hier setzte man es zu Füßen einer künstlichen Taube ab, die einen eingebauten Zünder besaß. Beim Gesang des »Gloria« sollte diese Taube dann an einem Draht hinaus zum florentinischen Streitwagen, dem zinnoberroten, fliegen, der mit Feuerwerkskörpern beladen auf dem Platz stand. Gelang es der Taube, das Feuerwerk in Brand zu setzen, so durften die Menschen mit einer guten Ernte rechnen …

»In diesem Jahr aber ist es ihr, wie wir alle sehen konnten, nicht gelungen«, wiederholte Camilla.

»Es wird die Taube positiv beeinflussen, wenn wir trotzdem ein Dankopfer feiern. Im nächsten Herbst sorgt sie dann bestimmt für eine Rekordernte«, sagte Tribolo äußerst spöttisch, doch Camilla gab ihm recht.

Nachdem dies geklärt war, konnten die beiden Mädchen mit ihren Kostümproben beginnen, für die ihnen knappe vier Wochen blieben, da Tribolo viel Zeit damit vertan hatte, der vorsichtig gewordenen Bruderschaft immer neue Bedenken auszuräumen.

Besonders glücklich über die bevorstehende Abwechslung war Constanza. Trotz Tribolos Bitte: »So wenig wie möglich«, ließ sie sich diese Gelegenheit, Kostproben ihrer Kunst zu zeigen, nicht entgehen. Wie sollte sie auch maßhalten, wenn sie sich aus Giovanni Salvestrinis Kollektion aussuchen durfte, was ihr Herz begehrte: erlesene Stoffe in verschwenderischer Fülle, allesamt wie dazu geschaffen, sich und Selvaggia in Gespielinnen des Bacchus zu verwandeln!

Mit den Gewändern, die Constanza zu Papier brachte, bevor sie zu nähen anfing, hätte man die heiratsfähigen Mädchen aus ganz Florenz einkleiden können. Selvaggia war es, die ihr die Auswüchse der Phantasie wieder ausredete, so daß sie sich, abgesehen von ihren Frisuren, am Festtag selbst als eher schlichte Nymphen präsentierten. Da Constanza ihr Haar gerne hochsteckte, Selvaggia es aber lieber offen trug, um das dunkler gewordene Muttermal zwischen ihren Schulterblättern zu bedecken, hatten sie den Plan, als gleich aussehende Zwillingsnymphen zu erscheinen, bald wieder aufgegeben.

»Wir sind so verschieden wie Feuer und Luft«, sagte Selvaggia, »es wäre dumm, dies zu verleugnen.«

Sie ließ sich ihr Haar von der Freundin in feine spiralige Locken drehen, die durch Zuckerwasser ihre Form behielten. Außerdem trug sie einen Kranz aus Olivenblättern über einem lässig geschlungenen Turban, dessen loses Ende über ihre bloße Schulter fiel. Das Nymphengewand selbst war aus hauchzartem, bläulich schimmerndem Damast und so einfach wie ein Unterkleid. Endlich durfte Constanza ihrer Liebe zu Hemden frönen! Sie selbst hatte sich ein schulterfreies weißes mit Bordürenstickerei genäht. Ihr schweres rotes Haar war so üppig, daß sie es in Zöpfen um den Kopf legen und gleichzeitig halboffen tragen konnte, was sehr apart aussah.

Nach dem Erntedankfest stand für die Zuschauer des Bacchustriumphes jedenfalls fest, daß die Tochter der Salvestrini und die Kleine des Rosenapothekers zu den schönsten Mädchen von San Spirito, wenn nicht der ganzen Stadt, gehörten.

Ansonsten war die Meinung über die Wiederholung des berühmten Karnevalszuges eher geteilt. Viele sagten, es sei mit dem des Magnifico nicht zu vergleichen, oder empfanden ihn als Parodie des ersten.

Tribolo sah das anders. Seine Dekorationen waren zwar viel bescheidener als die der Medici, aber das lag allein an der Sparsamkeit seiner Auftraggeber. Immerhin wurde auch ihr Festwagen von einer Kavalkade vornehmer Jünglinge begleitet, waren die Bannerträger aus allen Stadtvierteln aufmarschiert und zeigten ihre Schlangen und Einhörner, Löwen- und Muschelembleme. Zwei überlebensgroße Wappenschilder, darauf die fünf bekannten roten Medici-Kugeln und die eine blaue mit den französischen Lilien, welche schon der

Vater des Magnifico als Auszeichnung durch Louis XI. Gnaden tragen durfte, markierten Anfang und Ende des Zuges. Viele buntgekleidete Musiker, vor allem Lauten- und Zimbelspieler, unterstützten den Gesang der Nymphen genauso wie damals. Sie zogen über den Ponte Trinità durch die ganze Stadt und wiederholten mit sich steigernder Lautstärke die Hymne, welche Lorenzo de' Medici selbst gedichtet und zusammen mit ein paar Freunden vorgetragen hatte:

»Bacchus und Ariadne ziehen
durch den Wald in Liebesflammen;
die Vergänglichkeit zu fliehen,
bleiben immer sie beisammen.«

Damals hatten einige Moralisten dem Magnifico vorgeworfen, ein Verderber der Jugend zu sein, heute war das längst vergessen, es sei denn, die Bußprediger erinnerten daran.

Diesmal lag es eher an Gott Bacchus selbst, daß sich einige Zuschauer, die nicht wußten, was das alles mit einem Erntedankfest zu tun haben sollte, befremdet abwandten. Allzu übertrieben spielte Tribolo seine Rolle. Für ihn war Bacchus der Gott des Rausches und der Ekstase, und er legte Wert darauf, dies allen vorzuführen. So galt seine größte Sorge dem Trinkhorn, welches niemals leer werden durfte, damit er den gewünschten weinseligen Ausdruck nicht verlor, um den er sich gar nicht hätte bemühen müssen, da Körper und Gesicht des nun schon bald Dreißigjährigen genügend Hinweise auf sein dionysisches Leben boten. Da die Bruderschaft ihren etwas zur Fülle neigenden Bacchus in einer langen weißen Toga sehen wollte und auch ein Mantel mit roter Mäanderbordüre nicht fehlen durfte, hatte Tribolo sein Gewand so drapiert, daß es seinen Bauchansatz noch betonte. Als Lebemann in den besten Jahren stehe ihm das zu, meinte er. Wenn seine Hand nicht nach dem Trinkhorn griff oder nach einem der Nymphchen – vornehmlich Selvaggia –, umschloß sie, den griechischen Originalabbildungen entsprechend, einen efeuumrankten Thyrosstab mit einem Pinienzapfen als Symbol der Männlichkeit. Seinen Kopfputz allerdings schien Tribolo sich eher willkürlich und ohne Rücksicht auf die Wünsche der Bruderschaft zusammengestellt zu haben. Er bestand aus weißen und blauen Trauben, rötlichem Weinlaub, welches bis in seinen verfilzten Bart hineinwucherte, und einer Kürbisattrappe auf dem Hinterhaupt. Als Ohrschmuck trug er rechts einen großen Pilz und links eine aufgeplatzte Feige, beides von Künstlerhand, wie Constanza nicht ohne Neid feststellte, täuschend echt der Natur nachgebildet.

Auch die Musikanten und Nymphen wurden vom Gott des Weines zum Trinken aufgefordert und sogar die Zuschauer.

»Laßt Euch«, so rief er ihnen an jeder Straßenecke aufs neue zu, »nichts von der Sünde erzählen, bevor Ihr erfahren habt, was Freude ist! Die irdischen Vergnügen sind die erste Stufe zum himmlischen Paradies! – Sie sind sogar dessen notwendige geistige Komponente!«

Und den Buhrufern schrie er ins Gesicht:

»Das ist nicht von mir, sondern von Valla, dem alten Epikureer. Und da er von Eurem Papst in Rom bezahlt wurde, muß er ja wohl recht haben!«

Als er sich müde getrunken und gepredigt hatte, setzte er sich auf ein Weinfaß und bestand darauf, daß Selvaggia in seiner Nähe blieb. Lallend stellte er sie allen, die auf dem Wagen waren, als seine »Freundin Ariadne, Herrin des Labyrinthes« vor, »Gott Bacchus-Dionysos seit den Tagen von Naxos eng verbunden«.

Dann begann er mit heiserer Stimme die Hymne zu wiederholen:

»Bacchus und Ariadne ziehen durch den Wald in Liebesflammen; die Vergänglichkeit zu fliehen, bleiben immer sie beisammen ...« Er unterstrich seinen Gesang mit theatralischen Handbewegungen und fegte Selvaggia um ein Haar ihren Turban vom Kopf.

»Wenn ich nicht wüßte, daß du seine Schwester bist, würde ich glauben, daß er in dich verliebt ist«, flüsterte Constanza der Freundin in einem günstigen Moment ins Ohr.

»Ich bin ja auch nicht seine Schwester«, zischte Selvaggia hinter zusammengebissenen Zähnen. »Und er ist nicht mein Bruder! Und jeder Apoll wäre mir lieber als dieser Dionysos!«

»Nicht Bruder und Schwester?« Constanza konnte ihr Kichern nicht länger unterdrücken. »Dann bist du wohl Tribolos Braut!«

»Eher würde ich sterben!« rief Selvaggia so laut, daß alle sie verwundert ansahen.

Constanza bekam einen Schluckauf vor Lachen, weil sie zuviel Wein getrunken hatte und weil sie es immer komisch fand, wenn Selvaggia wütend wurde. Sie bekam dann »ihren wilden Blick«, wie Constanza das nannte, und war so bald nicht wieder zu besänftigen.

Zwischen Selvaggias Freundin und dem Adoptivbruder, die sich schon eine ganze Weile kannten, herrschte ein seltsames und unausgesprochenes Einverständnis. Auch Constanza fand Tribolos Benehmen oft unverschämt, ohne es ihm wirklich übelzunehmen. In der Apotheke ihres Vaters hatte sie frühzeitig gelernt, die Medizin für die Menschen auf die Waage zu legen, nicht aber ihre Worte, die sie oft unbedacht aussprachen. Sie schätzte es, wenn man sie zum Lachen brachte, und Tribolo mit seinem Nachahmungstalent und seinem Anekdotenschatz fiel das nicht weiter schwer.

Constanza bewunderte insgeheim, daß ihm nichts heilig war, daß er sich über alles und jeden mokierte, und, seitdem die gelehrten Jünglinge bei den Salvestrini ein- und ausgingen, besonders gern über die Humanisten. Sie würde nie vergessen, wie er eines Morgens hinter Signor Cattanis Rücken in den Unterrichtsraum geschlichen war, wo der Maestro gerade über einer Textauswahl für seine Schülerinnen brütete.

»Sokrates ist mein Freund, und Platon ist mein Freund, über allem aber erhebt sich meine Freundin, die Wahrheit!« hatte Tribolo, der so stand, daß nur die beiden Mädchen ihn sehen konnten, rezitiert, wobei er des Maestros nicht besonders männliche Stimme noch einen Ton höher klingen ließ.

Signor Cattani zuckte zusammen und wurde beängstigend bleich. Ehe er wußte, wie ihm geschah, nutzte Constanza die Gunst des Augenblickes, zu ihm zu eilen und seine göttlichen Lippen mit Babbo Lunas Notfalltropfen zu benetzen.

Ohne Tribolo wäre es nie dazu gekommen. »Barbarossa« nannte Constanza den falschen oder echten Bruder ihrer Freundin und behauptete, er trage stets »einen rotfuchsigen Hintergedanken« in seinem Bart. Tribolo hörte es mit Vergnügen. Auch er mochte die unverbildete Constanza, deren Haarfarbe seiner eigenen so ähnlich war.

»Im nächsten Leben tauschen wir ganz einfach die Rollen«, scherzte er oft, »ein Kinderspiel, da die Äußerlichkeiten schon so schön übereinstimmen. Dann werde ich auch endlich wissen, wie es sich nach der Geschlechtsumwandlung anfühlt, eine kleine Rote mit heißem Herzen und schlüpfrigen Augen zu sein. Und«, betonte er, »von Selvaggia schon als Dreikäsehoch geliebt zu werden!«

Er versprach sich viel von dieser Freundschaft, die einen anderen Wind in das Haus der Salvestrini brachte, dessen einstmals so heitere Atmosphäre sich durch Camillas Melancholie zu verändern begann. Alle in ihrer Umgebung, sogar die Dienstboten, sprachen meist mit gesenkten Stimmen und bewegten sich auf leisen Sohlen, um die Herrin zu schonen, die nur noch zu schlafwandeln schien.

Constanzas Unbekümmertheit wirkte da äußerst erfrischend. Ihr brauchte niemand das eigene Leben schmackhaft zu machen, bei Selvaggia war Tribolo da gar nicht mehr so sicher. Gerne hätte er ihre Freundin ein wenig ausgefragt: Was wußten die beiden schon über Mann und Frau und die körperliche Liebe? Wie dachte Selvaggia darüber? Was sagte sie, wenn von ihm die Rede war?

Gespräche wie dieses hätte er liebend gerne belauscht:

CONSTANZA: Hörst du, Selvaggia? Bonifazio Fuzimeliga bringt dir da draußen nun schon sein drittes Lautenständchen!

SELVAGGIA *(seufzt)*: Findest du nicht, daß solch ein öffentliches Liebeszeichen lästig ist? Wollte man um mich werben, so wünschte ich, daß niemand davon hörte als eben ich!

CONSTANZA *(lacht)*: Wenn du alles allein regeln willst, so müßtest du aber auch wissen, was geschieht, wenn du einen Verehrer erhörst!

SELVAGGIA: Wie meinst du das?

CONSTANZA: Nun, nehmen wir einmal an, er hätte dir Ständchen und Geschenke gebracht, ihr hättet euch angeschaut, berührt, Küsse ausgetauscht ... Wie geht es dann weiter?

SELVAGGIA: Ja ...

CONSTANZA: Das Ziel der Männer ist es, im Bauch der Frau zu versinken – wußtest du das?

SELVAGGIA: Ich habe es mir gedacht. Die Geschichte von der verlorenen Hälfte, von Gott Eros, der aus zweien wieder eins machen will ... Aber was geschieht dabei?

CONSTANZA: Es kommt zum Austausch diverser Feuchtigkeiten, sagt Babbo Luna.

SELVAGGIA: Oh! Darüber sprecht ihr? – Hat er noch mehr gesagt?

CONSTANZA: Ich soll »Della Famiglia« von Alberti lesen.

SELVAGGIA: Ein Anstandsbuch? Davon wirst du auch nicht klüger!

CONSTANZA: Du hast doch drei Schwestern, Selvaggia. Hat noch keine von ihnen mit dir »darüber« gesprochen?

SELVAGGIA: Doch – Tobia. Aber Papa hält sie für leichtfertig. – Sie sagte, ich dürfte nicht glauben, daß es ausschweifend sei, mit einem Mann zu tun, was er wolle. Man solle sich nur nicht jedem hingeben, der dies wünscht.

CONSTANZA: Sondern?

SELVAGGIA: Man solle sich der Qualen eines Verliebten erbarmen und ihn schließlich belohnen, denn was um der Liebe willen geschehe, könne nicht unrecht sein … Es kam mir alles so bekannt vor …

»Es kam dir bekannt vor? Na, worauf wartest du dann?« Constanza tat so, als wolle sie das Fenster öffnen, um Ser Fuzimeliga hereinzubitten, was Selvaggia natürlich nicht zuließ. »Das Ganze hat nur einen Schönheitsfehler«, sagte sie. »Was ist mit meinen Qualen, wenn ich aus Erbarmen mit den Männern jemanden erhöre, den ich gar nicht liebe?«

Darüber hatte Constanza noch nicht nachgedacht. »Ich werde Cattani danach fragen. Er hat mit Eros und der verlorenen Hälfte und den ganzen Geschichten angefangen.«

Doch der verehrte Maestro blieb die Antwort schuldig, plädierte statt dessen mit den Worten seines Lehrers Pico: »Liebe hat, wie Orpheus sagt, keine Augen, weil sie über dem Verstand steht«, für eine blinde Liebe und würdigte dann um so wortreicher die »Freundschaft als Ziel der menschlichen Existenz«.

Dabei berief er sich auf das Haupt der Platonischen Akademie, einen gewissen Marsilio Ficino, den seine Schülerinnen bald selbst erleben sollten. Und dies blieb kein leeres Versprechen.

Am Vormittag des 7. November ließen sich alle drei in einer Kutsche durch das nordwestliche Stadttor, die Porta al Prato, hinüber nach Careggi bringen, wo sie in Ficinos Landhaus zusammen mit anderen Studierenden und deren Lehrern, zum Teil namhaften Philosophen, Platons Geburts- und gleichzeitigen Todestages gedenken wollten. Die Michelozzo-Villa, welche der alte Cosimo seinem Hofhumanisten zur Gründung einer »Accademiola« überlassen hatte, lag in einem abgeschiedenen Park inmitten der toskanischen Hügellandschaft und wirkte mit ihrem einen Turm, der Loggia und dem Hof nicht größer als Ranunculo.

Es waren schon viele Menschen dort versammelt, als sie eintrafen, allerdings kaum Frauen, und junge Mädchen erst recht nicht. »Das Gute kommt vom Guten. Freue dich an der Gegenwart, schätze nicht den Besitz und jage nicht nach Ehre«, hatte schon zu Cosimos Zeiten über dem Torbogen gestanden, den jeder Besucher passieren mußte. Staunend entzifferte Constanza die Inschrift, hatte sie doch bisher immer geglaubt, Gelehrsamkeit und Ehrgeiz kämen eines ohne das andere nicht aus.

Alle Gäste, auch Signor Cattani und seine jungen Begleiterinnen, wurden von Marsilio Ficino persönlich empfangen, der in seiner Jugend so schön gewesen sein sollte, daß die Mädchen von Florenz ihn mit den Augen verschlangen, nun in seinen Sechzigern aber eher wie ein Bußprediger aussah mit seinem zerfurchten Gesicht und dem etwas stechenden Blick. Er trug eine blütenweiße römische Toga und richtete an jeden seiner Gäste eine wohlformulierte Ansprache, die er mit sparsamen Gesten unterstrich.

Nachdem Cattani da Diacetto ihm Selvaggia und Constanza als Töchter der ehrenwerten Signori Soundso vorgestellt hatte, umschloß der bedeutende Gelehrte ihre vier kleinen Hände mit seinen beiden großen und sagte:

»Ihr werdet in meiner Akademie die Darstellung der Welt sehen und unmittelbar daneben Demokrit und Heraklit, den einen lachend und den anderen weinend. Worüber lacht Demokrit? Über das, worüber Heraklit weint – über die Menge. Über das gräßliche Tier, das dumm und bedauernswert ist. Darum erhebt euch über die Menge, meine Schönen, denn die Tugend steht allen offen. Und wenn ihr genug gelernt habt, werdet auch ihr eines Tages die Wahrheit verkünden, ohne«, hier hob er warnend den Zeigefinger, »sie jedoch auszuplaudern!«

»Die Lippen der Weisheit sind verschlossen, nur nicht

für die Ohren des Verständnisses«, beeilte sich Signor Cattani, ihm nach dem Munde zu reden.

»Wer auch immer sie sein mögen, zu Karneval verkleiden wir uns als Demokrit und Heraklit«, wisperte Constanza der Freundin zu, während sie im Strom der Gäste an einem Spalier von ebenfalls römisch gekleideten Dienern vorbeiflanierten und sich die Erfrischungen des Hauses reichen ließen, von denen jede noch köstlicher schmeckte als die vorhergehende.

Da der Tag so außergewöhnlich mild war wie sonst nur noch im September, unterhielt man sich zunächst im Garten der Akademie, wo Springbrunnen rauschten und die Bäume unablässig ihre Blätter von sich warfen. Die Jugend solle sich hier auf angenehme und leichte Weise die sittlichen Werte zu eigen machen, erklärte Cattani, solle beim Spiel die Kunst des Urteilens lernen. So sei es schon in der Antike gewesen, deren Geist Ficino mit seiner Platonischen Akademie nicht nur erneuert, sondern womöglich noch übertroffen habe.

Als erstes führte er sie zu den Dichtern unter den Gästen; andächtig lauschten sie einem als Apollon verkleideten Philosophen, während die Rhetoriker sich um einen deklamierenden Merkur geschart hatten und die Juristen um Gott Jupiter. Auch hier wurde wieder Wein gereicht, gab es Früchte auf silbernen Schalen und zur Unterhaltung gemeinsamen Gesang, von Ficino sehr einfühlsam auf der Viola begleitet – wobei Selvaggia auffiel, daß er sein Instrument hatte bemalen lassen so wie sie ihre Laute, aber nicht mit einem Fabelwesen, sondern mit einem singenden Orpheus. Ficino, so erfuhren sie von ihrem Maestro, komponierte auch hin und wieder, sogenannte »Planetenmusik«, welche astrale Einflüsse zur Erde lenken sollte.

Gegen Nachmittag begaben sich alle in die Säulenhalle, denn dort wollte der Gastgeber vor Platons blumengeschmückter Büste die Gedenkkerzen anzünden, bevor die Dialoge des unsterblichen Philosophen in verteilten Rollen verlesen und schließlich diskutiert wurden.

Das feierliche Schlußwort sprach wieder Ficino:

»Geliebte in Platon!« so redete auch er seine Zuhörer an. »Laßt euch sagen – vor allem die jungen Menschen unter euch: Glücklich ist derjenige, der trotz aller Unbilden zufrieden ist, bei allem Schmerz nicht verzagt, in dichtem Gestrüpp schöne Blumen pflückt, sich immer frei fühlt und nur von himmlischer Begeisterung erfüllt ist! Sokrates und Christus folgend, philosophiert ihr durch Handeln nicht weniger als durch Betrachtungen. Andere machen Philosophie zum größten Teil durch Reden, ihr aber macht sie mit ganzem Herzen.«

Selvaggia dachte an Ranunculo – wann hatte sie dort das letzte Mal »schöne Blumen in dichtem Gestrüpp gepflückt« und sich »frei« gefühlt ...? Constanza aber applaudierte heftiger als alle anderen, weil sie sich darauf freute, am nächsten Tag wieder »mit ganzem Herzen« ihren alltäglichen Beschäftigungen in der Rosenapotheke nachgehen zu können.

»Wer kein Philosoph ist, ist kein Mensch«, hatte sie bei Cattani da Diacetto gehört und schon um ihren Charakter gefürchtet, weil ihr das Menschwerden durch Nichtstun und Nachdenken nun einmal nicht gegeben war. Mit dem 7. November in Careggi wurde sie von dieser Sorge befreit.

»Ich weiß jetzt, daß der Humanist eine gewählte Sprache haben soll und elegante Manieren«, erzählte sie, als sie am Abend Babbo Lunas Destillierkolben auswusch, »und daß er die Autoren der Antike studiert und über höhere Dinge nachdenkt – was aber hat das alles mit mir zu tun?«

Babbo Luna hob spöttisch seine rechte Augenbraue.

»Milch für kleine Kinder und Fleisch für starke Männer«, zitierte er einen seiner Lehrmeister, die er stets »die Eingeweihten« nannte.

»Bah!« entrüstete sich Constanza. »Und wenn man weder das eine noch das andere mag?«

»Sollte man sich mit den Gesetzen des Hermes Trismegistos begnügen, dem Lehrmeister aller Naturforscher, und alles andere getrost wieder vergessen.«

Ohne Constanzas neuerworbene philosophische Bildung wäre die Unterhaltung damit zu Ende gewesen, so aber entgegnete sie:

»Aber die hermetischen Gesetze werden seit dreitausend Jahren nur mündlich weitergegeben, sagt Signor Cattani …«

»Was ihn aber vermutlich nicht daran gehindert hat, euch das halbe Kybalion in die hübschen Ohren zu flüstern!«

Constanza schloß die Augen, als sie an die schönen Philosophenlippen dachte und die vergebliche Hoffnung, sie jemals auf den ihren zu spüren. »Ich gehe nicht mehr zu ihm«, beschloß sie. »Wenn es stimmt, was du gerade gesagt hast, Babbo, genügt es, Sätze des Trismegistos wie: ›Das All ist in Allem, und Alles ist im All‹ auswendig zu wissen – und basta!«

Mezzoluna, dessen Kaftanärmel durchdringend nach Kampfer roch, streckte seine Hand aus und tätschelte Constanzas wohlgerundetes Hinterteil. »Hast du den Satz denn auch verstanden, Signorina Basta?«

Constanza zuckte die Achseln. »Das glaube ich kaum. Ich bin eben doch ein Sonntagskind ohne Salz im Hirn.«

»Keineswegs. Nur eine Närrin hätte vorgegeben, das Prinzip der Geistigkeit schon verstanden zu haben. Man braucht mehr als nur ein Leben dazu.«

Erleichtert drückte Constanza ihrem Babbo einen Kuß auf den kahlen Kopf – hier roch er nach Lorbeer, als hätte er unter seinem Fes einen unsichtbaren Kranz getragen – und blieb bei ihrem Entschluß.

Ihr Vater gehöre als Apotheker den Stationarii an, derselben Zunft wie die Buchhändler, und besitze daher einen ebensolchen Überfluß an literarischen Werken wie diese. Einmal auf den Geschmack gekommen, könne sie sich also jederzeit zu Hause weiterbilden, sagte sie anderntags dem Maestro in sein gütiges Gesicht, das anzuhimmeln sich ja leider nicht lohnte.

Dann ging sie hinauf zu Camilla, um ihr ein Straußenei aus der Apotheke zu schenken, welches mit duftendem Rosenwasser gefüllt war. Constanza konnte sich an ihre eigene Mutter kaum noch erinnern; um so schöner fand sie es, mit Camilla zusammen zu sein und sich in deren neueste Pflanzenversuche einweihen zu lassen, die ihr als Tochter eines Heilkundigen nicht halb so fremd waren wie manch anderem. Camillas Experimente führten mit der Zeit zu immer erstaunlicheren Ergebnissen; zuletzt wollte sie herausgefunden haben, daß die Blätter der Pflanzen kaum merklich zurückzuckten, wenn sie sich vornahm, sie mit einer brennenden Kerze zu berühren oder mit einer Haarnadel zu durchbohren – was sie allerdings nie tun würde. Ebenso eindeutig hatte sie beobachten können, daß die Pflanzen sich ihr zuneigten, wenn sie liebevoll an sie dachte oder kleine Lieder erfand, um sie zu erfreuen. Die Pflanzen reagierten schon, bevor etwas mit ihnen geschah, und Camilla schloß daraus, daß sie imstande waren, Gedanken zu lesen. Um dies auch anderen zu beweisen, hatte sie das Blatt eines Maulbeerbaumes abgepflückt und auf ihren kleinen Nachttisch gelegt, ein zweites dagegen weiter weg auf der Frisierkommode deponiert. Jeden Tag richtete sie nun mehrmals ihre ganze Aufmerksamkeit auf jenes erste Blatt, wünschte mit aller Macht, daß es am Leben bleiben möge, während sie das andere gar nicht beachtete. Nun, nach sechs Wochen, zeigte sich das Maulbeerblatt auf dem Nachttisch so frisch und grün wie am ersten Tag, während das andere unansehnlich braun war und verwelkt.

Constanza weinte vor Bewunderung, als sie davon erfuhr. Sie wußte, wie sehr Selvaggia ihre Mutter liebte, doch schien ihr diese Liebe immer ein wenig mit Nachsicht gemischt, wie man sie einem kranken, nicht ganz ernstzunehmenden Kind entgegenbringt. Wer aber kraft seiner Gedanken verstümmelte Pflanzen am Leben erhalten konnte, war alles andere als krank, dachte Constanza. Sie besuchte Camilla, so oft es ging, um ihr einfach nur zuzuhören. Das tat Selvaggia zwar auch, doch es war nicht dasselbe, da es nicht mit der gleichen Begeisterung geschah.

Selvaggia und Camilla verband eine liebevolle Fremdheit; sie empfanden zuviel Achtung, um sich in die übliche Mutter-Tochter-Intimität zu verstricken, und dies entfernte sie auch voneinander.

Nur Constanza erfuhr, daß Camilla gern einmal wieder den berühmten Frater Girolamo von San Marco gehört hätte, sich aber vor der Menschenmenge fürchtete, deren Energie sie, wie sie meinte, nicht ungeschützt standhalten könnte. Noch am selben Tag ließ Constanza sich von Babbo Luna einen Bergkristall aus der Sammlung seiner Heiledelsteine geben. Sie überbrachte ihn Camilla mit der Empfehlung, ihn in der Nähe ihres Herzens zu tragen, wenn sie sich unter das Volk mischte.

Solchermaßen gewappnet spazierten sie dann eines Sonnabends hinüber nach San Marco. Selvaggia begleitete die beiden; mehr aus Neugier auf das junge Bildhauergenie als wegen irgendwelcher Bußpredigten, von denen dieser Michelangelo Buonarroti allerdings kaum eine auslassen sollte. Selvaggia war sicher, ihn auf den ersten Blick zu erkennen – er mußte einfach etwas an sich haben, was ihn aus der Menge heraushob –, und suchte dann doch vergebens nach einem schwarzen Lockenkopf mit krummer Nase. Es gab zu viele, auf die diese Beschreibung zutraf.

Der Mönch hatte schon begonnen, den zahlreichen, vorwiegend braunen Augen zu predigen, die da auf ihn gerichtet waren, als sie die überfüllte Klosterkirche betraten. Eine halbe Stunde lang hörten sie sich mit wachsendem Unverständnis an, wie er die himmelschreiende Dummheit der Florentiner anprangerte, welche die Herrscher aus dem Hause Medici immer noch gewähren ließen und jenen »Magnifico« beweihräucherten, der sich »seine Macht durch seinen Geist verzeihen lassen« wolle. Wie er dann heiser vor Erregung offenbarte, was Gott nur ihm mitgeteilt habe, nämlich, daß es in Florenz einen Mann gebe, der sich zum Tyrannen aufschwingen werde.

»Eure Stadt nennt ihr eine Stadt der Freiheit?« höhnte

er. »Freiheit, keinen zu bestrafen, der Böses tut, das schon! Nennt sie lieber mit einem treffenderen Wort: eine freie Tyrannei. Einen Sündenpfuhl und ein Tollhaus, Babylon statt Jerusalem.«

So hatte Camilla sich das nicht vorgestellt. Obwohl sie wahrhaftig nicht zu den Freunden der Medici gehörte, ging ihr dieser finstere Frater entschieden zu weit. »Was für ein Kuckucksei hat sich Lorenzo da ins Nest legen lassen!« sagte sie fassungslos.

Noch abstoßender als des Mönches Worte fand sie die Hysterie, mit der er sie vortrug. Einer, der etwas zu sagen hatte, mußte nicht schreien und toben, um gehört zu werden, fand sie. Und die fürchterlichen Fratzen, die dieser Mensch dabei zog …

Noch ehe die Haßtiraden ihren Höhepunkt erreicht hatten, wollte Camilla wieder nach Hause. »Ich habe«, sagte sie, »in der kurzen Zeit hier mehr negative Kraft empfangen als in meinem ganzen bisherigen Leben.«

Sie weinte und zitterte die ganze Nacht über, und am nächsten Morgen mußte Constanzas Vater kommen und sie mit seiner Espenlaubessenz wieder ins Gleichgewicht bringen. Ein empfindliches Gleichgewicht, denn nicht einmal Signor Mezzoluna wollte es gelingen, Camilla von ihren Alpträumen zu befreien, welche ihr von nun an die wenigen Stunden Schlaf vergällten.

»Und wenn es kein Traum ist, wird die Zukunft schlimmer sein als die Vergangenheit«, wurde sie nicht müde zu wiederholen.

Sie sah, wie sich schwere Schatten über die Stadt der roten Lilien legten, sah Sintfluten, Feuersbrünste, Seuchen oder träumte, durch eine geheimnisvolle Krankheit ihre Lider zu verlieren, wie andere ihr Haar oder einen lockeren Zahn, und die Augen nie wieder schließen zu können – was sie in Anbetracht ihrer Schreckensvisionen beinah tröstlich fand.

Camillas unerwartete Abneigung gegen Girolamo, nachdem sie ihn zum erstenmal seit Selvaggias Geburt wieder selbst erlebt hatte, brachte sie indessen ihrem Ehemann näher. Giovanni teilte ihre Empörung über den »Diabolo von San Marco«, der sich da vor aller Augen zur moralischen Instanz der Stadt aufschwang. Schon schien es zu spät, ihn in seine Schranken zu weisen.

»Lorenzo weiß seine Macht zu gebrauchen, aber er ist kein Tyrann«, pflegte Giovanni den sterbenskranken Herrscher gegen seine lauter werdenden Kritiker zu verteidigen. »So unvollkommen er auch sein mag, so hat unser Florenz unter seinem Magnifico doch ein Ausmaß an bürgerlicher Gleichberechtigung erreicht, wie man es heutzutage auf der ganzen Welt nicht kennt.«

Mochten andere Lorenzos Fehler aufzählen, die sich leider so wenig leugnen ließen wie seine Verdienste. Die Gerüchte, daß das Bankhaus der Medici schon lange bankrott sei, mehrten sich, im Finanzausschuß gärte es, und unlängst hatte die Hälfte des »Komitees der Zwölf« – allesamt Vertrauenspersonen – Einblick in Lorenzos Kontobücher verlangt, die aber unauffindbar blieben. Nur sein verheerender Gesundheitszustand ersparte ihm peinliche Untersuchungen, was die latente Gereiztheit in den Gremien aber noch verstärkte. Hier prallten die extremen Meinungen aufeinander wie seit Jahren nicht mehr.

»Mir wäre es lieber, wenn ich bei meinen Kollegen eine feste Gesinnung erkennen könnte und nicht zusehen müßte, wie sie immerzu ihre Farbe wechseln, denn sie wenden sich ebenso schnell zum Guten wie zum Bösen«, vermerkte Giovanni in seiner Familienchronik und wäre höchst erstaunt gewesen, hätte man ihn darauf aufmerksam gemacht, daß sich Girolamo in seinem ersten Jahr in San Marco mit ganz ähnlichen Worten über die Florentiner im allgemeinen geäußert hatte.

Trotz der warmen Tage zu Novemberanfang blieb der Winter in jenem Jahr nicht aus. Um Weihnachten wurde es stechend kalt, und die Luft war bläulich vom ständigen

Nieselregen, der jedoch nicht gefror. Kein Mensch ging mehr zum bloßen Vergnügen auf die Straße, nicht einmal in San Friano, obwohl die Häuser auch dort viel zu klein waren, all ihre Bewohner auf einmal zu fassen. Die jungen Mädchen riefen sich ihre Neuigkeiten von Fenster zu Fenster zu, statt einander täglich zu besuchen, und keines kam mehr mit einem Tamburin vor die Tür, um die Nachbarinnen zum Singen und Tanzen zusammenzutrommeln. Selbst die Straßenverkäufer, die ihre Waren das ganze Jahr über in jedem größeren Eingangsgewölbe ausbreiteten, so daß darüber zu stolpern drohte, wer in Eile sein Haus verließ, blieben lieber an ihren Herdfeuern sitzen, wenn sie es sich eben leisten konnten.

Auch Selvaggia und Constanza sahen sich nun seltener. Beide fanden es zu ungemütlich, ihre Spaziergänge am Arnoufer entlang und über eine der vier Brücken fortzusetzen, obgleich die Piazza della Signoria auf der anderen Seite der Stadt eigentlich ein lohnendes Ziel gewesen wäre, denn dort stand Vespasianos Buchladen, dessen Atmosphäre die Geistesgrößen des ausklingenden Jahrhunderts immer wieder dazu anregte, einander besonders hitzige Debatten zu liefern. Hin und wieder konnte man auch Freund Tribolo treffen, der um alte Handschriften feilschte oder sich die neuesten Kopien der fünfundvierzig Schreiber des Vespasiano da Bisticci vorlegen ließ, welche in ihrer besten Zeit zweihundert Bände in zweiundzwanzig Monaten geliefert hatten, mit der Einführung der Buchdruckerkunst aber langsam aus der Mode kamen.

Als einzig regelmäßige Abwechslung im Winter blieb den beiden Freundinnen die gemeinsame Beichte am Samstagnachmittag in San Spirito, zu der noch weitere Mädchenpaare aus der Nachbarschaft hinzukamen, was die Wartezeit äußerst kurzweilig machte. Dabei waren die meisten bei ihrem Schwatz alles andere als aufmerksam, denn das hätte sie um ihr eigentliches Vergnügen gebracht. Der Kopf so mancher Büßerin drehte sich hin und her wie eine Wetterfahne, galt es doch, stumme Zwiesprache mit den Jünglingen zu halten, welche besonders gern in der Nähe der Beichtstühle herumlungerten, in der Hoffnung, daß ihre feurigen Blicke nicht unbemerkt blieben und von einem Paar schöner Mädchenaugen erwidert wurden.

Zu den größten Wonnen der jungen Damen aber gehörte es, nach der Absolution mit gesenkten Wimpern und geläuterten Mienen die Kirche zu verlassen und dabei aus den Augenwinkeln die mutwilligen Knaben zu betrachten, welche Arm in Arm vor dem Portal Spalier standen; ihre kurzen Rockschöße bauschten sich keck über den senkrecht gestreiften Strumpfhosen. Einige grinsten, andere machten obszöne Zeichen, die Kinder der Unschuld aber schritten mitten hindurch und fühlten sich wie die Königinnen. Außer Selvaggia schien niemanden dieses Spießrutenlaufen zu stören, sie aber verabscheute es so sehr, daß sie bald nur noch selten und ungern zur Beichte ging.

Obwohl die Bußprediger sich schon seit über hundert Jahren über den Trubel in den Kirchen aufregten, war es bei den Sonntagsgottesdiensten fast noch ärger. Da wurden die jüngsten Modekreationen ausgeführt, wurden Geschäfte eingeleitet oder abgeschlossen und diverse Liebeshändel sowieso. Die jungen Galane stolzierten zwischen den Bänken umher wie auf der Piazza, brachten wie selbstverständlich ihre Hunde und Falken mit und manch einer sogar sein Pferd.

Frater Girolamo würde seine Stimme noch viele Male erheben müssen, bevor sich die Florentiner von solch liebgewordenen Gewohnheiten trennten. Doch darauf hatte er sich eingestellt, denn irgendwann, dessen war er sicher, würde seine Saat schon noch aufgehen. Zunächst mußte er die »Kinder der Welt«, die er sorgfältig von seinen Anhängern unterschied, ohne sie für immer auszugrenzen, ihre Feste feiern lassen, bevor er ihnen erneut die Eitelkeit ihres Tuns vor Augen führte. Die Stadt befand sich nämlich wieder im Karnevalstaumel, und nur das naßkalte Wetter wollte nicht zu den bunten Kostümen der Stenterellos, Brighellas und Pulcinellas passen, es spielte in diesem Winter einfach nicht mit. So kam es, daß auch Selvaggia und ihre Freundin den Straßenkarneval mieden und sich lieber auf privaten Festen vergnügten, wo sie für Constanzas Phantasieverkleidungen viele Komplimente und manch zweideutiges Angebot erhielten. Nur am letzten Tag, einem nebelverhangenen Nelkendienstag, gingen sie hinüber nach Santa Croce, um sich unter der Obhut von Faustina einen Trionfi mit mythologischen Bildern anzusehen, welche noch der Magnifico persönlich bei bekannten Künstlern in Auftrag gegeben hatte. Besonderes Aufsehen erregte der letzte Wagen mit einem überlebensgroßen Medici-Wappen, aus dessen dickster Kugel sich ein ganz und gar vergoldeter Knabe erhob, der das Goldene Zeitalter verkörpern sollte.

Die Zuschauer raunten und tuschelten, doch zum erstenmal regte sich kaum eine Hand zum Applaus, und als der Knabe am Aschermittwoch an den Folgen der Vergoldung starb, hielt jeder, der davon hörte, dies für ein schlechtes Omen.

So begann die Fastenzeit 91. Der wortgewaltige Mönch stand in zwischen in dem Ruf, der beste Prediger der Stadt zu sein, und da San Marco die Zahl seiner Zuhörer nicht mehr fassen konnte, ließ man ihn zum erstenmal in seiner Laufbahn im Dom sprechen, was als besondere Auszeichnung galt.

Einige übermütige Kinder der Welt versuchten zwar noch, ihm die Suppe zu versalzen, indem sie die Domkanzel mit Schmutz beschmierten, mit Nägeln spickten und mit einer stinkenden Eselshaut behängten, doch hielt man dies allgemein für einen verspäteten Karnevalsscherz, den man nicht sonderlich ernst nehmen müsse, zumal ihn ein Medici-Agent mit Namen Tribolo inszeniert haben sollte. Ein Grund mehr für den unbeugsamen Mönch, wieder einmal den Magnifico, diesen »Verderber der Jugend«, zum Gegenstand seiner Kritik zu machen:

»Alle seine Sinne sind verdorben!« rief Girolamo und

drosch, da er die Nägel entfernt wußte, nun um so heftiger mit seinen Fäusten auf die Kante der Kanzel. »Seine Augen sind verdorben durch den Anblick der Unzucht; seine Ohren durch die Schmeicheleien, die ihm die Höflinge sagen, und durch ihre Verleumdungen anderer ... Er besticht die Beamten, beraubt die Witwen und Waisen, unterdrückt das Volk mit Festen und Lustbarkeiten aller Art, um es vom Gedanken einer Beteiligung an der Herrschaft fernzuhalten.

Solange er lebt, wird Florenz nicht frei sein, denn eine Stadt, in der von dreißig Bürgern nur einer wählen darf, ist nicht frei, sondern versklavt!«

Lorenzo erfuhr natürlich von solchen Predigten, unternahm aber nichts mehr dagegen. Er hatte alles getan, den Mönch zu versöhnen, hatte des öfteren seine Messen besucht und San Marco trotz seiner finanziellen Schwierigkeiten mit Geld und Geschenken überhäuft. Auch wenn es ihm niemand dankte, sollte es dort wenigstens an nichts fehlen, das glaubte er dem Gründer des Klosters, seinem Großvater Cosimo, schuldig zu sein.

Girolamo indessen verschmähte alle Gaben; eine besonders hohe Summe Golddukaten schickte er postwendend an ein anderes Kloster, nicht ohne Lorenzo wissen zu lassen, Silber genüge für die Bedürfnisse der Brüder in San Marco. Der Magnifico solle seine Sünden bereuen und Buße tun, verlangte er nun auch von der Domkanzel aus, und die Mauern der Santa Maria del Fiore hallten wider von seinen maßlosen Vorwürfen. Zur Fastenpredigt hatte er eine große Sanduhr mitgebracht und vor sich hingestellt, nicht etwa um seinen stundenlangen Redeschwall in Grenzen zu halten, sondern um zu demonstrieren, daß Lorenzos Zeit bald abgelaufen sei. Schon im kommenden Jahr, so Girolamo, werde er sterben und Papst Innozenz ebenso.

Unter den Zuhörern zweifelte kaum jemand daran, daß der hellsichtige Mönch recht behalten würde. Eins kam zum anderen, und schließlich hatte man den gewaltsamen Tod von Lorenzos Lieblingslöwen, wenige Wochen zuvor, noch nicht vergessen. Der Magnifico hatte dieses Prachtexemplar, ein riesiges Tier mit einem ausdrucksvollen Rautenmuster auf dem maisgelben Fell, von einem Gesandten Ägyptens geschenkt bekommen und seine Stallungen geöffnet, damit alle Florentiner es bewundern konnten. Er selbst tat beinah täglich einen Blick in die unergründlichen Augen des Löwen, als könne er darin das Schicksal des Hauses Medici lesen. Am Fest Mariä Lichtmeß jedoch fand er jenen Löwen verendet in seinem Käfig, zerfleischt von seinen drei Artgenossen, die ihm an Größe und Schönheit unterlegen waren und ihn bisher immer respektiert hatten.

Die Florentiner trauerten, als sei ihnen ihr »Marzocco«, der Löwe auf dem Stadtwappen, geraubt worden, und fürchteten, daß dieser Tod nichts Gutes verhieß. Und so war es. Die ungünstigen Vorzeichen häuften sich, von jenem Tag an hatte man den Magnifico nicht mehr in der Öffentlichkeit gesehen.

Zu seinen letzten Freuden zählte zweifellos der sechzehnte Geburtstag seines Sohnes Giovanni, der damit als erwachsen galt und seine Aufgaben als Kardinal nun auch offiziell wahrnehmen durfte. Eine große Zukunft lag vor ihm, denn sicher würde er eines Tages auch noch Papst werden, so wie Ficino es ihm in seinem Geburtshoroskop vorausberechnet hatte.

Das Festbankett zu Giovannis Ehren fand im Palazzo Medici statt und war das glanzvollste seit langem; Lorenzo aber konnte ihm nur noch für Augenblicke und von einer Tragbahre aus zusehen. Seine Krankheiten, zu denen seit einiger Zeit auch noch nagende Magenschmerzen gekommen waren, gönnten ihm keine Atempause mehr. Der alte Familienarzt der Medici verordnete ihm ein Pulver aus geriebenen Perlen und Edelsteinen, mit Wein vermischt, das aber nicht half und den Medico Pierleone am Ende noch dem Verdacht aussetzte, der Wein sei vergiftet gewesen.

Am Vorabend seines dreiundvierzigsten Geburtstages zog Lorenzo sich in das Landhaus nach Careggi zurück, wo sich sein Großvater Cosimo vor beinahe dreißig Jahren schon auf den Tod vorbereitet hatte, indem er Platons Texten lauschte, vorgetragen von Ficino.

Als nun der Enkel sein Ende nahen fühlte, versuchte auch er, seine letzten Stunden so zu stilisieren, wie er es einem Humanisten angemessen fand. Am 8. April empfing er seinen Sohn Piero, um ihn ein letztes Mal auf die Bedeutung seines Erbes hinzuweisen, das er nun doch schon eher antreten mußte, als beide gehofft hatten.

Danach verabschiedete er sich von seinen beiden engsten Freunden, dem Hofgelehrten Poliziano, nimmermüder Herold seines Ruhmes, und dem Grafen Pico, den er, solange es in seiner Macht stand, gefördert und beschützt hatte. Er zitierte Platon und die Evangelien und lobte den »Sieg des Geistes über die vergängliche Materie«, denn nur der Geist gebe ihm die Kraft, noch auf dem Sterbebett feinsinnige Gespräche zu führen. Zwischendurch nahm er sogar ein paar Löffel Kapaunenessenz zu sich und scherzte, es schmecke ihm so gut, wie es einem Sterbenden eben zu schmecken habe. Mit seiner Zunge gehe es ihm nun wie mit seiner Nase, durch die er nie etwas habe riechen können, was er aber nicht für einen Verlust halte, da die meisten Gerüche ja wohl eher unangenehm seien ...

Nachdem er sich durch die Suppe wieder etwas gestärkt fühlte, bestand er darauf, sein Lager noch einmal zu verlassen, um seinen Beichtvater zu empfangen, und zwar kniend. Damit nicht genug, schickte er einen Freund hinunter in die Stadt nach San Marco, ihm seinen unversöhnlichsten Feind ans Bett zu holen, damit auch der ihm verzeihe.

Girolamo ließ sich zwar nicht lange bitten, stellte aber für seine Absolution bestimmte Bedingungen:

Lorenzo solle am Glauben festhalten und dem Tod mit Mut begegnen, verlangte er. Falls er durch ein Wunder doch noch am Leben bleibe, müsse er sich bessern, das heiße, dem Volk seine Freiheit wiedergeben. Poliziano, der bis zum letzten Atemzug an der Seite seines Lieblings blieb, berichtete später, Lorenzo habe zugestimmt und den Segen Girolamos bekommen, die Männer hätten danach sogar noch gemeinsam gebetet.

Die Biographen des Magnifico aber, die sofort aktiv wurden, behaupteten hartnäckig das Gegenteil und beschleunigten damit die Legendenbildung. Lorenzo habe die Forderung: »Gebt Florenz die Freiheit wieder« als Unverschämtheit empfunden, schrieben sie. Er habe sein Gesicht zur Wand gedreht und geschwiegen. Daraufhin sei der Mönch gegangen, ohne ihm die Absolution zu erteilen.

In Florenz glaubte jeder, was ihm gefiel. Kaum weniger als Lorenzos Begegnung mit seinem Widersacher beschäftigte die Menschen der angebliche Freitod des Medico Pierleone, den man am darauffolgenden Tag ertrunken auf dem Grund eines Brunnens fand.

Giovanni Salvestrini, der am Morgen des 8. April schon auf seinem gesattelten Pferd gesessen hatte, um nach Careggi zu reiten, und sich im letzten Moment von einem geschäftlichen Problem abhalten ließ – was er sich übrigens niemals verzieh –, kannte nun endlich den letzten Satz seines Epilogs zum »Goldenen Zeitalter«, dessen Hauptteil längst gedruckt vorlag:

»Der Magnifico hat für seinen persönlichen Ruhm lange genug gelebt, aber nicht lange genug für Italien. Gebe Gott, daß jetzt nach seinem Tod nicht Männer nach dem streben, was sie nicht gewagt haben, solange er lebte! – Le temps ne revient pas …«, schrieb er und schämte sich seiner Tränen nicht.

Selvaggia aber fand andere Worte zum 8. April 1492, und niemand hätte sagen können, ob sie von ihr stammten, von Cattani da Diacetto oder gar von Camilla:

»Mit diesem Tag wird Florenz aufhören, ein magischer Ort zu sein«, trug sie in ihr Tagebuch ein. »Was aber wird es dann sein?«

6. Kapitel

Im Jahr der Rosen

Ein knappes Jahr nach Lorenzos Tod hatte seine Stadt der Tänze und Trionfi bereits erheblich an Glanz verloren. Sohn Piero – das war zu erwarten – setzte andere Akzente. Private Reiterturniere unter seinesgleichen schienen ihm eher geeignet, den Ruhm der Medici zu mehren, als seines Vaters »caesarische Gaukelspiele«, mit denen man schon im alten Rom die Menschen vom Denken abhalten wollte.

Drei Monate hatten die Kritiker dem Kronprinzen gegeben, doch der hielt sich immer noch, überließ die Staatsgeschäfte seinem Kanzler und richtete sein Augenmerk auf die Alliierten, welche in ihre alten Rivalitäten zurückzufallen drohten, nachdem kein Magnifico sie mehr zum Frieden zwingen konnte.

Piero, sagten die einen, sei noch zu jung, habe aber die besten Absichten; seine Ratgeber hätten viel Freude an ihm, da er es jedem recht zu machen versuche.

Er sei nur ein Jahr älter als der Magnifico bei seinem Machtantritt, im Gegensatz zu ihm jedoch in seinen Entschlüssen hin- und hergerissen »wie das Meer von Pisa bei Südwestwind«, spotteten die anderen.

Lediglich darin, daß er kein leichtes Erbe angetreten hatte, waren sich alle einig.

Der junge Medici begann das wohl allmählich selbst zu ahnen. Einer plötzlichen Eingebung folgend, schickte er zum Aschermittwoch 1493 den Mönch Girolamo von San Marco nach Mailand. Mochte er dort den Dom erschüttern und die Menschen beunruhigen, wenn er nur Piero und seine Kreise für eine Weile nicht störte!

Kaum hatte der ungemütliche Mahner seinen Kindern

der Welt den Rücken gekehrt, zog in Florenz der Frühling ein, zwei bis drei Wochen früher als sonst und so üppig wie schon lange nicht mehr.

Selbst im kleinsten Küchengarten, wo eigentlich jeder Fingerbreit den Kräuter- und Salatbeeten gehörte, steckten blauviolette Veilchen und vielfarbige Anemonen ihre Köpfe aus der gelockerten Erde. Bald bildeten sie dicke leuchtende Kissen, wie geschaffen, sein Gesicht darin zu vergraben und im blauen Blütenduft alles Ungemach zu vergessen. Florentia, die Blühende, trug ihren Namen wieder zu Recht, die Blumen waren überall, in Kübeln und auf Mauern, in den Körben der Straßenverkäufer und in den Händen der Kinder. Auch die ganz Kleinen standen schon vor den Brückenaufgängen und streckten den Vorübergehenden voller Hoffnung auf ein paar Soldi ihre Sträußchen entgegen.

»In Ranunculo«, sagte Selvaggia, die mit Constanza im Gräbertal vor dem Tor von San Friano den ersten Schmetterlingen zusah, wie sie noch ganz winterwelk und halb blind die gelben Forsythien umgaukelten, »in Ranunculo springen jetzt die neugeborenen Lämmer unter den Olivenbäumen umher, ihre zierlichen Hufe zertreten die wilden Narzissen, ihre Schwänze baumeln im Wind ...«

»... zwischen den Ulmen galoppieren die Maultiere, eines noch ungebärdiger als das andere«, fuhr Constanza fort, »und die Vögel sitzen immer zu zweit auf den Zweigen.«

Sie kannte den Frühling in Ranunculo aus Selvaggias Erzählungen fast so gut wie ihren eigenen in Babbo Lunas Apothekengarten.

»Zu meinem Geburtstag nehmen wir dich mit; dann zeige ich dir endlich alles«, versprach Selvaggia.

»Auch die Rebenschaukel und das Labyrinth, Zibibbo mit den Rosinenaugen und Mimmo mit der Rotzglocke unter der Nase?«

»Den zuerst«, sagte Selvaggia, »aber meistens läßt er sich nicht blicken, wenn ich da bin.«

Sie lächelte, als sie daran dachte, wie sie einander bei ihrer

Ankunft vor zwei Jahren unversehens gegenübergestanden und sich geschämt hatten: Sie mit ihrem steifen Florentinerhut, im stadtfeinen Kleid, das sie noch nicht gewechselt hatte, weil sie gleich von der Kutsche aus ihren ersten Rundgang machen wollte, und Mimmo mit einer Milchkanne in der Hand, mistverkrustet und nach Kuhstall riechend, seit dem letzten Sommer so gut wie gar nicht gewachsen, während es bei Selvaggia mindestens eine Handbreit war, um die sie ihn nun überragte. Sie hatte sofort ihren Hut weggeworfen und auch die Schuhe und Strümpfe, hatte sich bäuchlings die Wiese hinunterrollen lassen, überzeugt, daß er ihr folgen würde und daß Grashalme im Haar und grüne Flecken im Kleid genügten, das verlorene Gleichgewicht wiederherzustellen. Er aber war starr vor Schreck stehengeblieben. Selvaggia mußte wieder zu ihm hinaufrennen und ihm die Milchkanne aus der Hand reißen, sie an ihren Mund setzen und die Milch in sich hineinschütten, schneller, als sie schlucken konnte.

»Jetzt du!« befahl sie, damit er sich an das alte Spiel erinnerte und sie miteinander lachen konnten über alles, was sie getrennt hatte und wieder verband wie die weißen Schnurrbärte auf ihren Oberlippen …

Seitdem waren Selvaggia und Mimmo einander nicht mehr über den Weg gelaufen, zwei ganze Sommer lang nicht, in denen sich die Familie aber auch seltener in Ranunculo aufhielt als sonst. Im ersten Jahr hatte ein Fieber Camilla zu sehr geschwächt, und im zweiten starben die beiden Großväter.

»Dieses Mal«, prophezeite Camilla im Februar 93, »werden wir wieder ein Rosenjahr bekommen!«

Und sie behielt recht: Schon im Mai blühten die Rosen zuhauf, in Gelb und in Weiß, in hundert verschiedenen Rottönen.

»Sie blühen überstürzt«, sagte Camilla. »Gerade so, als ginge es um ihr Leben.«

Berauscht von der eigenen Fülle und Farbenpracht, erstickten sie die kleinen Gartenblumen zu ihren Füßen, selbstherrlichen Göttinnen gleich, die keine anderen neben sich duldeten.

Constanza ließ sich sofort anstecken vom Rausch der Rosen. Sie fand nicht Worte genug, die Pracht zu beschreiben. Selvaggia aber bedauerte die verlorengegangene Harmonie. Die Rosen hatten überhand genommen, und auch sonst war nichts mehr wie früher. Alle ihre alten Lieblingsplätze kamen ihr auf einmal kleiner und unbedeutender vor: Das Labyrinth war von stacheligen Brombeerranken überwuchert – wer Verborgenes darin auftun wollte, mußte sich die Haut zerkratzen lassen bis aufs Blut –, die Schaukel aus Rebengirlanden, ein wirres Geschling spröder Äste, war zu morsch, auch nur eine Katze zu tragen, und auf der Promenade der kleinen schwarzen Skorpione hockten Tobias mutwillige Kinder und warfen mit Steinen.

»Meine Familie ist zu groß geworden«, entschuldigte sie sich bei ihrer Freundin, »man kann nirgends mehr allein sein.«

Doch Constanza, die sich immer nach Geschwistern gesehnt hatte, störte das nicht. Sie hätte von morgens bis abends mit den Kleinen Verstecken oder Federball spielen mögen, was ihre Mütter sehr angenehm fanden, Selvaggia aber etwas enttäuscht die Nähe ihres Vaters suchen ließ, den sie in den letzten drei Jahren, wenn ihn seine politischen und geschäftlichen Aufgaben allzu lange von zu Hause fernhielten, oft vermißt hatte.

Das Familientreffen am 16. Mai in Ranunculo war sein Wunsch gewesen.

»Das Leben ist so kurz«, hatte er gesagt, »wer weiß, ob es uns noch einmal alle zusammen hierherführt.«

Und niemand hatte es übers Herz gebracht, ihm seinen Wunsch abzuschlagen. Selbst die hochschwangere Giovanna war mit ihrem großen und kleinen Buonamico hergereist und auch Caterina, bleich und schweigsam geworden, aus ihrem Kloster. Tribolo, der sich gerade in Mailand aufhielt, um mit einem alten Empfehlungsschreiben von

Lorenzo bei den Sforza vorzusprechen, brachte Tobia und ihre vier Kinder mit.

Sie alle hatten Giovanni lange nicht gesehen und suchten seinen Rat oder finanzielle Hilfe oder Streit wie Tribolo, und so kam es, daß Selvaggia erst in der zweiten Nacht mit ihrem Vater allein sein konnte. Sie war nach ihrer Geburtstagsfeier, als alle im Haus schon schliefen, noch einmal hinaus auf die Loggia gegangen, ähnlich überreizt wie vor Jahren, als sie dem Besuch des Venezianers entgegenfieberte. Sie hatte jene Nacht niemals erwähnt und niemals vergessen. Betörende Blütendüfte und Raschelgeräusche unter der Holunderhecke, damals wie heute quakten die Frösche in fernen Teichen.

Heute war es viel früher im Jahr. Glyzinien und Flieder verströmten ihren taufeuchten Duft, und, ach, die Rosen verausgabten sich noch ganz. Selvaggia wünschte sich eine Sternschnuppe, damit sie sich Glück wünschen konnte, oder den balsamischen Gesang einer Nachtigall, statt dessen hörte sie die kleinen Eulen, die sie »Kiuh« nannten und die es nur hier gab, über irgendeinen Weltschmerz klagen.

Sie hatte ihren fünfzehnten Geburtstag gefeiert, und alle Geschenke bis auf eines waren Geschenke für eine Braut gewesen, Aussteuerstücke, damit ihre Truhen sich füllten. Und in den bedeutungsvollen Blicken, welche die Familienväter und -mütter miteinander wechselten, lag dieses verschwörerische »Wir werden schon den Richtigen für sie finden«, gegen das jedes junge Mädchen früher oder später einen unvertilgbaren Widerwillen entwickelte.

Allein Tribolos Geschenk fiel aus dem Rahmen. Es war ein schwarzer Fächer, von irgendeinem seiner verrückten Künstler mit einem Cupido bemalt, der sich vor einem Kaninchen fürchtet.

Tribolo tat ja immer nur, was ihm gefiel, und nachdem alle außer ihm sie schon in den Arm genommen und beglückwünscht hatten, umschloß er ihren Kopf mit seinen festen, fordernden Händen; niemand sollte zusehen, wie er sie auf den Mund küßte, mit seiner gespaltenen Zungenspitze ihre Lippen öffnete und beinah auch ihre aufeinandergepreßten Zähne. Es war nicht wirklich unangenehm, dazu war es zu kurz gewesen, aber es war ein geraubter Kuß, der Selvaggia empörte, weil sie ihn weder gewünscht hatte noch erwidern mochte.

Constanza, der nicht entgangen war, was er tat, hatte schon ihre Hand erhoben, als wollte sie ihn an Selvaggias Stelle ohrfeigen, doch er fiel ihr lachend in den Arm und sagte so laut, daß alle es hören konnten:

»Ein geküßter Mund verliert seinen Reiz nicht, sondern erneuert sich wie der Mond.«

Selvaggia verließ jetzt die Loggia und ging über flüsternden Kies ein paar Schritte in den Garten hinein, weil sie die Smaragdlampen der Glühwürmchen, die sie so liebte, vor den schwarzen Hecken leuchten sehen wollte. Etliche führten schon ihre Fackeltänze vor, andere saßen nur blinkend im Gebüsch, ohne sich zu bewegen, winzige, zu den Menschen verirrte Kinder der Sterne. Selvaggia wußte nicht, ob sie weitergehen oder umkehren sollte, fühlte sich unschlüssig wie der Mond, den die Wolken bedeckten und wieder enthüllten. War man bei Nacht allein draußen im Freien, hatte die Welt so viel Weite, daß man sich ganz unbedeutend vorkam. Sie blickte hinüber zum Haus mit seinem Türmchen auf dem flachen Dach, welches den Himmel abschloß und die Erde schützte, und spürte plötzlich die Gegenwart eines anderen Menschen zum Greifen nah. Es war Giovanni; sie wußte es, ohne zu fragen. Irgend etwas hatte auch ihn um den Schlaf gebracht, Nachtgedanken womöglich, die seine Tochter betrafen. Er erschrak nicht, als sie zu ihm trat und seine Hand faßte. Dann sprachen sie lange miteinander, aber nicht in Worten. Giovanni bedauerte seine Unfähigkeit, einen Ehemann zu finden, der ihrer würdig war. Eine Unfähigkeit, welche daher rührte, daß er an gesellschaftlicher Bedeutung verlor, seit sich die Zeiten, schneller, als er mithalten konnte, wandelten. Um ihretwillen schmerzte ihn das zutiefst.

Seine Sorgen seien ganz überflüssig, erwiderte sie stumm, denn sie wolle ohnehin nicht so leben wie Camilla oder die Schwestern oder Freundinnen. Wenn sie wäre wie Constanza, ja, dann vielleicht, aber so war sie nicht. Ihr Leben, meinte sie, sollte vollkommen anders verlaufen. Sonst hätten doch auch all ihre Studien gar keinen Sinn.

Giovanni drückte sie an sein Herz; er hatte verstanden. Und nicht einmal in Gedanken teilte er ihr mit, daß Tribolo heute, an ihrem Geburtstag, um ihre Hand angehalten hatte und daß es womöglich ein Fehler gewesen war, ihn einfach nur auszulachen.

Sie kehrten nicht mehr in ihre Zimmer zurück in dieser Nacht, sondern schliefen in den schaukelnden Hängematten auf der Loggia, Selvaggia, wieder versöhnt mit sich und der Welt, unter dem scharlachroten Gewand ihres Vaters, das sie schon einmal als ganz kleines Mädchen umhüllt hatte wie der Mantel eines Magiers.

Am nächsten Morgen, noch ehe Tobias Bande um das Haus tobte, verließen die beiden Freundinnen Ranunculos Paradies der Rosen, um zu Fuß den Montebello zu besteigen, den die Iris florentina, das Wahrzeichen der Stadt, von oben bis unten lichtblau gefärbt hatte. Die Schwertlilien wuchsen nirgends so gerne wie auf diesem schattenlosen Berg. Babbo Luna brauchte ihre Wurzeln für sein berühmtes »Veilchenpulver«, und sie hatten versprochen, ihm einen ganzen Korb voll ausgegrabener Pflanzen mitzubringen, damit er einen Teil davon in seinen Apothekengarten setzen und den Rest trocknen konnte. Dann würde ihm auch sein Wäscheduftstoff, von dem die Kundinnen gar nicht genug bekommen konnten, nicht mehr so bald ausgehen.

Selvaggia brachte Constanza die Lieder der toskanischen Bauernmädchen bei, während sie die kräftigsten Gewächse für ihren Korb aussuchten. Sie sangen mit den Vögeln um die Wette, bis ihnen die Kehle rauh wurde und sie sich lieber in leiseren Tönen über ihre Väter und ihre Heiratsaussichten unterhielten.

Selvaggia wünschte allen Ernstes, sie wäre als Knabe zur Welt gekommen, denn dann, so meinte sie, brauchte ihr Vater jetzt nicht von den di Amadi zu den Frescobaldi zu laufen und von den Datini zu den Tobalducci, um auch noch die vierte Tochter unter die Haube zu bringen. Dies müsse doch demütigend für ihn sein. Überdies gingen seine Geschäfte im Augenblick nicht so besonders gut, seitdem die Textilindustrie der Engländer, wie sie bei Tisch aufgeschnappt hatte, der florentinischen heftig Konkurrenz mache und auch Giovannis »Chronik des Goldenen Zeitalters«, die alle Welt so gerühmt habe, ein Jahr nach Lorenzos Tod schon vergessen sei. Und der Nachfolger, der junge Piero de' Medici, nun, der möge ihren Vater wohl nicht ...

»Wie gut, daß Babbo Luna mit alldem nichts zu tun hat!« frohlockte Constanza. »Wenn ich ihn nicht ständig daran erinnerte, würde er glatt vergessen, mich zu verheiraten.«

»Du Glückliche!« seufzte Selvaggia.

Doch da war ihre Freundin ganz anderer Meinung. Sie hatte derzeit gleich zwei Verehrer, einen griechischen Kopisten, welcher im Viertel der Byzantiner wohnte, und einen schon etwas älteren Juwelier aus der Via degli Alfani, wo alle besseren Goldschmiede zu finden waren. Ihr selbst aber hatte es ein blutjunger Schneider angetan, der fast täglich in der Apotheke Zahnpulver kaufte, nur um Constanza zu sehen und sich mit ihr über Stoffe und Schnittmuster zu unterhalten.

»Du kannst unmöglich einen Schneider heiraten wollen, die sind bei uns doch viel zu wenig geachtet!« gab Selvaggia zu bedenken.

»Na und?« Constanza ließ sich kichernd in die Schwertlilien fallen; sie strampelte mit den Beinen und enthüllte ihre geflickte Unterwäsche wie ein schamloses kleines Mädchen, dem noch sämtliche Anstandsregeln erspart geblieben waren.

»Es genügt doch, wenn ich ihn achte! Und was wir alles miteinander machen könnten ...! Ich meine, schneidern«, betonte sie vorsichtshalber. Ihre Freundin nahm es manchmal so genau. »War das übrigens dein erster richtiger Kuß, gestern abend von Tribolo?«

Da Selvaggia so tat, als hätte sie die Frage nicht verstanden, vielmehr, tief über den Korb gebeugt, die Lilien nach Farben und Größe sortierte, wurde Constanza deutlicher: »Die Münder müssen richtig aufeinanderliegen, weißt du, damit der Kuß wachsen kann. – Soll ich es dir mal zeigen?«

Endlich blickte Selvaggia auf; ihre Augen waren viel dunkler als eben. Königsblau, dachte Constanza, die richtige Farbe für die Hochzeitsnacht einer Fürstenbraut ... Sie liebte Überlegungen zur Aussteuer.

»Mein Vater«, klagte Selvaggia, »ist nicht mehr wie früher.« Sie hatte wohl wirklich nicht zugehört. »Wenn ich wüßte, daß er sich um meinetwillen so grämt, würde ich lieber auf dem Grund von Ranunculos tiefstem Brunnen liegen, als ihm noch länger das Leben schwermachen!«

Ungläubig schüttelte Constanza den Kopf. »Aber das tätest du damit doch erst recht!« Sie legte ihren Arm um Selvaggias Schultern und küßte sie auf Stirn und Schläfen, um ihr die trüben Gedanken zu nehmen. »Wovor hast du Angst?«

Erst schien Selvaggia wieder nicht antworten zu wollen, doch dann murmelte sie: »Daß ein Schmerz beginnt, der nicht mehr aufhört. So wie bei Camilla und Giovanni und den meisten Erwachsenen.«

Constanza wußte nichts zu erwidern, die Freundin war ihr manchmal richtig fremd. Wie konnte man nur so denken? – Sie würde Babbo Luna um Rat fragen, bevor sie mit ihrer womöglich tolpatschigen Art alles noch schlimmer machte. Sie streichelte Selvaggias langes Haar, das ihr in Wellen über die Schultern fiel, massierte sanft die einzelnen Nackenwirbel, so wie sie es mochte. Dabei berührten ihre Fingerspitzen das Muttermal zwischen den Schultern der Freundin. Es fühlte sich heute ganz heiß an, wulstiger als sonst, und als Constanza es genauer betrachtete, fand sie es dunkelrot verfärbt, fast schwarz.

»Du solltest es Babbo Luna zeigen, Selvaggia!« sagte sie. »Es sieht gar nicht gut aus. Vielleicht kann sein Lariciokiefernöl helfen. – Seit wann ist es so?«

»Seit gestern, Donna Medica«, scherzte Selvaggia und zog ihren Kleiderausschnitt höher. »Keine Bange, ich hatte mir die Haare hochgesteckt und kein Tuch über den Schultern. Faustina liegt mir schon genug mit diesem Feuermal in den Ohren. Wenn's nach ihr ginge, dürfte ich damit überhaupt nicht in die Sonne.«

»Vielleicht hat sie ja recht. Babbo hält sehr viel von Faustinas Eingebungen. – Komm, wir bringen ihr von den Wiesen unten einen schönen Blumenstrauß mit! Einen für sie und einen für Licisca! Vielleicht treffen wir dann auch endlich deinen Mimmo!«

Schon war Constanza aufgesprungen, hatte sich den Lilienkorb geschnappt und rannte nun, bevor Selvaggia etwas sagen konnte, mit geschürzten Röcken den himmelblauen Montebello hinunter.

Es waren prachtvolle blau-weiß-gelbe Sträuße, die sie am Mittag nach Ranunculo schleppten. Licisca fanden sie am Hühnerstall, doch Mimmo war nicht bei ihr. Sie wisse selbst nicht, wo der sich immer herumtreibe, sagte seine Mutter und wischte sich die Augen vor Freude über die Blumen ... Vielleicht wäre es besser gewesen, ihren Sohn nicht so oft zusammen mit Selvaggia unterrichten zu lassen. Jetzt tauge er weder zum Bauern noch zu irgend etwas anderem.

»Das kann ich mir nicht denken!« platzte Constanza heraus. »Nach allem, was ich von Selvaggia weiß, hatte Euer Sohn als Kind die tollsten Einfälle. Da wird er auch in Zukunft wissen, was er tut!«

Sie biß sich auf die Lippen, weil sie sich selbst vorlaut fand, doch Licisca nahm es ihr nicht übel.

Sie vertröstete die Freundinnen auf die Weinlese zum Ende des Sommers. Dabei werde Mimmo gewiß nicht fehlen. »Und Ihr kommt ja vielleicht auch wieder zu Besuch«, wandte sie sich an Constanza.

»Leider nicht!« Constanza hob bedauernd die Schultern. Sie würde wohl wieder den ganzen Sommer im heißen Florenz verbringen, um ihrem Babbo den Haushalt zu führen.

Auch Selvaggia blieb noch bis weit in den Juli hinein in der Stadt und setzte ihre Studien bei Cattani da Diacetto fort. Ihr Vater wünschte es so. Der florentinische Dreiklang aus Wissenschaft, Philosophie und Kunst werde sich eines Tages in Disharmonien auflösen, meinte er, und dann sei es gut, seinen Wohlklang noch in den Ohren zu haben. Selvaggia war einverstanden, bat Giovanni aber, seine Bemühungen, einen passenden Bräutigam für sie zu finden, ruhen zu lassen, bis das Klima in der Stadt sich verbessert hätte und die Menschen einander wieder unvoreingenommen begegneten.

Im Augenblick waren sie quer durch alle Nachbarschaften und Familien in wenigstens drei Parteien gespalten, von denen keine der anderen über den Weg traute. Besonders irritiert zeigten sich die alten Medici-Freunde. Sie hatten das Gefühl, an der Seite Pieros auf verlorenem Posten zu stehen. Jeder von ihnen mußte damit rechnen, seinen Namen am nächsten Tag in einem der Tamburi zu finden, jenen Kästen vor dem Palazzo de Podestà, denen die Denunzianten seit hundert Jahren ihre anonymen Mitteilungen anvertrauten.

Die zweite Partei bestand aus Girolamo-Anhängern, vom Volksmund »Piagnoni« genannt, Klagebrüder. Obwohl ihre Zahl ständig zunahm, hatten auch sie ihre Gegner, die »Arrabiati«, und manch frommer Christ fand seine Haustür frühmorgens mit Galgen und Stricken beschmiert.

Zur dritten Gruppe schließlich gehörten all die Überlebenskünstler, die sich nach außen hin unparteiisch gaben, um sich bei einem Stimmungsumschwung rechtzeitig auf die passende Seite zu schlagen.

In solchen Zeiten schien es nicht nur Selvaggia unmöglich, verläßliche Familienbande zu knüpfen. Selbst Bonifazio Fuzimeliga hatte seine Fensterparaden eingestellt, und auch seine Liebesbriefchen auf lindgrünem Papier flatterten nun seltener ins Haus.

Die ganze Stadt war wie erstarrt; es wurde auch nicht mehr gebaut, Angefangenes blieb halbfertig stehen. Alle warteten auf ein Signal, das nicht kam.

Die Wochen zwischen Selvaggias fünfzehntem Geburtstag und den Sommerferien in Ranunculo reichten gerade aus, um mit Signor Cattani endlich die Schriften seines Lehrers Giovanni Pico zu studieren, der außer Griechisch und Latein so seltene Sprachen wie Hebräisch, Arabisch und Chaldäisch beherrschte und im Originaltext lesen konnte. Lebensziel des noch recht jungen Sprachgenies war es, sämtliche philosophischen Systeme und Religionen miteinander auszusöhnen und zu vereinen. Beseelt von dieser Idee, hatte er vor fünf Jahren die wahnwitzige Anzahl von neunhundert Thesen verfaßt, um sie in Rom allen Gelehrten Europas zur Diskussion zu stellen. Aus Cattanis Worten sprach tiefe Bewunderung, als er seiner Schülerin davon erzählte.

Leider kam das Treffen in Rom nie zustande, da Papst Innozenz kurz vorher dreizehn der neunhundert Punkte für Ketzerei erklärt hatte, worauf Graf Pico vorsichtshalber nach Frankreich floh. Doch des Papstes Spürhunde waren bekanntlich überall, damals wie heute, und so auch in Frankreich. Sie verhafteten den Einiger der Weltphilosophie und hielten ihn gefangen, bis Lorenzo de' Medici seinen ganzen Einfluß geltend machte, damit der Freund als freier Mann nach Florenz zurückkehren konnte.

Giovanni Pico gehörte schon als Zwanzigjähriger zu den führenden Köpfen der Platonischen Akademie, und obwohl sie häufig miteinander stritten, teilte er die Auffassung ihres Präsidenten Ficino, daß der Mensch in der Weltmitte zwischen den unbelebten Dingen und dem höchsten Sein stehe und die Art und Weise seiner Existenz in freier, bewußter Wahl selbst bestimme. Er könne sich, so lehrte er, zum Tier erniedrigen, aber auch zum göttlichen Wesen erhöhen.

»Das Beispiel seiner Tiernatur ist er uns wahrhaftig nicht schuldig geblieben«, kommentierte Tribolo, als er davon hörte, und wußte, wie konnte es anders sein, auch vom Grafen Pico eine Skandalgeschichte zu erzählen:

Nach seiner Rückkehr aus der französischen Gefangenschaft hatte der schöne junge Mann sich nämlich unsterblich in eine gewisse Donna Margarita verliebt, die als Ehefrau des Giuliano Mariotto dei Medici, einem entfernten Verwandten Lorenzos, in Arezzo lebte.

Sie waren einander eines Tages auf der Straße begegnet, beide zu Pferd und in Begleitung. Ein freundlicher Gruß oder auch ein verliebter Blick hätte wahrhaftig genügt, doch Picos Gefühle für diese Dame – oder sein Temperament – waren so leidenschaftlich, daß er sie ohne weitere Umstände von ihrem Pferd auf sein eigenes hinüberzog und sich im Galopp davonmachte, verfolgt vom erbosten Ehemann und seinen Begleitern sowie einem Troß tatendurstiger Nachbarn, die sich, angelockt vom Lärm, der Hetzjagd anschlossen. Erst an der Grenze des Aretino schnitten ein paar Feldarbeiter dem Grafen und seiner Angebeteten den Weg mit Hacken und Heugabeln ab. Es kam zu einem erbitterten Kampf zwischen den Rächern des Ehemanns und Picos Getreuen, welcher zweien von ihnen das Leben kostete und den verwundeten Pico wieder ins Gefängnis brachte. Zum zweiten-, aber nicht zum letztenmal mischte Lorenzo de' Medici sich ein und sorgte dafür, daß sein Schützling, dem er um seines Geistes willen beinah alles verzieh, auf freien Fuß gesetzt wurde.

Die Geschichte sprach sich natürlich in ganz Oberitalien herum und wurde in Florenz zum Skandal des Jahres; die

Leute wetzten ihre Zungen wie noch nie. Freund Ficino mußte sich zur Rechtfertigung des Entführers flugs eine »Apologie vom Raub der Nymphe Margarita durch den Helden Pico« aus den Fingern saugen, damit die Gemüter sich wieder beruhigten …

»Die Geschichte hat Signor Cattani mir allerdings verschwiegen«, bekannte Selvaggia.

Tribolo nickte zufrieden. »Kann ich mir denken. Die Herren Humanisten negieren das Böse. Das haben sie immer schon getan, obwohl es an Dummheit grenzt. Nachts hocken sie über ihren Bücher, um ihre ›Seele‹ zu retten – ich bitte dich! Ihre Kunst, wenn man die schwülstigen Episteln dieser blutleeren Gedankenscheißer so nennen darf, entsteht aus Büchern, statt aus dem Leben.«

»Deine Geschichte scheint mir aber genau das Gegenteil zu beweisen«, bemerkte Selvaggia, »denn danach ist Pico della Mirandola doch ein sehr heißblütiger Mensch …«

»Ausnahmen bestätigen die Regel, mein Engel. – Du könntest mir übrigens was zu trinken anbieten!«

»Später.«

Tribolo grinste amüsiert. Seine kleine Schwester gefiel sich neuerdings in der Rolle der Widerspenstigen. »Der Wolf zerreißt den, der sich zum Schafe macht«, hatte er ihr kürzlich in ihr Tagebuch geschrieben. Er konnte fast jede Schrift imitieren, also auch ihre. Doch sie verstand keinen Spaß, entrüstete sich gewaltig:

»Wer hat mit meiner Hand geschrieben? Wer?«

Oh, dieser heilige Zorn in ihren Augen! Endlich sprühten sie Funken, waren wild wie die einer Kriegerin! Dabei hatte er ihre intimen Notizen nicht etwa gesucht, sondern zufällig gefunden, das konnte er sogar beschwören – sie aber wollte nicht besänftigt werden. Seinen Spruch schien sie sich immerhin gemerkt zu haben …

»Nun gut: später! Ganz, wie du willst. – Weißt du auch, daß dein eskapadenreicher Philosoph ein Freund des strammen Burschen Buonarroti ist, Michelangelo – der Name zergeht auf der Zunge –, von dem es heißt, er sei schwul, was er wiederum mit einem anderen hohen Tier aus florentinischer Zucht gemein hat, mit dem Sohn des Magnifico, der sich ansonsten mehr für Akrobaten und Stallknechte erwärmen kann als für Künstler oder gar Humanisten.«

»Ach, das ist doch Schenkentratsch! – Wann bist du hier fertig?« Die Unterhaltung fand im Studiolo statt, wo Tribolo sich besonders gern umsah, wenn Giovanni nicht zu Hause war. Selvaggia hätte es ihm am liebsten verboten, doch das stand ihr wohl nicht zu, um so weniger, als Tribolo behauptete, in Giovannis Auftrag nach wichtigen Kreditbriefen zu suchen. Schon möglich, daß er in dem Fall die Wahrheit sagte, trotzdem mochte sie ihn nicht mit ihres Vaters persönlichsten Dingen allein lassen.

Gerade faselte er etwas vom »Lamm«, dem Symbol der Seidengilde, welches man »zur Schlachtbank führen« werde, ob es wolle oder nicht, während er eine Mappe nach der anderen aufschlug und alles darin durcheinanderbrachte.

Bald hatte er sämtliche Korrespondenzen der letzten Zeit überflogen; nun verlangte er Einsicht in die Familienchronik. Selvaggia mußte mehrmals versichern, daß Giovanni den Schlüssel zu seinem Geheimfach stets bei sich trage – was eine glatte Lüge war –, bis Tribolo sich endlich zufriedengab. Dann schloß er die Augen und breitete seine Arme aus wie jemand, der es gewöhnt ist, daß man sich ihm an die Brust wirft, Selvaggia aber rührte sich nicht. Er ließ die Arme wieder sinken, versuchte es andersherum. Wenn die Pose des Liebhabers nicht erwünscht war, dann vielleicht die des Lehrers:

»Du solltest dich von den Humanisten verabschieden, sie kommen aus der Mode«, riet er ihr.

Selvaggia war einen Schritt zurückgetreten und blieb auf der Hut. Ihr Mund war noch nicht bereit zu weiteren Küssen, hatte sich nicht erneuert wie der Mond.

»Ich weiß wohl, daß alles sich ändert«, erwiderte sie. »›Niemand badet zweimal im selben Fluß, denn das Wasser ist immer ein anderes‹, hat Giovanni mir schon als kleines Kind beigebracht. Doch meine Bildung ist mir wichtig, auch die humanistische, die du so verabscheust. Sie wird wohl meine einzige Mitgift bleiben, und mir ist es ganz recht so.«

Tribolo wirkte verärgert. »Wozu brauchst du noch mehr von deiner verdammten Bildung? Du redest jetzt schon wie ein uralter Theologe! Den Leuchtturm zu Alexandria könnte man aus deinen Zitaten bauen. Und Mitgift? – Daß ich nicht lache!«

Sein Blick hatte etwas ebenso Zwingendes wie seine Gesten, doch war es schwerer, ihm auszuweichen. Mit eisernem Zeigefinger hob er ihr Kinn in die Höhe, damit sie ihm in die Augen sah.

»Du brauchst keine Mitgift mehr. Ich habe genug im Spiel gewonnen und es noch nicht durchgebracht.«

»Na und?«

»Das solltest du nicht sagen! Ich könnte – könnte ja auch dich im Spiel gewonnen haben.«

Selvaggia erschrak. Sie spürte, wie sich jedes einzelne Härchen auf ihren Armen und im Nacken aufrichtete und ihr ein kalter Schauer über den Rücken lief. Dabei war es ein heißer, windstiller Junitag, die Fenster zur Straße standen weit offen.

Eines Tages, dachte sie, wird er kommen und mich an ein Versprechen erinnern, welches ich ihm niemals gegeben habe. Er wird dennoch darauf bestehen, daß ich es einlöse.

Sie wandte sich ab und ging hinaus.

Auch der Sommer in Ranunculo, dem Paradies ihrer Kindheit, unterschied sich von allen vergangenen, vom Anfang, der Selvaggia zum erstenmal das Glücksgefühl versagte, das sie für gewöhnlich überkam, sobald sie den Fuß aus der Kutsche setzte, bis zum unvorstellbaren Ende.

Die Sonne, die sie immer geliebt hatte, mochte auch ihre Wärme zur Glut werden und ihr Gold zu Feuer, erschien ihr diesmal als Feindin des Lebens. Alles Grün war verschmachtet, die Blumen verblüht, verdorrt der gelbe Ginster und die blauwogenden Flachsfelder des Frühlings zur braunen Steppe verbrannt.

Und es war ungewohnt still, kein Vogel-, Wind-, Bienengesumm. Nur die Zikaden, an den knochentrockenen Boden gefesselt, strichen ihr hysterisches Crescendo. Die Luft flimmerte vor Hitze, oben wie unten, denn der Kies machte sich zum Verbündeten des grellen weißen Lichtes, das er reflektierte.

Zu dritt waren sie hierhergekommen, Camilla, Faustina und Selvaggia, doch eine nach der anderen zog sich schon bald mit klopfenden Schläfen in die Kühle ihres Schlafzimmers zurück, als hätten sie die Stadt mit ihren Backofentemperaturen noch gar nicht verlassen. Erst am frühen Abend trafen sie wieder auf der Loggia zusammen, um Faustinas Sommerkost zu genießen und Selvaggias Lautenspiel, um einander vor dem Schlafengehen etwas vorzulesen, die Mama aus der Bibel und Selvaggia aus Platons Schriften.

Durch die Stimme ihrer Jüngsten wurde Camilla in die Lehre von den Ideen eingeweiht, jenen schöpferischen Wesenheiten, die der wirklichen Erscheinung als Urbilder der Seele zugrunde liegen sollten, und fühlte sich wie befreit. Je älter sie wurde, desto mehr hatte sie sich danach gesehnt, daß die sichtbaren Dinge nur ein Abglanz der verborgenen wären, und sich allein durch ihre Pflanzenversuche und Visionen darin bestätigt gesehen. Dabei hätte sie nur lesen müssen, was Mann und Tochter lasen, um ihre Wünsche als wohlformulierte Wahrheiten wiederzufinden, welche die Jahrhunderte überdauerten. Was für eine seltsame Scheu hatte sie bloß davon abgehalten?

Auch Selvaggia wurde ihres Platon nicht überdrüssig. Sätze wie: »Der Geist des Kindes ist erinnerungsträchtig in bezug auf frühere Seinszustände« schienen ihr besonders gut hierher zu passen, nach Ranunculo, in dessen Verstecken sie mit und ohne Mimmo schon so viele Leben durchgespielt hatte.

Und auch Faustina nickte zufrieden, als sie eine Weile zuhörte. Eine Welt, die so geordnet war, daß sie der Idee des Guten entsprach, machte manche Befürchtung überflüssig.

Sie alle, sogar Camilla, schliefen gut nach solch einer Lesung, um am nächsten Morgen wieder mit bleiernen Gliedern zu erwachen, betäubt von der Hitze der Nacht. Es gab einfach keine Abkühlung in diesem Sommer, nicht einmal hier draußen, auf den Hügeln vor der Stadt.

Wie unerträglich würde es erst in Florenz sein, dachte Selvaggia, wenn sie am Morgen keine Lust hatte aufzustehen. In San Frediano, wo Constanza alle Hausarbeit allein verrichtete und dabei so munter war wie ein Fisch im Wasser. In San Spirito oder San Lorenzo, wo ihr Vater Giovanni – ebenfalls allein – versuchte, seine Existenz zu retten, ohne seine Ideale zu verraten.

Die Tage in Ranunculo behielten ihre Schwere, immer eintöniger kamen sie Selvaggia vor. Was war es gewesen, das alle anderen Sommer im Rückblick zu einem Füllhorn großartiger Ereignisse machte? Sie wußte es nicht mehr.

Die Zeit, die in Florenz davoneilte, als wolle sie mit dem Flügelschlag der Domschwalben wetteifern, war in Ranunculo ein störrischer Maulesel, der sich nicht von der Stelle rührte. So sehr sich Selvaggia im Frühjahr daran gestört hatte, daß die Schwestern und ihre Kinder bis in die entlegensten Winkel des Gartens vorgedrungen waren, so sehr wünschte sie sich jetzt Gesellschaft. Wenn sie wenigstens noch Constanza erwarten könnte! Babbo Luna sollte seine Apotheke einfach schließen und mitkommen ... Dann hätte sie wirkliche Unterhaltung, statt den Stimmen in einem Garten zu lauschen, der nur noch Selbstgespräche hielt.

Immer, dachte sie, fehlte irgendwo eine Kleinigkeit zum Glücklichsein. Vielleicht war es das, was das Leben der Erwachsenen so wenig anziehend machte. – Oder das Glück bestand gar nicht aus einem fortwährenden Wohlergehen, sondern war etwas völlig anderes, ein einmaliges Ereignis, dessen Schönheit das ganze weitere Leben überstrahlte und nur wenigen Menschen zuteil wurde.

Nach der ersten Woche zog es Selvaggia auch tagsüber wieder hinaus in den Garten. Ein Mooskissen auf dem Brunnenrand war jetzt ihr Lieblingsplatz, genau in der Mitte zwischen zwei pummeligen Putten mit Grübchen im Fuß. Dort ließ es sich aushalten. Der Geruch des Wassers erinnerte an feuchte Kellergewölbe voller Krötengetier in den Ecken, an Schlangengruben auf dem schlammigen Grund. Ein kalter Hauch stand wie eine Glocke über der Oberfläche und schirmte die Hitze ab. Mit Hilfe ihrer Vorstellungskraft und der Kühle aus dem Brunnen gelang es Selvaggia zu frösteln bis zur Gänsehaut; ein himmlisches Gefühl mitten im Hochsommer unter Ranunculos sengender Sonne. Erfrischung brachte auch das Mondspiel: Wenn sie sich weit genug über das Wasser beugte, blickte ihr ein Gesicht aus der Tiefe entgegen, ihr Gesicht, weich und verschwommen wie eine traurige Tochter Lunas. Warf sie ein Steinchen in das Mondgesicht, zersprang es in tausend Stücke ...

Sie erinnerte sich an eine Novelle. Ein junger Mann sah, wie ein Sonnenstrahl das Wasser in einem Brunnen traf und wie sich von dort ein Licht auf seine Liebste zurückspiegelte. Ein kleiner Geist entstieg dem tanzenden Licht; er kletterte zuerst in die Augen der Schönen, dann in ihre Locken, dann in den Blütenkranz auf ihrem Haar, wo er sich eine Weile versteckt hielt, um dann unter hymnischen Gesängen eine Flamme zu entzünden: Boccaccios Fiammetta war geboren ...

Selvaggia seufzte ein wenig. Es mußte ja nicht gleich ein unbekannter Liebhaber sein, der sie zwischen den Puttenfüßen entdeckte, ein alter Freund wie Mimmo hätte genügt, doch der hielt sich fern. Er würde wohl von früh bis spät auf den Feldern sein müssen und sich mit einer Getreideernte abmühen, die kaum lohnte. Die meisten Ähren waren taub von der monatelangen Trockenheit. Noternte, Kümmerkorn – wieder stand den Bauern ein harter Winter bevor. Mimmo und seine Leute würden sich betrogen fühlen wie schon so oft.

Sie suchte ihn überall, aber fand ihn nicht, bis Faustina sie eines Morgens mit verschwörerischer Miene in den Apfelgarten schickte. Die alte Kinderfrau hatte es sich mit den Jahren abgewöhnt, viele Worte zu machen. Wer wollte, verstand sie auch so.

»Ich würde dahin gehen, wo die Äpfel reif sind, mein Täubchen ...«

Und wirklich, da beugten gleich drei der Gebrüder Gaburro ihre Rücken und sammelten Fallobst ein. Sie sahen einander zum Verwechseln ähnlich, auch wenn sie sich nicht bückten: Kleinwüchsige, muskulöse Arbeiter mit flinken Bewegungen, die genau aufeinander abgestimmt waren. Alle drei trugen glänzendschwarze Bärtchen über der Oberlippe, keiner einen weißen Milchbart, keiner eine Rotzglocke unter der Nase, und wenn, dann waren es Schweißperlen.

Einer löste sich aus der Gruppe und kam auf sie zu. Es war Mimmo. Selvaggia erkannte ihn an seinen Augen von der Farbe und Form dunkler Oliven. Immer schon hatte Mimmo eine Spur tatendurstiger in die Welt geschaut als seine Brüder. Er roch nach Sonnenschein im Haar und süßem Most auf der Haut und begrüßte sie mit festem Händedruck, weder verlegen noch freudig überrascht. Aus dem kleinen Kuhhirten war ein junger Mann geworden, der wußte, was er wollte. Diesmal fühlte Selvaggia sich befangener als er. Sie musterte ihn verstohlen. Was hatte ihn so von ihr entfernt in den letzten beiden Jahren? War es das mühsame Leben hier auf dem Land ihrer Eltern? Ein bestimmter Umgang? Sie hätte es gern aus seinem Munde gehört, wußte ihm aber die Worte nicht zu entlocken. Früher war alles viel einfacher gewesen.

Sie wechselten höfliche Floskeln und befragten einander über die Zukunft, denn die Vergangenheit war ein Kinderversteck und die Gegenwart ein Niemandsland.

Nur noch wenige Wochen werde er so leben wie ein Bauer, erklärte Mimmo. Danach wolle er ganz weit fort von zu Hause, und zwar zu den Seefahrern.

»Zu wem?«

Zur Mannschaft des Christoforo Colombo, der im September zum zweitenmal den Ozean überqueren werde. Sie habe ja sicher davon gehört, daß der Genueser vor kurzem die indischen Länder entdeckte, wo unermeßliche Schätze nur darauf warteten, in Besitz genommen zu werden.

»Woher weißt du davon?«

»Aus den Schänken. Von Reisenden. – Von deinem Herrn Bruder.«

»Tribolo? Dem muß man nicht alles glauben. – Und woher willst du wissen, von welchem Hafen dieser Colombo aufbrechen wird und ob er dich überhaupt mitnimmt?«

»In Genua werde ich alles erfahren. Sie sind froh über jeden, der in ihre Mannschaft will. Colombo nimmt sogar Sträflinge mit. Und ich bin jetzt alt genug, auch ohne Erlaubnis meiner Eltern mit ihm um die Welt zu segeln. – Colombo ist der größte Seefahrer, den es gibt. Bei seiner ersten Fahrt hat er sich nur nach dem Polarstern gerichtet, der immer in gleicher Höhe über dem Horizont stehen mußte ... Wußtest du das?«

Selvaggia schaute in die Apfelbäume und versuchte sich Mimmo als Schiffsjungen auf dem Mast einer Karavelle vorzustellen, ohne festen Boden unter den Füßen, eine Wasserwüste vor Augen. Von der Seekrankheit geplagt, vom Heimweh. Oder, schlimmer noch, als Gefangener in einer Galeere, um sein Leben rudernd.

»Du Ärmster!« bedauerte sie ihn. »Und Licisca?«

Mimmo legte seinen Zeigefinger auf ihre Lippen. So hatten sie als Kinder ihre Geheimnisse besiegelt. »Darf noch nichts davon wissen!« Auch er ließ seinen olivbraunen Blick über die verbrannte Apfelwiese schweifen mit ihren kleinen, harten Früchten unter den Bäumen und sah ein anderes, üppigeres Land, welches man nicht bestellen mußte, damit es reiche Ernte trug. Ein Land, in dem der Erde Gold entsprang.

»Den Blick eines Piraten hast du schon«, bemerkte Selvaggia.

Mimmo nickte kurz. »Wenn ich hierbliebe, würde ich nicht aufhören, von einem anderen Leben zu träumen«, sagte er.

Mit entschlossener Miene bückte er sich nach weiteren Äpfeln. Selvaggia sah ihm noch eine Weile zu; sie wußte, daß sie ihn nie wiedersehen würde. Dann machte sie sich auf den Weg über die Felder zum Haus Liciscas, die erst später verstehen würde, weshalb sie ihr Trost bringen wollte.

Irgendwann hatten die drei Bewohnerinnen der Villa Ranunculo sich der extremen Sommerhitze angepaßt. Sie waren so selbstvergessen geworden wie die Natur, die träge dahindämmerte, all ihrer Kräfte beraubt. Selbst Faustina ging die Arbeit schwer von der Hand. Die Monotonie der Tage hatte sich ihrem Gesicht mitgeteilt und ihren Bewegungen. Und so geschah es auch den beiden anderen. Camilla wirkte zwar gelassener als in Florenz, aber auch zerstreuter. Jede Anstrengung war ihr zuviel geworden, sogar die des Geistes und der Gefühle. Sie geriet in einen Zustand des Nicht-Denkens, den sie sehr angenehm fand. Selvaggia versuchte es ihr gleichzutun, aber es wollte ihr nicht so recht gelingen. Sie spürte eine Spannung, welche wuchs, statt zu weichen, eine innere Aufgeregtheit, deren Ursache sie nicht erkennen konnte. Sie begann wieder Gedichte zu schreiben, und wenn auch das nicht glückte, wenigstens Tagebuch, doch wenn sie später überflog, was sie zu Papier gebracht hatte, schien es ihr nicht der Mühe wert zu sein. Alles, was sie für bedeutend genug hielt, in Worte gefaßt zu werden, hatten die wirklichen Dichter schon besser gesagt. Viel besser.

Enttäuscht wandte sie sich wieder ihren Büchern zu und entdeckte den Decamerone, las wie im Rausch seine hundert pikanten Geschichten. Sonderbar vertraut erschienen ihr bald die Personen aus dem Jahre 1348. Als hätte sich auch in Ranunculo eine Gesellschaft von sieben jungen Mädchen und drei jungen Männern getroffen, um einander auf das angenehmste vom Schwarzen Tod in der Stadt abzulenken. Als wäre sie eine von ihnen gewesen, Fiammetta oder Pampinea, Königin der ersten oder letzten Tage.

In der Hängematte schaukelnd, weder schlafend noch wach, versuchte Selvaggia, sich in jene Szenen auf dem Land hineinzuträumen, an einem anderen Ort, zu anderer Zeit, und wurde dabei immer wieder an die Ufer eines Meeres getragen, Mimmos Meer, das sie nicht kannte und doch vor sich sah. Ein stilles Wasser, welches kleine, leicht gekräuselte Wellen aussandte, harmlos wie die des ausgetrockneten Arno im Sommer, aber auch wildes Wasser, das sich wälzte und wichtig machte im Bündnis mit dem Wind. Alles verschlingend, was ihm nicht gewachsen war. Sie sah die Schiffe, von Christoforo Colombo gesteuert und von den Tages- und Nachtgestirnen geleitet. Das blutrote Kreuz auf den Segeln der »Santa Maria« erinnerte an die Fahnen Girolamos. Weißgekleidete Knaben schwenkten sie neuerdings in den Straßen von Florenz. Die Verkünder des Gottesstaates waren überall, zu Wasser und zu Land. Die Hitze schuf Fieberträume mit den seltsamsten Requisiten, schenkte dem kühlen Wasser eine Unterwelt, die zum Verweilen reizte, und bevölkerte sie mit Zyklopen und Schwanzmenschen, mit Sirenen und Amazonen: Pfeil und Bogen vor der Brust, behaupteten sie ihre Weiblichkeit.

Alles, was jemals in den Mythen und Sagen eine Rolle gespielt hatte, vermischt mit Tribolos Seemannsgarn, geisterte durch Selvaggias Tagtraum. Und die ganze Zeit, während sie sich über und unter Wasser umsah, hörte sie den Hufschlag eines Pferdes auf harten Boden einhämmern. Zu Anfang war es ganz weit weg, gab nicht zu erkennen, wohin man es trieb. Noch hätte es seine Richtung ändern können, doch es verließ seine einmal gewählte Bahn nicht und kam unaufhaltsam näher. Herolde mochten so reiten, Ruhm oder Niederlage verkündend. Desperados auf der Flucht. Attentäter. Ranunculo würde am Wege liegen, das auf jeden Fall ... Dann waren sie am Ziel, und es blieb stehen, das Pferd aus dem Traum. Der Reiter sprang ab – oder ließ er sich einfach fallen? Ein Paar Stiefel grub sich in die sandige Erde und setzte die Bewegungen des Pferdes fort. Kies knirschte unter gewichtigen Schritten.

Selvaggia stellte sich schlafend, auch als sie den Luftzug neben der Hängematte spürte, einen Schatten, der sich niederkniete und seinen Kopf in ihren Schoß legte. Heiß und erdrückend schwer war dieser Kopf. Tribolo begann sofort zu reden, noch ganz außer Atem und ziemlich betrunken, auch seine Zunge war schwer.

Giovanni ..., keuchte er. Giovanni habe etwas Unbegreifliches getan. Sein gesamtes Vermögen, seine Kreditbriefe – alles habe er von der Medici-Bank genommen, um es nach Innsbruck zu Jakob Fugger zu bringen. So eine Panikaktion im ungünstigsten Moment, wo jeder die Schritte des anderen überwachte, sehe Giovanni gar nicht ähnlich! Tribolo schluchzte jetzt fast:

»Hätte er sich doch nur mit mir beraten!«

Selvaggia öffnete die Augen. Von Tribolos schweißnassem Gesicht tropfte das Wasser auf ihren Schoß. Mein Gott, dachte sie, es ist doch nur Geld, selbst wenn es verloren wäre. Und weshalb regte Tribolo sich so auf? Es ging doch nicht um sein Vermögen!

»Du hast zuviel getrunken«, sagte sie und versuchte, sich von der Last des Kopfes zu befreien. »Dann wirst du immer so rührselig.«

»Ich wollte, ich hätte!«

Er sah wirklich schlimm aus mit seinem blauroten Gesicht und den blutunterlaufenen Augen. Der Wein und die Hitze! Wie der Teufel mußte er geritten sein, um irgend etwas

Schreckliches zu verkünden, ein Unheil, gegen das sie machtlos war.

Gewisse Kreise in Florenz, sagte er, sähen solche Kapitalfluchten nicht gerne, denn wenn das Schule machte, wäre die Stadt bald am Ende.

Selvaggia richtete sich auf, ihre Füße berührten wieder den Boden. Man habe Giovanni nachspioniert, erfuhr sie. Seine Gegner seien von Anfang an über seine Pläne informiert gewesen. Sie hätten sich zusammengerottet …

Selvaggia hatte Tribolo zur Seite geschoben und sich erhoben. Er sollte nicht vor ihr knien, sein Gesicht war so nah, sein heißer Atem streifte ihre Haut unter dem dünnen Kleiderstoff.

Bis zur Porta Gattolino sei Giovanni gekommen. Noch vor der Zugbrücke hätten sie ihn zu dritt überfallen.

Selvaggia stand starr, hörte die Worte, aber verstand sie nicht.

Ihn überfallen?

Er hätte sich gewehrt bis zum letzten Atemzug. Am Ende jedoch …

Selvaggia öffnete den Mund, um etwas zu sagen, und erkannte ihre Stimme nicht mehr. Sie hörte das Krächzen eines schwarzen Vogels, danach einen Schrei, der nicht menschlich sein konnte. Sie hielt sich die Ohren zu, denn es schrie immer weiter aus ihr heraus und über sie hinweg; sie wußte nicht, was sie dagegen tun sollte.

Tribolo sprach auf sie ein, wollte sie schütteln, damit sie zu sich käme, doch sie stieß ihm den Kopf vor die Brust, daß er taumelte. Der Schrei vervielfachte sich und hatte ein Echo.

Selvaggia floh von der Loggia über die Beete zu den Brunnen und von dort weiter bis in den alten versunkenen Garten. Dort ließ sie sich, ohne hinzusehen, auf die zerfallene Mauer sinken, zwischen Brennesseln und Brombeerranken. Sie war jetzt ganz still. Es hatte aufgehört, aus ihr zu schreien. Alles hatte aufgehört. Sie weinte nicht einmal. Tränen waren keine Antwort auf die endgültigen Dinge.

Bis zum Abend saß sie da und versuchte, sich ein Dasein ohne ihren Vater vorzustellen. Es war nicht möglich. Sein Tod, sein Tod entvölkerte die Welt. Sie begriff ihn nicht und würde nicht begreifen. Sie sah die Sonne untergehen und wünschte, sie würde nie wieder aufgehen, ihr den ewigen Schlaf zu vereiteln.

Später schob sich der Mond über die Hügelwellen, riesengroß und weinrot, als hätte er sich die Kapuze von Giovannis Mantel über das Gesicht gezogen. Und auch die Sterne tauchten wieder auf, wie hineingeschnitten in einen nachtblauen Vorhang aus Samt, warfen sie ihre Funkelblicke zur Erde. Dahinter war alles aus purem Gold. Dahinter war auch Giovanni. Oder seine Seele. Unterwegs zu den Sternen. Die Sterne, sagte Faustina, sind die Diamanten der Armen.

Wer würde jetzt den Himmel festhalten, wenn die Sterne fallen wollten? Selvaggia sah nach oben und wartete auf ein Zeichen. Noch hatte sie Geduld.

Irgendwann kam Tribolo mit einem Windlicht in der Hand, um sie ins Haus zu begleiten, wo Camilla nach ihr verlangte. Er sagte etwas, rieb ihre eiskalten Hände warm, sie aber sträubte sich gegen jede Heimkehr. Blies ihm seine Kerze aus hinter dem gläsernen Schild. Sie wollte die Nacht hier draußen verbringen, vaterseelenallein. Ob Tribolo im Dunkeln zurückfinden würde, kümmerte sie nicht. Er setzte sich ihr zu Füßen, den Rücken an die buckligen Steine der Mauer gelehnt. Wenn er seine Hand ausstreckte, hätte er Selvaggias Knie berühren können, doch er streckte seine Hand nicht aus. Er hätte ihr viel zu sagen gehabt, da sie aber nichts hören mochte, erwiderte er ihr Schweigen.

Bis zum Morgen blieb er an ihrer Seite, ohne es sie spüren zu lassen.

7. Kapitel

Vom Hohen Lied der Farbe

»Der Charakter des Menschen ist sein Schicksal«, hatte der verstorbene Giovanni Salvestrini in seiner Familienchronik vermerkt, als Piero de' Medici das Amt seines Vaters übernahm, welches niemand ihm streitig zu machen versuchte, obwohl es keineswegs erblich war. Auch die Florentiner, sofern sie nicht ganz vom Kampf um das tägliche Brot in Atem gehalten wurden, beschäftigten sich mit dem Charakter des Mannes an ihrer Spitze, das heißt, sie gaben ihm einen passenden Namen: »lo Sfortunato«, der Unglückselige, denn was auch immer der Sohn unternahm, um sich der Nachfolge seines Vaters würdig zu erweisen, führte zu überraschenden, wenn nicht gar unerwünschten Ergebnissen. Piero aber rieb sich die Augen und verstand nicht, was er schon wieder falsch gemacht haben sollte, richtete er sich doch nach Lorenzos Maximen, so gut es eben ging. Etwa im Januar 1494, als König Ferrante von Neapel starb, der letzte der »drei Tyrannen«, dessen Tod Fra Girolamo ebenso vorausgesagt hatte wie den des Magnifico und des Papstes Innozenz. Sein Vater war kaum unter der Erde, da bot Sohn Alfons dem neuen florentinischen Handelsfürsten aus dem Hause Medici Grundbesitz und Adelstitel an.

»Euer Majestät wissen, daß meine Vorfahren als private Bürger von ihrem Handel und ihren Gütern gelebt haben. Auch ich wünsche keinen höheren Stand als den ihren«, ließ Piero dem Neapolitaner mitteilen. »Vergebt mir, daß ich Euer Angebot ausschlage. Wenn es trotzdem Euer Wunsch ist, mir eine Gunst zu erweisen, so tut bitte, was Euch am besten erscheint, durch meine Bankdirektoren ...«

Das war brav geantwortet, ganz im Sinne des Magnifico,

doch zeigte es nicht den geringsten Effekt. Die Florentiner dachten nicht daran, einem Verzicht zu applaudieren, den sie für selbstverständlich hielten, und Alfons II. von Neapel sah keinen Grund, der Medici-Bank dafür Almosen zu spenden.

Indigniert wandte Piero sich den Künstlern zu, denn so hatte der Vater es doch auch immer gehalten. Er ließ den befreundeten Buonarroti, der seit Lorenzos Tod nicht mehr im Palazzo wohnte, zu sich kommen, damit er der Familie Medici im verschneiten Innenhof eine Statue aus Schnee errichtete. Michelangelo tat ihm den Gefallen, obwohl er den Auftrag für eine Zumutung hielt, die freilich zum neuen Geist an der traditionellen Tafelrunde des Hauses paßte. Hatte Lorenzo den jungen Künstler noch mit dem gleichen Respekt behandelt wie einen Poliziano oder Grafen Pico, so stellte auch der Sohn ihn seinem derzeitigen Favoriten gleich, einziger Unterschied: Dieser war ein spanischer Stallknecht, zu dem Piero eine homoerotische Beziehung hatte. Doch solche Feinheiten kümmerten ihn nicht.

Als die Temperaturen stiegen und die Florentiner spotteten, der in der Sonne dahinschmelzende Schneemann, ein kraftvoller Herkules, symbolisiere die schwindende Macht des Hauses Medici, kehrte Michelangelo der Stadt den Rücken. Und auch dafür fand Piero keine Erklärung.

Für andere ungünstige Aspekte seiner Regentschaft wie die leere Staatskasse, die Lorenzo ihm hinterlassen hatte, die wirtschaftliche Depression durch den Druck der britischen Textilindustrie und den Kampf gegen einen Seitenzweig der eigenen Familie, welcher »im Namen der Freiheit« eine Gegenpartei gründete, während Fra Girolamo nur darauf wartete, den ganzen Medici-Clan durch Jesus Christus zu ersetzen, machten ihn nicht einmal seine Feinde verantwortlich. Allein: Ein Magnifico wäre damit fertig geworden, nicht aber ein Sfortunato. Zu allem Überfluß begann der Thronerbe von Neapel, das labile Gleichgewicht zwischen den vier Hauptstaaten zu stören; er verlangte mit einemmal, daß Ludovico, seiner dunklen Hautfarbe wegen »il Moro« genannt, als Regent von Mailand zugunsten eines gewissen Gian Galeazzo Sforza abdankte, der nicht nur einen legitimen Anspruch auf das Herzogtum hatte, sondern, was wohl schwerer wog, ein Schwiegersohn des umtriebigen Alfons war.

Neapel vertraute ganz auf florentinische Hilfe, deren es aber nicht sicher sein konnte, während sich Ludovico Sforza an den Papst und Venedig wandte, und als er dort nur mit leeren Versprechungen abgespeist wurde, an König Karl VIII. von Frankreich.

Und dies führte nun zu genau der Situation, vor der Lorenzo seinen Sohn immer so eindringlich gewarnt hatte: Die Bündnisse zwischen den Staaten zerbrachen, und die Phantasie des Königs von Frankreich, welcher seine mangelnde Intelligenz und körperliche Schwäche durch Größenwahn kompensierte, war in Bewegung geraten.

Dieser kränkelnde König hatte die Hälfte seines vierundzwanzigjährigen Lebens im Bett verbracht und sich zum Zeitvertreib immer wieder aus den Kreuzzugschroniken vorlesen lassen. Je hinfälliger sein Körper war, desto mehr berauschte sich sein Gemüt an den Heldentaten der Ritter im Namen des Kreuzes. Einen heiligen Krieg gegen die Ungläubigen zu führen und mit glänzender Rüstung an der Spitze einer Armee in die königliche Stadt Jerusalem einzuziehen, schien ihm das höchste Ziel auf Erden. Ludovico Sforzas Bitte, sich nach Neapel zu begeben, auf dessen Krone Karl VIII. überdies ein Erbrecht zu haben glaubte, kam ihm daher sehr gelegen. Kampanien würde nur die erste Station seines Kreuzzuges in den Orient sein.

»Principe, zeige den Franzosen den Weg nicht, denn du wirst es bereuen«, hatte in Mailand ein blinder Prediger dem Moro zugerufen, doch stieß er auf taube Ohren.

In Florenz dagegen sah der Visionär Girolamo seine Stunde gekommen. Bisher hatte er den jungen Medici geschont und sich damit begnügt, sein Kloster zu reformieren und den übrigen Klerus als prunksüchtig zu entlarven, vor allem den neuen Papst Alexander VI. aus dem Hause Borgia, in seinen Augen ein unmoralischer Wüstling. Nun aber schwieg er nicht länger zu den politischen Turbulenzen. In seiner Fastenpredigt zum Jahre 94 tat er den Florentinern all die unheilvollen Vorzeichen kund, die er und viele andere Menschen in ganz Italien aus eigenen Beobachtungen oder vom Hörensagen kannten: Von »Dingen, welche sowohl dem Lauf der Natur als auch des Himmels fremd sind«, wußte er zu berichten und weiter:

»In Apulien zeigten sich des Nachts drei Sonnen mitten am Himmel, umgeben von einem milchigen Hof und begleitet von schrecklichen Blitzen und Donner; im Gebiet von Arezzo konnte man viele Tage hindurch eine Horde bewaffneter Ritter auf mächtigen Streitrössern zum ohrenbetäubenden Lärm von Trompeten und Trommeln durch die Lüfte jagen sehen; in vielen Orten Italiens wird bezeugt, daß an Statuen und heiligen Bildnissen Schweißperlen herunterrannen; überall bringen Mensch und Vieh mißgestaltete Nachkommen zur Welt.«

Die Florentiner schüttelten sich vor Entsetzen, ohne diese Worte auch nur für einen Augenblick zu bezweifeln. Für sie gab es keine Trennung zwischen ihrer Welt und der Welt des Übernatürlichen. Durch die Werke der Künstler waren sie seit Jahrhunderten an Himmel und Hölle in allen Variationen gewöhnt, welche die menschliche Phantasie sich nur ausmalen konnte. Sie kannten die drei schwebenden weißen Engel aus den Fresken Peruginos ebensogut wie die schwarzen gefallenen des Dichterfürsten Dante. Viele glaubten, sie gelegentlich mit eigenen Augen zu sehen, und alle wußten, daß die verborgenen Mächte, welche ihnen heute wohlgesonnen waren, sie morgen vernichten konnten. Warum also sollten sie es nicht glauben, wenn der gottgefällige Girolamo aussprach, was sie längst spürten:

»Das Himmelsschwert fährt auf die Erde nieder!« prophezeite er und verbarg sein Gesicht in den Händen, als könnte er selbst kaum ertragen, was er schaute. Karl VIII.

werde schon bald in Florenz einmarschieren, um die Kirche zu geißeln, flüsterte er mit tränenerstickter Stimme, und die Drangsal – hier begannen die ersten Zuhörer zu schluchzen und in Ohnmacht zu fallen – werde dauern bis zur Erneuerung der Welt …

Wer die Worte des Predigers vernahm, ging in jenen Tagen wie betäubt durch die Straßen der Stadt, sprachlos, weil mehr offenbart worden war, als die meisten weitersagen mochten, kaum handlungsfähig aus Angst vor dem Schatten, der näher kam und wuchs.

Zu den wenigen Menschen, die sich nicht von der allgemeinen Untergangsstimmung anstecken ließen und mit dem Prediger um ihre Zukunft zitterten, gehörten Camilla und Selvaggia. Sie fürchteten die kommende Prüfung nicht, denn ihnen war bereits geschehen, was anderen noch hätte geschehen können. Vor allem Camilla verspürte, nachdem alle Tränen vergossen waren, beinah so etwas wie Erleichterung. Die Melancholie, gegen die sie ihr Leben lang angekämpft hatte, obwohl sie zu ihr gehörte wie ihr Geschlecht, stand ihr als trauernder Witwe ja nun zu. Niemand erwartete etwas anderes von ihr. Sie hatte ihr Schlafzimmer zu einer kleinen Privatkapelle umgestaltet mit einem Betpult und Heiligenbildern auf dem Kamin und einer schlichten Totenmaske ihres verstorbenen Gatten zwischen den Fenstern. Darunter kniete sie stundenlang und bewegte sich, wie Faustina ihr gelegentlich vorwarf, »nicht mehr als eine Ikone«.

Gern dachte sie an früher, an die Zeit mit Giovanni und davor. Es tat gut, in der eigenen Vergangenheit zu Gast zu sein, doch wenn sie ihre Jüngste daran teilhaben lassen wollte, erntete sie heftigen Widerspruch.

Ihr Vater, sagte Selvaggia, gehöre in keine Vergangenheit, es sei nur ein ganz dünner Schleier, so dünn wie feinste Seide, der seine Welt von der ihren trenne, und sie werde nicht ruhen, bis sie eines Tages wisse, wie dieser Schleier zu zerreißen sei.

Selvaggia, so klagten bald alle, die es gut mit ihr meinten, wolle sich einfach nicht trösten lassen. Sie hielt sich die Ohren zu, wenn Faustina mit ihrem »Zeit heilt alle Wunden«-Spruch ankam, erwiderte kein Wort und schrieb: »... vielmehr ist die Zeit die Wunde selbst« in ihr Tagebuch.

Sie sagte: »Das mag anderen Menschen etwas nützen, mir aber nicht«, wenn Constanza ihr die flüchtige Schönheit der weißen Schneeflocken auf den roten Dächern des Borgo San Friano vor Augen führte oder das Erglühen der kupfernen Laternenkugel drüben auf der Domkuppel im letzten Strahl der Abendsonne.

Constanza schwieg bekümmert. Sie wußte, wie es war, einen Elternteil zu verlieren und sich nicht abfinden zu wollen.

»Wenn du verlobt bist, wird es vergehen«, versuchte sie es noch einmal und dachte an die süßen Küsse ihres Schneiders, dem sie sich nun doch von Babbo Luna hatte versprechen lassen.

Selvaggia aber schüttelte energisch den Kopf. Sie war ganz und gar untröstbar.

Auch Tribolo stellte das fest, der jetzt häufiger im Haus seines Vaters weilte als früher, da er die geschäftlichen Probleme nicht Camilla überlassen wollte. Hinter der Fassade der trauernden Witwe verbarg sich mehr als nur Fatalismus. Seit Giovannis Tod kultivierte sie eine geradezu perverse Freude an Verlusten, und dazu wollte der Sohn es nicht kommen lassen.

Selvaggias vehemente Trauer gefiel ihm wesentlich besser. Es schien sich doch zu bewähren, daß man sie in den Jahren der Verwundbarkeit gegen alles Ungemach abgeschirmt hatte, jetzt war sie zu den tiefsten Empfindungen fähig. Eine Stärke, auf die sich bauen ließ, hoffte Tribolo und setzte unmerklich Stein auf Stein zu seinem Gebäude aus Lüge und Intrige, Kalkül und Gefühl.

Derzeit stand viel auf dem Spiel, für ihn, aber auch für Selvaggia, denn es galt, das Familienvermögen zu retten, bevor es dahinschmolz wie das Kerzenwachs der zwölf Ministranten, welche Giovanni durch halb Florenz zur letzten Ruhestätte begleitet hatten.

Kleine Gauner waren das gewesen. Statt Gebete zu murmeln und ihr Licht leuchten zu lassen, hatten sie so viel Wachs wie nur möglich von den kostbaren Kerzen der Familie Salvestrini auf das Straßenpflaster getropft, damit die Gassenjungen es flinkerhand wieder abkratzten und – wie Tribolo aus Gründen der Pietät tatenlos mitansehen mußte – zu dickeren Kugeln formten, als sie auf den Wappen am Palazzo Medici prangten. Wußte der Geier, welchem Pfaffen sie ihr Trauerwachs später verhökerten …

Die Spitzbüberei war ärgerlich, gewiß, und letzten Endes auch symptomatisch für die Lage in dieser Stadt, wo jeder gern jeden betrog, aber doch nur eine Bagatelle, gemessen an den Summen, um welche man Giovanni Salvestrini beim Überfall vor der Porta Gattolina erleichtert hatte.

Tribolo, das schwor er sich, würde in Erfahrung bringen, wer jene Kreditbriefe und Wertpapiere an sich genommen hatte, die sein Vater aus gutem Grund einer ausländischen Bank anvertrauen wollte. Er würde dahinterkommen, das war er seiner und Selvaggias Zukunft schuldig. Bisher hatte er allerdings nirgends ein offenes Ohr für sein Anliegen gefunden, und alle Spuren, denen er selbst nachging, verliefen im Sande.

Die Überfälle häuften sich in der letzten Zeit, doch statt verstärkt Milizen zum Schutz der Bürger einzusetzen, wie es Aufgabe der Obrigkeit gewesen wäre, ließ man es zu, daß die Stadt von Spitzeln wimmelte, und niemand wußte, ob ihr Auftraggeber Piero oder Girolamo hieß. Auch von seiten der Justiz schien kein Mensch daran interessiert, das Verbrechen an einem der angesehensten Männer aus dem Rat der Siebzig aufzuklären. Namhafte Vertreter der Zünfte und Bruderschaften hatten dem Seidenhändler Salvestrini pathetische Grabreden gehalten, denen die Taten – darin waren sich alle einig – schleunigst folgen sollten. Doch bisher war nichts geschehen, und Piero de' Medici würde keinen Finger rühren, diesen Tod zu rächen. Auch das wußten alle. Salvestrini hatte seinem Vater nahegestanden, nicht ihm.

»Und wenn ich den Podestà persönlich bestechen muß, ich werde herausfinden, was hier gespielt wird«, versicherte Tribolo Selvaggia und ihrer Mutter Camilla, die er zum soundsovielten Male gebeten hatte, ihm den Namen des Notars zu nennen, bei dem Giovanni sein Testament hinterlegt haben könnte. Offiziell gab es nämlich keines, was Tribolo aber nicht glaubte, denn Camillas Angaben waren äußerst widersprüchlich. Wollte sie gestern noch mit Giovanni über seinen Letzten Willen gesprochen haben, so konnte sie sich heute nicht mehr daran erinnern. Dann fiel ihr ein, Giovanni habe einem Neffen, der im Seidenhandel erfolgreich war, später einmal seine Geschäfte übertragen wollen, doch als dieser nichts davon wußte, nahm sie alles wieder zurück, sagte, sie hätte sich wohl getäuscht und wolle nun so schnell wie möglich alles verkaufen.

»Überlasse das mir!« bot Tribolo ihr an.

Sie stimmte zu, zögerte aber noch, ihm die nötigen Vollmachten zu geben.

»Also, dann ein anderes Mal, ich kann nicht ewig warten«, empfahl er sich endlich. »Ich sollte längst in der Via dell' Aqua sein, in Verrocchios alter Werkstatt. Sein Bruder hat mich beauftragt, bei Piero oder der Signoria die Honorare einzutreiben, die der Magnifico ihm schuldig geblieben ist.«

»Eine undankbare Aufgabe mehr, doch anscheinend brauchst du das«, behauptete Camilla.

»Keineswegs«, widersprach Tribolo. »Aber ich lebe von der Geschäftsuntüchtigkeit der Künstler. ›Verrocchio‹ heißt bekanntlich ›Wahres Auge‹, und wenn auch der Gute die Seinen schon vor vielen Jahren geschlossen hat ...«

»... möge die Erde ihm leicht sein!« murmelte Camilla.

»... so war ich doch sein Lehrling und werde ihm beim Sfortunato, der sich vormacht, ein Volk zu regieren, Gerechtigkeit verschaffen. – Ihm und meinem Freund Ghiribizzo, den ich anschließend besuchen werde, um zu hören, ob man auch ihm den Lohn seiner Arbeit schuldig geblieben ist!«

»Unser Tribolo wird noch zum Arrabiato«, bemerkte Faustina. »Fragt sich nur, wozu!«

»Zum Orlando furioso«, sagte Selvaggia, endlich ein wenig lächelnd.

Zufrieden machte sich Tribolo auf den Weg zu den Werkstätten.

»Die Jagd« war vollendet, und der Maler kehrte nur mit Mühe aus dem Rausch in die Wirklichkeit zurück. Das einzige Glücksgefühl, welches er kannte, entstand im Augenblick des Gelingens. Bliebe es jetzt aus, wäre er gescheitert, und die Depression würde flugs ihre schweren schwarzen Schwingen über ihn breiten.

Was er vorfand, als er einen Schritt zurücktrat und noch kaum hinzusehen wagte aus Angst vor der Wahrheit, war keine Geschichte in Bildern aus einer Zeit, in der das Erzählen noch geholfen hatte, war keine Literatur, sondern – endlich – reine Malerei. Diesmal würde niemand in die Verlegenheit kommen, mit Worten beschreiben zu wollen, was sich allein dem Auge erschloß.

Dabei hatte der Maler nicht etwa auf die Akteure und Requisiten der Jagd verzichtet: Reiter, Treiber und Meute ließ er, ganz wie es ihre Art war, von links und rechts in den Wald hineinstürzen, damit sie am tiefsten Punkt, kurz vor dem Verschwinden, ihre fliehenden Hirsche stellen konnten, denn so wollte es das Gesetz. Die Leiber der Hunde spannten sich wie die Rücken der Reiter, die Bogen der Schützen. Tiere und, das machte ihre Besonderheit aus, auch die Menschen glichen Traumgestalten mit nichtssagenden Mienen. Kein individuelles Schicksal würde den Betrachter rühren. Die Sintflut längst vergangener Tage, so schien es ihrem Schöpfer, hatte wie zur späten Rechtfertigung doch noch einen neuen Menschentypus hervorgebracht. Als ferne Bewegungsstudie erfüllte er nun seinen

Zweck, als Chiffre, dessen Hin- und Herwogen Thema genug war.

Auch hatte er die Welt diesmal nicht in Muster aufgeteilt, um sich ihrer zu bemächtigen. Statt der mathematischen Perspektive hatte er eine atmosphärische erschaffen, so wie es Francesco, sein Schüler und stärkster Konkurrent, stets von ihm forderte …

Was aber blieb, wenn die Formensprache immer leiser wurde?

»Das Hohe Lied der Farbe!« flüsterte Ghiribizzo. Für ihn war die Farbe reines Licht, vom Himmel genommen und der Erde einverleibt. So wie das Gold der Sonne. Er hatte das gesamte Bild auf goldenem Grund gemalt und die Leuchtkraft der darüberliegenden Farben durch ihre Transparenz noch gesteigert. Und überall dort, wo die Grundierung nicht mit den mannigfaltigsten Grün-, Rot-, und Blautönen bedeckt worden war, etwa über den hellen Wunden der Baumstämme – denn selbst in einem Zauberwald wurden für eine Jagdgesellschaft die niedrig hängenden Äste amputiert –, sah man die Goldreflexe wie Irrlichter tanzen. Alle Farben der Erde lagen gleich verstreuten Juwelen im Alltagsgrün des Waldbodens. Dieser aber schien von innen heraus zu leuchten, besonders intensiv an den Stellen, welche die Akteure der Szene bereits verlassen hatten. Die Jagdhörner waren verklungen und auch das Echo der Hörner, die Hunde hatten sich heiser gebellt, und die Treiber waren des Treibens müde geworden …

Dies alles hatte Ghiribizzo auf sein Bild gebannt, nun war es still wie im Traum. Eine feierliche Stille, jenseits aller Plagen. Und sah, daß es gut war … Das Geschenk des siebten Schöpfungstages: Eine Träne bildete sich und fiel. Der Maler schloß die Augen. So ließ sich das Glücksgefühl noch ein wenig auskosten, bevor ein Gedanke es wieder zunichte machte. Mochte er ihm doch erspart bleiben, dieser Gedanke! Mit angehaltenem Atem konzentrierte er sich ganz auf diesen Wunsch und merkte nicht, daß sein Sohn die Außentreppe zur Werkstatt heraufkam, um ihm etwas Brot, Wein und kalten Braten zu bringen. Schaute ihn nicht einmal an, den kleinen Donato, den er schon so oft gemalt hatte, weil der Kontrast zwischen seinem sanften, unregelmäßigen Gesicht – Tommasas Gesicht – und den brennenden Ghiribizzo-Augen ihn reizte. Donato warf einen Blick auf die »Jagd«, einen zweiten auf seinen Vater.

»Gelbe Hunde?« sagte er. »Blaue Pferde?« Dann ging er wieder. Kindermund, beruhigte sich Ghiribizzo, doch das Gift des Zweifels begann augenblicklich zu wirken, und bald hatte der Schmerz ihn wieder, welcher unausweichlich war, da er – so das Kredo des Malers – den Künstler vom Dilettanten unterschied.

Unvollkommen erschien ihm nun auch dieses letzte Bild, dessen Außerordentlichkeit ihn eben noch überwältigt hatte. Unvollkommen wie alles Menschenwerk. Niemals würde die Hand fähig sein auszuführen, was der Geist ersann. Alle Künstler wußten das.

Man sollte überhaupt nichts mehr zu Ende bringen, dachte Ghiribizzo, jedes neue Werk bewußt unvollendet lassen und eben darin seine Vollendung sehen. Vielleicht wäre das die Lösung.

Die nächsten Störenfriede, die ihn heimsuchten, waren wesentlich lauter als Donato und traten gleich zu zweit in des Malers Stille: Tribolo und Francesco. Sie kannten ihn gut genug, seine Stimmung zu respektieren, das bedeutete, sie setzten ihre Unterhaltung ungeniert fort, ohne ihn einzubeziehen.

Eigentlich wollte Ghiribizzo gar nicht wissen, was sie einander erzählten, dennoch konnte er seine Ohren nicht ganz verschließen. Von Mailand war wohl die Rede, wo sie beide am Musenhof des Ludovico Moro ihr Glück versucht hatten. Francesco als Maler, der Auftraggeber brauchte, Tribolo als Beobachter der Kunstszene, immer darauf aus, mit interessanten Meistern ins Gespräch oder gar Geschäft zu kommen, derzeit am liebsten mit dem Florentiner Lionardo, einem universalen Menschen mit vielen großartigen Ideen, von denen »man eher redete, als daß man sie gesehen hätte«, so Tribolo. »Ein unproduktives Genie.« Ein wahrhaft Weiser, dachte Ghiribizzo.

Tribolo hatte diesen Lionardo in seiner Mailänder Werkstatt besucht, um sich seine Erfindungen anzuschauen: Windmühlen, welche Musik erzeugten, eine Treppe, die sich unter das Baptisterium schieben ließ, ohne es zu zerstören. Wozu? Damit es erhöht werde ... Des weiteren Pläne, den Arno zwischen Florenz und Pisa durch Schleusen schiffbar zu machen, Modelle, wie man Berge abtragen konnte, und vieles mehr.

»Geniale Gedankenblitze«, sagte Tribolo. »Vogelblicke in noch ungeborene Zeiten. – Als ich sechzehn war, habe ich Lionardo zusehen dürfen, wie er die Körper der aufgeknüpften Pazzi-Verschwörer skizzierte. Es wurden Charakterstudien voll ätzender Menschenkritik, Karikaturen, besser gesagt. Schon damals schien er mir einer der ganz Großen zu sein. Auch Verrocchio meinte das, dessen Lehrling er ja lange vor meiner Zeit war – doch heute läßt er trotz seiner enormen Schaffenskraft das meiste unvollendet liegen und wendet sich dem nächsten zu. Er bringt seine Auftraggeber schier zur Verzweiflung damit.«

»Er tut recht daran«, bemerkte Ghiribizzo.

Während er noch über Lionardo und seine »Vogelblicke in ungeborene Zeiten« nachdachte, eine wunderbare Metapher, die er Tribolos flottem Mundwerk gar nicht zugetraut hätte, erzählte Francesco stolz von den Ställen des fürstlichen Schlosses zu Mailand. An seine Wände habe er Knechte gemalt, welche Pferde striegeln. Eines davon sehe so natürlich aus, »daß ein echtes Pferd es für lebend hielt und mehrmals mit den Hufen dagegentrat«.

Einer Anekdote folgte die nächste, dazu genehmigten die Gäste sich Tommasas Brot und Wein – vor allem Tribolo –, den Braten aber drängten sie Ghiribizzo auf, damit auch er sich endlich ein wenig stärke.

»Salute, Claudio!« Gutgelaunt prostete Tribolo ihm zu.

»Trink nicht soviel!« murrte der Maler.

Tribolo lachte lauthals wie über einen Witz. »Ich trinke mit den Augen, amico, mit dem Mund saufe ich!« Die halbvolle Flasche in seiner Hand deutete auf das Gemälde von der Jagd.

»Ihr trinkt mit den Augen«, wiederholte Ghiribizzo. »Und darf man auch wissen, wie mein Jägertrunk Euren Augen mundet?«

Tribolo zögerte, wischte sich den Bart. »Schwer zu sagen. Es bedarf der Gewöhnung, nehme ich an. Aber es hat etwas – Musikalisches, hätte ich beinahe gesagt.«

»Etwas Musikalisches, sagt Ihr?«

»Doch. – Ja. Möglicherweise bedeutet ›Die Jagd‹ einen Wendepunkt in Eurem Schaffen, Claudio. Und damit liegt Ihr ganz im Zug der Zeit – politisch betrachtet. Künstlerisch eilt Ihr wohl eher voraus. Kalligraphie statt Malerei ... Interessant! Oder wie seht Ihr das?« wandte er sich an Francesco.

Ghiribizzos Schüler schien sich ebenfalls nur ungern zu äußern. Er sei befangen, erklärte er schließlich, denn er selber befasse sich gerade mit dem Problem der reinen Farbe und des reinen Lichtes.

»Aber mir gefällt die einheitliche Stimmung des Bildes«, räumte er ein.

Er wird daraus lernen und es übertreffen. So wie er das fortwährend tut, mußte Ghiribizzo denken. Den Anflug von Bitterkeit spülte auch er nun mit einem Schluck Wein hinunter.

Tribolo entsann sich, in Arezzo ein neues Fresko des jungen Francesco gesehen zu haben. Er rühmte das »geheimnisvolle Leuchten des Wassers dort« und verglich es mit dem des Waldbodens in Claudios Jagdszene.

»Das beweist einmal mehr, wie sehr ein guter Schüler seinen Meister inspirieren kann«, bemerkte Ghiribizzo ironisch. Auch die Wahrheit war nur eine Frage der Perspektive.

Die Freunde lachten und wechselten das Thema.

Einer wirklichen Kritik sind sie ausgewichen, alle beide, dachte Ghiribizzo und fühlte sich noch etwas elender als nach dem kindlichen Erstaunen seines Sohnes.

Zudem lag die Müdigkeit, die ihn manchmal wie eine Fieberattacke überfiel, wieder auf der Lauer, bereit, jeden Moment zuzuschlagen. Schon sank sein Kopf vornüber und wollte nur noch ruhen, gleichgültig, wo und wie lange. Was kümmerten ihn Worte und Werke, wenn es einen Weg gab, sich allem zu entziehen? Doch die Freunde kannten die Anzeichen seiner geistigen Erschöpfung, welche gewöhnlich in einer alles umfassenden Resignation mündete, und kamen dem zuvor.

»Sagt nur, Ihr habt es vergessen!« riefen sie beide.

Da Ghiribizzo verständnislos vor sich hin sah, unter Augenlidern, die ihm zufallen wollten, öffneten sie ihre Umhänge und ließen seltsame Kostümierungen sehen.

Tribolo trug zur zinnoberroten Strumpfhose einen ebensolchen kurzen Kittel, von dessen Saum lange orangegelbe Zungen herabhingen, Francesco hatte sich lediglich einen rotgefleckten Lendenschurz umgebunden und seinen entblößten Knabenoberkörper mit rostfarbenen Striemen bemalt.

»O nein, nicht heute!« stöhnte Ghiribizzo gequält.

»Aber ja! Euer elitärer Künstlerklub feiert am Abend sein Höllenfest, und wir sind gekommen, Euch abzuholen.«

»Ohne mich!«

»Wie denn? Nur Ihr seid eines der zwölf Mitglieder und dürft Gäste mitbringen. – Ihr habt es uns schon vor Wochen fest versprochen!«

Ghiribizzos Einwände, er habe weder an eine zum Motto passende Speise gedacht noch ein Kostüm zur Hand, wußten sie gleich zu entkräften. Drei gefüllte Brotpasteten in Form einer Fledermaus, einer Kröte und mehrerer ineinander verknoteter Schlangen, die gewiß ganz nach Claudios

Geschmack wären, hätten sie schon in seinem Namen beim Vorsitzenden des heutigen Abends abgegeben und auch die obligatorische Verkleidung nicht vergessen. Tribolos Aufzug, ergänzt durch eine Flammenmaske nebst rotem Dreispitz, stelle das Fegefeuer dar, und Francesco spiele einen Flagellanten, der sich bereits kräftig gegeißelt hatte. Was nun Ghiribizzo betreffe, so solle er im schwarzen Kapuzengewand eines Bußpredigers erscheinen – hier bitte!

Schon packten sie es aus und hielten es ihm vor die Nase. Des Malers Stimmung sank auf den Nullpunkt, dennoch brachte er es nicht übers Herz, die Freunde zu enttäuschen, denen die Vorfreude auf das höllische Vergnügen ins Gesicht geschrieben stand.

Und so kam es, daß er zwei Stunden später, immer noch reichlich lustlos und unter seiner muffig riechenden Pfaffenkapuze halb schlafend, im Haus des buckligen Schalmeienbläsers Pierino eintraf, den man beim letzten Fest zum Gastgeber dieses Abends gewählt hatte.

Ein »infernalisches Bankett« sollte es heute geben, soviel war bekannt, doch wie es verlaufen würde, bestimmten wie immer die Mitspieler. Da jeder aus der Zwölfergesellschaft bis zu vier Gäste mitbringen durfte, hatten sich über vierzig Menschen eingefunden, schwarzgekleidet die meisten, nicht aber konform. Durch Zufall oder interne Absprachen war kein Kostüm zweimal erschienen, denn das wäre gegen die Regeln gewesen.

Alle Gäste nippten, schon eine ganze Weile geduldig in der zugigen Halle stehend, an einem höllisch scharfen Punschgebräu, als endlich eine matronenhafte Dame in durchsichtig grünem Gewand über üppigem Fleisch auftauchte und sich als Ceres, Göttin der Fruchtbarkeit, vorstellte, die gekommen sei, ihre Tochter Proserpina aus dem Reiche Plutos, des Gottes der Unterwelt, zurückzuholen.

Mit bewegenden Worten bat sie den buckligen Bläser Pierino und seine Gäste um Hilfe auf dem gefahrvollen Weg in die Hölle. Es gehörte zum Spiel, erst alle Argumente dafür und dagegen auszutauschen, die sich nur finden ließen, und dabei so geistreich wie nur möglich zu sein, sich dann aber dem Wunsche der Donna zu beugen und ihr beherzt ins Ungewisse zu folgen.

Alle wurden nun in ein dunkles Zimmer geführt, darin sich die Höllenpforte in Form eines aufgesperrten Drachenmaules verbarg, streng bewacht von einem kläffenden Zerberus.

»Befindet sich meine Tochter dort unten?« schrie Ceres durch die auf- und zuschnappenden Riesenzähne.

»Die Gattin des Pluto? – Jawohl!« grollte es aus der Tiefe.

»Ich fordere sie zurück, denn sie wurde mir geraubt!«

»Niemals!« war die Antwort.

Wieder folgten Rede und Gegenrede, die Verwünschungen und Drohungen, Flüche und Schimpfworte wollten kein Ende nehmen. Ghiribizzo gähnte, fühlte sich jetzt schon zu Tode gelangweilt von dem Klamauk, doch kaum hatte er beschlossen, sich auf ein Unwohlsein zu berufen, das er nicht einmal vortäuschen mußte, da wurde er auch schon zusammen mit Tribolo durch den Drachenrachen geschoben, denn Gott Pluto hatte soeben die ganze Gesellschaft zu seinem Hochzeitsschmaus in die Unterwelt eingeladen.

Widerstrebend trat der Maler in einen großen runden Raum und wurde, bevor er sich's versah, von einem überaus häßlichen Teufel, der wild seine Gabel schwang, genötigt, an einer schwarzen Tafel Platz zu nehmen, direkt gegenüber von Gott Pluto und seiner Gemahlin, der Jupitertochter Proserpina.

Wenn Ghiribizzo sich recht erinnerte, war diese in der Mythologie eine Symbolgestalt des Frühlings und der frisch aus der Erde sprießenden Vegetation. Seine letzte Hoffnung hatte er in ihren Anblick gesetzt, da ihm der Augenschmaus stets mehr bedeutete als die Gaumenfreuden, und mußte sich auch in der Hinsicht enttäuschen lassen: Es war so dunkel, daß man die Reize der Naturgöttin nur ahnen konnte, nicht aber erkennen.

Sobald alle saßen, flammten dann doch mehrere kleine Lichter auf, allerdings nur in der Nähe der Wanddekoration, wo es Gemälde von diversen Tälern der Verdammten zu beleuchten galt. Und auch die Leiden der gequälten Geschöpfe hatte man detailliert – in Ghiribizzos Augen mehr schlecht als recht – abzubilden versucht.

Während Tribolo und Francesco sich angeregt mit ihren Tischnachbarn unterhielten und, da sie zum erstenmal in dieser Gesellschaft zu Gast sein durften, alles über die Maßen lobten, hatte der Maler noch kaum ein Wort gesprochen. Wenigstens waren die Pasteten, die der Teufel ihnen nun auf die Teller schaufelte, durchaus genießbar. Köstliche Füllungen quollen aus den Bäuchen der gebackenen Reptilien und anderer Scheusale. Auch verdursten ließen sie in der Hölle niemanden; ein haariger Gehilfe Satans, dessen Pferdefuß eine um das Kniegelenk gebundene Sanduhr zierte, schenkte roten Wein aus einem Bockshorn in kleine Schmelztiegel – so stellte man sich wohl des Teufels Trinkbecher vor –, und allein dieser Wein war der Hochzeit eines Gottes würdig.

Speise und Trank brachten die Gäste zu den Abendgesellschaften stets selbst mit, wobei sich jeder bemühte, sein Bestes zu geben. Am heutigen Abend sollte jedoch eine der Höllenstrafen daraus bestehen, daß gleich nach der Vorspeise schon das Dessert serviert wurde: große und kleine Totenknochen aus bleichem Zuckerzeug, welche der Teufel wahllos über den Tisch warf oder, mit sadistischem Vergnügen, den Gästen an den Kopf. Dazu erklang aus den Tälern der Verdammten ein schauriges Katzenkonzert, so grell und mißtönend, daß Ghiribizzo, der sich nach seinen Augen nicht auch noch die Ohren beleidigen lassen wolle, nun doch die Flucht ergriff.

Er brauchte dringend frische Luft, ihm war unerträglich heiß, und sein Kopf schmerzte, wie zur Höllenstrafe ausersehen, heftiger, als ein Mensch es verdient haben konnte. Einer Panik nahe, stürzte er aus dem Kreis der Knochenlutscher zum Schlund des Drachens, der ihn ohne weiteres zurück in die Oberwelt spie. Da alle Hochzeitsgäste mit sich selbst beschäftigt waren, versuchte niemand, den Fliehenden aufzuhalten, und so kam er ungehindert bis vor das Haus des Schalmeienbläsers im Borgo Pinti. Tatsächlich fühlte Ghiribizzo sich wie jemand, der eine Folter überstanden hatte, wobei die Kakophonie der Töne ihm die schlimmste Tortur bedeutete.

Begreiflich erschien ihm nun, warum Generationen zuvor der Ponte alla Carraia zusammenbrach, als er voller Menschen war, die zum ersten Maifeiertag einem Höllenszenarium unten auf den Kähnen des Arno zusehen wollten. Viele Hunderte ertranken, und die Florentiner hielten dies für ein Gottesgericht. Mit solchen Dingen ließ sich eben nicht spaßen, dachte auch Ghiribizzo, erleichtert, daß er für seinen Teil der Hölle entronnen war.

Selten war ihm seine Stadt so schön und lebendig vorgekommen wie an diesem Abend auf dem Platz vor Brunelleschis anmutiger Herberge der Findelkinder. Florenz schien im Frühling ein wahrer Magnet für Menschen aus allen Teilen Italiens und der Nachbarländer zu sein. Rompilger und Reisende, Geschäftsleute und Vagabunden, die alle vor Mitternacht noch irgendwo ankommen wollten, füllten die Straßen. Malerische Trachten erfreuten Ghiribizzos Augen, und die milde Abendluft tat ein übriges, seine Lebensgeister wieder zu erwecken.

Was, fragte er sich, hatte ein Eigenbrötler wie er auch in einer »Compagnia della cazzuola« verloren, und wenn es hundertmal als Ehre galt, dort Mitglied zu sein! Sie sollten lieber den redseligen Francesco an seiner Stelle aufnehmen, der paßte besser in so einen Verein …

Aufatmend entledigte Ghiribizzo sich des dunklen Büßergewandes; es hatte ihn weder gekleidet noch seiner Seele gutgetan. Schwarz war keine Farbe, sondern ein Zustand. Er schenkte die Kutte einem zerlumpten Bettler, welcher ihm dafür die Füße küssen wollte.

Ohne sich dessen bewußt zu sein, hatte Ghiribizzo seine Schritte zum Borgo d' Ognissanti gelenkt, zum terrakottafarbenen Haus in der Via della Scala, über dessen Fenstern sich seit hundert Jahren zwei Delphine küßten.

Tommasa war noch auf und strahlte, als er so unverhofft vor ihr stand; seit Wochen hatte Ghiribizzo sich nicht mehr zu Hause blicken lassen und nur noch in seiner Bottega zwischen den Jagdszenen gelebt, doch seine Frau würde es wohl nie müde werden, auf ihn zu warten. Sie war, dachte Ghiribizzo, sein treuestes Geschöpf und sicher auch sein letztes, denn seinen beiden Kindern schien er gottlob jetzt schon entbehrlich. Er erzählte ihr von seinen Erlebnissen auf Plutos infernalischem Bankett, und sie hörte aufmerksam zu.

»Nein, da hätte ich nicht dabei sein mögen«, sagte sie schließlich. »Es gibt unter Euren Festen überhaupt nur eines, das mir gefallen hätte ...«

»Welches?«

»Das von San Giovanni, von dem Ihr mir erzählt habt. Del Sarto hatte ihm zu Ehren wohl das Baptisterium nachgebaut. Der Fußboden war eine große Schüssel Gallert, die Säulen Knackwürste auf Parmesanbasen und die Simse aus Zuckerzeug, die Tribünen aus Marzipan.«

»Das hast du alles behalten?«

»O ja! Ich habe mir überlegt, wie man so ein Kunstwerk nur essen kann!«

»In der Mitte des Tempels stand ein Sängerpult aus Kalbfleisch, darauf lag ein Gesangbuch aus Nudeln mit Noten aus Pfefferkörnern«, ergänzte Ghiribizzo. »Die Herren Tenöre waren gebackene Krammetsvögel, die Bässe aber dicke Tauben, et cetera, et cetera ... Hübsch war es schon, und doch Narretei.«

»Eine schreckliche Verschwendung, wenn man bedenkt, wie die Armen in unserer Stadt hungern müssen«, sagte Tommasa ohne jeden Vorwurf, dennoch wurde Ghiribizzo schwer ums Herz, als er an die kargen Mahlzeiten dachte, mit denen seine eigene Familie oft vorliebnehmen mußte. Er selbst war zwar nicht weniger genügsam und rührte, auch wenn er zu Festen geladen war, kaum etwas an, aber das stand auf einem anderen Blatt.

Um Tommasa eine Freude zu machen, ging er Hand in Hand mit ihr ins Nebenzimmer und begrüßte stumm seine schlafenden Kinder. Er versuchte, den Maler zu vergessen und sie nur als Vater wahrzunehmen – doch wie fing man das an? Rosig die Wangen, seidig die Wimpern, lange dunkle Locken – Donato sah im Schlaf noch ganz mädchenhaft aus, und die kleine weizenblonde Laura nuckelte selig am Daumen. Einen Vater kannte sie kaum.

Auch Tommasa und Claudio gingen nun zu Bett, und obwohl er wußte, daß er danach wieder mit einem besonders ausgeprägten Gefühl der Trostlosigkeit dafür büßen mußte, schlief er mit ihr, seit der Geburt seiner Tochter zum erstenmal. Was ihm die Sache stets verleidete, trat auch diesmal ein: Statt sich in der körperlichen Liebe zu entspannen, überreizte sie seine Nerven noch mehr. Tommasa dagegen genoß die lang entbehrten Freuden mit allen Sinnen und schlief unmittelbar danach in seinen Armen ein.

Niemals, dachte er voller Verzweiflung, würde er mit ihr oder seinen Kindern im Einklang leben können, da er mit sich selbst nicht im Einklang war. Die Kunst stand gegen die Erfahrungen des Lebens, und der Künstler, so schien es ihm nun, gehörte schon vor seinem Tod zu den Verdammten, denn die zuverlässigste Quelle des schöpferischen Menschen war seine Depression. Sie mußte durchlitten werden, immer wieder aufs neue, bevor er – vielleicht – die Gnade erfuhr, weiter schaffen zu können. Und nie dürfte er sicher sein, ob ihm die Gnade noch einmal zuteil würde.

»Kein Mensch kann zu jeder Stunde des Tages ein Zauberer sein. Wie könnte er sonst leben?« hatte Francesco ihn einmal zu trösten versucht.

Wie aber leben, ohne eine grundsätzlich andere Welt zu erschaffen? Mit diesem Gedanken schlief er endlich doch ein, aber er träumte schlecht und fühlte am nächsten Morgen immer noch diese Gleichgewichtsstörung in seinem Gemüt, deren Auswirkungen er Tommasa und den Kindern lieber ersparte.

Noch bevor sie erwachten, machte er sich auf den Weg nach Gualfonda, um sich in das kleine Turmhaus seiner Junggesellenzeit zurückzuziehen und nachzudenken. Zeit seines Lebens hatte er die Stille geliebt und was die Stille ihm sagen konnte, im Grunde suchte er nichts außerhalb. Dort oben angekommen, kam er sich indessen nicht weniger eingesperrt vor als gestern abend hinter den Pforten zur Hölle, und draußen auf der Loggia störte ihn plötzlich alles, was er sonst liebte, das Gezwitscher der Vögel ebenso wie das Zirpen der Grillen und das blöde Blühen der Blumen.

Laut fluchend vor Ärger über sich selbst, lief er hinaus auf die Wiesen vor dem Haus. Seine Fingerspitzen trommelten gegen die Schädeldecke im vergeblichen Bemühen, seine Qualen zu lindern. Schön wäre ein Dasein ohne Kampf und leibliche Bedürfnisse oder gar kein bewußtes Leben. Ja, er wünschte sich nichts mehr als ein Stück toter Materie zu sein, bar jeder Empfindung.

Er wünschte, nichts mehr zu wünschen, da erhob sich wenige Schritte vor ihm aus dem Grün seiner Wiese ein blutjunges Mädchen, den Kopf mit Blumen bekränzt, vom Frühling umwildert wie die leichtfüßige Flora auf Sandros Allegorien.

Woher kam diese Schöne? Ghiribizzo ging ganz nah an sie heran, um sie genauer zu betrachten, vertiefte sich in die zarten Linien des Kinns über dem Halsansatz, das gemmengleiche Profil. Jede Wimper sah er sich einzeln an, die Krümmung der Pupillen und der Lider, die gekräuselten Locken an den Schläfen. Die Kleine hielt ganz still; ein bezauberndes Lächeln tanzte auf ihrem Gesicht. Gedankenverloren nahm er ihr den Blütenkranz von der Stirn, setzte ihn wieder auf, nahm ihn ab, studierte seinen Sitz in allen möglichen Positionen. Sie ließ ihn gewähren, und ihr Lächeln verflog nicht.

Ghiribizzo hatte niemals ein so vollkommenes Gesicht gesehen, es malen zu dürfen würde einem Verlorenen wie ihm das Leben zurückgeben. Auch die Farben von Haaren, Haut und Augen: Honigbraun, Elfenbein und Ultramarin vor dem Wiesengrün mußten das Herz eines jeden Künstlers höher schlagen lassen. In ihm pochte es wie das eines Jünglings, als er sich ihr vorstellte.

»Und wer bist du?«

Sie nahm seine Hand, nannte ihren Namen.

Er stutzte. »Kannst du wiederkommen?«

Ihre Augen sogen sich an ihm fest. »Morgen vielleicht.«

Nur widerstrebend löste sie ihre Hand von der seinen. Dann wandte sie sich um und entfernte sich langsam. Auch ihr Gang war voller Anmut; kein Hälmchen würden diese bloßen Füße knicken.

Ghiribizzo sah ihr noch nach, als sie schon längst verschwunden war. Hoffentlich narrte ihn kein Traum. Dieses feenhafte Wesen, das da heute morgen seiner Wiese entstiegen war, schien einer befreiteren, beflügelteren Welt anzugehören, als die rauhe Erde es beherbergen konnte.

8. Kapitel

Der Mond des Malers

Nachdem Ghiribizzo das Weite gesucht hatte, gingen die satanischen Spiele in der Unterwelt erst richtig los. Ein Windstoß löschte sämtliche Lichter aus, man hörte Schreie und schrille Töne als Einstimmung zu einer Gerichtssitzung des Gottes Pluto. Scheinbar allwissend, wie seine Rolle es vorschrieb, befaßte er sich mit den charakterlichen Schwächen seiner Hochzeitsgäste, tat dies aber mit so viel Witz und Verständnis für die armen Sterblichen, daß niemand sich bloßgestellt fühlte, wenn sein Name fiel.

Auch der Maler Ghiribizzo wurde erwähnt, dessen Verschwinden außer seinen beiden Begleitern noch niemandem aufgefallen war. Der Gott der Gerechtigkeit verglich »Claudios Forschungsreisen in den fiktiven Raum« mit den Expeditionen der Seefahrer und rief sodann mit warnender Stimme in die Finsternis um ihn herum:

»Dieser begabte Mensch sollte aufhören, in den Wolken zu leben und aus ihrem Dunst Rautenmuster und Mazzocchi zu konstruieren, welche beim ersten Regen dahinschwinden wie das Goldene Zeitalter in unserer Stadt!«

»Bravo!« rief Tribolo und wünschte, der Freund hätte sich nicht durch seine Empfindlichkeiten voreilig ins Bockshorn jagen lassen. Er fand Plutos Worte goldrichtig, und sie waren ganz dazu angetan, Claudio auf den neuen Wegen in seiner Kunst zu bestätigen.

Den Enthüllungen und Ermahnungen folgten Scherzfragen, dann Pfänderspiele im Dunkeln, bei denen manche schöne Sünderin ihr Kostümchen verlor, wie sich zu Tribolos Freude herausstellte, als allen die Leviten gelesen und die Lichter wieder angezündet waren.

Zur Belohnung für die erlittenen Strapazen wurde nun von Dienern aus der Oberwelt alles aufgetragen, was zu einem lukullischen Mahl bisher noch gefehlt hatte, darunter ein gebratenes Ferkel, aus dessen Bauch nach dem Aufschneiden lebende Drosseln flogen. Zum Schluß erschien sogar ein originalgetreues Piratenschiff, mit Totenkopffahnen besteckt und bis an den Rand voller Kuchen und köstlicher Konfitüren.

Während die meisten Gäste bei einem Gläschen Branntwein ihre Geschäftsbeziehungen festigten, verzog sich Tribolo mit einer selbsternannten Medusa nach oben, die mit nichts als ihrem Schlangenhaar bekleidet war und schon eine ganze Weile ihren versteinernden Blick an ihm ausprobierte. Tribolo ging auf ihr Spiel ein, bevor er die Medusa zu ihrem und seinem Vergnügen genüßlich vernaschte.

Auch ohne dieses willkommene Intermezzo, dem ein künstlicher Regen folgte, damit die Gäste mit klarem Kopf den Heimweg antraten, wäre Tribolo das Höllenfest als ein himmlischer Spaß in Erinnerung geblieben, zumal ihm zu guter Letzt noch ein betrunkener Magistratsbeamter hinter vorgehaltener Hand verriet, daß der Mörder seines Vaters im Komitee der Zwölf zu finden sei, jenem Finanzausschuß, der sich in Pieros Auftrag um die Staatsanleihen kümmerte und eine Schwächung der Medici-Bank wohl nicht hinnehmen wollte.

Tribolo würde, so sein Plan, als er in der Morgendämmerung über den Ponte Rubaconte zur Via Maggiore bummelte, einen nach dem anderen dieser korrupten Zwölf erpressen und dann hübsch abkassieren, bis der Schaden am Vermögen der Salvestrini wiedergutgemacht war; und zwar so bald wie möglich. Niemand konnte derzeit absehen, wie sich der Konflikt zwischen il Moro und dem König von Neapel weiterentwickelte und welche Rolle Piero de' Medici dabei spielen werde. Falls Karl VIII. Neapel tatsächlich zu Hilfe eilte, wie einige Pessimisten befürchteten, mußte er durch florentinisches Gebiet ziehen, dies aber würde

Piero angesichts des alten Freundschaftsvertrages mit König Ferrante und seinem Nachfolger Alfons II. auf keinen Fall zulassen können …

Schon lange war in Florenz nicht mehr so viel spekuliert worden wie dieser Tage; alle Welt schien den Atem anzuhalten und auf den ersten Schlag zu warten. Wenn lo Sfortunato dann einen Fehler machte, hätte er ausgespielt und mit ihm die alten und neuen Getreuen der Medici. Tribolo mußte sich wirklich beeilen, sein Erbe zurückzugewinnen, denn nach einem Machtwechsel würde es auch für ihn nichts mehr zu holen geben. Gleich am nächsten Tag stürzte er sich mutig in Aktivitäten mit ungewissem Ausgang.

Niemandem kam das gelegener als dem Maler Ghiribizzo. Seitdem er wußte, daß die holde Primavera auf seiner Wiese den Namen Salvestrini trug, war ihm klar, daß er sein Vorhaben geschickt angehen mußte, wollte er nicht mit Tribolo aneinandergeraten, dem seine jüngste Schwester über alles ging. Zumindest hatte Claudio dies seinen Worten entnommen, als der Freund ihn vor Jahren bat, das Musikinstrument der kleinen Selvaggia mit einem Bildchen zu verzieren. Heute mußte er die Lautenspielerin selbst malen, und zwar um jeden Preis. Sie war mit allen äußeren Vorzügen gesegnet, die aus einem hübschen Lärvchen ein lohnendes Objekt künstlerischer Darstellung machte; überdies schien sie ihm, Claudio, auf unerklärliche Weise gewogen zu sein, was die Sache nur auf den ersten Blick erleichterte. Die Beziehung zwischen einem Maler und seinem Modell führte nicht selten zu Mißverständnissen, wie Claudio sich sehr wohl entsann, als er an die Tochter des Kerzenmachers dachte, die er hatte heiraten müssen, obwohl er sie nur zeichnen wollte. Solchen Verwicklungen galt es diesmal vorzubeugen, denn es würde seine Zeit dauern, das Letzte aus diesem neuen Gesicht herauszumalen, das ihn jetzt schon beschäftigte wie kein zweites. Endlich waren auch seine schlaflosen Nächte zu etwas nütze, brachten sie ihm doch einen, wie er meinte, brillanten Einfall: Da er nun einmal eine Ehefrau besaß, was ihm zuweilen und auch jetzt gar nicht so schlecht gefiel, nahm Ghiribizzo sie mit zu seiner Bittvisite bei Camilla Salvestrini als lebenden, wenn auch etwas gequält dreinschauenden Beweis dafür, daß alles schicklich zugehen werde.

»Einen Mond oder zwei«, so der Maler, würde er benötigen, um der Schönheit einer Selvaggia Salvestrini gerecht zu werden und sie durch seine Kunst unsterblich zu machen.

»Unsterblich wie Petrarcas Laura?« fragte Camilla versonnen.

Da Ghiribizzo nicht wußte, ob der Vergleich für oder gegen ihn sprach, äußerte er sich lieber nicht dazu, sondern gab den Problemen der Beleuchtung die Schuld an den vielen erforderlichen Sitzungen in seinem Haus draußen in Gualfonda. Er brauche sensationsloses Licht, erklärte er, um die Landschaft eines Gesichtes, welches allein schon Sensation genug sei, ganz auszuleuchten:

»Am Morgen sparsames Licht von Osten, mittags leichte Anwärmung von Süden und nachmittags dosiertes Licht von Westen.« Und wenn das Tageslicht nicht ausreiche, werde er seine kleine Frau – hier tätschelte er gönnerhaft Tommasas mageres Handgelenk – Goldfolie halten lassen, damit sie warmes Kerzenlicht reflektiere.

Als was er ihre Tochter denn darstellen wolle, erkundigte sich Camilla.

»Als was?«

Nun, als Engel oder Madonna, Heilige oder – was sie sich bei Selvaggias Ausstrahlung freilich nicht denken könne – Sünderin.

»Sie wird bleiben, was sie ist«, versprach Ghiribizzo. »Eure Tochter braucht keine Masken und Kostüme, sie ist von makelloser Schönheit. Die meisten Modelle erhalten durch den Maler erst Leben und Farbe, Selvaggia Salvestrini aber hat beides von Natur aus.«

Tommasa seufzte tief, und Camilla lächelte. Es war sicher nicht leicht, die Frau eines Künstlers zu sein. Diese zarte kleine Person hier schien ihren Mann auf jene kühle Art zu lieben, welche die großen Gefühle eines Menschen überdauert, der oft verletzt worden ist. Obgleich der ergraute Ehemann an ihrer Seite doch wohl aus den gefährlichen Jahren heraus war ... Er konnte kaum jünger sein als der verstorbene Giovanni, und es würde Selvaggia womöglich guttun, von ihm betrachtet und verewigt zu werden. Sie befand sich jetzt, dachte Camilla, in einem Alter, in dem ein junges Mädchen jemanden braucht, der es ansieht. Solange das Trauerjahr andauerte, war es zwar noch zu früh für einen Bräutigam, nicht aber für den Kontakt zu einem väterlichen Bewunderer und stadtbekannten Meister. Am Ende hatte der Himmel dafür gesorgt, daß die Wege Selvaggias und des Malers sich kreuzten, damit die gemeinsame Arbeit ihren Schmerz über den Tod des Vaters linderte. Zeit, sich malen zu lassen, hatte sie reichlich, denn sie nahm seit der Rückkehr aus Ranunculo keinen Unterricht mehr, nicht einmal Philosophiestunden. Sie wolle lieber allein sein, sagte sie, um Gedichte zu schreiben und zu musizieren. Und war es nicht just dieser Ghiribizzo gewesen, der ihr die Laute einst mit einem Einhorn statt des gewünschten Drachens geschmückt hatte? Camilla warf einen fragenden Blick auf die Totenmaske.

»Das Einhorn verkörpert die Keuschheit«, murmelte sie.

Durch die bunten Glasscheiben des geöffneten Fensterflügels fiel ein roter Lichtstrahl auf Giovannis bleiche Lippen, so daß sie sich zu bewegen schienen.

Sein Weib hielt dies für ein Zeichen der Zustimmung und erlaubte dem Maler, ihre Tochter zur Vervollkommnung seiner Kunst so oft in seinem Haus zu empfangen und zu malen, wie er dies nach Absprache mit ihr für wünschenswert hielt – allerdings nicht über Nacht –, und sie am Ende mit einem Porträt ihrer Wahl für die Mühen des Modellstehens zu belohnen.

»Nehmt aber allergrößte Rücksicht auf ihre Jugend und ihr empfindsames Gemüt«, bat Camilla.

Und Claudio Ghiribizzo, mit einem Seitenblick auf Tommasa, versprach es.

Selvaggia ahnte nichts von alledem. Sie war an jenem Morgen ganz allein nach San Friano gegangen, um sich ihr Muttermal behandeln zu lassen. Babbo Luna bestand darauf, daß sie täglich kam, weil ihm die dunkle Färbung des ehemals roten Fleckens nicht gefiel. Anschließend besuchten die beiden Mädchen noch das Gräbertal, welches von Constanzas Freudenausbrüchen über die bevorstehende Liebesheirat mit ihrem mittellosen Schneiderlein nur so widerhallte.

»Und hast du das Gefühl, als blicktest du gleichzeitig in die Vergangenheit und die Zukunft, wenn du deinen Liebsten ansiehst?« wollte Selvaggia wissen.

»Wie kommst du denn darauf?« wunderte sich Constanza. »Wenn ich meinen Emilio ansehe, wünsche ich, daß er mich in seine Arme nimmt und die Zeit stillstehen läßt. Nur der Augenblick zählt. Weiter nichts. Die Vergangenheit ist Schnee von gestern und die Zukunft ein Überraschungsei voller Rosen, deren Dornen noch nicht stechen.«

Eine typische Constanza-Antwort, dachte Selvaggia. Sie hatte noch mit niemandem über ihre Begegnung in Gualfonda gesprochen und erzählte auch der Freundin nichts davon. Obwohl Constanza ganz in ihrer Nähe gewesen war, da sie zusammen vor den Toren der Stadt Kräuter für Babbo Luna gesammelt hatten, verriet Selvaggia nicht, was ihr geschehen war. Sie wußte es ja selbst noch nicht so recht und fürchtete, den Zauber zu zerstören, wenn sie ihn vor der Zeit in Worte faßte. Vielleicht würde sie eines Tages beschreiben können, was sie fühlte, bereden würde sie es keinesfalls. Sie war von dem Blick dieser Maleraugen wie von der Gewalt eines Gestirns getroffen worden und wollte nicht, daß etwas von dieser Kraft verlorenging. Eine Geschichte hatte begonnen, das allein spürte sie; ihr Anfang lag nicht wie so oft im Verborgenen, sondern hatte sich klar zu erkennen gegeben.

»Liebe«, schrieb sie in ihr Tagebuch, »beginnt mit einem Blick.« Und mehr gab es dazu nicht zu sagen.

»Du strahlst ja, als wärest du mitten im Trauerjahr auf dem Weg zu einem Ball«, tadelte Faustina, die ihren Schützling wenige Tage später zum Turmhaus nach Gualfonda begleitete.

Sie täuschte sich nicht, trotzdem behielt Selvaggia ihr Lächeln. Giovanni hätte ihr bestimmt verziehen, daß sie zum erstenmal seit seinem Tod wieder so etwas wie Lebensfreude empfand. Sie rechtfertigte sich nicht dafür, Faustina würde sonst bloß wieder neue Gefahren wittern. Auch so musterte sie Claudio Ghiribizzo zur Begrüßung mit einem Ausdruck des Argwohns, der schon beinah beleidigend war, bevor sie sich stirnrunzelnd empfahl.

»Nur für ein paar Stunden«, wie sie betonte.

Selvaggias Augen baten den Maler um Nachsicht mit der mißtrauischen Kinderfrau.

»Ich kann sie verstehen«, sagte Ghiribizzo und führte die Besucherin hinaus auf seine Loggia, damit sie sich etwas mit seiner Kunst vertraut machen konnte, bevor sie miteinander zu arbeiten begannen.

Selvaggia sah sich alles in Ruhe an, vermied es aber, viel zu sprechen, aus Angst, ihre Stimme zittern zu hören.

Zum Glück ist sie keine, die plappert, dachte der Maler.

Bei der Tochter des Kerzenmachers hatte er sich manches Mal Wachs in die Ohren stecken müssen, weil sie während der Sitzungen alles ausplauderte, was ihr in den Sinn kam. Heute würde sie das wohl auch nicht mehr tun. Die kleine Salvestrini wirkte jedenfalls viel reifer als Tommasa in dem Alter. Sie betrachtete die grünen Fresken unter den Bögen der Loggia und vor allem die Szenen des »Sündenfalls« sehr eingehend, dabei blieb ihr Blick an der lächelnden Schlange im Baum der Erkenntnis hängen, deren Profil es vor Jahren schon dem Tribolo angetan hatte.

»Ihr habt mich gemalt, bevor Ihr mich kanntet?« fragte sie.

»Hältst du das denn für möglich?«

Selvaggia nickte. »Warum nicht? Es ist gerade so, als ob man im Traum etwas vorwegnimmt.«

Ghiribizzo fand Gefallen daran, ihr weitere Fragen zu stellen. Er breitete ganze Stöße alter Zeichnungen und Kartons vor ihr aus, beredte Zeugnisse seiner künstlerischen Entwicklung. Viel Zeit, gestand er, habe er damit vertan, die Kunst in eine Theorie zu zwingen, bis sie der Wissenschaft ebenbürtig geworden sei, nun aber müsse er seine Kunst – und sich selbst – wieder davon befreien.

»Es heißt, alle Künstler lebten in einer Scheinwelt«, sagte Selvaggia. »Wenn das stimmt, ist es doch ganz einerlei, ob diese nun berechnet oder hervorgezaubert ist.«

Gerührt über so viel unerwartetes Verständnis, kam Ghiribizzo auf sein Lebensthema zu sprechen: die Perspektive – worüber er gerne noch ein Lehrbuch geschrieben hätte – und zeichnete auf die Rückseite eines Kartons mit zwei Männerakten die Sehstrahlen des Euklid, welche in gerader Linie die Punkte eines Objektes, bei Ghiribizzo eine sturmgepeitschte Zypresse, mit den Augen verbanden. Daraus konstruierte er »eine Sehpyramide, mit deren Hilfe man alle Überschneidungen und Verkürzungen im Wahrnehmungsbild mathematisch genau beschreiben« könne. »Die Perspektive«, schloß er seufzend, »ist ein Labyrinth.«

Selvaggia horchte auf und erzählte dann, zunächst zögernd, jedes Wort sorgfältig abwägend, vom Labyrinth ihrer Kindheit in Ranunculo, und Ghiribizzo, sonst ein ungeduldiger Zuhörer, lauschte mit wachsender Anteilnahme.

»Ich war immer ganz allein mit mir und dem halbverwilderten Labyrinth«, erinnerte sich Selvaggia. »Ich ging einfach los. – In drei, vier Windungen, so sah es aus, verlief der Pfad zur Mitte hin. Doch wenige Fußbreit vor dem ersehnten Ziel kehrte er um, entfernte sich in unübersichtlichen Schleifen, und auf einmal lagen mehr Pfade zwischen mir und meiner Mitte als zu Beginn. So oft ich die Wege auch gegangen war, niemals wußte ich, ob ich auch diesmal ans

Ziel kommen würde. Es ist immer wie verhext: Gerade hat mich der Weg wieder ganz nach außen geführt, und mein Mut beginnt zu sinken, da stehe ich unversehens, nach einer Biegung, im Herzen des Labyrinthes.«

»Ein Synonym für die Machtlosigkeit gegenüber dem Schicksal«, murmelte der Maler.

»Ja, das ist wahr. Niemals läßt sich vorausahnen, wohin der Weg sich wendet, und oft will man ihm ebenso dringend entkommen, wie man ihn zuvor gesucht hat ...«

»... und entkommt ihm nicht. Dem Leben nicht, dem Labyrinth, dem Fluchtpunkt nicht.« Der Maler hatte vergessen, mit wem er sprach, vergessen, daß er überhaupt mit jemandem sprach.

»Was sind schon die Werke des Menschen? Sie verkörpern die Verstrickung seines Schicksals in ein höheres kosmisches Geschehen. Künstler sind, wie Priester, Vermittler des Unendlichen.«

Er suchte jetzt etwas, kehrte das Unterste zuoberst, weil er selbst nicht mehr wußte, unter welchen Motiven er wählen konnte, um die Magie des Fluchtpunktes zu demonstrieren. Jahrelang hatte er seine Mappen nicht mehr durchgesehen, und es erfüllte ihn mit Ungeduld, in vergilbten Papieren zu graben. Schließlich entschied er sich, da er nichts Besseres fand, für die alten Kartons zum Sintflutfresko. Ein glücklicher Einfall, denn er brauchte nun gar nicht mehr viel zu erklären. Selvaggia war oft genug mit ihrer Mutter im Grünen Kreuzgang der Novella gewesen und wußte sofort, worauf er hinauswollte: die Arche, die Fluten, die Ertrinkenden ... Der Sog in die Tiefe, in der alles versinken mußte, hatte von jeher ihre Phantasie beflügelt, zudem kam er ihr nicht unbekannt vor. Sie erzählte dem Maler von der Spirale, in der sie sich als Kind verschwinden und neu erstehen lassen konnte.

Ghiribizzo war begeistert. Was für ein inspiriertes Wesen hatte er sich da in sein Haus geholt!

»Es ist etwas Verhängnisvolles um den Fluchtpunkt, auf

den alles zurast«, sagte er. »Irgendwann, nachdem er in sich aufgesogen hat, was existierte, ist er von außen nicht mehr erkennbar. Ist er nichts und enthält doch alles. Man kann den Verstand verlieren, wenn man zu lange darüber nachdenkt!«

Er sah sie jetzt an, als könnte ein Wort von ihr Geist oder Seele gesunden lassen. Und Selvaggia fand das Wort:

»Den Verstand verlieren? Das glaube ich nicht. Im Fluchtpunkt sind alle Gegensätze vereinigt, mit seiner Hilfe kann man sich endlich das Absolute vorstellen.«

»Von der Polarität zur Einheit«, flüsterte Ghiribizzo.

»Das Streben nach dem Ganzen aber ist Eros«, zitierte Selvaggia ihren Lehrer Cattani da Diacetto.

Der Maler schwieg; er brauchte lange, die Begriffe zu überdenken.

Das einzige Feuer, Faustina, welches mich gehörig versengen könnte, dachte Selvaggia, als er endlich den Kopf wieder hob und sein brennender Blick auf ihr ruhte.

»Wer bist du, daß du weißt, was kein Mensch bisher verstanden hat«, murmelte er. »Kunst ist Eros, weiß Gott! Und mehr noch: Sie ist ein wollüstiges Vergnügen wie das menschliche Verliebtsein. Nur in der Kunst ist die Leidenschaft richtig aufgehoben ...«

»... und im Tod«, ergänzte Selvaggia.

»O nein!« Des Malers Hände näherten sich ihrem Gesicht, seine Fingerspitzen folgten den Bögen ihrer Augenbrauen und Wangenknochen, als wollte er die Linien markieren, die anderntags der Zeichenstift übernehmen sollte.

»Eine Schönheit wie du ist über den Tod erhaben«, sagte Ghiribizzo. »Meine Kunst wird dich für alle Zeiten unsterblich machen.« Dann zeigte er ihr den Skizzenblock, auf dem er sich am Morgen nach dem Höllenfest ausgetobt hatte, wenige Stunden, bevor Selvaggia in sein Leben trat: Apokalyptische Reiter rasten über schwarzverbranntes Land; die Hufe ihrer Pferde schlugen die Leiber einer gepeinigten Menschheit, am Boden liegend die meisten oder nur halb aufgerichtet, mit verdrehten Augen und verrenkten Gliedern. Die Fratze des Todes lauerte überall, eine trug Ghiribizzos Züge und war kaum noch erkennbar. Wütende Federstriche über dem Selbstporträt hatten das Papier zerrissen.

Schneller als bisher gab sie ihm das Blatt zurück. So ähnlich stellte sie sich die Visionen der Bußprediger vor.

»Abscheulich, nicht wahr?« Ghiribizzo zerriß seine Ausgeburten schwarzer Stunden. »Ich weiß, man verzeiht es der Kunst nicht, wenn sie auch das noch zeigt, was der Vogel Strauß im Sande sieht.« Er sagte nicht, daß er diesen Satz dem Tribolo verdankte, der ihn wiederum Giovanni Salvestrini nachschwatzte.

Selvaggia nickte. Der Maler sprach sehr langsam, wahrscheinlich war er das viele Reden nicht gewöhnt, doch über alles, was aus seinem Munde kam, schien er gründlich nachgedacht zu haben. Nun reichte es ihm wohl. Sie hoffte, daß seine Fingerspitzen noch einmal ihr Gesicht studierten, aber sie taten es nicht.

Als Faustina am späten Nachmittag vorbeikam und zu sehen wünschte, was der Maler in den vielen Stunden mit seinem Modell zustande gebracht hatte, konnte er nicht die kleinste Skizze vorweisen. Er sagte, sie hätten sich die ganze Zeit nur unterhalten, trotzdem hätte er sich keinen Augenblick gelangweilt.

»Seit wann sind junge Mädchen dazu da, alte Männer zu unterhalten«, monierte Faustina. »Und was habt Ihr dem Kind zu essen und zu trinken angeboten?«

Selvaggia und der Maler sahen einander an und lachten. Das hatten sie beide vergessen.

»Weißt du, was der Vogel Strauß im Sande sieht?« fragte Selvaggia, nachdem sie und Faustina die Galgen vor der Stadtmauer glücklich hinter sich gelassen hatten.

»Nein, aber es kann nur seine eigene Dummheit sein«, antwortete die Amme.

Spät am Abend, als alle schon schliefen, trat Selvaggia auf

Zehenspitzen vor die Totenmaske in Camillas Zimmer und dankte ihrem Vater für alles, was er sie hatte lernen lassen und was nun einen besonderen Sinn bekam, denn der Weg zum Herzen des Malers führte nicht nur über seine Augen, sondern gleichermaßen über ihren Verstand, soviel hatte Selvaggia begriffen. Vielleicht verlor sich dieser Weg, wenn es ihn überhaupt gab, auch in einem Labyrinth, aber was machte das schon – Labyrinthe hatten sie von Kindesbeinen an zum Betreten gereizt, und mehr, als in die Irre gehen, konnte sie nicht.

In der Nacht schlief sie nur wenig, doch es störte sie nicht. In aller Ruhe ließ sie noch einmal die Szenen des Tages an sich vorbeiziehen, jedes einzelne Wort des Malers, seine Gesten, die Andacht, mit der seine Fingerspitzen die Struktur ihres Gesichtes erkundeten. Erst jetzt, da die Erinnerung ganz ihr gehörte, konnte Selvaggia ihre Wirkung auf ihn so richtig genießen. Sie würde sich fortan mit Leib und Seele Ghiribizzo überlassen, damit seine Bildnisse eines jungen Mädchens, das sie womöglich selbst noch nicht kannte, alles Gewöhnliche sprengten. Nichts, so beschloß sie, würde sie ihm vorenthalten.

Mit dem ersten Morgenläuten stand sie auf und sah aus dem Fenster, vor dem schon betulich die Tauben gurrten. Es war ein grauer Morgen mit ungewissen Bildern, wie dazu geschaffen, mehr zu halten, als er zur Stunde noch versprechen mochte. Selvaggia nahm sich viel Zeit für ihre Garderobe, probierte dieses und jenes und versuchte, sich ganz in den Maler hineinzuversetzen, damit sie herausfand, wie er sie zu ihrer ersten Sitzung sehen wollte. Schließlich wählte sie ein lavendelblaues Damastkleid, mäßig weit ausgeschnitten und von Constanza mit einer weißen Bordüre eingefaßt, darauf orientalische Schriftzeichen in tiefem Violett. Ihr langes Haar kämmte sie nach hinten, umwand es mit einem Band, statt es zu flechten, und legte es wie zufällig um den Kopf. Das Spiegelbild zeigte ihr eine erwartungsvoll lächelnde Schöne, deren natürliche Reize durch ihre Schlichtheit noch gesteigert wurden. Genauso wollte Selvaggia es haben. Faustina allerdings fand sie viel zu sommerlich gekleidet für den launischen Monat April.

»Kaum Stoff auf der Haut hat sie, unsere Madonna vom Unterrock«, spottete sie, »und ihr Herz sehe ich darunter glänzen, als wär's aus Quecksilber!«

Um ein Haar hätte Selvaggia ihr den Gefallen getan nachzusehen, doch dann lachte sie nur und kümmerte sich nicht weiter um Faustinas Anspielungen; die Amme schien ohnehin ihren ungnädigen Tag zu haben. Während des ganzen Weges nach Gualfonda klagte sie über Seitenstechen, welches nur daher käme, daß eine gewisse Signorina gar nicht schnell genug zu ihrem knausrigen Pinsellecker rennen könne. Bis zum Stadttor ließ Selvaggia sie reden, dann schickte sie Faustina nach Hause zurück und wunderte sich nur, daß sie, ohne zu murren, auf der Stelle kehrtmachte.

Auch Ghiribizzo hatte wieder eine schlaflose Nacht verbracht, doch bei weitem angenehmer als sonst, da er sich mit Wonne die verschiedenen Posen ausdachte, die er sein wunderbares Modell am kommenden Morgen einnehmen lassen wollte. Sobald er aus den Nachbarhöfen in der Ferne die Hähne krähen hörte, stand er auf, um eine noch unbemalte Wand der Loggia als Hintergrund zu präparieren, indem er sie mit allerlei Hilfslinien bedeckte. Hunderte kleiner Punkte, durch krumme und gerade Linien miteinander verbunden, prangten nun auf der weißgetünchten Mauer und bildeten einen eigentümlichen Kosmos, den nur ihr Konstrukteur zu deuten verstand.

Später zeigte er sich entzückt über die Bänder an Selvaggias Kleiderausschnitt und in ihrem Haar. Bänder, so sagte er, eigneten sich vorzüglich für allerlei Studien und machten sich auch als ornamentaler Blickfang in der endgültigen Darstellung sehr gut.

Ganz aus dem Häuschen aber brachte den Maler Selvaggias Einfall, ihre Ohren freizulassen.

»Die meisten Närrinnen verstecken ihre Ohren heutzutage unter Hauben und falschen Zöpfen«, kritisierte er, »obwohl es kaum eine kunstvollere Form gibt als das menschliche Ohr, welches an einen Fötus erinnert und vom himmlischen Meister so gestaltet ist, daß kein Paar dem eines anderen Individuums gleicht.«

Er nahm den Kopf seines Modells in beide Hände und drehte ihn nach rechts und links, um ihre Ohren zu betrachten. Wieder sah Selvaggia seine Augen auf ihrem Gesicht umherwandern, große Augen, mit viel rotblau geädertem Weiß wie bei einem Opal. In der Iris, die fast so dunkel war wie die Pupille, entdeckte sie winzigklein ihr Spiegelbild und wußte, daß sie kein anderes mehr brauchte. Ghiribizzo fand den äußeren Rand ihres Ohres besonders bemerkenswert, der in schöner Schleife in die Muschel hineinführte, sich dort aber nicht verliere, sondern bis zum Verschmelzen mit der Innenkante seine ausgeprägte Form behalte.

»Höchst interessant! – Warum siehst du mich so an?«

»Eure Augen sind eine Verkleinerungskammer. Ich sehe mich schrumpfen und werde am Ende noch darin verschwinden ...«

Ghiribizzo hörte nicht zu. Seine Fingerspitzen spielten sanft mit dem Ohrläppchen. Selvaggia, ganz Gänsehaut und erwachte Gefühle, hielt den Atem an.

»Deine Ohrläppchen müssen so gemalt werden, daß der spätere Betrachter ihre Weichheit zwischen den eigenen Fingern zu spüren glaubt«, sagte er.

Sein Blick war anders als gestern; eher prüfend als bewundernd, erinnerte er Selvaggia an den eines Seidenhändlers, der seine Stoffe aussucht. Ihr wurde abwechselnd heiß und kalt unter diesem Blick; sie schlug die Augen nieder, bis der Maler ihre Ohren wieder freigab und zum Skizzenblock griff. Sein Stift bewegte sich nun rasend schnell und wie von selbst, als hätte er nur darauf gewartet, auszuführen, was des Malers Sinne ihm diktierten. Ghiribizzo hatte sich auf einen kleinen Schemel gesetzt, eine Armeslänge von Selvaggia entfernt, die mit aller Macht stillzusitzen versuchte, denn obwohl sich ihre Ohren ja nicht verändern konnten, wurde der Maler ungehalten, sobald sie auch nur den Kopf bewegte.

Aus den Augenwinkeln sah sie Ghiribizzo beim Zeichnen zu. Sein Mienenspiel wechselte ständig; Selvaggia kannte ihn noch nicht gut genug, um es zu deuten, aber sie spürte eine fast unerträgliche Spannung, die den Maler bei der Arbeit umgab. Er merkte es überhaupt nicht, daß sie ihn betrachtete und sich ihre Gedanken machte: In seinem fast weißen Bart erkannte sie den Grübler von Jugend an, dafür waren Stirn- und Schläfenlocken noch ziemlich schwarz, allenfalls graumeliert. Das Gesicht zeigte auch in der höchsten Konzentration kaum Falten, vielmehr schien es von der Erfahrung glattgewaschen wie eine Steinskulptur von Wasser und Wind. Claudio Ghiribizzo, meinte Selvaggia, hatte den Kopf eines Heiligen oder Propheten, welchen man eher verehrte als liebte, da er über die menschlichen Gefühle erhaben war. In seiner Nähe zu sein, die gleiche Luft zu atmen, mußte schon genügen. – Wie gut, daß es einen Cattani da Diacetto gegeben hatte, der sie die drei Arten der Liebe zu unterscheiden lehrte, dachte sie voller Dankbarkeit, so wußte sie doch wenigstens zu benennen, was sie fühlte.

Den ganzen Vormittag beschäftigte Ghiribizzo sich schweigend mit Selvaggias Ohren und füllte damit eine Vielzahl von Blättern. Dann, nach einem kargen Imbiß aus Brot, eingelegten Gurken und hartgekochten Eiern, bat er sie, sich vor die Wand mit den Hilfslinien zu stellen, damit er beim Aufzeichnen ihres Profils dessen Gesetzmäßigkeit studieren könne.

»Sagtet Ihr nicht gestern, Ihr wolltet Euch und Eure Kunst von der Theorie befreien?« fragte Selvaggia, während sie ihren verspannten Nacken massierte und wünschte, Constanza mit ihren heilenden Händen wäre da, um es an ihrer Stelle zu tun.

»Was kümmert mich mein vergangenes Geschwätz?« antwortete Ghiribizzo. »Die Kunst ist für mich immer eine

Wissenschaft gewesen. – Am Anfang war die Ordnung, nicht das Chaos.«

Er zwirbelte seine Bartwellen zu zwei dicken Strähnen. »Nein, du hast recht: Der alte Glaube …«, jetzt warf er Bälle aus zusammengeknülltem Skizzenpapier in den verwilderten Garten, »der alte Glaube ist nicht wiederzufinden, und der neue wirkt wie Aberglaube.«

Selvaggia verstand nicht, worauf er hinauswollte. »Ein neuer Glaube?« Spielte er vielleicht auf die Weltuntergangslehren des Fra Girolamo an?

»An das Hohe Lied der Farbe«, antwortete Ghiribizzo, obwohl ihm Erklärungen ein Greuel waren. »Weiß selbst noch nicht, ob es hält, was es verspricht. – Vielleicht weiß es mein Agent, der Seelenverkäufer Tribolo. – Aber frag ihn lieber nicht danach. Die Porträts seiner Schwester werden auch ohne seinen Segen zu meinen Meisterwerken gehören.«

Selvaggia mußte lachen, weil ihr erst jetzt einfiel, daß sie alle miteinander vergessen hatten, Tribolo, der sich seit Giovannis Tod als Familienoberhaupt fühlte, etwas von dem Pakt zwischen ihrer Mutter und dem Maler zu verraten.

»Bleib so! Vergiß, was ich gesagt habe«, wünschte Ghiribizzo und ließ seinen Kohlestift tanzen. »Dein Lächeln kann mir jeden Glauben wiedergeben!«

Und Selvaggia lächelte, bis sie das Gefühl hatte, ihre Mundwinkel wären zu Stein erstarrt.

In der zweiten Aprilhälfte kehrte der Winter noch einmal zurück. Es regnete tagein, tagaus, schneite gar mehrere Nächte lang, so daß die Obstblüte an den Bäumen erfror. Ein häßlicher Wind fegte durch die Straßen, der selbst bei geschlossenen Türen und Fenstern bis in die Gebäude hineindrang und die Menschen krank machte.

Faustina hätte ihren Liebling gerne eine Weile im Haus behalten, doch Selvaggia wußte nicht, was sie da sollte. Alles, was sie hätte tun können und früher so selbstverständlich getan hatte, erschien ihr nun völlig belanglos. »Für ein oder zwei Monde« mußte sie bei ihrem Maler sein, so war es abgemacht, und sie würde keinen einzigen Tag davon verschenken.

Wenn Faustina sich zu schwach fühlte, sie bis zum Stadttor zu begleiten, dann ging sie eben allein, am ganzen Leib zitternd trotz ihrer pelzgefütterten Pelerine, unter der sie nur ein dünnes Sommerkleid mit möglichst weitem Ausschnitt trug, weil Ghiribizzo ihren Hals und die Schultern sehen wollte.

»Ja, die Kunst verlangt Opfer«, scherzte er, als sie einmal besonders verfroren bei ihm ankam.

»Die Kunst nicht ...«, sagte Selvaggia, sprach aber nicht weiter. Zum Trost erzählte Ghiribizzo ihr vom noch scheußlicheren Frühjahr 57, das er als Zwölfjähriger bei einem Onkel in der Lombardei verbracht hatte:

»Ein eisiger, lichtloser Winter war über das Land gegangen«, erinnerte er sich, »und hatte es wochenlang mit einem weißen Laken bedeckt, einem Sterbetuch, sagten die Leute. Als die kraftlose Sonne es endlich wegnahm, blieb der Frühling aus. Die Erde mochte nicht wieder erwachen. Die Bäume, in den Wurzeln erfroren, wollten keine Knospen bilden. Kein Grashalm begann zu sprießen, alles blieb so braun und schwarz, wie es zum Vorschein gekommen war. Dann fiel monatelang kein Tropfen Regen, und auch der Wind weigerte sich zu wehen. In den Nächten, die unerträglich schwül waren, taute es nicht. Angst und Beklemmung packten die Bevölkerung. Wie würde es weitergehen – würde es überhaupt weitergehen? Man sprach von einer drohenden Hungersnot, von der Pest, die dann auch kam, vom Ende der Welt. Und die Bußprediger schürten diese Angst, damals wie heute ... Die Lust am Untergang scheint mir weit mehr in der Natur des Menschen verwurzelt als die sogenannte Lebenslust!«

Selvaggia lächelte Beifall, denn sie wußte sehr gut, was der Maler meinte.

»Versprich mir den Tod, damit ich das Leben genießen kann«, hatte sie erst vorgestern ihrem Tagebuch anvertraut, als ein jäher Schmerz über den Verlust des Vaters ihr wieder das ganze Leben fragwürdig erscheinen ließ. Lieber noch als in Gualfonda wollte sie in solchen Augenblicken sein, wo ihr Vater war.

Später vor dem Einschlafen las sie bei den Platonikern von »der Hoffnung auf Heimkehr, die der Seele ebenso innewohnt wie dem Schmetterling der Drang zum Licht«.

Die ganze Nacht hatte sie sich als in der Schwärze gefangener Schmetterling gefühlt und voller Bangen darauf gewartet, daß es wieder Tag wurde. Zur Stunde, auf der Loggia des Malers, kam ihr das alles reichlich übertrieben vor. In Ghiribizzos Nähe fehlte ihr nichts, nicht einmal ihr Vater. Erst am Abend zu Hause würde die Sehnsucht nach beiden sie wieder zu plagen beginnen, eine Sehnsucht, die sich freilich von Tag zu Tag mehr dem Lebenden zuwandte als dem Toten. Selvaggia hoffte, daß Claudio Ghiribizzo sie noch recht lange für seine Studien brauchte, und überlegte jetzt schon, wie sie sich über die vereinbarten Wochen hinaus unentbehrlich machen konnte. Wenn Platons Mythos von der verlorenen Hälfte, die jeder suchte, nicht aber fand, auf einer Wahrheit beruhte, dann gehörte sie womöglich seit ewigen Zeiten zu ihrem Maler und hatte nur darauf hingelebt, ihm zu begegnen …

Ghiribizzo ahnte nichts von dem, was sich hinter der sanft gewölbten Stirn seines Modells abspielte. Er arbeitete wie im Rausch, sprach nur wenig und fragte auch nicht nach den Qualen, die das lange Stillstehen einem jungen Mädchen wie Selvaggia bereiten mußte. Oft nahm sie absichtlich eine falsche Haltung ein, damit er den Kohlestift, der liebkosend ihren Formen folgte, sinken ließ und sie seine Hände wieder auf der Haut spürte, vor allem über der Halsgrube und am Brustansatz, aber auch das merkte er nicht.

Als Selvaggias größtes Vergnügen noch darin bestanden hatte, an Cattani da Diacettos Lippen zu hängen und sich von ihm »ein platonisches Urwesen« nennen zu lassen, war ihr gemeinsames Ideal der Androgyn gewesen, worunter der Maestro eine Person verstand, bei der sich die männlichen und weiblichen Anteile im Gleichgewicht befanden. Aus dem Grund strebte er selbst auch danach, die sogenannten weiblichen Tugenden wie Schönheit, Anmut und Empfindsamkeit mehr zu kultivieren als alle anderen. Aber:

»Bei der leisesten Bejahung des Geschlechtlichen löst der Androgyn sich in Männlich oder Weiblich auf«, warnte er.

Constanza hatte es auch gehört und eine Grimasse gezogen. Es war in ihrer letzten gemeinsamen Unterrichtsstunde gewesen, danach kam sie nicht mehr wieder.

»Wer sich so etwas ausdenkt, muß krank sein«, hatte sie sich auf dem Heimweg empört. »Es gibt doch nichts Angenehmeres auf der Welt, als ein hübsches Mädchen zu sein und den Männern zu gefallen, oder? Sein Pech, daß unser göttlicher Cattani ein Mann ist, wenn auch ein sehr weiblicher!«

Erst an Selvaggias Geburtstag, der zu ihrer Erleichterung auf einen Sonntag fiel, der einzige Tag in der Woche, den auch der Maler im Stadthaus bei seiner Familie verbrachte, sahen die Freundinnen sich wieder. Constanza hatte Selvaggia zur Stärkung einen Aufguß aus Honig und Wein von Babbo Luna mitgebracht und außerdem ihren Verlobten. Im September schon wollten sie heiraten. Selvaggia fand ihn schrecklich jung für einen Ehemann. Er trug einen weißen Kittel und sah mit seinem Flachshaar, dem dünnen Hals und dem glattrasierten Gesicht wie ein Chorknabe aus. Ohnehin würde wohl Constanza bestimmen, wie das alltägliche Leben mit ihrem Schneider verlaufen sollte. Sie schwärmte von einem neuen Zweizimmerhaus samt Werkstatt und einem Balkon voller Blumen unweit der Rosenapotheke und von den vielen Kindern, die sie dort großziehen wollte: Rotblonde Kobolde mit grünblauen Augen würden bei ihr und Emilio wohl herauskommen – richtige kleine Normannen. Bis zur Hochzeit wollten sie und ihr Verlobter aber noch warten.

»Und weißt du auch, wie man sich bei uns über die Runden hilft? Ganz einfach: Wir tun's den Knaben gleich!« flüsterte Constanza der Freundin zu, als sie Faustina von ihrer Kaminbank in der Küche fortlocken wollten, auf der sie immerzu hockte und sich den Leib wärmte, obwohl es längst nicht mehr kalt war. »Starr mich nicht so ungläubig an, Selvaggia, das ist die sicherste Methode, nicht schwanger zu werden. – Alle machen das so – nicht wahr, Faustina?« setzte sie übermütig hinzu, denn sie hatte eigentlich viel zu leise gesprochen für Faustinas schwerhörige Ohren. Doch wie immer, wenn sie nicht sollte, hatte die Gute sehr wohl verstanden.

»Es raubt den Frauen jede Lust und, was noch schlimmer ist, die Gesundheit«, behauptete Faustina. »Laß dir lieber von deinem Vater seine berühmte Tinktur aus Bilsenkraut und Pferdemist geben oder seine Geheimmischung nach Avicenna. Ob mit oder ohne Elefantenkot darin, ich verstehe nicht, wie er das vergessen konnte!«

»Babbo Luna ist jenseits von Gut und Böse!« lachte Constanza.

Als sie und ihr zukünftiger Ehemann sich gerade verabschieden wollten, erschien Tribolo und bat sie, noch zu bleiben. Er müsse doch auf den Geburtstag der einen Schönen mit ihnen anstoßen und auf die Verlobung der anderen und überdies Constanzas kleinen Adonis unter die Lupe nehmen, ob er auch Manns genug sei für ein temperamentvolles Mädchen mit schlüpfrigen grünen Augen, denn wenn nicht, werde er, Tribolo, sich als alter Freund auf das Gesetz der »primae noctis« berufen und damit allen ein gutes Werk tun.

Tribolo redete unendlich viel, wirkte unter seiner aufgesetzten Munterkeit aber aggressiv oder verärgert. Es sah aus, als sei er zu Geld gekommen, denn er trug teure Kleidung und obendrein, geradezu exzentrisch, einen Silbergürtel mit einer nackten Nymphe als Schnallenschmuck.

Der Geburtstagsempfang, zu dem im Laufe des Tages noch weitere Freunde und Verwandte erwartet wurden, unter ihnen auch Cattani da Diacetto, fand in Camillas Schlafzimmer statt, einem intimeren Ort für kleine Familienfeste als der große Saal in der ersten Etage, der seit dem letzten großen Leichenschmaus verschlossen geblieben war. Tribolo gefiel sich darin, alle an seinen Erinnerungen zum 16. Mai 1478 teilhaben zu lassen. Auf den Tag genau vor sechzehn Jahren habe er – als Sechzehnjähriger – in eben diesem Schlafzimmer, hinter einem Vorhang versteckt, Selvaggias Geburt miterlebt, bekannte er und breitete die drastischen Details dieses Ereignisses so minutiös vor aller Ohren aus, daß jeder sich peinlich berührt fühlte und froh war, als der Voyeur von damals endlich das Thema wechselte.

Er komme geradewegs von seinem Freund Ghiribizzo, sagte er nun mit einem drohenden Unterton. Die Kunst dieses einst so geschätzten, wenn auch umstrittenen Meisters sei ja nun in Florenz keinen Pfifferling mehr wert. Piero de' Medici habe sich über das dreigeteilte Schlachtengemälde im Schlafzimmer des verstorbenen Magnifico nur abfällig geäußert. Dabei habe Tribolo keine Mühe gescheut, den Auftrag zum größten Tafelbild der Epoche, um das sich damals die besten Künstler der Stadt bewarben, für seinen Freund an Land zu ziehen. Dem Gefecht zwischen Siena und dem siegreichen Florenz im Jahre 1432 sollte ein Denkmal gesetzt werden, Claudio Ghiribizzo aber, so behauptete Piero, hätte seine Auftraggeber mit der Vorstellungswelt eines Kindes konfrontiert, mit grimmassierenden Schaukelpferden, Spielzeugrittern und leeren Rüstungen, einem einzigen chaotischen Durcheinander aus Leibern und Lanzen, Armbrüsten und Federbüschen, welches die Tapferkeit der Florentiner eher verhöhne als feiere. Kurzum, Piero weigerte sich, für eine derartige Parodie einer Schlacht das Resthonorar zu zahlen, ein mißlicher Entschluß, auch für Tribolos Tantiemen. Er hatte daraufhin gleich den Maler aufgesucht, um ihm die schlechte Nachricht zu überbringen, die der jedoch kaum zur Kenntnis nahm, weil er ganz in die Betrachtungen seiner neuesten Skizzen vertieft war. Was es da zu sehen gab – hier warf Tribolo der Schwester einen überaus zornigen Blick zu –, sei wie eine Ohrfeige gewesen, denn aus allen diesen Blättern habe ihm ein bekanntes Gesicht entgegengegrinst.

»Er hat unsere Selvaggia wieder und wieder«, wetterte er mit erhobener Hand wie ein Ankläger vor Gericht, »in allen erdenklichen Posen dargestellt, daß es kaum zu fassen ist. Die Seele hat er ihr aus dem Leib gekritzelt!«

Selvaggia hatte sich in Camillas Arme geflüchtet, weil sie unerträglicher als die Beschwerde selbst die Art und Weise fand, in der sie vorgebracht wurde. Aber es kam noch schlimmer.

Während Constanza und ihr Bräutigam sich auf Zehenspitzen davonstahlen, erinnerte Tribolo an Giovannis Worte, mit denen dieser vor Jahren verboten hatte, daß Selvaggia zu einem Besuch in Ghiribizzos Werkstatt mitgenommen wurde: »Das Gesicht meiner Tochter gehört ihr allein, es soll mir von keinem noch so begnadeten Meister zu Tode gemalt werden!«

Tribolo wurde lauter: »Und ich sage euch, Selvaggias Gesicht gehört ihr heute nicht mehr! Sie hat es dem Maler überlassen, ja, sie ist ihm ganz und gar verfallen!« schrie er. »Jeder, der seine Zeichnungen in die Hand bekommt, ist im Bilde. Jeder, der Selvaggia ansieht, erkennt die Wahrheit, denn sie steht ihr auf der Stirn geschrieben! Der Glanz ihrer Augen verrät es ebenso wie ihre lüsternen Lippen. – So heilig ist der Wille eines Ermordeten, der noch kein Jahr unter der Erde ruht, denen, die er liebte!«

Die Familie brauchte eine ganze Weile, sich von diesen Worten zu erholen. Faustina, hin- und hergerisssen zwischen dem alten Abscheu vor Tribolos Art und einem instinktiven Mißtrauen dem Maler gegenüber, hielt lieber den Mund. Sie würde später ihre Zauberzettel einsetzen, die nützten sowieso mehr als alles Reden.

Camilla drückte die Hand ihrer Tochter dreimal, und Selvaggia wußte, daß dies ein Versprechen war, auf das sie sich verlassen durfte. Dankbar lehnte sie den Kopf an Camillas schmale Schulter. Erst als Tribolo die Partie schon gewonnen glaubte, richtete seine Stiefmutter das Wort an ihn. Mit viel Gefühl – und nicht weniger Verstand – schilderte sie den Besuch des Malers mitsamt seiner liebenswerten Frau, seine eindrucksvolle Persönlichkeit und sein bescheidenes Auftreten. Und obwohl sie Tribolo keine Rechenschaft schuldig sei, wie sie betonte, legte sie dar, was sie bewogen hatte, Claudio Ghiribizzo seine Bitte, die Tochter der Salvestrini zu malen, nicht, womit auch sie im ersten Moment geliebäugelt habe, abzuschlagen.

»Und was Giovanni betrifft, mein Lieber«, fuhr sie fort, »so ist unsere Kommunikation mit seinem Tod keineswegs erloschen. Ich versichere dir, er teilt meine Meinung, daß unsere Tochter heute einer Herausforderung wie dem Modellstehen geistig und seelisch gewachsen ist, vor der man sie Jahre zuvor noch bewahren mußte. Dein Verdacht, sie sei bereits nach wenigen Tagen dem Maler verfallen, ist absurd und zeugt nur von deiner unbrüderlichen Eifersucht. Claudio Ghiribizzo verfügt über keinerlei magische Kräfte, junge Mädchen zu hypnotisieren oder ihnen den Seelenfrieden zu rauben. Er ist dreimal so alt wie Selvaggia, noch dazu mit einer patenten kleinen Frau verheiratet und, als ob das nicht genügte, ein Mann, der, wie jeder in dieser Stadt weiß, nur für seine Kunst lebt. Und daß einem Piero Sfortunato seine Werke nicht gefallen, spricht ja nicht gegen sie!«

Camilla holte tief Luft, sie war fertig. Sie konnte sich nicht entsinnen, je zuvor so deutlich ihre Meinung vertreten zu haben, und es tat ihr gut zu wissen, daß dies nun in ihrer Macht stand.

Auch Tribolo und Faustina konnten sich nicht entsinnen; sie starrten Camilla an, als habe eine Wildfremde auf ihrem Bett Platz genommen. Selvaggia aber dachte über ihren Seelenfrieden nach und daran, wie schön es wäre, wenn sie wirklich diese Stärke besäße, auf die ihre Mutter so sehr vertraute.

Tribolo raufte sich sprachlos den Bart. Damit hatte er nicht gerechnet, doch es paßte zu seiner Pechsträhne, hol's der Geier! Was er derzeit begann, richtete sich gegen ihn. Von den vier Halunken aus dem Komitee der Zwölf, die nach gründlichen Recherchen für einen Erpressungsversuch noch übriggeblieben waren, hatten nur zwei je hundert Florin gezahlt, ein lächerliches Almosen im Vergleich zu der geraubten Summe. Auch die Hoffnung, beim Würfelspiel mehr daraus zu machen, hatte sich zerschlagen. Und das war noch nicht alles: Um mit den beiden anderen Finanzbeamten in ein persönlicheres Gespräch zu kommen, hatte Tribolo sich hinreißen lassen, den Girolamo-Gegner zu mimen, ein Fehler ganz gewiß, wie er zu spät bemerkte. Die Spatzen pfiffen es längst von den Dächern, daß Florenz in Zukunft den bigotten Bürgern gehören würde, den Fastengesichtern und Weihwasserpissern, wie Tribolo sie öffentlich genannt hatte. Eine Unüberlegtheit, die böse Folgen haben konnte, zumal er als Anstifter der Eselshautposse noch nicht vergessen war. Schon sah er seinen Steckbrief an den Mauern des Bargello kleben. Niemand sammelte ungestraft Feinde, noch dazu auf beiden Seiten.

Die Heimlichkeiten seiner sonst so harmlosen Familie, die plötzlich hinter seinem Rücken tat, was ihr beliebte, hatten ihm gerade noch gefehlt! Es half nichts, er mußte, um weiteren Überraschungen vorzubeugen, seinen letzten Trumpf aus dem Ärmel ziehen, den er sich eigentlich bis zum Sommer noch hatte aufsparen wollen. Eine unverständliche Entschuldigung murmelnd, verließ Tribolo den Raum. Als er nach kurzer Zeit wieder eintrat, hielt er die wappengeschmückte Familienchronik in der Hand.

»Giovannis Schreibtisch war unverschlossen«, sagte er zu Camilla, weil Faustinas scheeler Blick ihn fuchste. »Schlag den 16. Mai 1493 auf und lies den letzten Satz vor!« verlangte er.

»Heute vor einem Jahr waren wir doch alle zusammen in Ranunculo«, entfuhr es Selvaggia, die bisher die Gleichgültige gespielt hatte.

»Am Abend von Selvaggias fünfzehntem Geburtstag hat Tribolo um ihre Hand angehalten. – Wer hätte das geahnt!« las Camilla. Sie warf der Totenmaske einen flehenden Blick zu. Das konnte doch nicht wahr sein! Kein Wort hatte Giovanni ihr davon gesagt – aber sie würde sich hüten, dies auszuplaudern.

Auch Selvaggia, die sich noch bis in jede Einzelheit an die Nacht in Ranunculos Garten erinnerte, die sie im langen, stummen Zwiegespräch mit ihrem Vater verbracht hatte, zeigte ihre Gefühle nicht.

»Und was weiter?« fragte Camilla.

»Sieh dir nun die Worte an, die Giovanni am Tag vor seinem Tod aufgeschrieben hat!«

Camilla blätterte weiter bis zur letzten Seite: *»29. August 1493«*, las sie mit stockender Stimme. *»Es bleibt dabei, Selvaggia und Tribolo …«* Der Satz hört mittendrin auf. Fragend sah sie den Stiefsohn an.

Tribolo nickte. »Das dürfte genügen. Giovanni hat mir seine Einwilligung gegeben, mündlich und hiermit auch schriftlich. Dies ist der Beweis!«

Selvaggia stieß ihr halbvolles Likörglas um, sagte aber nichts.

»Nur wer die Wahrheit kennt, kann so dreiste Lügen auftischen«, bemerkte Faustina und ging freiwillig hinaus, bevor Tribolo sie dazu auffordern konnte. Er sah aus, als wollte er ihr gleich an die Gurgel springen.

Camilla versuchte Zeit zu gewinnen, indem sie mit dem Mundtuch den klebrigen Likör auftupfte, der sich in ihr Bett ergossen hatte.

»Was erwartest du nun von uns?« fragte sie, auf das Schlimmste gefaßt.

»Daß ihr Giovannis Letzten Willen erfüllt!«

»Das Trauerjahr ist noch nicht vorüber.«

»Daran hättest du denken sollen, als du deine Tochter dem großen, wenn auch zum Irrsinn neigenden Meister ins Haus schicktest. – Übrigens hörte ich aus deinem Munde einst das Wort ›unmoralisch‹ im Zusammenhang mit Claudio Ghiribizzo und anderen Künstlern. – Aber nun gut, warum solltest nicht auch du mal deine Meinung ändern …«

Camilla nickte. »Du sagst es. Die Intoleranz des neuen Zeitalters nach dem allzu frühen Tod von Männern wie dem Magnifico und unserem Giovanni hat mich sehr nachdenklich gemacht. Man kann eine Stadt nicht mit einem Vaterunser regieren, wie dieser Prediger es sich einbildet. In das ›Dies irae‹-Geheul auf den Straßen werde ich jedenfalls nicht einstimmen und in die Rufe nach einer Sittenreform auch nicht. Das bin ich dem Andenken meines Ehemannes schuldig.«

»Du bist sehr vernünftig geworden«, lobte Tribolo und meinte in dem Moment sogar, was er sagte. »Aber wir kommen vom Thema ab: Ich möchte, daß Selvaggia und ich uns im September verloben und zu Weihnachten heiraten.« Er machte eine Pause und fuhr, als niemand widersprach, fort: »Sie ist nun in der Blüte ihrer Jugend und Schönheit, jeder, der Augen hat, sieht das. Ich, Pietro Baldassare, doppelt so alt wie sie, habe mir die Hörner abgestoßen, wie es so schön heißt. Ich liebe Selvaggia vom ersten Tag an – nichts anderes wollte ich euch mit meiner Geburtsgeschichte eben sagen –, und ich bin heilfroh, daß unsere weitläufige Verwandtschaft kein Ehehindernis darstellt …« Er räusperte sich. »Auch über die leidige Mitgiftfrage müssen wir uns nicht unterhalten, da ich ja ohnehin das Vermögen der Familie verwalten werde.« Endlich hatte er alles Nötige zur Sprache gebracht.

Camilla wanderte stumm im Zimmer umher und beschäftigte sich mit ihren prachtvoll gedeihenden Pflanzen. Es sah aus, als frage sie jene um Rat, da Giovannis Totenmaske unbeweglich geblieben war. »Bis September fließt noch viel Wasser den Arno hinunter«, sagte sie schließlich, »solange wirst du dich gedulden müssen, Pietro Baldassare.

Solltest du aber schon vorher Bedingungen stellen, so würde mich das nicht wundern.«

Tribolo hatte inzwischen Selvaggias Glas neu gefüllt und auch sein eigenes. Mit einem sanften Klirren stießen die beiden Gläser aneinander.

»Bacchus und Ariadne ziehen durch den Wald in Liebesflammen, die Vergänglichkeit zu fliehen, bleiben immer sie beisammen ...«, zitierte er leise.

Selvaggia würde hoffentlich begreifen, daß sie nun nicht mehr frei war. Nie zuvor hatte er sie schöner und begehrenswerter gefunden als an diesem sechzehnten Geburtstag. Sie war fast so groß wie er selbst und dabei so schlank, daß sich ihre Taille mit beiden Händen umfassen ließ. Zur Feier des Tages trug sie ein neues Goldbrokatkleid mit tiefem Ausschnitt, darunter ein Spitzenhemd von Constanza, das mehr enthüllte als verbarg. Ihre Brüste, fand Tribolo, waren zum Reinbeißen rund. Sie hatte in den letzten Monaten alles Kindliche verloren, so wie es manchem Unschuldsengel geschah, der es kaum erwarten konnte, entjungfert zu werden, sich dies aber niemals eingestanden hätte. Tribolo würde keine Mühe scheuen, damit seine Braut ihm gewogen blieb.

»Ich verlange nichts«, antwortete er. »Nicht einmal, daß sie ihre Besuche bei dem Eremiten in Gualfonda einstellt, obwohl dies gewiß jeder andere an meiner Stelle tun würde. Ghiribizzo ist mein Freund, ich möchte nicht schuld an einer neuen Krise sein, und Selvaggia wird wissen, was sie tut, nicht wahr?«

Er lachte anzüglich. »Deine platonischen Lehrer haben dir statt der Liebe das Liebeln beigebracht, meine Kleine! Welch ein Segen für uns beide, denn wenn ein Mädchen schamlos wird, fliegen ihm die Geheimnisse wie Schmetterlinge aus dem Schoß. – Salute, Liebste, salute!«

Selvaggia, immer noch mit dem Glas in der Hand, legte ihre Arme um seinen Hals. Sie jetzt an sich zu reißen, wäre vermutlich ein Fehler, denn damit rechnete sie. Obwohl es ihm sehr schwerfiel zu widerstehen, sah er sie nur an, als wollte er nichts weiter. In ihren Augen, mußte er denken, sieht sich jeder, wie er wirklich ist. Dennoch wich er ihnen nicht aus, weil er sich plötzlich des Gefühls nicht erwehren konnte, nicht so recht zu wissen, wer eigentlich mit wem spielte. Selvaggia küßte ihn jetzt auf den Mund, so wie er es ihr letztes Jahr gegen ihren Willen beigebracht hatte. Es war ein langer Kuß voller Süße und Leidenschaft, aber etwas dabei sagte ihm, daß sie ihn nicht meinte. Gar nicht meinen konnte. Er erwiderte ihn nicht, diesen Kuß.

»Bis September«, verkündete Selvaggia, »weiß ich alles.«

Und Tribolo gab sich zufrieden.

Claudio Ghiribizzo lernte es bald, sein Geschick zu preisen, welches ihm am Morgen nach dem Höllenfest jenes schöne Kind auf seine Frühlingswiese gesetzt hatte, dessen Name eine noch nicht zum Vorschein gekommene Wildheit versprach: Selvaggia … Sie war mehr als ein Modell, viel mehr. Ein Modell bot seinen makellosen Körper dar und überließ alles übrige dem Maler. Sie aber machte sich seine Arbeit ganz zu eigen, war ihm mit ihren Vorschlägen zur Bildkomposition und Motivauswahl inspirierende Muse und obendrein in Diskussionen über Kunst eine gebildetere Gesprächspartnerin als die meisten Kollegen, sein Lieblingsschüler Francesco eingeschlossen, der ihm aus Venedig immerhin die Technik der Ölmalerei mitgebracht hatte und ihn auch sonst zu allerlei Wagnissen animierte.

»Weshalb plagt Ihr Euch so damit?« fragte Selvaggia ihn einmal, als er nach einer Methode suchte, ihr Haar in seiner ganzen weichen Fülle zu malen und dennoch so, daß jedes einzelne zu erkennen war.

Er antwortete mit einer Geschichte, die er sehr liebte:

»Zwei griechische Maler der Antike stritten darüber, wer von ihnen in seinem Werk der naturgetreuen Abbildung am nächsten käme. Der erste malte Weintrauben so täuschend echt, daß die Vögel daran zu picken versuchten. Der zweite dagegen verbarg sein Bild hinter einem Vorhang. Als der erste diesen Vorhang nun lüften wollte, um das Werk seines Konkurrenten zu begutachten, erlebte er eine Überraschung: Der Vorhang ließ sich nicht bewegen, denn er war die Malerei selbst!«

Selvaggia lachte. »Und Ihr möchtet die Menschen so täuschen können wie der zweite Maler?«

»Ja, gewiß.«

»Aber dann wäre Euer Gegenstand ja nicht mehr das Wirkliche, sondern das Mögliche wie jener Vorhang! Und Ihr könntet Euren Widerstand gegen eine Wirklichkeit, die sich doch nur zu entziehen scheint, aufgeben!«

Ghiribizzo stutzte; dann schossen ihm Tränen in die Augen, weil er plötzlich einen Ausweg aus seinem lebenslangen Kampf gegen die Welt der Erscheinungen ahnte. Und Selvaggia bestärkte ihn in dieser Hoffnung. Nachdem sie gegangen war, fand er oben in seinem Turmzimmer, wo sie sich noch lieber aufhielt als draußen auf der Loggia, vor allem wenn die Leiter hochgezogen war, einen Karton, auf den sie in Schönschrift die Worte gemalt hatte:

Der Künstler vermittelt uns die Kenntnis von den *unverwirklichten* Zielen der Natur. (Aristoteles)

Ghiribizzo befestigte den Karton am Fußende seines Bettes, so daß jeden Morgen beim Erwachen sein Blick darauf fiel, und glaubte sich für eine Weile vor dem Wahnsinn geschützt, dem ihn sein vergebliches Bemühen, die Natur bis zur Vollkommenheit nachzuahmen, oft nahe brachte. An anderen Tagen kam Selvaggia mit eher kindlichen Spielen, wie sie seinem kleinen Sohn wohl gefallen hätten. Einmal gingen sie in der Umgebung spazieren, auf der Suche nach einem bestimmten Malachitgrün, da verlangte sie, er solle die Landschaft mit dem Kopf nach unten durch seine Beine betrachten, um sie von den Füßen bis zum Horizont als reine Farbe und Form zu erleben. Sie machte es ihm vor, mit geschürzten Röcken, die ihre langen, schlanken Beine enthüllten – was den heftigen Wunsch in ihm erweckte, sie einmal ganz und gar unbekleidet zu malen –, doch folgen mochte er ihrem Beispiel nicht, es erschien ihm unter seiner Würde.

Erst als sie fort war, konnte er der Versuchung nicht mehr widerstehen und zeigte ihr am nächsten Tag eine Studie, die zu seiner eigenen Überraschung alle Elementarfarben der Erde enthielt und die er sonst aus Furcht, für betrunken gehalten zu werden, niemandem gezeigt hätte.

»Du hattest recht«, sagte er. »Die Welt der Gewohnheit entbunden zu betrachten, führt zu einer ganz neuen Sicht. Die Farbe als solche ist rätselhaft in den Empfindungen, die sie in uns erregt. So muß man sie auch auf rätselhafte Weise gebrauchen.«

Selvaggia hörte es mit Freude. Es war ihr gelungen, sich so sehr in das innerste Wesen des Malers hineinzuversetzen, daß sie ihn verändern konnte, so wie er sie verändert hatte. Doch das allein genügte ihr nicht. Es kam nun darauf an, ihn in sich hineinzuversetzen; nichts würde schwieriger sein.

Die Wochen vergingen, und Selvaggia machte sich immer öfter ganz allein auf den Weg nach Gualfonda, denn Faustina klagte nun beinah täglich über stechende Schmerzen im rechten unteren Teil ihres Bauches. Babbo Luna meinte, dies sei lediglich eine Reizung innerer Organe, welche aber zu der gefürchteten Seitenkrankheit führen könnte, die der Arzt der Ärzte, Ibn-Sina, schon beschrieben hatte, ohne ein Kraut dagegen zu finden. Sein Schüler verordnete Abführmittel, kalte Kompressen und vor allem Bettruhe.

»Ich bin mein Lebtag nicht krank gewesen, und es wird auch diesmal nicht länger dauern als Wintersonne und Sommerregen«, prophezeite die alte Kinderfrau und schickte sich drein.

In den ersten Tagen verzichtete Selvaggia gar nicht ungern auf die gewohnte Begleitung; Faustina konnte mit ihren unerbetenen Ratschlägen zuweilen recht lästig werden, sie meinte es einfach zu gut. Erst nach einer Weile bemerkte Selvaggia, daß die Kinderfrau sie in ihrer resoluten Art vor mancher Unannehmlichkeit bewahrt hatte. Unangenehm waren vor allem die von Girolamo-Anhängern aufgehetzten Jugendbanden, die sich neuerdings auf alle kostbar gekleideten Frauen und Mädchen stürzten, sie umtanzten wie das Goldene Kalb in der Bibel und sie dabei wüst beschimpften. Überall sah man sie psalmodierend durch die Straßen ziehen in ihren weißen Gewändern mit dem aufgenähten blutroten Kreuz. Zum Glück konnte man sie immer schon von weitem hören, und Selvaggia war kein Umweg zuviel, wenn sie dadurch unbehelligt blieb. Mochten sie woanders mit Ölzweigen drohen oder hölzerne Kruzifixe wie Schwerter schwenken. Die jungen Piagnoni wurden langsam zur Stadtplage. Sie hatten so viel Haß in den Augen und verhielten sich im Schutz ihrer Gruppe völlig unberechenbar. Oft zettelten sie aus heiterem Himmel Schlägereien an, ohne daß jemand wußte, warum.

Ghiribizzo sagte, selbst berühmte Kollegen wie Cronaca, della Robbia und sogar Sandro Botticelli sympathisierten auf einmal mit den Piagnoni. Einige hätten freiwillig ihre schönsten Bilder verbrannt, weil sie ihnen nun selbst als sündig erschienen.

Selvaggia, die sich ja nur für den Maler so sorgfältig kleidete, fand bald ein wirksames Mittel gegen das Angepöbeltwerden. Nachdem die Zeit des flüchtigen Skizzierens vorüber war, in der sie Ghiribizzo, weil sie es partout so wollte, den Lehrling aus seiner Bottega ersetzt hatte, welcher die weichen Rötelstifte für ihn anspitzte, das getönte Papier den Schattierungen nach sortierte und das Bleiweiß im rechten Verhältnis mit Gummi mischte, waren nun, mit der Präparierung des Untergrundes für das erste richtige Gemälde, handwerkliche Fähigkeiten verlangt, und die erwarb man nicht in seidenen Roben. Also verkleidete sich Selvaggia schon zu Hause als Malerlehrling, bevor sie den Fuß vor die Tür setzte. Sie zog einen kurzen blauen Leinenkittel an, zweifarbige Strumpfhosen – ein weißes Bein, das andere rot – und versteckte ihre Lockenpracht unter einer Samtkappe. Die Garderobe, in der sie gemalt werden wollte, verstaute sie in einem Korb.

Ghiribizzo, und das war selten genug, lachte laut, als er sie zum erstenmal so sah. Tribolo aber bekam seinen lüsternen Blick und wünschte sich eine Liebesnacht mit Selvaggia im kurzen Malerkittel. Bis zum Augenblick der Wahrheit würde er sich der Illusion hingeben, einen schönen Knaben zu verführen, schwärmte er, um dann aufs angenehmste enttäuscht zu werden. Welch gelungene Metamorphose! Selvaggia überhörte Tribolos Wunsch, den sie ihm niemals erfüllen würde, wichtiger war ihr das Gefühl, in ihrem Knabenkostüm wohl doch noch ein wenig androgyn zu wirken und die Ideale ihres einstigen Lehrers nicht ganz zu verleugnen. Gewiß wäre es in seinem Sinne, daß sie sich von einem Meister in die künstlerischen Techniken einweihen ließ, als wäre sie sein junger Malerlehrling.

Ghiribizzo hatte aus seiner Bottega mehrere Tafeln aus Pappelholz kommen lassen und zeigte ihr, zunächst ein wenig lustlos, dann aber von ihrer Begeisterung angesteckt, wie man hervorstehende Nägel flachklopfte und mit Zinn überdeckte und wie man die Astlöcher mit einer Leim-Sägemehl-Mischung auffüllte. Auch das stundenlange Leimkochen aus Schaffellstücken brachte er Selvaggia in allen Einzelheiten bei, bis sie genau wußte, wie es ging.

»Prüfe mit deinen Handflächen; nur wenn beide Hände aneinanderkleben, hat der Leim lange genug gekocht«, empfahl er. »Du mußt ihn zwei- oder dreimal durchseihen. Dann nimm einen Topf, fülle die Hälfte hinein, füge ein Drittel Wasser zu und erhitze das Ganze noch einmal. Jetzt streiche den Leim mit einem großen weichen Pinsel auf das Holz, bedecke ihn mit Gips und lasse alles gut trocknen. Nun ist die Sache richtig vorbereitet. – Willst du wissen, wozu die erste Leimschicht dient? Sie gleicht einem schwachen Likör, gerade so, als ob du fastest. Du trinkst ein Gläschen davon – jetzt bekommst du Appetit auf das Essen. –

So ist auch dieser Leim: Er bereitet das Holz auf die zweite Schicht und auf die Grundierung vor ...«

Nachdem dies getan war, warteten sie auf den nächsten schönen Tag, sonnig und windig sollte er sein, damit sie die Leinwand auf dem Holz anbringen konnten.

»Man nehme ein Leintuch«, zitierte Ghiribizzo aus Cenninis »Libro dell'arte«, »und schneide es in Streifen. Diese tränke man mit Leim und stelle sie, sorgfältig auf der Holztafel ausgebreitet, im Freien zum Trocknen auf. Nach zwei Tagen entferne man mit einer scharfen Klinge die Leimklümpchen, Fadenverdickungen und alles andere, was eine glatte Oberfläche verhindert.«

Es folgte die Gipsprozedur. Der Maler kaufte das schwere weiße Pulver säckeweise in Volterra. Es machte viel Arbeit, denn es mußte gerührt, getrocknet und verfeinert werden, wozu man es, wie Selvaggia mit freudig klopfendem Herzen erfuhr, einen ganzen Monat – oder Mond – in Wasser einweichte. Ghiribizzo hatte schon zwei fertige kleine Leibe von diesem allerfeinsten Gips mitgebracht – seine beiden letzten – und knetete sie nur noch einmal kurz durch wie einen Kuchenteig, den er dann in einer Pfanne warmhielt, ohne ihn zum Kochen zu bringen. Es fühlte sich angenehm an, diesen feinen wohltemperierten Gips mit den Handflächen auf der Leinwand zu verteilen, damit er sich richtig mit der bereits aufgetragenen gröberen Schicht verband. Selvaggia liebte diese Arbeit ganz besonders.

Zwei Tage mußten die Tafeln nach der Grundierung trocknen, bevor sie sich schleifen ließen. Tage, in denen Selvaggia zu Hause bleiben sollte, obwohl sie vor Sehnsucht und Ungeduld schier verging.

Gleich am ersten Morgen eilte sie zu Constanza, um ihr ein paar Eier aus ihrem Hühnerstall abzuschwatzen, die Ghiribizzo für seine Temperafarben gebrauchen konnte.

»Es müssen Stadthühner sein, denn das Eigelb der Landhühner ist zu intensiv«, erklärte sie der amüsierten Freundin. »Ich will unbedingt dabei sein, wenn der Meister seine

Mineralfarben zerreibt und mischt. Malachit, Azurit, Lapislazuli … allein die Namen! In einem Maleratelier geht es noch bunter zu als in Babbo Lunas Labor.«

»Man könnte meinen, du wolltest selbst ein Malweib werden, so ein Gewese machst du darum«, sagte Constanza etwas spitz. »Übrigens wirst du immer dünner – lebst du nur noch von der Kunst, oder gibt's da draußen in Gualfonda ab und zu auch was zu essen?«

»Wenn Ghiribizzo Leim kocht, wirft er ein paar Eier in den Topf«, erzählte Selvaggia. »Sonst gibt es nichts Warmes, höchstens Zitronenwasser. Aber ich werde schon nicht verhungern.«

Zwei Tage später schliffen sie die Oberfläche der Leinwand so lange, bis sie eine makellose elfenbeinerne Beschaffenheit hatte und der eigentliche Malprozeß beginnen konnte.

Selvaggia im blaßblauen Kleid mit Muschelgoldmuster, einen Strauß frischgepflückter Sommerblumen im Arm, ärgerte sich fast ein wenig, nun hinter der Staffelei zu sitzen, statt davor, und von all den interessanten Arbeitsschritten nichts mehr mitzubekommen. Sie sollte als Halbfigur im Dreiviertelprofil gemalt werden und seitlich aus dem Bild herausschauen, konnte also nur aus den Augenwinkeln verfolgen, wie Ghiribizzo die Holzkohleumrisse, die sie noch gesehen hatte, mit einem Pinsel aus Eichhörnchenhaar nachzog, bevor er den schwarzen Staub mit einem Federbüschel entfernte.

»Und was geschieht jetzt?« fragte sie immer wieder, doch der Maler antwortete gar nicht oder nur kurz angebunden.

»Gewand, Landschaft, Gesicht – so ist die Reihenfolge«, brummte er oder: »Grüne Erde und Deckweiß als Grundlage der Hauttöne.«

»Dann sehe ich ja aus wie eine Wasserleiche!« befürchtete Selvaggia und hatte schon wieder ihren Kopf zu weit herumgedreht.

»Die Haut bekommt später durch Zinnober ihre endgültige Farbe. Augen und Nase werden schwarz umrandet, Nasenflügel, Haare und so weiter kommen zum Schluß. – Wirst du wohl stillsitzen!«

»Die Blumen sind schon fast verwelkt«, stellte Selvaggia fest. Sie wäre gerne aufgestanden, um unter Ghiribizzos Augen neue zu pflücken, doch daraus wurde nichts. Der Maler hob abwehrend die Hände:

»Laß sie nur ja, wie sie sind! Die dahinsterbenden Blumen bilden einen reizvollen Kontrast zu deinem jungen blühenden Gesicht«, fand er, und das war sein letztes Wort.

Es folgten viele Stunden, in denen er sich schweigend mit seinem Modell beschäftigte und es ganz sich selbst überließ. Manchmal stellte er dabei eine Nähe her, die körperlich spürbar war, an anderen Tagen blieb er völlig entrückt und unerreichbar.

Selvaggia kannte beide Varianten von früheren Sitzungen; sie hatte ihr eigenes Spiel erfunden, die Zeit zu überbrücken. Wenn die gewünschte Haltung ihres Kopfes es eben erlaubte, ließ sie die Augen zunächst in aller Ruhe auf Ghiribizzos Gesicht umherwandern, so als wollte sie ihn malen. Je länger sie das tat, desto vertrauter erschienen ihr die Züge des Mannes, vom dem Tribolo behauptete, er könne, da er dreimal so alt sei wie sie, gut ihr Großvater sein. Er irrte, denn einen Großvater, das wußte sie ganz genau, liebte man auf andere Weise.

Hatte sie sich sattgesehen an Ghiribizzos Haar, das sich während der Arbeit zu sträuben schien wie das Fell eines wachsamen Tieres, an seinen buschigen Augenbrauen mit der steilen hieroglyphenhaften Falte dazwischen, der roten Zungenspitze, die im Gleichtakt mit dem Pinsel in der Hand die vom Bart bedrängten Lippen bearbeitete, klopfte sie ihr Gedächtnis nach passenden Petrarcaversen ab:

»Ergraut ist meiner Schläfen müdes Haar, der Sommer geht, des Herbstes Nebel streichen um dürres Laub …«, flüsterte sie, und er hörte es nicht, merkte nicht einmal, daß ihr Mund sich bewegte.

Dann kam die Phase, in der sie nur noch vor sich hin sah und über alles mögliche nachsann, auch über Tribolo und seinen Heiratsantrag, ihres Vaters rätselhafte Andeutung in der Familienchronik. Doch das schob sie gleich wieder weg, weil sie sich keinen Reim darauf machen konnte oder wollte. Lieber richtete sie ihre Aufmerksamkeit noch intensiver auf den Maler, bis sich die Phantasie mit ihren Wünschen deckte und sie eine unsichtbare Hand spürte, die sie liebkoste. Gelang es ihr, sich dem aufkeimenden Wohlgefühl lange genug zu überlassen, erreichte sie von da aus jenen geistigen Glückszustand, den ihre Mutter Camilla wohl meinte, wenn sie von der ruhevollen Wachheit sprach, welche ihr nach Jahren der Qual endlich die Schlaflosigkeit ersetzt hatte.

Bisweilen holten die Schmerzen ihrer Glieder sie in die Wirklichkeit zurück oder die Stimme Ghiribizzos, der nicht wünschte, daß ihre Augen den Lebensfunken verloren und zu starren begannen. Mitunter aber vereinigte sich ihr Rausch mit dem des Malers, und sie sanken einander, nachdem es vorüber war, lachend und weinend in die Arme wie zwei Trunkene, die aus einer anderen Dimension, jenseits von Zeit und Raum, zurückgefunden hatten.

Obwohl Ghiribizzo die dahinwelkenden Blumen noch mehrmals übermalte, wurde sein erstes »Porträt der Selvaggia S.« in wenigen Wochen fertig.

»Früher«, sagte er zufrieden, »brauchte ich drei Jahre für ein großes Gemälde, mit dir als Modell schaffe ich drei bis vier in einem Jahr. – Na, was sagst du?«

In den letzten Tagen hatte er ihr keinen Blick auf das unfertige Werk mehr erlaubt. »Du mußt etwas Distanz gewinnen, bevor du es wiedersiehst«, hieß es.

Und Selvaggia gab sich große Mühe, das Abbild ihrer selbst nun ganz unvoreingenommen, mit den Augen einer Fremden, zu betrachten. Sie vertiefte sich in jede Einzelheit dieses Gesichtes, so wie es zuvor der Maler getan hatte. Nicht die geringste Kleinigkeit war ihm entgangen, vom blonden Flaum unter dem Haaransatz auf der Stirn bis zum bläulichen Schimmer der leicht eingesunkenen Schläfen. Die Augen hatten Glanz und Feuchtigkeit wie im Leben, und auch der Lichtpunkt, den die Nachmittagssonne hineingesetzt hatte, fehlte nicht. Bei den Brauen sah man, wo sie am vollsten wuchsen und wo etwas spärlicher, ja sogar, wie sie einzeln aus der Haut hervortraten und sich wölbten. Ein dichter Wimpernkranz, vom zartesten Pinsel gemalt, säumte die zum Innenrand hin leicht geröteten Lider. Die Nase war gerade wie gemeißelt, der schimmernde Rücken blaßgelb, mit Weiß gehöht, die Öffnungen dunkler. Die lächelnden Lippen schienen aus Fleisch und Blut, und in der Halsgrube glaubte man das Schlagen des Pulses zu sehen ...

Selvaggia seufzte entzückt über all die wunderbaren Einzelheiten, deren Summe sie selbst sein sollte. Für sie war dieses Porträt ein Wunder, eine Liebeserklärung. Aber woran? An sie? An die Kunst? Sie würde den Zauberer, der es vollbracht hatte, zwingen, darüber nachzudenken. Er hatte sich schon eine ganze Weile hinter sie gestellt, konnte es kaum erwarten, daß sie sich äußerte. Wie zur Erinnerung legte er ihr seine Hand in den Nacken, oberhalb des wuchernden Feuermales, und ihre Haut knisterte.

»Magst du dich so?«

Selvaggia drehte sich um. »O ja!« Sie schaute ihm ins Gesicht. »Aber lieber noch mag ich den, der es gemalt hat.«

Ghiribizzo blinzelte irritiert. Täuschte er sich, oder sah er in ihren Augen etwas, das er nicht glauben konnte? Er bewunderte dieses Wesen über die Maßen, seine Schönheit, Intuition, seinen Verstand. Mehr aber nicht. Daß es ein Gemüt besaß, Gefühle gar, mit denen er nichts anfangen konnte, paßte nicht in sein Konzept. Venus war die Feindin der Muse, jeder Künstler wußte das.

Ein Kuß auf die Stirn, dachte er, würde die Dinge wieder zurechtrücken. Der halbherzige Kuß eines Nicht-Liebenden. Selvaggia nahm ihn entgegen wie ein zurückgewiesenes Kind, dem man einen törichten Wunsch lieber gleich verweigerte, bevor er übermächtig werden konnte. Sie glaubte zu spüren, daß sie durch all dies schon einmal hindurchgegangen war, so als hätte sie im Gedächtnis ihrer Seele die Erinnerung an Tausende von Frauenleben gespeichert. Sie mußte keines davon wiederholen. Diesmal würde sie es nicht hinnehmen, daß man ihr etwas vorenthielt. Sie liebelte nicht, Ghiribizzo würde das begreifen müssen – und Tribolo auch.

Lächelnd lobte sie des Malers Bildnis als das schönste, das sie je von ihm zu sehen bekommen habe, lächelnd versprach sie, ihm am nächsten Morgen wieder als Lehrling zur Hand zu gehen und die Leinwand für ein zweites, noch größeres Gemälde vorzubereiten.

»Erwiderte Liebe«, schrieb sie am Abend unter Tränen in ihr Tagebuch, »ist eine Kostbarkeit in der Welt.«

9. Kapitel

Im Namen der Liebe

Faustina war es zu verdanken, daß über Tribolos Verlobungswunsch doch nicht so bald entschieden wurde, wie er sich das gedacht hatte. Sie kannte Mutter und Tochter gut genug, um die Ratlosigkeit zu spüren, die alle beide empfinden mußten, wenn sie sich ihre Antwort zurechtlegten, aus Respekt vor dem Verstorbenen aber nicht auszusprechen wagten, was sie wirklich fühlten.

Ende August legte Faustina sich mit heftigen Leibschmerzen und Fieber ins Bett, um nie wieder aufzustehen. Und dies war ihr letzter Liebesdienst an der Familie Salvestrini. Camilla hätte es sich niemals nehmen lassen, die Hüterin ihrer Kinder und ihre engste Vertraute selbst gesund zu pflegen; sie weilte, wann immer sie konnte, an ihrer Seite und war damit aller übrigen Verpflichtungen enthoben.

Als Babbo Luna die Kranke nach zwei Tagen untersuchte, fühlte ihr Unterleib sich ganz hart an, sie stöhnte bei jeder Berührung und erbrach sich noch während der Visite. Der Apotheker machte ein bedenkliches Gesicht; er ließ die alte Frau mehrmals zur Ader und mischte ihr Opiate gegen die Schmerzen unter den Traubensaft auf ihrem Nachttisch.

Mehr, meinte er, könne er nicht für sie tun, es gäbe allerdings noch die Möglichkeit, einen Chirurgen zu konsultieren und ihr den Leib öffnen zu lassen. Dies aber lehnte Faustina entschieden ab. Und als daraufhin Constanza, die trotz all ihrer Hochzeitsvorbereitungen mitgekommen war, zu schluchzen begann, verbat die Kranke sich das Theater. Sie sei jetzt im biblischen Alter von beinah siebzig Jahren, sagte sie. Man solle doch nicht so tun, als wäre der Tod ein schreckliches Geheimnis, das zu enthüllen sich jeder

Mensch fürchten müsse. Ein Geheimnis sei es nur für den, der sich nicht erinnern wolle, denn jeder sei schon tausend mal gestorben. So wie am Anfang des Lebens die Geburt stehe, so sei auch der Tod nur die Schwelle zu einem anderen Dasein.

Dann sprach sie nicht mehr. Sie schlief oder schaute, wenn sie keine Schmerzen hatte, unverwandt mit halb geöffneten Augen, ohne zu blinzeln, auf einen imaginären Punkt an der Zimmerdecke, als hätte es damit eine besondere Bewandtnis.

Obwohl Babbo Luna alle Mittel einsetzte, die er kannte, und auch Camillas Pflege nichts zu wünschen übrig ließ, verschlechterte sich Faustinas Zustand von Tag zu Tag, so daß sie bald nach einem Priester schickten, damit die Kranke das Sterbesakrament empfangen konnte. Auch Selvaggia unterbrach nun die Sitzungen in Gualfonda, um ihrer Kinderfrau, die sie geliebt und behütet hatte wie eine zweite Mutter, in deren letzten Stunden beizustehen.

»Wer allein stirbt, hat nicht gelebt«, sagte Faustina gern über andere, und das Gefühl wollten ihr alle ersparen.

Selvaggia gab sich große Mühe, der Sterbenden eine gute Begleiterin auf dem schwierigsten aller Wege zu sein, konnte aber ihre Gedanken nicht daran hindern, sich immer wieder in die Welt des Malers zu verirren, als wären sie dort zu Hause, was zweifellos nur ein schöner Traum war. Sie ertappte sich dabei, daß der Schmerz, Ghiribizzo für ein paar Tage nicht zu sehen, größer war als der, Faustina für immer zu verlieren. Sie schämte sich deswegen, konnte es aber nicht ändern. Wenn sie, abwechselnd mit Camilla, Nachtwache hielt, dachte sie über die drei Arten der Liebe nach, wie der Altmeister Ficino sie beschrieben hatte: die himmlische, die menschliche und die leidenschaftliche, und mußte sich eingestehen, daß ihr lediglich die letzte einen schönen Schauer nach dem anderen über den Rücken jagte.

Während sie die Perlen des Rosenkranzes für Faustinas Seelenheil durch ihre Finger gleiten ließ, flüsterte sie:

»Die eine Liebe zieht uns himmelwärts, die andere auf die Erde nieder, die eine hat in unserer Seele Wohnung, die andere in unseren Sinnen ...« Dann begann sie wieder von vorn, als wollte sie etwas damit beschwören.

Einmal hob Faustina den Kopf aus den Kissen, um zu sehen, wer diesen seltsamen Rosenkranz betete.

»Erhöre niemals den Tribolo!« sagte sie so laut, daß Selvaggia zusammenzuckte, weil sie meinte, jemand anders hätte gesprochen.

»Nein, nein!« versicherte sie; Faustina sollte sich ihretwegen keine Sorgen mehr machen. Jetzt gibt es schon zwei letzte Worte zu dem Thema, dachte sie bekümmert.

»Lieben oder sterben!« schrieb Selvaggia noch spät am Abend, als sie nicht gleich einschlafen konnte, in ihr Tagebuch. »Aber zuvor von etwas überwältigt werden, damit es hinterher um so leichter fällt, das Leben zu beenden.«

Lange stand sie am Fenster und schaute hinaus in die Nacht, beneidete den Sichelmond, der über die Bäume flog und sich nicht kümmerte um Liebe und Tod.

Anderntags fiel Faustina ins Koma, aus dem sie nicht mehr erwachte. Erst kurz vor dem Hinübergehen öffnete sie noch einmal ihre Augen, die schon in eine andere Welt schauten und zutiefst ergriffen schienen von dem, was sie dort sahen.

Selvaggia glaubte einen Luftzug über ihrem Scheitel zu spüren, als Faustinas Seele sie still verließ. Sie zweifelte nicht daran, daß diese Seele nun von allem Wesensfremden befreit war, denn so lehrten es die Platoniker, und so bestätigte es Faustinas heiteres, gelöstes Gesicht.

Sterben und Erleuchtung, dachte Selvaggia, sind ein und dasselbe. Der Verlust ihrer geliebten Kinderfrau ging ihr am Todestag selbst zwar sehr nah, da aber ihre Gedanken nicht frei waren, blieb ihr die wirkliche Trauer versagt und auch die Erkenntnis, daß mit Faustina der letzte Rest einer Kindheit verschwand, deren Verheißung zu groß gewesen war, um vom späteren Leben eingelöst zu werden.

Nachdem es für Selvaggia zu Hause nichts mehr zu tun gab, machte sie sich wieder auf den Weg nach Gualfonda wie nun schon seit fünf Monaten. Diesmal war sie besonders gespannt darauf zu sehen, was Ghiribizzo in ihrer Abwesenheit vollbracht hatte.

Das Porträt, an dem sie miteinander arbeiteten, sollte der Höhepunkt in seinem bisherigen Schaffen werden, sollte die Welt in Erstaunen setzen. Selvaggia hatte dafür viele Male ihre Kleider abgelegt, wie der Maler es wünschte, und sich nur einen leichten Schal um die Schultern geschlungen, der die Brust freiließ. Ohne jeden Skrupel zeigte sie ihre Haut, beglückt durch die Ekstase, in die Ghiribizzo dadurch geriet.

Das Bild wurde jeden Tag besser, ja, es gewann durch seine Farben eine beinah unglaubliche Brillanz: Die Nuancen des Lichtes auf der Haut gaben ihr einen seidigen Schimmer, im Gold der hochgesteckten Flechten glänzte der Spätsommersonnenschein, und das kecke Rot der Brustspitzen überbot das gedämpftere des Schals. Neu waren Selvaggia die bunten Wolken, welche, der Form des Profils folgend, nun ihren Kopf umgaben.

»Ich wollte dich durch die Strahlkraft meiner Farben in jene Ewigkeit erhöhen, deren Zeichen einst der Heiligenschein war«, erklärte Ghiribizzo und war selbst ganz aufgeregt.

Neu war aber auch eine kleine dunkle Schlange; graziös wand sie sich um Selvaggias Goldkordelkette, als wäre sie immer ein Teil davon gewesen. Nur noch ein Zungenschlag trennte den hübschen diamantäugigen Kopf von der Spitze des Schwanzes.

»Warum habt Ihr mir über Nacht diese Natter um den Hals gelegt?« fragte Selvaggia, während sie aufreizend langsam ihren Malerkittel mit dem gemusterten Schal vertauschte. Allzu viele Sitzungen würden nicht mehr nötig sein, Ghiribizzos Arbeit war in den Tagen ohne sein Modell beunruhigend weit fortgeschritten.

»Weil das Muttermal auf deinem Rücken vom Biß einer

Schlange stammen könnte«, antwortete er, ohne sein Bild aus den Augen zu lassen. »Und weil ich von jeher ein Faible für diese intelligenten Viecher habe. Überdies sind sie ungemein symbolträchtig. Die römische Minerva hat sie als Attribut der Weisheit, das Schlangenhaar der Medusa bezeugt ihre magischen Kräfte.«

»Und was sind sie für Euch?«

»Für mich sind sie behende wie das Unglück, mutwillig wie die Vergeltung – und unbegreiflich wie das Schicksal.«

Selvaggia hatte sich jetzt hinter den Maler gestellt, der auf seinem Schemel vor der Staffelei saß. Ihre bloßen Brüste streichelten sein Haar. Er brauchte nur den Kopf zu wenden und alles weitere geschehen zu lassen. Sie schmiegte sich noch enger an ihn; ihr Herz schlug so laut gegen seinen Hinterkopf, daß er die Schwingungen spüren müßte, selbst wenn er aus Stein wäre. Ghiribizzo aber drehte sich nicht um. Selvaggia seufzte. Weiter konnte sie nicht gehen, ohne ihre Würde zu verlieren, beim besten Willen nicht. Sie zog sich zurück und nahm ihren Platz ein, zwei Armlängen vom Maler entfernt. Erregung ließ ihre Worte zittern, als sie sagte:

»Ich denke zuerst an das Gift der Schlange. Und das Gift ist ihr ohnmächtiger Zorn, weil das, was geschehen muß, nicht beginnen will.«

»Vielleicht muß es gar nicht geschehen«, murmelte Ghiribizzo und war nicht mehr ansprechbar.

Während sie seinem tiefen Schweigen ihre weiße brennende Haut bot und ihre rosaroten Brustknospen, hatte sie wieder alle Zeit der Welt, sich vor Augen zu führen, daß sie vor Liebe bersten konnte und dennoch nichts finden würde, womit sie die Gefühle des Malers erweckte. Was auch immer er tat oder nicht tat, er meinte sein Werk und nicht sie. Fünf volle Monde lang.

Liebe ist nicht etwas, das sich findet, sobald wir es suchen, entdeckte sie staunend. Vielmehr ist es das, was wir entbehren. Niemand hatte sie darauf vorbereitet. Ihre Familie nicht, nicht ihre Lehrer. Sie war in dem Glauben groß geworden, das Herz eines jeden gewinnen zu können, der sie nur ansah. Man hatte ihr eine falsche Welt vorgegaukelt; in Wirklichkeit verschmähte sie der erste Mensch, von dem sie mit Leib und Seele geliebt werden wollte.

Am Abend dieses langen Tages schien der Maler sehr glücklich. Das seltene Gefühl des Gelingens, dem er hinterherjagte wie die Alchimisten dem Roten Löwen, war diesmal so überwältigend, daß er sich kaum von seiner Staffelei trennen konnte. Er trat einen Schritt zurück, legte den Kopf auf die Seite und betrachtete mit zusammengekniffenen Augen sein Werk:

»Um ein Bild zu lieben, muß man es zuerst so, mit langen Zügen getrunken haben. Das Bewußtsein verlieren ...«, sagte er. »Dein Bruder hat mir das beigebracht.«

»Tribolo? O ja, mit der Trunkenheit kennt er sich aus, nur daß sie die Seele gefangenhält, kommt ihm nicht in den Sinn.«

Selvaggia spürte plötzlich tiefen Groll gegen ihn und jeden anderen, Ghiribizzo eingeschlossen.

»Ich gehe jetzt«, sagte sie nach einem flüchtigen Blick auf ihr Porträt.

»Nein, warte!« Ghiribizzo ergriff ihr Handgelenk und preßte es, bis es schmerzte. »Siehst du's nicht?« Seine Stimme klang heiser, die Augen glänzten wie im Fieber. »Das Bild atmet, es lebt, lebt! Und wenn jetzt die Pest ausbräche: Hiermit wird mein Ruhm über den Tod triumphieren! – Ja, weine nur, meine Kleine, dieser Augenblick ist zum Sterben schön!«

Während sie in Gualfonda über ihn und seine Kommentare zur Kunst sprachen, ritt Tribolo in solch rasender Eile auf seine Heimatstadt zu, als wären sämtliche lombardischen Gläubiger auf einmal hinter ihm her. Er war in Innsbruck gewesen, um rechtzeitig vor seiner Verlobung die ausländischen Konten seines Vaters aufzulösen, was er nach dem neuesten Stand der Dinge aber wohl besser unterlassen hätte. Auf dem Rückweg hatte er noch kurz in Mailand Station gemacht, weil dort der Meister Lionardo im Auftrag des Ludovico Moro gerade ein großes Kunstspektakel vorbereitete. Das Fest, und dies war der Grund für Tribolos Eile, sollte zu Ehren des französischen Königs gegeben werden, der im September, geführt von zwei italienischen Maultiertreibern, die Alpen überschritten hatte. Wenn die Nachrichten der Späher stimmten, verfügte er über ein glänzend ausgerüstetes Söldnerheer, mit vierzig- bis sechzigtausend Mann stärker als alle italienischen Truppen zusammen. Zudem feuerten die vierzig Kanonen, welche der Heilige Kreuzfahrer aus eigenen Gnaden mit sich führte, keine Steinkugeln mehr ab, sondern gewaltige Geschosse aus Eisen, die imstande sein sollten, jede feindliche Formation zu sprengen, bevor diese überhaupt zum Angriff bereit war.

König Alfons hatte dies bereits in Rapallo zu spüren bekommen und sich daraufhin schleunigst nach Neapel zurückgezogen. Nun kümmerte er sich um die Verteidigung seines eigenen Gebietes, statt, wie es seinem kühnen, aber unrealistischen Plan entsprach, Karl VIII. das Fürchten zu lehren, sobald dieser seinen Fuß auf italienischen Boden setzte.

»Ganz Florenz wird auf die Barrikaden gehen, wenn der französische Kretin unsere Stadt besetzt!« schrie Tribolo seinem Pferd in die gestutzten Ohren und verfluchte erst leise, dann immer lauter die Herren der Signoria dafür, daß sie Piero Sfortunato im Mai die öffentlichen Mittel zur Befestigung der florentinischen Grenzen verweigert hatten. Sie hielten zusätzliche Maßnahmen für unnötig, und Piero fehlten die Argumente, sie vom Gegenteil zu überzeugen. Seither wiegte man sich in der Stadt wieder in Sicherheit. Die Bürger, die noch nicht zu den Gebetekauern, wie manche sie nannten, übergelaufen waren, feierten, möglichst frivol gekleidet, Orgien heimlicher Lebenslust. Selbst Tribolo fand es mittlerweile abgeschmackt bis langweilig, auf jedem Privatfest die granatapfelrot geschminkten Brustwarzen der Damen aus ihrem Dekollete hervorlugen zu sehen oder durch das mehr oder minder heftige Gebimmel der Glöckchen, welche die lasterhaften Jünglinge an den ausgestopften Schamkapseln über ihren Genitalien trugen, den Grad ihrer Begierde mitgeteilt zu bekommen.

»Schamkapsel!« höhnte Tribolo – selbst das Wort hatte es bis vor kurzem noch nicht gegeben. Mit derartigen Gebilden eine ständige Erektion vorzutäuschen nahm dem schönen Spiel doch jeden Witz! Er jedenfalls fand keinen Gefallen mehr an solch überreizten Späßen. Das einzige im Leben, was sich wirklich lohnte, mochte die Sünde sein, nicht aber die zur Schau gestellte Triebhaftigkeit. Vielleicht wurde er bereits alt, denn im Augenblick wollte er nicht einmal sündigen, sondern Selvaggia heiraten – was allerdings Untat genug war – und sich mit ihr und dem Vermögen der Familie ein schönes Leben machen. Krieg und Chaos von außen konnte er dabei nicht gebrauchen.

In der letzten Station zum Pferdewechseln vor der Stadt traf er einen alten Klienten und guten Bekannten, den Kopisten Andronikos aus dem Byzantinerviertel, der Wert darauf legte, ihm von einer neuen Dompredigt des rastlosen Girolamo zu erzählen. Der Frater habe den Gläubigen einen brisanten Satz mit auf den Weg gegeben, nämlich: »Lilien gehören zu Lilien«, was große Bestürzung ausgelöst hatte, weil es als Freibrief für die Franzosen verstanden worden sei, in Florenz einzumarschieren. Das eigentliche Thema seiner Predigt sei sonst wieder einmal die Sintflut gewesen, welche er »in Gestalt fremder Eindringlinge« kommen sah. Zum Trost hatte er aber auch von der Rettung der Bürger »durch eine mystische Arche« gesprochen, die nach der Zeit all dieser Prüfungen erscheinen werde. Strafgericht und Wiedergeburt – Renaissance – hießen diesmal seine Stichworte.

»Unsere Stadt hat schon manche Sintflut überlebt«, bemerkte Tribolo. »Man sagt ja nicht umsonst, Noah persönlich habe sie gegründet.« Das Lilienzitat beunruhigte ihn wesentlich mehr.

»Gibt's noch andere hübsche Neuigkeiten?«

»Nun ja, unser Sfortunato hat den Franzosen den freien Durchzug trotz der Dompredigt verweigert, Ficino ist zurückgetreten und in die Berge gegangen, Graf Pico am selben Tag gestorben, an dem Karl VIII. Italien betrat ...«

»Das ehrt ihn, obwohl es ja höchste Zeit wird, daß die Humanisten von der Bildfläche verschwinden. – Und Ihr, was habt Ihr denn nun vor?«

Andronikos zuckte die Achseln. »Ich fürchte, Girolamo wird der Tyrann sein, vor dem Gott ihn gewarnt hat. Ihr haltet die Humanisten für langweilig und intrigant, ich weiß. Aber ohne sie gibt es für mich keine Aufträge mehr. Florenz, mein Lieber, wird wieder zum rasenden Karussell werden, in dem jeder seinen Platz zum Tausch anbieten muß, Ihr werdet sehen. – Was mich betrifft, so gehe ich erst einmal zu einem Freund aufs Land.«

Eine Weile suchten sie noch bei einem Glas Wein nach einer Eingebung, wie sie sich beide durch einen Berufswechsel über die Wirren der Zeit retten könnten, und kamen auf die gar nicht so dumme Idee, miteinander eine Taverne zu eröffnen, die sie auch gleich »Ponte Vecchio al Drago« tauften, als Tribolo einfiel, daß er dann doch besser Junggeselle bliebe, was aber im Augenblick nicht seine Absicht war, und so trennten sich ihre Wege.

Pünktlich zum Abendessen traf er in seinem Elternhaus ein und wurde doch enttäuscht, denn Selvaggia fehlte bei Tisch. Camilla erklärte ohne Umschweife, sie habe ihr erlaubt, die letzten Nächte draußen in Gualfonda zu bleiben. Danach sei ihre Zeit als Modell ohnehin vorüber, des Malers letztes Porträt vollendet. Die Kleine wirke etwas überanstrengt, sie habe ihr das tägliche Hin- und Herlaufen nicht länger zumuten wollen, zumal die Straßen durch die Knabenhorden des Girolamo keineswegs sicherer geworden seien.

»Ghiribizzos Frau ist gewiß bei ihnen«, fügte sie schnell hinzu, als sie sah, daß ihr Stiefsohn, der sich zum Schwiegersohn machen wollte, drauf und dran war, aus der Haut zu fahren.

Die soeben aufgetragene Suppe schwappte über den Schüsselrand, so ruckartig erhob sich Tribolo vom Tisch.

»Wo lebst du eigentlich?« brüllte er und warf, außer sich vor Zorn, sein volles Weinglas gegen die Wand. »Weiber wie dich sollte man entmündigen lassen, weiß Gott! Nicht einmal die Hexe Faustina, die wir zum Glück endlich losgeworden sind, wenn auch zum falschen Zeitpunkt – was nur ein letzter fauler Zauber von ihr war –, nicht einmal die hätte erlaubt, daß sich eine Salvestrini kurz vor ihrer Hochzeit derartig kompromittiert.«

Ohne auf seinen knurrenden Magen zu achten, stürmte er aus dem Haus. Als er in Gualfonda ankam, war es schon dunkel. Tribolo brauchte eine gute Viertelstunde, bis er sich bemerkbar gemacht hatte und die Leiter zum Turmzimmer noch einmal hinuntergelassen wurde. Plötzlich kam er sich lächerlich vor: Da war er müde und hungrig durch die ganze Stadt gerast, um seine Herzdame zu befreien, wie eine jener traurigen Rittergestalten aus dem Mittelalter. Ein Tribolo, der noch nie etwas für sentimentale Empfindungen übrig gehabt hatte, sollte nicht mehr so leicht den Kopf verlieren. Zumal Selvaggia sich keineswegs als Gefangene fühlen würde.

Er fand sie auf Ghiribizzos Lager zusammengerollt, schlafend, von Kopf bis Fuß in einen roten Schal gehüllt. Mit der einzigen Kerze in diesem ungastlichen Raum leuchtete er ihr ins Gesicht, das ganz angespannt aussah, wie von irgendeiner Entbehrung gezeichnet oder einem bedrückenden Traum. Tribolo rechnete damit, Selvaggia zornig zu sehen, sobald sie ihre Augen zu ihm aufschlug, weil das Kind, das sie irgendwo noch war, es nicht duldete, als Kind behandelt zu werden. Sie aber lächelte mit blassen Lippen, und die Schatten der Erschöpfung auf ihrem Gesicht vertieften sich.

»Was habt Ihr mit meiner Braut gemacht? – Und wo ist Tommasa?« herrschte Tribolo den Maler an, der mit langen

Schritten seine zugehängte Staffelei umschlich, gleich einem Tier, das eine besonders fette Beute zu verteidigen hatte.

Da er nicht antwortete, riß Tribolo das Tuch herunter und rieb sich die Augen, denn das Kerzenlicht zeigte ihm ein Bild der Vollkommenheit, wie es nur das Zusammentreffen glücklichster Umstände hervorbringen konnte. Die porträtierte junge Frau in ihrem lächelnden Hochmut war so schön, daß es weh tat, sie anzusehen, was aber keineswegs die Unverfrorenheit aufwog, Selvaggia in diesen Zeiten barbusig, für jedermann erkennbar, zur Schau zu stellen.

»Jetzt hast du's gesehen!« Ghiribizzo lachte triumphierend. »Und auf dein Urteil kann ich verzichten, denn ich weiß selbst, daß dieses Bildnis teuflisch gut ist!«

Tribolo hob die Hand, um ihm ins Gesicht zu schlagen, und ließ sie wieder sinken, weil er ihn lieber mit Worten attackierte:

»Ein ästhetischer Genuß, eines Sandro ebenbürtig, mag sein ... Allerdings hättet Ihr auf die dunklen Wolken, welche Ihr Eurer Schönen um den Kopf drapiert habt, verzichten sollen und ebenso auf die Schlange um ihren Hals – beides Symbole des Todes. – Teuflisch, in der Tat! Selbst wenn Selvaggia, Eurer morbiden Erwartung zum Trotz, ein langes Leben bevorstünde, würden die spitzen Zungen der Florentiner ihr die nächsten Jahre zur Hölle machen!«

Jetzt fuhr er seinem Freund doch an die Gurgel, rüttelte ihn, bis der zu stöhnen begann. »Solltest du das Bild auch nur einem Menschen zeigen, Claudio, mache ich dir den Prozeß! Und ich werde ihn gewinnen, das schwöre ich dir! Und wenn ich das gesamte Girolamo-Lager bestechen muß!«

Selvaggia hatte inzwischen ihren Schal fallen lassen und suchte nun ohne übertriebene Hast ihre Kleider zusammen.

»Ich gebe Euch hundert Florin für das Bild, aber nur, wenn ich es auf der Stelle mitnehmen kann«, versuchte Tribolo einzulenken.

»Das schlagt Euch aus dem Kopf! Es fehlen noch die letzten Pinselstriche vor dem Firnis. – Überdies ist es unverkäuflich.«

»Ist das Euer letztes Wort?«

Ghiribizzo sah Selvaggia an, die mit einem rätselhaften Gesichtsausdruck von einem zum anderen blickte.

»Ja«, sagte er entschlossen. »Und wenn ich verhungern müßte.«

»Ihr hört von mir!« drohte Tribolo, bevor er Selvaggia hochhob und sie – federleicht wie sie war – die Leiter hinuntertrug.

Sie ließ es sich ohne großen Protest gefallen, wollte dann aber lieber auf ihren eigenen Füßen weitergehen. Doch unterwegs stolperte sie alle paar Schritte, fiel sogar zweimal hin. Sie sei todmüde, erklärte sie, und ein wenig schwach auf den Beinen, denn sie hätte seit drei Tagen nichts gegessen, weil es im Haus des Malers nichts mehr zu essen gab. Sie hätte aber ohnehin keinen Hunger gehabt.

In der Via Maggiore begann sie zu taumeln; Tribolo fing sie auf und trug sie nach Hause.

»Jetzt weiß ich endlich, wie das ist«, flüsterte sie mit dem Mund an seinem Bart.

»Was denn, mein Engel?«

»Mit allen Sinnen jemanden zu lieben, der einem ungerührt dabei zuschaut.«

Zwei Tage später ging Tommasa nach Gualfonda, um ein wenig aufzuräumen und die Speisekammer neu zu füllen.

Oben im Turmzimmer sprang ihr Claudios jüngstes Porträt ins Auge und versetzte sie in Aufregung, obwohl sie es bewundernswert fand; wieder hinabgestiegen zur Loggia, traf sie Selvaggia, die, unter dem Wandfresko mit der »Vertreibung aus dem Paradies« kauernd, ein letztes Mal auf ihren Freund, den Maler, wartete.

Die beiden Frauen waren einander, entgegen der Absprache zwischen Camilla und Claudio Ghiribizzo, noch nie begegnet. Neugierig versuchte jede, das Wesen der anderen zu erfassen, bevor das erste Wort fiel. Tommasa vermißte das überlegene, allwissende Lächeln der so oft Porträtierten, und es gefiel ihr, daß die andere es nicht zeigte. Selvaggia war überrascht von der ätherischen Erscheinung Tommasas, in der sie unschwer die Prinzessin aus den Drachenkampfszenen ihrer Kindheit wiedererkannte, und von dem unvoreingenommenen Blick dieser durchsichtig blauen Augen. Keiner von beiden wäre es in den Sinn gekommen, auf die andere eifersüchtig zu sein.

Die Frau des Malers war als erste in der Lage, Konversation zu machen.

»Ich freue mich, Euch kennenzulernen, Selvaggia Salvestrini«, sagte sie, »und ich bin Euch sehr dankbar.«

Selvaggia sah sie fragend an, lächelte dann aber, und Tommasa verstand, womit sie die Menschen so verzauberte.

»Die Arbeit mit Euch hat Claudio über eine schlimme Krise in seinem Leben und seinem Schaffen hinweggeholfen. Die Gemälde, zu denen Ihr ihn inspiriert habt, sind jetzt schon ein Höhepunkt in seiner Kunst – so sagt er selbst –, und ich hoffe, auch er hat Euch von Herzen dafür gedankt.«

Das Lächeln erstarb, und Tommasa wußte, daß Claudio wieder einmal vergessen hatte, was sich gehörte. Dabei war er von diesem Mädchen so betört gewesen, daß er sich seiner Familie monatelang entzogen hatte, und wenn er doch einmal nach Hause kam, dann weilte er in Gedanken bei Selvaggia Salvestrini, vielmehr bei dem Bild, das er sich von ihr gemacht hatte und das er nun, koste es, was es wolle, zur Welt bringen mußte. Bilder statt Kinder wollte er zeugen, immer schon, sein ganzes mühseliges Leben lang.

»Weiß er, daß Ihr hier auf ihn wartet?«

»Ja.«

Tommasa hockte sich neben Selvaggia auf den Fußboden und nahm ihre Hand. »Ich werde auf dem Rückweg in seiner Bottega nachsehen und dann bei uns zu Hause und ihn zu Euch hinausschicken, sobald ich ihn finde.« Selvaggia erwiderte zaghaft den Druck dieser Hand, die ebenso kalt war wie ihre eigene.

»Ich hoffe, ich habe Claudio Ghiribizzo nicht allzu oft von seiner Familie ferngehalten«, sagte sie beschämt.

Tommasa schüttelte müde den Kopf. »Wenn Ihr es nicht seid, ist es etwas anderes. Seine Stimmungen, die Grillen, denen er seinen Namen verdankt. Alle bedeutenden Menschen sind Melancholiker, heißt es ... In der Zeit mit Euch war er wenigstens glücklich.«

»Seid Ihr sicher?«

»Ja ... Aber nein, was rede ich! Claudio gestattet niemandem, seine Seele zu berühren. – Wußtet Ihr das nicht?«

Selvaggia nickte, kämpfte mit den Tränen. »Wer ihm Sonne sein will, muß erfrieren in seinem Schatten.«

Sie konnte die Worte kaum herausbringen, so sehr traf sie die plötzliche Erkenntnis.

»Arme Kleine!« Tommasa fühlte eine warme Welle der Zuneigung, weil da endlich jemand war, der ihre Empfindungen teilte:

Claudios schönstes Modell, Tribolos Lieblingsschwester, die fast zehn Jahre jüngere Tochter aus gutem Hause – auch sie kannte die Liebesabweisung, durch welche die Anziehungskraft des begehrten Menschen ins Unerträgliche wuchs!

»Ihr seid bildschön und noch so jung«, sagte Tommasa. »Ein Irrer oder ein Künstler – was wohl auf dasselbe herauskommt –, wer Euch nicht liebte. Ihr habt das Leben erst vor Euch! – Und Tränen um Claudio sind schon genug geweint!«

Sie erhob sich, weil sie Selvaggia Weintrauben und einen Apfel schenken wollte.

»Bleibt, solange Ihr mögt, doch wenn das Sonnenviereck nicht mehr hier vor Euch auf den Fußboden fällt und Euch wärmt, geht Ihr besser!«

Selvaggia lachte und stand lieber gleich auf. »Ihr habt ein großes Herz, Tommasa.« Sie umarmte die Frau des Malers, die viel kleiner und zarter war als sie selbst, zum Abschied wie eine Freundin.

Je länger sie allein in Gualfonda blieb, dieser Brutstätte extremer Gefühle, desto hartnäckiger wurde Selvaggia von einem Bild verfolgt, das sie nie zuvor betrachtet hatte, obwohl es tief in ihrem Inneren schon lange darauf gewartet haben mußte, ans Licht zu kommen: Es war das heroische Bild eines Liebestodes, der alles gewinnt, indem er alles wagt. Aus eigenem Entschluß den Endpunkt in Schönheit und Würde zu setzen, wäre dann das Ziel eines Lebens. Ein Tod im Namen der Liebe, ein freudiger Tod im günstigsten Augenblick! – Selvaggia berauschte sich an dem Bild, bis sie es sich ganz einverleibt hatte. Dann war sie ihr eigener Meister.

Auf dem Heimweg in der Dämmerung war ihr, als trage sie von Geburt an eine Kerze in der Hand, die niemand auspusten durfte als sie allein. Da sie ohnehin nur noch eine Hülle war, von Ghiribizzo achtlos zurückgelassen, nachdem er alles Wesentliche aus ihr herausgemalt hatte, würde sie von nun an ihre Geschichten, die letzten vielleicht, anprobieren wie ein paar neue Kleider. Eines würde passen, ein anderes nicht.

In der Nacht, als sie nur so dalag und keinen Schlaf fand, hörte sie Tribolo in seinem alten, selten bewohnten Dachzimmer über dem ihren ruhelos auf- und abgehen bis in die frühen Morgenstunden, und es kam ihr der Gedanke, daß sie es sein könnte, die ihn quälte, so wie der Maler sie gequält hatte.

Steckte in ihr nicht auch ein falscher Engel der Verheißung, die Verkörperung der Schlange? Hatte nicht auch sie ein Verlangen erweckt, das sie gar nicht stillen wollte?

Beunruhigt über diesen möglichen Aspekt ihres Wesens, stand sie auf und blätterte in ihrem Tagebuch, las, was ihre

Schwester Tobia sie damals, kurz nach ihrem Eheskandal, gelehrt hatte:

Man solle sich der Qualen eines Verliebten erbarmen und ihn schließlich belohnen, denn was um der Liebe willen geschehe, könne nicht unrecht sein ...

Erbarmen mit den Männern – mit Tribolo –, wahrhaftig, daran hatte sie nie gedacht. Und wenn sie sich entschließen könnte, die Macht seines Begehrens anziehend zu finden, damit er zur Ruhe käme und sie alles getan hätte? Verschmähte Liebe, wußte sie nun, war ein Sakrileg. Da bot jemand das Höchste, was er zu vergeben hatte, vielleicht nur dieses eine Mal, vielleicht nur diesem einen Menschen – und der andere wollte es nicht.

Sie mußte ein Glas Wasser trinken, weil die Konsequenzen ihrer Gedanken sie aufregten. Nachtgedanken, Hirngespinste. Womöglich war sie nur geboren, um Tribolo zu erlösen – den in seine sinnlichen Begierden verstrickten Mann schlechthin –, flüsterte es in ihrem Kopf, hinter den Maskierungen seine Seele zu entdecken. Am Ende hatte Giovanni, ihr Vater, das gewußt und darum sein unbegreifliches »Ja« zu dieser Verlobung ausgesprochen! – Wie enttäuscht würde er sein, wenn sie seinen letzten Wunsch nicht verstand, ihn gar für die erfundene Erinnerung eines Schwindlers hielt!

Am nächsten Abend legte sie sich vollständig bekleidet zu Bett und wartete, bis sie wieder das Stakkato der Schritte über ihrem Kopf an ihre Einsicht appellieren hörte. Lange widerstand sie ihnen nicht; wie unter einem Zwang ging sie hinauf zu Tribolo, trat bei ihm ein, ohne anzuklopfen.

Sie blieb stehen und schnupperte, sah sich verwundert um:

Er hatte sein sonst eher unordentliches Jungmännerzimmer wie für eine Braut herrichten lassen, hatte es mit Kerzen und Chrysanthemen gefüllt, mit Schalen getrockneter Rosenblätter. Es duftete nach Weihrauch und Honigwachs, das Licht, golden und sanft, wurde von einem halben Dutzend Spiegeln von Wand zu Wand reflektiert.

Wie kam Tribolo zu dieser Inszenierung? Was hatte er sich diesmal wieder ausgerechnet? Sein Bett war unberührt, die Kissen makellos glatt, die zurückgeschlagene Decke mit scharlachroter Seide bezogen. Erst jetzt erhob er sich gelassen aus einem Sessel und kam ihr entgegen.

»Na, möchtest du dir endlich deinen Gutenachtkuß abholen?« fragte er spöttisch. Sein streunender Blick erinnerte sie an etwas, an das erinnert zu werden sie sich stets verboten hatte.

»Und du? Wen hast du erwartet? Eine lebende Göttin?«

Er legte ihr die Hand auf die Augen. »Willkommen im Liebestempel, meinem sakralen Bordell!« sagte er. »Nur die Leidenschaft läßt Liebe vergessen.«

»Nein umgekehrt« flüsterte sie und spürte auch schon das Kratzen des Bartes an ihrem Gesicht, seinen Kuß mit Zunge und Zähnen. Diesmal ergoß sich der Kuß in ihren ganzen Körper; sie fühlte voller Entsetzen, daß sie erregt war. Erbarmen mit den Männern? Sie zitterte, als sie an das dachte, was ihr bevorstand. Dann fiel ihr ein, daß Constanza versichert hatte, durch die Entjungferung ein neuer Mensch geworden zu sein, und sie hörte zu zittern auf.

Sie schloß die Augen, damit sie sich in den Bannkreis des Malers versetzen konnte. So würde es leichter gehen. Schon glaubte sie wieder diese unsichtbare Hand zu spüren, die sie langsam liebkoste, und fand nun nichts mehr dabei, daß eine wirkliche Hand aus Fleisch und Blut ihre Kleider beiseite schob, ihren Körper Stück für Stück bloßlegte wie die geduldigen Finger eines Feinschmeckers das Herz einer Artischocke. Diese Hand würde alles tun, was sie herbeigesehnt hatte.

Als sie die Augen aufschlug, sah sie Tribolos klaffende Lippen rot und feucht zwischen den Rändern des Bartes. Sie beschloß, nicht mehr zu denken, damit sie die Gegenwart in einer Intensität erfuhr, die nie Vergangenheit war und nie Zukunft sein würde. Nur so könnte sie ein neuer Mensch werden.

Ihr Liebhaber schob sie jetzt zu seinem Hochzeitslager, bettete sie in seine Kissen, die jungfräulichen, und streichelte ihre Haut mit den Augen; jedenfalls spürte sie seinen Blick wie eine Berührung, solange die Hände mit dem Morgenmantel beschäftigt waren, ihn öffneten und fallen ließen. Auf einmal kniete Tribolo über ihr, und sie sah den Mann so, wie sie ihn noch nie gesehen hatte. Sie sehnte sich nach ihm und er ekelte sie. Am liebsten wäre sie wieder aufgestanden, um die Spiegel zu verhängen, die ihr alles sechsfach zeigten, auch ihren eigenen Leib auf dem blutroten Laken: eine weiße wächserne Gliederpuppe, nur in ihr Erröten gehüllt. Sie schloß die Augen wieder, um sich nicht ganz preiszugeben, während Tribolos wendige Zunge, keinen Zoll aussparend, ihren Körper erkundete. Ihre Haut brannte unter dem Auf und Ab seines Bartes und wurde gekühlt durch den Anflug krötenhafter Feuchtigkeit, als ihr Liebhaber ihren Leib mit dem seinen bedeckte. Irgendwann drehte er sie auf die Seite, seine Hände kneteten ihre Brüste, und Selvaggia erschrak, weil sie an Constanza und ihr Schneiderlein denken mußte und an dessen unerotische Art der Empfängnisverhütung. Dann aber verstand sie, was Tribolo wollte; und es gefiel ihr, nicht zwischen oben und unten wählen zu müssen, zumal er sich keineswegs in unerwünschte Gefilde verirrte. Sie spürte einen vagen Schmerz, als er in sie eindrang, warme Flüssigkeit rieselte durch Gewebe. Irgendwo in ihrem Schoß mußte es bluten, doch das beunruhigte sie nicht. Es kostete sie keine Überwindung, das Siegel der Unschuld brechen zu lassen. Heil und dumm war sie lange genug gewesen. Der Liebhaber in ihrem Rücken ließ ihr genügend Zeit, sich mit seiner Anwesenheit in ihr vertraut zu machen. Erst später bemerkte sie, daß er ein glühendes Eisen besaß, lang, dünn und beweglich. Es tastete sie von innen ab, als wollte es ermessen, wieviel Raum in ihr war, es klopfte, tanzte und stieß, suchte und fand.

Selvaggia hatte gehört, daß die Männer auf dem Höhepunkt brüllten und stöhnten wie die Tiere, daß sie nach der Madonna riefen oder nach ihrer eigenen Mutter – und die Frauen erst recht –, Tribolo aber stieß nur einen verwunderten Seufzer aus, der fast wie ein Schluchzen klang, und Selvaggia stützte ihren Ellenbogen auf, weil sie einen Augenblick lang glaubte, die Erde hätte gebebt.

Dann geschah nichts mehr. Die Lust war vom Himmel gekommen, sie hatten sie genommen und gleich wieder hergegeben. Platons verlorene Hälften hätten einander kaum so bereitwillig losgelassen.

Tribolo hielt sie noch in den Armen, war aber schon nicht mehr in ihr, sie nicht mehr um ihn. Mit Dankbarkeit vermerkte Selvaggia, daß die Frage: Hat es dir gefallen? nicht gestellt wurde.

Die unermüdlichen Hände streichelten jetzt ihren Rükken. Hätte der ganze Liebesakt nur daraus bestanden, wäre es ihr auch recht gewesen.

»Was ist denn das?« Tribolos Finger verweilten auf dem Muttermal, das immer noch wie Feuer brannte, das schwammig war und größer denn je.

»Mein Schönheitsfehler, das weißt du doch. Einst wolltest du es einem Venezianer als Tätowierung des Himmels verkaufen, als Beweis meiner Unsterblichkeit.«

»Daran erinnerst du dich noch?«

»O ja!«

Er stand auf, und da erst wagte Selvaggia richtig hinzusehen, seinen dicken Bauch zu betrachten und sein Geschlecht, das nach gehabtem Mahl zum niedlichen Schwengel verkommen war, eingebettet in rötliche Kräusellocken und faltige Haut.

Tribolo nahm eine Kerze in die Hand, um jenen Fleck besser zu beleuchten, dessen Sternenform vom ersten Tag an die Phantasie der Hexe Faustina beschäftigt hatte.

»Es sieht aber komisch aus«, befand er. »Was sagt euer Quacksalber?«

»Entartetes Gewebe, doch das habe fast jeder, nur nicht gerade auf der Haut, sondern irgendwo im Körper, und darum wüßten die Menschen nichts davon.«

»So was kann sich nur der Rosenapotheker ausdenken, vielmehr sein vorsintflutlicher muselmanischer Medicus, den er so gern nachbetet.« Tribolo ließ einen Schuß Weißwein über das Feuermal laufen und leckte es ab. »Jetzt noch ein Kreuz mit Spucke drauf, dann ist es morgen weg.«

Selvaggia lächelte, weil er einen Spruch aus ihrer Kindheit aufsagte, mit dem Faustina sie immer getröstet hatte. Ob er das nicht mehr wußte? Sie drehte sich um und küßte ihn auf die Wange, als wäre er nie etwas anderes als ihr Bruder gewesen. »Hier hast du deinen Gutenachtkuß!«

Wieder zurück in ihrem eigenen Bett, ohne lüsterne Spiegel und schwüle Düfte, schlief sie so tief wie seit Wochen nicht mehr, erwachte am nächsten Morgen aber mit bleischweren Gliedern und Fieber, das sie ihre Umgebung seltsam entrückt wahrnehmen ließ. Zum erstenmal, seitdem sie wußte, daß der Maler ihre Liebe nicht erwiderte und niemals erwidern würde, spürte sie nicht mehr das heimtückische Reißen in der Brust. Sie fand diesen Zustand so wohltuend, daß sie gerne noch liegengeblieben wäre, um ihn richtig auszukosten, doch dann hätte Camilla sich Sorgen gemacht, am Ende gar nach Babbo Luna geschickt.

Da Selvaggia nun keine Pflichten mehr hatte, weder Unterricht bekam noch, was sie liebend gern getan hätte, einem Maler zur Hand gehen durfte, konnte sie es sich jetzt erlauben, ihre Zeit zu vertrödeln, ein wenig auf der Laute zu musizieren und sonst in den Tag hineinzuträumen. Dazu reichte ihre Kraft, und zu mehr mußte sie nicht reichen.

Es ist also möglich, die suchende Liebe aufzugeben, dachte sie, und trotzdem am Leben zu bleiben oder dem Leben der anderen zuzuschauen, die nichts davon ahnten.

Niemand mußte leiden, wenn er nicht wollte. Man mußte nur rechtzeitig aufhören, mitzuspielen.

Während Selvaggia sich in den Schlupfwinkeln ihrer Kindheit von der Macht der Gefühle erholte und dabei Faustina vermißte, hoffte man draußen in der Stadt, daß Karl VIII. an den Pocken krepierte, die ihn auf halber Strecke nach Neapel, mitten im Piemont, erwischt hatten. Es wurden Messen gelesen und Bittprozessionen organisiert, ob für oder gegen seine Genesung, wußte man nicht so recht, was zählte, war ein Erfolg, mit dem angesichts der schwächlichen Konstitution Seiner Majestät niemand gerechnet hatte: Er wurde wieder gesund und konnte im Oktober weiterziehen. Dafür schien ihn das Kriegsglück nun gänzlich verlassen zu haben. Die Kassen waren durch die lange Zwangspause bis auf den letzten der von Moro erbettelten zweihunderttausend Gulden geleert, und in Frankreich, wo die Steuereintreiber unterwegs waren, das Volk zu schröpfen, sprach man sich bereits ebenso vehement gegen diesen unmotivierten Feldzug aus wie in Italien, das die Greueltaten von Rapallo nicht verzieh. Die frommen Kreuzfahrer zum Heiligen Grab waren dort zu Barbaren geworden, welche Kirchen ansteckten, obwohl Frauen und Kinder sich dorthin geflüchtet hatten, welche geschändete Mädchen auf der Straße sterben ließen und die Kranken in ihren Spitalbetten ermordeten. Nicht weniger unerträglich waren Scharen von Deserteuren. Nachdem sie wochenlang keinen Sold mehr bekommen hatten, zogen sie nun marodierend über Land, zum Schrecken der Bevölkerung.

Karl VIII., ein Kümmerling von Geburt an und jetzt auch noch pockennarbig und geschwächter denn je, konnte mit keinerlei Unterstützung mehr rechnen. In Piacenza, dem Ort seiner nächsten größeren Ruhepause, machte er sich mit dem Gedanken vertraut, daß seine Mission gescheitert war. Er würde den Rückzug antreten, solange es ihn noch nicht das Leben kostete, und sich etwas einfallen lassen, um sein Gesicht zu wahren. Auch einen geeigneten Sündenbock fand er schnell, nämlich Piero de' Medici. Hätte dieser arrogante Emporkömmling ihm nicht den freien Durchzug durch sein Gebiet verwehrt, würde niemand dem König von Frankreich, Neapel und Konstantinopel, dem zukünftigen Kaiser des Orients zumuten, mitsamt seiner Artillerie und Reiterei die toskanische Küste entlangzukriechen, über deren Sümpfen die Fiebermücke tanzte. – Kein Zweifel, die Florentiner waren schuld, daß er seine Aktion abbrechen mußte!

Wunderbarerweise erschien am Vorabend des geplanten Rückzuges ein anderer Medici aus einer Nebenlinie, der das Blatt noch einmal wendete und Karl VIII. an eine himmlische Fügung glauben ließ.

Dieser junge Mann war seinem entfernten Verwandten Piero wegen einer Niederlage im Wettbewerb um ein Mädchen noch immer so übelgesonnen, daß er Jahre später bei Nacht und Nebel nach Piacenza ritt, um dem französischen König eigenmächtig alles anzubieten, was man ihm bisher verweigert hatte: die Sympathie der Florentiner für die französischen Ziele, den problemlosen Durchzug durch ihre Gebiete und finanzielle Hilfe als Entschädigung für das durch Piero erlittene Unrecht.

Karl VIII. traute seinen Ohren nicht, entschloß sich aber sogleich, diese letzte Chance zu nutzen. Selbst wenn der junge Mann übertrieb, war seine Neuigkeit sensationell: Die Familie Medici ebenso in zwei Parteien gespalten wie die Bevölkerung von Florenz – daraus ließ sich doch Kapital schlagen! Während er den Verräter aus den eigenen Reihen mit Komplimenten überschüttete, gab der französische König bereits Order, alle Medici-Bankiers aus Lyon zu vertreiben. Gleich am nächsten Morgen zwängte er sich wieder in seine schimmernde Ritterrüstung, auf die er so großen Wert legte, und zog an der Spitze seiner zigtausend Soldaten und vierzig Kanonen nach Pontremoli an der Grenze zur Republik Florenz. Von dort aus forderte er den Sfortunato, wie sein sauberer Vetter ihn genannt hatte, ein letztes Mal auf, seine Haltung zu ändern, bevor man ihn dazu zwingen werde.

»Und Piero?« erkundigte sich Camilla, so beunruhigt wie seit langem nicht mehr.

»Spielt drüben auf der Piazza Ball mit seinen Freunden, um der Öffentlichkeit zu demonstrieren, daß kein Grund zur Sorge besteht«, berichtete Tribolo, der Camilla überreden wollte, sich mit Selvaggia nach Ranunculo zurückzuziehen, bis die Franzosen Florenz passiert hatten. Wie schon erwartet, war Camilla auch diesmal anderer Meinung. Sie glaubte nicht an Plünderungen und Vergewaltigungen in einer so großen Stadt und vor den Augen des französischen Königs. Außerdem ließe ein stabiles Haus wie das der Salvestrini sich spielend in eine Festung verwandeln. Ganz allein auf dem Land würde sie sich viel wehrloser fühlen. Selvaggia sei überdies zu schwach, um zu reisen. Ein Winter in Ranunculo wäre bestimmt nicht das Richtige für sie. Das ließ sich leider nicht leugnen. Selvaggia hatte ständig leichtes Fieber, aß kaum noch etwas, war dabei aber so heiter wie seit Wochen nicht mehr. Sie gab ihrer Familie und Babbo Luna Rätsel auf.

»Die französische Invasion wird das Ende der Medici-Herrschaft bedeuten«, verkündete Tribolo. In einer Zeit wie dieser mußte selbst ein Ungläubiger zum Propheten werden. »Wir können uns unsere nächsten Schritte gar nicht gut genug überlegen.«

Camilla sah ihn nachdenklich an. Irgend etwas hatte Tribolo verändert. Er wirkte besonnener als früher, vielleicht sogar reifer.

»Dieser Piero taugt nichts. Giovanni hat das von Anfang an gewußt!« Sie zeigte auf die schon etwas angestaubte Totenmaske an der Wand.

»So kann man das nicht sagen. Er hat ja ganz im Sinne seines Vaters gehandelt, als er die Garnisonen an der Grenze verstärken wollte.

›Gebe Gott, daß kein König von Frankreich jemals auf den Gedanken kommt, seine Kraft an diesem Land zu erproben‹, hat Lorenzo damals gesagt, ›denn wenn das geschähe, wäre alles verloren.‹

Auf seine Worte hätten die Herren der Signoria gehört – das ist der einzige Unterschied. Den Sfortunato dagegen werden sie büßen lassen, daß er recht behalten hat. Ich fürchte, sie werden sogar das Volk gegen ihn aufwiegeln!«

Camilla erschrak. »Du meinst, es gibt einen Aufstand?«

Gefahr von außen war eine schlimme Sache, doch darauf konnte man sich einstellen. Eine Stadt, in der die Bürger einander bekämpften aber, war ein Ort des Grauens, ein Rückfall in die Barbarei des Mittelalters.

»Wann?«

»Schwer zu sagen. In ein bis zwei Wochen vielleicht.«

»Und was tun wir bis dahin?«

Sie wartete auf die bekannten Forderungen: baldige Verlobung, dann sofort die Heirat, eine Umverteilung des Vermögens ... Aber nichts davon kam.

Tribolo starrte auf ein rosenholzfarbenes Seidenkissen in Camillas Bett und schwieg. Der Augenblick war günstig.

»Vergiß deine Heiratspläne, bis Selvaggia wieder gesund ist«, bat sie. »Ich möchte sie jetzt nicht mit Entscheidungen quälen, die sie in ihrem Zustand gar nicht treffen kann. – Es scheint mir auch bei Gott keine günstige Zeit zum Hochzeithalten und Kinderkriegen zu sein!«

Tribolo zuckte die Achseln. »Wie du meinst.«

Aufatmend holte Camilla die längst unterzeichneten Vollmachten aus ihrem Schrank, die sie bereitgelegt hatte, um sie dem Tribolo notfalls zum Tausch gegen ihre Tochter anzubieten. Sie sah keinen Grund mehr, ihn noch länger hinzuhalten. Er hatte Giovannis Mörder zwar nicht gefunden, von seinem Geld ganz zu schweigen, doch was spielte das jetzt noch für eine Rolle, da morgen schon Raub und Mord auch in Florenz wieder an der Tagesordnung sein konnten.

Tribolo warf nur einen flüchtigen Blick auf die Dokumente, was Camilla auch wieder überraschte, dann nickte er und fragte nach Selvaggia.

»Sie hatte heute früh höheres Fieber als sonst und sollte nicht aufstehen«, antwortete Camilla. »Leider ist sie in letzter Zeit sehr dickköpfig geworden und tut nur selten, was man ihr sagt.«

Tribolo fand Selvaggia erst nach längerer Suche oben auf der Dachterrasse. Dort stand sie, ganz Malermodell, anmutig gegen die Balustrade gelehnt und zupfte auf ihrer Laute. Es war zwar sonnig und warm, der Sommer schien in diesem Jahr wieder kein Ende nehmen zu wollen, trotzdem fand Tribolo diesen luftigen Ort über den Dächern der Stadt denkbar ungeeignet für eine Kranke, die außer einem Hemd aus hauchdünnem Batist nichts auf dem Leibe trug. Geduldig wartete er, bis sie zu Ende gespielt hatte und er sie ohne viel Worte in ihr Zimmer zurückbringen konnte.

Seit jener Liebesnacht gingen sie sehr behutsam, fast scheu miteinander um. Keiner von beiden spürte ein Verlangen, das einmal Begonnene fortzusetzen. Für Selvaggia war die körperliche Liebe zu neu, um ganz davon durchdrungen zu werden, und nicht neu genug, den Todeskeim zu neutralisieren, den jeder Mensch von Geburt an in sich trägt und der nur auf den entscheidenden Impuls wartet, zu wachsen und überhandzunehmen.

Tribolo hatte das Zusammensein köstlich gefunden und ein wenig rührend, aber auch für ihn war es nicht die Welt gewesen, zumal Selvaggia ihm etwas vorenthielt, was, wußte er nicht. Er konnte es weder fassen noch benennen. Eine Heirat würde daran wohl kaum etwas ändern. Seine kleine Familienintrige hatte er ganz umsonst gesponnen. Das ernüchterte ihn, ärgerte ihn aber auch, weil er nun nichts mehr fand, wonach er suchen sollte. Das alte Spiel hatte über Nacht seinen Reiz verloren, und ein neues mußte erst ersonnen werden.

Einstweilen lebte er fast wieder so wie früher, vergnügte sich mit Frauen, die ihm nichts bedeuteten, und stellte mit Verwunderung fest, daß er von der jahrelangen Obsession, durch einen Quasi-Inzest ungeahnte Ekstasen zu erleben, geheilt war. Nein, nicht einmal die Sünde lohnte sich, und ein Tabu zu brechen besaß letzten Endes auch nicht mehr Witz als jedes andere Laster.

Ohne Selvaggias Fieber hätten sie alle wieder zur Tagesordnung übergehen können. So eine Krankheit aus heiterem Himmel war wie ein perfides Mißverständnis, das jeden ins Unrecht setzte, der damit in Berührung kam und selbst heil blieb.

Selvaggia hockte jetzt auf der Aussteuertruhe vor ihrem Bett, zu müde, Munterkeit vorzutäuschen, zu unruhig, schon wieder schlafen zu gehen. In ihrem abgemagerten Gesicht wirkten die Augen noch größer und blauer als sonst. Tribolo legte ihr eine Stola um die Schultern, damit er das Feuermal nicht sehen mußte, dessen wildes Wachstum ihn langsam das Fürchten lehrte.

»Du willst überhaupt nicht gesund werden«, warf er ihr vor. »Gib es ruhig zu!«

Selvaggia lachte ihn aus. »Und wenn schon! Ist ein Fest gelungener, weil es länger dauert?«

Tribolo dachte an die sechzehn Lebensjahre der schönen Verweigerin, an die Hoffnungen und Wünsche, die sie durch ihre vielen Talente in der Familie geweckt hatte. An ihre Erziehung dachte er, den ganzen grandiosen Bildungsballast. Was für eine Verschwendung! Er begriff, wie gefährlich Selvaggias derzeitiger Starrsinn werden konnte, aber ihm fiel nichts mehr ein, ihr das Leben wieder schmackhaft zu machen. Am liebsten hätte er sie geschlagen, damit sie zur Besinnung kam. Er packte sie ziemlich grob an den Schultern und rüttelte sie.

»Nur noch Haut und Knochen!« schrie er. »Du mußt wieder gesund werden, verdammt noch mal!«

Dann rannte er aus dem Zimmer, bevor etwas geschah, das er später bereuen würde.

»Du mußt wieder gesund werden!« beschwor auch Constanza die Freundin, als sie ihr am nächsten Tag ein mit blauen Pfauen besticktes Nachthemd zum Geschenk machte.

»Tu es für mich und Babbo Luna! Er ist schon todunglücklich, daß du dich nicht von ihm heilen läßt!«

»Ich werd's mir überlegen«, versprach Selvaggia.

»Nein, nicht überlegen – tun! Überlegt hast du dir schon genug! – Warum heiratest du nicht endlich euren Tribolo? Ich denke, dein Vater hatte es so gewünscht?«

»Tribolo hat es so gewünscht. Nicht mein Vater.« Selvaggia sprach so leise, als wären dem Pelzbehang am Kopfende ihres Bettes plötzlich Ohren gewachsen. »Tribolo hat nur die ersten drei Worte in der Familienchronik stehen lassen, den Rest von Giovannis letztem Satz hat er mit dem Federmesser ausradiert. Er ist ein Spieler und Fälscher und wird es immer bleiben.«

»Seit wann weißt du das?«

»Noch nicht lange. Aber ich hätte es mir gleich denken sollen.«

Constanza mußte drei Äpfel essen, bis sie die Neuigkeit verdaut hatte. »Es ist doch nicht das, was dich krank macht, oder?«

»Nein. Ein Tribolo kann mich nicht krank machen.«

Selvaggia schaute aus dem Fenster in den grauen Himmel, der ihr bestätigte, daß das Leben kurz war. »Sorg dich nicht um mich«, beruhigte sie Constanza. »Das physische Leben ist etwas ungeheuer Zähes, geradezu Klebriges; es nistet sich ein und paßt sich an, es will und will nicht weichen.«

Der Mund der Freundschaft spricht die Wahrheit in Lügen, hieß einer von Faustinas Sprüchen.

Constanza rieb sich lachend ihren immer schon rundlichen Bauch.

»Wem sagst du das!« Überschwenglich begann sie von ihrer Schwangerschaft zu schwärmen. »Leben in sich wachsen zu spüren ist noch wunderbarer, als Liebe zu machen, das kannst du mir glauben«, schloß sie. »Wenn es ein Mädchen wird, wollen wir ihm deinen Namen geben. Und du sollst seine Taufpatin sein!«

Selvaggia schien sich zu freuen; ihre Wangen röteten sich so, daß die Freundin neue Hoffnung schöpfte. Man müßte

Selvaggia nur heiraten und Kinder kriegen lassen, dann würde sie ganz von selbst wieder gesund!

»Nennt es lieber Camilla, eine Wilde ist genug«, scherzte sie jetzt.

Sie plauderten noch über dieses und jenes, fast wie in den guten alten Zeiten. Constanza machte sich nun, da sie bald ein Kind großziehen sollte, doch Sorgen um die Zukunft ihrer Schneiderei.

»Die Menschen haben etwas anderes zu tun, als sich neue Kleider nähen zu lassen«, klagte sie. »Dieser Piero de' Medici wird uns noch alle ins Unglück stürzen. Jetzt liegt er schon seit fünf Tagen in Sarzanella, oder wie das Nest heißt, vor dem französischen König auf den Knien, und die Gerüchte über das Ausmaß seiner Zugeständnisse werden jeden Tag ärger.«

»Wie kommt der Sohn des Magnifico denn dazu?« wunderte sich Selvaggia. Seitdem sie das Haus nicht mehr verließ und auch so gut wie keinen Besuch empfing, wußte sie kaum noch, was draußen in der Welt geschah. Die Familie wollte ihr wohl jede Aufregung ersparen; sie sprach mit ihr nur noch über die Banalitäten des Alltags. Nicht einmal als Kind hatte man sie dermaßen geschont.

»Sag mir alles, was du weißt«, bat sie. Constanza bekam wenigstens mit, was sich die Leute draußen auf den Märkten erzählten.

»Na ja ..., viel ist das auch nicht: Piero versucht mit dem mickrigen Franzosenkönig zu feilschen – so sehen es die einen. Er will ihnen viel Geld bezahlen, zweihunderttausend Gulden oder so, wenn er dafür die bereits besetzten Gebiete der Umgebung räumt und die Sicherheit ihrer Bewohner garantiert.«

»Das hört sich doch ganz vernünftig an!«

»Schon. Andere behaupten aber, daß er bloß seinen Vater imitiert, der sich in seiner Jungend ja ebenfalls ganz allein zum König von Neapel begab, um Florenz zu retten. Sie finden Piero dumm und feige, weil er auf einmal sämtlichen

Bedingungen der Franzosen zugestimmt haben soll, selbst ihrem Marsch durch Florenz. ›Kapitulation!‹ und ›Verrat‹ schreien sie auf der Straße und in den Schenken immer wieder. – Emilio glaubt, daß man die Medici zum Teufel jagen wird, wenn sich der Sfortunato mit solchen Ergebnissen nach Florenz zurücktraut.«

Constanza biß sich auf die Lippen. Vielleicht hätte sie Emilios Ansichten doch besser für sich behalten. Selvaggia saß plötzlich kerzengerade in ihren Kissen und starrte auf ein Porträt ihres Vaters, das Camilla nach seinem Tod für sie hatte malen lassen.

»Wenn die Florentiner die Medici loswerden wollen, ist keiner, der mit ihnen zu tun hatte, mehr sicher!« rief sie. »Familien wie wir auch nicht. Giovanni mit seiner Lorenzo-Chronik, Tribolo ihr Agent ... Und du«, sie zeigte anklagend auf die Freundin, »gehst besser nach Hause, bevor man dich mit uns in einem Atem nennt!«

Constanza nahm schnell ein feuchtes Tuch aus der Waschschüssel, kühlte Selvaggia die Stirn und drückte ihr einen Kuß auf den Scheitel.

»Du redest im Fieber«, sagte sie voller Mitgefühl. »Vergiß mein Geschwätz! Was versteht ein kleiner Schneider wie Emilio schon von Politik! – Ich gehe jetzt wirklich besser nach Hause, denn du brauchst Ruhe, aber morgen komme ich bestimmt wieder!«

Doch als Tribolo am Abend vorschlug, sie und ihre Mutter sollten für ein paar Tage zu Caterina nach Santa Apollinaria gehen, wußte Selvaggia, daß Constanzas Ehemann keineswegs Gespenster sah. Sie hätte ihre Schwester gerne noch einmal im Kloster besucht und erinnerte sich voller Sehnsucht an die lieblichen Gesänge der Nonnen neulich zum Fest Mariae Assunzione, am 15. August. Wie Weihrauch waren die Vokale gen Himmel geschwebt, als passende Begleitmusik zur auffahrenden Madonna ...

Trotzdem wollte sie von Tribolos Vorschlag nichts wissen.

»Was sollte uns hier geschehen, was uns nicht auch dort geschehen kann«, sagte sie. »Wenn Gewalt zum Leben gehört, entkommt man ihr nicht.«

»Du sprichst im Fieber!« behauptete nun sogar Tribolo. Da aber auch Camilla ihr Hauswesen nicht einfach im Stich lassen mochte, gab er schließlich nach.

Nach vierzehn Tagen, am 8. November, kehrte Piero de' Medici in bester Stimmung aus Sarzanella zurück. Er konnte es kaum erwarten, den Florentinern die Ergebnisse seiner Friedensverhandlungen mitzuteilen. Im Palazzo della Signoria hatte man indessen Zeit genug gehabt, das Schauspiel seiner Absetzung zu inszenieren. Am Beginn des letzten Aktes stand die Demütigung: Er könne jetzt nicht vorsprechen, ließ man den Sohn des Magnifico wissen, die Herren Stadträte speisten gerade und wollten nicht gestört werden. Gegen Abend werde man ihn empfangen, vorausgesetzt, daß er das Gebäude durch den Hintereingang beträte, allein käme und unbewaffnet.

Piero begriff, was das bedeutete. Verbittert über so viel Undank zog er sich in den Palazzo Medici zurück. Während er mit seinen letzten Getreuen erörterte, ob und wie er die Macht mit Gewalt zurückgewinnen könnte, ließ die Signoria Piero di Lorenzo de' Medici öffentlich zum Aufrührer und Verräter erklären und forderte alle Bürger auf, sich zu bewaffnen. Unter dem Geläut der großen Domglocken rannten die Menschen in Scharen, Schwerter schwenkend und Steine schmeißend, zum Palazzo in der Via Larga. Sie kamen aus allen Himmelsrichtungen, als hätten sie nur auf die Gelegenheit gewartet, ihre Vaterstadt von den Medici zu befreien.

Der Sohn des Magnifico sei ein Opfer des »spontanen Volkszorns« geworden, sollte es heißen, wenn der Plan der Drahtzieher gelang. Doch lo Sfortunato, der Pechvogel, hatte noch einmal Glück, er konnte sich auf sein Pferd werfen und der mordgierigen Meute entkommen. Seine Begleiter zwangen den Wachtposten an der Porta San Gallo, die Zugbrücke offenzuhalten, bis Piero sie passiert hatte. Augenblicke später war er im Novembernebel verschwunden und mit ihm sechzig Jahre Medici-Herrschaft.

Für die enttäuschten Florentiner gab es nun kein Halten mehr; noch in derselben Nacht stürmten sie den Palazzo Medici und plünderten ihn. Kunstschätze, Geldkassetten, Manuskripte ..., nichts blieb an seinem Platz. Im Schein der Fackeln schleppten sie die Statue der Tyrannenmörderin Judith aus dem Innenhof der Medici hinüber zum Palazzo della Signoria, um sie dort allen Feinden der Freiheit zur Warnung aufzustellen.

Als Selvaggia am frühen Morgen durch einen Spalt des Fensterladens spähte, liefen ihre männlichen Mitbürger immer noch mit Äxten und Knüppeln durch die Straßen. Gegen Mittag versuchten einige, auch das Haus der Salvestrini zu stürmen. Selvaggia bebte unter dem Gebrüll ihrer Stimmen, unter dem bedrohlichen Hämmern der Eisen und Fäuste gegen das doppelt verbarrikadierte Tor. Zum Glück hielt es stand. Tribolo hatte zudem noch ein paar Raufbolde gedungen, die hinter geschlossenen Fenstern nur darauf warteten, etwaige Angreifer mit kochendem Wasser und Steinen zu vertreiben oder sie von ihren Leitern zu stoßen, falls sie damit auch bei ihnen die Fassade hinaufklettern wollten.

In Selvaggias Zimmer standen außer dem alten Diener Giuseppe und einer kleinen Küchenmagd gleich zwei finstere Gestalten in Alarmbereitschaft und warfen zwischendurch dreiste Blicke auf die schöne Kranke in ihren Kissen. Selvaggia forderte sie mehrmals auf zu gehen, doch sie grinsten nur und stellten sich taub. Am Spätnachmittag, es wurde schon dunkel draußen auf den Gassen, stand sie auf und steckte ihnen heimlich größere Geldstücke zu, damit sie endlich verschwanden. Kaum waren sie fort, flog ein Stein durch das Fenster und hintendrein eine brennende Fackel, die auf dem Bett landete.

Selvaggia lehnte noch an der Tür; sie war zu erschrocken, auch nur einen Ton herauszubringen. Ihre kleine Magd aber stieß einen gellenden Schrei aus, worauf die beiden Bewacher, gefolgt von der bestürzten Camilla, wieder umkehrten und Giuseppe dabei halfen, die Bettdecke, die sofort Feuer gefangen hatte, mit Sand zu löschen.

Inzwischen war auch Tribolo mit den übrigen Dienstboten herbeigeeilt. Alle redeten und gestikulierten durcheinander, bevor sie sich darauf einigten, daß die Kranke einen Schutzengel gehabt habe und eigentlich zu beglückwünschen sei. Nur Camilla ließ sich nicht so leicht beruhigen; sie machte sich Vorwürfe, auf Tribolo gehört zu haben, der sie aus irgendwelchen strategischen Gründen in ihr eigenes Zimmer verbannt hatte, mit dem kräftigen Meo als Bewacher.

»Sie hätte verbrennen können, wie Faustina es immer vorausgesagt hat!« wiederholte sie fassungslos.

Selvaggia tröstete ihre Mutter, so gut sie konnte. Sie zitterte zwar selbst noch am ganzen Leib und war so weiß wie ihr Bettlaken, bevor die Fackel es verbrannt hatte, doch als sie sagte: »Jetzt weiß ich doch wenigstens, wie sich das anfühlt, Gewalt«, klang das eher erstaunt als verstört.

Sie verbrachte eine ruhige Nacht im Bett ihrer Mutter, war aber am nächsten Morgen nicht ansprechbar und verweigerte selbst flüssige Nahrung. Um ihre Augen lagen tiefe Schatten, rote Flecken bedeckten die scharf hervortretenden Wangenknochen.

Babbo Luna wurde geholt, um sie noch einmal zu untersuchen, stellte aber nur fest, was alle schon wußten: Selvaggias Feuermal mit seinen bizarr gezackten Rändern war nun so groß wie eine Zitrone, und das Fieber reagierte weder auf Wadenwickel noch auf ein Pulver aus asiatischer Baumrinde oder glimmende Thymianstengel.

»Sie hat einen Schock«, meinte der Apotheker und empfahl, ihr stündlich seine Essenz aus Clematis, Felsenrose und weiteren edlen Blüten auf die Zunge zu träufeln.

»Eure Tochter drückt ihre Gefühle über die Haut aus«, erklärte er Camilla. »Die Haut aber bildet die Grenze des physischen Körpers.«

Er räusperte sich und machte eine Pause, ehe er leise hinzufügte: »Es sieht aus, als wollte Selvaggia diese Grenzen durchbrechen.«

»Was kann ich tun?« Camilla kämpfte nun doch mit den Tränen.

Babbo Luna drückte ihre beiden Hände lange und fest, so wie er es immer tat, wenn er jemandem etwas von seiner Kraft übertragen wollte. »Nichts könnt Ihr tun, nur abwarten. Die nächsten Tage werden die Krise bringen, so oder so.«

Camilla blieb nun ständig bei ihrer Tochter, nachts bewachte sie ihren Schlaf, tagsüber zählte sie ihre Atemzüge und beschwor sie stumm, am Leben zu bleiben. Sie dachte über die wenigen wunderbaren Jahre mit ihr nach, ging in der Erinnerung immer weiter zurück bis zum großen Regen 1478, an dessen Ende sie Selvaggia zur Welt brachte.

Kein anderes Ereignis hatte sie jemals so glücklich gemacht, und es schien ihr erst gestern gewesen zu sein.

Die meisten Menschen führen ein Leben, welches sie in der Stunde ihres Todes ebenso mittelmäßig zurückläßt, wie sie es von Geburt an waren, erkannte Camilla. Selvaggia gehörte nicht dazu. Sie war schon immer etwas Besonderes gewesen, und man mußte schon immer Angst um sie haben. Nur noch ein einziges Mal ließ sie ihre Tochter allein, am Nachmittag, als der Maler sie besuchte. Er machte ihnen die zweite oder dritte Version seines allerersten Porträts zum Geschenk, das »Mädchen mit den verwelkten Blumen«.

Es sei ihm damals um den Kontrast zwischen dem blühenden Gesicht ihrer Tochter und den sterbenden Blüten gegangen, erzählte er Camilla. Dann saß er lange an Selvaggias Bettkante, den Skizzenblock auf den Knien. Die Kranke schlug ihre bläulichen Lider auf und sah über ihn hinweg. In ihren Fieberträumen waren sie ihr so oft erschienen, die scheitelhaarigen, vollbärtigen Ghiribizzoköpfe mit den starrenden Augen, daß sie den lebendigen Maler erst wahrnahm, als er sie ansprach:

»Wir könnten schon morgen mit einer neuen Arbeit beginnen«, sagte er. »Ich habe in Gualfonda ein Flügelgestell gebaut und mit Schwanenfedern beklebt. Wenn du dich dahinterstellst und deine Arme aufstützt, kann ich dich als Engel malen. – Was meinst du dazu? Es ist sehr bequem, du brauchst nur noch gesund zu werden! – Alles, worauf man seine Aufmerksamkeit richtet, wächst ... Also, gib dir ein bißchen Mühe!«

An der Stelle war Camilla hinausgegangen. Ihre innere Stimme sagte ihr, daß die Tochter es so wünschte.

Selvaggia lächelte noch einmal, richtete sogar ein paar Worte an den Maler: »Hat Tommasa Euch mir geschickt?«

»Das auch. Sie läßt dich grüßen und gute Besserung wünschen.«

Ghiribizzo hatte sich über seinen Block gebeugt und zeichnete ein Lächeln, welches wieder ganz anders war als das, was er schon kannte. Selvaggia Salvestrini, dachte er, war wirklich das geborene Malermodell. Nicht einmal eine Krankheit konnte ihren Ausdrucksreichtum mindern.

Ihm und seiner Kunst zuliebe behielt Selvaggia das Lächeln, während sie ihr Leben zum Tode brachte. Das letzte, was sie von dieser Welt sah, war das Gesicht des Mannes, den sie liebte. Seine Hand verewigte ihren Körper auf Papier. Es war jetzt an der Zeit, ihn zu verlassen. Leben? Ein Blick hatte genügt. Er enthielt alles und nichts, wie die Fluchtpunkte auf den Bildern des Malers, wie das Innere einer Spirale aus Kindertagen.

Als Camilla zurückkam, arbeitete Ghiribizzo immer noch. Sein Stift hielt Selvaggias erstarrende Glieder fest, die Zeichensprache ihrer Hände, die Linien des zurückgeworfenen Kopfes. Dann legte er die Skizzen in seine Mappe zu den übrigen. Er wußte nicht, woran dieses junge Mädchen gestorben war, so wie er nicht wußte, wovon sie hätte leben können.

Selvaggia war noch nicht unter der Erde, da bereitete man sich in Florenz auf einen würdigen Empfang des Königs von Frankreich vor, der bereits in Pisa Hof hielt. Dort hatte ihn vor wenigen Tagen Fra Girolamo persönlich aufgesucht und ihm die Leviten gelesen wie sonst nur seinen schreckhaften Schäfchen im Dom.

»Vergeßt nicht, daß Ihr lediglich ein Werkzeug Gottes seid, der Euch zur Reformation seiner Kirche in dieses Land gesandt hat«, herrschte er den abergläubischen Kreuzzügler an. »Der wahre König von Florenz ist Jesus Christus und nicht Ihr! Und solltet Ihr seiner Stadt Schaden zufügen, wird er sich in schrecklicher Weise an Euch rächen!«

Der konsternierte Karl, der nichts auf der Welt so sehr fürchtete wie das Strafgericht des Himmels, gab sein königliches Ehrenwort, die Hauptstadt der Toskana nur als Gast zu betreten, worauf Girolamo die Herren der Signoria anwies, den Eroberern nicht nur die Tore zu öffnen, sondern ganz Florenz herauszuputzen wie zum Karneval.

Als Karl VIII. am 17. November 1494 mit seiner Kavallerie und seinen Schwadronen bei strömendem Regen durch das reichgeschmückte San-Friano-Tor in die Stadt einzog, wurde er von einer festlich gekleideten Bevölkerung mit »Francia! Francia!«-Rufen und Beifall empfangen. Auf allen größeren Straßen waren ihm Triumphbögen errichtet worden, bunte Papiergirlanden und Wappenschilder mit goldenen Lilien schmückten die Läden der Kaufleute. Lilien gehören zu Lilien, so wie Girolamo gesagt hatte.

Im Hause Salvestrini war man heilfroh, daß die Prozession der einstigen Barbaren von Rapallo nur die Via Chiara unweit der Rosenapotheke streifte, um sich dann über den Ponte Trinità zur Innenstadt hinüberzubewegen. In der Via Maggiore mußte niemand Teppiche und Gobelins über die Brüstungen hängen oder die Fenster mit brennenden Kerzen füllen, welche bei der Familie Salvestrini zur Totenwache gebraucht wurden.

Inzwischen waren auch die drei älteren Schwestern mit

ihren Familien eingetroffen, um Abschied von Selvaggia zu nehmen und ihrer Mutter Trost zu spenden. Camilla wußte sich vor Kummer kaum noch zu lassen. Das Leben schien ihre angeborene Leidensbereitschaft mit diesem letzten, größten Verlust nun doch überfordert zu haben. Sie redete viel, aber unsinnig, und weinte bittere Tränen, um die Tribolo sie beneidete. Er konnte wieder nur zusehen, wie die anderen trauerten; selbst da blieb er ein Schmarotzer. Insgeheim bat er voller Groll gegen den Lauf der Dinge und seine eigene Natur darum, daß auch ihn endlich der Schmerz von seiner Leere erlöste, doch der in Jahrzehnten gewachsene Gemütspanzer wollte sich nicht erweichen lassen.

Ende November waren die Franzosen immer noch in der Stadt, und die Florentiner hatten allmählich genug von den selbstherrlichen Gästen mit ihren vierzehntausend Pferden, welche nun auch noch die Straßen bevölkerten und allesamt auf ihre Kosten lebten. Viele Bürger legten sich einen Vorrat aus Wurfgeschossen aller Art an und ließen sie von den Dächern und Balkonen ihrer Häuser aus auf die Soldaten niederprasseln. Unliebsame Zwischenfälle waren mittlerweile an der Tagesordnung. Gleichzeitig sorgten die Polizeispione des immer mächtiger werdenden Girolamo dafür, daß der Alltag in Florenz ungemütlich wurde und anstrengend. Rund um die Uhr überwachten sie jeden, der unter den Medici ein Amt besessen oder Geschäftsverbindungen unterhalten hatte. Nicht einmal das kleinste galante Abenteuer blieb den tausend Spitzelaugen verborgen.

Tribolo, der sich noch nie durch familiäre Probleme von seinen Liebeshändeln hatte abhalten lassen, fand keinen Geschmack mehr am Leben in seiner Heimatstadt. Er empfahl Camilla der Obhut ihrer Töchter und begab sich mit dem Geld seines Vaters auf Reisen. Florenz hatte auch für ihn aufgehört, ein magischer Ort zu sein.

Purgatorio

> Das Feuer hat alles erschaffen,
> im Feuer wird alles enden.
> Der Kampf zwischen Wasser und Feuer ist es,
> der das Universum bewegt.
>
> *Heraklit*

Ziellos hätte er durch die Straßen wandern mögen, wie ein Reisender, der sie zum erstenmal sieht und sich sein Bild machen will. Doch die Ziele ergaben sich von selbst, und die Bilder drängten sich auf, wohin er auch kam; die Reise war weiter nichts als eine Flucht gewesen, deren Endpunkt ihn wieder zum Anfang zurückführte. Die Schlange im Mund der Schlange, vorwärts und rückwärts ein Ewigkeitsmuster.

Zu vertraut war ihm die Stadt; selbst die Luft, die sie atmete, hatte ihren eigenen Geschmack, heutzutage, jederzeit. So fremd er sich auch stellen mochte, nichts konnte ihn mehr in Staunen versetzen. Und wenn er Augen und Ohren verschlösse, würde seine Haut immer noch wiedererkennen, diesen besonderen Vorfrühlingsmorgen etwa, windstill, warm und wie dazu geschaffen, die vierhundertvierzehn Stufen zu Giottos Glockenturm hinaufzusteigen, um den ersten hellen Streifen über den Hügeln im Osten auftauchen und den neuen Tag verkünden zu sehen, bis endlich die aufgehende Sonne alle Reize ins rechte Licht rückte. Wie unschuldig grün dann tief unten der Arno zu sein vorgab, der im Winter so gern die Straßen überschwemmte, und rostbraun das Dächermeer der Häuser, die so dicht in den Ring der Stadtmauer gesät waren, daß sie einander zu berühren schienen. Fabriken und Bankhäuser ließen sich blicken, eine Vielzahl von Klöstern und Kirchen, und mitunter auch Gärten und Ölbäume.

Über allem aber schwebte rosarot die gewaltigste Stadtkrone Italiens, das Wunderwerk der Domkuppel. Hier in Florenz waren die Ahnungen der Mathematiker Stein geworden, bevor man sie hätte berechnen können, die Kugelgestalt der Erde und ihre Einteilung in Meridiane. Vor wenigen Jahren erst hatte der große Christoforo Colombo mit seiner Atlantiküberquerung die Theorie bestätigt. Die Domkuppel aber wölbte sich da schon ein halbes Jahrhundert lang.

Wie hatte er nur vom Campanile auf Colombo kommen können? Pietro Baldassare Tribolo blieb stehen und zauste sich den Bart, wie immer, wenn er seine Gedanken ordnen wollte. Ratten, kaum kleiner als Katzen, huschten ihm um die Füße, demnach litt man wenigstens keinen Hunger derzeit in Florenz. Ekelerregend diese Tiere und gefährlich dazu, so große Exemplare hatte er zuletzt vergangenes Jahr in Siena gesehen, kurz vor Ausbruch der Pest. Was kümmerte ihn jetzt Siena; die größte Freude, die ein Ort den Menschen geben kann, liegt nicht darin, ihn zu sehen, sondern ihn wiederzusehen, hieß es. Bei ihm aber mochte sich die Freude nicht einstellen und auch nicht die Lust auf den Campanile. Bevor die Morgenglocke geläutet wurde, hätte er hinaufsteigen müssen und sie für sich allein gehabt, seine Heimatstadt Florenz, Stadt der roten Lilie und der schwarzweißen Schwalben, die vom Frühjahr an rastlos den Dom umkreisten. Rätselhaft, wann sie ihre Nester bauten, Meister der Gewölbe auch sie, Lehmbaumeister perfekt geformter Halbkugeln.

Die Zeit der Schwalben war noch nicht gekommen, unten in der Stadt schickte man sich gerade an, den Karnevalsdienstag des Jahres 1497 zu beginnen. Früher hatte Florenz vor allem diesen letzten Karnevalstag gefeiert, die Raserei der Maskenbälle noch im Blut und den Vorgeschmack der Fastenzeit auf der Zunge. Vor Jahren wäre es Lorenzos Tag gewesen, er war der ausgelassenste von allen. An der Spitze einer tanzenden Schar sah man ihn durch die Straßen ziehen und lasterhafte Balladen vortragen. Ewig hätte es so weitergehen können. Das Gefühl der Lebenslust hätte sich gewiß noch steigern lassen, doch in dieser Stadt war ja niemals etwas von Dauer.

Gestern wird sein, was morgen gewesen ist. Und heute war der Kapuzenpater Herrscher von Florenz, durfte es eine den Sünden verfallene, aber auserwählte Stadt nennen, daraus er ein himmlisches Jerusalem machen wollte. Ganz Oberitalien hatte Tribolo auf seiner Reise davon sprechen hören.

Kopfschüttelnd verließ er den Domplatz an der Via de Calzaiuoli, die zum Platz der Signoria führte. Bis jetzt waren ihm nur ein paar Nachtschwärmer begegnet, vermummte und maskierte Besucher später Montagsbälle, nun aber, an der Kreuzung der Via del Corso, eilten die Menschen aus allen Richtungen herbei, als gäbe es eines der alljährlichen Straßenrennen zu sehen. Die meisten hatten wenig Schlaf gefunden in der Nacht zuvor. Vor allem in der Pfarrei San Marco hatte man allerlei Geräusche gehört, ein Stakkato schneller Füße auf dem Straßenpflaster, ein Hämmern an Türen, ein Schreien, Schleppen und Räderrollen, und jeder wußte: Fra Girolamos Knabenhorden waren wieder unterwegs, die Häuser der Reichen zu plündern. Sobald dieser Karnevalsdienstag angebrochen war, sollten die früheren Freudenfeste durch die feierliche Verbrennung all des Plunders ersetzt werden, der den Gesellschaften einst ihren Glanz verliehen hatte. Noch war die Sonne nicht aufgegangen, hatte der Glöckner die Morgenglocke nicht geläutet, da war schon die halbe Stadt auf den Beinen. Es galt, sich einen günstigen Platz nahe am Scheiterhaufen zu sichern, denn ein Feuerchen vermochte das Blut fast so schön zu treiben wie die guten alten, nunmehr verpönten Sünden.

Wider Erwarten fand Tribolo den Signorenplatz kaum zur Hälfte gefüllt, zumal die Menschen sich nicht verteilen mochten, sondern ein achteckiges Brettergerüst, das sie Talamo oder Teufelsburg nannten, in möglichst engem Kreis umstanden, als müßten sie aneinander Halt suchen.

Außer Girolamos roten Wachen rannte niemand mehr

hin und her. Die Zeit, die eben noch so gedrängt hatte, hier gehorchte sie anderen Gesetzen. Die Florentiner liebten von jeher die Dekoration, das war ihnen nicht abzugewöhnen; selbst eine Hinrichtung mußte kunstvoll arrangiert sein und auch die Beute der letzten Nacht sorgfältig zur Stufenpyramide aufgebaut werden, in der alles seinen Platz hatte und nichts verrutschen durfte. Dann erst würde man sie anzünden. Bis dahin konnte es noch Stunden dauern. Da Verbrennungen an der Tagesordnung waren, wußte das jeder und vertrieb sich die Zeit auf seine Weise, am liebsten aber durch einen ausgiebigen Schwatz mit dem Nachbarn.

Tribolo hielt sich abseits und sah, seinen venezianischen Dreispitz über der Kapuze tief in die Stirn gezogen, an allen Gesichtern vorbei. Er wollte weder jemanden begrüßen müssen noch selbst begrüßt werden, ein Kunststück in einer Stadt, in der von den oberen Dreitausend jeder jeden kannte.

Eine Weile hatte er sogar mit dem Gedanken gespielt, glattrasiert und kahlgeschoren wie einer jener Mönche oder ihre Anhänger nach Florenz zurückzukehren, und es dann doch wieder verworfen. Alles hatte seine Grenzen. Sein roter kitzelnder Bart, das Entzücken aller Frauen, denen er nähergekommen war, hatte es nicht verdient, geopfert zu werden. Ach, die Frauen ... Was hatten die Eiferer wider die Eitelkeiten aus ihnen gemacht! Da standen sie nun vor ihm, eine wie die andere in einfarbige Kopftücher gehüllt und durch nichts voneinander zu unterscheiden. Wo waren sie geblieben, die hauchdünnen Schleier über botticelliblond getönten Scheiteln, die schimmernden Perlenschnüre in dunklen Flechten, die Gold- und Silberkränzchen über baumelnden Schläfenlocken oder doch wenigstens die hochaufgetürmten Phantasiehüte, die manch einer die Haarpracht ersetzen mußten? Allzu schmucklos für seinen Geschmack wandelte es sich auf dem neuen Pfad der Tugend.

Sein Blick wanderte über die Köpfe hinweg zur strengen

Fassade des Signorenpalastes. Die Stufen schmückte noch immer die Bronzegruppe, die Tribolo früher am Brunnen im Innenhof des Palazzo Medici nicht oft genug bewundern konnte. Unnachahmlich erschien es ihm jedesmal aufs neue, wie es dem Meister Donatello gelungen war, für alle Ewigkeit den Augenblick zu bannen, in welchem die kleine Judith dem mächtigen Holofernes den Kopf abschlägt. Auf ganz natürliche Weise vereinigten sich da Kraft und Kühnheit in der Gestalt der Heldin – weil sie den Beistand des Himmels erfuhr, sagte das Volk –, während den erschlafften Gliedern des Holofernes jede Spannung genommen war und seine Züge von Schlaf und Trunkenheit der letzten Stunden ebenso gezeichnet schienen wie vom Tod. Man mußte kein Kunsthändler sein, um den Wert dieser Arbeit zu erkennen.

»Exemplum salutis publicae cives posuere«, las er, nicht leise genug, denn schon näherte sich etwas hinkend ein kleinwüchsiger Mann, der über große Ohren zu verfügen schien und eine ebensolche Bereitschaft, das Gespräch mit jedwedem zu suchen.

Tribolo musterte ihn verstohlen. Auf wessen Seite mochte dieser Mann stehen? Er trug die typische runde Kopfbedeckung und den langen florentinischen Mantel, demnach konnte er sowohl Aristokrat als auch Bürger sein. Unter dem Mantel schien er einen leichten Buckel zu verbergen, während die Kappe auf seinen langen wirren Locken ständig zu verrutschen drohte. Der Mann konnte höchstens in Tribolos Alter sein, wenn man sich durch seine hohlen Wangen und die tiefliegenden Augen nicht täuschen ließ. Er war schwer einzuschätzen, undurchdringlich auch seine Miene, bar jeder Gemütsbewegung.

»Ihr seid wohl ein Fremder? Oder darf man Euren Dreispitz für eine Karnevalsmaskerade halten?« erkundigte er sich jetzt.

Tribolo antwortete nicht, doch so schnell gab der Mann nicht auf.

»Ist es nicht absurd?« Er zeigte hinüber zum Signorenpalast. »Einst wurden drüben in den Verliesen Löwen gehalten, die man in Krisenzeiten sorgsam beobachtete, um aus ihrem Verhalten das Schicksal des Staates zu deuten. Nun ja ... Heute begegnet man Krisen auf andere Weise, ob allerdings vernünftiger, wage ich zu bezweifeln.

Wie Ihr von außen kaum erkennen werdet, hat sich unsere Signoria von Cronaca, dem alten Schrapper, im ersten Stockwerk des Palazzo einen riesigen neuen Saal errichten lassen, damit fünfhundert Mitglieder gleichzeitig dort tagen können. Stellt Euch nur den Spektakel vor!« Er spuckte verächtlich auf das Pflaster zu seinen Füßen. »Aus der Wiederherstellung der Republik ist eine Massenbewegung geworden, von der Kanzel aus in Gang gesetzt durch einen luziferischen Heiligen oder heiligen Luzifer, ganz wie Ihr wollt. Dreitausend – drei mal tausend! – Personen sollen dem Großen Rat nun angehören, wahrlich grandiose Voraussetzungen für die Regierbarkeit einer Stadt!« Er deutete auf das Verbrennungsgerüst in der Mitte des Platzes, während er hinzufügte: »Wie dazu geschaffen, sich von Weltfremdheit und geistiger Umnachtung beherrschen zu lassen.«

Die letzten Worte hatte der Mann zwar nur so vor sich hin gemurmelt, doch Tribolo stockte der Atem, und er hätte die Unterhaltung gerne beendet, bevor es zu spät war, wurde aber jetzt wie mit Eisenkrallen am Ärmel gepackt und zurückgehalten.

»Seid unbesorgt, es ist weder Leichtsinn noch Verrat, was mich zum Reden treibt!«

»Was ist es dann?« stieß Tribolo hervor. »Warum verschwendet Ihr Eure Worte ausgerechnet an mich, einen Wildfremden?«

»Weil Ihr womöglich so fremd nicht seid, wie Ihr vorgebt ...«

Noch ehe Tribolo protestieren konnte, ging der Redefluß weiter:

»Wenn aber doch, solltet Ihr anderen Orts von dem Stimmungswechsel berichten, der hier in der Luft liegt! Die Konjunktion von Jupiter und Saturn wird uns bis zum Jahre 1500 noch große Umwälzungen bringen. Fra Girolamos Stern sinkt bereits unaufhaltsam, seitdem seine Voraussagen immer weniger zutreffen. – Denkt nur an den Kriegsausbruch mit Pisa! ›Diese Wolke wird bald verschwinden, und der Regen wird woanders niedergehen. Dafür setzte ich meine Kutte zum Pfand‹, hatte die Donnerstimme unseres Propheten verkündet. Und was ist daraus geworden? Der Krieg dauert ungeachtet der Pest in Pisa nun schon zwei Jahre, und ein Ende ist nicht abzusehen. Die Ereignisse haben Girolamo Lügen gestraft. Zu Pisa hat man unser Machtsymbol, den Marmorlöwen, von seinem Sockel gestürzt und in den Arno geworfen. Unsere Truppen und ihre Befehlshaber mußten sich zurückziehen. Das sind Dinge, die die Florentiner ihrem Mönchlein nicht verzeihen. Eines nicht mehr fernen Tages wird das Volk der ständigen Klagen, der Drohungen und Gesichte überdrüssig sein, es wird die Feuerprobe zum Beweis von Girolamos Lauterkeit verlangen.«

Der Mund des Mannes kam immer näher, und Tribolo wich unwillkürlich zurück. Er hatte es von jeher verabscheut, fremder Menschen Atem mit dem seinen aufzunehmen. »Die Feuerprobe?« wiederholte er, indem er den Kopf zur Seite wandte, als müsse er darüber nachdenken.

»Ja!« zischte der andere ihm zu, und seine Augen flackerten. »Die frühere Form des Gottesurteils, gewiß werdet Ihr sie kennen. Scharlatan oder Heiliger, spätestens da wird es sich zeigen. Nur dem Unschuldigen, sagt man, kann es gelingen, auf einem schmalen Steg zwischen zwei Feuern hindurchzulaufen und unversehrt zu bleiben.«

»Alter heidnischer Aberglaube«, entgegnete Tribolo. »Fra Girolamo wäre von allen guten Geistern verlassen, wenn er darauf einginge. Er wird sich weigern.«

»Das wäre sein sicheres Ende«, orakelte die Flüsterstimme. Heiß traf der Hauch Tribolos Ohr, stoßweise kamen die Worte: »Jede Nacht steht es mir vor Augen, ganz gleich, ob ich wache oder träume, das Bild einer großen schweigenden Menschenmenge, die sich hier auf dem Signorenplatz versammelt, um Abschied zu nehmen vom einst so vergötterten Mönch. Alle haben es vernommen: Girolamo wurde zum Ketzer und Volksverräter erklärt, nachdem er seinen himmlischen Auftrag unter tagelangen schweren Folterungen widerrufen hatte. Die Feuerprobe, der sich statt seiner ein Mitbruder unterziehen wollte, war buchstäblich ins Wasser gefallen, durch einen Wolkenbruch, wie er nur mittels Hexerei zustande kommen konnte, hieß es. Und die Rufe nach dem Kopf des Mönches wurden lauter als zuvor. Tod durch Erhängen, sodann Verbrennung auf dem Scheiterhaufen, lautete schließlich das Urteil.

Im Morgengrauen irgendeines Tages, der dem heutigen gleichen mag oder auch nicht, hat man von der Terrasse des Palazzo bis zur Mitte des Platzes einen Holzsteg gebaut, eine Brücke zwischen Leben und Tod sozusagen. Der Steg endet in einem ringförmigen Podest, darin Stroh und ölgetränkte Holzscheite um ein Hochkreuz gruppiert und, vom Podest aus daran angelehnt, eine lange Leiter. Oben auf der Leiter der Henker, der unter allerlei Faxen seine Schlinge knüpft. Endlich kommt Bewegung ins Bild: Ganz in Weiß gekleidet und mit klirrenden Ketten schleppt sich unser Heiliger über den Steg zum Podeste hin. Überaus langsam, immer noch auf ein Wunder hoffend, steigt er die Leiter hinauf bis zur letzten Sprosse. Doch das Wunder bleibt aus. Während der Henker ihm in der Höhe die Schlinge um den Hals legt, wird unten auf dem Boden das Feuer angezündet.«

Die Geschichte entwickelte sich so recht nach seinem Geschmack. Tribolo, dem ein Schauer über den Rücken lief, begann die Hirngespinste seines seltsamen Gesprächspartners zu genießen.

»Ihr gehört wohl selbst zu den Visionären und Phantasten«, spottete er. »Solch ausgeprägtes Vorstellungsvermögen findet sich selten unter gewöhnlichen Menschen. Ich spüre immerhin, daß etwas daran sein könnte, an dem, was Ihr sagt.«

Zum erstenmal verzogen sich die Lippen des Mannes zu einem dünnen Lächeln. »Hört nur weiter, die Details ändern sich nie«, sagte er. »Der zuckende Körper, der hoch oben hin- und herschwingt, die Flammen, welche die gefesselten Glieder umspielen, das weiße Totenhemd, nunmehr purpurrot gefärbt ... Und ganz zum Schluß soll auch das Volk noch sein gewünschtes Zeichen bekommen!«

Tribolo wehrte ab: »Nicht doch, verderbt Eure Geschichte nicht! Das wäre zuviel des Guten!«

»Ich kann es euch zuliebe nicht mildern. Geht hin, wenn es soweit ist, und überzeugt Euch mit eigenen Augen: Während er verbrennt, wird der erhängte Pater den rechten Arm heben, um sein Volk, das ihm helfen sollte, den Gottesstaat auf Erden zu verwirklichen, ein letztes Mal zu segnen. Und jeder, der diesen Segen empfangen hat, wird sich zeit seines Lebens schuldig fühlen, und diese Schuld wird auf ihm lasten wie ein Fluch!«

»Ah ja!« kommentierte Tribolo, nicht ohne Ironie, obwohl ihm kaum mehr danach zumute war. »Und wann soll das alles stattfinden? Ich meine, ein solches Schauspiel würde ich mir in der Tat nicht entgehen lassen.«

Der Mann hob bedauernd seine Hände und ließ sie wieder sinken.

»Wenn die Verbrennung der Eitelkeiten nicht mehr ausreicht, das Blut des Volkes in Wallung zu bringen. Lange kann es nicht mehr dauern«, sagte er. Dann tippte er Tribolo kurz auf die Schulter und wandte sich zum Gehen.

»So wartet doch!« rief Tribolo, der zu gern gewußt hätte, welcher Teufel ihm den Unbekannten hergeschickt hatte, sofern er nicht selbst einer war und außer dem Buckel noch einen Pferdefuß unter seinem Mantel verbarg.

Der Mann aber beachtete ihn nicht mehr; er tauchte in der Menge unter wie ein Schatten.

Tribolo beschloß, seine Vorsicht für eine Weile zu vergessen. Viel wichtiger erschien es ihm nun, sich unter das Volk zu mischen und herauszufinden, wie die Stimmung wirklich war. Inzwischen hatten die roten Wachen allerlei gewichtige Gegenstände, darunter dickleibige Folianten, in Leder gebunden, und kostbare Pergamentdrucke, wie Tribolo sie früher oft im Laden des Vespasiano für Lorenzo ausgesucht hatte, zum Fundament der Pyramide zusammengetragen. Die unsterbliche Kultur einer Epoche sollte hier ihr jähes Ende finden.

Glücklicherweise hatte der Zuschauerkreis sich etwas erweitert; man mußte nicht mehr so gedrängt stehen, um den Aufbau der zweiten Stufe mitzuverfolgen. Einige hatten sich sogar auf dem gepflasterten Platz niedergelassen und untersuchten nun ihre mitgebrachten Frühstückskörbe. Kostenlose Vergnügen wie eine öffentliche Verbrennung schienen den Appetit ungemein zu fördern, allein der Flammentod eines Gehängten hätte den Genuß noch steigern können.

Tribolo hockte sich hinter zwei einfache Leute, die aussahen wie Mann und Frau. Sie unterhielten sich in größerer Lautstärke als rundum üblich, da sie dabei mit vollen Backen kauten.

»Die Predigt am letzten Sonntag im Dom, Anna, die hättest du nicht versäumen dürfen«, tönte gerade der Mann.

»Hatte genug damit zu tun, zum Karneval frisches Manuschristi zu machen, dein Lieblingskonfekt«, nuschelte die Frau. »Du weißt ja, man muß den Teig stundenlang kneten, wenn er gelingen soll …«

»… und dabei unentwegt Zaubersprüche brabbeln«, unterbrach sie ihr Mann. »Könnte mir denken, daß dies auch nicht gerade im Sinne unseres Predigers ist.«

Signora Anna spuckte durch ihre Zahnlücken Melonenkerne aus, die am Mantelsaum ihres Vordermannes klebenblieben.

»Auch der Pater wird nicht ganz ohne Hokuspokus auskommen«, meinte sie. »Was hat er denn nun gesagt, vorgestern in der Sonntagsmesse?«

Der Mann kratzte sich ausgiebig mit einem abgenagten Hühnerschenkel das ölverschmierte Kinn, bevor es ihm wieder einfiel:

»Der Zorn des Paters war gewaltig, Anna, einen Jahrhundertzorn könnte man's nennen. Diesmal traf er vor allem die Dirnen, die ihre vergänglichen Reize zur Schau stellten und ein Vermögen dafür ausgäben, ihre Haut in Eselsmilch zu baden und sich die Haare bunt zu färben. ›Fleischklumpen mit Augen‹ nannte er solche Frauenzimmer.«

Anna kicherte verständnisvoll. »Kein richtiger Heiliger hat viel übrig für Fleisch. Unser Pater soll ja auch ein ganz Genügsamer sein, einer von den mageren Grasfressern. Die meisten Metzger in der Stadt sind schon ruiniert, seitdem er gepredigt hat, daß Fleischessen Sünde ist.«

»Jetzt sprichst du aber von einer anderen Fleischeslust, Anna, und bringst alles durcheinander«, tadelte ihr Mann. »Fra Girolamo will die Bordelle in der Via dei Preti schließen lassen und alle Dirnen aus Florenz vertreiben.«

Anna nahm einen kräftigen Schluck aus der Rotweinflasche, dann fuhr sie sich energisch mit dem Ärmel über den Mund.

»Wenn schon, Mariotto, uns trifft's beide nicht mehr«, stellte sie fest.

»Auch die Männer kriegten ihr Fett ab«, wußte Mariotto weiter zu berichten, »die Glücksspieler und Geldverleiher. Nicht einmal die Geistlichkeit hat der Frater geschont, hat gegen ›die Hure, die sich Kirche nennt‹, gewettert, gegen die Herren Kardinäle mit ihren Reitställen, ihren Konkubinen und Lustknaben und sogar gegen die geilen vatikanischen Prälaten.«

»Das Lied ist alt, man wird es leid!« sagte Anna ungerührt. Sie nahm zwei Stückchen Manuschristi zwischen Daumen und Zeigefinger und malte damit ein Kreuz in die

Luft, einem Priester gleich, der seinen Segen mit geweihten Hostien austeilt. Erst schob sie ihrem Ehemann eins in den Mund, dann sich selbst. Sie tat das in aller Unschuld, ohne sich der Gotteslästerung, die man ihr hätte vorwerfen können, bewußt zu sein. Nun ja, wenn schon die geistlichen Autoritäten selbst ihre Kirche vor aller Welt durch den Schmutz zogen …

»Vielleicht hätten wir wirklich Grund, dankbar zu sein«, gab der brave Mariotto zu bedenken. »In der Stunde der Gefahr, als der Franzose unsere Stadt besetzte, sind wir allesamt jammernd zum Pater nach San Marco gelaufen, doch kaum hatte er die Gefahr von uns abgewendet, haben wir ihn und unsere Angst vergessen.«

»Dazu ist die Angst ja auch da«, sagte Anna. »Schließlich feiern wir Karneval.«

»Der Karneval hat ihn besonders wild gemacht«, entsann sich Mariotto. »Die Vorstellung, daß es immer noch Menschen gibt, die viele Stunden damit beschäftigt sind, lasterhafte Vergnügungen vorzubereiten, ließ ihn in bittere Klagen ausbrechen. Wir Florentiner aber, meinte er dann, hätten den lärmenden Lustbarkeiten der tollen Tage gottlob abgeschworen. Statt satanischer Feste würden wir fromme Feiern veranstalten und statt des Aufzugs von Karnevalswagen, Possenreißern und Menschen in unsittlichen Kostümen der ganzen Welt ein Schauspiel wahrer christlicher Fröhlichkeit bieten.«

Auf die christliche Fröhlichkeit trank Anna gerne noch einen Schluck. »Wenn der heilige Mönch wüßte, daß du mich von dort weggeholt hast, wo jede Frau exkommuniziert wird«, scherzte sie.

Tribolo schmunzelte. Was für prachtvolle Schäfchen Fra Girolamo mitunter in seiner Herde hatte! Die freimütige Anna schien doch wahrhaftig zu jenen Dirnen mit schöner Seele zu gehören, die einen zum Tode Verurteilten zur Ehe begehrt und ihm damit das Leben gerettet hatten. ›Bordellbesen‹ nannte der Volksmund diese Damen, die so selten gar nicht waren. Der Himmel mochte wissen, aus welchem Gefangenenverlies der Besen Anna sich den Ehemann herausgekehrt hatte und welcher Verbrechen ihr Mariotto einst angeklagt war. Wenn man ihn so reden hörte, schien er eine durch und durch ehrliche Haut zu sein, hatte auch keineswegs eine Gaunervisage. Aber welcher Gauner hatte die schon.

Immerhin brauchte man seine Zunge wohl nicht mehr so zu hüten im heimatlichen Florenz. Vor drei Jahren wäre es noch völlig unmöglich gewesen, ein Gespräch wie das dieser beiden Wanderer aus dem Schattenreich zur bürgerlichen Existenz zu belauschen. Tribolo stand auf, um sich die erlahmten Beine zu vertreten. Sein Magen knurrte heftig, und er hätte liebend gerne etwas von Annas mächtigem Manuschristi gekostet, doch um in den Genuß zu kommen, wäre ein Mindestmaß an Konversation mit dem wackeren Pärchen nötig gewesen, und dazu war er nicht aufgelegt.

Die Eitelkeiten in der Mitte des Platzes nahmen allmählich Formen an; die Teufelsburg wuchs und wuchs.

Da wurden Schachbretter und Tricktrackspiele aufgebahrt, Musikinstrumente, venezianische Spiegel und immer wieder Stapel wertvoller Bücher. Tribolo schob sich weiter nach vorn, um wenigstens die wichtigsten Titel zu entziffern. Er konnte kaum fassen, was er sah: die Lieblingsdichter einer ganzen Nation sollten heute zu Florenz den Flammentod sterben! Boccaccio mit seinen frivolen Novellen ebensooft wie Petrarcas keusche Sonette, etwas seltener dagegen der »Morgante Maggiore« von Pulci, dem Ketzer, welchem man schon vor zehn Jahren ein Grab in geweihter Erde verweigert hatte. Tribolo fühlte sich dem egoistischen Riesen Margutte, Vorbild seiner Jugendjahre, auch heute noch nah. Nun sollte der also mitsamt seinen Lastern und Machenschaften ausgemerzt werden ...

»Bücher könnten böse und anstößige Gedanken wecken«,

hatte es nicht umsonst von der Kanzel geheißen, wieder und wieder. Dies war der Erfolg. Blieb nur zu hoffen, daß von allen zeitgenössischen Werken jeweils einige Exemplare gerettet wurden, damit sie der Welt nicht ganz verlorengingen. Eine durch die rasche Entwicklung des Buchdrucks, vor allem in Venedig, nicht ganz unberechtigte Hoffnung, tröstete sich Tribolo.

Was die Häuser der Pfarrei San Marco zu bieten hatten, füllte bereits zwei ganze Stufen in der Pyramide. Es folgten die Liederbücher und Noten, die Zauberzettel voll heidnischer Beschwörungsformeln, die Medaillons und Miniaturen – mit Mätressenporträts und Schäferszenen vermutlich.

Tribolo drängte sich jetzt ganz nach vorne in die erste Reihe, die Fragmente fremder Leben aus nächster Nähe in Augenschein zu nehmen. Soeben kamen diverse Manneszierden wie Tabakpfeifen, falsche Bärte und Gürtelschnallen aus den Sammelsäcken in die Teufelsburg geflogen, ihnen nach die Masken, Larven, Karnevalsartikel; und zu guter Letzt wurde die weibliche Schönheit ein für allemal ihrer Mittel beraubt. Wie in einer Pfarrprozession marschierten Girolamos weißgewandete Jünglinge auf und brachten wem, wenn nicht der Göttin des Gestankes, parfümierte Damenhandschuhe und duftende Schönheitswasser dar, überdies Haarfärbemittel, Kämme aus Elfenbein sowie den berühmten zyprischen Puder für die Göttin der Häßlichkeit. Und gewiß konnte es so mancher Flammenengel aus dem Fegefeuer kaum erwarten, sich das Haupt mit den Perücken aus weißer und gelber Seide zu kühlen, welche einer der Pagen so behutsam auf seinen Armen trug, als wären es neugeborene Osterlämmchen.

»Erübrigt sich da nicht jede Klage über die Jugend in dieser Stadt?« versuchte Tribolo einen alten Mann zu seiner Linken zu provozieren. »Können wir nicht stolz sein auf unsere emsigen Knaben? Ganze Arbeit haben sie geleistet, und das nicht nur in dieser Nacht.«

»Für wie einfältig haltet Ihr mich, werter Herr?« gab der

Alte zurück. »Glaubt Ihr, wenn die besten Jahre vorüber sind, würde es einem entgehen, was ringsum geschieht? Oder wollt Ihr mich nur aushorchen, weil Ihr selbst noch keine Plünderung erdulden mußtet?« Er führte seine Hand zum Mund und nahm in aller Ruhe sein künstliches Gebiß aus Haifischzähnen heraus. Nachdem er es eine Weile von allen Seiten betrachtet hatte, setzte er es wieder ein. »Was auch immer Ihr von mir erwartet«, sprach er nun in größerer Deutlichkeit, »ich verrate wohl kein Geheimnis, wenn ich Euch sage, daß man den halbwüchsigen Knaben längst erwachsene Begleiter zur Verstärkung mitgibt, denn die meisten Hausdurchsuchungen lassen sich nur noch mit Gewalt durchführen. Immerhin wurde unsere Stadtwache kürzlich angewiesen, keinen Bürger mehr zu verhaften, der es gewagt hat, sich den heiligen Milizen zu widersetzen.«

»Was Ihr nicht sagt!« meinte Tribolo etwas verlegen, weil er das Alter wieder einmal unterschätzt hatte.

»Sich der Gewalt zu widersetzen ist nur ratsam, wenn man nicht der einzige starke Mann im Haushalt seiner Herrschaften ist«, mischte sich ein anderer, keineswegs starker Mann mit den typischen Gebärden des langjährigen Dienstboten in das Gespräch.

Tribolo mußte nicht lange bitten, damit er ausführlicher wurde: Seine Herrschaft, welche nach einer Reihe von Schicksalsschlägen nur noch aus einer kränkelnden Dame bestand, deren Geist seit dem Mord an ihrem Gemahl und dem unerwarteten Tod der jüngsten Tochter ein wenig verwirrt war, besaß ein ansehnliches Haus in der Via Maggiore, drüben in San Spirito. Trotz des desolaten Seelenzustandes der Signora hatte man durchaus Vorkehrungen getroffen, die angekündigten Plünderungen ohne allzu große Verluste zu überstehen. Die älteste Tochter war samt Ehemann aus Mailand herbeigeeilt und hatte geholfen, Wertgegenstände an sicherem Ort zu verstecken oder im Garten zu vergraben. Toilettenartikel und abgelegte Sonntagsgarderobe waren in Körbe verpackt worden, die man den Räubern im Namen der ewigen Seligkeit, nebst ein paar Gulden für die Armen, überreichen wollte, welchen die Herrin ohnehin ihr Leben lang Trost und Almosen gespendet hatte. Ferner durften die beiden Mägde abendelang vor der Haustür stehen und schwatzen, damit sie den Beginn der Plünderungen rechtzeitig erfuhren. Doch als es dann soweit war, drangen acht Burschen auf einmal in das Haus ein, stießen die Dienstboten zur Seite und durchwühlten die Truhen und Schatullen in sämtlichen Räumen. Kein Schmuckstück, kein Tuchballen, kein einziges Gemälde entging ihren gierigen Händen. »Ja, nicht einmal die Tagebücher der verstorbenen Signorina«, schloß der Diener mit brüchiger Stimme, immer noch vor Empörung zitternd.

»Giuseppe?« fragte Tribolo so leise, daß nur der ihn verstehen konnte.

»Ja, Herr, so ist mein Name, und ich stehe seit über zehn Jahren im Dienst der Salvestrini«, flüsterte der Mann zurück. Auch er mußte Tribolo längst erkannt haben, behielt es aber für sich, der Gute.

Tribolo nahm ihn auf die Seite. »Wo sind die Sachen der Salvestrini? Läßt sich noch etwas davon retten?«

Giuseppe schüttelte den Kopf. »Sie haben alles dem Scheiterhaufen übergeben, Herr. Es müssen ja nur noch die beiden obersten Etagen gefüllt werden, und die sind für die Gemälde vorgesehen. Da wird wohl noch einiges aus der Familie dazukommen.«

»Auch Porträts von Selvaggia?«

Das Blut stockte Tribolo in den Adern, als er an das Bildnis der barbusigen Selvaggia dachte, das er niemals wiedergesehen hatte.

»Ja, auch. Das mit den verwelkten Blumen, von dem alle sagten, es sei das schönste.«

»Das werde ich nicht zulassen!« rief Tribolo so laut, daß viele ihre Köpfe zu ihm wandten.

»Was wollt Ihr tun, Herr? Wollt Ihr Euch schlagen?«

»Nicht doch, Giuseppe, das macht man anders heutzutage

in einem Gottesstaat wie diesem. Ich werde um das ganze Teufelszeug hier feilschen wie weiland die biblischen Händler im Tempel von Jerusalem!« Schon stürmte er los, quer über den Platz bis zu dem Handkarren, an dem sich die meisten Burschen zu schaffen machten.

Noch lagen die Bilderberge unter Tüchern verborgen, doch einer der Knaben schickte sich gerade an, den Gipfel zu enthüllen, während ein anderer dies zu verhindern versuchte.

»Es befinden sich Gemälde nackter Körper dabei, männlicher und weiblicher. Eine Sünde, sie der Öffentlichkeit zu zeigen«, ereiferte er sich.

»Im Gegenteil, jeder soll sehen, was die Leute Schändliches in ihren Häusern horten«, widersprach der erste. »Wozu sollte es sonst wohl verbrannt werden!«

»Recht so!« unterstützte ihn Tribolo und riß die Tücher mit einem Ruck herunter. Er brauchte nur die obersten Schichten der Gemälde abzutragen und verdutzten Handlangern in die Arme zu drücken und fand auch schon, was er suchte:

Das »Bildnis der Selvaggia S.«, welches der Maler ihr zum Geschenk machte, als sie keines mehr brauchte.

Hier, vor aller Augen, ist sie wiederauferstanden, in der ganzen Unangefochtenheit ihrer sechzehn Jahre, sich leicht aus dem Bilde beugend und gleichzeitig am Betrachter vorbei in Bereiche blickend, zu denen er keinen Zugang hat. Er nicht und auch der Maler nicht, Claudio Ghiribizzo, der dritte in der Geschichte. Keines seiner Porträts hatte er häufiger ändern müssen. Das lag allein an den Blumen. Er hatte dem jungen Mädchen einen Strauß schattenkranker Blüten in die Arme gelegt und sah nun die ganze Pracht dahinwelken, während er sie malte. Seine Langsamkeit hatte etwas Lebensfeindliches. Weder ihm noch Selvaggia wäre es in den Sinn gekommen, daß die Zeit nicht stillstand, wenn sie zusammen waren. Viel Zeit und keinerlei Eile. Vollkommene Ruhe suggeriert Ghiribizzos auf den Oberkörper reduzierte

Mädchengestalt, doch Tribolo wußte es damals schon besser. Auf sein Gespür für verborgene Spannungen kann er sich verlassen. Unter jeder allzu glatten Oberfläche wittert er die Untiefen, fühlt die Kühle der Haut und darunter einen Schwelbrand, von dem die Haut nichts ahnt.

Was hatte der Maler davon begriffen? Daß ein dunkler Hintergrund die Transparenz der Haut zu steigern vermag; mehr sicher nicht. Was wußte er von Selvaggias Phantasie, die alle Andeutungen über mögliche Spielarten des Lebens nachempfinden und verlängern konnte, so die Wirklichkeit ihr etwas schuldig blieb. Doch als die Phantasie sich erschöpft hatte, fiel ihm, Tribolo, zu, was dem Maler bestimmt war. Ein halber Sieg nur, gewiß, aber ein gerechter. Wer, wenn nicht Tribolo, unter dessen Blicken sie der Kindheit entwachsen war, hätte das Recht gehabt, Geheimes ans Licht zu zerren, zu erfahren, wozu man sie fähig machen konnte, Selvaggia, die Wilde ...? Doch er hatte sich getäuscht. Sie ließ sich nicht aufbrechen wie eine Frucht und ihres Kerns berauben. Nicht aus sich selbst herausreißen und neu wieder zusammensetzen. Von niemandem.

Inzwischen hatten die Knaben sich so weit gefaßt, daß einer von ihnen zu den Stadtbeamten, die von der Seite der Loggia della Signoria aus das Treiben verfolgten, eilen konnte, um zu melden, da sei ein fremder Herr, aus Venedig vermutlich, der den Aufbau der letzten Abteilung behindere, indem er seit geraumer Zeit das Bildnis eines jungen Mädchens betrachte, welches er sich zuvor eigenmächtig angeeignet hatte, das Bildnis, wohlgemerkt. Der Knabe fand nicht nur Verständnis für seine Lage, sondern noch dazu einen beherzten Staatsdiener, der sich nicht scheute, jedweden Störenfried zur Rede zu stellen. Es war ein kräftiger, untersetzter Mann, der da festen Schrittes auf Tribolo zusteuerte.

»Es ist alles konfisziert!« rief er schon von weitem und wiederholte es mehrmals, als habe er soeben sein Lieblingswort entdeckt.

So wie er sahen echte Männer des Volkes aus, Ölhändler, Schenkenwirt oder Speckkrämer hätte er sein können, mit Händen, die zuzupacken verstanden, wenn es sein mußte, auch jetzt.

Tribolo hatte ihn nur eines kurzen Blickes gewürdigt und sich gleich wieder dem Bildnis zugewandt. »Es gibt nichts auf der Welt, das sich nicht ändern ließe«, sagte er dann.

»Wie darf ich das verstehen?« fragte der Volksvertreter und setzte nach einer Pause hinzu: »Beeilt Euch mit Eurer Antwort und trennt Euch von dem Gemälde, damit die Verbrennung der Eitelkeiten nicht länger hinausgezögert wird.«

Tribolo ließ das Bild sinken, gab es aber nicht aus der Hand.

»Die Verbrennung der Eitelkeiten wird nicht stattfinden, so dürft Ihr das verstehen«, sagte er mit so viel Überheblichkeit, wie er sie kleinen Leuten gegenüber für angemessen hielt. »Ich biete zehntausend Golddukaten für den gesamten Inhalt der Pyramide, einschließlich aller beschlagnahmten Gemälde. Geht und informiert die Herren der Signoria!«

Gehorsam drehte sich der Ölhändler, Schenkenwirt oder Speckkrämer um und lief mit der immer wieder verblüffenden Behendigkeit subalterner Dicker zur Loggia zurück. Dort sah man ihn eine Weile mit einem halben Dutzend weiterer Volksvertreter reden und gestikulieren, bevor er einen der roten Wächter herbeiwinkte und dem Tribolo schickte, der sich, gelassen an den Bilderberg gelehnt, immer noch in seinen Betrachtungen über Selvaggia erging.

»Die Signoria bittet Euch, herüberzukommen, das heißt, sie befiehlt es Euch«, stotterte der Rote.

»Ist das eine Verhaftung, Herr?« Das war wieder der Diener Giuseppe, der die Gruppe am Gemäldekarren die ganze Zeit umschlichen hatte, mal in engen, mal in weiten Kreisen, immer bereit, notfalls die Flucht zu ergreifen.

Tribolo lachte laut und schlug Giuseppe freundschaftlich

auf die Schulter. »Keine Verhaftung, mein Alter, nur eine Aufforderung zum Tanz.«

Die Herren der Signoria hatten ihre Amtsmienen aufgesetzt und kamen gleich zur Sache. Zehntausend Gulden für den überflüssigen Plunder fremder Leute. Was er damit wolle?

Es sei eine Marotte von ihm, Überflüssiges zu sammeln, sagte Tribolo. Er musterte die Gesichter der Beamten, eines kam ihm bekannt vor, aber es wollte ihm nicht einfallen, woher. Jedenfalls hatten ihn ähnlich verkniffene Züge irgendwann schon einmal gestört.

Dieses hier sei keine Sammlerbörse, sondern eine religiöse Zeremonie, wurde er belehrt. Woher er überhaupt komme?

Aus Venedig.

Dort gebürtig?

Nein.

Sondern?

In Florenz.

Aha! Ob es ihm gefallen hätte in dem vergoldeten Schmuckkästchen an der Lagune? Ob es etwas zu berichten gäbe?

Nein, Venedig sei eine Stadt des politischen Schweigens.

»Eine Stadt des politischen Stillstandes«, wurde er korrigiert.

»Nicht unbedingt.« Tribolo scheute sich nicht, den hohen Herren zu widersprechen. Eine Wertung der venezianischen Geschichte möge man getrost der Nachwelt überlassen. Im übrigen wäre eine historische Atempause zwischen bereits vergangenen und noch bevorstehenden Turbulenzen so mancher Stadt nur zu empfehlen. Aber das nur nebenbei. – In Venedig geschähen jeden Tag tausend Dinge, und das hätte ihm in der Tat gefallen.

Zum Beispiel?

Oh, die Festumzüge zu Wasser, zum Beispiel. Ein einzigartiges Bild: An der Spitze blitzten die goldenen Galerien des mehrstöckigen Buccintoro, auf dem der Doge jedes Jahr hinausfährt, um sich mit dem Meer zu vermählen. Im Kielwasser des Buccintoro zahllose kleine Schiffe, mit Gobelins und Girlanden kunstvoll geschmückt. Schwärme von Barken, an Bord apart kostümierte Jugend, darüber bewegliche Göttergestalten auf Schwebemaschinen. Die ganze Luft angefüllt mit Gesang, Wohlgerüchen und dem Flattern goldbestickter Fahnen. Ferner eine Ruderregatta nur für Mädchen, fünfzig starke junge Weiber, vor Wetteifer glühend ...

Er möge schweigen, seine Bilder paßten ganz und gar nicht zum Ernst dieser Stunde. Venedig werde den Preis für seine Sinnenfreude, seinen sittlichen Verfall, besser gesagt, schon noch zu zahlen haben. Woher das viele Geld stamme, mit dem er öffentlich renommiere, etwa auch von dort?

»Sind die Spielbuden in Venedig immer noch nicht geschlossen, Tribolo?« rief plötzlich die scharfe Stimme des Mannes mit den unangenehmen Zügen.

Daraufhin entstand eine gewisse Unruhe unter den Ratsherren, Köpfe wurden geschüttelt und nickten wieder, tuschelten miteinander, dann ergriff der Verkniffene erneut das Wort.

»Ihr seid doch Tribolo, der sein halbes Leben in den Spielbuden des Mercato Vecchio verbracht hat, Tribolo, der Kunsthändler und Medici-Agent? Oder?«

»Kaum«, antwortete der, ohne zu zögern. Er gehörte nicht zu denen, die man mit Tatsachen in Verlegenheit bringen konnte. »Wer eine Stadt für Jahre verlassen hat, kommt niemals als der zurück, der er einmal war.«

»Keine Spitzfindigkeiten, Tribolo! Wenn Ihr Euch wieder hierher traut, sind womöglich auch Eure Auftraggeber nicht weit. Die Medici kehren nach jeder Vertreibung zurück.«

»Ich habe nichts mehr mit ihnen zu schaffen«, erklärte Tribolo.

»Könnt Ihr das beschwören?«

»Allerdings. Würde ich Euch sonst eine Summe anbieten,

die Euch und Eurem Herrscher behilflich sein kann, die neuen Machtverhältnisse zu stabilisieren?«

Wieder wurde gemeinsam beraten. Tribolo verstand: »selbst Lorenzo vor seinem Tod«, »Bekehrte wie er« und »auf die Probe stellen«. Während alle anderen wohlwollend ihre Häupter wiegten, schien Tribolos Bekannter keineswegs überzeugt. »Was interessieren einen wie Euch die neuen Machtverhältnisse? Geht es Euch, aus welchen Gründen auch immer, nicht vielmehr um das Bildnis einer gewissen Selvaggia Salvestrini, gemalt vom Wirrkopf Ghiribizzo?« fragte er in schamloser Direktheit.

Dieser Mensch mußte ihn besser kennen, als Tribolo lieb sein konnte. Jetzt galt es erst recht, mit Kalkül zu antworten.

»Eure Worte scheinen mir von überholtem Gedankengut geprägt«, warf Tribolo ihm vor. »Kein denkender Mensch, der nicht in Zeiten wie diesen das Streben nach allgemeiner Erneuerung seinen individuellen Wünschen voranstellen würde.«

Während sein Gegner noch über die Beschaffenheit seines Gedankengutes nachgrübelte, nahm ein anderes Ratsmitglied die Gelegenheit wahr, eigenmächtige Schlußworte zu formulieren:

»Die Signoria hat Euer großzügiges Angebot zur Kenntnis genommen, Tribolo. Sie behält sich vor, darauf zurückzukommen, sobald ...«

»... sobald er sich«, unterbrach der Verkniffene, um das Schlimmste zu verhindern, »ebenfalls hat porträtieren lassen, damit der Rat die Möglichkeit erhält, in Ruhe über seinen Vorschlag zu entscheiden. Unterdessen mögen unsere Freunde draußen auf dem Platz ihre Arbeit fortsetzen, um das Volk nicht länger auf die Folter zu spannen.«

Alle lachten, etwas verunsichert die Herren der Signoria, um so ungezwungener Tribolo. »Wer bitte sollte mich hier an Ort und Stelle porträtieren und wozu?«

Der Zweck sei ihm soeben erklärt worden, und die Skizze – denn mehr sei nicht erforderlich – werde ein auf dem Platz zufällig anwesender Künstler ausführen. Ein Name wurde auch genannt.

»Kenne ich nicht«, behauptete Tribolo. »Wie kann ich mich von jemandem porträtieren lassen, dessen Name mir nichts sagt?«

»Laßt eine Skizze von Eurem Kopf anfertigen, oder vergeßt Euer Angebot sowie Euer Anliegen!«

Tribolos Gegner lehnte sich zufrieden zurück und genoß mit den übrigen Ratsherren seine gelungene Pointe.

Der Maler hieß Andrea Buonaccorsi und meinte, den Mann, den er porträtieren sollte, sehr wohl zu kennen. Tribolo ließ sich gerne von ihm auf die Sprünge helfen; er war noch ganz damit beschäftigt, das Verhalten der Ratsherren mit den Informationen seines ersten Gesprächspartners zu vergleichen, dieses dämonischen Buckelmenschen, der ihn mit seinen Hirngespinsten vorhin so gut unterhalten hatte.

»Gebt mir ein Stichwort«, bat er den Maler.

Auf Geheiß der Signoria hatten sie sich in den Innenhof des Palazzo zurückgezogen, und da saßen sie einander nun gegenüber, der Maler auf seinem Schemel und Tribolo zu Füßen von Donatellos zartgliedrigem David, dem man hier kürzlich einen Ehrenplatz eingeräumt haben mußte.

»Ist er nicht hinreißend, unser kleiner David? Was meint Ihr? Diese kindliche Haltung, in der er das abgeschlagene Haupt des Giganten Goliath bestaunt! Und dann sein blumenumkränzter Helm ..., er hat mich von jeher an das Sonnenhütchen einer kleinen Hirtin erinnert. Euch etwa nicht? Unglaublich jung wirkt dieser Mädchenknabe! Donatello hat ihn just in der kurzen Lebensphase erwischt, in welcher der Mensch sich noch von innen sieht. Ein Modell, das sich nicht als Objekt begreift ... Ein Glücksfall! – In Künstlerkreisen konnte man sich seinerzeit gar nicht genug darüber wundern, daß eine Plastik so sehr einem lebendigen Menschen zu gleichen vermag ...«

Bei einem seiner Lieblingsthemen angekommen, konnte Tribolo kaum ein Ende finden.

Der Maler mochte sich dazu nicht äußern, bat den Kunstexperten vielmehr, für die Dauer der Sitzung Dreispitz und Kapuze abzulegen. Tribolo tat ihm den Gefallen.

»Entsinnt Ihr Euch denn gar nicht mehr, vor Jahren einen Christopherus begutachtet zu haben, der über zwei Wände ging?« erkundigte sich Andrea Wie-auch-immer, während er sein Blatt präparierte.

Wovon sprach dieser Mensch? »Er ging?« wiederholte Tribolo. »Was meint Ihr damit?«

»Reichte«, verbesserte sich der Maler. »Will sagen: Er erstreckte sich über zwei Wände.«

»Ach so!« Tribolo stutzte. Aber ja – da war doch mal so etwas gewesen ... Ein Prozeß gegen einen blutjungen Maler, der mit einem wohlhabenden Bauern in Streit geraten war, nachdem er ihm seine Hauskapelle ausgemalt hatte. Tribolo war als Gutachter hinzugezogen worden. »Das ist doch nicht möglich!« sagte er jetzt. »Solltet Ihr etwa dieser einfallsreiche Kindskopf gewesen sein, bei dem ein Bauer eine circa zwölf Ellen hohe Christopherusfigur bestellt hatte?«

»Derselbe«, bestätigte der Maler.

»Die Wände der Kapelle aber maßen höchstens neun mal neun«, entsann sich Tribolo«, und so habt Ihr Euren Christopherus nicht nur als Liegenden gemalt, sondern ihn auch noch bei den Knien auf die andere Wand umgebogen. Ein geniales Bubenstück, fürwahr!« Er hätte heute noch Tränen lachen können, wenn er daran dachte.

»Leider sah mein Auftraggeber die Sache anders und weigerte sich, mir die vereinbarten acht Gulden für meine Arbeit zu zahlen«, ergänzte Andrea. Auch er schien sich jetzt noch an seinem Streich zu weiden. »Ihr aber habt mir in dem Prozeß recht gegeben. So verändert Ihr auch seid, ich habe Euch gleich wiedererkannt, denn Euch und Euren Beistand werde ich mein Lebtag nicht vergessen.«

Tribolo fühlte sich geschmeichelt. »Ich habe nun einmal Sinn für Schelmereien. Man muß die Menschen an der Nase herumführen, wie sie's verdienen.«

»Ja, so habe ich auch lange gedacht«, mußte Andrea zugeben. »Der Christopherus war ja nicht die einzige Meinungsverschiedenheit, die vor die Obrigkeit kam. – Erinnert Ihr Euch noch an die Malereien im Kreuzgang der Abtei von Settimo?«

»Jetzt, wo Ihr es sagt, ja. Laßt mich nachdenken ... Aber ja: In dem Fall hattet Ihr die Gesichter Eurer Heiligen mit einem salzigen Violett untermalt, um die Fleischfarben durchsichtiger zu machen – so war's doch?«

»Genauso. Ich hatte mein Violett vor den Augen der Nonnen mit Vernacchia vermischt, damit sie aufhörten, mir bei ihren täglichen Visiten meinen Weinkonsum vorzuwerfen.«

Tribolo schlug sich auf die Schenkel vor Vergnügen.

»Das hörte ich zum erstenmal, und es erklärt manches. Wie Ihr wißt, entwickelte Euer Violett mit der Zeit eine Feuchtigkeit, die alle anderen Farben aufsaugte. Wo einst die Fleischesfarbe prangte, war eines Tages nichts als schreiendes Lila geblieben.«

»Aber auch in diesem Prozeß habt Ihr mir recht gegeben. Ihr habt alles auf die Feuchtigkeit in den Klostermauern geschoben.« Während er sprach, bearbeitete Andrea den Zeichenkarton so wild, daß Tribolo ernsthaft um sein Konterfei zu bangen begann, wobei seine Bedenken durch die Erinnerung an des Malers Eskapaden nicht gerade gemildert wurden.

»Was mein eigenes Porträt betrifft, so verstehe ich weniger Spaß«, mahnte er vorsichtshalber.

Andrea hob spöttisch die Augenbrauen, ließ seinen Rötelstift aber weiter ungezügelt über das Blatt rasen.

»Sagt mir nur eines«, bat Tribolo. »Wie kommt ein alter Ketzer wie Ihr dazu, von der Signoria beschäftigt zu werden?«

»Ihr irrt, ich bin kein Ketzer«, behauptete Andrea und verwischte mit seinem Ärmel das eben Gezeichnete. »Ich habe getreu den Lehren Girolamos öffentlich alle meine weltlichen Werke vernichtet und beschäftige mich nur noch mit religiösen Themen – ohne mir Späße zu erlauben, denn die will heutzutage kein Mensch mehr verstehen.«

»Eben«, bestätigte Tribolo, »und darum glaube ich Euch Euren Sinneswandel auch nicht, zumal ich in Euren Augen gerade jetzt tausend Spotteufel blitzen sehe. – Also warum? Verratet es mir, denn ich war drei Jahre im Exil, sozusagen, und muß mir ein Bild machen.«

»Und ich muß mir auch ein Bild machen, und zwar täglich, denn ich lebe davon«, antwortete der Maler. »Das ist der Grund. Bevor ich die Signoria, nicht zuletzt durch das Vertauschen meiner papageienbunten Kleidung – an die Ihr Euch gewiß noch erinnern könnt – mit tristen grauen Gewändern, von meinem Sinneswandel überzeugen konnte, gab man mir allenfalls noch Aufträge für kleinere Zeichnungen. Kartons, nichts als Kartons, ich aber habe die Kunst auf der Spitze meines Pinsels!«

Ja, gibt es denn nur noch Opportunisten in dieser Stadt? Stimmungswechsel! Glaubensänderung! Meinungsumschwung! Wohin man auch sieht!« rief Tribolo und erhob sich, um Andrea wenigstens schon einmal über die Schulter zu schauen. Ein Blick genügte, ihm die Zornesröte ins Gesicht zu treiben. Er packte den Maler bei den Schultern und schüttelte ihn heftig. Dabei bildete er sich ein, er könnte die Vorstellungswelt dieses Verräters so gründlich erschüttern, daß sie in kleinste Einzelteile zerfiel, bevor sie sich zu besserer Struktur neu formierte. »Seid Ihr von Sinnen? Was soll die Schmierage?« fuhr er ihn an.

Andrea lachte nur. Mit einer halben Drehung seines Oberkörpers, bei der er gleichzeitig vom Hocker hochschnellte, entzog er sich den unbeherrschten Fäusten. »Ich habe gemalt, was ich sehe: einen Feuerkopf«, verteidigte er sich.

»Ha!« brüllte Tribolo. »Was seht Ihr denn? Meine Haare als brennenden Holzstoß, dessen Flammen mir wie Fragezeichen um den Kopf stehen? Meine Stirn, tief gekerbt

– nicht einmal das konntet Ihr Euch verkneifen –, aus übereinandergeschichteten Wachskerzen geformt, mein Schnurrbart ein Bündel Schwefelhölzchen und mein Kinnbart schwelende Holzwolle ... Ganz zu schweigen von den drei gespaltenen Zungenspitzen, die gierig über brandblasige Lippen lecken, und der Öllampe als Ohr! Wenn Ihr das alles sehen wollt, habt Ihr den Blick eines Geisteskranken!«

»Mag sein«, sagte Andrea ungerührt. »Aber ob krank oder nicht: Ich betrachte des Menschen Abbild als Spiegel seiner Seele.«

Damit versetzte er Tribolo noch mehr in Wut. »Spart Eure Sprüche!« schäumte er. »Dies hier ist kein Menschenbild, sondern ein Zerrbild, eine Fratze. Noch dazu in wildem Rot, mehrfach verwischt und übermalt! Der Wüstling auf Eurem Sudelkarton sieht aus wie ein Brandstifter, der das Feuer, welches er legte, nicht mehr unter Kontrolle hat.«

Andrea nickte. »Ihr habt recht, es wird ihn am Ende selbst verzehren«, sagte er mit scheinheiliger Miene.

Tribolo kam plötzlich ein schrecklicher Verdacht: Das Ganze war eine Art Verschwörung, von Anfang an. Aber ja! Dieses Porträt sollte ihn bloßstellen, und zwar von Grund auf! So hatten es die Ratsherren bestellt. Andrea erfüllte nur seinen armseligen Auftrag.

»Was die Signoria Euch für Euer Machwerk auch versprochen hat, ich biete das Doppelte, wenn Ihr es durch ein neues, angemesseneres ersetzt«, versuchte Tribolo ihn umzustimmen. »Am besten nehmt Ihr schwarze Kohle und nicht den Rötelstift, denn der bringt Euch nur auf bizarre Gedanken. Die zuckenden Blitze, die Ihr über das ganze Blatt verteilt habt, als wolltet Ihr Eure Linien am liebsten selbst wieder ausmerzen, sprechen ohnehin für sich.«

Andrea hob bedauernd die Hand. »In Eurer eigenen Angelegenheit mißversteht Ihr mich gründlich. Ich suche bei allem, was ich male, das Schöne im Häßlichen – wie es mich übrigens die Karikaturen des großen Lionardo gelehrt haben.«

»Mit dem einen Unterschied, daß Ihr das Schöne nicht gefunden habt, das heißt, in meinem Fall nicht einmal finden durftet«, empörte sich Tribolo. »Euer Opportunismus hat Euch auf beiden Augen blind gemacht. Ihr dauert mich, doch wenn Ihr das, was Ihr in völliger Selbstüberschätzung ein ›Porträt‹ nennt, nicht auf der Stelle vernichtet, werde ich Euch wegen Rufmordes verklagen!«

»Ihr? Mich verklagen? Mein großmütiger Verteidiger als Ankläger ... O bitte, wie Ihr wollt! Es wird sich ja zeigen, was dem Rat dieser Stadt Euer Ruf noch wert ist.«

Tribolo fühlte plötzlich eine große Müdigkeit. So stellte er sich das Alter vor, in welchem man aus Schwäche anfing, den Dingen ihren Lauf zu lassen. Ermattet ließ er sich auf des Malers Schemel sinken. Wenn er weder mit Bestechung noch mit Drohungen das geringste erreichen konnte, mußte er, wenn auch ungern, zum gegenteiligen Mittel greifen, der emotionalen Erpressung. Den Kopf in beide Hände gestützt, blickte er ratlos zu des Malers hübschem Spitzbubengesicht auf, bis dieser befangen die Augenlider senkte. Endlich versuchte Tribolo zu sprechen, mit der belegten Stimme des von menschlicher Enttäuschung Übermannten:

»Das also versteht Ihr unter Dankbarkeit?«

Obwohl Andrea nicht daran dachte, an Tribolos verletzten Gefühlen zu zweifeln, insbesondere an seiner Eitelkeit, blieb er bei seiner Meinung: »Verzeiht mir, aber ich ändere nichts. Ich könnte auch ein zweites Mal nur wiedergeben, was Euer Gesicht ausdrückt. Das Porträt ist für mich ein Spiegel des Spiegels. Ich sehe Euch, so wie Ihr die Welt, das heißt die Menschheit seht. Meinetwegen bezeichnet es als Fratze.«

Eine Weile saß Tribolo bewegungslos, wartete auf neue Wellen der Erregung, die sich aber nicht einstellen wollten. Früher hätte er den Wortwechsel, immer bissiger werdend, auf die Spitze getrieben oder wenigstens eine handfeste Rauferei angezettelt, das umstrittene Blatt mit Gewalt an sich gebracht, es vor den Augen des Malers zerrissen und ihm die Schnipsel hohnlachend ins Gesicht geblasen. Selbst auf die Gefahr hin, es irgendwann bereuen zu müssen, spätestens dann, wenn ihm vor Gericht sein einziges Beweismittel fehlte …

An alldem lag Tribolo nichts mehr. Wortlos wechselte er den Schauplatz und begab sich vom Innenhof des Palazzo auf die Stufen der Loggia, das Ende der Komödie abzuwarten, in der er fortan nur noch Zuschauer sein wollte.

Die Ratsherren hatten sich noch einmal in ihre Sitzungsräume zurückgezogen, nur Tribolos verkniffener Widersacher stolzierte hoch erhobenen Hauptes auf und ab, kerzengerade, die Hände über dem Rücken verschränkt.

Mit einemmal wußte Tribolo wieder, wer dieser Mensch war, ein Notar nämlich mit dem lächerlichen Namen Bonifacio Fuzimeliga, als Doktor der Rechte: Ser Fuzimeliga. Überdies war er ein Verehrer Selvaggias gewesen, hatte des Nachts unter ihrem Balkon Serenaden zum besten gegeben und am Tag im grünen Kostüm Fensterparaden zu Fuß und zu Pferd, wenn zu Fuß, dann mit dem gleichen Stechschritt wie heute als Ratsherr, der darüber zu wachen hatte, daß die Utensilien seiner einst Angebeteten auf den Scheiterhaufen wanderten, und zwar vollständig.

Sechs Jahre waren seit des Doktors Maskerade nun schon vergangen, und vermutlich hatte er seither noch aus anderem Munde Spott erfahren müssen, denn was sonst sollte solche Spuren in seinem Gesicht hinterlassen haben, das in der Tat bis auf den heutigen Tag einen grünlichen Schimmer zeigte.

Tribolo schaute ihm beim Marschieren zu und spürte weder Spottlust noch Verachtung, sondern nur grenzenlosen Überdruß. Der junge Maler hatte recht gehabt, daran gab es keinen Zweifel. Für Tribolo war die Menschheit nichts als ein Panoptikum. Statt Individuen begegneten ihm Karikaturen, auf ihre ästhetischen und charakterlichen Mängel reduziert. Dagegen war nichts einzuwenden, solange es ihm Befriedigung verschaffte, doch hier und jetzt, bei seiner gnadenlosen Beobachtung der kleinen Leute auf dem Platz, einschließlich seiner Gesprächspartner, hatte er allenfalls ein flüchtiges Vergnügen empfunden, um den tieferen Genuß aber, der sich von Mal zu Mal noch steigern ließ, fühlte er sich betrogen. Wenn es nun für alle Zeiten dabei bliebe? Wenn sich die Möglichkeiten, aus seiner extremen Sichtweise Lust zu gewinnen, bereits erschöpft hätten? Hätte das Leben damit nicht auf der Stelle jeden Reiz für ihn verloren? Zumal ihm das Gefühl für denkbare Gegenmodelle längst abhanden gekommen war. Die Liebe bot sich nicht als Ausweg an, das wußte er, aber nicht einmal der Haß, die Lust am Bösen? Nicht einmal das. Die Erkenntnis traf ihn wie ein hinterhältiger Schmerz, gegen den er sich sein Leben lang tapfer gewehrt hatte, sobald er ihn kommen spürte.

Da ihn das Häßliche, solange er denken konnte, stets ebenso gestört hatte wie das Böse, beides aber nun einmal in der Welt war, hatte er sich nicht nur geweigert, es aus seinem Leben auszuklammern, sondern es im höchsten Maße kultiviert, in Umkehrung zu des Malers These das Häßliche selbst im Schönen gesucht. Damit gewann er Abstand zu den Menschen, die er, so wie sie waren, nicht ertrug. Den Abstand aber empfand er als die eigentliche Seele des Schönen. Ein jeder, so seine Philosophie, besaß die freie Entscheidung zu sein, was er wollte.

Untertanen, bescheidene Existenzen gab es genug auf dieser Welt, skrupellos und subversiv zu sein, bot sich als Alternative geradezu an. Ein Jammer allerdings, daß der Genuß daran nur für ein halbes Leben zu reichen schien. Seit Selvaggias Tod konnte Tribolo über niemandes Los mehr über den Augenblick hinaus triumphieren, ohne sogleich von Zweifeln befallen zu werden.

Über den Signorenplatz wanderten die Schatten der Gebäude. Stunden waren vergangen seit Tribolos Spaziergang im Morgengrauen. Rund um das Brettergerüst plauderte, schmauste, schleppte man nicht mehr; die Vorarbeit war getan, zumindest fast, denn der Pyramide fehlte die Spitze, und die Leiter stand noch angelehnt. Ein roter Wächter hielt sie fest, ein zweiter schien auf ein Zeichen von der Signoria zu warten, ein letztes Gemälde, das er unter dem Arm trug, auch noch irgendwo unterzubringen. Es war Selvaggias Porträt, Tribolo erkannte es an den Farben, hellblau das Kleid, porzellanblasse Haut, goldbraunes Haar.

Mit den Wächtern warteten die Menschen, eine beachtliche Menge nun doch, in engstem Kreis beieinander stehend wie in eine unsichtbare Form gepreßt. Nur die Loggia hatten sie ausgespart, sie war dem Rat der Stadt und der Geistlichkeit vorbehalten, die in Kürze oben auf der Terrasse erscheinen würden.

Um so besser für Tribolo, dem es gefiel, allein und aus einer gewissen Entfernung auf die Menschen herabzuschauen. Tausend Augenpaare sah er, aber nur einen einzigen Blick, und der blieb unerbittlich auf den Scheiterhaufen gerichtet, ein Wunder, daß er nicht schon dadurch Feuer fing. Das Böse war zusammengetragen, nun sollte es auch vernichtet werden. Das verlangte der Blick, dafür hielt das Publikum den Atem an. Tribolo senkte die Lider, um das seltsame Bild des in der Bewegung Erstarrten festzuhalten und als Augenblicksskizze im Gedächtnis zu speichern. Auch darin war er ein Sammler. Nebenbei ließ sich reines Hören üben, das hatte ihm immer schon gefallen, gerade weil es für einen Sehenden so schwer durchzuhalten war.

»Das Auge führt dich hinaus in die Welt, das Ohr aber holt die Welt in dich hinein«, so hatte sich früher der erblindete Großvater Salvestrini manches Mal Trost zugesprochen, bis der Knabe Tribolo ihn fast darum beneidete, auf ein Sinnesorgan reduziert zu sein, das ein anderes nicht nur zu ersetzen, sondern an Intensität noch zu übertreffen schien. Mit verbundenen Augen hatten sie damals immer wieder Blindsein geübt, er und Selvaggias Schwestern, die Gespielinnen seiner Kindheit.

Durch das Ohr gefiltert, ließen sich alle optischen Eindrücke bestätigen oder widerlegen. Hier, auf den Stufen der Loggia, paßte das Bild zum homogenen Klangteppich menschlicher Stimmen, die zu hören waren, alle ungefähr gleich laut und, von einigen jähen Dissonanzen abgesehen, in der gleichen Tonlage. Nur wer geschulte Ohren besaß, würde das Vibrato gedämpfter Erregung unter der scheinbar ruhigen Oberfläche vernehmen. Eine Erregung, die jederzeit in Hysterie umschlagen konnte, wann, das hing von den Dissonanzen ab, ob sie sich anpaßten oder durchsetzten.

Tribolo war so vertieft in sein Hörerlebnis, daß er nichts anderes mehr wahrnahm und regelrecht zusammenschrak, weil er plötzlich etwas Störendes auf der Stirn spürte, das sich nicht wegwischen ließ. Als er die Augen öffnete, hatte das Volk seinen Basiliskenblick auf die Loggia und auf ihn gerichtet, meinte jedoch nicht ihn, sondern jemanden, der eine Stufe über ihm stand, nämlich Ser Fuzimeliga, welcher der Menge über Tribolos Kopf hinweg das Machwerk des Malers zeigte. Nur die Leute in unmittelbarer Nähe der Loggia versuchten zu begreifen, was da vorging. Sie deuteten mit den Fingern vom echten Kopf auf den gezeichneten und zurück, lachten oder pfiffen. Alle übrigen aber reagierten so wenig, daß Fuzimeliga seinen Karton rasch wieder sinken ließ. Tribolo, der sich nur halb umgewandt hatte, hörte mit Genugtuung, wie die Zeichnung wieder eingepackt wurde. Wer Zuschauer zu Akteuren machen wollte, mußte ihnen zuvor die Spielregeln erklären, das hatte der kluge Doktor nicht bedacht. Gesten, die nicht zum sonst üblichen Repertoire gehörten, wurden mißverstanden oder übersehen. Das Volk fieberte dem Höhepunkt entgegen, jede weitere Verzögerung störte die Dramaturgie. Die typische Instinktlosigkeit des Rechtsgelehrten, dachte Tribolo und überhörte Ser Bonifacios Frage, so daß der gezwungen war, sie noch einmal zu stellen:

»Und Ihr, was haltet Ihr nun von Eurem Ebenbilde?«

»Nichts«, antwortete Tribolo, indem er dem Herrn Notar weiter den Rücken zukehrte, »denn ich habe noch keines zu Gesicht bekommen.«

»Weil Ihr Euch scheut, die Wahrheit zur Kenntnis zu nehmen, insofern habt Ihr Euch den Venezianern bereits angepaßt«, spottete Fuzimeliga. »Dabei hat unser Freund Buonaccorsi Euch mit seiner Skizze einen trefflichen Spiegel vorgehalten, Ihr brauchtet nur hineinzuschauen.«

»Vor schlechter Kunst habe ich schon immer gern die Augen verschlossen«, entgegnete Tribolo. »Euer Malerfreund ist ein Hofnarr. Jeder Lehrjunge in einer Werkstatt zeichnet besser. Macht mit seinem Sudelkarton, was Ihr wollt.«

Fuzimeligas Gesicht verzog sich vor Empörung ins Groteske, so daß sein eigener Mund das Rot seiner Lippen verschlang. Er trat hinunter zu Tribolo, um sich auf gleicher Stufe mit ihm auseinanderzusetzen. »Dazu bedarf es Eurer Erlaubnis nicht«, knurrte er durch die zusammengebissenen Zähne. »Im übrigen hat die Signoria Euer Angebot, diesen erbärmlichen Beweis Eurer Großmannssucht, abgelehnt, und zwar einstimmig.«

Tribolo nickte, er wußte längst, daß er das Pokern um die Pyramide verloren hatte, war aber noch keineswegs gesonnen, die Niederlage einzugestehen, nicht einmal sich selbst.

»Ich hätte mein Angebot ohnedies zurückgezogen. Als Spende eines Bürgers an seine Stadt erscheint auch mir die im Gefühlsüberschwang gebotene Summe zu hoch, da muß ich Euch zustimmen«, sagte er und fügte noch ein paar Floskeln hinzu, um sich für die Bemühungen des Rates, insbesondere seine Besonnenheit, zu bedanken.

Darauf ging Fuzimeliga, der noch einige Trümpfe in seinem Ärmel wußte, gar nicht erst ein. »Für gewöhnlich setzen wir eine Teufelsfigur oben auf die Spitze des Talamo«, erklärte er. »Der Teufel als Fürst der Materie, das begreift auch der Dümmste. Diesmal aber kam uns der Gedanke,

Euer Konterfei zu verwenden, denn es scheint uns wie geschaffen dazu. Gleiches zu Gleichem, Feuer zu Feuer. So lautet unser Beschluß.« Durch seine wohlgesetzten Worte kühn geworden, riß er Tribolo kurzerhand den Dreispitz vom Kopf.

Eine saftige Ohrfeige, Tribolo spürte es zum zweitenmal an diesem Tag, wäre die einzig angemessene Antwort auf eine solche Beleidigung, statt dessen ballte er die Faust in der Manteltasche und gab seinen Dreispitz verloren. Er weigerte sich allerdings entschieden, den traurigen Notar durch die Menschenmenge zum Scheiterhaufen zu begleiten. Den Gefallen würde er ihm nicht tun, beharrte Tribolo, es sei denn, man wolle ihn abführen lassen, und dazu fehle ja wohl die Rechtsgrundlage.

Ser Fuzimeliga, der darauf brannte, dem alten Nebenbuhler das ganze Ausmaß seiner Schande baldmöglichst vor Augen zu führen, verzichtete auf weitere Belehrungen über das Sonderstrafrecht für Medici-Agenten und bahnte sich mitsamt seinen Trophäen einen Weg durch das zurückweichende Volk. Tribolo folgte ihm bis zur untersten Stufe der Loggia und keinen Schritt weiter. Von da aus konnte er den Überblick behalten und doch schnell genug im Gewimmel verschwinden, falls ihm während der Feuerszene der Boden zu heiß würde.

Obwohl er nicht zu den Menschen gehörte, die ihre Entschlüsse bereuten, sobald sie die Folgen zu tragen hatten, hielt er es nun doch für einen Fehler, in seine Heimatstadt zurückgekehrt zu sein. Er hätte in Venedig bleiben und seine persönliche Geschichte vergessen sollen. Keine Stadt eignete sich besser dazu. Plätze, Fronten, Fluchten ..., Venedig war die Materialisierung eines Traumes, in welchem die Oberfläche dominierte, die des Wassers – kein armseliges Haus, das sich nicht in einem noch armseligeren Kanal spiegelte – und die der Gefühle. Eine kleine Tändelei in der Gondel, eine gepflegte Melancholie an Regentagen – mehr nicht. Der Mangel an Leidenschaft konnte zuweilen durchaus wohltuend wirken, dafür fehlten in Venedig die unsterblichen Liebespaare und die Koketterie mit dem Tod, in den die Florentiner zur Zeit geradezu verliebt schienen. Ohne Hoffnung keine Angst, sollte man sich auf die Fahne schreiben und hätte seine Ruhe.

Ser Fuzimeliga und kein anderer schuf die Voraussetzungen für den Beginn des großen Finales. An der Leiter angekommen, übergab er dem roten Bilderträger Zeichenkarton und Dreispitz sowie genaue Angaben, was damit zu tun sei.

Sogleich wurde Selvaggias Porträt hinaufgebracht und waagerecht über die aufeinandergetürmten Gemälde gelegt; darauf stellte man ein Schild: »Ja, ich habe dies alles kaufen wollen« neben Tribolos Feuerkopf, an der Rückseite von Holzscheiten gestützt, und zur Krönung des Ganzen mußte der venezianische Dreispitz herhalten. Diesmal klatschten die Leute Beifall, das Symbol des eroberten Hutes schien für sich zu sprechen.

Während die Pyramide anschließend mit Pech übergossen und mit Schießpulver gepudert wurde, erschien oben auf der Loggia Fra Girolamo persönlich, umgeben von Mitgliedern der Signoria und anderen Staatsdienern. Das Volk johlte, als er sich niederließ, allerdings längst nicht so laut, wie Tribolo es bei früheren Auftritten erlebt hatte. Damals, zu Beginn der großen Predigten, waren die Leute in ohrenbetäubendes Geschrei ausgebrochen und die Frauen beim Anblick des Mönches reihenweise in Ohnmacht gefallen. Sein Gotteshaus hatte sich regelmäßig in einen Hexenkessel verwandelt.

Kaum vorstellbar, wenn man die schmächtige Gestalt in ihrem schwarzweißen Habit dort drüben sitzen sah, ein geducktes Vögelchen mit krummem Schnabel, klopfendem Herzen und unsteten rotumränderten Augen unter fliehender Stirn. Tribolo hatte ihn noch nie aus größerer Nähe betrachten können. Erschöpft sah er aus wie einer, der seine physische Grenze erreicht hat. Es hieß, er gönne sich nur drei Stunden Schlaf in der Nacht, um die übrige Zeit betend zuzubringen. Tribolo fand ihn abscheulich in seiner Häßlichkeit und Schwäche und bewundernswert, weil es ihm nun schon seit Jahren gelang, eine ganze Stadt durch religiöse Wahnideen zu manipulieren. Dazu mußte er freilich den Mund aufmachen; solange er schwieg, besaß er keinerlei Ausstrahlungskraft.

Fra Girolamo war ein lebendes Beispiel für Tribolos These von der möglichen Diskrepanz zwischen äußerem Erscheinungsbild und akustischer Wirkung. Wenn der Prediger die Massen mit Worten überzeugen wollte, wurde er ein anderer Mensch. Dann verfügte er über die Stimmgewalt eines Jahrmarktschreiers und schien auch an körperlicher Größe zu gewinnen, solange ihm der Redestrom über die feuchten wulstigen Lippen floß und seine engstehenden Augen wie im Fieber glühten. Dann war er der große Magier.

Hier aber redete er nicht, hing nur in seinem Stühlchen, einer Marionette gleich, vor allem, als er nun, wie von unsichtbaren Fäden gezogen, seine knochigen Hände hob. Also wurde auch er, der Tyrann, von fremden Mächten gesteuert, selbst wenn sie nur Ausgeburten seiner krankhaften Phantasie sein sollten. Die Hände mit ihrer einstudierten, mechanischen Geste verrieten alles. Auf einmal glaubte Tribolo mit eigenen Augen zu sehen, was ihm der Bucklige heute früh beschrieben hatte: Das grausige Bild des brennenden Heiligen, dessen letzter Segen seinen Henkern galt, denselben Menschen, die einst an ihn geglaubt hatten.

Tribolo strich sich über die Stirn, die Vision aus seinen Gedanken zu löschen, damit er erkannte, was weiter geschah. In Wirklichkeit hatte Girolamo die Hände gehoben, um kräftig zu klatschen; es hallte nach wie ein Peitschenknall. Daraufhin setzte sich ein Dutzend weißgekleideter, blumenbekränzter Knaben in Bewegung und marschierte eine Hymne singend auf die Pyramide zu. Die Dominikanermönche von San Marco, die geduldig in der hintersten Zuschauerreihe ausgeharrt hatten, schlossen sich den Engeln an, in der seligen Gewißheit, daß das Himmelreich nahte und die Letzten die Ersten sein würden, mitunter schon auf Erden.

Während er sich noch solchermaßen in die Gedanken der Mönche hineinversetzte, wurde der völlig verdutzte Tribolo ohne ein Wort der Erklärung hinterrücks von vier starken Milizmännerarmen gepackt und, der Prozessionsgasse folgend, quer über den Platz gestoßen. Erst am Scheiterhaufen, neben dem Notar, ließ man ihn wieder los.

Ungehalten säuberte Tribolo seinen Mantelstoff von den Spuren der groben Fäuste. »Eine Dreistigkeit«, schnaubte er, »die Folgen haben wird!«

Ser Fuzimeligas Lippen verzogen sich zu einer Grimasse, die er für ein Lächeln halten mochte. »Die Folgen werden sein, daß Ihr vor der Vergänglichkeit aller Dinge, einschließlich Eures Porträts sowie dem des jungen Mädchens, das Ihr begehrt habt, Eure Augen nicht länger verschließen könnt.«

»Meine Augen sind zum Glück immer noch meine Sache, selbst hier an Eurer grünen Seite, wie es so schön heißt, eine Metapher, welche überdies, was Euch betrifft, alte Erinnerungen in mir weckt«, stichelte Tribolo, um seinen Ärger zu verbergen.

Wieder dieses Lächeln, dem neue Phrasen folgten. »Ich lege nun einmal Wert darauf, Zeuge zu sein, wie Ihr mit der symbolischen Verbrennung Eures Konterfeis für alle Zeiten Eure Ehre verliert. – Da, bitte! Seht es Euch nur genau an!« Er deutete auf seinen roten Gehilfen, der soeben einen brennenden Stoffetzen auf den Scheiterhaufen warf.

Tribolo hätte gerne noch etwas zu seiner Ehre gesagt, die ihm sein Lebtag nichts bedeutet hatte, doch da hörte er schon das Pech knistern und die Halbwüchsigen unartikulierte tierhafte Schreie ausstoßen, begleitet von schrillem Weibergekreisch.

»Die Dissonanzen haben die Oberhand gewonnen«, murmelte er.

Das konnte Ser Bonifacio natürlich nicht verstehen, zumal jetzt ringsum die Kirchenglocken zu läuten und die Fanfaren vom Turm des Palazzo zu schmettern begannen.

Funken flogen in die Lüfte, und endlich zuckte die erste Flamme hoch hinauf, zur Verwirrung des Teufels und aller Feinde der moralischen Wiedergeburt. »Zu Gloria, Ruhm und Ehre unseres Herrn«, behauptete der Notar.

Warum öffneten sich jetzt nicht die Wolken zum großen Regen?

Die Klosterbrüder und die Knaben von der Miliz faßten einander bei den Händen und tanzten um die lodernde Pyramide.

Tribolo spürte, wie ihm speiübel wurde vom religiösen Ringelreihen vor seinen Augen, aber auch vom bitteren Geschmack seiner Niederlage auf der Zunge. Verflucht sollte sie sein, seine Heimatstadt Florenz, an der er schon immer vieles auszusetzen gehabt hatte und die ihm jetzt als Schauplatz eines grundlegenden Irrtums erschien, insgesamt und im Detail. Wenn zehntausend Golddukaten nicht ausreichten, um zu retten, was ihm mehr bedeutete als sein gesamter venezianischer Spielgewinn, wie konnte er dann überhaupt noch Einfluß nehmen in dieser doch von Grund auf korrupten Gesellschaft?

Immer hatte er bisher bekommen, was er wollte, jedes Kunstwerk, jedes Vergnügen, jedes Weib; jetzt wollte er dieses einzige Gemälde, das niemandem etwas bedeutete, und mußte ohnmächtig zusehen, wie es in Flammen aufging, zusammen mit dieser peinlichen Karikatur seiner selbst. Im Feuer vereint oder im Fegefeuer geläutert, würde manch einer sich trösten, beides gleich abgeschmackt. Feuer war erinnerungslos und die reinigende Flamme ebenso eine Phrase wie das freiwillige Brandopfer. Freiwillig oder nicht, die Eitelkeiten auf dem Scheiterhaufen waren zu schwach, Widerstand zu leisten, sie brannten bereits lichterloh. Feurige Zungen zuckten über Harfen, Lauten, Liederbücher, leckten an Parfümflakons, fraßen sich in Seidenperücken. Rote Schlangen tänzelten von einer Pyramidenstufe zur nächsten, florentinische Feuerlilien schmückten jeden Gegenstand und ließen ihn in Flammen aufgehen. Nur die Umrisse hielten noch eine Weile stand, bevor sie langsam in sich zusammensanken. Hin und wieder wehte ein warmer Wind Fetzen von verbranntem Papier über den Platz. Tribolo verfolgte den Weg eines jeden einzelnen. Vielleicht befanden sich Selvaggias Tagebuchblätter unter den Gebilden, die dort oben in der Luft herumflatterten wie schwarze Riesenschmetterlinge und verkohlte Fledermäuse und ihr Geheimnis niemandem mehr preisgaben. Dem Andenken einer Toten tanzten sie ihren letzten Reigen.

Es war unerträglich heiß so dicht am Feuer, und es begann entsetzlich nach versengten Haaren oder geröstetem Teufelsbraten zu stinken. Die Zuschauer traten zurück und zerstreuten sich langsam, zumal auch Fra Girolamo den mächtig brennenden Dornbusch auf dem Höhepunkt seiner Flammenpracht sich selbst überlassen hatte.

Allein Ser Fuzimeliga mochte sich nicht von der Stelle rühren, damit ihm nur ja nicht die geringste Gemütsbewegung seines vermeintlichen Opfers entging. Der Schwachkopf sollte nicht auf seine Kosten kommen, das war Tribolo sich schuldig. Er überhörte sämtliche Fragen und Kommentare von der Seite mit so geistesabwesendem Gesichtsausdruck, daß der Herr Notar den Schluß zog, Tribolo habe es in Anbetracht seiner übergroßen Schande die Sprache verschlagen und man brauche nun nicht länger seine Zeit mit ihm zu verschwenden. Tribolo folgte seinem letzten Blick auf den niederbrennenden Talamo und versuchte ihn mit Fuzimeligas Augen zu betrachten:

Anstelle des Dreispitzes sah er ein glühendes Segelschiff, welches auf dem umgestürzten Zeichenkarton vor Anker lag. Der leicht entflammbare Feuerkopf war lodernd vornübergesunken und hatte im Nu die Mädchengestalt entzündet.

»Ein heißer Abschiedskuß, fürwahr, und unser Maler Ghiribizzo ist auch daran beteiligt«, stellte der Notar fest. »Ihr seht, ein jeder bekommt, was er verdient!« Damit ging er zufrieden seiner Wege.

Wieder fuhr der Wind in den Scheiterhaufen und wehte außer heißer Asche und verkohlten Resten auch ein unversehrtes Stück Leinwand vor Tribolos Füße. Er hob es rasch auf, um es in seiner Manteltasche zu bergen wie einen Schatz. Es hatte das Muschelgoldmuster von Selvaggias blauem Kleid und widersetzte sich den Flammen. Selvaggia und das Feuer ... Tribolo erinnerte sich, daß man in ihrer Kindheit alles getan hatte, sie davon fernzuhalten. Das hing mit Faustina zusammen, ihrer hellsichtigen Amme, die dem Mädchen schon im Mutterleib den frühen Tod durch Feuer prophezeit hatte. Eines Tages war sie mit zwei übereinandergelegten Kohlestückchen an der Wiege erschienen wie eine dreizehnte Fee, hatte der Kleinen ein Aschekreuz auf die Stirn gemalt und ihr gewünscht, »daß kein Feuer sie je berühre, ohne daß sie es spüre«. Als ob eine abergläubische alte Amme mit ihren Zauberzetteln und Hexensalben den frühen Tod hätte verhindern können! Zumal es Feuer gab, von denen sie nichts ahnte.

Jetzt, da der Platz sich geleert hatte und nur noch zwei von Girolamos Erzengeln die bußfertig vor sich hin brennenden Eitelkeiten bewachten, wünschte Tribolo sich zum erstenmal an diesem Tag einen Zuhörer für seine Geschichte. So ein zwielichtiger wie am Morgen der Bucklige wäre ihm gerade recht.

Vom Mädchen Selvaggia würde die Rede sein müssen, vom Maler Ghiribizzo und vom Schwerenöter Tribolo, alle drei von einer fixen Idee besessen, sie allein von der Liebe und von der großen Kunst und den Leidenschaften die beiden anderen.

Mit Selvaggias Geburt am Tag des großen Regens würde er beginnen und mit dem dreifachen Brandopfer auf dem Scheiterhaufen enden. Jetzt wäre genau die richtige Zeit anzufangen. Denn nur mit verbrannter Zunge, dachte Tribolo, läßt sich vom Feuer sprechen.